文　学

经　典　鉴　赏

XIANDAI
SANWEN MINGPIAN

现代散文名篇

上海辞书出版社文学鉴赏辞典编纂中心 编

上海辞书出版社

编者小识

中国是散文大国，古代作家为我们留下了极为丰富的散文遗产。五四新文化运动以来，现代白话散文的创作出现了以鲁迅、周作人、郁达夫、朱自清、冰心、沈从文等为代表的大家、名家，华章隽制，蔚为大观。散文的成功，“几乎在小说戏曲和诗歌之上”(鲁迅《小品文的危机》)。为便读者领略中国现代散文之精髓，我们在本社出版的《现代散文鉴赏辞典》和《学生现代诗文鉴赏辞典》的基础上，主要选取20世纪上半叶涌现的现代散文大家的散文佳作80余篇，编成这本《文学经典鉴赏·现代散文名篇》，希望有助于读者朋友欣赏和了解现代散文艺术。

上海辞书出版社

2021年2月

目录

我在北京大学的经历　　蔡元培

（一九三四年一月一日）

北京大学的名称，是从民国元年起的。民元以前，名为京师大学堂，包有师范馆、仕学馆等，而译学馆亦为其一部。我在民元前六年，曾任译学馆教员，讲授国文及西洋史，是为我在北大服务之第一次。

民国元年，我长教育部，对于大学有特别注意的几点：一、大学设法、商等科的，必设文科；设医、农、工等科的，必设理科。二、大学应设大学院（即今研究院），为教授、留校的毕业生与高级学生研究的机关。三、暂定国立大学五所，于北京大学外，再筹办大学各一所于南京、汉口、四川、广州等处。（尔时想不到后来各省均有办大学的能力。）四、因各省的高等学堂，本仿日本制，为大学预备科，但程度不齐，于入大学时发生困难，乃废止高等学堂，于大学中设预科。（此点后来为胡适之先生等所非难，因各省既不设高等学堂，就没有一个荟萃较高学者的机关，文化不免落后；但自各省竞设大学后，就不必顾虑了。）

是年，政府任严幼陵君为北京大学校长。两年后，严君辞职，改任马相伯君。不久，马君又辞，改任何锡侯君，不久又辞，乃以工科学长胡次珊君代理。民国五年冬，我在法国，接教育部电，促回国，任北大校长。我回来，初到上海，友人中劝不必就职的颇多，说北大太腐败，进去了，若不能整顿，反于自己的声名有碍。这当然是出于爱我的意思。但也有少数的说，既然知道他腐败，更应进去整顿，就是失败，也算尽了心。这也是爱人以德的说法。我到底服从后说，进北京。

我到京后，先访医专校长汤尔和①君，问北大情形。他说："文科预科的情形，可问沈尹默君；理工科的情形，可问夏浮筠君。"汤君又说："文科学长如未定，可请陈仲甫君。陈君现改名独秀，主编《新青年》杂志，确可为青年的指导者。"因取《新青年》十余本示我。我对于陈君，本来有一种不忘的印象，就是我与刘申叔君同在《警钟日报》服务时，刘君语我："有一种芜湖发行之白话报，发起的若干人，都因困苦及危险而散去了，陈仲甫一个人又支持了好几个月。"现在听汤君的话，又翻阅了《新青年》，决意聘他。从汤君处探知陈君寓在前门外一旅馆，我即往访，与之订定。于是陈君来北大任文科学长，而夏君原任理科学长，沈君亦原任教授，一仍旧贯；乃相与商定整顿北大的办法，次第执行。

我们第一要改革的，是学生的观念。我在译学馆的时候，就知道北京学生的习惯。他们平日对于学问上并没有什么兴会，只要年限满后，可以得到一张毕业文凭。教员是自己不用功的，把第一次的讲义，照样印出来，按期分散给学生，在讲坛上读一遍，学生觉得没有趣味，或瞌睡，或看看杂书，下课时，把讲义带回去，堆在书架上。等到学期、学年或毕业的考试，教员认真的，学生就拼命的连夜阅读讲义，只要把考试对付过去，就永远不再去翻一翻了。要是教员通融一点，学生就先期要求教员告知他要出的题目，至少要求表示一个出题目的范围；教员为避免学生的怀恨与顾全自身的体面起见，往往把题目或范围告知他们了。于是他们不用功的习惯，得了一种保障了。尤其北京大学的学生，是从京师大学堂老爷式学生嬗继下来（初办时所收学生，都是京官，所以学生都被称为老爷，而监督及教员都被称为中堂或大人）。他们的目的，不但在毕业，而尤注意在毕业以后的出路。所以专门研究学术的教员，他们不见得欢迎。要是点名时认真一点，考试时严格一点，他们就借个话头反对他，虽罢课也所不惜。若是一位在政府有地位的人来兼课，虽时时请假，他们还是欢迎得很，因为毕业后可以有阔老师做靠山。这种科举时代遗留下来劣根性，是于求学上很有妨碍的。所以我到校后第一次演说，就说明："大学学生，当以研究学术为天职，不当以大学为升官发财之阶梯。"然而要打破这些习惯，止有从聘请积学而热心的教员着手。

那时候因《新青年》上文学革命的鼓吹，而我们认识留美的胡适之君，他回国后，即请到北大任教授。胡君真是"旧学邃密"而且"新知深沈"的一个人，所以一方面与沈尹默、兼士兄弟，钱玄同、马幼渔、刘半农诸君以新方法整理国故，一方面整理英文系。因胡君之介绍而请到的好教员，颇不少。

我素信学术上的派别是相对的，不是绝对的；所以每一种学科的教员，即使主张不同，若都是"言之成理、持之有故"的，就让他们并存，令学生有自由选择的余地。最明白的是胡适之君与钱玄同君等绝对的提倡白话文学，而刘申叔、黄季刚诸君仍极端维护文言的文学；那时候就让他们并存。我信为应用起见，白话文必要盛行，我也常常作白话文，也替白话文鼓吹；然而我也声明：作美术文，用白话也好，用文言也好。例如我们写字，为应用起见，自然要写行楷，若如江艮庭君的用篆隶写药方，当然不可；若是为人写斗方或屏联，作装饰品，即写篆隶章草，有何不可？

那时候各科都有几个外国教员，都是托中国驻外使馆或外国驻华使馆介绍的，学问未必都好，而来校既久，看了中国教员的阑珊，也跟了阑珊起来。我们斟酌了一番，辞退几人，都按着合同上的条件办的。有一法国教员要控告我；有一英国教习竟要求英国驻华公使朱尔典来同我谈判，我不答应。朱尔典出去后，说："蔡元培是不要再做校长的了。"我也一笑置之。

我从前在教育部时，为了各省高等学堂程度不齐，故改为各大学直接的预科。不意北大的预科，因历年校长的放任与预科学长的误会，竟演成独立的状态。那时候预科中受了教会学校的影响，完全偏重英语及体育两方面；其他科学比较的落后，毕业后若直升本科，发生困难。预科中竟自设了一个预科大学的名义，信笺上亦写此等字样。于是不能不加以改革，使预科直接受本科学长的管理，不再设预科学长。预科中主要的教课，均由本科教员兼任。

我没有本校与他校的界限，常为之通盘打算，求其合理化。是时北大设文、理、工、法、商五科，而北洋大学亦有工、法两科。北京又有一工业专门学校，都是国立的。我以为无此重复的必要，主张以北大的工科并入北洋，而北洋之法科，刻期停办。得北洋大学校长同意及教育部核准，把土木工与矿冶工并到北洋去了。把工科省下来的经费，用在理科上。我本来想把法科与法专并成一科，专授法律，但是没有成功。我觉得那时候的商科，毫无设备，仅有一种普通商业学教课，于是并入法科，使已有的学生毕业后停止。

我那时候有一个理想，以为文、理两科，是农、工、医、药、法、商等应用科学的基础，而这些应用科学的研究时期，仍然要归到文、理两科来。所以文、理两科，必须设各种的研究所；而此两科的教员与毕业生必有若干人是终身在研究所工作，兼任教员，而不愿往别种机关去的。所以完全的大学，当然各科并设，有互相关联的便利。若无此能力，则不妨有一大学专办文、理两科，名为本科；而其他应用各科，可办专科的高等学校，如德、法等国的成例。以表示学与术的区别。因为北大的校舍与经费，决没有兼办各种应用科学的可能，所以想把法律分出去，而编为本科大学；然没有达到目的。

那时候我又有一个理想，以为文、理是不能分科的。例如文科的哲学，必植基于自然科学；而理科学者最后的假定，亦往往牵涉哲学。从前心理学附入哲学，而现在用实验法，应列入理科；教育学与美学，也渐用实验法，有同一趋势。地理学的人文方面，应属文科，而地质地文等方面属理科。历史学自有史以来，属文科，而推原于地质学的冰期与宇宙生成论，则属于理科。所以把北大的三科界限撤去而列为十四系，废学长，设系主任。

我素来不赞成董仲舒罢黜百家、独尊孔氏的主张。清代教育宗旨有“尊孔”一款，已于民元在教育部宣布教育方针时说他不合用了。到北大后，凡是主张文学革命的人，没有不同时主张思想自由的；因而为外间守旧者所反对。适有赵体孟君以编印明遗老刘应秋先生遗集，贻我一函，属约梁任公、章太炎、林琴南诸君品题。我为分别发函后，林君复函，列举彼对于北大怀疑诸点；我复一函，与他辩。这两函颇可窥见那时候两种不同的见解，所以抄在下面。（略）

这两函虽仅为文化一方面之攻击与辩护，然北大已成为众矢之的，是无可疑了。越四十余日，而有五四运动。我对于学生运动，素有一种成见，以为学生在学校里面，应以求学为最大目的，不应有何等政治的组织。其有年在二十岁以上，对于政治有特殊兴趣者，可以个人资格参加政治团体，不必牵涉学校。所以民国七年夏间，北京各校学生，曾为外交问题，结队游行，向总统府请愿；当北大学生出发时，我曾力阻他们，他们一定要参与；我因此引咎辞职。经慰留而罢。到八年五月四日，学生又有不签字于巴黎和约与罢免亲日派曹、陆、章的主张，仍以结队游行为表示，我也就不去阻止他们了。他们因愤激的缘故，遂有焚曹汝霖住宅及攒殴章宗祥的事，学生被警厅逮捕者数十人，各校皆有，而北大学生居多数；我与各专门学校的校长向警厅力保，始释放。但被拘的虽已保释，而学生尚抱再接再厉的决心，政府亦且持不做不休的态度。都中喧传政府将明令免我职而以马其昶君任北大校长，我恐若因此增加学生对于政府的纠纷，我个人且将有运动学生保持地位的嫌疑，不可以不速去。乃一面呈政府，引咎辞职，一面秘密出京，时为五月九日。

那时候学生仍每日分队出去演讲，政府逐队逮捕，因人数太多，就把学生都监禁在北大第三院。北京学生受了这样大的压迫，于是引起全国学生的罢课，而且引起各大都会工商界的同情与公愤，将以罢工、罢市为同样之要求。政府知势不可侮，乃释放被逮诸生，决定不签和约，罢免曹、陆、章，于是五四运动之目的完全达到了。

五四运动之目的既达，北京各校的秩序均恢复，独北大因校长辞职问题，又起了多少纠纷。政府曾一度任命胡次珊君继任，而为学生所反对，不能到校；各方面都要我复职。我离校时本预定决不回去，不但为校务的困难，实因校务以外，常常有许多不相干的缠绕，度一种劳而无功的生活，所以启事上有"杀君马者道旁儿；民亦劳止，汔可小休；我欲小休矣"等语。但是隔了几个月，校中的纠纷，仍在非我回校，不能解决的状态中，我不得已，乃允回校。回校以前，先发表一文，告北京大学学生及全国学生联合会，告以学生救国，重在专研学术，不可常为救国运动而牺牲。到校后，在全体学生欢迎会演说，说明德国大学学长、校长均每年一换，由教授会公举；校长且由神学、医学、法学、哲学四科之教授轮值；从未生过纠纷，完全是教授治校的成绩。北大此后亦当组成健全的教授会，使学校决不因校长一人的去留而起恐慌。

那时候蒋梦麐君已允来北大共事，请他通盘计划，设立教务、总务两处；及聘任、财务等委员会，均以教授为委员。请蒋君任总务长，而顾孟余君任教务长。

北大关于文学、哲学等学系，本来有若干基本教员，自从胡适之君到校后，声应气求，又引进了多数的同志，所以兴会较高一点。预定的自然科学、社会科学、文学、国学四种研究所，止有国学研究所先办起来了。在自然科学与社会科学方面，比较的困难一点。自民国九年起，自然科学诸系，请到了丁巽甫、颜任光、李润章诸君主持物理系，李仲揆君主持地质系。在化学系本有王抚五、陈聘丞、丁庶为诸君，而这时候又增聘程寰西、石蘅青诸君。在生物学系本已有钟宪鬯君在东南西南各省搜罗动植物标本，有李石曾君讲授学理，而这时候又增聘谭仲逵君。于是整理各系的实验室与图书室，使学生在教员指导之下，切实用功；改造第二院礼堂与庭园，使合于讲演之用。在社会科学方面，请到王雪艇、周鲠生、皮皓白诸君；一面诚意指导提起学生好学的精神，一面广购图书杂志，给学生以自由考索的工具。丁巽甫君以物理学教授兼预科主任，提高预科程度。于是北大始达到各系平均发展的境界。

我是素来主张男女平等的。九年，有女学生要求进校，以考期已过，姑录为旁听生。及暑假招考，就正式招收女生。有人问我："兼收女生是新法，为什么不先请教育部核准？"我说："教育部的大学令，并没有专收男生的规定；从前女生不来要求，所以没有女生；现在女生来要求，而程度又够得上，大学就没有拒绝的理。"这是男女同校的开始，后来各大学都兼收女生了。

我是佩服章实斋先生的，那时候国史馆附设在北大，我定了一个计划，分征集、纂辑两股；纂辑股又分通史、民国史两类；均从长编入手。并编历史辞典。聘屠敬山、张蔚西、薛阆仙、童亦韩、徐贻孙诸君分任征集编纂等务。后来政府忽又有国史馆独立一案，别行组织。于是张君所编的民国史，薛、童、徐诸君所编的辞典，均因篇帙无多，视同废纸；止有屠君在馆中仍编他的蒙兀儿史，躬自保存，没有散失。

我本来很注意于美育的，北大有美学及美术史教课，除中国美术史由叶浩吾君讲授外，没有人肯讲美学。十年，我讲了十余次，因足疾进医院停止。至于美育的设备，曾设书法研究会，请沈尹默、马叔平诸君主持。设画法研究会，请贺履之、汤定之诸君教授国画；比国楷次君教授油画。设音乐研究会，请萧友梅君主持。均听学生自由选习。

我在爱国学社时，曾断发而习兵操，对于北大学生之愿受军事训练的，常特别助成；曾集这些学生，编成学生军，聘白雄远君任教练之责，亦请蒋百里、黄膺白诸君到场演讲。白君勤恳而有恒，历十年如一日，实为难得的军人。

我在九年的冬季，曾往欧美考察高等教育状况，历一年回来。这期间的校长任务，是由总务长蒋君代理的。回国以后，看北京政府的情形，日坏一日，我处在与政府常有接触的地位，日想脱离。十一年冬，财政总长罗钧任君忽以金佛郎问题被逮，释放后，又因教育总长彭允彝君提议，重复收禁。我对于彭君此举，在公议上，认为是蹂躏人权献媚军阀的勾当；在私情上，罗君是我在北大的同事，而且于考察教育时为最密切的同伴，他的操守，为我所深信，我不免大抱不平。与汤尔和、邵飘萍、蒋梦麐诸君会商，均认有表示的必要。我于是一面递辞呈，一面离京。隔了几个月，贿选总统的布置，渐渐的实现；而要求我回校的代表，还是不绝，我遂于十二年七月间重往欧洲，表示决心；至十五年，始回国。那时候，京津间适有战争，不能回校一看。十六年，国民政府成立，我在大学院，试行大学区制，以北大划入北平大学区范围，于是我的北京大学校长的名义，始得取消。

综计我居北京大学校长的名义，十年有半；而实际在校办事，不过五年有半，一经回忆，不胜惭悚。

注 ① 汤尔和(1878—1940)，浙江杭州人。早年留学日本、德国。1912 年创办国立北京医学专门学校。1922 年后曾任北洋政府教育总长、内务总长、财政总长。1937 年后堕落为汉奸。

蔡元培先生自 1916 年至 1926 年这十年间，任北京大学校长，成绩卓著，声名远播。他写此文自述其在北大的经历。说是自述，其实是记述了他改造旧北大、创造新北大这段不寻常的历史。时隔多年之后写这篇文章，一来是要把历史的真实情况公之于世，二来也是为了回答那些守旧的顽固派的种种指责。

要记述这段历史，看似简单，实非容易，最重要的，一是要有求实的精神，二是要有坦荡的胸怀。蔡先生正是以博大的胸襟，严格的求实精神和严谨的纪实手法，以最素朴的语言，陈述这段经历的。他的人品和文品都给人留下深刻的印象。

在不加任何虚饰的平实的记述中，我们可以很清晰地感受到蔡先生改造北大的勇气和胆略，他的远见卓识，特别是他的卓越的教育思想和敢为天下先的创新精神，这一切，均足以垂范后世。

在文章中，我们首先感受到一种全新的办学理念。蔡先生说：“我们第一要改革的，是学生的观念。”他针对的是旧北大的种种弊端，那种科举时代遗留下来的劣根性。他到校后的第一次演说，就倡导“大学学生，当以研究学术为天职，不当以大学为升官发财之阶梯”。这是振聋发聩的改革的宣言。

在文章中，我们还能感受到蔡先生对人才的高度重视。他深知改革能否成功，北大能否新生，关键就在于是否有“积学而热心的教员”。医专校长汤尔和向他推荐陈独秀，他本来就对陈有深刻的印象，再翻阅了十几本《新青年》，决意聘请他为文科学长。对这样的人才，不是发一封聘书了事，而是先从汤君处探知陈的寓所，然后亲自登门拜访，当面订定。这个例子充分显示出蔡先生虚怀若谷、求贤若渴的精神。正是由于这种精神，当时的北大，精英荟萃，极一时人文之盛。

蔡先生的教育思想中，最令当代学子们倾心的，莫过于他的兼容并蓄的思想。这也正体现了他办学的现代民主精神。他说：“我素信学术上的派别是相对的，不是绝对的；所以每一种学科的教员，即使主张不同，若都是‘言之成理、持之有故’的，就让他们并存，令学生有自由选择的余地。”胡适与钱玄同提倡白话文，而刘申叔、黄季刚则极端维护文言文，这并不妨碍他们的“并存”。蔡先生自己这方面的主张也十分明达。他深信，为应用起见白话文必要盛行，他也替白话文鼓吹；但如作美术文，则白话、文言均可。恰如写字，通常应用自然要用行书楷书，若是写斗方、屏联，作为艺术品、装饰品，即写篆隶章草，有何不可？这是很精彩的话。当时的北大，既有像陈独秀这样的激进人士，又有拖着长辫子的辜鸿铭，所谓“海纳百川，有容乃大”。正因为如此，当时的北大又能极一时学术之盛。

蔡先生的教育思想，还有许许多多卓特之处，如他对学科的改革，打通文理两科的设想，关于男女同校的主张，关于重视美育，以及组织学生参加军训等。这些思想，在今天固然已成社会之共识，而在当时，却是顽固派、守旧派们所攻击的“异端”。蔡先生在文章中一一明示，正显示出一种追求真理的自信和勇气。

蔡先生任职期间，正值五四运动的兴起。蔡先生虽然明言他对于学生运动“素有一种成见”，以为学生在校“应以求学为最大目的，不应有何等政治的组织”。学生年在二十岁以上，如对政治有特殊兴趣，可以个人资格参加政治团体，不必牵涉学校。应该说在当时的历史条件下，蔡先生的“成见”还是合情合理的。我们在蔡先生自述的字里行间，固然能体会到他作为校长面对学生的爱国运动，有不得已的苦衷，但我们从如下文字中不难感受到他对学生的爱国运动的同情和对政府的压迫的愤慨：

“北京学生受了这样大的压迫，于是引起全国学生的罢课，而且引起各大都会工商界的同情与公愤，将以罢工、罢市为同样之要求。政府知势不可侮，乃释放被逮诸生，决定不签和约，罢免曹、陆、章，于是五四运动之目的完全达到了。”

这段文字，包括文中关于五四运动的生动记述，正是伟大的五四运动的真实的历史记录。

（徐缉熙）

秋　夜　　鲁　迅

在我的后园，可以看见墙外有两株树，一株是枣树，还有一株也是枣树。

这上面的夜的天空，奇怪而高，我生平没有见过这样的奇怪而高的天空。他仿佛要离开人间而去，使人们仰面不再看见。然而现在却非常之蓝，闪闪地䀹着几十个星星的眼，冷眼。他的口角上现出微笑，似乎自以为大有深意，而将繁霜洒在我的园里的野花草上。

我不知道那些花草真叫什么名字，人们叫他们什么名字。我记得有一种开过极细小的粉红花，现在还开着，但是更极细小了，她在冷的夜气中，瑟缩地做梦，梦见春的到来，梦见秋的到来，梦见瘦的诗人将眼泪擦在她最末的花瓣上，告诉她秋虽然来，冬虽然来，而此后接着还是春，胡蝶乱飞，蜜蜂都唱起春词来了。她于是一笑，虽然颜色冻得红惨惨地，仍然瑟缩着。

枣树，他们简直落尽了叶子。先前，还有一两个孩子来打他们别人打剩的枣子，现在是一个也不剩了，连叶子也落尽了。他知道小粉红花的梦，秋后要有春；他也知道落叶的梦，春后还是秋。他简直落尽叶子，单剩干子，然而脱了当初满树是果实和叶子时候的弧形，欠伸得很舒服。但是，有几枝还低亚着，护定他从打枣的竿梢所得的皮伤，而最直最长的几枝，却已默默地铁似的直刺着奇怪而高的天空，使天空闪闪地鬼䀹眼；直刺着天空中圆满的月亮，使月亮窘得发白。

鬼䀹眼的天空越加非常之蓝，不安了，仿佛想离去人间，避开枣树，只将月亮剩下。然而月亮也暗暗地躲到东边去了。而一无所有的干子，却仍然默默地铁似的直刺着奇怪而高的天空，一意要制他的死命，不管他各式各样地䀹着许多蛊惑的眼睛。

哇的一声，夜游的恶鸟飞过了。

我忽而听到夜半的笑声，吃吃地，似乎不愿意惊动睡着的人，然而四围的空气都应和着笑。夜半，没有别的人，我即刻听出这声音就在我嘴里，我也即刻被这笑声所驱逐，回进自己的房。灯火的带子也即刻被我旋高了。

后窗的玻璃上丁丁地响，还有许多小飞虫乱撞。不多久，几个进来了，许是从窗纸的破孔进来的。他们一进来，又在玻璃的灯罩上撞得丁丁地响。一个从上面撞进去了，他于是遇到火，而且我以为这火是真的。两三个却休息在灯的纸罩上喘气。那罩是昨晚新换的罩，雪白的纸，折出波浪纹的叠痕，一角还画出一枝猩红色的栀子①。

猩红的栀子开花时，枣树又要做小粉红花的梦，青葱地弯成弧形了……。我又听到夜半的笑声；我赶紧砍断我的心绪，看那老在白纸罩上的小青虫，头大尾小，向日葵子似的，只有半粒小麦那么大，遍身的颜色苍翠得可爱，可怜。

我打一个呵欠，点起一支纸烟，喷出烟来，对着灯默默地敬奠这些苍翠精致的英雄们。

一九二四年九月十五日。

注 ① 栀子，一种常青灌木，花为白色或淡黄色；红栀子花是罕见的品种。

鲁迅写作《秋夜》的时候，“五四”新文化的同人，已经进一步分化，有的高升，有的退隐，有的前进，鲁迅在“荷戟独彷徨”中尝味着孤军作战的寂寞与上下求索的焦灼。《秋夜》里所写的，就是鲁迅自己与黑暗势力孤军奋战的心境和坚持韧性战斗的意志。

读《秋夜》，感觉最异样和突出的，是作者创造的充满意象美的象征世界。这是一个深秋的夜晚。作者在自己的后园里，一切自然景物因为主观感觉的渗入，都带上了既属于自然，又超越自然本身的象征的色彩。这些景物，以各种或矛盾对立，或互相依存的姿态，组合在一起，构成了一个幽深神秘的象征的境界。

秋夜后园里那“奇怪而高的天空”，似乎是压迫和摧残善良美好生命的恶势力的象征。它䀹着几十颗星星的“冷眼”，口角上现出“似乎自以为大有深意”的微笑，将寒冷的“繁霜”洒在园里的野花上。在夜的冷气中，“颜色冻得红惨惨的”，瑟缩地做着“春的到来”的梦的小粉红花，则是善良美好的弱者的象征，也就是鲁迅所说的“如我那年青时候似的正做着好梦的青年”(《〈呐喊〉自序》)。而矗立在后园里的两株枣树，则是与黑暗恶势力抗争意志和力量的象征。他们孤独奋战，落尽叶子，满身轻松。他们成熟而清醒，不仅知道“小粉红花的梦”，秋后要有春，也知道“落叶的梦”，春后还是秋。他们带着奉献自己果实之后的满身“皮伤”，向黑暗势力进行绝望的抗战。散文诗中这样热情地描写他们抗争的景象：“而最直最长的几枝，却已默默地铁似的直刺着奇怪而高的天空，使天空闪闪地鬼睒眼；直刺着天空中圆满的月亮，使月亮窘得发白。”后园里三种自然景物，构成两种势力之间生死斗争的象征境界，给人丰富的想象和联想的空间，传达的情绪与哲思，也隐蓄而深微，冷峻而奇警，“深文隐蔚，余味曲包”(《文心雕龙》)，读了有“言有尽而意无穷”的感觉。

《秋夜》既吸收了西方散文诗的象征方法，又继承了中国传统诗歌注重气氛营造的长处，通过叙述情境的逐步展开，抒情主体与自然景物的和谐配置，创造了一种有独特抒情韵味的意境美。经过枣树的抗争，鬼睒眼的天空，怯懦了，逃避了，只留下一片窘得发白的月亮。然而这月亮也暗暗地躲开了。眼前剩下的只是“无物之阵”。但是，不屈的枣树，伸着一无所有的枝干，“仍然默默地铁似的直刺着奇怪而高的天空，一意要制他的死命”。后面接着描写听到的自己嘴里发出的“夜半的笑声”，和回到房子里后看到的许多小青虫扑在火上或灯罩上的情景，有的死了，有的在灯罩上喘气。然后由灯罩上的猩红色的栀子，展开自己的联想：“猩红的栀子开花时，枣树又要做小粉红花的梦，青葱地弯成弧形了……。我又听到夜半的笑声；我赶紧砍断我的心绪，看那老在白纸罩上的小青虫，头大尾小，向日葵子似的，只有半粒小麦那么大，遍身的颜色苍翠得可爱，可怜。”“我打了一个呵欠，点起一支纸烟，喷出烟来，对着灯默默地敬奠这些苍翠精致的英雄们。”秋夜枣树的枝干，天空，月亮，笑声，猩红色栀子花的灯罩，青翠精致的小青虫……在这样一些具体描写造成的意境中，鲁迅所暗示的一种人生价值的哲理，读者也就自然默会于心了：面对强大的黑暗势力，不能像冻得瑟瑟发抖的小粉红花那样，老是在做着天真的好梦；也不能像苍翠精致的小青虫那样，总是做着无谓的牺牲；应该像枣树那样，坚持持久的韧性的战斗。这样深警的思想，蕴藏在一些象征意象构成的优美意境之中。《秋夜》为象征散文诗民族化的创造，提供了一种全新的风范。

《秋夜》语言也很美，有个性，有蕴藏，有弹性，散发着自然朴实而又独具匠心的魅力。全篇开头的一句：“在我的后园，可以看见墙外有两株树，一株是枣树，还有一株也是枣树。”这样的表达，比起“在我的后园，有两株枣树”来，突出了“枣树”的印象，因此，在接受中就少了一些平淡，多了一些倔强，是与全篇要传达的情调和谐一致的。叙述小粉红花的梦时，说“梦见瘦的诗人将眼泪擦在她最末的花瓣上，告诉她秋虽然来，冬虽然来，而此后接着还是春，胡蝶乱飞，蜜蜂都唱起春词来了”，这里化用了雪莱《西风颂》里的诗句：“如果冬天来了，春天还会远吗?”但却不露说理的痕迹，更为具体、生动，充满了真实与人情纠葛的温馨。明明是自己的夜半的笑声，却故意说“我忽然听到”，经过思索，才发现“没有别人，我即刻听出这声音就在我嘴里”，叙述中故作曲折，这样更增强了自己的孤独抗战而充满胜利自信的情感色彩。“猩红的栀子开花时，枣树又要做小粉红花的梦，青葱地弯成弧形了……。”意在说枣树的孤独命运和它所象征的韧性斗争，将是一个没有完结的过程，这样的体味，在蕴蓄的语言里，得到引人深思的暗示。文章末尾，对小青虫的描写，非常细致，从它们的扑火、死亡、喘气，它们的形状、大小、颜色，到在抽纸烟喷出的烟雾里，对着灯“默默地敬奠这些苍翠精致的英雄们”的平静而颇动感情的抒情，寓象征于严格细腻的写实之中，紧张与舒缓，叙事与抒情，层次分明，错落有致，显示了鲁迅散文诗语言运用的灵活多变而又朴实无华的个性色彩。

因为是象征的散文诗，篇中意象，如枣树，小粉红花，天空，月亮，小青虫……它的含义，就往往带有一定的模糊性，也许这模糊本身，也正是读《秋夜》时值得玩味的一种美。我们接受者，不能做过实的理解，甚至过分穿凿的诠释。如“哇的一声，夜游的恶鸟飞过了”一句，有的说是恶势力帮凶的象征,有的说是帮助枣树同夜空斗争的意象,有的则解为鲁迅个人自拟的形象。纷争其实可以同时存在的。如强求解之,可这样说:“夜游的恶鸟”,指猫头鹰。它被人们视为叫出不祥声音的恶鸟,而常为人们所讨厌。鲁迅却一向很喜欢夜游的猫头鹰。他说过:“我们能够大叫,是黄莺便黄莺般叫;是鸱枭便鸱枭般叫。”他认为自己一生的战斗,就是要给那些阔人的世界添上一些不愉快。如果我们顺着全文的思路,这“夜游的恶鸟”,出现在枣树制天空于死命的战斗之后,自己发出“夜半的笑声”之前,或许作后一种理解,即鲁迅用于自己比拟的形象,也许更为妥切一些。这里恶鸟的“哇的一声”,也就是文中作者自己发出的“夜半的笑声”。轻轻带过的一个意象,却足足占了全文转折中独立的一段,行文结构安排的匠心,也在昭示鲁迅自己深刻的用意。然而,不去强求深意,就当成秋夜中出现的一个自然的事物,不是也可以吗?(孙玉石)

影的告别　　鲁　迅

人睡到不知道时候的时候,就会有影来告别,说出那些话——

有我所不乐意的在天堂里,我不愿去;有我所不乐意的在地狱里,我不愿去;有我所不乐意的在你们将来的黄金世界里,我不愿去。

然而你就是我所不乐意的。

朋友,我不想跟随你了,我不愿住。

我不愿意!

呜乎呜乎,我不愿意,我不如彷徨于无地。

我不过一个影,要别你而沉没在黑暗里了。然而黑暗又会吞并我,然而光明又会使我消失。

然而我不愿彷徨于明暗之间,我不如在黑暗里沉没。

然而我终于彷徨于明暗之间,我不知道是黄昏还是黎明。我姑且举灰黑的手装作喝干一杯酒,我将在不知道时候的时候独自远行。

呜乎呜乎,倘若黄昏,黑夜自然会来沉没我,否则我要被白天消失,如果现是黎明。

朋友,时候近了。

我将向黑暗里彷徨于无地。

你还想我的赠品。我能献你甚么呢?无已,则仍是黑暗和虚空而已。但是,我愿意只是黑暗,或者会消失于你的白天;我愿意只是虚空,决不占你的心地。

我愿意这样,朋友——

我独自远行,不但没有你,并且再没有别的影在黑暗里。只有我被黑暗沉没,那世界全属于我自己。

一九二四年九月二十四日。

我国有“顾影自怜”、“形影不离 ”、“形影相吊”等成语，可见人们到了寂寞难耐的时候，常常钟情于影子，企盼从影子中找到哪怕是一丝半点的安慰。可是这篇《影的告别》却一反往常，一上来就是一个无比奇异的画面：“人睡到不知道时候的时候，就会有影来告别，说出那些话——”为何“影”要离开“形”而独立？为何它如此无情，要说出以下那些缠绵反复、隐晦难解的话语？

其实并非“影”无情，而是旧社会的黑暗势力过于强大，落在作者肩上的责任过于沉重，前面的道路过于漫长。“影”所说的话也并非无缘无故，实质上乃是“人”即作者自己内心的沉痛独白和严于自我解剖的深情流露。也许“人”在白天琐事缠身，忙忙碌碌，无暇思考一些根本性的问题，只有万籁俱寂，一灯独对之际，亦即所谓“人睡到不知道时候的时候”，各种奇思玄想才会浮现脑际，由此不难想象“影”所说的话将会怎样不同寻常了。

“影”的性格异常倔强，竟一连说了三个“我不愿去”。本来“天堂”是虚幻的，“地狱”是痛苦的，说“不愿去”乃在情理之中，为什么连“将来的黄金世界”也不愿去？我们认为，《影的告别》的语言简洁而富于跳跃性，有关的背景材料又统统略去不提，倘若光扣住作品本身，很可能不得要领，不妨引用鲁迅同时期其他一些资料来说明。鲁迅在一封书信中说：“我看一切理想家，不是怀念‘过去’，就是希望‘将来’，而对于‘现在’这一个题目，都缴了白卷，因为谁也开不出药方。所有最好的药方，即所谓‘希望将来’的就是。”(《两地书·四》)原来，并不是鲁迅不要“理想”，而是失望于他所见到的“理想家”；不是不追求“将来”，而是反对“用不切实际的美丽的幻想慰藉人们的心灵，这就是鲁迅现实主义精神极可宝贵的思想”(孙玉石：《〈野草〉研究》)。说到底，正是鲁迅这种现实主义精神推动“影”说出了不愿去“将来的黄金世界”这样的伤心话。

鲁迅是最早把象征艺术引入散文诗创作的文学大师。“影”作为本篇的中心意象，作者既有实写，又有虚写，前者令人信服，后者启人遐想，这在作品描述“影”陷于进退两难的处境时表现得尤为明显。一方面，作者反复叙述“影”既会被“黄昏”之后的“黑夜”所吞没，又会被“黎明”之后的“白天”所消失，这显然道出了尽人皆知的事实：“影”和光线须臾不可分离。但另一方面，作者径直把这些现象转化为“影”内心的担忧和苦恼，则显然别有所指，富于象征意蕴了。不光如此，作者还接连用了几个“然而”表示骤然的转折，借此突出了“影”多方寻觅而又焦躁无奈的神情姿态。进而又用“姑且”开头，展现了一个近乎“壮胆”的特写镜头：“我姑且举灰黑的手装作喝干一杯酒，我将在不知道时候的时候独自远行。”真是突兀奇崛，出人意表。所有这些虚虚实实的文字，都是为了强化“影”始终“彷徨于明暗之间”的两难处境：向后转吧，那是没有出路的，鲁迅坚决反对向封建旧势力妥协；向前走吧，前途不明，目标不清，黑夜何时才是尽头？但如果一直原地踏步，鲁迅又决不甘心；看来，只好在没有“战友”的情况下“独自远行”了。这真是彷徨复彷徨，行行重行行！

“时候近了”，“影”决心“独自远行”，在这告别之际，能够献给广大青年朋友什么礼物呢？“影”对此有着清醒的认识：自己的思想信仰未必能有效地指引青年前进，自己肩上的“戟”即手中的笔未必能动摇旧营垒什么，说不定还会造成无谓的牺牲。这正是作者所最担心的，他在给青年许广平的一封信中曾作过如此剀切的表述：“我为自己和为别人的设想，是两样的。所以者何，就因为我的思想太黑暗，但究竟是否真确，又不得而知，所以只能在自身试验，不敢邀请别人。”(《两地书·二四》)基于这样的考虑，“影”决心独自承受黑暗与虚无的重压，用绝望的抗争为别人换得一线光明，但愿从此以后“再没有别的影在黑暗里。只有我被黑暗沉没”。读到这里，我们不禁想起了鲁迅作于1919年10月的长文《我们现在怎样做父亲》中的一番呼喊：“自己背着因袭的重担，肩住了黑暗的闸门，放他们到宽阔光明的地方去！”

是的，两个时期：“五四”高潮期及尔后的落潮期；两种文体：长篇议论文和散文诗；两种音调：《我们现在怎样做父亲》激昂慷慨，《影的告别》压抑悲愤。然而前后承接、一以贯之、渗透其间的则是杰出思想家和文学家的一腔热血！(孙光萱)

好的故事　　鲁　迅

灯火渐渐地缩小了，在预告石油的已经不多；石油又不是老牌，早熏得灯罩很昏暗。鞭爆的繁响在四近，烟草的烟雾在身边：是昏沉的夜。

我闭了眼睛，向后一仰，靠在椅背上；捏着《初学记》的手搁在膝髁上。

我在蒙胧中，看见一个好的故事。

这故事很美丽，幽雅，有趣。许多美的人和美的事，错综起来像一天云锦，而且万颗奔星似的飞动着，同时又展开去，以至于无穷。

我仿佛记得曾坐小船经过山阴道①，两岸边的乌桕，新禾，野花，鸡，狗，丛树和枯树，茅屋，塔，伽蓝，农夫和村妇，村女，晒着的衣裳，和尚，蓑笠，天，云，竹，……都倒影在澄碧的小河中，随着每一打桨，各各夹带了闪烁的日光，并水里的萍藻游鱼，一同荡漾。诸影诸物，无不解散，而且摇动，扩大，互相融和；刚一融和，却又退缩，复近于原形。边缘都参差如夏云头，镶着日光，发出水银色焰。凡是我所经过的河，都是如此。

现在我所见的故事也如此。水中的青天的底子，一切事物统在上面交错，织成一篇，永是生动，永是展开，我看不见这一篇的结束。

河边枯柳树下的几株瘦削的一丈红，该是村女种的罢。大红花和斑红花，都在水里面浮动，忽而碎散，拉长了，如缕缕的胭脂水，然而没有晕。茅屋，狗，塔，村女，云，……也都浮动着。大红花一朵朵全被拉长了，这时是泼刺奔迸的红锦带。带织入狗中，狗织入白云中，白云织入村女中……。在一瞬间，他们又将退缩了。但斑红花影也已碎散，伸长，就要织进塔，村女，狗，茅屋，云里去。

现在我所见的故事清楚起来了，美丽，幽雅，有趣，而且分明。青天上面，有无数美的人和美的事，我一一看见，一一知道。

我就要凝视他们……。

我正要凝视他们时，骤然一惊，睁开眼，云锦也已皺蹙，凌乱，仿佛有谁掷一块大石下河水中，水波陡然起立，将整篇的影子撕成片片了。我无意识地赶忙捏住几乎坠地的《初学记》，眼前还剩着几点虹霓色的碎影。

我真爱这一篇好的故事，趁碎影还在，我要追回他，完成他，留下他。我抛了书，欠身伸手去取笔，——何尝有一丝碎影，只见昏暗的灯光，我不在小船里了。

但我总记得见过这一篇好的故事，在昏沉的夜……。

一九二五年二月二十四日。

注 ① 山阴道：山阴，今浙江绍兴。山阴道指今绍兴市西南郊外一带，以风景优美著称。

在《野草》二十几篇作品中，《好的故事》要算是作者第一篇描写自己梦境的散文诗。虽然这里并没有用“我梦见自己”这样的方式开头。在人们用鞭爆的繁响迎接新岁的“昏沉的夜”里，作者一边坐着读书，一边便进入梦境了，在朦胧中，他看见了一个“好的故事”。“这故事很美丽，幽雅，有趣。有许多美的人和美的事，错综起来像一天云锦，而且万颗奔星似的飞动着，同时又展开去，以至于无穷。”鲁迅在这个梦境中，展开了这“好的故事”的无穷无尽的美好景象。这里写了“我仿佛记得曾坐小船经过山阴道”，两岸景物倒影在澄碧的小河中：村女种的一丈红的大红花和斑红花，与其他景物在水中织成了美丽斑斓的图画。请看，鲁迅笔下的江南水乡这样绮丽、美好，这样真切、动人，其中充满了作者对绍兴家乡风物人情的眷念和热爱。但是，并不能因此就认为这篇作品仅仅是“鲁迅回忆故乡绍兴田园景色，富有天趣的佳作”，在这里，描写的是睡梦中自然景物的变幻，抒发的却是现实中内心感情的追求，寄托了鲁迅更幽远的思绪。他精心构思出来的这篇没有故事的“好的故事”，再一次为我们坦露了他当时的心境：他多么热烈地憧憬一种“美的人和美的事”的出现啊！然而，在“昏沉的夜”一般的现实社会中，这种“美的人和美的事”是根本不存在的，它只能如梦中的幻影一样，给你一时的慰安，而在醒来时，留给人们的只是“几点虹霓色的碎影”，甚至最后连这碎影也不存在了！鲁迅憎恶那个“昏沉的夜”一般的社会现实，强烈地追求美好的理想，这种寂寞而炽热的心境，就这样形象而巧妙地织进了这篇《好的故事》之中。

在这篇《好的故事》中，展示了作者所向往的理想与黑暗现实的对立，从而使人们进一步认识到，鲁迅内心存在的希望与失望矛盾产生的现实基础，启示人们为毁掉这“昏沉的夜”，实现那充满“好的故事”的生活而斗争。更为可贵的是，这篇散文诗不仅倾诉了鲁迅这种斗争的激情，而且表现了他执着追求的精神。鲁迅在一场梦境醒来之后，是那样急切地要追寻这梦中的幻影。

> 我真爱这一篇好的故事，趁碎影还在，我要追回他，完成他，留下他。我抛了书，欠身伸手去取笔，——何尝有一丝碎影，只见昏暗的灯光，我不在小船里了。
>
> 但我总记得见过这一篇好的故事，在昏沉的夜……。

对于美的东西的总不忘怀，根植于对于黑暗社会的极端憎恶。鲁迅通过美与丑、光明与黑暗这样对立的艺术形象，表现了他对美好理想的憧憬和对现实的失望。鲁迅这种对美好未来的执着追求，闪烁着他特有的韧性战斗精神的光辉。（孙玉石）

雪　　鲁迅

暖国的雨，向来没有变过冰冷的坚硬的灿烂的雪花。博识的人们觉得他单调，他自己也以为不幸否耶？江南的雪，可是滋润美艳之至了；那是还在隐约着的青春的消息，是极壮健的处子的皮肤。雪野中有血红的宝珠山茶，白中隐青的单瓣梅花，深黄的磬口的蜡梅花；雪下面还有冷绿的杂草。蝴蝶确乎没有；蜜蜂是否来采山茶花和梅花的蜜，我可记不真切了。但我的眼前仿佛看见冬花开在雪野中，有许多蜜蜂们忙碌地飞着，也听得他们嗡嗡地闹着。

孩子们呵着冻得通红，像紫芽姜一般的小手，七八个一齐来塑雪罗汉。因为不成功，谁的父亲也来帮忙了。罗汉就塑得比孩子们高得多，虽然不过是上小下大的一堆，终于分不清是壶卢[①]还是罗汉；然而很洁白，很明艳，以自身的滋润相粘结，整个地闪闪地生光。孩子们用龙眼核给他做眼珠，又从谁的母亲的脂粉奁中偷得胭脂来涂在嘴唇上。这回确是一个大阿罗汉了。他也就目光灼灼地嘴唇通红地坐在雪地里。

第二天还有几个孩子来访问他；对了他拍手，点头，嘻笑。但他终于独自坐着了。晴天又来消释他的皮肤，寒夜又使他结一层冰，化作不透明的水晶模样；

连续的晴天又使他成为不知道算什么，而嘴上的胭脂也褪尽了。

但是，朔方的雪花在纷飞之后，却永远如粉，如沙，他们决不粘连，撒在屋上，地上，枯草上，就是这样。屋上的雪是早已就有消化了的，因为屋里居人的火的温热。别的，在晴天之下，旋风忽来，便蓬勃地奋飞，在日光中灿灿地生光，如包藏火焰的大雾，旋转而且升腾，弥漫太空，使太空旋转而且升腾地闪烁。

在无边的旷野上，在凛冽的天宇下，闪闪地旋转升腾着的是雨的精魂……

是的，那是孤独的雪，是死掉的雨，是雨的精魂。

一九二五年一月十八日

注 ① 壶卢：即葫芦。

鲁迅的《雪》，比较接近于我国古代所说的“兴”体。“兴者，起也”（《文心雕龙·比兴篇》），用现在的话说也就是联想。它生动地描写景物，然而它不是一般的风物画，不是“赋”，不那么直观、真实。它又不是寓言，不是“比”，不是那样自觉地用一种对象去表达另一种对象或抽象的思想。但值得注意的是，它只有“兴”的前一半，某种具体的事物——雪，却没有后一半：由这个具体事物联想起来的更大更深更感人的形象和思想。这可能是由于作者的有意含蓄，也可能是由于作者无意自觉地去完成这一联想，他只是在某种程度上凭直感写雪罢了。但是妙就妙在哪怕是在这种严格的局限于对具体对象的描写中，由于描写是这样深刻地抓住了具体对象的特征，这种特征是这样浓重地体现了作者的内心世界，而作者的内心又是这样深刻地体现了时代和社会的矛盾；因此，这些描写就富有启发性地提供了将对象的特征重新加以结合的条件，以至于在“雪”的后面，那种更大更深更感人的形象和思想，已经到了呼之欲出的地步，这是多么引人入胜啊！

人们阅读这篇作品，常常简单地将雪区分为“南雪”与“北雪”。其实，“南雪”与“北雪”对于当时的鲁迅来说，不是什么“理想”与“现实”，而只是回忆与现实。鲁迅的童年是在江南度过的，他写江南的雪，必然会牵动、会引起他的关于儿时生活情趣、儿时心灵体验的回忆。不管作者是否有心寓意，江南白雪的形象中分明凝聚着鲁迅的童年；而这个童年，又是作者在特定的环境（这里用得着“北方的现实”了）和心境中作出反顾的。

看吧，鲁迅是如此深情地怀念着童年和青春的美丽，他追忆那“血红的宝珠山茶”，“白中隐青的单瓣梅花”，“深黄的磬口的蜡梅花”，“冷绿的杂草”，他还想象那“嗡嗡地闹着”的蜜蜂，“忙碌地飞着”，这是一幅何等生气洋溢、色彩缤纷的图画！难道这不正是童年和青春的图画吗？正是在色彩缤纷、生气洋溢的童年和青春时代，鲁迅才分外鲜明地感受了周围世界的这种多彩与生动。在鲁迅那些触及现实生活的文字——不论小说还是杂文——里，是绝少这种色调的。

不过，这些只是鲁迅的回忆和抒写中的一个方面；另一方面，鲁迅也沉重地感到和清醒地懂得：童年和青春虽然美丽多姿，却也有它软弱、不定、短暂的一面。正像那“雪罗汉”，尽管它“明艳”、“洁白”、“闪闪地生光”，却经受不住“晴天”，也经受不住“寒夜”，“嘴上的胭脂也褪尽了”，只能“独自坐着”。美好而又软弱的事物常常在毁灭着、流失着。和某些轻飘飘地沉湎在儿时回忆里的作家不同，鲁迅爱惜童年和青春，但是并非爱不释手。“曾惊秋肃临天下，敢遣春温上笔端”（见鲁迅诗《亥年残秋偶作》），鲁迅笔下的春温，永远是饱尝秋肃的人心头的春温，是被秋肃严酷地锤炼过而又坚决地对抗着秋肃的春温。这就给全文定下了一个于深沉、清醒中见美好和纯真的调子，决定了这篇作品绝不同于例如冰心早期写的儿时回忆。

鲁迅笔下的“朔方的雪”又怎样呢？它摒弃任何温情，“决不粘连”；它努力振作抖擞，“蓬勃地奋飞”，“灿灿地生光”，决不屈服，决不退出战斗：像“秋夜”里的那株历尽沧桑的枣树，虽然落尽了青春和童年的树叶，虽然被“竿梢”打得“皮伤”，却仍然是傲然不拔地“默默地铁似的直刺着奇怪而高的天空”（《野草·秋夜》）。它深深地蕴藏着那连自己都可能被它烧尽的热烈得“如包藏火焰的大雾”，它的前身——活泼泼的雨“死”了，所以，“朔方的雪”再没有皮毛点缀，只剩下那赤裸裸的“精魂”仍然顽强地、无法再被杀死地存在着，并且仍然光辉夺目，“闪闪地旋转”，“使太空旋转而且升腾地闪烁”。

它是谁？

“是的，那是孤独的雪，是死掉的雨，是雨的精魂。”

这“朔方的雪”的形象，不也正是当时的鲁迅的形象写照吗？

正是这朔方的雪，而不是江南的雪的形象，支配着全篇的主要情绪。有些著名作家（如俄罗斯的屠格涅夫）笔下的青春像太阳下面的雪，消灭了，不留一点痕迹。但是鲁迅的雨，即使死掉了也还保留着“精魂”。表面上，这“精魂”没有江南白雪那样叫人舒服，其实，它更独特也更有分量。它是江南白雪的对立面和合乎逻辑的发展，它扬弃了江南白雪的形象，它是受了伤的、蜕变过来的，甚至是曾经“死掉”过的，但仍然没有污染，仍然不失其纯洁的生命（这是江南的雪的形象的核心）的童年和青春。如果说，鲁迅笔下的江南白雪的形象，并不算太稀罕；那么，像鲁迅那样去写朔方的雪，又把这两种雪联结在一起写，就非鲁迅这样的思想家、大手笔而莫办了。

就是这样，鲁迅在《雪》中塑造了两个形象：江南的雪和朔方的雪；使我们联想起两种性格：美艳又不免脆弱的童年、青春与坚强又不免孤独的战士和公民；敷染了两类美学色调：瑰丽的和斑驳的，亲切的和严峻的，鲜活的和深重的，怡悦的和粗犷的，温馨的和悲壮的……这二者像一个乐曲中的第一主题与第二主题，互相补充，互相渗透，互相纠缠，互相争斗，组成了一个小小的，然而是非凡的篇章。（王　蒙）

灯下漫笔　　鲁　迅

一

有一时，就是民国二三年时候，北京的几个国家银行的钞票，信用日见其好了，真所谓蒸蒸日上。听说连一向执迷于现银的乡下人，也知道这既便当，又可靠，很乐意收受，行使了。至于稍明事理的人，则不必是“特殊知识阶级”，也早不将沉重累坠的银元装在怀中，来自讨无谓的苦吃。想来，除了多少对于银子有特别嗜好和爱情的人物之外，所有的怕大都是钞票了罢，而且多是本国的。但可惜后来忽然受了一个不小的打击。

就是袁世凯想做皇帝的那一年[①]，蔡松坡先生溜出北京，到云南去起义。这边所受的影响之一，是中国和交通银行的停止兑现。虽然停止兑现，政府勒令商民照旧行用的威力却还有的；商民也自有商民的老本领，不说不要，却道找不出零钱。假如拿几十几百的钞票去买东西，我不知道怎样，但倘使只要买一枝笔，一盒烟卷呢，难道就付给一元钞票么？不但不甘心，也没有这许多票，那么，换铜元，少换几个罢，又都说没有铜元。那么，到亲戚朋友那里借钱去罢，怎么会有？于是降格以求，不讲爱国了，要外国银行的钞票。但外国银行的钞票这时就等于现银，他如果借给你这钞票，也就借给你真的银元了。

我还记得那时怀中还有三四十元的中交票[2]，可是忽而变了一个穷人，几乎要绝食，很有些恐慌。俄国革命以后的藏着纸卢布的富翁的心情，恐怕也就这样的罢；至多，不过更深更大罢了。我只得探听，钞票可能折价换到现银呢？说是没有行市。幸而终于，暗暗地有了行市了：六折几。我非常高兴，赶紧去卖了一半。后来又涨到七折了，我更非常高兴，全去换了现银，沉垫垫地坠在怀中，似乎这就是我的性命的斤两。倘在平时，钱铺子如果少给我一个铜元，我是决不答应的。

但我当一包现银塞在怀中，沉垫垫地觉得安心，喜欢的时候，却突然起了另一思想，就是：我们极容易变成奴隶，而且变了之后，还万分喜欢。

假如有一种暴力，"将人不当人"，不但不当人，还不及牛马，不算什么东西；待到人们羡慕牛马，发生"乱离人，不及太平犬"的叹息的时候，然后给与他略等于牛马的价格，有如元朝定律，打死别人的奴隶，赔一头牛，则人们便要心悦诚服，恭颂太平的盛世。为什么呢？因为他虽不算人，究竟已等于牛马了。

我们不必恭读《钦定二十四史》，或者入研究室，审察精神文明的高超。只要一翻孩子所读的《鉴略》，——还嫌烦重，则看《历代纪元编》，就知道"三千余年古国古"的中华，历来所闹的就不过是这一个小玩艺。但在新近编纂的所谓"历史教科书"一流东西里，却不大看得明白了，只仿佛说：咱们向来就很好的。

但实际上，中国人向来就没有争到过"人"的价格，至多不过是奴隶，到现在还如此，然而下于奴隶的时候，却是数见不鲜的。中国的百姓是中立的，战时连自己也不知道属于那一面，但又属于无论那一面。强盗来了，就属于官，当然该被杀掠；官兵既到，该是自家人了罢，但仍然要被杀掠，仿佛又属于强盗似的。这时候，百姓就希望有一个一定的主子，拿他们去做百姓，——不敢，是拿他们去做牛马，情愿自己寻草吃，只求他决定他们怎样跑。

假使真有谁能够替他们决定，定下什么奴隶规则来，自然就"皇恩浩荡"了。可惜的是往往暂时没有谁能定。举其大者，则如五胡十六国的时候，黄巢的时候，五代时候，宋末元末时候，除了老例的服役纳粮以外，都还要受意外的灾殃。张献忠的脾气更古怪了，不服役纳粮的要杀，服役纳粮的也要杀，敌他的要杀，降他的也要杀：将奴隶规则毁得粉碎。这时候，百姓就希望来一个另外的主子，较为顾及他们的奴隶规则的，无论仍旧，或者新颁，总之是有一种规则，使他们可上奴隶的轨道。

"时日曷丧，予及汝偕亡！"愤言而已，决心实行的不多见。实际上大概是群盗如麻，纷乱至极之后，就有一个较强，或较聪明，或较狡滑，或是外族的人物出来，较有秩序地收拾了天下。厘定规则：怎样服役，怎样纳粮，怎样磕头，怎样颂圣。而且这规则是不像现在那样朝三暮四的。于是便"万姓胪欢"了；用成语来说，就叫作"天下太平"。

任凭你爱排场的学者们怎样铺张，修史时候设些什么"汉族发祥时代""汉族发达时代""汉族中兴时代"的好题目，好意诚然是可感的，但措辞太绕弯子了。有更其直捷了当的说法在这里——

一，想做奴隶而不得的时代；

二，暂时做稳了奴隶的时代。

这一种循环，也就是“先儒”之所谓“一治一乱”；那些作乱人物，从后日的“臣民”看来，是给“主子”清道辟路的，所以说：“为圣天子驱除云尔。”

现在入了那一时代，我也不了然。但看国学家的崇奉国粹，文学家的赞叹固有文明，道学家的热心复古，可见于现状都已不满了。然而我们究竟正向着那一条路走呢？百姓是一遇到莫名其妙的战争，稍富的迁进租界，妇孺则避入教堂里去了，因为那些地方都比较的“稳”，暂不至于想做奴隶而不得。总而言之，复古的，避难的，无智愚贤不肖，似乎都已神往于三百年前的太平盛世，就是“暂时做稳了奴隶的时代”了。

但我们也就都像古人一样，永久满足于“古已有之”的时代么？都像复古家一样，不满于现在，就神往于三百年前的太平盛世么？

自然，也不满于现在的，但是，无须反顾，因为前面还有道路在。而创造这中国历史上未曾有过的第三样时代，则是现在的青年的使命！

二

但是赞颂中国固有文明的人们多起来了，加之以外国人。我常常想，凡有来到中国的，倘能疾首蹙额而憎恶中国，我敢诚意地捧献我的感谢，因为他一定是不愿意吃中国人的肉的！

鹤见祐辅氏在《北京的魅力》中，记一个白人将到中国，预定的暂住时候是一年，但五年之后，还在北京，而且不想回去了。有一天，他们两人一同吃晚饭——

在圆的桃花心木的食桌前坐定，川流不息地献着山海的珍味，谈话就从古董，画，政治这些开头。电灯上罩着支那式的灯罩，淡淡的光洋溢于古物罗列的屋子中。什么无产阶级呀，Proletariat[③]呀那些事，就像不过在什么地方刮风。

我一面陶醉在支那生活的空气中，一面深思着对于外人有着“魅力”的这东西。元人也曾征服支那，而被征服于汉人种的生活美了；满人也征服支那，而被征服于汉人种的生活美了。现在西洋人也一样，嘴里虽然说着 Democracy[④]呀，什么什么呀，而却被魅于支那人费六千年而建筑起来的生活的美。一经住过北京，就忘不掉那生活的味道。大风时候的万丈的沙尘，每三月一回的督军们的开战游戏，都不能抹去这支那生活的魅力。

这些话我现在还无力否认他。我们的古圣先贤既给与我们保古守旧的格言，但同时也排好了用子女玉帛所做的奉献于征服者的大宴。中国人的耐劳，中国人的多子，都就是办酒的材料，到现在还为我们的爱国者所自诩的。西洋人初入中国时，被称为蛮夷，自不免个个蹙额，但是，现在则时机已至，到了我们将曾经献于北魏，献于金，献于元，献于清的盛宴，来献给他们的时候了。出则汽车，行则保护：虽遇清道，然而通行自由的；虽或被劫，然而必得赔偿的；孙美瑶[⑤]掳去他们站在军前，还使官兵不敢开火。何况在华屋中享用盛宴呢？待到享受盛宴的时候，自然也就是赞颂中国固有文明的时候；但是我们的有些乐观的爱国者，也许反而欣然色喜，以为他们将要开始被中国同化了罢。古人曾以女人作苟安的城堡，美其名以自欺曰："和亲"，今人还用子女玉帛为作奴的贽敬，又美其名曰"同化"。所以倘有外国的谁，到了已有赴宴的资格的现在，而还替我们诅咒中国的现状者，这才是真有良心的真可佩服的人！

但我们自己是早已布置妥帖了，有贵贱，有大小，有上下。自己被人凌虐，但也可以凌虐别人；自己被人吃，但也可以吃别人。一级一级的制驭着，不能动弹，也不想动弹了。因为倘一动弹，虽或有利，然而也有弊。我们且看古人的良法美意罢——

天有十日，人有十等。下所以事上，上所以共神也。故王臣公，公臣大夫，大夫臣士，士臣皂，皂臣舆，舆臣隶，隶臣僚，僚臣仆，仆臣台。（《左传》昭公七年）

但是"台"没有臣，不是太苦了么？无须担心的，有比他更卑的妻，更弱的子在。而且其子也很希望，他日长大，升而为"台"，便又有更卑更弱的妻子，供他驱使了。如此连环，各得其所，有敢非议者，其罪名曰不安分！

虽然那是古事，昭公七年离现在也太辽远了，但"复古家"尽可不必悲观的。太平的景象还在：常有兵燹，常有水旱，可有谁听到大叫唤么？打的打，革的革，可有处士来横议么？对国民如何专横，向外人如何柔媚，不犹是差等的遗风么？中国固有的精神文明，其实并未为共和二字所埋没，只有满人已经退席，和先前稍不同。

因此我们在目前，还可以亲见各式各样的筵宴，有烧烤，有翅席，有便饭，有西餐。但茅檐下也有淡饭，路傍也有残羹，野上也有饿莩；有吃烧烤的身价不资的阔人，也有饿得垂死的每斤八文的孩子（见《现代评论》二十一期）。所谓中国的文明者，其实不过是安排给阔人享用的人肉的筵宴。所谓中国者，其实不过是安排这人肉的筵宴的厨房。不知道而赞颂者是可恕的，否则，此辈当得永远的诅咒！

外国人中，不知道而赞颂者，是可恕的；占了高位，养尊处优，因此受了蛊惑，昧却灵性而赞叹者，也还可恕的。可是还有两种，其一是以中国人为劣种，只配悉照原来模样，因而故意称赞中国的旧物。其一是愿世间人各不相同以增自己旅行的兴趣，到中国看辫子，到日本看木屐，到高丽看笠子，倘若服饰一样，便索然无味了，因而来反对亚洲的欧化。这些都可憎恶。至于罗素在西湖见轿夫含笑，便赞美中国人，则也许别有意思罢。但是，轿夫如果能对坐轿的人不含笑，中国也早不是现在似的中国了。

这文明，不但使外国人陶醉，也早使中国一切人们无不陶醉而且至于含笑。因为古代传来至今还在的许多差别，使人们各各分离，遂不能再感到别人的痛苦；并且因为自己各有奴使别人，吃掉别人的希望，便也就忘却自己同有被奴使被吃掉的将来。于是大小无数的人肉的筵宴，即从有文明以来一直排到现在，人们就在这会场中吃人，被吃，以凶人的愚妄的欢呼，将悲惨的弱者的呼号遮掩，更不消说女人和小儿。

这人肉的筵宴现在还排着，有许多人还想一直排下去。扫荡这些食人者，掀掉这筵席，毁坏这厨房，则是现在的青年的使命！

一九二五年四月二十九日。

注 ① 袁世凯想做皇帝的那一年：袁世凯于1915年12月宣布改次年为“洪宪元年”，自称皇帝。后文的蔡松坡即蔡锷，辛亥革命时任云南都督。 ② 中交票：中国银行和交通银行的钞票。 ③ Proletariat：英文，无产阶级。 ④ Democracy：英文，民主。 ⑤ 孙美瑶：当时山东的一个土匪首领。

鲁迅向来十分重视通过对历史的观察和剖析，来批判中国根深蒂固的封建专制制度及其所造成的国民性的弱点，“五四”高潮过去以后，面对军阀混战的黑暗现实，鲁迅更加深了这方面的思考。本文是长篇议论性随笔，在当时来说属于一种创新的文体，它介于“论文”与“杂感”之间，叙议结合，情理兼备，既有鲜明的思想性，又富生动的形象性，所论述的又是重大的历史和现实问题，和后来人们通常所指的“匕首”、“投枪”式的鲁迅杂文不尽相同。

《灯下漫笔》共分两大部分，这两大部分各有侧重，相对独立，体现了“漫笔”“任意而谈”的特性，但又互相衬托和照应，共同服从于全文统一的主旨：对封建的“奴隶规则”、“固有文明”和国民的奴化思想进行深入的批判。先看第一部分。作者一上来讲了一个“钞票换银元”的例子，那还是在十年以前，袁世凯称帝，蔡锷发兵声讨，北京的军阀当局乱成一团，在这样的历史背景下，北京的市民忙着换银元，自然不失为对北洋军阀统治表示怀疑和不满的一种表现。可贵的是鲁迅不但没有忘掉往事，还在“念念不忘”之余作出了独特而深入的开掘，察觉到了市民群众不思根本反抗、但求苟安保守的心理状态，更可贵的是鲁迅在议论时毫不犹豫地把自己也摆了进去，沉痛地写道：“但我当一包现银塞在怀中，沉垫垫地觉得安心，喜欢的时候，却突然起了另一思想，就是：我们极容易变成奴隶，而且变了之后，还万分喜欢。”这番独立成段的议论和感叹，何等突兀醒目，出人意料！作者正是经过这么一番归结和顿挫，随即改用汪洋恣肆的笔法，广泛援引各种史料和实例，多方面地进行剖析和鞭挞，闪耀出灼热的逼人的光芒。

作者在驾驭和援用各类史料实例时，不是简单地平列，机械地叠加，而是环环相扣，步步深入。第一，先是“人”“犬”（畜牲）并提，从“乱离人，不及太平犬”的民间俗语，到“打死别人的奴隶，赔一头牛”的元朝定律，再到战乱时老百姓“情愿自己寻草去”，只求统治者“拿他们去做牛马”的心理状态，淋漓尽致地展示了人民的悲惨遭遇。第二，围绕“奴隶规则”的存废去留，从五胡十六国一直写到明末的张献忠，一以贯之，令人信服。最后，作者透过现象看实质，撇开“先儒”和“学者”各种装门面、“绕弯子”的说法，直截了当地把“治”和“乱”的转化交替归结为两个时代：“一，想做奴隶而不得的时代”，“二，暂时做稳了奴隶的时代”。没有疑问，这是作者见微知著、由表及里的独特发现，是振聋发聩的强烈呐喊。至此，第一部分已经进入了高潮，作者回到今天，联系现实稍作评述以后，立即以一个斩钉截铁的警句作为结尾：“创造这中国历史上未曾有过的第三样时代，则是现在的青年的使命！”

如果说第一部分采取“纵”的写法，致力于剖析我国几千年“治乱”史的话，那么，第二部分就纵横交错——同时把目光射向国外，增添了反对帝国主义侵略的内容。作者先是不加评述地引用了鹤见祐辅《北京的魅力》中一大段描述，然后扣住引文中所说的山珍海味，巧妙而犀利地围绕“盛宴”生发开去，得出了一个极其尖锐的结论：外国人“赞颂中国固有文明”之际，亦即昂首前来“赴宴”——处心积虑地剥削中国广大人民之时。像这种移花接木、顺流而下的写法，既避免了叠床架屋，另起炉灶，又极大地增加了文章的讽刺效果。

《北京的魅力》中的筵宴和山珍海味是实写，鲁迅接下来抨击外国人“享用盛宴”是比喻，在这之后，作品又激愤地插叙了一段当时所见的“各式各样的筵宴”，这显然又是实写了。像这样虚实结合、本义和引申义并用的手法，不用说是相当高超灵活的。

为了加强文章的说服力，第二部分还广泛地采用了对照和比较的手法。一方面，帝国主义者赞颂中国固有文明，明明是为了更好地进行侵略和掠夺，另一方面，某些满脑袋传统观念的中国人却“欣然色喜”，错误地以为中国的“固有文明”真有“同化”外国人的威力。通过这番对照，作者既揭露了侵略者的贪婪和狡猾，也鞭挞了一部分中国人的愚昧和无知。而这，不用说又是和第一部分揭示的“奴隶心态”相反相成，互为因果的。

第二部分行文越到后来越是悲愤、泼辣、尖锐，直到最后，作者又一次激昂地呼喊道：“扫荡这些食人者，掀掉这筵席，毁坏这厨房，则是现在的青年的使命！”这番呼喊既是第二部分的高潮，又和第一部分的结尾遥相呼应，共同体现了鲁迅对青年的热烈企盼。

有一位学者指出：鲁迅的作品“是当之无愧的中国近代社会的百科全书”（李泽厚：《略论鲁迅思想的发展》）。这自然是指鲁迅的全部作品特别是所有杂文而言的，但仅就《灯下漫笔》而论，它引述史料典籍之广，时间跨度之长，援引现实事例之多，着实令人惊叹。所有这些史料和实例，平时分散在各处，读者见了也许不以为奇，但一经鲁迅这位杰出的思想家汇集一处，略作分析，便立刻洞幽烛隐，真相毕现。加上作者冷峻悲愤的语言、入木三分的讽刺、跌宕起伏的结构，更使文章具有雄辩的感人的艺术魅力。（孙光萱）

阿长与《山海经》　　鲁　迅

长妈妈，已经说过，是一个一向带领着我的女工，说得阔气一点，就是我的保姆。我的母亲和许多别的人都这样称呼她，似乎略带些客气的意思。只有祖母叫她阿长。我平时叫她“阿妈”，连“长”字也不带；但到憎恶她的时候，——例如知道了谋死我那隐鼠的却是她的时候，就叫她阿长。

我们那里没有姓长的；她生得黄胖而矮，“长”也不是形容词。又不是她的名字，记得她自己说过，她的名字是叫作什么姑娘的。什么姑娘，我现在已经忘却了，总之不是长姑娘；也终于不知道她姓什么。记得她也曾告诉过我这个名称的来历：先前的先前，我家有一个女工，身材生得很高大，这就是真阿长。后来她回去了，我那什么姑娘才来补她的缺，然而大家因为叫惯了，没有再改口，于是她从此也就成为长妈妈了。

虽然背地里说人长短不是好事情，但倘使要我说句真心话，我可只得说：我实在不大佩服她。最讨厌的是常喜欢切切察察，向人们低声絮说些什么事，还竖起第二个手指，在空中上下摇动，或者点着对手或自己的鼻尖。我的家里一有些小风波，不知怎的我总疑心和这“切切察察”有些关系。又不许我走动，拔一株草，翻一块石头，就说我顽皮，要告诉我的母亲去了。一到夏天，睡觉时她又伸开两脚两手，在床中间摆成一个“大”字，挤得我没有余地翻身，久睡在一角的席子上，又已经烤得那么热。推她呢，不动；叫她呢，也不闻。

“长妈妈生得那么胖，一定很怕热罢？晚上的睡相，怕不见得很好罢？……”

母亲听到我多回诉苦之后，曾经这样地问过她。我也知道这意思是要她多给我一些空席。她不开口。但到夜里，我热得醒来的时候，却仍然看见满床摆着一个“大”字，一条臂膊还搁在我的颈子上。我想，这实在是无法可想了。

但是她懂得许多规矩；这些规矩，也大概是我所不耐烦的。一年中最高兴的时节，自然要数除夕了。辞岁之后，从长辈得到压岁钱，红纸包着，放在枕边，只要过一宵，便可以随意使用。睡在枕上，看着红包，想到明天买来的小鼓，刀枪，泥人，糖菩萨……。然而她进来，又将一个福橘放在床头了。

“哥儿，你牢牢记住！”她极其郑重地说。“明天是正月初一，清早一睁开眼睛，第一句话就得对我说：‘阿妈，恭喜恭喜！’记得么？你要记着，这是一年的运气的事情。不许说别的话！说过之后，还得吃一点福橘。”她又拿起那橘子来在我的眼前摇了两摇，“那么，一年到头，顺顺流流……。”

梦里也记得元旦的，第二天醒得特别早，一醒，就要坐起来。她却立刻伸出臂膊，一把将我按住。我惊异地看她时，只见她惶急地看着我。

她又有所要求似的，摇着我的肩。我忽而记得了——

“阿妈，恭喜……。”

“恭喜恭喜！大家恭喜！真聪明！恭喜恭喜！”她于是十分喜欢似的，笑将起来，同时将一点冰冷的东西，塞在我的嘴里。我大吃一惊之后，也就忽而记得，这就是所谓福橘，元旦辟头的磨难，总算已经受完，可以下床玩耍去了。

她教给我的道理还很多，例如说人死了，不该说死掉，必须说“老掉了”；死了人，生了孩子的屋子里，不应该走进去；饭粒落在地上，必须拣起来，最好是吃下去；晒裤子用的竹竿底下，是万不可钻过去的……。此外，现在大抵忘却了，只有元旦的古怪仪式记得最清楚。总之：都是些烦琐之至，至今想起来还觉得非常麻烦的事情。

然而我有一时也对她发生过空前的敬意。她常常对我讲“长毛”[①]。她之所谓“长毛”者，不但洪秀全军，似乎连后来一切土匪强盗都在内，但除却革命党，因为那时还没有。她说得长毛非常可怕，他们的话就听不懂。她说先前长毛进城的时候，我家全都逃到海边去了，只留一个门房和年老的煮饭老妈子看家。后来长毛果然进门来了，那老妈子便叫他们“大王”，——据说对长毛就应该这样叫，——诉说自己的饥饿。长毛笑道：“那么，这东西就给你吃了罢！”将一个圆圆的东西掷了过来，还带着一条小辫子，正是那门房的头。煮饭老妈子从此就骇破了胆，后来一提起，还是立刻面如土色，自己轻轻的拍着胸脯道：“阿呀，骇死我了，骇死我了……。”

我那时似乎倒并不怕，因为我觉得这些事和我毫不相干的，我不是一个门房。但她大概也即觉到了，说道：“像你似的小孩子，长毛也要掳的，掳去做小长毛。还有好看的姑娘，也要掳。”

“那么，你是不要紧的。”我以为她一定最安全了，既不做门房，又不是小孩子，也生得不好看，况且颈子上还有许多炙疮疤。

“那里的话？！”她严肃地说。“我们就没有用么？我们也要被掳去。城外有兵来攻的时候，长毛就叫我们脱下裤子，一排一排地站在城墙上，外面的大炮就放不出来；再要放，就炸了！”

这实在是出于我意想之外的，不能不惊异。我一向只以为她满肚子是麻烦的礼节罢了，却不料她还有这样伟大的神力。从此对于她就有了特别的敬意，似乎实在深不可测；夜间的伸开手脚，占领全床，那当然是情有可原的了，倒应该我退让。

这种敬意，虽然也逐渐淡薄起来，但完全消失，大概是在知道她谋害了我的隐鼠之后。那时就极严重地诘问，而且当面叫她阿长。我想我又不真做小长毛，不去攻城，也不放炮，更不怕炮炸，我惧惮她什么呢！

但当我哀悼隐鼠，给它复仇的时候，一面又在渴慕着绘图的《山海经》了。这渴慕是从一个远房的叔祖惹起来的。他是一个胖胖的，和蔼的老人，爱种一点花木，如珠兰，茉莉之类，还有极其少见的，据说从北边带回去的马缨花。他的太太却正相反，什么也莫名其妙，曾将晒衣服的竹竿搁在珠兰的枝条上，枝折了，还要愤愤地咒骂道：“死尸！”这老人是个寂寞者，因为无人可谈，就很爱和孩子们往来，有时简直称我们为“小友”。在我们聚族而居的宅子里，只有他书多，而且特别。制艺和试帖诗，自然也是有的；但我却只在他的书斋里，看见过陆玑的《毛诗草木鸟兽虫鱼疏》，还有许多名目很生的书籍。我那时最爱看的是《花镜》，上面有许多图。他说给我听，曾经有过一部绘图的《山海经》，画着人面的兽，九头的蛇，三脚的鸟，生着翅膀的人，没有头而以两乳当作眼睛的怪物，……可惜现在不知道放在那里了。

我很愿意看看这样的图画，但不好意思力逼他去寻找，他是很疏懒的。问别人呢，谁也不肯真实地回答我。压岁钱还有几百文，买罢，又没有好机会。有书买的大街离我家远得很，我一年中只能在正月间去玩一趟，那时候，两家书店都紧紧地关着门。

玩的时候倒是没有什么的，但一坐下，我就记得绘图的《山海经》。

大概是太过于念念不忘了，连阿长也来问《山海经》是怎么一回事。这是我向来没有和她说过的，我知道她并非学者，说了也无益；但既然来问，也就都对她说了。

过了十多天，或者一个月罢，我还很记得，是她告假回家以后的四五天，她穿着新的蓝布衫回来了，一见面，就将一包书递给我，高兴地说道：

“哥儿，有画儿的‘三哼经’，我给你买来了！”

我似乎遇着了一个霹雳，全体都震悚起来；赶紧去接过来，打开纸包，是四本小小的书，略略一翻，人面的兽，九头的蛇，……果然都在内。

这又使我发生新的敬意了，别人不肯做，或不能做的事，她却能够做成功。她确有伟大的神力。谋害隐鼠的怨恨，从此完全消灭了。

这四本书，乃是我最初得到，最为心爱的宝书。

书的模样，到现在还在眼前。可是从还在眼前的模样来说，却是一部刻印都十分粗拙的本子。纸张很黄；图像也很坏，甚至于几乎全用直线凑合，连动物的眼睛也都是长方形的。但那是我最为心爱的宝书，看起来，确是人面的兽；九头的蛇；一脚的牛；袋子似的帝江；没有头而"以乳为目，以脐为口"，还要"执干戚而舞"的刑天。

此后我就更其搜集绘图的书，于是有了石印的《尔雅音图》和《毛诗品物图考》，又有了《点石斋丛画》和《诗画舫》。《山海经》也另买了一部石印的，每卷都有图赞，绿色的画，字是红的，比那木刻的精致得多了。这一部直到前年还在，是缩印的郝懿行疏。木刻的却已经记不清是什么时候失掉了。

我的保姆，长妈妈即阿长，辞了这人世，大概也有了三十年了罢。我终于不知道她的姓名，她的经历；仅知道有一个过继的儿子，她大约是青年守寡的孤孀。

仁厚黑暗的地母呵，愿在你怀里永安她的魂灵！

三月十日。

注 ① 长毛，指太平天国起义军。他们留发而不结辫，故称"长毛"。

在《阿长与〈山海经〉》里，鲁迅怀着诚挚的感情，为人们塑造了一个淳朴善良的农妇形象，抒发了自己对她的怀念。一开始，作品便通过长妈妈"名称的来历"生动地反映了她的身世，她不仅没有姓名，甚至连外号也是顶替别人的，地位何等卑微！显然，在散文里，作者对长妈妈不作外形描写，而是集中写她某些特点，从而突现她的神态和灵魂。长妈妈确有许多令人"讨厌"的缺点，如"常喜欢切切察察"在家里引起一些"小风波"，睡相也不太好，摊手摊脚，占领全床，有时还把胳膊搁在孩子的脖子上。作为佣工和保姆，长妈妈似乎不太称职。长妈妈没有知识，却又懂得许多令人"不耐烦"的规矩和使人感到"非常麻烦"的道理，如"晒裤子用的竹竿底下，是万不可钻过去的"等，例子多得很。这些细端末节，犹如无数光束，虽然微弱但却颇为集中地汇映出长妈妈的愚昧无知、落后陈腐但却善良的心灵。就在她那教给小主人的许多道理和不许这样或那样的管教中，都微妙地表露出她对"我"的钟爱，这在艺术手法上，有点类似以藏为露的含蓄。其实，在家里，只有她才真正关心着了解着"我"，这一心意就在购买《山海经》的情节中猛然外露了。当"我"接到《山海经》时，竟"似乎遇着了一个霹雳，全体都震悚起来"，所有"抱怨"，"从此完全消失"，对她"发生敬意"。长妈妈的形象一附丽于这一动人事件，便陡然丰满了。作者高明地通过这一情节，引发读者达到"妙悟"境界，从此物、此事、此景中"悟"到此人、此心、此情，获得对这一形象本质的认识，这种刻意传神的手法是十分灵巧的。

在这篇散文里，鲁迅还杰出地发挥了对话艺术刻写长妈妈，如在"长毛"故事里，长妈妈以极为"严肃"的口气，说出那令人发笑的话，真可谓非此人难发此言了。又如在叙说关于《山海经》的事情时，鲁迅"删除"了许多不必要的描写，就只突出长妈妈这么一句很有特色的话："哥儿，有画儿的'三哼经'，我给你买来了！"一声响亮的"哥儿"，一句奇怪的"三哼经"，既显身份，又表感情，使人闻其声如见其人，极有分量地显现了人物形象。长妈妈之所以生动，还在作者把她置于浓郁的风俗氛围中来刻画，如"辞岁之后"那段文字，虽只淡淡几笔，但气氛尽出，于儿童天真的梦幻中展现了"一年中最高兴的时节"，长妈妈就在这时进入画面，"将一个福橘放在床头"。继后，又在许多"道理"和"规矩"的叙写与介绍中，不断强化对全民群众心理认同的风俗习惯的表现，使长妈妈身上散发出强烈的生活气息。

《阿长与〈山海经〉》叙事艺术是令人叹服的。作者把叙述和描写穿插组合，使文章气韵生动，形象活泼鲜明，如叙及长妈妈"切切察察"时，特地描绘她那"竖起第二个手指，在空中上下摇动"的姿势，这一细微动作，既显形又传神。又如谈长妈妈睡相时，忽然插入“在床中间摆成一个‘大’字”的描写，好比一个特写镜头，活脱脱地映现出长妈妈粗鲁的特点。这些均是在叙述的段落中，间以描摹予以点染。更重要的是在整体艺术设计中，进行大段落的描写，如谈到“元旦辟头的磨难”时，作品突然改变对除夕规矩介绍的笔路，浓墨重彩地展开描绘，写长妈妈在睡前对孩子“极其郑重”的嘱咐，写她第二天醒来时“一把将我按住”及“摇着我的肩”的动作，写她“惶急”的眼神，写她“喜欢”的笑声，真是绘声绘色地勾勒出一个农妇的质朴灵魂。再如对“长毛”故事的叙述，有情有节，惊心动魄，极为生动地表现了长妈妈的愚鲁无知。

这篇散文的艺术构思是值得称道的。作品把不识字的长妈妈和《山海经》联系起来，这设想就很新奇。作品大体可分为四个层次，一开始作者就细说长妈妈的长相、身世、特点，然后以她“懂得许多规矩”为过渡，转入第二层次，对“元旦的古怪仪式”的描写，接着又以“我”对长妈妈“发生过空前的敬意”为导引，进入第三层次关于“长毛”的叙述。文章至此已占篇幅三分之二，但和《山海经》还无关系，而“我”和长妈妈的关系似乎愈发尖锐了，长妈妈简直是个“非常麻烦”的农妇。其实这三个层次在总体结构中仅是铺排造势，为情节向巅峰发展作好准备。第四层次是高潮的涌现，一起笔仅是细叙自己对《山海经》的渴慕，看得出来仍在蓄势，因为《山海经》在结构中至关重要，直至气势已足，笔锋方始陡转，集中描写长妈妈购回《山海经》的情事，突出了她的“伟大的神力”。一书系深情，极表她的爱，长妈妈的形象经此涂染，突放光彩。可见作者对高潮的组织是独具匠心的，作品主旨是赞扬长妈妈，但他没有直歌其事，而是采用欲扬先抑的手法，极有层次地由小到大步步递进，最后以《山海经》为媒介，使情景发生重大变化。先抑后扬，至为高明地于不协调中显和谐，使画面更生动，形象更丰满，主题更鲜明。

谈到这篇散文的艺术构思，不能忽视“我”的感情作用，须知“我”既是叙述者，又是作品的角色，其中一切情事都在“我”的视线之中展现，所有世态无不渗透着“我”的内在情愫，作品整个构架是“我”的感情韧带起着连结作用的。作品就通过“我”的感情前后变化，使这篇本来没有多少情节的散文，具有波澜起伏的态势，感情的逻辑和画面的层次缝接得十分紧凑、自然。结尾也很出色，恰接在高潮之后，最后发出动人的呼告，感情的激化是情节发展的结果，吐露了自己对保姆的无限挚爱，而这正是散文主旨的结穴之处。（陈孝全）

从百草园到三味书屋　　鲁　迅

我家的后面有一个很大的园，相传叫作百草园。现在是早已并屋子一起卖给朱文公的子孙了，连那最末次的相见也已经隔了七八年，其中似乎确凿只有一些野草；但那时却是我的乐园。

不必说碧绿的菜畦，光滑的石井栏，高大的皂荚树，紫红的桑椹；也不必说鸣蝉在树叶里长吟，肥胖的黄蜂伏在菜花上，轻捷的叫天子（云雀）忽然从草间直窜向云霄里去了。单是周围的短短的泥墙根一带，就有无限趣味。油蛉在这里低唱，蟋蟀们在这里弹琴。翻开断砖来，有时会遇见蜈蚣；还有斑蝥，倘若用手指按住它的脊梁，便会拍的一声，从后窍喷出一阵烟雾。何首乌藤和木莲藤缠络着，木莲有莲房一般的果实，何首乌有臃肿的根。有人说，何首乌根是有像人形的，吃了便可以成仙，我于是常常拔它起来，牵连不断地拔起来，也曾因此弄坏了泥墙，却从来没有见过有一块根像人样。如果不怕刺，还可以摘到覆盆子，像小珊瑚珠攒成的小球,又酸又甜,色味都比桑椹要好得远。

长的草里是不去的,因为相传这园里有一条很大的赤练蛇。

长妈妈曾经讲给我一个故事听:先前,有一个读书人住在古庙里用功,晚间,在院子里纳凉的时候,突然听到有人在叫他。答应着,四面看时,却见一个美女的脸露在墙头上,向他一笑,隐去了。他很高兴;但竟给那走来夜谈的老和尚识破了机关。说他脸上有些妖气,一定遇见"美女蛇"了;这是人首蛇身的怪物,能唤人名,倘一答应,夜间便要来吃这人的肉的。他自然吓得要死,而那老和尚却道无妨,给他一个小盒子,说只要放在枕边,便可高枕而卧。他虽然照样办,却总是睡不着,——当然睡不着的。到半夜,果然来了,沙沙沙!门外像是风雨声。他正抖作一团时,却听得豁的一声,一道金光从枕边飞出,外面便什么声音也没有了,那金光也就飞回来,敛在盒子里。后来呢?后来,老和尚说,这是飞蜈蚣,它能吸蛇的脑髓,美女蛇就被它治死了。

结末的教训是:所以倘有陌生的声音叫你的名字,你万不可答应他。

这故事很使我觉得做人之险,夏夜乘凉,往往有些担心,不敢去看墙上,而且极想得到一盒老和尚那样的飞蜈蚣。走到百草园的草丛旁边时,也常常这样想。但直到现在,总还是没有得到,但也没有遇见过赤练蛇和美女蛇。叫我名字的陌生声音自然是常有的,然而都不是美女蛇。

冬天的百草园比较的无味;雪一下,可就两样了。拍雪人(将自己的全形印在雪上)和塑雪罗汉需要人们鉴赏,这是荒园,人迹罕至,所以不相宜,只好来捕鸟。薄薄的雪,是不行的;总须积雪盖了地面一两天,鸟雀们久已无处觅食的时候才好。扫开一块雪,露出地面,用一枝短棒支起一面大的竹筛来,下面撒些秕谷,棒上系一条长绳,人远远地牵着,看鸟雀下来啄食,走到竹筛底下的时候,将绳子一拉,便罩住了。但所得的是麻雀居多,也有白颊的"张飞鸟",性子很躁,养不过夜的。

这是闰土的父亲所传授的方法,我却不大能用。明明见它们进去了,拉了绳,跑去一看,却什么都没有,费了半天力,捉住的不过三四只。闰土的父亲是小半天便能捕获几十只,装在叉袋里叫着撞着的。我曾经问他得失的缘由,他只静静地笑道:你太性急,来不及等它走到中间去。

我不知道为什么家里的人要将我送进书塾里去了,而且还是全城中称为最严厉的书塾。也许是因为拔何首乌毁了泥墙罢,也许是因为将砖头抛到间壁的梁家去了罢,也许是因为站在石井栏上跳了下来罢,……都无从知道。总而言之:我将不能常到百草园了。Ade[①],我的蟋蟀们!Ade,我的覆盆子们和木莲们!……

出门向东,不上半里,走过一道石桥,便是我的先生的家了。从一扇黑油的竹门进去,第三间是书房。中间挂着一块扁道:三味书屋;扁下面是一幅画,画着一只很肥大的梅花鹿伏在古树下。没有孔子牌位,我们便对着那扁和鹿行礼。第一次算是拜孔子,第二次算是拜先生。

第二次行礼时，先生便和蔼地在一旁答礼。他是一个高而瘦的老人，须发都花白了，还戴着大眼镜。我对他很恭敬，因为我早听到，他是本城中极方正，质朴，博学的人。

不知从那里听来的，东方朔[②]也很渊博，他认识一种虫，名曰“怪哉”，冤气所化，用酒一浇，就消释了。我很想详细地知道这故事，但阿长是不知道的，因为她毕竟不渊博。现在得到机会了，可以问先生。

“先生，‘怪哉’这虫，是怎么一回事？……”我上了生书，将要退下来的时候，赶忙问。

“不知道！”他似乎很不高兴，脸上还有怒色了。

我才知道做学生是不应该问这些事的，只要读书，因为他是渊博的宿儒，决不至于不知道，所谓不知道者，乃是不愿意说。年纪比我大的人，往往如此，我遇见过好几回了。

我就只读书，正午习字，晚上对课。先生最初这几天对我很严厉，后来却好起来了，不过给我读的书渐渐加多，对课也渐渐地加上字去，从三言到五言，终于到七言。

三味书屋后面也有一个园，虽然小，但在那里也可以爬上花坛去折蜡梅花，在地上或桂花树上寻蝉蜕。最好的工作是捉了苍蝇喂蚂蚁，静悄悄地没有声音。然而同窗们到园里的太多，太久，可就不行了，先生在书房里便大叫起来：

“人都到那里去了?!”

人们便一个一个陆续走回去；一同回去，也不行的。他有一条戒尺，但是不常用，也有罚跪的规则，但也不常用，普通总不过瞪几眼，大声道：

“读书！”

于是大家放开喉咙读一阵书，真是人声鼎沸。有念“仁远乎哉我欲仁斯仁至矣”的，有念“笑人齿缺曰狗窦大开”的，有念“上九潜龙勿用”的，有念“厥土下上上错厥贡苞茅橘柚”的……。先生自己也念书。后来，我们的声音便低下去，静下去了，只有他还大声朗读着：

“铁如意，指挥倜傥，一座皆惊呢～～～；金叵罗，颠倒淋漓噫，千杯未醉嗬～～～……。”

我疑心这是极好的文章，因为读到这里，他总是微笑起来，而且将头仰起，摇着，向后面拗过去，拗过去。

先生读书入神的时候，于我们是很相宜的。有几个便用纸糊的盔甲套在指甲上做戏。我是画画儿，用一种叫作“荆川纸”的，蒙在小说的绣像上一个个描下来，像习字时候的影写一样。读的书多起来，画的画也多起来；书没有读成，画的成绩却不少了，最成片段的是《荡寇志》和《西游记》的绣像，都有一大本。后来，因为要钱用，卖给一个有钱的同窗了。他的父亲是开锡箔店的；听说现在自己已经做了店主，而且快要升到绅士的地位了。这东西早已没有了罢。

九月十八日。

注 ① Ade 德语：再见。 ② 东方朔（公元前154—前93），字曼倩，西汉文学家。他是汉武帝的侍臣，善讽谏，喜诙谐，旧时关于他的传说很多。

《从百草园到三味书屋》是一曲谱写幼年往事的优美乐章。在这一脍炙人口的散文中，作者以如诗的笔触舒卷自如地为人们描绘了一个妙趣横生的童心世界。

这个世界是由色调不同、情韵各异的两大景片组成的。先是百草园，顾名思义，是个荒凉的地方，如作品所说，“其中似乎确凿只有一些野草”，可是，“那时却是我的乐园”。“草园”变成“乐园”，其间就充满了童趣，作品即以这为中心进行构图。儿童最大的心理特征就是好奇，自然的形态，自然的情调，自然的声音，必然萌发起他们的兴趣，勾起无穷的联想，那蝉的“长吟”，油蛉的“低唱”，蟋蟀的“弹琴”，都是孩子们对昆虫语言的好奇想象。鲁迅在百草园里描绘的就是儿童在自然环境里的极乐世界。在作者笔下，百草园是一个充满了颜色和声音的生命世界，连那青青的野草丛里，也氤氲着一个动人的故事。这故事极有声色，但见金光闪闪，风声飒飒，鬼影幢幢，妖气重重，恐怖极了，又生动极了。有人认为这像是闲笔，其实这看似信笔插话，却是极具匠心。众所周知，这是一个民间的古老传说，鲁迅借助它饶有兴趣地从另一侧面丰富了作品的内容。从结构角度看，这个故事是从园里草丛中相传“有一条很大的赤练蛇”引发出来的，文气贯通，毫无游离之感；而更重要的是它反映了儿童的心理，挖掘了潜存于他们心灵深处的奥秘。人们可以想象得出，孩子们对美女蛇的故事是又喜欢又害怕的。在技巧上看，这一插话是转叙事为描写，别开生面地为作品拓展了新的天地，百草园一渗入人情，就更其魅人了，这实是一记妙着。

百草园的另一景观是冬天，作品集中笔力只写雪天捕鸟，怎样张设机关，鸟雀如何入彀，闰土父亲如何传授方法，自己又是如何不行，虽然着墨无多，但却相当传神，是一幅充满了儿童乐趣的动画，你简直可以从里头看到孩子们欢蹦乱跳的情景，听到快乐的欢语笑声。写夏天，用浓墨重彩，写冬天则轻描淡写，这一笔路的转换，也是很讨巧的。把这两大断片连缀起来，构成了百草园的大全景，它所表现的就是“无限的趣味”，那是一个没有烦恼，没有忧愁，可以无拘无束地尽情欢笑的儿童乐园。

三味书屋的况味就完全不同了。由于对它理解不同，因此对作品的主旨和作者的创作意图也有多种猜测。有的认为鲁迅所勾勒的三味书屋是一个封建的囚牢，禁锢儿童身心的场所，因此论定作者意在批判封建教育制度。有的则相反，以为三味书屋和百草园一样，都是表现儿童乐趣的。孰是孰非，只有正视作品实际进行实事求是的分析，方能得出比较确当的答案。三味书屋是个私塾，如作品所说，“是全城中称为最严厉的书塾”。它的样子就很古老，何谓“三味”？实是经、史、子三类书籍，“三味书屋”这一名称就鲜明地表现了这所私塾的办学宗旨和教育内容。在作品里，鲁迅十分逼真地描写了三味书屋的陈腐味，学生进学先向孔子牌位行礼，其次是拜先生，平时只能专心攻读经书，旁的学问是不许过问的。日常课程也安排得十分刻板，每天就只读书，“正午习字，晚上对课”，书慢慢加多，对课也逐渐加上字去，“从三言到五言，终于到七言”。书塾设有打人的戒尺，也有罚跪的规则。总之，三味书屋绝不是和百草园一样是儿童的乐园，它是一所名副其实的“最严厉的书塾”，儿童在那里要受到规矩的束缚，自由是没有的；但鲁迅也没有把书塾写成儿童的囚牢，这不是他创作的本意。读这篇作品，谁都会真切地感到，在那枯燥乏味的三味书屋里，却有一股亲切的气氛流动其间，这就是儿童的谐趣。有三幅明丽的图景，值得注意，一是“园戏图”，书屋后面有一个小园，学生有时偷偷地从课堂里溜出来到里面玩耍。再就是“读书图”，师生都放开喉咙读，可读到后来，学生的声音渐渐地低下去，以至静了下来，只有老师一个人在那儿摇头晃脑大声地朗读着，这情景实在有趣极了。最后是“课嬉图”，在课堂间隙，当先生独自“读书入神”之时，孩子们便调皮起来了。这三个充满谐趣的图景，和“最严厉的书塾”似乎有点不大相称，反差很大，但这恰是透露了鲁迅的创作意图，于“严厉”的环境中，表现了儿童不可压抑的天性和本能。

“百草园”和“三味书屋”在结构上确是形成鲜明的对比，但书屋虽然是所典型的封建私塾，而鲁迅立意并不在于批判。这篇散文题目叫“从百草园到三味书屋”就点出了创作的本意和内容，即叙写自己从有“无限乐趣”的“乐园”到全城“称为最严厉的书塾”的过程和心程。

《从百草园到三味书屋》叙事生动，写人也出色，最感人的是塾师形象。对先生这个人物也有不同的看法，有的认为他是一个封建老顽固，作者对他是暴露和抨击的，其实不然，如作品所暗示的，鲁迅对先生是“很恭敬”的，作品一开始便以简洁的线条描绘出他古朴的形象，接着，以肯定语句，介绍了他的品性。在鲁迅的笔下，这位老先生似乎也并不太“严厉”，学生行礼，他在一旁“和蔼”地回拜，备有一条“戒尺”，定有“罚跪”的规则，但都不“常用”。通常也只是“瞪几眼”，大声嚷道：“读书!”管制似乎也并不太严，学生不是都能溜到小花园里顽皮，课间也能偷偷地嬉耍么？但他刻板、迂倔，显然在他看来学生是只许攻读经书子史，其他都是不正经的，不许涉猎。课读那一场景却又映现了他情性的另一方面：朴真。只见学生都悄没声儿各自嬉戏去了，就他一人大声读书，面带“微笑”，“将头仰起，摇着，向后面拗过去，拗过去”。那声音，那表情，那动作，自我陶醉，神游其间，真是活显出一个迂老夫子的天真灵魂，可爱极了。不可否认，鲁迅在对这位善良老人的描绘中，隐含有调侃之意，但其间多的是温和的微笑，眷念的深情。

《从百草园到三味书屋》像一首优美的散文诗。文字素朴隽美，几乎全是白描，然而神态逼真，形象飞扬。白描之所以生动，首在准确，菜畦绿油油，水汪汪的，所以“碧绿”；石井栏多年经人攀爬，自然“光滑”；皂荚树干粗枝繁，用“高大”修饰再好不过；桑椹已经熟透，因此“紫红”；油蛉鸣声细弱恰似“低唱”，蟋蟀声调铿锵，故如“弹琴”；覆盆子果实小巧玲珑，因而“像小珊瑚珠攒成的小球”。这些都是以一词绘写了物象的形态，作者把状物与写意联系在一起，以简约而富有生命力的笔调，传达了百草园的风韵，做到如古人所说的“淡墨足以传神”。叙事写人更是简洁素净，扫雪、搬食、支筛、拉线、捕鸟层次繁多的过程，仅用百来字就栩栩如生地勾画了出来，遇艳、识妖、惊恐、脱获，曲折紧张的美女蛇故事，也仅用两百来字便说得清清楚楚。有时，作者应用排比句式，表现人物的内在情绪，如在描写课读时，运用“有念”四个排句，那内容均是古书的摘句，照理比较枯燥，但一经排列组合，却化腐朽为神奇，幻成一幅生动的形象，展现了书房中摇头晃脑、人声鼎沸的读书情景。拙而巧，朴而灵，诸凡上述种种，均表明作者的语言技巧已臻极高的艺术境地。

（陈孝全）

藤野先生　　鲁　迅

东京也无非是这样。上野的樱花烂熳的时节，望去确也像绯红的轻云，但花下也缺不了成群结队的“清国留学生”的速成班，头顶上盘着大辫子，顶得学生制帽的顶上高高耸起，形成一座富士山。也有解散辫子，盘得平的，除下帽来，油光可鉴，宛如小姑娘的发髻一般，还要将脖子扭几扭。实在标致极了。

中国留学生会馆的门房里有几本书买，有时还值得去一转；倘在上午，里面的几间洋房里倒也还可以坐坐的。但到傍晚，有一间的地板便常不免要咚咚咚地响得震天，兼以满房烟尘斗乱；问问精通时事的人，答道，“那是在学跳舞。”

到别的地方去看看，如何呢？

我就往仙台的医学专门学校去。从东京出发，不久便到一处驿站，写道：日暮里。不知怎地，我到现在还记得这名目。其次却只记得水户了，这是明的遗民朱舜水[①]先生客死的地方。仙台是一个市镇，并不大；冬天冷得利害；还没有中国的学生。

大概是物以希为贵罢。北京的白菜运往浙江，便用红头绳系住菜根，倒挂在水果店头，尊为“胶菜”；福建野生着的芦荟，一到北京就请进温室，且美其名曰“龙舌兰”。我到仙台也颇受了这样的优待，不但学校不收学费，几个职员还为我的食宿操心。我先是住在监狱旁边一个客店里的，初冬已经颇冷，蚊子却还多，后来用被盖了全身，用衣服包了头脸，只留两个鼻孔出气。在这呼吸不息的地方，蚊子竟无从插嘴，居然睡安稳了。饭食也不坏。但一位先生却以为这客店也包办囚人的饭食，我住在那里不相宜，几次三番，几次三番地说。我虽然觉得客店兼办囚人的饭食和我不相干，然而好意难却，也只得别寻相宜的住处了。于是搬到别一家，离监狱也很远，可惜每天总要喝难以下咽的芋梗汤。

从此就看见许多陌生的先生，听到许多新鲜的讲义。解剖学是两个教授分任的。最初是骨学。其时进来的是一个黑瘦的先生，八字须，戴着眼镜，挟着一叠大大小小的书。一将书放在讲台上，便用了缓缓而很有顿挫的声调，向学生介绍自己道：

“我就是叫作藤野严九郎的……。”

后面有几个人笑起来了。他接着便讲述解剖学在日本发达的历史，那些大大小小的书，便是从最初到现今关于这一门学问的著作。起初有几本是线装的；还有翻刻中国译本的，他们的翻译和研究新的医学，并不比中国早。

那坐在后面发笑的是上学年不及格的留级学生，在校已经一年，掌故颇为熟悉的了。他们便给新生讲演每个教授的历史。这藤野先生，据说是穿衣服太模胡了，有时竟会忘记带领结；冬天是一件旧外套，寒颤颤的，有一回上火车去，致使管车的疑心他是扒手，叫车里的客人大家小心些。

他们的话大概是真的，我就亲见他有一次上讲堂没有带领结。

过了一星期，大约是星期六，他使助手来叫我了。到得研究室，见他坐在人骨和许多单独的头骨中间，——他其时正在研究着头骨，后来有一篇论文在本校的杂志上发表出来。

“我的讲义，你能抄下来么？”他问。

“可以抄一点。”

“拿来我看！”

我交出所抄的讲义去，他收下了，第二三天便还我，并且说，此后每一星期要送给他看一回。我拿下来打开看时，很吃了一惊，同时也感到一种不安和感激。原来我的讲义已经从头到末，都用红笔添改过了，不但增加了许多脱漏的地方，连文法的错误，也都一一订正。这样一直继续到教完了他所担任的功课：骨学，血管学，神经学。

可惜我那时太不用功，有时也很任性。还记得有一回藤野先生将我叫到他的研究室里去，翻出我那讲义上的一个图来，是下臂的血管，指着，向我和蔼的说道：

“你看，你将这条血管移了一点位置了。——自然，这样一移，的确比较的好看些，然而解剖图不是美术，实物是那么样的，我们没法改换它。现在我给你改好了，以后你要全照着黑板上那样的画。”

但是我还不服气，口头答应着，心里却想道：

“图还是我画的不错；至于实在的情形，我心里自然记得的。”

学年试验完毕之后，我便到东京玩了一夏天，秋初再回学校，成绩早已发表了，同学一百余人之中，我在中间，不过是没有落第。这回藤野先生所担任的功课，是解剖实习和局部解剖学。

解剖实习了大概一星期，他又叫我去了，很高兴地，仍用了极有抑扬的声调对我说道：

“我因为听说中国人是很敬重鬼的，所以很担心，怕你不肯解剖尸体。现在总算放心了，没有这回事。”

但他也偶有使我很为难的时候。他听说中国的女人是裹脚的，但不知道详细，所以要问我怎么裹法，足骨变成怎样的畸形，还叹息道，“总要看一看才知道。究竟是怎么一回事呢？”

有一天，本级的学生会干事到我寓里来了，要借我的讲义看。我检出来交给他们，却只翻检了一通，并没有带走。但他们一走，邮差就送到一封很厚的信，拆开看时，第一句是：

“你改悔罢！”

这是《新约》上的句子罢，但经托尔斯泰新近引用过的。其时正值日俄战争，托老先生便写了一封给俄国和日本的皇帝的信，开首便是这一句。日本报纸上很斥责他的不逊，爱国青年也愤然，然而暗地里却早受了他的影响了。其次的话，大略是说上年解剖学试验的题目，是藤野先生在讲义上做了记号，我预先知道的，所以能有这样的成绩。末尾是匿名。

我这才回忆到前几天的一件事。因为要开同级会，干事便在黑板上写广告，末一句是“请全数到会勿漏为要”，而且在“漏”字旁边加了一个圈。我当时虽然觉到圈得可笑，但是毫不介意，这回才悟出那字也在讥刺我了，犹言我得了教员漏泄出来的题目。

我便将这事告知了藤野先生；有几个和我熟识的同学也很不平，一同去诘责干事托辞检查的无礼，并且要求他们将检查的结果，发表出来。终于这流言消灭了，干事却又竭力运动，要收回那一封匿名信去。结末是我便将这托尔斯泰式的信退还了他们。

中国是弱国，所以中国人当然是低能儿，分数在六十分以上，便不是自己的能力了：也无怪他们疑惑。但我接着便有参观枪毙中国人的命运了。第二年添教霉菌学，细菌的形状是全用电影[②]来显示的，一段落已完而还没有到下课的时候，便影几片时事的片子，自然都是日本战胜俄国的情形。但偏有中国人夹在里边：给俄国人做侦探，被日本军捕获，要枪毙了，围着看的也是一群中国人；在讲堂里的还有一个我。

“万岁！”他们都拍掌欢呼起来。

这种欢呼，是每看一片都有的，但在我，这一声却特别听得刺耳。此后回到中国来，我看见那些闲看枪毙犯人的人们，他们也何尝不酒醉似的喝采，——呜呼，无法可想！但在那时那地，我的意见却变化了。

到第二学年的终结，我便去寻藤野先生，告诉他我将不学医学，并且离开这仙台。他的脸色仿佛有些悲哀，似乎想说话，但竟没有说。

"我想去学生物学，先生教给我的学问，也还有用的。"其实我并没有决意要学生物学，因为看得他有些凄然，便说了一个慰安他的谎话。

"为医学而教的解剖学之类，怕于生物学也没有什么大帮助。"他叹息说。

将走的前几天，他叫我到他家里去，交给我一张照相，后面写着两个字道："惜别"，还说希望将我的也送他。但我这时适值没有照相了；他便叮嘱我将来照了寄给他，并且时时通信告诉他此后的状况。

我离开仙台之后，就多年没有照过相，又因为状况也无聊，说起来无非使他失望，便连信也怕敢写了。经过的年月一多，话更无从说起，所以虽然有时想写信，却又难以下笔，这样的一直到现在，竟没有寄过一封信和一张照片。从他那一面看起来，是一去之后，杳无消息了。

但不知怎地，我总还时时记起他，在我所认为我师的之中，他是最使我感激，给我鼓励的一个。有时我常常想：他的对于我的热心的希望，不倦的教诲，小而言之，是为中国，就是希望中国有新的医学；大而言之，是为学术，就是希望新的医学传到中国去。他的性格，在我的眼里和心里是伟大的，虽然他的姓名并不为许多人所知道。

他所改正的讲义，我曾经订成三厚本，收藏着的，将作为永久的纪念。不幸七年前迁居的时候，中途毁坏了一口书箱，失去半箱书，恰巧这讲义也遗失在内了。责成运送局去找寻，寂无回信。只有他的照相至今还挂在我北京寓居的东墙上，书桌对面。每当夜间疲倦，正想偷懒时，仰面在灯光中瞥见他黑瘦的面貌，似乎正要说出抑扬顿挫的话来，便使我忽又良心发现，而且增加勇气了，于是点上一枝烟，再继续写些为"正人君子"之流所深恶痛疾的文字。

十月十二日。

注 ① 朱舜水(1600—1682)，浙江余姚人，明末思想家。明亡后曾进行反清复明的活动，失败后长住日本讲学。 ② 电影，这里指幻灯片。

1902 年至 1906 年鲁迅至日本留学，先在东京弘文学院补习日文，1904 年秋到仙台医学专门学校学医。虽然只有两年时间，但在鲁迅革命道路上却是一个重要的环节。这篇散文即是鲁迅对当时生活回忆的片段，以诚挚的感情描写了对日本学者藤野先生的深切怀念，并叙述了自己对当时现实的观感，十分动人。

这篇散文重点是写藤野先生，但作者在写这一人物的时候，并没有泛泛而谈地进行介绍，而是由表及里地进行刻画。首先是外表的摹写："一个黑瘦的先生，八字须，戴着眼镜，挟着一叠大大小小的书"，并且用"缓缓而很有顿挫的声调"，进行自我介绍，继之又通过"领结"这一细节，表现了藤野不注重服饰，生活作风十分俭朴。但作者在作品里更着重对藤野精神气质的挖掘，他择选了五个典型的例子，用白描手法予以描绘，一是批改课间的笔记，每周一次，一直继续到他教完所担任的课，表现了藤野负责认真的精神；二是纠正作者绘图的错误，指出"解剖图不是美术"，显示了他一丝不苟的科学态度；三是对作者敢于解剖尸体给以鼓励，表明了他对弱国青年的喜悦情怀；四是询问作者中国女人裹脚的情形，表示要“看看才知道”的心愿，呈现了他注重实地调查研究的精神；五是当作者向他辞行时，他特赠一张照片，并在后面写上“惜别”两字，显现了他对异国青年殷切的情怀。几个实例犹如聚光灯一样，显现了藤野的光辉胸襟。作者写得具体、实在，由外到里地进行刻画，因而这一形象十分鲜明，正由于藤野具有如此高贵的品质，因此才博得“我”深深的怀念。

读这篇散文，还值得注意的是“我”即作者自己的形象，这是一个要求上进的爱国青年。年轻的鲁迅本是在南京矿路学堂学习，由于认识到洋务派那一套“断不足以兴国家”，于是弃路矿而到日本学医。作者主要扣住三个环节，集中显现他探求救国真理的情愫。先是通过他对当时中国留日学生的厌恶，表现他不同于众，探索救国道路的情怀。其次是通过看影片，让他看到丑恶的画面，听到刺耳的声音，表露他心情的“变化”，想“不学医学”，“离开仙台”。最后也是最主要的是，紧扣对藤野先生的怀念，完成了“我”这一形象的刻画。藤野先生对“我”是十分诚挚的，他认真地讲课，做实验，改笔记，“我”也知道他对自己抱着“热心的希望”，“就是希望新的医学传到中国去”，而他“在我的眼里和心里是伟大的”。但当“我”知道医学不能救国时，乃决意弃医从文，不能继续走藤野先生希望他走的路，离开了仙台。但此后，藤野的精神始终融注在他心中，成了鼓励他不断前进的动力。十分明显，在藤野热心的衬映下，“我”的决心更明显了，跃然于全文的是“我”对祖国无限热爱的襟怀。这篇散文形成这样特点，藤野寄情于“我”，而“我”也寄情于他，两人是心相印，情相通的，于是两个形象叠印在一起，合而为一，主旨更加鲜明了。

这篇散文的结构紧凑且有特色。全文大体可分为三个层次，第一是在东京，抒发对当时留学生的不满和厌恶的情绪；第二是在仙台，这是全文的重点，占篇幅较大，主要是抒写藤野先生对“我”的殷切关怀和耐心的教诲，以及“我”对藤野的感激之情和自己思想变化的经过；第三是离开仙台之后，抒写藤野的惜别及自己对他强烈的怀念和藤野的精神品格的影响。可见三个层次是按照时空顺序来安排的，这就使整篇文章步步进展，层层开拓，犹如大潮顺势直下，极有声势，十分自然。而“我”的感情贯连于三个层次之间，成为结构的纽带，这情就是“我”对藤野的思念、对祖国的热爱、对黑暗现实的愤恨。这样就使这篇散文十分紧凑而又气韵萌生，相当感人。

《藤野先生》的语言是出色的，作者用语精练、深刻，感情强烈。这里仅提两点以供参考，一是喻语选用十分生动得当，如开头用“形成一座富士山”来形容清国留学生，“头顶上盘着大辫子，顶得学生制帽的顶上高高耸起”，富士山乃日本最高的山峰，海拔 3 700 多米。用它来比况，实在很形象而富有讽刺意味，这是形似。再如用北京的“胶菜”和福建的“龙舌兰”来比喻自己初到仙台后受到的“优待”，说明了“物以希为贵”的复杂道理，这是神似。可见出色的喻语抵得上千言万语，省却许多文字，这篇文章就说明鲁迅是善于应用它来达到这一艺术效果的。另外这篇散文用语显得含蓄，寓意深邃，如称日俄战争时的日本学生为“爱国青年”，说自己国内的论敌为“正人君子”，都是利用反语进行嘲讽。又如说日本对医学的翻译“并不比中国早”，说日本青年虽抗议托尔斯泰新近引用过《新约》的话，但他们却“暗地里早受了他的影响了”，都是话里有话，含义无穷的。（陈孝全）

我的第一个师父　　鲁　迅

不记得是那一部旧书上看来的了，大意说是有一位道学先生，自然是名人，一生拼命辟佛，却名自己的小儿子为“和尚”。有一天，有人拿这件事来质问他。他回答道：“这正是表示轻贱呀！”那人无话可说而退云。

其实，这位道学先生是诡辩。名孩子为“和尚”，其中是含有迷信的。中国有许多妖魔鬼怪，专喜欢杀害有出息的人，尤其是孩子；要下贱，他们才放手，安心。和尚这一种人，从和尚的立场看来，会成佛——但也不一定，——固然高超得很，而从读书人的立场一看，他们无家无室，不会做官，却是下贱之流。读书人意中的鬼怪，那意见当然和读书人相同，所以也就不来搅扰了。这和名孩子为阿猫阿狗，完全是一样的意思：容易养大。

还有一个避鬼的法子，是拜和尚为师，也就是舍给寺院了的意思，然而并不放在寺院里。我生在周氏是长男，"物以希为贵"，父亲怕我有出息，因此养不大，不到一岁，便领到长庆寺里去，拜了一个和尚为师了。拜师是否要贽见礼，或者布施什么的呢，我完全不知道。只知道我却由此得到一个法名叫作"长庚"，后来我也偶尔用作笔名，并且在《在酒楼上》这篇小说里，赠给了恐吓自己的侄女的无赖，还有一件百家衣，就是"衲衣"，论理，是应该用各种破布拼成的，但我的却是橄榄形的各色小绸片所缝就，非喜庆大事不给穿；还有一条称为"牛绳"的东西，上挂零星小件，如历本，镜子，银筛之类，据说是可以避邪的。

这种布置，好像也真有些力量：我至今没有死。

不过，现在法名还在，那两件法宝却早已失去了。前几年回北平去，母亲还给了我婴儿时代的银筛，是那时的惟一的纪念。仔细一看，原来那筛子圆径不过寸余，中央一个太极图，上面一本书，下面一卷画，左右缀着极小的尺，剪刀，算盘，天平之类。我于是恍然大悟，中国的邪鬼，是怕斩钉截铁，不能含胡的东西的。因为探究和好奇，去年曾经去问上海的银楼，终于买了两面来，和我的几乎一式一样，不过缀着的小东西有些增减。奇怪得很，半世纪有余了，邪鬼还是这样的性情，避邪还是这样的法宝。然而我又想，这法宝成人却用不得，反而非常危险的。

但因此又使我记起了半世纪以前的最初的先生。我至今不知道他的法名，无论谁，都称他为"龙师父"，瘦长的身子，瘦长的脸，高颧细眼，和尚是不应该留须的，他却有两绺下垂的小胡子。对人很和气，对我也很和气，不教我念一句经，也不教我一点佛门规矩；他自己呢，穿起袈裟来做大和尚，或者戴上毗卢帽放焰口，"无祀孤魂，来受甘露味"的时候，是庄严透顶的，平常可也不念经，因为是住持，只管着寺里的琐屑事，其实——自然是由我看起来——他不过是一个剃光了头发的俗人。

因此我又有一位师母，就是他的老婆。论理，和尚是不应该有老婆的，然而他有。我家的正屋的中央，供着一块牌位，用金字写着必须绝对尊敬和服从的五位："天地君亲师"。我是徒弟，他是师，决不能抗议，而在那时，也决不想到抗议，不过觉得似乎有点古怪。但我是很爱我的师母的，在我的记忆上，见面的时候，她已经大约有四十岁了，是一位胖胖的师母，穿着玄色纱衫裤，在自己家里的院子里纳凉，她的孩子们就来和我玩耍。有时还有水果和点心吃，——自然，这也是我所以爱她的一个大原因；用高洁的陈源教授的话来说，便是所谓"有奶便是娘"，在人格上是很不足道的。

不过我的师母在恋爱故事上，却有些不平常。“恋爱”，这是现在的术语，那时我们这偏僻之区只叫作“相好”。《诗经》云：“式相好矣，毋相尤矣”，起源是算得很古，离文武周公的时候不怎么久就有了的，然而后来好像并不算十分冠冕堂皇的好话。这且不管它罢。总之，听说龙师父年青时，是一个很漂亮而能干的和尚。交际很广，认识各种人。有一天，乡下做社戏了，他和戏子相识，便上台替他们去敲锣，精光的头皮，簇新的海青，真是风头十足。乡下人大抵有些顽固，以为和尚是只应该念经拜忏的，台下有人骂了起来。师父不甘示弱，也给他们一个回骂。于是战争开幕，甘蔗梢头雨点似的飞上来，有些勇士，还有进攻之势，“彼众我寡”，他只好退走，一面退，一面一定追，逼得他又只好慌张的躲进一家人家去。而这人家，又只有一位年青的寡妇。以后的故事，我也不甚了然了，总而言之，她后来就是我的师母。

自从《宇宙风》出世以来，一向没有拜读的机缘，近几天才看见了“春季特大号”。其中有一篇铢堂先生的《不以成败论英雄》，使我觉得很有趣，他以为中国人的“不以成败论英雄”，“理想是不能不算崇高”的，“然而在人群的组织上实在要不得。抑强扶弱，便是永远不愿意有强。崇拜失败英雄，便是不承认成功的英雄”。“近人有一句流行话，说中国民族富于同化力，所以辽金元清都并不曾征服中国。其实无非是一种惰性，对于新制度不容易接收罢了”。我们怎样来改悔这“惰性”呢，现在姑且不谈，而且正在替我们想法的人们也多得很。我只要说那位寡妇之所以变了我的师母，其弊病也就在“不以成败论英雄”。乡下没有活的岳飞或文天祥，所以一个漂亮的和尚在如雨而下的甘蔗梢头中，从戏台逃下，也就是一个货真价实的失败的英雄。她不免发现了祖传的“惰性”，崇拜起来，对于追兵，也像我们的祖先的对于辽金元清的大军似的，“不承认成功的英雄”了。在历史上，这结果是正如铢堂先生所说：“乃是中国的社会不树威是难得帖服的”，所以活该有“扬州十日”和“嘉定三屠”。但那时的乡下人，却好像并没有“树威”，走散了，自然，也许是他们料不到躲在家里。

因此我有了三个师兄，两个师弟。大师兄是穷人的孩子，舍在寺里，或是卖在寺里的；其余的四个，都是师父的儿子，大和尚的儿子做小和尚，我那时倒并不觉得怎么稀奇。大师兄只有单身；二师兄也有家小，但他对我守着秘密，这一点，就可见他的道行远不及我的师父，他的父亲了。而且年龄都和我相差太远，我们几乎没有交往。

三师兄比我恐怕要大十岁，然而我们后来的感情是很好的，我常常替他担心。还记得有一回，他要受大戒了，他不大看经，想来未必深通什么大乘教理，在剃得精光的囟门上，放上两排艾绒，同时烧起来，我看是总不免要叫痛的，这时善男信女，多数参加，实在不大雅观，也失了我做师弟的体面。这怎么好呢？每一想到，十分心焦，仿佛受戒的是我自己一样。然而我的师父究竟道力高深，他不说戒律，不谈教理，只在当天大清早，叫了我的三师兄去，厉声吩咐道：“拼命熬住，不许哭，不许叫，要不然，脑袋就炸开，死了！”这一种大喝，实在比什么《妙法莲花经》或《大乘起信论》还有力，谁高兴死呢，于是仪式很庄严的进行，虽然两眼比平时水汪汪，但到两排艾绒在头顶上烧完，的确一声也不出。我嘘一口气，真所谓"如释重负"，善男信女们也个个"合十赞叹，欢喜布施，顶礼而散"了。

出家人受了大戒，从沙弥升为和尚，正和我们在家人行过冠礼，由童子而为成人相同。成人愿意"有室"，和尚自然也不能不想到女人。以为和尚只记得释迦牟尼或弥勒菩萨，乃是未曾拜和尚为师，或与和尚为友的世俗的谬见。寺里也有确在修行，没有女人，也不吃荤的和尚，例如我的大师兄即是其一，然而他们孤僻，冷酷，看不起人，好像总是郁郁不乐，他们的一把扇或一本书，你一动他就不高兴，令人不敢亲近他。所以我所熟识的，都是有女人，或声明想女人，吃荤，或声明想吃荤的和尚。

我那时并不诧异三师兄在想女人，而且知道他所理想的是怎样的女人。人也许以为他想的是尼姑罢，并不是的，和尚和尼姑"相好"，加倍的不便当。他想的乃是千金小姐或少奶奶；而作这"相思"或"单相思"——即今之所谓"单恋"也——的媒介的是"结"。我们那里的阔人家，一有丧事，每七日总要做一些法事，有一个七日，是要举行"解结"的仪式的，因为死人在未死之前，总不免开罪于人，存着冤结，所以死后要替他解散。方法是在这天拜完经忏的傍晚，灵前陈列着几盘东西，是食物和花，而其中有一盘，是用麻线或白头绳，穿上十来文钱，两头相合而打成蝴蝶式，八结式之类的复杂的，颇不容易解开的结子。一群和尚便环坐桌旁，且唱且解，解开之后，钱归和尚，而死人的一切冤结也从此完全消失了。这道理似乎有些古怪，但谁都这样办，并不为奇，大约也是一种"惰性"。不过解结是并不如世俗人的所推测，个个解开的，倘有和尚以为打得精致，因而生爱，或者故意打得结实，很难解散，因而生恨的，便能暗暗的整个落到僧袍的大袖里去，一任死者留下冤结，到地狱里去吃苦。这种宝结带回寺里，便保存起来，也时时鉴赏，恰如我们的或亦不免偏爱看看女作家的作品一样。当鉴赏的时候，当然也不免想到作家，打结子的是谁呢，男人不会，奴婢不会，有这种本领的，不消说是小姐或少奶奶了。和尚没有文学界人物的清高，所以他就不免睹物思人，所谓"时涉遐想"起来，至于心理状态，则我虽曾拜和尚为师，但究竟是在家人，不大明白底细。只记得三师兄曾经不得已而分给我几个，有些实在打得精奇，有些则打好之后，浸过水，还用剪刀柄之类砸实，使和尚无法解散。解结，是替死人设法的，现在却和和尚为难，我真不知道小姐或少奶奶是什么意思。这疑问直到二十年后，学了一点医学，才明白原来是给和尚吃苦，颇有一点虐待异性的病态的。深闺的怨恨，会无线电似的报在佛寺的和尚身上，我看道学先生可还没有料到这一层。

后来，三师兄也有了老婆，出身是小姐，是尼姑，还是"小家碧玉"呢，我不明白，他也严守秘密，道行远不及他的父亲了。这时我也长大起来，不知道从那里，听到了和尚应守清规之类的古老话，还用这话来嘲笑他，本意是在要他受窘。不料他竟一点不窘，立刻用"金刚怒目"式，向我大喝一声道：

“和尚没有老婆，小菩萨那里来！?”

这真是所谓“狮吼”，使我明白了真理，哑口无言，我的确早看见寺里有丈余的大佛，有数尺或数寸的小菩萨，却从未想到他们为什么有大小。经此一喝，我才彻底的省悟了和尚有老婆的必要，以及一切小菩萨的来源，不再发生疑问。但要找寻三师兄，从此却艰难了一点，因为这位出家人，这时就有了三个家了：一是寺院，二是他的父母的家，三是他自己和女人的家。

我的师父，在约略四十年前已经去世；师兄弟们大半做了一寺的住持；我们的交情是依然存在的，却久已彼此不通消息。但我想，他们一定早已各有一大批小菩萨，而且有些小菩萨又有小菩萨了。

四月一日

在《我的第一个师父》里，鲁迅描写了一个奇特的人物形象——“剃光头发的俗人”，为中国现代散文创作画廊增添了光彩。

龙师父出家而在家，超凡而不脱俗。在作品里，鲁迅就攫住“凡俗”这一特质进行造型立意，从而体现了自己对现实生活的感受和思索。龙师父是个和尚，但在鲁迅的笔下，他彻头彻尾、彻里彻外不是个出家人，“瘦长的脸，高颧细眼，和尚是不应该留须的，他却有两绺下垂的小胡子”。这就是作品诉诸读者的视觉直观，本为出家人所“不应该”有的，而龙师父“却有”了，外在的形象鲜明地显示了内在的精神气质：这是一个不同于众的佛门弟子，他自有独特的个性特征。作为和尚，他不遵佛门规范，不守清规戒律，是一寺主持，却不教徒弟“念一句经”，也不教他们“佛门规矩”，自己“平常也不念经”，只有当“穿起袈裟来做大和尚，或者戴上毗卢帽放焰口”时，才“庄严透顶”。和尚本是四大皆空，不应该有老婆，“然而他有”，年轻时风流倜傥，“是一个很漂亮而能干的和尚”。佛门弟子理应清心寡欲，潜心修行，可他“交际很广，认识各种人”，而且和“戏子相识”，竟然“上台替他们去敲锣”，因此而闹出不大不小的纠纷，但也因此而得了个老婆。作品透过这些细致而又简洁的描写，对龙师父的精神世界作了深入的揭示，他的那些行为，反叛意识是很明显的，他压根儿就没有成祖成佛的意愿，从来就不肯承担一个住持法师的责任。佛门本是禁锢精神之地，而他却敢于率性而为，任凭自己灵魂翱翔于自由太空，他理想的“桃源”不在世外而在人间，他向往的不是西天的极乐世界，而是红尘的家室之乐。鲁迅在这篇散文里，出色地描绘了这么一个“俗人”的和尚，其涵意是十分深刻的。

在《我的第一个师父》里，作者采用了并列造型的对比手法，来塑造他的“第一个师父”。作品写了三种类型人物，龙师父一家是和尚“专业户”。两个儿子都出了家，但都秉承家风，均是“剃光了头发的俗人”。他们受了大戒，从沙弥升为和尚，可袈裟内隐存的仍是一颗凡心，和他们的父亲一样，向往的是尘世凡俗的乐趣，他们“不太看经”，也不通“大乘教理”，只一门心思“想女人”，想“有室”。不久，二师兄有了“家小”，三师兄更妙，他所想的女人“乃是千金小姐和少奶奶”，最后，他“也有了老婆”，不知“出身是小姐，是尼姑，还是‘小家碧玉’”。在精神上他也彻底摆脱佛门桎梏，当有人对他说些“和尚应守清规之类的古老话”，并意在“嘲笑”要他“受窘”时，他“竟一点不窘”，立刻“金刚怒目式”地大喝一声道：“和尚没有老婆，小菩萨那里来！?”多有胆识！多有气魄！作品通过这一声“狮吼”，猛地打开他的心灵世界，迸发出耀眼光华。他蔑视佛门清规戒律，在他看来，“想女人”——成家——生子，这一人生三部曲，就是生命的流程，和尚可以讨老婆，大菩萨就应生小菩萨，这是理所当然的事。但是，二师兄和三师兄虽然都有父风，都够大胆，都有反叛精神，但“道行”都不如乃父，敢爱女人，讨家小，却不敢像他父亲那样坦然公开；而是“严守秘密”，这在胆略上就远逊其父多了。在艺术上,父子两代的形象构成明显的映衬,一家尽和尚,满门皆俗人,儿子们的行为是父亲反叛精神的很好补充,但他们却又不如其父,所以又是一个比照,就在儿子们形象的烘托下,龙师父显得更其奕奕有神了。

作品还写了另一类人物,那就是龙师父的大徒弟,他是“穷人的孩子,舍在寺里,或是卖在寺里的”,他和师弟们截然相反,是个循规蹈矩的禅和子,不吃荤,更不想女人,孤身一人和青灯古佛为伴,潜心修炼。结果,佛性磨掉了人性,心情变得怪异,“孤僻,冷酷,看不起人”,精神也有点失常,“总是郁郁不乐”,为了一点小事,如“一把扇或一本书,你一动他就不高兴,令人不敢亲近他”。显而易见,大师兄和龙师父属于两种不同的精神境界,一个超凡,一个入世,一个是佛门弟子,一个是凡夫俗子;两个气质完全不同的形象,表现了差异悬殊的两种人生态度,构成了鲜明的对比,龙师父因此作用而出落得更有人情味,也更亲切动人了。

作品另一类人物就是龙师母,长得胖胖的,“穿着玄色纱衫裤”,为人和气,喜爱孩子,常拿水果和点心给他们吃。平平凡凡,普普通通,完全是个善良不过的农村妇女。她年纪轻轻就死了丈夫,成了寡妇,可她极有胆量,也有见识,竟然敢在深夜收容一个被人追打的年青和尚,而且慧眼识人,“不以成败论英雄”,爱上了这个“货真价实的失败的英雄”,勇敢地和他喜结良缘,生了许多“小菩萨”。在封建闭塞的农村,作为一个年轻寡妇,龙师母的行为可谓非同寻常了。她和龙师父是一对连体形象,龙师父因她的存在而显得格外洒脱,分外有神采。

对这些人物,作品均是淡墨素写,铁笔勾勒,不同色调形象的并列,不同精神世界的接触,艺术对比的效应得到加强,蕴含于形象中的哲理寓意也由此而丰富了,那里有作者对人生现象的透视,有他对历史问题的理解,有他对社会现状的批判,有他生活的信念和精神的寄托。这包孕着种种思想色素的内核,有力地引发起人们不同的联想和思索,使人越咀嚼越有味,产生一种视觉上的“弦上之音”和感觉上的“弦外之音”。这应是本篇散文艺术成功的主要因素。(陈孝全)

忆刘半农君　　鲁　迅

这是小峰出给我的一个题目。

这题目并不出得过分。半农去世,我是应该哀悼的,因为他也是我的老朋友。但是,这是十来年前的话了,现在呢,可难说得很。

我已经忘记了怎么和他初次会面,以及他怎么能到了北京。他到北京,恐怕是在《新青年》投稿之后,由蔡孑民先生或陈独秀先生去请来的,到了之后,当然更是《新青年》里的一个战士。他活泼,勇敢,很打了几次大仗。譬如罢,答王敬轩的双簧信①,“她”字和“牠”字的创造,就都是的。这两件,现在看起来,自然是琐屑得很,但那是十多年前,单是提倡新式标点,就会有一大群人“若丧考妣”,恨不得“食肉寝皮”的时候,所以的确是“大仗”。现在的二十左右的青年,大约很少有人知道三十年前,单是剪下辫子就会坐牢或杀头的了。然而这曾经是事实。

但半农的活泼,有时颇近于草率,勇敢也有失之无谋的地方。但是,要商量袭击敌人的时候,他还是好伙伴,进行之际,心口并不相应,或者暗暗的给你一刀,他是决不会的。倘若失了算,那是因为没有算好的缘故。

《新青年》每出一期,就开一次编辑会,商定下一期的稿件。其时最惹我注意的是陈独秀和胡适之。假如将韬略比作一间仓库罢，独秀先生的是外面竖一面大旗，大书道："内皆武器，来者小心！"但那门却开着的，里面有几枝枪，几把刀，一目了然，用不着提防。适之先生的是紧紧的关着门，门上粘一条小纸条道："内无武器，请勿疑虑。"这自然可以是真的，但有些人——至少是我这样的人——有时总不免要侧着头想一想。半农却是令人不觉其有"武库"的一个人，所以我佩服陈胡，却亲近半农。

所谓亲近，不过是多谈闲天，一多谈，就露出了缺点。几乎有一年多，他没有消失掉从上海带来的才子必有"红袖添香夜读书"的艳福的思想，好容易才给我们骂掉了。但他好像到处都这么的乱说，使有些"学者"皱眉。有时候，连到《新青年》投稿都被排斥。他很勇于写稿，但试去看旧报去，很有几期是没有他的。那些人们批评他的为人，是：浅。

不错，半农确是浅。但他的浅，却如一条清溪，澄澈见底，纵有多少沉渣和腐草，也不掩其大体的清。倘使装的是烂泥，一时就看不出它的深浅来了；如果是烂泥的深渊呢，那就更不如浅一点的好。

但这些背后的批评，大约是很伤了半农的心的，他的到法国留学，我疑心大半就为此。我最懒于通信，从此我们就疏远起来了。他回来时，我才知道他在外国钞古书，后来也要标点《何典》，我那时还以老朋友自居，在序文上说了几句老实话，事后，才知道半农颇不高兴了，"驷不及舌"，也没有法子。另外还有一回关于《语丝》的彼此心照的不快活[②]。五六年前，曾在上海的宴会上见过一回面，那时候，我们几乎已经无话可谈了。

近几年，半农渐渐的据了要津，我也渐渐的更将他忘却：但从报章上看见他禁称"蜜斯"[③]之类，却很起了反感：我以为这些事情是不必半农来做的。从去年来，又看见他不断的做打油诗，弄烂古文，回想先前的交情，也往往不免长叹。我想，假如见面，而我还以老朋友自居，不给一个"今天天气……哈哈哈"完事，那就也许会弄到冲突的罢。

不过，半农的忠厚，是还使我感动的。我前年曾到北平，后来有人通知我，半农是要来看我的，有谁恐吓了他一下，不敢来了。这使我很惭愧，因为我到北平后，实在未曾有过访问半农的心思。

现在他死去了，我对于他的感情，和他生时也并无变化。我爱十年前的半农，而憎恶他的近几年。这憎恶是朋友的憎恶，因为我希望他常是十年前的半农，他的为战士，即使"浅"罢，却于中国更为有益。我愿以愤火照出他的战绩，免使一群陷沙鬼将他先前的光荣和死尸一同拖入烂泥的深渊。

八月一日。

注 ① 双镁信，1918年初《新青年》为推动文学革命运动，由编者之一钱玄同化名王敬轩，搜集社会上复古派反对新文化运动的言论，写信给《新青年》编辑部，再由刘半农写回信逐一批驳。两封信同时发表在《新青年》第4卷第3号。 ②《语丝》第4卷第9期曾发表刘半农《林则徐照会英吉利国王公文》，其中说林则徐被英人俘虏，并且"明正了典刑，在印度舁尸游街"。不久有读者来信，指出这是史实性的错误。刘半农从此即不再给《语丝》写稿。 ③ 蜜斯，英语 Miss 的音译，意为小姐。

刘半农是“五四”文学革命时期一员闯将，他倡新诗、搞语言、写论文，为白话文学运动立下过汗马功劳。1920 年往欧洲留学，从英转法，研究语言，获得博士学位。1925 年回国，1930 年任国立北平大学女子学院院长，1934 年 6 月与同仁往西北一带调查方言，7 月回北平因患回归热病逝，终年 44 岁。北大曾举行隆重追悼会，各地报刊均发表消息和悼念文章。

《忆刘半农君》作于同年 8 月，离半农的死仅一月有余，是鲁迅应李小峰的要求所写的悼文。悼念文章切忌套话、平板，这样就显得虚伪、无味。鲁迅在这篇文章里实话实说，笔不横逸地抒写自己和刘半农交往的经过，但在回忆刘半农时，他不作一般介绍，也不作溢美之辞，而是一分为二地进行实事求是的评价。他说优点，谈缺点，都撷选典型实例言之有据。他说刘半农优点有三，一曰“活泼，勇敢”，举了“答王敬轩的双锁信”，和“她和牠字的创造”，说明他在五四时期“很打了几次大仗”，是“一个战士”；二曰“亲近”，即胸无城府，令人亲切，喜欢和他“多谈闲天”；三曰“忠厚”，有一次想去看鲁迅，“有谁恐吓了他一下，不敢来了”。至于缺点，主要是“浅”，如“到法国留学”，“据了要津”，“做打油诗，弄烂古文”等。由于作者写得扼要具体，因而刘半农形象十分生动鲜明，作者于千把字短小篇幅里概括了刘半农的一生，这是难能可贵的，反映了作者高度的观察力和表现力。这篇散文之所以感人，还在于作者对刘半农的深深的爱，他在文章中谈刘半农的优点和缺点，目的都是为了抒发自己对他的爱，如文章最后说的，“我对于他的感情，和他生时也并无变化”，鲁迅说刘半农的缺点，也是为了爱，“这憎恶是朋友的憎恶”，是非了了分明。作者寄情于他所抒写的对象，这就使所缅怀的形象十分丰满，有血有肉，有情有义，熠熠生辉，无限动人。

《忆刘半农君》是一气呵成的。文章最后说“我爱十年前的半农，而憎恶他的近几年”，这简直可以理解为这篇散文的文眼，作者即扣住这句话，以此立意铺染全篇，他从“初次会面”到“他死去”，娓娓细说，侃侃而谈，叙优点，论缺点，信笔写去，一鼓作气，顺流直下。优点中寓缺点，缺点中说优点，这种褒贬交杂而谈的铺排，使文章避免平板枯燥，而气韵横出，其味无穷。文章段落之间连接紧凑，上下勾连，过渡自然，其间没有多余的铺垫。这种优缺点混谈和段落勾连的结构使散文显得凝练而生动。

这篇散文有杂文味道，用语尖锐有力，论及人事多含嘲讽，在文章最后作者写道：“我愿以愤火照出他的战绩，免使一群陷沙鬼将他先前的光荣和死尸一同拖入烂泥的深渊”。应该说，这是鲁迅写《忆刘半农君》之目的。原来刘半农去世后，不少悼文均歌颂备至，不分皂白地将其捧得天花乱坠。鲁迅在文章里抒发自己观感，特意历数刘半农十年前的“战绩”，表扬作为“战士”的刘半农，因为他于“中国有益”，而善意批评他“据了要津”后的种种表现。鲁迅以一分为二的评价缅怀刘半农，就为的反其道而行之，免使一些“陷沙鬼”是非不分，将其歪曲陷入烂泥。显然，鲁迅写这篇悼文是为了战斗，作者的“愤火”是燃烧于整篇，尖刻讽刺的语意即产生于此。鲁迅喜欢用生动的例子将深奥的道理晓明，这篇散文的比喻是高明的，如说到刘半农的胸无城府，以陈独秀的“内皆武器，来者小心”和胡适的“内无武器，请勿疑虑”作比，证实刘半农“令人不觉有武库”，因而觉得他可“亲近”。又如说刘半农浅而清，以溪水为喻，说他“如一条清溪，澄澈见底，纵有多少沉渣和腐草，也不掩其大体的清”，这就把刘半农的为人说得一清二楚。又如“陷沙鬼”的形容也很得体生动。这一篇幅很小的散文语言含量是惊人的，如“双锁信”、“她和牠字的创造”及“做打油诗”、“弄烂古文”、“关于《语丝》的彼此心照的不快活”等等，都是新的典故，含有大量的故事，现在作者均加以浓缩，这也是这篇散文体小而意深的缘故。（陈孝全）

女吊　　鲁　迅

大概是明末的王思任说的罢：“会稽乃报仇雪耻之乡，非藏垢纳污之地！”这对于我们绍兴人很有光彩，我也很喜欢听到，或引用这两句话。但其实，是并不的确的，这地方，无论为那一样都可以用。

不过一般的绍兴人，并不像上海的“前进作家”那样憎恶报复，却也是事实。单就文艺而言，他们就在戏剧上创造了一个带复仇性的，比别的一切鬼魂更美，更强的鬼魂。这就是“女吊”。我以为绍兴有两种特色的鬼，一种是表现对于死的无可奈何，而且随随便便的“无常”，我已经在《朝华夕拾》里得了绍介给全国读者的光荣了，这回就轮到别一种。

“女吊”也许是方言，翻成普通的白话，只好说是“女性的吊死鬼”。其实，在平时，说起“吊死鬼”，就已经含有“女性的”的意思的，因为投缳而死者，向来以妇人女子为最多。有一种蜘蛛，用一枝丝挂下自己的身体，悬在空中，《尔雅》上已谓之“蚬，缢女”，可见在周朝或汉朝，自经的已经大抵是女性了，所以那时不称它为男性的“缢夫”或中性的“缢者”。不过一到做“大戏”或“目连戏”的时候，我们便能在看客的嘴里听到“女吊”的称呼。也叫作“吊神”。横死的鬼魂而得到“神”的尊号的，我还没有发见过第二位，则其受民众之爱戴也可想。但为什么这时独要称她“女吊”呢？很容易解：因为在戏台上，也要有“男吊”出现了。

我所知道的是四十年前的绍兴，那时没有达官显宦，所以未闻有专门为人(堂会?)的演剧。凡做戏，总带着一点社戏性，供着神位，是看戏的主体，人们去看，不过叨光。但“大戏”或“目连戏”所邀请的看客，范围可较广了，自然请神，而又请鬼，尤其是横死的怨鬼。所以仪式就更紧张，更严肃。- 请怨鬼，仪式就格外紧张严肃，我觉得这道理是很有趣的。

也许我在别处已经写过。“大戏”和“目连”，虽然同是演给神，人，鬼看的戏文，但两者又很不同。不同之点：一在演员，前者是专门的戏子，后者则是临时集合的 Amateur①——农民和工人；一在剧本，前者有许多种，后者却好歹总只演一本《目连救母记》。然而开场的“起殇”，中间的鬼魂时时出现，收场的好人升天，恶人落地狱，是两者都一样的。

当没有开场之前，就可看出这并非普通的社戏，为的是台两旁早已挂满了纸帽，就是高长虹之所谓“纸糊的假冠”，是给神道和鬼魂戴的。所以凡内行人，缓缓的吃过夜饭，喝过茶，闲闲而去，只要看挂着的帽子，就能知道什么鬼神已经出现。因为这戏开场较早，“起殇”在太阳落尽时候，所以饭后去看，一定是做了好一会了，但都不是精彩的部分。“起殇”者，绍兴人现已大抵误解为“起丧”，以为就是召鬼，其实是专限于横死者的。《九歌》中的《国殇》云：“身既死兮神以灵，魂魄毅兮为鬼雄”，当然连战死者在内。明社垂绝，越人起义而死者不少，至清被称为叛贼，我们就这样的一同招待他们的英灵。在薄暮中，十几匹马，站在台下了；戏子扮好一个鬼王，蓝面鳞纹，手执钢叉，还得有十几名鬼卒，则普通的孩子都可以应募。我在十余岁时候，就曾经充过这样的义勇鬼，爬上台去，说明志愿，他们就给在脸上涂上几笔彩色，交付一柄钢叉。待到有十多人了，即一拥上马，疾驰到野外的许多无主孤坟之处，环绕三匝，下马大叫，将钢叉用力的连连刺在坟墓上，然后拔叉驰回，上了前台，一同大叫一声，将钢叉一掷，钉在台板上。我们的责任，这就算完结，洗脸下台，可以回家了，但倘被父母所知，往往不免挨一顿竹篆（这是绍兴打孩子的最普通的东西），一以罚其带着鬼气，二以贺其没有跌死，但我却幸而从来没有被觉察，也许是因为得了恶鬼保佑的缘故罢。

这一种仪式，就是说，种种孤魂厉鬼，已经跟着鬼王和鬼卒，前来和我们一同看戏了，但人们用不着担心，他们深知道理，这一夜决不丝毫作怪。于是戏文也接着开场，徐徐进行，人事之中，夹以出鬼：火烧鬼，淹死鬼，科场鬼（死在考场里的），虎伤鬼……孩子们也可以自由去扮，但这种没出息鬼，愿意去扮的并不多，看客也不将它当作一回事。一到“跳吊”时分——“跳”是动词，意义和“跳加官”[②]之“跳”同——情形的松紧可就大不相同了。台上吹起悲凉的喇叭来，中央的横梁上，原有一团布，也在这时放下，长约戏台高度的五分之二。看客们都屏着气，台上就闯出一个不穿衣裤，只有一条犊鼻裈[③]，面施几笔粉墨的男人，他就是“男吊”。一登台，径奔悬布，像蜘蛛的死守着蛛丝，也如结网，在这上面钻，挂。他用布吊着各处：腰，胁，胯下，肘弯，腿弯，后项窝……一共七七四十九处。最后才是脖子，但是并不真套进去的，两手扳着布，将颈子一伸，就跳下，走掉了。这“男吊”最不易跳，演目连戏时，独有这一个脚色须特请专门的戏子。那时的老年人告诉我，这也是最危险的时候，因为也许会招出真的“男吊”来。所以后台上一定要扮一个王灵官[④]，一手捏诀，一手执鞭，目不转睛的看着一面照见前台的镜子。倘镜中见有两个，那么，一个就是真鬼了，他得立刻跳出去，用鞭将假鬼打落台下。假鬼一落台，就该跑到河边，洗去粉墨，挤在人丛中看戏，然后慢慢的回家。倘打得慢，他就会在戏台上吊死；洗得慢，真鬼也还会认识，跟住他。这挤在人丛中看自己们所做的戏，就如要人下野而念佛，或出洋游历一样，也正是一种缺少不得的过渡仪式。

这之后，就是“跳女吊”。自然先有悲凉的喇叭；少顷，门幕一掀，她出场了。大红衫子，黑色长背心，长发蓬松，颈挂两条纸锭，垂头，垂手，弯弯曲曲的走一个全台，内行人说：这是走了一个“心”字。为什么要走“心”字呢？我不明白。我只知道她何以要穿红衫。看王充的《论衡》，知道汉朝的鬼的颜色是红的，但再看后来的文字和图画，却又并无一定颜色，而在戏文里，穿红的则只有这“吊神”。意思是很容易了然的；因为她投缳之际，准备作厉鬼以复仇，红色较有阳气，易于和生人相接近，……绍兴的妇女，至今还偶有搽粉穿红之后，这才上吊的。自然，自杀是卑怯的行为，鬼魂报仇更不合于科学，但那些都是愚妇人，连字也不认识，敢请“前进”的文学家和“战斗”的勇士们不要十分生气罢。我真怕你们要变呆鸟。

她将披着的头发向后一抖，人这才看清了脸孔：石灰一样白的圆脸，漆黑的浓眉，乌黑的眼眶，猩红的嘴唇。听说浙东的有几府的戏文里，吊神又拖着几寸长的假舌头，但在绍兴没有。不是我袒护故乡，我以为还是没有好；那么，比起现在将眼眶染成淡灰色的时式打扮来，可以说是更彻底，更可爱。不过下嘴角应该略略向上，使嘴巴成为三角形：这也不是丑模样。假使半夜之后，在薄暗中，远处隐约着一位这样的粉面朱唇，就是现在的我，也许会跑过去看看的，但自然，却未必就被诱惑得上吊。她两肩微耸，四顾，倾听，似惊，似喜，似怒，终于发出悲哀的声音，慢慢地唱道：

奴奴本是杨家女⑤，

呵呀，苦呀，天哪！……

下文我不知道了。就是这一句，也还是刚从克士那里听来的。但那大略，是说后来去做童养媳，备受虐待，终于弄到投缳。唱完就听到远处的哭声，这也是一个女人，在衔冤悲泣，准备自杀。她万分惊喜，要去“讨替代”了，却不料突然跳出“男吊”来，主张应该他去讨。他们由争论而至动武，女的当然不敌，幸而王灵官虽然脸相并不漂亮，却是热烈的女权拥护家，就在危急之际出现，一鞭把男吊打死，放女的独去活动了。老年人告诉我说：古时候，是男女一样的要上吊的，自从王灵官打死了男吊神，才少有男人上吊；而且古时候，是身上有七七四十九处，都可以吊死的，自从王灵官打死了男吊神，致命处才只在脖子上。中国的鬼有些奇怪，好像是做鬼之后，也还是要死的，那时的名称，绍兴叫作“鬼里鬼”。但男吊既然早被王灵官打死，为什么现在“跳吊”，还会引出真的来呢？我不懂这道理，问问老年人，他们也讲说不明白。

而且中国的鬼还有一种坏脾气，就是“讨替代”，这才完全是利己主义；倘不然，是可以十分坦然的和他们相处的。习俗相沿，虽女吊不免，她有时也单是“讨替代”，忘记了复仇。绍兴煮饭，多用铁锅，烧的是柴或草，烟煤一厚，火力就不灵了，因此我们就常在地上看见刮下的锅煤。但一定是散乱的，凡村姑乡妇，谁也决不肯省些力，把锅子伏在地面上，团团一刮，使烟煤落成一个黑圈子。这是因为吊神诱人的圈套，就用煤圈炼成的缘故。散掉烟煤，正是消极的抵制，不过为的是反对“讨替代”，并非因为怕她去报仇。被压迫者即使没有报复的毒心，也决无被报复的恐惧，只有明明暗暗，吸血吃肉的凶手或其帮闲们，这才赠人以“犯而勿校”或“勿念旧恶”的格言，——我到今年，也愈加看透了这些人面东西的秘密。

九月十九——二十日。

注 ① Amateur：英语，业余活动者（指对体育、文娱、艺术、科学等的爱好），这里表示业余演员。 ②“跳加官”：旧时在戏剧开演之前，常由一演员戴面具，穿袍执笏，手拿写有“天官赐福”、“指日高升”等吉利话的条幅，在场上舞蹈表演，称为“跳加官”。 ③ 犊鼻裈：指绍兴一带的一种短裤。 ④ 王灵官：相传是北宋末年的方士，明宣宗时封为隆恩真君。后来道观中都把他奉为镇山门之神。 ⑤ 杨家女：应为良家女。目连戏中的原唱词为：“奴奴本是良家女，将奴卖入勾栏里；生前受不过王婆气，将奴逼死勾栏里。阿呀，苦呀，天哪！将奴逼死勾栏里。”

鲁迅是无神论者，他曾明白宣称：“我是到底相信人死是无鬼的。”（《死》）但他却写了一些赞美鬼神艺术形象的文章，最突出的莫过于《无常》和《女吊》了。在《女吊》里，他以饱含感情的艺术语言，生动地描写了“女性吊死鬼”的形象，并为她谱写了一曲赞歌。

女吊其实是个“厉鬼”，她的性格主要特征就是“复仇”，正由于此才博得鲁迅的喜爱，说她“比别的一切鬼魂更美，更强的鬼魂”，对她十分感佩，说是“横死的鬼魂而得到‘神’的尊号的，我还没有发见过第二位”。鲁迅之所以喜欢这些民间戏曲中的鬼魂形象，其根本原因还在于她们身上凝聚着劳动人民的思想和感情，深受“民众之爱戴”。如果说无常是表现了人民“对于死的无可奈何”

的心态，那么女吊则体现了被压迫者对压迫者进行“复仇”的精神。在《女吊》里，鲁迅便集中表现了这一点。

女吊的形象有一种阳刚之美。作品以悲切的场面和急如旋风的节奏来显示孕含于她心灵中的丰富的涵量。在悲凉的喇叭声中，她急速上场了，先是一个大全景：“大红衫子，黑色长背心，长发蓬松，颈挂两条纸锭，垂头，垂手，弯弯曲曲的走一个全台，内行人说：这是走了一个‘心’字。”之所以穿红，是“因为她投缳之际，准备作厉鬼以复仇，红色较有阳气，易于和生人相接近”。全体通红，立志复仇，她犹如一团熊熊火焰，满台飞转，炽热明艳，一出现就有一股逼人的凌厉之气，令人心悸。接着，她将披着的长发向后面一抖，来了一个亮相，人们这才看清她的脸孔。这是一个特写镜头，粉面朱唇，黑眉乌眼，惨怖中又略带几分妩媚。最后她行动了，只见“她两肩微耸，四顾，倾听，似惊，似喜，似怒”。复杂的表情，映现的是她心理深层的急剧躁动，终于爆发出悲哀与愤怒的控诉，惨厉的声音令人凄然！这便是作品诉诸读者视觉直观的女吊形象，志在复仇的女神形象，正是“下等人”心愿在艺术上的反映。鲁迅虽在作品中指出，“自然，自杀是卑怯的行为，鬼魂报仇更不合于科学”，但他对“愚妇人”这种“不合于科学”的复仇反抗“行为”却怀有深切的同情。他严厉地批判了女吊这一戏曲形象的消极因素，这就是“讨替代”，指出“这完全是利己主义”，“单是‘讨替代’忘记了复仇”。批判“讨替代”的利己行为，就是宣扬对压迫者应该实行以牙还牙的报复精神，说明了民间对“鬼魂报复”的心理倾向，含义是很深的。

鲁迅大力肯定女吊形象，强调她的复仇精神是为了战斗。《女吊》写于 1936 年 9 月 19 日，在 9 月 5 日他曾写有一篇《死》，其中“遗嘱”的最后一条便是“损着别人的牙眼，却反对报复，主张宽容的人，万勿和他接近”，他表示自己对于“怨敌”，“一个都不宽恕”。在《女吊》里，他大力赞美这一强魂厉鬼，就为的张扬自己“不宽恕”的报复精神，他明确指出：“被压迫者即使没有报复的毒心，也决无被报复的恐惧，只有明明暗暗，吸血吃肉的凶手或其帮闲们，这才赠人以‘犯而勿校’或‘勿念旧恶’的格言，——我到今年，也愈加看透了这些人面东西的秘密。”《女吊》即是鲁迅于临终前，向那些“吸血吃肉”的“人面东西”掷出的一支锐利的投枪。《女吊》就有点乘兴走笔，纵意驰骋，没有贯穿始终的情节线，更没有演绎矛盾的因果链。一切似乎都有点散乱，显得漫不经心，但却又不能说它浑无重点，没有章法。开头以明朝绍兴文人王思任的“很有光彩”的话入题，巧妙地转入绍兴戏曲“带复仇性”特色的鬼魂艺术形象——女吊。这有点类似“把全篇之意定于开端一二语”的笔法，在情绪上，在心理上，为作品中心思想的拓展做好准备。接下去，便扣住“女吊”进行解说，引典故，叙历史，谈戏文，为的只是一点，即肯定民众对这一形象的“爱戴”，将开端的思想更翻上一层。下面文笔便宕了开去，大谈绍兴的“大戏”和“目连戏”，详细地描写“起殇”。文字极具情态，极有声色，似乎话题扯得很远，其实这是沿波探源，百不离十，一切都为女吊的出现敲锣打鼓，制造氛围。紧接“起殇”之后就是“跳吊”，于悲凉的喇叭声中，先闯出“男吊”，热闹中略带恐怖，紧张又有点悲凉。这时，门幕一掀，女吊上场了，这是散文的重点所在，自然着意刻画，但作者却惜墨如金，用笔极其经济，只以浓墨写她穿着，绘她肖像，描她表情，摹她哀音，于声容情态的勾勒中完成了对这一形象的塑造，文章至此是高潮也是尾声，可作者笔锋忽然掉转，因事陈词，结合“讨替代”阐发议论，进行抨击，这样结尾便回应开头成为文章主旨的点睛之笔，全篇思想为之闪闪生辉。

从以上所说不难发现，这篇散文风姿活泼而洒脱，扯得开，收得拢，随意而不散乱，飘洒而不放任，从入题、发展、高潮以至结尾，均围绕女吊中心，通过叙述、描写、小议等手段，将历史典故、民间传说、社会习俗、戏曲故事等融为一体，娓娓细诉，侃侃而谈，情节徐徐展开，兴味渐渐转浓，突然在情势趋于顶峰之时，急速收笔，通篇流畅，自然、隽永、紧凑、锐利。

《女吊》的艺术成就首在传神。十分明显，在《女吊》里，鲁迅绝非天马行空地任意画鬼，倒是神思独运地专心写人。女吊是鬼貌人心，鬼态人情，所花笔墨无多，功力全在显神。“大红衫子，黑色长背心”，“漆黑的浓眉，乌黑的眼睛”，这是描形，“似惊，似喜，似怒”，这是拟态，“呵呀，苦呀，天哪”，这是传声。描形、拟态、传声，均意在传神，这神就是她的锲而不舍的复仇意志。

鲁迅喜欢用比较来加强艺术效果，或是运用对比手法来论证道理，或是以此辨别真伪，或是以此凸显神态。在《女吊》里，他谈及“大戏”和“目连戏”中许多鬼魂形象，而“乡下人”对他们却是十分蔑视的，认为都是些“没出息”的鬼，都不把他们“当作一回事”。男吊形象丑恶，鲁迅曾称其为“可憎的鬼”，民众对他被王灵官“打落台下”很是开心，唯独对“女吊”很“爱戴”，虽然是鬼，却尊她为“神”。女吊在“没出息的鬼”和“可憎的鬼”比照下，其神韵就出落得分外强劲动人了。

鲁迅行文不拘格套，不受文体界限的束缚，他用散文笔法和诗的语言写杂文，也常于散文中间以杂文的笔法。在《女吊》中，他就用议论来起到强化形象神韵的作用。如在谈到鬼魂报仇不科学时，揶揄了所谓“前进”的作家，肯定了“愚妇人”常于“搽粉穿红之后”才自杀的志在复仇的精神。再如结尾时那一段议论更是点显了女吊形象的意义。作者融理于形，着着都在表现女吊作为一个强毅鬼魂的复仇精神。（陈孝全）

苦 雨　　周作人

伏园兄：

北京近日多雨，你在长安道上不知也遇到否，想必能增你旅行的许多佳趣。雨中旅行不一定是很愉快的，我以前在杭沪车上时常遇雨，每感困难，所以我于火车的雨不能感到什么兴味，但卧在乌篷船里，静听打篷的雨声，加上欸乃的橹声以及“靠塘来，靠下去”的呼声，却是一种梦似的诗境。倘若更大胆一点，仰卧在脚划小船内，冒雨夜行，更显出水乡住民的风趣，虽然较为危险，一不小心，拙劣地转一个身，便要使船底朝天。二十多年前往东浦吊先父的保姆之丧，归途遇暴风雨，一叶扁舟在白鹅似的波浪中间滚过大树港，危险极也愉快极了。我大约还有好些“为鱼”时候——至少也是断发文身时候的脾气，对于水颇感到亲近，不过北京的泥塘似的许多“海”实在不很满意，这样的水没有也并不怎么可惜。你往“陕半天”去似乎要走好两天的准沙漠路，在那时候倘若遇见风雨，大约是很舒服的，遥想你胡坐骡车中，在大漠之上，大雨之下，喝着四打之内的汽水，悠然进行，可以算是“不亦快哉”之一。但这只是我的空想，如诗人的理想一样的靠不住，或者你在骡车中遇雨，很感困难，正在叫苦连天也未可知，这须等你回京后问你再说了。

我住在北京，遇见这几天的雨，却叫我十分难过。北京向来少雨，所以不但雨具不很完全，便是家屋构造，于防雨亦欠周密。除了真正富翁以外，很少用实垛砖墙，大抵只用泥墙抹灰敷衍了事。近来天气转变，南方酷寒而北方淫雨，因此两方面的建筑上都露出缺陷。一星期前的雨把后园的西墙淋坍，第二天就有“梁上君子”来摸索北房的铁丝窗，从次日起赶紧邀了七八位匠人，费两天工夫，从头改筑，已经成功十分八九，总算可以高枕而卧，前夜的雨却又将门口的南墙冲倒二三丈之谱。这回受惊的可不是我了，乃是川岛君“佢们”俩，因为“梁上君子”如再见光顾，一定是去躲在“佢们”的窗下窃听的了。为消除“佢们”的不安起见，一等天气晴正，急须大举地修筑，希望日子不至于很久，这几天只好暂时拜托川岛君的老弟费神代为警护罢了。

前天十足下了一夜的雨，使我夜里不知醒了几遍。北京除了偶然有人高兴放几个爆仗以外，夜里总还安静，那样哗喇哗喇的雨声在我的耳朵已经不很听惯，所以时常被它惊醒，就是睡着也仿佛觉得耳边粘着面条似的东西，睡的很不痛快，还有一层，前天晚间据小孩们报告，前面院子里的积水已经离台阶不及一寸，夜里听着雨声，心里糊里糊涂地总是想水已上了台阶，浸入西边的书房里了。好容易到了早上五点钟，赤脚撑伞，跑到西屋一看，果然不出所料，水浸满了全屋，约有一寸深浅，这才叹了一口气，觉得放心了；倘若这样兴高采烈地跑去，一看却没有水，恐怕那时反觉得失望，没有现在那样的满足也说不定，幸而书籍都没有湿，虽然是没有什么价值的东西，但是湿成一饼一饼的纸糕，也很是不愉快。现今水虽已退，还留下一种涨过大水后的普通的臭味，固然不能留客坐谈，就是自己也不能在那里写字，所以这封信是在里边炕桌上写的。

这回的大雨，只有两种人最是喜欢。第一是小孩们。他们喜欢水，却极不容易得到，现在看见院子里成了河，便成群结队地去"淌河"去。赤了足伸到水里去，实在很有点冷，但他们不怕，下到水里还不肯上来。大人见小孩们玩的有趣，也一个两个地加入，但是成绩却不甚佳，那一天里滑倒了三个人，其中两个都是大人，——其一为我的兄弟，其一是川岛君。第二种喜欢下雨的则为蛤蟆。从前同小孩们往高亮桥去钓鱼钓不着，只捉了好些蛤蟆，有绿的，有花条的，拿回来都放在院子里，平常偶叫几声，在这几天里便整日叫唤，或者是荒年之兆，却极有田村的风味。有许多耳朵皮嫩的人，很恶喧嚣，如麻雀蛤蟆或蝉的叫声，凡足以妨碍他们的甜睡者，无一不痛恶而深绝之，大有欲灭此而午睡之意。我觉得大可以不必如此，随便听听都是很有趣味的，不但是这些久成诗料的东西，一切鸣声其实都可以听。蛤蟆在水田里群叫，深夜静听，往往变成一种金属音，很是特别，又有时仿佛是狗叫，古人常称蛙蛤为吠，大约也是从实验而来。我们院子里的蛤蟆现在只见花条的一种，它的叫声更不漂亮，只是格格格这个叫法，可以说是革音，平常自一声至三声，不会更多，唯在下雨的早晨，听它一口气叫上十二三声，可见它是实在喜欢极了。

这一场大雨恐怕在乡下的穷朋友是很大的一个不幸，但是我不曾亲见，单靠想象是不中用的，所以我不去虚伪地代为悲叹了。倘若有人说这所记的只是个人的事情，于人生无益，我也承认，我本来只想说个人的私事，此外别无意思。今天太阳已经出来，傍晚可以出外去游嬉，这封信也就不再写下去了。

我本等着看你的秦游记，现在却由我先写给你看，这也可以算是"意表之外"的事罢。

十三年七月十七日在京城书

刚看到这"苦雨"两字，人们也许以为作者是要讲述绵绵阴雨给人带来的苦楚或恶劣的心境。其实不然。这封信一开始就点出雨中的"佳趣"，而且全文似乎就落在这两个字上。请看，"苦雨"竟然化作了诗境，而且还不是单一的诗境："卧在乌篷船里，静听打篷的雨声……是一种梦似的诗境。”此其一。“仰卧在脚划小船内，冒雨夜行”，尽显水乡风趣。此其二。“一叶扁舟在白鹅似的波浪中间滚过大树港，危险极也愉快极了”。此其三。作者甚至还遥想远方的行人——那位伏园兄胡坐骡车中，在大漠之上，大雨之下，喝着汽水，悠然进行那种不亦快哉的情景。此其四。也许是因为作者自己正是那种在任何境遇中都能保持优哉游哉的心态的人，所以也最能在平常的生活中发掘出诗意诗情。对他来说，苦雨又何苦之有！

不过，要是一直如此写下去，也许有点不合情理了。因为，既然称之曰“苦雨”，总该有令人烦恼的地方罢。果然，作者笔势一转，向朋友诉起“苦”来。整整两大段的文字似乎都在落实这“苦雨”二字。雨淋坍了墙引来梁上君子，雨声惊醒睡梦，积水上了台阶浸入书房等等，这类“苦”事，读者们也许都经历过，很容易引起共鸣。可是我们读着读着，又感到作者的用意，与其说是在渲染这个“苦”字，倒不如说是用雨中之苦反衬雨中之乐。所以下文作者的笔势又一转折，回到了信的开头所点到的“佳趣”这两个字上。当然文势的转折是十分自然、不着痕迹的，在述说了一番“苦”处后，顺便说到“这回的大雨，只有两种人最是喜欢”。这“两种人”其实只有一种真正是人，另一种却是小动物。那“人”便是小孩了，其实还有大人们。他们见小孩玩得有趣便也参加进来。玩什么呢？原来是大雨使院子成了“河”，于是小孩乃至大人都下去“淌河”了。这是实实在在的雨中佳趣，是充满童真童趣的快乐的境界，大人们似乎也一下子返回到童稚的时代，享受着这难得的情趣。到此境界，一个“苦”字消失得无影无踪了。第二种喜欢下雨的竟是蛤蟆。把蛤蟆和小孩大人相提并论，似乎很滑稽，其实是浓浓地突出了生活的情趣。雨天里听到蛤蟆的叫声，加上可以淌水的“河”，岂不是平添了几分大自然的氛围和回归自然的心境，这正是住在城里的人难得享受的，也是作者心向往之的。自然的情趣和童真童趣相映成趣，这“趣”就特别浓了。至此，我们不难体会到作者为什么要选择“苦雨”这个题目了。“苦雨”中也有佳趣在，以此类推，整个人生其实处处都有佳趣在，关键在于你是否能以一种平和的心态去寻找和发现，当然这个道理作者并没有这么说。他只说“我本来只想说个人的私事，此外别无意思”。究竟有什么意思，读者自己去体会吧。

一封平平常常的信，文势一波三折，而在不知不觉中传达出一种诗意、一种美——这大约就是作者的本领吧。（徐缉熙）

鸟声　　周作人

古人有言：“以鸟鸣春。”现在已过了春分，正是鸟声的时节了，但我觉得不大能够听到，虽然京城的西北隅已经近于乡村。这所谓鸟当然是指那飞鸣自在的东西，不必说鸡鸣咿咿鸭鸣呷呷的家奴，便是熟番似的鸽子之类也算不得数，因为他们都是忘记了四时八节的了。我所听见的鸟鸣只有檐头麻雀的啾啁，以及槐树上每天早来的啄木的干笑——这似乎都不能报春，麻雀的太琐碎了，而啄木又不免多一点干枯的气味。

英国诗人那许（Nash）有一首诗，被录在所谓《名诗选》（Golden The Poetry）的卷首。他说，春天来了，百花开放，姑娘们跳着舞，天气温和，好鸟都歌唱起来，他列举四样鸟声：

Cuckco, jug-jug, pee-wee, to-witta-woo!

这九行的诗实在有趣，我却总不敢译，因为怕一则译不好，二则要译错。现在只抄出一行来，看那四样是什么鸟。第一种是勃姑，书名鸤鸠，他是自呼其名的，可以无疑了。第二种是夜莺，就是那林间的“发痴的鸟”，古希腊女诗人称之曰“春之使者，美音的夜莺”，他的名贵可想而知，只是我不知道他到底是什么东西。我们乡间的黄莺也会“翻叫”，被捕后常因想念妻子而急死，与他西方的表兄弟相同，但他要吃小鸟，而且又不发痴地唱上一夜以至于呕血。第四种虽似异怪乃是猫头鹰。第三种则不大明了，有人说是蚊母鸟，或云是田凫，但据斯密士的《鸟的生活与故事》第一章所说系小猫头鹰。倘若是真的，那么四种好鸟之中猫头鹰一家已占其二了。斯密士说这二者都是褐色猫头鹰，与别的怪声怪相的不同，他的书中虽有图像，我也认不得这是鸱是鸮还是流离之子，不过总是猫头鹰之类罢了。儿时曾听见他们的呼声，有的声如货郎的摇鼓，有的恍若连呼“掘洼”(dzhuehuoang)，俗云不祥主有死丧。所以闻者多极懊恼，大约此风古已有之。查检观颒道人的《小演雅》，所录古今禽言中不见有猫头鹰的话。然而仔细回想，觉得那些叫声实在并不错，比任何风声箫声鸟声更为有趣，如诗人谢勒(Shelley)所说。

现在，就北京来说，这几样鸣声都没有，所有的还只是麻雀和啄木鸟。老鸹，乡间称云乌老鸦，在北京是每天可以听到的，但是一点风雅气也没有，而且是通年噪聒，不知道他是那一季的鸟。麻雀和啄木鸟虽然唱不出好的歌来，在那琐碎和干枯之中到底还含一些春气：唉唉，听那不讨人欢喜的乌老鸦叫也已够了，且让我们欢迎这些鸣春的小鸟，倾听他们的谈笑罢。

“啾唽，啾唽！”

“嘎嘎！”

一九二五年四月

周作人一向主张写文章“以不切题为宗旨”，本文倒是一开笔便点题：“古人有言：‘以鸟鸣春。’”——可见从来就是“文无定法”的。“以鸟鸣春”这句古语是周作人在好些文章中都反复吟味的：那“鸟声”中的“春意”才是他真正属意的。这就引出了他的遗憾：生活在“近于乡村”的京城西北隅，过了春分，却“不大能够”(注意这里用语的分寸)听到“鸟声”。这自然有一种言外之意：京城的春天不大有春意。周作人对此“耿耿于怀”，直到 1936 年(也即十一年后)，还忍不住专写一篇《北平的春天》，说他“太慌张了一点了，又欠腴润一点，叫人有时来不及尝他的味儿，有时尝了觉得枯燥了，虽然名字还叫作春天，但是实在就把他当作冬之尾，要不然就是夏的头”。话说得淡而有味(即所谓“淡淡的惆怅”)，是典型的周作人的语言。掩不住的是他内心深处对“春意”浓浓的渴求，于是又引出一番议论：“所谓鸟当然是指那飞鸣自在的东西”，而不是“鸡鸣咿咿鸭鸣呷呷的家奴”与“熟番似的鸽子之类”。唯有自在、自由的生命才能真正感受自然节气(“四时八节”)的流动而发出由衷的鸣叫，这生命的感应与喜悦，岂是区区“家奴”所能享有？这里，人与飞禽，作者主体与描写对象，已经融为一体：周作人的文章也未必是纯客观的。这里的“鸡鸣咿咿鸭鸣呷呷”算得上“神来之笔”，在周作人的文章中并不多见，可能是他少有如此动情的缘故。动了情，就难免有偏见，以“啾啁”、“干笑”形容麻雀、啄木鸟之声，既有主观色彩，更有“苛评”之嫌。不过很快就有纠偏，且看下文就是。

写完自己的感受，周作人即及时地把笔宕开，谈起英国某诗人录在某本《名诗选》榜首的某首诗来。这是典型的周作人的联想方式：几乎任何一个题目都会让他联想起书本上知识与典故，而且是古典、西典一起来，而且全是毫不经意地顺手拈来，笔到之处，自然流出。你看这里刚引出描写春天里的“四样鸟声”（我们已经说过，处处“切题”是本文的一大特点）的英人的诗句，就把“古希腊的女诗人”，斯密士的《鸟的生活与故事》，以及中国观颓道人的《小演雅》，“诗人谢勒”（他又是何方人士?），全都一一牵连进来，把文章的时间拉长，空间也扩大了。周作人也并非一味地掉书袋，还时时引入“我们乡间”以及“儿时”的经验，这就又给文章注入了生活的气息，这正是他比只知卖弄学问的某些“抄书匠”高明之处。我们读者就这样跟着他听：被西方称为“春之使者”的“夜莺”的“美音”，以及中国乡间的“表兄弟”黄莺的“翻叫”，小时候曾听过的或“声如货郎的摇鼓”或“恍若连呼‘掘洼’”的小猫头鹰的呼声，还有“比任何风声箫声鸟声更为有趣”的猫头鹰的叫声……真是声声入耳，快活极了。而更让人迷恋的，恐怕还有鸟声传递给我们的“飞鸣自在”感吧。

当读者正沉湎于盎然的春意之中，周作人又把我们拉回到“这几种鸟声都没有”的北京的现实中来。于是，我们又不得不面对麻雀、啄木鸟，这在文章的文气与读者的情感上，都是一次沉落，也可以说是对第一段文字的回转吧。但周作人又引入一只乌老鸦，据说这是“在北京每天都可以听到的，但是一点风雅气都没有，而且是通年噪聒，不知道他是那一季的鸟”。这一比，就把麻雀、啄木鸟的好处比出来了：“在那琐碎和干枯之中到底还含一些春气。”于是，周作人赶紧抓住不放：“唉唉，听那不讨人欢喜的乌老鸦叫也已够了，且让我们欢迎这些鸣春的小鸟，倾听他们的谈笑罢。”这“唉唉”的叹词，这“且让我们……罢”的语气，尽管透露出几分无奈，但更让读者感到作者是怎样急切地要将哪怕只是“一些”的“春气”把握在手。这里，对第一段文字于回转中又有了偏离，由此出现了文气的轻轻上扬。而且有了那样一个出乎意料的结尾——

> “啾晰，啾晰！”
>
> “嘎嘎！”

这又是一个“神来之笔”，并且是真正的点题：把周作人内心的春意都外化了。

而且春意长驻，周作人在以后的岁月里，不断地写到这鸣春的“鸟声”：《猫头鹰》(1935)、《啄木鸟及其他》(1950)、《猫头鹰》(1950)、《蝙蝠与猫头鹰》(1958)。于是，1964年，八十老翁周作人又写出了《鸟声二》，重提当年话题：“许多年前我做过一篇叫作《鸟声》的小文……”尽管是“朝花夕拾”，写来依然情意绵绵，笔力却更为老到——

> 时光真是十分珍奇的东西，这些年过去了，不但人事有了变化，便是物候似乎也有变迁。院子里的麻雀当然已是昔年啾唧作声的几十世孙了，除了前几年因麻雀被归入四害，受了好几天的围剿，中断了一两年之外，仍旧来去庭树间，唱那细碎的歌，这据学者们考究，大约是传达给朋友们说话，每天早晨在枕上听着（因为它们来得颇早，大约五点左右便已来了），倒也颇有意思的。但是今年却添了新花样，啄木鸟的丁丁响声和它的像老人的干枯的笑听不见了，却来了黄莺的“翻叫”，……唯独后边所说的大小猫头鹰，我虽是也极想听，但是住在城市里边，无论是地方怎么偏僻，要想听到这山林里的声音，那总是不可能的，虽然也是极可惜的事。

那么，周作人是始终神往于山林里的，春天里的“飞鸣自在”的生趣的。我们在他的最后的日记里，读到这样的文字就是一点也不奇怪的——

“今日闻啄木鸟鸣庭树间，声如戛木，本亦习闻之声。但今日听去，似更有意思。……”（钱理群）

故乡的野菜　　周作人

我的故乡不止一个，凡我住过的地方都是故乡。故乡对于我并没有什么特别的情分，只因钓于斯游于斯的关系，朝夕会面，遂成相识，正如乡村里的邻舍一样，虽然不是亲属，别后有时也要想念到他。我在浙东住过十几年，南京东京都住过六年，这都是我的故乡；现在住在北京，于是北京就成了我的家乡了。

日前我的妻往西单市场买菜回来，说起有荠菜在那里卖着，我便想起浙东的事来。荠菜是浙东人春天常吃的野菜，乡间不必说，就是城里只要有后园的人家都可以随时采食，妇女小儿各拿一把剪刀一只“苗篮”，蹲在地上搜寻，是一种有趣味的游戏的工作。那时小孩们唱道，“荠菜马兰头，姊姊嫁在后门头。”后来马兰头有乡人拿来进城售卖了，但荠菜还是一种野菜，须得自家去采。关于荠菜向来颇有风雅的传说，不过这似乎以吴地为主。《西湖游览志》云，“三月三日男女皆戴荠菜花。谚云，三春戴荠花，桃李羞繁华。”顾禄的《清嘉录》上亦说，“荠菜花俗呼野菜花，因谚有三月三蚂蚁上灶山之语，三日人家皆从野菜花置灶陉上，以厌虫蚁。侵晨村童叫卖不绝。或妇女簪髻上以祈清目，俗号眼亮花。”但浙东却不很理会这些事情，只是挑来做菜或炒年糕吃罢了。

黄花麦果通称鼠曲草，系菊科植物，叶小微圆互生，表面有白毛，花黄色，簇生梢头。春天采嫩叶，捣烂去汁，和粉作糕，称黄花麦果糕。小孩们有歌赞美之云：

“黄花麦果韧结结，
关得大门自要吃：
半块拿弗出，
一块自要吃。”

清明前后扫墓时，有些人家——大约是保存古风的人家——用黄花麦果做供，但不作饼状，做成小颗如指顶大，或细条如小指，以五六个作一攒，名曰茧果，不知是什么意思，或因蚕上山时设祭，也用这种食品，故有是称，亦未可知。自从十二三岁时外出不参与外祖家扫墓以后，不复见过茧果，近来住在北京，也不再见黄花麦果的影子了。日本称为“御形”，与荠菜同为春天的七草之一，也采来做点心用，状如艾饺，名曰“草饼”，春分前后多食之，在北京也有，但是吃去总是日本风味，不复是儿时的黄花麦果糕了。

扫墓时候所常吃的还有一种野菜，俗名草紫，通称紫云英。农人在收获后，播种田内，用作肥料，是一种很被贱视的植物，但采取嫩茎瀹食，味颇鲜美，似豌豆苗。花紫红色，数十亩接连不断，一片锦绣，如铺着华美的地毯，非常好看，而且花朵状若蝴蝶，又如鸡雏，尤为小孩所喜。间有白色的花，相传可以治痢，很是珍重，但不易得。日本《俳句大辞典》云，“此草与蒲公英同是习见的东西，从幼年时代便已熟识，在女人里边，不曾采过紫云英的人，恐未必有罢。”中国古来没有花环，但紫云英的花球却是小孩常玩的东西，这一层我还替那些小人们欣幸的。浙东扫墓用鼓吹，所以少年们常随了乐音去看“上坟船里的姣姣”；没有钱的人家虽没有鼓吹，但是船头上篷窗下总露出些紫云英和杜鹃的花束，这也就是上坟船的确实的证据了。

十三年二月

思乡之情，人皆有之。可作者偏要说故乡对于他“没有什么特别的情分”，这乡情似乎淡得不能再淡。读者对此如果信以为真，恐怕要上当。试想，连故乡的几种野菜，都念念不忘，不但入文，写得还那样富于情趣，其情又何其深也。浓郁的乡情偏以平淡出之，这正是作者散文的一贯风格。

先写的是最常见的荠菜。也是淡淡写来。因为妻子偶尔在菜市上看到了，才勾起对这种野菜的回忆，似乎也只是信笔写来，随意说说。野菜之为物，可谓轻且贱矣，又有什么可写的呢？可一到作者笔下，却偏又诗情洋溢，兴味盎然。就说荠菜吧，我们先看到乡间妇女小儿“各拿一把剪刀一只‘苗篮’，蹲在地上搜寻”的生动图景；又听到有趣的民谣：“荠菜马兰头，姊姊嫁在后门头”；又读到古籍上有关荠菜的种种记载。真是信手拈来，皆成文章。民间情趣与知识学问很自然地融合一体，短短三百字，简洁到增之一分则太长，减之一分则太短的地步，却又如层峦叠翠，层次、变化尽在其中。

文中写三种野菜，写法各不相同，更显文笔之变化多姿。荠菜为大家熟知，不必详加介绍，所以只在采集的情景、民谣民谚以及有关典故等方面简要落墨。黄花麦果比较陌生，所以先作植物学的说明，再重点介绍其作为食物的功用：或作糕、或“做供”；或是地道的浙东风味的“果糕”、“茧果”，或是日本风味的“草饼”；一路写来，同样引人入胜。

写紫云英则又是一种写法。紫云英有其特有的美，作者正是抓住了这种美，并用画笔画出这种美：“花紫红色，数十亩接连不断，一片锦绣，如铺着华美的地毯。”这是一眼望去看到的情景。“花朵状若蝴蝶，又如鸡雏”，这是就近细看了。虽只寥寥数笔，但鲜明的色彩、精确的形状，一一跃入眼帘。

作者一生都喜爱研究民俗，是我国现代民俗学研究的开拓者。他写故乡的野菜，其实就是写民俗。也许，他就是用一个民俗学家的眼光看故乡的野菜的罢。“三春戴荠花，桃李羞繁华”，是民俗；黄花麦果作糕，清明时节做成“茧果”，是民俗；浙东扫墓时节，如果你看到船头上、篷窗下露出紫云英和杜鹃的花束，“这也就是上坟船的确实的证据了”，更是民俗。《故乡的野菜》可以说就是作者描绘的一幅幅生动的民俗画卷。而作为诗人的周作人，又特别喜爱搜集民歌、民谣、童谣，这些又正是民俗学的一部分。民俗风情的描绘与民谣、童谣相映成趣，成了本文最亮丽的风景线。

读《故乡的野菜》，还可体味作者散文自然质朴的特点。写野菜，写民俗，一切皆如行云流水，自然而然，没有任何人工雕饰的痕迹。而细细品味，又觉意境深远、耐人咀嚼。这应该是抒情散文的最高境界吧。（徐缉熙）

北京的茶食　　周作人

在东安市场的旧书摊上买到一本日本文章家五十岚力的《我的书翰》，中间说起东京的茶食店的点心都不好吃了，只有几家如上野山下的空也，还做得好点心，吃起来馅和糖及果实浑然融合，在舌头上分不出各自的味来。想起德川时代江户的二百五十年的繁华，当然有这一种享乐的流风余韵留传到今日，虽然比起京都来自然有点不及。北京建都已有五百余年之久，论理于衣食住方面应有多少精微的造就，但实际似乎并不如此，即以茶食而论，就不曾知道什么特殊的有滋味的东西。固然我们对于北京情形不甚熟悉，只是随便撞进一家饽饽铺里去买一点来吃，但是就撞过的经验来说，总没有很好吃的点心买到过。难道北京竟是没有好的茶食，还是有而我们不知道呢？这也未必全是为贪口腹之欲，总觉得住在古老的京城里吃不到包含历史的精炼的或颓废的点心是一个很大的缺陷。

北京的朋友们，能够告诉我两三家做得上好点心的饽饽铺么？

我对于二十世纪的中国货色，有点不大喜欢，粗恶的模仿品，美其名曰国货，要卖得比外国货更贵些。新房子里卖的东西，便不免都有点怀疑，虽然这样说好像遗老的口吻，但总之关于风流享乐的事我是颇迷信传统的。我在西四牌楼以南走过，望着异馥斋的丈许高的独木招牌，不禁神往，因为这不但表示他是义和团以前的老店，那模糊阴暗的字迹又引起我一种焚香静坐的安闲而丰腴的生活的幻想。我不曾焚过什么香，却对于这件事很有趣味，然而终于不敢进香店去，因为怕他们在香盒上已放着花露水与日光皂了。我们于日用必需的东西以外，必须还有一点无用的游戏与享乐，生活才觉得有意思。我们看夕阳，看秋河，看花，听雨，闻香，喝不求解渴的酒，吃不求饱的点心，都是生活上必要的——虽然是无用的装点，而且是愈精炼愈好。可怜现在的中国生活，却是极端地干燥粗鄙，别的不说，我在北京彷徨了十年，终未曾吃到好点心。

一九二四年二月

"民以食为天"，"吃"是人的生活的基本，周作人既然自觉地追求生活的艺术，就必然精于吃而成为"美食家"，而他对人（特别是普通人）的生命存在的关注，又必然热心于吃食的描述，从写于二十年代的这篇《北京的茶食》，到六十年代《南北的点心》，周作人可以说写了一辈子的茶食：这是他的基本文学（人生）题材。

名为"北京的茶食"，却是从一位日本人感叹"东京的茶食店的点心都不好吃了"写起。其实吃不到想吃的东西这类抱怨是我们每时、每地随时都可以听见的，是再普通不过的日常生活中的琐事，谁也不会往深处去想。但在周作人这里却引起了异样的反应，或者说经过周作人的主观过滤，这类平凡的琐事就别有一番意思了。由"东京的茶食"周作人"想起"的是"德川时代江户的二百五十年的繁华"及其流风，这显然是一个学者的联想与感受，经过这样的学术化、文人化的处理，这普通的点心就成为"特殊的有滋味的东西"了。对于周作人（以及和他类似的知识分子），在北京买不到好吃的点心，其遗憾已经超出了"口腹之欲"的不能满足，"总觉得住在古老的京城里吃不到包含历史的精炼的或颓废的点心是一个很大的缺陷"。这里周作人加在"点心"上的修饰语自是引人注目而意味深长的：它赋予普通的"点心"以显示某种历史精神的文化意味，使其成为一种符号与象征。于是，当我们（读者）听到周作人的呼喊："北京的朋友们，能够告诉我两三家做得上好点心的饽饽铺么？"时，首先想到的是，这是对已经失去的古老的传统文化的呼唤，这样的联想与意义转换也是颇有意思的。

而对于周作人所谓传统文化首先意味着一种生活方式，因此，当周作人走过古旧的北京牌楼，望着义和团以前的老店"丈许高的独木招牌"，那"模糊阴暗的字迹"引起的是对"焚香静坐的安闲而丰腴的生活的幻想"与"神往"，并由此引发出一番非同小可的议论："我们于日用必需的东西以外，必须还有一点无用的游戏与享乐，生活才觉得有意思。我们看夕阳，看秋河，看花，听雨，闻香，喝不求解渴的酒，吃不求饱的点心，都是生活上必要的——虽然是无用的装点，而且是愈精炼愈好。"这是再一次的"意义"升华：所讨论的已经不仅是传统文化的价值，而是对理想的人的生活方式、生命形态的探讨与鼓吹。在周作人看来，人之所以为人就因为于满足生理的欲求的"日用必需的东西"以外，还要有精神的需求，而精神的需求又必须包括超功利的"无用的游戏与享乐"。对人的生活的"意思"的这种阐释，恐怕不能仅仅看作是对士大夫情趣的追怀，或许应该把它视为"五四"时期对"健全的人性（以及健全的人的生活）"的追求与探讨的继续与深入。而这种理想化的追求在中国的现实中自然是不能实现的，周作人终于发出了这样的感慨："可怜现在的中国生活，却是极端地干燥粗鄙，别的不说，我在北京彷徨了十年，终未曾吃到好点心"。人们很容易就注意到这里用词的沉重："彷徨"而至于"十年"，这自然不仅仅因为"未曾吃到好点心"。（钱理群）

喝 茶　　周作人

前回徐志摩先生在平民中学讲"吃茶"，——并不是胡适之先生所说的"吃讲茶"，——我没有工夫去听，又可惜没有见到他精心结构的讲稿，但我推想他是在讲日本的"茶道"（英文译作 Teaism），而且一定说的很好，茶道的意思，用平凡的话来说，可以称作"忙里偷闲，苦中作乐"，在不完全的现世享乐一点美与和谐，在刹那间体会永久，是日本之"象征的文化"里的一种代表艺术。关于这一件事，徐先生一定已有透彻巧妙的解说，不必再来多嘴，我现在所想说的，只是我个人的很平常的喝茶罢了。

喝茶以绿茶为正宗，红茶已经没有什么意味，何况又加糖——与牛奶？葛辛（George Gissing）的《草堂随笔》（Private Papers of Henry Ryecroft）确是很有趣味的书，但冬之卷里说及饮茶，以为英国家庭里下午的红茶与黄油面包是一日中最大的乐事，支那饮茶已历千百年，未必能领略此种乐趣与实益的万分之一，则我殊不以为然，红茶带"土斯"未始不可吃，但这只是当饭，在肚饥时食之而已；我的所谓喝茶，却是在喝清茶，在赏鉴其色与香与味，意未必在止渴，自然更不在果腹了。中国古昔曾吃过煎茶及抹茶，现在所用的都是泡茶，冈仓觉三在《茶之书》（Book of Tea，1919）里很巧妙的称之曰"自然主义的茶"，所以我们所重的即在这自然之妙味。中国人上茶馆去，左一碗右一碗的喝了半天，好像是刚从沙漠里回来的样子，颇合于我的喝茶的意思（听说闽粤有所谓吃工夫茶者自然也有道理），只可惜近来太是洋场化，失了本意，其结果成为饭馆子之流，只在乡村间还保存一点古风，唯是屋宇器具简陋万分，或者但可称为颇有喝茶之意，而未可许为已得喝茶之道也。

喝茶当于瓦屋纸窗之下，清泉绿茶，用素雅的陶瓷茶具，同二三人共饮，得半日之闲，可抵十年的尘梦。喝茶之后，再去继续修各人的胜业，无论为名为利，都无不可，但偶然的片刻优游乃至亦断不可少，中国喝茶时多吃瓜子，我觉得不很适宜，喝茶时所吃的东西应当是轻淡的"茶食"。中国的茶食却变了"满汉饽饽"，其性质与"阿阿兜"相差无几；不是喝茶时所吃的东西了。日本的点心虽是豆米的成品，但那优雅的形色，朴素的味道，很合于茶食的资格，如各色的"羊羹"（据上田恭辅氏考据，说是出于中国唐时的羊肝饼），尤有特殊的风味。江南茶馆里有一种"干丝"，用豆腐干切成细丝，加姜丝酱油，重汤炖热，上浇麻油，出以供客，其利益为"堂倌"所独有。豆腐干中本有一种"茶干"，今变而为丝，亦颇与茶相宜。在南京时常食此品，据云有某寺方丈所制为最，虽也曾尝试，却已忘记，所记得者乃只是下关的江天阁而已。学生们的习惯，平常"干丝"既出，大抵不即食，等到麻油再加，开水重换之后，始行举箸，最为合式，因为一到即罄，次碗继至，不遑应酬，否则麻油三浇，旋即撤去，怒形于色，未免使客不欢而散，茶意都消了。

吾乡昌安门外有一处地方，名三脚桥（实在并无三脚，乃是三出，因以一桥而跨三叉的河上也），其地有豆腐店曰周德和者，制茶干最有名。寻常的豆腐干方约寸半，厚三分，值钱二文，周德和的价值相同，小而且薄，几及一半，黝黑坚实，如紫檀片。我家距三脚桥有步行两小时的路程，故殊不易得，但能吃到油炸者而已。每天有人挑担设炉镬，沿街叫卖，其词曰，

辣酱辣，
麻油炸，
红酱搽，
辣酱拓：
周德和格五香油炸豆腐干。

其制法如上所述，以竹丝插其末端，每枚值三文。豆腐干大小如周德和，而甚柔软，大约系常品。惟经过这样烹调，虽然不是茶食之一，却也不失为一种好豆食。——豆腐的确也是极东的佳妙的食品，可以有种种的变化，唯在西洋不会被领解，正如茶一般。

日本用茶淘饭，名曰“茶渍”，以腌菜及“泽庵”（即福建的黄土萝卜，日本泽庵法师始传此法，盖从中国传去，）等为佐，很有清淡而甘香的风味。中国人未尝不这样吃，唯其原因，非由穷困即为节省，殆少有故意往清茶淡饭中寻其固有之味者，此所以为可惜也。

十三年十二月

读《雨天的书》，有一个感慨：一些平平常常、琐琐屑屑的事，诸如野菜、鸟声、苦雨、喝茶乃至苍蝇等等，到作者笔下皆可妙笔生花、点铁成金。就以喝茶而言，这是平常人天天少不了的最平常不过的事，当然，喝茶有学问，甚至有大学问，所以也很可以写出一篇大文章来。但周作人并没有在他的文章中卖弄学问——要是如此，岂不俗矣哉！他只是平平常常讲述他喝茶的体会。就像他正和你促膝闲谈，就像面前就放着一杯茶，他和你一面品茶，一面闲聊着茶道、茶食以及他的故乡有关喝茶的民俗风情。听着听着，在不知不觉间你就给吸引住了，沉浸到喝茶所特有的氛围之中……

作者只是在讲喝茶吗？是，又似乎不是。说是，因为他确乎在讲喝茶；说不是，因为他让你咀嚼到一种喝茶以外的东西，甚至品味到某种他所追求的人生境界。他对你说：“我的所谓喝茶，却是在喝清茶，在赏鉴其色与香与味，意未必在止渴，自然更不在果腹了。”你由此能体会到喝茶其实有两种：一种是纯粹功利性的喝茶，目的只在于解渴；一种则是审美的、文化的活动了。作者说茶道的意思，是“在不完全的现世享乐一点美与和谐，在刹那间体会永久”。这是升华到一种审美境界和哲学境界了。作者又说：“喝茶当于瓦屋纸窗之下，清泉绿茶，用素雅的陶瓷茶具，同二三人共饮，得半日之闲，可抵十年的尘梦。”再对照他在《雨天的书·自序一》中说的：“在江村小屋里，靠玻璃窗，烘着白炭火钵，喝清茶，同友人闲话，那是颇愉快的事”。这恐怕不仅是一种审美境界，也是作者所倾心的一种人生境界了。

喝茶喝出审美境界和人生境界，当然并非只有周作人是如此。明人张岱在他的《陶庵梦忆》中

也有一篇讲喝茶的文章:《闵老子茶》,作者因慕闵老子茶之名而专访,闵"导至一室,明窗净几,荆溪壶、成宣窑磁瓯十余种皆精绝。灯下视茶色,与磁瓯无别而香气逼人",此等境界,正该是周作人所赞赏的。张岱在文中所记述的品茶的过程,是地地道道的艺术鉴赏和审美欣赏的过程。我不敢肯定周作人写《喝茶》是否受张岱的影响,但我凭直觉,总感到周的散文中有陶庵的影子。他们的文章风格很接近,《陶庵梦忆》和其他明人小品一样是周爱读的作品。周自己说他作文"只想说自己要说的话"(《雨天的书·自序二》),文章题目都是信手拈来,不论大小,行其所当行,止其所当止。这也很像陶庵,不过他们也有区别。陶庵老人是因为在明末经历了国破家亡的巨痛,痛定思痛,大梦惊觉,悟彻人生。这一"悟"才悟出一个"淡"字来。淡泊仕途、淡泊名利,一切的一切都归于平淡。所以文章也就洗尽铅华,返璞归真。《红楼梦》有诗赞白海棠云:"淡极始知花更艳"。这淡,其实是人生的一种很高的境界。

周作人也追求平和冲淡的风格,但他并没有张岱那种梦醒以后的彻悟,也不像张岱的文章那样始终充溢着故国之思,他所追求的"平淡"的背后,多半有"闲适"的影子。"闲"就是闲情吧。他曾说他特别喜欢"雨天的书"这个题目。因为在这种天气,"想要做点正经的工作,心思散漫,……只好随便写一两行,并无别的意思,聊以对付这雨天的气闷光阴罢了"(《雨天的书·自序一》)。这就是一种闲情吧。"适"的含义比较多,自在、舒适等等,当是题中应有之义。我们在《喝茶》中不难体味出作者那种闲适的情性和他醉心其间的闲适的人生境界。他的"平和冲淡"多半出之于这种闲适的情性,这和陶庵老人因家国巨痛而悟彻人生,就有天渊之别了。(徐缉熙)

乌篷船 周作人

子荣君:

接到手书,知道你要到我的故乡去,叫我给你一点什么指导。老实说,我的故乡,真正觉得可怀恋的地方,并不是那里;但是因为在那里生长,住过十多年,究竟知道一点情形,所以写这一封信告诉你。

我所要告诉你的,并不是那里的风土人情,那是写不尽的,但是你到那里一看也就会明白的,不必罗唆地多讲。我要说的是一种很有趣的东西,这便是船。你在家乡平常总坐人力车,电车,或是汽车,但在我的故乡那里这些都没有,除了在城内或山上是用轿子以外,普通代步都是用船。船有两种,普通坐的都是"乌篷船",白篷的大抵作航船用,坐夜航船到西陵去也有特别的风趣,但是你总不便坐,所以我也就可以不说了。乌篷船大的为"四明瓦"(Symenngoa),小的为脚划船(划读如 uoa),亦称小船。但是最适用的还是在这中间的"三道",亦即三明瓦。篷是半圆形的,用竹片编成,中夹竹箬,上涂黑油;在两扇"定篷"之间放着一扇遮阳,也是半圆的,木作格子,嵌着一片片的小鱼鳞,径约一寸,颇有点透明,略似玻璃而坚韧耐用,这就称为明瓦。三明瓦者,谓其中舱有两道,后舱有一道明瓦也。船尾用橹,大抵两支,船首有竹篙,用以定船。船头着眉目,状如老虎,但似在微笑,颇滑稽而不可怕,唯白篷船则无之。三道船篷之高大约可以使你直立,舱宽可以放下一顶方桌,四个人坐着打马将,——这个恐怕你也已学会了罢?小船则真是一叶扁舟,你坐在船底席上,篷顶离你的头有两三寸,你的两手可以搁在左右的舷上,还把手都露出在外边。在这种船里仿佛是在水面上坐,靠近田岸去时泥土便和你的眼鼻接近，而且遇着风浪，或是坐得稍不小心，就会船底朝天，发生危险，但是也颇有趣味，是水乡的一种特色。不过你总可以不必去坐，最好还是坐那三道船罢。

你如坐船出去，可是不能像坐电车的那样性急，立刻盼望走到。倘若出城，走三四十里路，（我们那里的里程是很短，一里才及英里三分之一，）来回总要预备一天。你坐在船上，应该是游山的态度，看看四周物色，随处可见的山，岸旁的乌桕，河边的红蓼和白蘋，渔舍，各式各样的桥，困倦的时候睡在舱中拿出随笔来看，或者冲一碗清茶喝喝。偏门外的鉴湖一带，贺家池，壶觞左近，我都是喜欢的，或者往娄公埠骑驴去游兰亭，（但我劝你还是步行，骑驴或者于你不很相宜，）到得暮色苍然的时候进城上都挂着薜荔的东门来，倒是颇有趣味的事。倘若路上不平静，你往杭州去时可于下午开船，黄昏时候的景色正最好看，只可惜这一带地方的名字我都忘记了。夜间睡在舱中，听水声橹声，来往船只的招呼声，以及乡间的犬吠鸡鸣，也都很有意思。雇一只船到乡下去看庙戏，可以了解中国旧戏的真趣味，而且在船上行动自如，要看就看，要睡就睡，要喝酒就喝酒，我觉得也可以算是理想的行乐法。只可惜讲维新以来这些演剧与迎会都已禁止，中产阶级的低能人别在"布业会馆"等处建起"海式"的戏场来，请大家买票看上海的猫儿戏，这些地方你千万不要去。——你到我那故乡，恐怕没有一个人认得，我又因为在教书不能陪你去玩，坐夜船，谈闲天，实在抱歉而且惆怅。川岛君夫妇现在偁山下，本来可以给你绍介，但是你到那里的时候他们恐怕已经离开故乡了。初寒，善自珍重，不尽。

十五年一月十八日夜，于北京

我知道有不少人都推崇这篇散文，可说实话，我第一次读它的时候却完全不以为然。就那样寥寥几句枯燥的介绍，什么"用竹片编成，中夹竹箬，上涂黑油"，什么"略似玻璃而坚韧耐用"，一点感情色彩都没有，简直像工匠在对买主作说明。全文只有一千几百字，可你看文章的开头部分，第一段的结尾是"所以写这一封信告诉你"，第二段的开头又是"我所要告诉你的"，多么啰嗦？真不明白那些人为什么要推崇它。

一直到现在，我也不认为《乌篷船》就是怎样难得的漂亮文章，它和它的名气总有点不太相符。但我却愿意在这里说一说第二次阅读的感受。那是在一个凉风习习的秋夜，四周都很安静，我不觉又翻开了《乌篷船》。这一回读得很仔细，一行一行看下去，也真奇怪，我的感受竟和初读时完全不同了。文章的开头不再显得啰嗦了，正是从那些似乎有些重复的字句中，我体味出一种不慌不忙，娓娓道来的从容心境，一种故意用轻描淡写掩盖起来的思乡感情。那些工匠式的介绍也不显得枯燥了，你看那几句对船头的描述："船头着眉目，状如老虎，但似在微笑，颇滑稽而不可怕"，这不分明流露出了对家乡风物的亲近感情？尽管作者的语气很平静，我们却不难揣想他那副津津乐道的表情。那些似乎漠然而处的形容句也都一个个活动了起来：跨上脚划的小船，"仿佛是在水面上坐，靠近田岸去时泥土便和你的眼鼻接近"，这感受多么真切，我仿佛也像坐在左右摇晃的小划子里，迎着岸边的泥土和小草靠过去了。

越往下读，我越觉得当初真读得太粗心。作者哪里只是在冷淡地作介绍，到文章的后半部分，分明越来越明显地表现出一种特殊的人生态度。看上去他是在历数沿河的景致，从岸旁的乌桕、红蓼和白蘋，到稍远处时时可见的山，各式各样迎面而来的桥，都记得那样清楚；看上去他是在讲述夜航的趣味，从舷下的水声橹声，到岸上的犬吠鸡鸣，描绘得那样生动；看上去他是在怅叹旧俗的衰亡，从庙戏如何有趣直说到那些新建的“海式”剧场多么粗俗，好恶又是那样分明！可实际上，这一切都不是他要说的主要的话。他并不仅仅要告诉我们他家乡有哪些风物，他更要让我们知道应该怎样去领略这些风物。他一开头就告诫说：“你如坐船出去，可是不能像坐电车的那样性急，……倘若出城，走三四十里路，（我们那里的里程是很短，一里才及英里三分之一，）来回总要预备一天。”这岂不太慢了吗？可作者说，正是要这样慢：“你坐在船上，应该是游山的态度，……困倦的时候睡在舱中拿出随笔来看，或者冲一碗清茶喝喝。”写到雇船看庙戏时，他更明白说：“在船上行动自如，要看就看，要睡就睡，要喝酒就喝酒，我觉得也可以算是理想的行乐法。”原来，作者笔下的那些山、水、树、桥，都是要用这样慢悠悠的态度才能欣赏的，重要的不是田园景致，而是抱着闲适的心情去亲近它们。不是匆匆忙忙，更不是步履沉重；不是愁容满面，更不是怒气冲冲；心平气和，悠闲自在，不惊不乍，随遇而安——这似乎就是《乌篷船》作者偏嗜的处世态度。在他心目中，故乡绍兴的山山水水正是为实践这种态度提供了一个合适的环境。与其说他是在向我们介绍乌篷船，不如说是在引诱我们像他那样去乘坐乌篷船。

我并不是十分性急的人，为什么最初却没能看出这一点呢？是不是因为没有料到，在那个严酷的时代，作者竟会推崇这样一种恬静的心境？《乌篷船》写于一九二六年初的北京，那正是大革命震撼全国的前夕，北方故都一片黑暗。许多有血性的文艺青年纷纷南下，投身北伐的事业，就在作者写下这篇散文的半年以后，他的胞兄鲁迅也离京南行。满眼是地狱的景象，也许格外要向记忆中的家乡旧事去寻取慰藉，但看看鲁迅写于这时期的回忆散文，譬如《狗·猫·鼠》和《二十四孝图》罢，它们充盈着多么强烈的战斗激情。为什么周作人却要显露这样一副淡然无争的情绪呢？

他比鲁迅年少四岁，早年也和鲁迅一样东渡日本留学。他禀赋聪颖，精通日语，又通英语和希腊语，中国的古书也看了很多，以至被人誉为“博识”。一九一一年回国以后，他也和许多人一样深恶黑暗的社会现实，五四文学革命时，他就曾举起人道主义文学的旗帜，为新文化运动推波助澜；一九二六年“三一八”惨案发生后，他更在挽联上奋笔直书：“所谓革命政府与帝国主义原是一样东西！”（《关于三月十八日的死者》）但是，就在这积极入世的姿态背后，却还隐伏着另一种情感，那就是对于社会进步的悲观看法。他曾说：“昔者巴枯宁有言，‘历史唯一的用处是警戒人不要再那么样’，我则反其言曰，‘历史的唯一的用处是告诉人又要这么样了’！”（《周作人散文钞·废名序》）在写于一九三三年的《知堂文集序》里，他更说自己“常有故鬼重来之惧”。这使人想起鲁迅，他也同样痛感到封建历史的沉重因袭，也曾多次以宋末、明初的黑暗世道来例比现实。但在鲁迅，失望越深，反越煽旺了“绝望的抗争”的冲动；而在周作人，博识和敏感加在一起，却蒸发出一股销蚀斗志的冷气。倘说鲁迅是知其不可为而为之，周作人却可以说是知其不可为就不为。在愚民专制的国度里，清醒当然是一件难得的好事，但如果被这清醒浇灭了热情，那就反而成了坏事。周作人似乎正是这样，年岁越长，阅历越深，他就越少有激动的时刻。既然不相信有身外的目标可以追寻，他就只能以调整主观态度来稳定自己，既然无需急急地赶向前方，那就干脆放慢脚步，随意游逛消闲吧。一九二三年十一月，他在《雨天的书》的序言中写道：“我近来作文极慕平淡自然的景地”，虽然“生在中国这个时代，实在难望能够从容镇静地做出平和冲淡的文章来”，他却仍然祈望自己的心境不要再粗糙下去，很怀念那种“田园诗的境界”。在写这段话的时候，他似乎还在田园诗和道德文章之间犹豫不定，一面追求平和的情趣，一面也禁不住要发出《关于三月十八日的死者》那样的怒叫。但到写于一九三五年春天的《关于写文章》里，他却明确宣布了自己的选择：“我想写好文章第一须得不积极。不管他们卫道卫文的事，只看看天，想想人的命运，再来乱谈，或者可以好一点，写得出一两篇比较可以给人看的文章。”倘按照这个标准，《乌篷船》大概就是属于这样的文章。

原来，周作人并不是真正的田园诗人，他对那种恬淡闲适的心境的追求不过表明了他的惶惑，他的无可奈何,就像一个被乱兵破了宅门的新派秀才,他只好学着去当隐士。《乌篷船》也不是真正的田园诗,说得夸张一点,它不过标示着作者的一条自救之道。倘若从那些平平淡淡的文句中,你已经感受到一种平和恬静的潇洒态度,那就不妨再把眼光放开一点,看看这篇散文的作者和他置身的时代,你也许还能从这种特别的人生态度背后窥见一丝逃避哲学的影子呢。可悲的是,那个动荡的时代并没有给隐士划出一块静地,周作人终究未能避开世事的纷扰。而从知其不可为就不为的消极立场上,是很容易滑进无可无不可的深渊的,二十世纪四十年代他在民族大义上的严重失节,就是明证。

有许多散文一下子就能够吸引住我们,因为它们那饱含深情的辞句和激动人心的内容本身就具有强烈的感染力,就像把你拉到一道壮阔的大瀑前面,不由得你不动心。但也还有另一种散文,它本身并没有涂着鲜艳的色彩来惊撼我们,但在它那些貌似平常的辞句后面,却往往流动着一种特别的情趣,宛若浓荫下的一条暗溪,悄悄地滋润我们的心田。周作人的《乌篷船》似乎就属于这一类,倘在嘈杂的车厢里一目十行,你很可能觉得它淡而无味;但如果在静夜的台灯下从容品味,你或许却会在掩卷之后浮出会心的一笑呢。(王晓明)

白马湖之冬　　夏丏尊

在我过去四十余年的生涯中,冬的情味尝得最深刻的,要算十年前初移居白马湖的时候了。十年以来,白马湖已成了一个小村落,当我移居的时候,还是一片荒野。春晖中学的新建筑巍然矗立于湖的那一面,湖的这一面的山脚下是小小的几间新平屋,住着我和刘君心如两家。此外两三里内没有人烟。一家人于阴历十一月下旬从热闹的杭州移居这荒凉的山野,宛如投身于极带中。

那里的风,差不多日日有的,呼呼作响,好像虎吼。屋宇虽系新建,构造却极粗率,风从门窗隙缝中来,分外尖削,把门缝窗隙厚厚地用纸糊了,椽缝中却仍有透入。风刮得厉害的时候,天未夜就把大门关上,全家吃毕夜饭即睡入被窝里,静听寒风的怒号,湖水的澎湃。靠山的小后轩,算是我的书斋,在全屋子中风最少的一间,我常把头上的罗宋帽拉得低低地,在洋灯下工作至夜深。松涛如吼,霜月当窗,饥鼠吱吱在承尘上奔窜。我于这种时候深感到萧瑟的诗趣,常独自拨划着炉灰,不肯就睡,把自己拟诸山水画中的人物,作种种幽邈的遐想。

现在白马湖到处都是树木了,当时尚一株树木都未种。月亮与太阳都是整个儿的,从上山起直要照到下山为止。太阳好的时候,只要不刮风,那真和暖得不像冬天。一家人都坐在庭间曝日,甚至于吃午饭也在屋外,像夏天的晚饭一样。日光晒到哪里,就把椅凳移到哪里,忽然寒风来了,只好逃难似地各自带了椅凳逃入室中,急急把门关上。在平常的日子,风来大概在下午快要傍晚的时候,半夜即息。至于大风寒,那是整日夜狂吼,要二三日才止的。最严寒的几天,泥地看去惨白如水门汀,山色冻得发紫而黯,湖波泛深蓝色。

下雪原是我所不憎厌的,下雪的日子,室内分外明亮,晚上差不多不用燃灯。远山积雪足供半个月的观看,举头即可从窗中望见。可是究竟是南方,每冬下雪不过一二次。我在那里所日常领略的冬的情味，几乎都从风来。白马湖的所以多风，可以说有着地理上的原因。那里环湖都是山，而北首却有一个半里阔的空隙，好似故意张了袋口欢迎风来的样子。白马湖的山水和普通的风景地相差不远，唯有风却与别的地方不同。风的多和大，凡是到过那里的人都知道的，风在冬季的感觉中，自古占有重要的因素，而白马湖的风尤其特别。

现在，一家僦居上海多日了，偶然于夜深人静时听到风声，大家就要提起白马湖来，说“白马湖不知今夜又刮得怎样厉害哩！”

《白马湖之冬》这篇写景抒情散文，是夏丏尊先生的名篇。文中所写的白马湖，在浙江上虞(今绍兴市上虞区)境内，是著名的春晖中学的所在地。1922年教育家经亨颐在白马湖畔创建了这所学校，并以“与时俱进”为校训，吸引了不少文化名人前来执教，夏丏尊、朱自清因此成为同事，蔡元培、俞平伯、叶圣陶等也先后应邀在此讲学或考察指导，使得这所位于乡村的中学竟获得了“北有南开，南有春晖”的美誉，而白马湖也益发成了一块风水宝地。正如俞平伯所描述的：“春晖校址殊佳，四山拥翠，曲水环之。村居绝少，只十数家。”夏丏尊的住处“平屋”与丰子恺的“小杨柳屋”便相依在春晖园外不远处。《白马湖之冬》则是夏丏尊迁居上海后，对在白马湖春晖中学执教时的深情回顾。

作者写白马湖的冬天，着眼于一个“风”字，因为在作者看来，“风在冬季的感觉中，自古占有重要的因素”；再者，白马湖的山水和普通的风景地相差不远，“唯有风却与别的地方不同。风的多和大，凡是到过那里的人都知道的”。于是作者主要抓住白马湖的风来写冬天。

首先是那里的风多，“差不多日日有的”平常的日子，“风来大概在下午快要傍晚的时候，半夜即息。至于大风寒，那是整日夜狂吼，要二三日才止的”。其后，作者又着眼于白马湖的风之大：“呼呼作响，好像虎吼。”除了用这种表示声音的词语生动地表现风的强劲外，作者又通过人的感受、反应，传神地写出风的刺骨、凛冽，“风从门窗隙缝中来……全家吃毕夜饭即睡入被窝里，静听寒风的怒号”。这些描写使无形的风，有了形象，有了声势，白马湖冬天的特征也就给人留下了强烈的印象。

此外，作者还运用烘托的手法，写白马湖的人烟稀少，山脚下只住着“我和刘君心如两家”，“此外两三里内没有人烟”。又写山野荒凉，“当时尚一株树木都未种”，这便使得严冬里的景物更是苍茫，“泥地看去惨白如水门汀，山色冻得发紫而黯，湖波泛深蓝色”。作者描绘并渲染了白马湖的整体环境和氛围，更烘托出当时当地“风”的凄厉与强劲，从而使白马湖之冬的意味更浓了。关于这一切，作者又写得如叙家常，娓娓道来，朴实无华而又极为醇厚。

作者匠心独运，偏偏选择一年之中最萧索乏味，甚至有点凄厉可怕的白马湖的冬天来写景抒情，不仅角度新奇，并且作者又在其中领略和表现出一种特别的情趣。虽然白马湖一到冬天，“那里的风，差不多日日有”，而且它无孔不入，即便“把门缝窗隙厚厚地用纸糊了”，它也会从椽缝中钻入。然而作者却在“松涛如吼，霜月当窗”时，“常把头上的罗宋帽拉得低低地，在洋灯下工作至夜深”，有时“独自拨划着炉灰”，领悟到一种特别的情调，即作者所说的“深感到萧瑟的诗趣”，并且觉得自己犹如山水画中的人物，不由把读者带入类似“独钓寒江雪”的一种诗的境界，引人作种种幽妙的遐想。同时，又显示出作者在貌似平淡无味的日常生活中感悟到人生的情味与意趣，难怪作者在移居上海后，仍在回味白马湖之冬的荒野与朔风，咀嚼那种萧瑟和寂寞，留恋其中的美感及诗意，把他对白马湖的怀念之情表现得十分真切而朴实，自然地流露出作者的处事泰然、平和达观的人生态度。(漆　瑗)

五峰游记　　李大钊

我向来惯过“山中无历日，寒尽不知年”的日子，一切日常生活的经过都记不住时日。

我们那晚八时顷，由京奉线出发，次日早晨曙光刚发的时候，到滦州车站。此地是辛亥年张绍曾将军督率第二十镇，停军不发，拿十九信条要胁清廷的地方。后来到底有一标在此起义，以众寡不敌失败，营长施从云、王金铭，参谋长白亚雨等殉难。这是历史上的纪念地。

车站在滦州城北五里许，紧靠着横山。横山东北，下临滦河的地方，有一个行宫，地势很险，风景却佳，而今作了我们老百姓旅行游览的地方。

由横山往北，四十里可达卢龙。山路崎岖，水路两岸万山重叠，暗崖很多，行舟最要留神，而景致绝美。由横山往南，滦河曲折南流入海，以陆路计，约有百数十里。

我们在此雇了一只小舟，顺流而南，两岸都是平原。遍地的禾苗，都很茂盛，但已觉受旱。禾苗的种类，以高粱为多，因为滦河一带，主要的食粮，就是高粱。谷黍豆类也有。滦水每年泛滥，河身移徙无定，居民都以为苦。其实滦河经过的地方，虽有时受害，而大体看来，却很富厚，因为他的破坏中，却带来了很多的新生活种子，原料。房屋老了，经他一番破坏，新的便可产生。土质乏了，经他一回滩淤，肥的就会出现。这条滦河简直是这一方的旧生活破坏者，新生活创造者。可惜人都是苟安，但看见他的破坏，看不见他的建设，却很冤枉了他。

河里小舟漂着，一片斜阳射在水面，一种金色的浅光，衬着岸上的绿野，景色真是好看。

天到黄昏，我们还未上岸。从舟人摇橹的声中，隐约透出了远村的犬吠，知道要到我们上岸的村落了。

到了家乡，才知道境内很不安静。正有“绑票”的土匪，在各村骚扰。还有“花会”照旧开设。

过了两三日，我便带了一个小孩，来到昌黎的五峰。是由陆路来的，约有八十里。从前昌黎的铁路警察，因在车站干涉日本驻屯军的无礼的行动，曾有五警士为日兵惨杀。这也算是一个纪念地。

五峰是碣石山的一部，离车站十余里，在昌黎城北。我们清早雇骡车运行李到山下。

车不能行了，只好步行上山。一路石径崎岖，曲折的很，两傍松林密布。间或有一两人家很清妙的几间屋，筑在山上，大概窗前都有果园。泉水从石上流着，潺潺作响，当日恰遇着微雨，山景格外的新鲜。走了约四里许，才到五峰的韩公祠。

五峰有个胜境，就在山腹。望海，锦绣，平斗，飞来，挂月，五个山峰环抱如椅。好事的人，在此建了一座韩文公祠。下临深涧，涧中树木丛森。在南可望渤海，碧波万顷，一览无尽。我们就在此借居了。

看守祠宇的人，是一双老夫妇，年事都在六十岁以上，却很健康。此外一狗，一猫，两只母鸡，构成他们那山居的生活。我们在此，找夫妇替我们操作。

祠内有两个山泉可饮。煮饭烹茶，都从那里取水。用松枝作柴。颇有一种趣味。

山中松树最多，果树有苹果，桃，杏，梨，葡萄，黑枣，胡桃等。今年果收都不佳。

来游的人却也常有。但是来到山中，不是吃喝，便是赌博，真是大杀风景。

山中没有野兽，没有盗贼，我们可以夜不闭户，高枕而眠。

久旱，乡间多求雨的，都很热闹，这是中国人的群众运动。

昨日山中落雨，云气把全山包围。树里风声雨声，有波涛澎湃的样子。水自山间流下，却成了瀑布。雨后大有秋意。

游记向来是旅行家们的专长，文人墨客的拿手好戏。如同一千个观众有一千个哈姆雷特，每个看客眼中的自然也是不一样的；文人笔底的山水、画家手下的峰峦、政治家眼中的河山也因为彼此修养、品格、趣味、思想的不同而各有千秋。《五峰游记》的作者是一个比较特殊的人物，他既是名重当时的学者、温文醇懿的青年导师，又是中国马克思主义的先驱；这种特殊性使他的游记不免带上了与众不同的“另类”色彩。

如文中所说，昌黎境内的五峰山是碣石山的一部分；对历史和文学有兴趣的人，不知五峰山者可能众多，但不知昌黎和碣石者几乎没有。前者是唐朝大散文家韩愈的故乡，韩愈因此又被人称作韩昌黎；后者则因为魏武帝曹操在公元 207 年征伐乌桓回军途中留下绝唱“东临碣石，以观沧海。水何澹澹，山岛竦峙”而名垂千古。此后，唐太宗李世民征辽时亦曾登临碣石与群臣唱和……有史以来的记载表明，昌黎和碣石山不仅有绝佳奇境，而且也是一个引人慷慨放歌、豪情万丈的地方。

江山多娇，千年兴替，那些盖世英雄人物已随樯橹灰飞烟灭，只有那些诗文穿过岁月长河，将山川隐含的灵秀和霸气传递给所有(包括李大钊在内)的后来者。五峰碣石滋养着李大钊的精神，而李大钊对昌黎的五峰山也是情有独钟，他的许多著名文章即写于此；其中既有《再论问题与主义》、《我的马克思主义观》等战斗檄文，也包括《五峰游记》、《山中即景》等在内的清新诗文。在他短暂的一生中，曾经八上五峰山——至今似乎还没有哪一位革命家对一座山有着如此深情，昌黎五峰山因此而被称为李大钊的第二故乡。

《五峰游记》中，李大钊说到五峰山的文字屈指可数，严格说来，它并非游五峰而记的文字。在这篇文章中，“游”的色彩很少，而“记”所偏重的更多是由家乡到昌黎五峰山沿途所见所闻所感。和当时大量吟风弄月、无病呻吟的散文不同，《五峰游记》的行文中充满了作者对历史的反思、时政的焦虑、民生的关注，字里行间融入了作者革命者的本色。车到滦州站，作者立即想到“此地是辛亥年张绍曾将军督率第二十镇，停军不发，拿十九信条要胁清廷的地方”。后来有一标在此起义，因寡不敌众而失败。营长、参谋长等殉难……舟行滦水，作者想到滦水常年泛滥，河身移徙无定，民深以为苦，写下了这样一段文字：“其实滦河经过的地方，虽有时受害，而大体看来，却很富厚，因为他的破坏中，却带来了很多的新生活种子，原料。房屋老了，经他一番破坏，新的便可产生。土质乏了，经他一回滩淤，肥的就会出现。这条滦河简直是这一方的旧生活破坏者，新生活创造者。可惜人都是苟安，但看见他的破坏，看不见他的建设，却很冤枉了他。”这不是一段就事论事的文字，这里作者没有孤立地叙说滦河的利弊，而渗入了他对破坏旧社会，建设新生活的思考；这也是那个时代所提出的最重要的历史性课题。作者把自然界的滦河化为具有社会破坏者和建设者双重意义的形象，通过这一形象，呼唤破坏旧中国、建设新中国的革命风暴的到来。

《五峰游记》采用我国游记散文传统移步换形的结构方法，按行程的空间变化，很自然地推进叙事对象的变换，从一地过渡到另一地。据此，全文大致可分为两个部分。第一部分从北京出发，经滦州到昌黎，以介绍所到之处的社会风貌和历史遗迹为主，间有简短的自然风光的描绘。后一部分描写碣石山五峰胜境。作者虽不时点出社会状况，但以描绘自然风光和隐居生活为主，例如下边这几行文字就显得清新可喜：

> 五峰有个胜境，就在山腹。望海，锦绣，平斗，飞来，挂月，五个山峰环抱如椅。好事的人，在此建了一座韩文公祠。下临深涧，涧中树木丛森。在南可望渤海，碧波万顷，一览无尽。

文章的开头，作者引用了唐代一个名叫“太上隐者”的《答人》诗的后两句。全诗是：“偶来松树下，高枕石头眠。山中无历日，寒尽不知年。”这首诗，把一个远离尘世，不计时日的隐者的心态表露得淋漓尽致。作者在开篇就引了这首诗，并不是因为与“太上隐者”的志趣相一致，忽发归隐之意；而不过是表示作者不记时日之意，连出游的时日都忘记了。他高卧深山，是要寻找一个歇息之处，修养精神，以便更好地投入战斗。这一点与作者在《五一纪念日于现在中国劳动界的意义》一文中所表述的思想一致。在这篇文章中，他说：“游玩的态度可以终身保持，须知游玩不是奢侈的事，乃是必要的……（游玩）可以苏慰工作的疲倦，可以免除堕落的恶习，可以回复身体的健康，精神的畅旺，可以补少年时教育的不足，可以与人以机械的生活所缺的变化与运动，并机器产生所毁坏的训练，增加人们产业的、政治的、社会的效能。”昌黎五峰给予李大钊的正是这样一种必要的身心复苏和愉悦。

俱往矣，今日离《五峰游记》所记叙的年代已经久远，但作为风流人物和“游记”的作者仿佛一直离我们很近——一座汉白玉雕的李大钊塑像如今就屹立在碣石山前界石岭上，李大钊依旧和他钟爱的五峰山水相伴……（邓逸群）

我的母亲　　胡　适

我小时身体弱，不能跟着野蛮的孩子们一块儿玩。我母亲也不准我和他们乱跑乱跳。小时不曾养成活泼游戏的习惯，无论在什么地方，我总是文绉绉地。所以家乡老辈都说我“像个先生样子”，遂叫我做“穈先生”。这个绰号叫出去之后，人都知道三先生的小儿子叫做穈先生了。既有“先生”之名，我不能不装出点“先生”样子，更不能跟着顽童们“野”了。有一天，我在我家八字门口和一班孩子“掷铜钱”，一位老辈走过，见了我，笑道：“穈先生也掷铜钱吗？”我听了羞愧的面红耳热，觉得太失了“先生”身分！

大人们鼓励我装先生样子，我也没有嬉戏的能力和习惯，又因为我确是喜欢看书，故我一生可算是不曾享过儿童游戏的生活。每年秋天，我的庶祖母同我到田里去“监割”（顶好的田，水旱无忧，收成最好，佃户每约田主来监割，打下谷子，两家平分），我总是坐在小树下看小说。十一二岁时，我稍活泼一点，居然和一群同学组织了一个戏剧班，做了一些木刀竹枪，借得了几副假胡须，就在村口田里做戏。我做的往往是诸葛亮，刘备一类的文角儿；只有一次我做史文恭，被花荣一箭从椅子上射倒下去,这算是我最活泼的玩艺儿了。

我在这九年(1895—1904)之中,只学得了读书写字两件事。在文字和思想的方面,不能不算是打了一点底子。但别的方面都没有发展的机会。有一次我们村里“当朋”(八都凡五村,称为“五朋”,每年一村轮着做太子会,名为“当朋”)筹备太子会,有人提议要派我加入前村的昆腔队里学习吹笙或吹笛。族里长辈反对,说我年纪太小,不能跟着太子会走遍五朋。于是我便失掉了这学习音乐的唯一机会。三十年来,我不曾拿过乐器,也全不懂音乐;究竟我有没有一点学音乐的天资,我至今还不知道。至于学图画,更是不可能的事。我常常用竹纸蒙在小说书的石印绘像上,摹画书上的英雄美人。有一天,被先生看见了,挨了一顿大骂,抽屉里的图画都被搜出撕毁了。于是我又失掉了学做画家的机会。

但这九年的生活,除了读书看书之外,究竟给了我一点做人的训练。在这一点上,我的恩师便是我的慈母。

每天天刚亮时,我母亲便把我喊醒,叫我披衣坐起。我从不知道她醒来坐了多久了。她看我清醒了,便对我说昨天我做错了什么事,说错了什么话,要我认错,要我用功读书。有时候她对我说父亲的种种好处,她说:“你总要踏上你老子的脚步。我一生只晓得这一个完全的人,你要学他,不要跌他的股。”(跌股便是丢脸,出丑)她说到伤心处,往往掉下泪来。到天大明时,她才把我的衣服穿好,催我去上早学。学堂门上的锁匙放在先生家里;我先到学堂门口一望,便跑到先生家里去敲门。先生家里有人把锁匙从门缝里递出来,我拿了跑回去,开了门,坐下念生书。十天之中,总有八九天我是第一个去开学堂门的。等到先生来了,我背了生书,才回家吃早饭。

我母亲管束我最严,她是慈母兼任严父。但她从来不在别人面前骂我一句,打我一下,我做错了事,她只对我一望,我看见了她的严厉眼光,便吓住了。犯的事小,她等到第二天早晨我眠醒时才教训我。犯的事大,她等到晚上人静时,关了房门,先责备我,然后行罚,或罚跪,或拧我的肉。无论怎样重罚,总不许我哭出声音来。她教训儿子不是借此出气叫别人听的。

有一个初秋的傍晚,我吃了晚饭,在门口玩,身上只穿着一件单背心。这时候我母亲的妹子玉英姨母在我家住,她怕我冷了,拿了一件小衫出来叫我穿上。我不肯穿,她说:“穿上吧,凉了。”我随口回答:“娘(凉)什么!老子都不老子呀。”我刚说了这一句,一抬头,看见母亲从家里走出,我赶快把小衫穿上。但她已听见这句轻薄的话了。晚上人静后,她罚我跪下,重重的责罚了一顿。她说:“你没了老子,是多么得意的事!好用来说嘴!”她气得坐着发抖,也不许我上床去睡。我跪着哭,用手擦眼泪,不知擦进了什么微菌,后来足足害了一年多的眼翳病。医来医去,总医不好。我母亲心里又悔又急,听说眼翳可以用舌头舔去,有一夜她把我叫醒,她真用舌头舔我的病眼。这是我的严师,我的慈母。

我母亲二十三岁做了寡妇,又是当家的后母。这种生活的痛苦,我的笨笔写不出一万分之一二。家中财政本不宽裕,全靠二哥在上海经营调度。大哥从小便是败子,吸鸦片烟,赌博,钱到手就光,光了便回家打主意,见了香炉便拿出去卖,捞着锡茶壶便拿出去押。我母亲几次邀了本家长辈来,给他定下每月用费的数目。但他总不够用,到处都欠下烟债赌债。每年除夕我家中总有一大群讨债的,每人一盏灯笼,坐在大厅上不肯去。大哥早已避出去了。大厅的两排椅子上满满的都是灯笼和债主。我母亲走进走出,料理年夜饭,谢灶神,压岁钱等事,只当做不曾看见这一群人。到了近半夜,快要"封门"了,我母亲才走后门出去,央一位邻舍本家到我家来,每一家债户开发一点钱。做好做歹的,这一群讨债的才一个一个提着灯笼走出去。一会儿,大哥敲门回来了。我母亲从不骂他一句。并且因为是新年,她脸上从不露出一点怒色。这样的过年,我过了六七次。

大嫂是个最无能而又最不懂事的人,二嫂是个很能干而气量很窄小的人。她们常常闹意见,只因为我母亲的和气榜样,她们还不曾有公然相骂相打的事。她们闹气时,只是不说话,不答话,把脸放下来,叫人难看;二嫂生气时,脸色变青,更是怕人。她们对我母亲闹气时,也是如此。我起初全不懂得这一套,后来也渐渐懂得看人的脸色了。我渐渐明白,世间最可厌恶的事莫如一张生气的脸;世间最下流的事莫如把生气的脸摆给旁人看。这比打骂还难受。

我母亲的气量大,性子好,又因为做了后母后婆,她更事事留心,事事格外容忍。大哥的女儿比我只小一岁,她的饮食衣服总是和我的一样。我和她有小争执,总是我吃亏,母亲总是责备我,要我事事让她。后来大嫂二嫂都生了儿子了,她们生气时便打骂孩子来出气,一面打,一面用尖刻有刺的话骂给别人听。我母亲只装做不听见。有时候,她实在忍不住了,便悄悄走出门去,或到左邻立大嫂家去坐一会,或走后门到后邻度嫂家去闲谈。她从不和两个嫂子吵一句嘴。

每个嫂子一生气,往往十天半个月不歇,天天走进走出,板着脸,咬着嘴,打骂小孩子出气。我母亲只忍耐着,忍到实在不可再忍的一天,她也有她的法子。这一天的天明时,她便不起床,轻轻的哭一场。她不骂一个人,只哭她的丈夫,哭她自己苦命,留不住她丈夫来照管她。她先哭时,声音很低,渐渐哭出声来。我醒了起来劝她,她不肯住。这时候,我总听得见前堂(二嫂住前堂东房)或后堂(大嫂住后堂西房)有一扇房门开了,一个嫂子走出房向厨房走去。不多一会,那位嫂子来敲我们的房门了。我开了房门,她走进来,捧着一碗热茶,送到我母亲床前,劝她止哭,请她喝口热茶。我母亲慢慢停住哭声,伸手接了茶碗。那位嫂子站着劝一会,才退出去。没有一句话提到什么人,也没有一个字提到这十天半个月来的气脸,然而各人心里明白,泡茶进来的嫂子总是那十天半个月来闹气的人。奇怪得很,这一哭之后,至少有一两个月的太平清静日子。

我母亲待人最仁慈,最温和,从来没有一句伤人感情的话。但她有时候也很有刚气,不受一点人格上的侮辱。我家五叔是个无正业的浪人,有一天在烟馆里发牢骚,说我母亲家中有事总请某人帮忙,大概总有什么好处给他。这句话传到了我母亲耳朵里,她气得大哭,请了几位本家来,把五叔喊来,她当面质问他,她给了某人什么好处。直到五叔当众认错赔罪，她才罢休。

我在我母亲的教训之下住了九年，受了她的极大极深的影响。我十四岁（其实只有十二岁零两三个月）便离开她了，在这广漠的人海里独自混了二十多年，没有一个人管束过我。如果我学得了一丝一毫的好脾气，如果我学得了一点点待人接物的和气，如果我能宽恕人，体谅人，——我都得感谢我的慈母。

胡适幼年丧父（他父亲胡传卒于1895年，胡适生于1891年），母亲年轻守寡。可以说，母亲是影响他人格形成的第一人，或许还是最重要的人之一。有胡适研究者认为："胡适一生最为人所乐道的一件事，既不是他的实验主义，也不是他的哲学史、文学史，或小说考证，而是他的婚姻。他和江冬秀的结合，是个典型的'父母之命'。然而，胡适在中国近代思想史上，却又是向'吃人的礼教'抗争的代言人。"（周质平：《胡适与韦莲司》）由此看来，胡适是一个充满矛盾的人，是言行两分的人。他的婚姻行为与他的价值理念相背离。胡适婚姻的矛盾，基本上是一个爱情与亲情的冲突，也就是说，他向母亲的亲情屈服，从而牺牲了自己的爱情，这正是一个人和一个时代的悲剧。据胡适当时给朋友的信中说："吾之就此婚事，全为吾母起见，故从不曾挑剔为难（若不为此，吾决不就此婚……）……今既婚矣，吾力求迁就，以博吾母欢心。"（《胡适书信集》）胡适是以"孝子"著称的。那么，胡适为什么如此听从母亲，不违母意，宁愿牺牲信仰与原则呢？《我的母亲》这篇散文或许会解开这个谜团。

首先是胡适与母亲相依为命的童年经历。胡适的父亲中过秀才，当过清朝的官吏，原配妻子在太平军的战乱中去世，1889年返乡续弦，1895年病故。胡适的母亲23岁时守寡，又是当家的后母，"这种生活的痛苦，我的笨笔写不出一万分之一二"。从文中的叙述来看，大哥是败家子，大嫂、二嫂时常板着脸，年末讨债的人坐了一堂，还有族人的闲言碎语的欺侮，一个中国传统农村社会中的寡妇，其身受的种种压力与艰难可想而知。母亲的哭泣沉重地留在胡适的记忆深处。相依为命，母子情深。胡适在婚事上的迁就母亲源出于心理上对母亲不幸的同情与对母爱的回报。

其次，我们也可以看到胡母教子有方。她既是慈母，又是严父，承担着双重角色。在儿童教育中，一味地溺爱放纵与只知打骂压服都是错误的方法。儿童的天性与成人社会的法则是冲突的，所以儿童的长大成人要经过社会化的过程，即胡适说的"做人的训练"。在成人化的过程中，讲道理和对过错作一定程度的处罚是必不可少的。胡母在说理与处罚上很有"创造性"。她是黎明即起算隔天的"账"，我想原因大概是怕睡前算账儿子会睡不好觉吧，这里面又透露着心计与爱心。用舌头舔眼翳的事又画出了母亲严中有慈、严慈相补的形象。现在许多家庭独生子女的教育方法往往慈有余而严不足，阅读此文，当能生出一些感叹与启发。

最后是母亲以身教的方式对胡适的人格影响。胡母待人仁慈、温和，却又有刚气与自尊。她是一个柔中有刚的人物，平时与人为善，决不惹事，但真正有事也决不怕事，她对浪人五叔散布流言的抗争就是其做人原则性的体现。我们说，一个人的童年经验会影响人的一生，因为人格的形成是以童年经验为底色的。文化人类学家研究一个民族的儿童教养方式，以此探求一个民族的国民性，也是同样道理。胡适说："如果我学得了一丝一毫的好脾气，如果我学得了一点点待人接物的和气，如果我能宽恕人，体谅人，——我都得感谢我的慈母。"胡适在认识世界之前，先认识了母亲，他是通过认识母亲来认识这个世界的。从这一点上讲，家庭的影响、父母的影响实在很大。

当然，胡适的母亲毕竟是旧式的传统的母亲。她在儿子的婚姻上给儿子带来痛苦也是毋庸讳言的。（朱晓琳）

追悼志摩　胡　适

悄悄的我走了，
　　正如我悄悄的来；
我挥一挥衣袖，
　　不带走一片云彩。
——《再别康桥》

志摩这一回真走了！可不是悄悄的走。在那淋漓的大雨里，在那迷蒙的大雾里，一个猛烈的大震动，三百匹马力的飞机碰在一座终古不动的山上，我们的朋友额上受了一下致命的撞伤，大概立刻失去了知觉。半空中起了一团天火，像天上陨了一颗大星似的直掉下地去。我们的志摩和他的两个同伴就死在那烈焰里了！

我们初得着他的死信，都不肯相信，都不信志摩这样一个可爱的人会死的这么惨酷。但在那几天的精神大震撼稍稍过去之后，我们忍不住要想，那么的死法也许只有志摩最配。我们不相信志摩会"悄悄的走了"，也不忍想志摩会有一个"平凡的死"，死在天空之中，大雨淋着，大雾笼罩着，大火焚烧着，那撞不倒的山头在旁边冷眼瞧着，我们新时代的新诗人，就是要自己挑一种死法，也挑不出更合式，更悲壮的了。

志摩走了，我们这个世界里被他带走了不少的云彩。他在我们这些朋友之中，真是一片最可爱的云彩；永远是温暖的颜色，永远是美的花样，永远是可爱。他常说，

我不知道风
是在哪一方向吹——

我们也不知道风是在哪一个方向吹，可是狂风过去之后，我们的天空变惨淡了，变寂寞了，我们才感觉我们的天上的一片最可爱的云彩被狂风卷去了，永远不回来了！

这十几天里，常有朋友到家里来谈志摩，谈起来常常有人痛哭。在别处痛哭他的，一定还不少。志摩所以能使朋友这样哀念他，只是因为他的为人整个的只是一团同情心，只是一团爱。叶公超先生说：

他对于任何人，任何事，从未有过绝对的怨恨，甚至于无意中都没有表示过一些憎嫉的神气。

陈通伯先生说：

尤其朋友里缺不了他。他是我们的连索，他是粘着性的，发酵性的。在这七八年中，国内文艺界里起了不少的风波，吵了不少的架，许多很熟的朋友往往弄得不能见面。但我没有听见有人怨恨过志摩。谁也不能抵抗志摩的同情心，

谁也不能避开他的粘着性。他才是和事佬,使我们怀着无穷的同情,他总是朋友中间的"连索"。他从没有疑心,他从不会妒忌。他使这些多疑善妒的人们十分惭愧,又十分羡慕。

他的一生真是爱的象征。爱是他的宗教,他的上帝。

我攀登了万仞的高冈,
荆棘扎烂了我的衣裳,
我向飘渺的云天外望——
上帝,我望不见你!
…………
我在道旁见一个小孩,
活泼,秀丽,褴褛的衣衫,
他叫声"妈",眼里亮着爱——
上帝,他眼里有你!
——《他眼里有你》

志摩今年在他的《猛虎集·自序》里曾说他的心境是"一个曾经有单纯信仰的流入怀疑的颓废"。这句话是他最好的自述。他的人生观真是一种"单纯信仰",这里面只有三个大字:一个是爱,一个是自由,一个是美。他梦想这三个理想的条件能够会合在一个人生里,这是他的"单纯信仰"。他的一生的历史,只是他追求这个单纯信仰的实现的历史。

社会上对于他的行为,往往有不能谅解的地方,都只因为社会上批评他的人不曾懂得志摩的"单纯信仰"的人生观。他的离婚和他的第二次结婚,是他一生最受社会严厉批评的两件事。现在志摩的棺已盖了,而社会上的议论还未定。但我们知道这两件事的人,都能明白,至少在志摩的方面,这两件事最可以代表志摩的单纯理想的追求。他万分诚恳的相信那两件事都是实现他那"美与爱与自由"的人生的正当步骤。这两件事的结果,在别人看来,似乎都不曾能够实现志摩的理想生活。但到了今日,我们还忍用成败来议论他吗?

我忍不住我的历史癖,今天我要引用一点神圣的历史材料,来说明志摩决心离婚时的心理。民国十一年三月,他正式向他的夫人提议离婚,他告诉她,他们不应该继续他们的没有爱情没有自由的结婚生活了,他提议"自由之偿还自由",他认为这是"彼此重见生命之曙光,不世之荣业"。他说:

故转夜为日,转地狱为天堂,直指顾间事矣。……真生命必自奋斗自求得来,真幸福亦必自奋斗自求得来,真恋爱亦必自奋斗自求得来!彼此前途无限,……彼此有改良社会之心,彼此有造福人类之心,其先自作榜样,勇决智断,彼此尊重人格,自由离婚,止绝苦痛,始兆幸福,皆在此矣。

这信里完全是青年的志摩的单纯的理想主义,他觉得那没有爱又没有自由的家庭是可以摧毁他们的人格的,所以他下了决心,要把自由偿还自由,要从自由求得他们的真生命，真幸福，真恋爱。

后来他回国了，婚是离了，而家庭和社会都不能谅解他。最奇怪的是他和他已离婚的夫人通信更勤，感情更好。社会上的人更不明白了。志摩是梁任公先生最爱护的学生，所以民国十二年任公先生曾写一封很长很恳切的信去劝他。在这信里，任公提出两点：

其一，万不容以他人之苦痛，易自己之快乐。弟之此举，其于弟将来之快乐能得与否，殆茫如捕风，然先已予多数人以无量之苦痛。

其二，恋爱神圣为今之少年所乐道。……兹事盖可遇而不可求。……况多情多感之人，其幻象起落鹘突，而得满足得宁帖也极难。所梦想之神圣境界恐终不可得，徒以烦恼终其身已耳。

任公又说：

呜呼志摩！天下岂有圆满之宇宙？……当知吾侪以不求圆满为生活态度，斯可以领略生活之妙味矣。……若沉迷于不可必得之梦境，挫折数次，生意尽矣，郁邑侘傺以死，死为无名。死犹可也，最可畏者，不死不生而堕落至不复能自拔。呜呼志摩，可无惧耶！可无惧耶！

（十二年一月二日信）

任公一眼看透了志摩的行为是追求一种“梦想的神圣境界”，他料到他必要失望，又怕他少年人受不起几次挫折，就会死，就会堕落。所以他以老师的资格警告他：“天下岂有圆满之宇宙？”

但这种反理想主义是志摩所不能承认的。他答复任公的信，第一不承认他是把他人的苦痛来换自己的快乐。他说：

我之甘冒世之不韪，竭全力以斗者，非特求免凶惨之苦痛，实求良心之安顿，求人格之确立，求灵魂之救度耳。

人谁不求庸德？人谁不安现成？人谁不畏艰险？然且有突围而出者，夫岂得已而然哉？

第二，他也承认恋爱是可遇而不可求的，但他不能不去追求。他说：

我将于茫茫人海中访我唯一灵魂之伴侣；得之，我幸；不得，我命，如此而已。

他又相信他的理想是可以创造培养出来的。他对任公说：

嗟夫吾师！我尝奋我灵魂之精髓，以凝成一理想之明珠，涵之以热满之心血，朗照我深奥之灵府。而庸俗忌之嫉之，辄欲麻木其灵魂，捣碎其理想，杀灭其希望，汙毁其纯洁！我之不流入堕落，流入庸懦，流入卑污，其几亦微矣！

我今天发表这三封不曾发表过的信，因为这几封信最能表现那个单纯的理想主义者徐志摩。他深信理想的人生必须有爱，必须有自由，必须有美；他深信这种三位一体的人生是可以追求的，至少是可以用纯洁的心血培养出来的。——我们若从这个观点来观察志摩的一生，他这十年中的一切行为就全可以了解了。我还可以说，只有从这个观点上才可以了解志摩的行为，我们必须先认清了他的单纯信仰的人生观，方才认得清志摩的为人。

志摩最近几年的生活，他承认是失败。他有一首“生活”的诗，诗的暗惨的可怕：

阴沉，黑暗，毒蛇似的蜿蜒，
生活逼成了一条甬道：
一度陷入，你只可向前，
手扪索着冷壁的粘潮。
在妖魔的脏腑内挣扎，
头顶不见一线的天光，
这魂魄，在恐怖的压迫下，
除了消灭更有什么愿望？
（十九年五月二十九日）

他的失败是一个单纯的理想主义者的失败。他的追求，使我们惭愧，因为我们的信心太小了，从不敢梦想他的梦想。他的失败，也应该使我们对他表示更深厚的恭敬与同情，因为偌大的世界之中，只有他有这信心，冒了绝大的危险，费了无数的麻烦，牺牲了一切平凡的安逸，牺牲了家庭的亲谊和人间的名誉，去追求，去试验一个“梦想之神圣境界”，而终于免不了惨酷的失败，也不完全是他的人生观的失败。他的失败是因为他的信仰太单纯了，而这个现实世界太复杂了，他的单纯的信仰禁不起这个现实世界的摧毁；正如易卜生的诗剧Brand里的那个理想主义者，抱着他的理想，在人间处处碰钉子，碰的焦头烂额，失败而死。

然而我们的志摩“在这恐怖的压迫下”，从不叫一声“我投降了”！他从不曾完全绝望，他从不曾绝对怨恨谁。他对我们说：

你们不能更多的责备。我觉得我已经是满头的血水，能不低头已算是好的。（《猛虎集·自序》）

是的，他不曾低头。他仍旧昂起头来做人；他仍旧是他那一团的同情心，一团的爱。我们看他替朋友做事，替团体做事，他总是仍旧那样热心，仍旧那样高兴。几年的挫折，失败，苦痛，似乎使他更成熟了，更可爱了。

他在苦痛之中，仍旧继续他的歌唱。他的诗作风也更成熟了。他所谓“初期的汹涌性”固然是没有了，作品也减少了；但是他的意境变深厚了，笔致变淡远了，技术和风格都更进步了。这是读《猛虎集》的人都能感觉到的。

志摩自己希望今年是他的“一个真的复活的机会”。他说：

抬起头居然又见到了天。眼睛睁开了，心也跟着开始了跳动。

我们一班朋友都替他高兴。他这几年来想用心血浇灌的花树也许是枯萎的了;但他的同情,他的鼓舞,早又在别的园地里种出了无数的可爱的小树,开出了无数可爱的鲜花。他自己的歌唱有一个时代是几乎消沉了;但他的歌声引起了他的园地外无数的歌喉,嘹亮的唱,哀怨的唱,美丽的唱。这都是他的安慰,都使他高兴。

谁也想不到在这个最有希望的复活时代,他竟丢了我们走了!他的《猛虎集》里有一首咏一只黄鹂的诗,现在重读了,好像他在那里描写他自己的死,和我们对他的死的悲哀:

等候他唱,我们静着望,
怕惊了他。
　　但他一展翅
冲破浓密,化一朵彩雾:
飞来了,不见了,没了!!
像是春光,火焰,像是热情。

志摩这样一个可爱的人,真是一片春光,一团火焰,一腔热情。现在难道都完了?

决不!决不!志摩最爱他自己的一首小诗,题目叫做《偶然》,在他的《卞昆冈》剧本里,在那个可爱的孩子阿明临死时,那个瞎子弹着三弦,唱着这首诗:

我是天空里的一片云,
偶尔投影在你的波心!
　　你不必讶异,
　　更无须欢喜!
在转瞬间消灭了踪影。

你我相逢在黑夜的海上,
你有你的,我有我的方向。
　　你记得也好,
　　最好你忘掉,
在这交会时互放的光芒!

朋友们,志摩是走了,但他投的影子会永远留在我们心里,他放的光亮也会永远留在人间,他不曾白来了一世。我们有了他做朋友,也可以安慰自己说不曾白来了一世。我们忘不了他和我们:

在那交会时互放的光亮!

胡适是以学者的身份享誉文化学术界的,所写文章也多半属于阐发学理、考证史料的论文,纯粹的抒情散文较少,像《追悼志摩》写得如此情深意切、真挚动人,实属难能可贵。所以能够这样,不能不从胡适和徐志摩两人的特殊关系谈起。

胡适和徐志摩同为留美学生，同受英美文化的熏陶，在政治理想和文学主张方面也大致相近。直至徐志摩不幸遇难以前，两人始终保持着密切的关系，先是在北京共同创办《现代评论》周刊，二十年代后半期又在上海和另外一些朋友共同创办了新月书店，出版了大型的学术、文艺综合刊物《新月》月刊，并成为该刊的核心和中坚人物。徐志摩于 1931 年 11 月 19 日从南京搭乘一架运邮件的飞机回北平，飞经济南附近上空时因大雾弥漫，飞机触山而遇难，胡适于次日得悉徐志摩噩耗后即在日记中写道："朋友之中，如志摩天才之高，性情之厚，真无第二人！他没有一个仇敌；无论是谁都不能抗拒他的吸力。"(《胡适之日记真迹》，载台北《传记文学》第 14 卷第 2 期)胡适内心之悲痛可见一斑。

不过如细加分析，胡适和徐志摩也有若干不同之处，胡适生于 1891 年，徐志摩生于 1896 年，胡适比徐志摩年长五岁。胡适是"五四"文学革命的主要倡导者，以后发表过大量关于哲学、历史、文学方面的论著，堪称是"开一代风气"的学术界领袖。徐志摩则于 1922 年才回国，其时"五四"文化高潮已经过去，他是新月诗派的代表人物，在新诗和散文创作方面作出过突出贡献，但所涉猎的领域和范围远不及胡适广泛。更重要的是两人在性格上也有明显的差异，胡适稳重敦厚，不失学者风范，徐志摩热情奔放，纯属诗人气质，朱自清评论徐志摩诗作时说过一番话："他是跳着溅着不舍昼夜的一道生命水。"(《中国新文学大系・诗集・导言》)可谓说到了点子上。和胡适、徐志摩关系都很密切的梁实秋还曾把胡、徐二人作过生动的比较："我记得在民国十七、八年之际，我们常于每星期六晚在胡适之先生极斯菲尔路(按：今之万航渡路——引者)寓所聚餐，胡先生也是一个生龙活虎般的人，但于和蔼中寓有严肃，真正一团和气使四座并欢的是徐志摩。他有时迟到，举座奄奄无生气，他一赶到，像一阵旋风卷来，横扫四座，又像是一把火炬把每个人的心都点燃，他有说，有笑，有表情，有动作，在这个的肩上拍一下，那个的脸上摸一把，不是腋下夹着一卷有趣的书报，便是袋里装着有趣的信札，弄得大家都欢喜不止。"(《关于徐志摩》，载台北版《徐志摩全集》)读了这番话，我们不妨说，胡适与徐志摩在性格上存在着某种"互补"关系。

正是因为胡适和徐志摩既有共同、相通的一面，又有不同、互补的一面，才使胡适和徐志摩结成了精神联系的坚韧纽带，并最终使这篇《追悼志摩》闪发出异彩。

胡适行文明白如话，不事藻饰，读者很容易接受，不过作为一篇不同寻常的悼念文字，《追悼志摩》也有两个显著的特色值得我们细细揣摩：一是"以诗证人"，即大量引用徐志摩的诗句，这既切合悼念对象的身份特征，又不露痕迹地寄托了自己的感情。二是引用第一手资料即以前未曾发表过的信件，论证徐志摩的处世为人，显得实事求是，褒贬得当，既不为死者讳，又澄清了社会上某些不尽妥当的议论。

先看第一点。徐志摩曾在英国剑桥(徐志摩译为康桥)大学留学，对该地印象极深，《再别康桥》是他后来重返剑桥又匆匆离去时的作品，向来被看成徐志摩的一首代表作，《追悼志摩》一开头所引用的四行诗，即为此诗的结尾，诗人为了不忍心干扰他所心爱的"康桥"，特地以"轻轻"、"悄悄"这两个形容词笼罩全篇。尽人皆知"云彩"本来是带不走的，诗人却偏要郑重其事地说"不带走一片云彩"。其心之诚和其情之痴由此可见。胡适特意借用了这"悄悄"的四行诗，正好和诗人悲壮的"轰轰烈烈"的死构成了巨大的反差，不能不令人刮目相看。接着胡适又顺理成章地扣住"云彩"这个词语，多方形容志摩的为人，语重心长地写道："他在我们这些朋友之中，真是一片最可爱的云彩，永远是温暖的颜色。"看，"云彩"在徐志摩笔下是康桥的实在景色，到了胡适这里却成了对逝者的一个生动比喻，这不能不说是胡适的一个创造。

《追悼志摩》花了很大篇幅再现了诗人追求"美与爱与自由"的人生道路，作者首先引用了《他眼里有你》的首尾两节(全诗共三节)，此诗在诗人全部诗作中并不怎么出色，但用来揭示诗人的人生理想却是很有说服力的。胡适认为"爱"是诗人的宗教，诗人的上帝，换句话说，在诗人心目中，再也没有比"爱"更为重要的了。《他眼里有你》写诗人历尽艰险，攀登万仞高岗，结果仍未能望见上帝，最后却在一个普普通通、衣衫褴褛的孩子眼中望见了纯洁神圣的"爱"即诗人心目中的"上帝"，从这前后巨大的反差中可以看出诗人所追求的"爱"是多么合乎自然和人性的了。

文中引用的《黄鹂》是徐志摩后期的一首代表作，此诗共两节，诗人以传神的笔墨描绘了黄鹂的活泼和可爱，每节结句都是"像是春光，火焰，像是热情"。叠用三个比喻，向黄鹂倾注了极大的热情，这在某种意义上也可以看作诗人本身的写照，是他追求"美与爱与自由"的生动体现，胡适以黄鹂的飞走比喻诗人突然的死亡，以黄鹂活泼的生命力象征诗人年轻而火热的心灵，可以说是相得益彰，恰到好处。

《追悼志摩》引用诗人的《偶然》作为全文的结束也是颇费匠心的。《偶然》是诗人的又一首佳作，全诗共两节，每节各五行。按诗人原意，是想说明人们之间的交往常常带有一定的偶然性，既不必因偶尔的相逢而欣喜，也不必因失之交臂而惋惜，还是洒脱一点为好。此诗以出色的比喻揭示人们心头的秘密，具有很强的表现力。胡适则反其意而用之，说明诗人的"投影"永远不会消失，"他放的光亮也会永远留在人间"，这就不能不佩服胡适这位读诗的有心人"慧眼独具"了。

再说第二点。徐志摩的爱情诗向来为青年读者所爱好，但诗人本身的婚姻却在他生前屡遭人们的指摘和批评。究竟问题在哪里？这在悼念死者时是无法回避的。可贵的是胡适迎头抓住了它，既从主客观两方面落笔，又在正反利弊两方面加以论述，显得平实稳妥，有理有据。

胡适认为徐志摩对待爱情婚姻和他对待其他问题一样，"都是凭感情和血性，丝毫没有虚伪做作"，这就难免顾了头顾不了尾，于人于己都会发生某些尴尬不快之事。对此，胡适曾引用梁启超措辞严厉的信件加以说明。但另方面，胡适又认为这毕竟是个人的事情，旁人不宜干涉，社会上某些人喜欢议论作家名流的婚姻情况并不足取；至于单纯以旧的家庭和伦理观念作为依据，那就更不妥了，作者又为此引用徐志摩答梁启超的信，作了进一步的剖析。总之，引用第一手的资料，反复阐发，多方辩驳，这正体现了作者自称有"历史癖"的学者本色，也使《追悼志摩》这篇浓郁的抒情文字增加了若干清醒的理论亮色。（孙光萱）

落花生　　许地山

我们屋后有半亩隙地。母亲说："让它荒芜着怪可惜，既然你们那么爱吃花生，就辟来做花生园吧。"我们几姊弟和几个小丫头都很喜欢——买种的买种，动土的动土，灌园的灌园；过不了几个月，居然收获了！

妈妈说："今晚我们可以做一个收获节，也请你们爹爹来尝尝我们的新花生，如何？"我们都答应了。母亲把花生做成好几样的食品，还吩咐这节期要在园里的茅亭举行。

那晚上的天色不大好，可是爹爹也到来，实在很难得！爹爹说："你们爱吃花生么？"

我们都争着答应："爱！"

"谁能把花生的好处说出来？"

姊姊说："花生的气味很美。"

哥哥说："花生可以制油。"

我说："无论何等人都可以用贱价买它来吃；都喜欢吃它。这就是它的好处。”

爹爹说：“花生的用处固然很多，但有一样是很可贵的。这小小的豆不像那好看的苹果、桃子、石榴，把它们的果实悬在枝上，鲜红嫩绿的颜色，令人一望而发生羡慕的心。它只把果子埋在地底，等到成熟，才容人把它挖出来。你们偶然看见一棵花生瑟缩地长在地上，不能立刻辨出它有没有果实，非得等到你接触它才能知道。”

我们都说：“是的。”母亲也点点头。爹爹接下去说：“所以你们要像花生，因为它是有用的，不是伟大，好看的东西。”我说：“那么，人要做有用的人，不要做伟大、体面的人了。”爹爹说：“这是我对于你们的希望。”

我们谈到夜阑才散，所有花生食品虽然没有了，然而父亲的话现在还印在我的心版上。

本篇虽然篇幅简短，但却蕴藏着深刻的哲理。

许地山早期的散文创作，除了表现出世的宗教思想之外，也反映了他入世的平民思想和不求闻达、切实益世的积极进取的人生态度。他的笔名也叫“落花生”，可见他对落花生的喜爱。在作者心目中，落花生体现着他一贯追求和实践的人生态度。

散文表现哲理，常常借助意象。本篇围绕“落花生”这一意象展开叙写，文章写孩子们在后园种下的花生收获了，父亲引导孩子们讨论花生的好处。三个孩子从不同视角说出了自己所看到的花生作为食物的各种好处。父亲肯定了孩子们的回答，但他提问的目的，不在于孩子们说出作为食物的各种好处，而是要孩子们认识到花生这种平凡的食物所体现出来的一种人生态度。他赞扬花生不以鲜红嫩绿的颜色和果实炫耀别人，“它只把果子埋在地底，等到成熟，才容人把它挖出来”，并且要等到人们接触它才能知道它有没有果实。他由此归结说花生“是有用的，不是伟大，好看的东西”，启发孩子们要像花生一样，“人要做有用的人，不要做伟大、体面的人了”。

散文与其他文学体裁的作品一样，文章的主题不宜直说，它必须把主题蕴藏于事件、物品的叙写之中，才能收到含蓄蕴藉的艺术效果。本篇借赞美花生，抒写一种朴实无华、不求闻达，只求踏实处世、切实益世的人生态度。由于作者不是将自己的这种积极、踏实的处世态度直接说出来，而是有所依托、借物阐理，因而意味深长，令人回味无穷。

朴素平实是本篇风格上的显著特色。在抒写上，作者既没有去抒写花生园的景物，没有去描写合家过花生收获节的场面，也没有去刻画父亲与子女们的心理活动，只是平实地写出父亲与子女们围绕花生好处的谈话。在语言运用上，作者的叙述语言与人物语言都是朴素的口语，洗净铅华，显示了日常生活语言的朴实本色。（潘颂德）

上景山　　许地山

无论那一季，登景山，最合宜的时间是清早或下午三点以后。晴天，眼界可以望到天涯底朦胧处；雨天，可以赏雨脚底长度和电光底迅射；雪天，可以令人咀嚼着无色界底滋味。

在万春亭上坐着，定神看北上门后底马路（从前路在门前，如今路在门后），尽是行人和车马，路边底梓树都已掉了叶子。不错，已经立冬了，今年天气可有点怪，到现在还没冻冰。多谢芰荷底业主把残茎都去掉，教我们能看见紫禁城外护城河底水光还在闪烁着。

神武门上是关闭得严严地。最讨厌是楼前那枝很长的旗竿，侮辱了整个建筑的庄严。门楼两旁树它一对，不成吗？禁城上时时有人在走着，恐怕都是外国的旅人。

皇宫一所一所排列着非常整齐。怎么一个那不讲纪律底民族，会建筑这么严整的宫庭？我对着一片黄瓦这样想着。不，说不讲纪律未免有点过火，我们可以说这民族是把旧的纪律忘掉，正在找一个新的咧。新的找不着，终久还要回来底。北京房子，皇宫也算在里头，主要的建筑都是向南底，谁也没有这样强迫过建筑者，说非这样修不可。但纪律因为利益所在，在不言中被遵守了。夏天受着解愠的熏风，冬天接着可爱的暖日，只要守着盖房子底法则，这利益是不用争而自来的。所以我们要问，在我们底政治社会里有这样的熏风和暖日吗？

最初在崖壁上写大字铭功底是强盗底老师，我眼睛看着神武门上底几个大字，心里想着李斯。皇帝也是强盗底一种，是个白痴强盗。他抢了天下，把自己监禁在宫中，把一切宝物聚在身边，以为他是富有天下。这样一代过一代，到头来还是被他底糊涂奴仆，或贪婪臣宰，讨，瞒，偷，换，到连性命也不定保得住。这岂不是个白痴强盗？在白痴强盗底下才会产出大盗和小偷来。一个小偷，多少总要有一点跳女墙钻狗洞底本领，有他底禁忌，有他底信仰和道德。大盗只会利用他底奴性去请托攀缘，自赞赞他，禁忌固然没有，道德更不必提。谁也不能不承认盗贼是寄生人类底一种，但最可杀的是那班为大盗之一底斯文贼。他们不像小偷为延命去营鼠雀的生活；也不像一般的大盗，凭着自己的勇敢去抢天下。所以明火打劫的强盗最恨底是斯文贼。这里我又联想到张献忠。有一次他开科取士，檄诸州举贡生员后至者妻女充院，本犯剥皮，有司教官斩，连坐十家。诸生到时，他要他们在一丈见方的大黄旗上写个帅字，字画要像斗底粗大，还要一笔写成。一个生员王志道缚草为笔，用大缸贮墨汁将草笔泡在缸里，三天，再取出来写。果然一笔写成了。他以为可以讨献忠底喜欢，谁知献忠说，“他日图我必定是你。”立即把他杀来祭旗。献忠对待念书人是多么痛快。他知道他们是寄生底寄生。他底使命是来杀他们。

东城西城底天空中，时见一群一群飞的鸽子。除去打麻雀，逛窑子，上酒楼以外，这也是一种古典的娱乐。这种娱乐也来得群众化一点。它能在空中发出和悦的响声，翩翩地飞绕着，教人觉得在一个灰白色的冷天，满天乱飞乱叫底老鸹底讨厌。然而在刮大风底时候，若是你有勇气上景山底最高处，看看天安门楼屋脊上底鸦群，噪叫底声音是听不见，它们随风飞扬，直像从什么大树飘下来底败叶，凌乱得有意思。

万春亭周围被挖得东一沟，西一窟。据说是管宫底当局挖来试看煤山是不是个大煤堆，像历来的传说所传底，我心里暗笑信这说底人们。是不是因为北宋亡国底时候，都人在城被围时，拆毁艮狱底建筑木材去充柴火，所以计划建筑北京底人预先堆起一大堆煤，万一都城被围时，人民可以不拆宫殿。这是笨想头。若是我来计划，最好来一个米山。米在万急的时候，也可以生吃，煤可无论如何吃不得。又有人说景山是太行底最终一峰。这也是瞎说。从西山往东几十里平原，可怎么不偏不颇，在北京城当中出了一座景山？若说北京底建设就是对着景山底子午，为什么不对北海底琼岛？我想景山明是开紫金城外底护城河所积底土，琼岛也是垒积从北海挖出来底土而成底。

从亭后底栝树缝里远远看见鼓楼。地安门前后底大街，人马默默地走，城市底喧嚣声，一点也听不见。鼓楼是不让正阳门那样雄壮地挺着。它底名字，改了又改，一会是明耻楼，一会又是齐政楼，现在大概又是明耻楼吧。明耻不难，雪耻得努力。只怕市民能明白那耻底还不多，想来是多么可怜。记得前几年"三民主义""帝国主义"这套名词随着北伐军到北平底时候，市民看些篆字标语，好像都明白各人蒙着无上的耻辱，而这耻辱是由于帝国主义底压迫。所以大家也随声附和，唱着打倒和推翻。

从山上下来，崇祯殉国底地方依然是那棵半死的槐树。据说树上原有一条链子锁着，庚子联军入京以后就不见了。现在那枯槁的部分，还有一个大洞，当时的链痕还隐约可以看见。义和团运动底结果，从解放这棵树，发展到解放这民族。这是一件多么可以发人深思底对象呢？山后底柏树发出幽恬底香气，好像是对于这地方底永远供物。

寿皇殿锁闭得严严地，因为谁也不愿意努尔哈赤底种类再做白痴的梦。每年底祭祀不举行了，庄严的神乐再也不能听见，只有从乡间进城来唱秧歌底孩子们，在墙外打底锣鼓，有时还可以送到殿前。

到景山门，回头仰望顶上方才所坐底地方，人都下来了。树上几只很面熟却不认得底鸟在叫着。亭里残破的古佛还坐在结那没人能懂底手印。

《上景山》从题目来看，应该是叙写上景山的过程。本篇却在叙述之外，随时就景物展开议论，即夹叙夹议，构成了这篇散文的显著特色。

文章开头并不立即进入记叙，而是先议论一年四季景山的景色各有特点，显得灵活自由。然后进入记叙，交待立冬时节上景山，叙写坐在万春亭上所见景山周围、上下的景色，作者的议论由此展开，从而向读者展示了作者关心国家的前途、民族的命运的一颗赤子之心。

作者登景山，看到"皇宫一所一所排列着非常整齐"，由此展开议论，认为北京的建筑都是向南，"因为利益所在"，"夏天受着解愠的熏风，冬天接着可爱的暖日"，而"这利益是不用争而自来的"。作者提出："在我们底政治社会里有这样的熏风和暖日吗？"这一发问，抨击了国民党统治下政治社会的黑暗与腐败，启发读者为争取政治的清明与社会的进步而斗争。

作者进一步由神武门上的大字展开议论，一方面揭露了封建皇帝贪婪愚昧的本质；另一方面，也揭露了封建社会里大盗和小偷讨、瞒、偷、换的伎俩。总之，"盗贼是寄生人类底一种"。作者议论的是封建社会的皇帝及其"寄生底寄生"的大盗与小偷，针对的无疑是搜刮民脂民膏、"把一切宝物聚在身边"的20世纪30年代国民党反动统治者。

接着，作者又围绕空中飞翔的鸽子展开议论。作者将听鸽子声与打麻雀、逛窑子、上酒楼比较之后，认为"这种娱乐也来得群众化一点"。作者还将它与老鸹比较之后，突出鸽声的和悦和老鸹的令人讨厌。

从聆听空中的鸽声和鸦啼之后，作者又呼应开头，写万春亭周围的景象，展开传说中的煤山与作者设想中的米山的议论。挖煤山预先堆煤，“万一都城被围时，人民可以不拆宫殿”。显然这是在为统治者着想。而“米在万急的时候，也可以生吃，煤可无论如何吃不得”，这是在为人民群众着想。这与上文议论鸽声“来得群众化一点”，思想上是一致的。

紧接着作者由鼓楼名字的改动议论开去，提出“明耻不难，雪耻得努力”。作者联系北伐战争时期市民随声附和，唱着打倒和推翻帝国主义的口号，认为人民群众还没有真正的觉悟。所以作者说：“只怕市民能明白那耻底还不多，想来是多么可怜。”由此可见作者热切希望人民大众真正明耻，行动起来，推翻帝国主义的统治。这是作者的心声。

作者按照上山、下山的次序展开叙写、议论。叙写从山上下来，围绕景山脚底的那棵半死的槐树展开议论。作者说：“义和团运动底结果，从解放这棵树，发展到解放这民族。”这既是对义和团的礼赞，又照应了上段“明耻不难，雪耻得努力”。

文章结尾，作者又一次议论说：“寿皇殿锁闭得严严地，因为谁也不愿意努尔哈赤底种类再做白痴的梦。”照应了上文由神武门上几个大字所引出的封建皇帝“是个白痴强盗”的议论。

作者为何要夹叙夹议？为何作者笔下的景山和一般游人笔下的景山大不一样？说到底，这是因为作者所思者深，所以所见者新。（潘颂德）

先农坛[①]　　许地山

曾经一度繁华过底香厂，现在剩下些破烂不堪的房子，偶尔经过，只见大兵们在广场上练国技。望南再走，排地摊底犹如往日，只是好东西越来越少，到处都看见外国来底空酒瓶，香水樽，胭脂盒，乃至簇新的东洋磁器，估衣摊上的不入时底衣服，“一块八”、“两块四”叫卖底伙计连翻带地兜揽，买主没有，看主却是很多。

在一条凹凸得格别底马路上走，不觉进了先农坛底地界。从前在坛里惟一新建筑，“四面钟”，如今只剩一座空洞的高台，四围的柏树早已变成富人们底棺材或家私了。东边一座礼拜寺是新的。球场上还有人在那里练习。绵羊三五群，遍地披着枯黄的草根。风稍微一动，尘土便随着飞起，可惜颜色太坏，若是雪白或朱红，岂不是很好的国货化妆材料？

到坛北门，照例买票进去。古柏依旧，茶座全空。大兵们住在大殿里，很好看底门窗，都被拆作柴火烧了。希望北平市游览区划定以后，可以有一笔大款来修理。北平底旧建筑，渐次少了，房主不断地卖折货。像最近的定王府，原是明朝胡大海底府邸，论起建筑的年代足有五百多年。假若政府有心保存北平古物，决不致于让市民随意拆毁。拆一间是少一间。现在坛里，大兵拆起公有建筑来了。爱国得先从爱惜公共的产业做起，得先从爱惜历史的陈迹做起。

观耕台上坐着一男一女，正在密谈，心情的热真能抵御环境底冷。桃树柳树都脱掉叶衣，做三冬底长眠，风摇鸟唤，都不听见。雩坛边的鹿，伶俐的眼睛瞭望着过路底人。游客本来有三两个，它们见了格外相亲。在那么空旷的园囿，本不必栏着它们，只要四围开上七八尺深底沟，斜削沟的里壁，使当中成一个圆丘，鹿放在当中，虽没遮栏也跳不上来。这样，园景必定优美得多。星云坛比岳渎坛更破烂不堪。干蒿败艾，满布在砖缝瓦罅之间，拂人衣裾，便发出一种清越的香味。老松在夕阳底下默然站着。人说它像盘旋的虬龙，我说它像开屏的孔雀，一颗一颗底松球，衬着暗绿的针叶，远望着更像得很。松是中国人底理想性格，画家没有不喜欢画它。孔子说它后凋还是曲了它，应当说它不凋才对。英国人对于橡树底情感就和中国对于松树底一样。中国人爱松并不尽是因为它长寿，乃是因它当飘风飞雪底时节能够站得住，生机不断，可发荣底时间一到，便又青绿起来。人对着松树是不会失望的，它能给人一种兴奋，虽然树上留着许多枯枝丫，看来越发增加它底壮美。就是枯死，也不像别的树木等闲地倒下来。千年百年是那么立着，藤萝缠它，薜荔粘它，都不怕，反而使它更优越更秀丽。古人说松籁好听得像龙吟。龙吟我们没有听过，可是它所发出底逸韵，真能使人忘掉名利，动出尘底想头。可是要记得这样的声音，决不是一寸一尺底小松所能发出，非要经得百千年底磨练，受过风霜或者吃过斧斤底亏，能够立得定以后，是做不到的。所以当年壮底时候，应学松柏底抵抗力，忍耐力，和增进力，到年衰的时候，也不妨送出清越的籁。

对着松树坐了半天。金黄色的霞光已经收了。不免离开雩坛直出大门。门外前几年挖的战壕，还没填满。羊群领着我向着归路。道边放着一担菊花，卖花人站在一家门口与那淡妆底女郎讲价，不提防担里底黄花教羊吃了几棵。那人索性将两棵带泥丸底菊花向羊群猛掷过去，口里骂"你等死的羊孙子！"，可也没奈何。吃剩底花散布在道上，也教车轮辗碎了。

注 ① 先农坛——在北京市永定门内天坛之西。是明、清帝王祭农神之所。

《先农坛》艺术上的最大特色是夹叙夹议。

作者先描写先农坛附近的景象。文章劈头议论道："曾经一度繁华过底香厂，现在剩下些破烂不堪的房子。""破烂不堪的房子"与繁华形成了鲜明的对照。作者有重点地描写先农坛附近的景象："到处都看见外国来底空酒瓶，香水樽，胭脂盒，乃至簇新的东洋磁器，估衣摊上的不入时底衣服。"作者描写的这些景象，具体、生动、形象地展示了国民党政府的反动统治、帝国主义的疯狂入侵造成了我国国运的衰颓、人民的贫穷。

作者接着再描写先农坛地界的衰败景象：昔日的新建筑现在只剩下一座空洞的高台，四围的柏树变成了富人们的棺材或家私，遍地披着枯黄的草根，尘土飞扬。既与开头相呼应，又为进一步描写先农坛的破旧奠定了基础。

文章重点放在叙写先农坛的景象。作者边叙边议。在沉痛地叙写了茶座生意萧条、国民党士兵破坏大殿、市民随意拆毁旧建筑后，作者议论道："希望北平市游览区划定以后，可以有一笔大款来修理。""假若政府有心保存北平古物，决不致于让市民随意拆毁。……爱国得先从爱惜公共的产业做起，得先从爱惜历史的陈迹做起。"这些议论，层层深入、提高，既浸润着湛醇的情感，又闪烁着清澈的理智；既揭露了国民党政府表面上高唱保存古物的高调、实质任意破坏古物的本质，又抒发了作者强烈、深厚的爱国主义感情。

文章具体描写观耕台、星云坛、岳渎坛的景象，突出它们的破烂不堪："星云坛比岳渎坛更破烂不堪。干蒿败艾，满布在砖缝瓦罅之间，拂人衣裾，便发出一种清越的香味。"照应了文章开头。然后围绕松树展开议论："松是中国人底理想性格"，因为"它当飘风飞雪底时节能够站得住，生机不断，可发荣底时间一到，便又青绿起来"。作者更从松树给人的鼓舞与启示角度议论道："它能给人一种兴奋"，"它所发出底逸韵，真能使人忘掉名利，动出尘底想头"。它启示人们"当年壮底时候，应学松柏底抵抗力，忍耐力，和增进力，到年衰的时候，也不妨送出清越的籁"。作者是在具体的记叙、形象的描绘基础上展开上述议论的。作者这样具体描写道：松树"虽然树上留着许多枯枝丫，看来越发增加它底壮美。就是枯死，也不像别的树木等闲地倒下来。千年百年是那么立着，藤萝缠它，薜荔粘它，都不怕，反而使它更优越更秀丽"。由于在具体、形象地描绘松树形象基础上展开议论，因此上述议论有说服力、感染力，丝毫没有蹈空之感。（潘颂德）

杭江之秋　　傅东华

从前谢灵运游山，"伐木取径，……从者数百人"，以致被人疑为山贼。现在人在火车上看风景，虽不至像康乐公那样杀风景，但在那种主张策杖独步而将自己也装进去做山水人物的诗人们，总觉得这样的事情是有伤风雅的。

不过，我们如果暂时不谈风雅，那末觉得火车上看风景也有一种特别的风味。

风景本是静物，坐在火车上看就变动的了。步行的风景游览家，无论怎样把自己当做一具摇头摄影器，他的视域能有多阔呢？又无论他怎样健步，无论视察点移得怎样多，他目前的景象总不过有限几套。若在火车上看，那风景就会移步换形，供给你一套连续不断的不同景象，使你在数小时之内就能获得数百里风景的轮廓。"火车风景"（如果许我铸造一个名词的话）就是活动的影片，就是一部以自然美做题材的小说，它是有情节的，有布局的——有开场，有 Climax① 也有大团圆的。

新辟的杭江铁路从去年春天通车到兰溪，我们的自然文坛就又新出版了一部这样的小说。批评家的赞美声早已传到我耳朵里，但我直到秋天才有工夫去读它。然而秋天是多么幸运的一个日子啊！我竟于无意之中得见杭江风景最美的表现。

"火车风景"是有个性的。平浦路上多黄沙，沪杭路上多殡屋。京沪路只北端稍觉雄健，其余部分也和沪杭路一样平凡。总之，这几条路给我们一个共同的印象——就是单调。它们都是差不多一个图案贯彻到底的。你在这段看是这样，换了一段看也仍是这样——一律是平畴，平畴之外就是地平线了。偶然也有一两块山替那平畴做背景，但都单调得多么寒伧啊！

秋是老的了，天又下着濛濛雨，正是读好书的时节。

从江边开行以后，我就壹志凝神的准备着——准备着尽情赏鉴一番，准备着一幅幅的画图连续映照在两边玻璃窗上。

萧山站过去了，临浦站过去了。这样差不多一个多钟头，只偶然瞥见一两点遥远的山影，大部分还是沪杭路上那种紧接地平线的平畴，我便开始有点觉得失望。于是到了尖山站，你瞧，来了——山来了。

山来了，平畴突然被山吞下去了。我们夹进了山的行列，山做我们前面的仪仗了。那是重叠的山，“自然”号里加料特制的山。你决不会感着单薄，你决不会疑心制造时减料偷工。

有时你伸出手去差不多就可摸着山壁，但是大部分地方山的倾斜都极大。你虽在两面山脚的缝里走，离开山的本峰仍旧还很远，因而使你有相当的角度可以窥见山的全形。但是那一块山肯把它的全形给你看呢？那一块山都和它的同伴们或者并肩，或者交臂，或者搂抱，或者叠股。有的从她伙伴们的肩膊缝里露出半个罩着面幕的容颜，有的从她姊妹行的云鬓边透出一弯轻扫淡妆的眉黛。浓妆的居于前列，随着你行程的弯曲献媚呈妍；淡妆的躲在后边，目送你忍心奔驶而前，有若依依不舍的态度。

这样使我们左顾右盼的应接不暇了二三十分钟，这才又像日月蚀后恢复期间的状态，平畴慢慢的吐出来了。但是地平线终于不能恢复。那逐渐开展的平畴随处都有山影作镶绲；山影的浓淡就和平畴的阔狭成了反比例。有几处的平畴似乎是一望无际的，但仍有饱蘸着水的花青笔在它的边缘上轻轻一抹。

于是过了湄池，便又换了一幕。突然间，我们车上的光线失掉均衡了。突然间，有一道黑影闯入我们的右侧。急忙抬头看时，原来是一列重叠的山嶂从烟雾迷漫中慢慢地遮上前来。这一列山嶂和前段看见的那些对峙山峦又不同。它们是朦胧的，分不出它们的层叠，看不清它的轮廓，上面和大空浑无界线，下面和平地不辨根基，只如大理石里隐约透露的青纹，究不知起自何方，也难辨迄于何处。

那时我们的左侧本是一片平旷，但不知怎么一转，山嶂忽然移到左侧来，平旷忽然搬到右侧去。如是者交互着搬动了数回，便又左右都有山嶂，只不如从前那么夹紧，而左右各有一段平畴做缓冲了。

这时最奇的景象，就是左右两侧山容明暗之不一。你向左看时，山的轮廓很暧昧，向右看时，却如几何图画一般的分明。你以为这当然是“秋雨隔田塍”的现象所致，但是走过几分钟之后，暧昧和分明的方向忽然互换了，而我们却是明明按直线走的。谁能解释这种神秘呢？

到直埠了。从此神秘剧就告结束，而浓艳的中古浪漫剧开幕了。幕开之后，就见两旁竖着不断的围屏，地上铺着一条广漠的厚毯。围屏是一律浓绿色的，地毯则由黄、红、绿三种彩色构成。黄的是未割的缓稻，红的是荞麦，绿的是菜蔬。可是谁管它什么是什么呢？我们目不暇接了。这三种彩色构成了平面几何的一切图形，织成了波斯毯、荷兰毯、纬成绸、云霞缎……上一切人类所能想象的花样。且因我们自己如飞的奔驶，那三种基本色素就起了三色板的作用，在向后飞驰的过程中化成一切可能的彩色。浓艳极了，富丽极了！我们领略着文艺复兴期的荷兰的画图，我们身入了《天方夜谭》的苏丹的宫殿。

这样使我们的口胃腻得化不开了一回，于是突然又变了。那是在过了诸暨牌头站之后。以前，山势虽然重叠，虽然复杂，但只能见其深，见其远，而未尝见其奇，见其险。以前，山容无论暧昧，无论分明，总都载着厚厚一层肉，至此，山才挺出峋嶙的瘦骨来。山势也渐兀突了，不像以前那样停匀了。有的额头上怒挺出铁色的巉岩，有的半腰里横撑出骇人的刀戟。我们从它旁边擦过去，头顶的悬崖威胁着要压碎我们。就是离开稍远的山岩，也像铁罗汉般踞坐着对我们怒视。如此，我们方离了肉感的奢华，便进入幽人的绝域。

但是调剂又来了。热一阵，冷一阵，闹一阵，静一阵，终于又到不热亦不冷，不闹亦不静的郑家坞了。山还是那么兀突，但是山头偶有几株苍翠欲滴的古松，将山骨完全遮没，狰狞之势也因而减杀。于是我们于刚劲肃杀中复得领略柔和的秀气。那样的秀，那样的翠，我生平只在宋人的古画里看见过。从前见古人画中用石绿，往往疑心自然界没有这种颜色，这番看见郑家坞的松，才相信古人着色并非杜撰。

而且水也出来了。一路来我们也曾见过许多水，但都不是构成风景的因素。过了郑家坞之后，才见有曲折澄莹的山涧山溪，随山势的纡回共同构成了旋律。杭江路的风景到郑家坞而后山水备。

于是我们转了一个弯，就要和杭江秋景最精彩的部分对面——就要达到我们的 Climax 了。

苏溪！——就是这个名字也像具有几分的魅惑，但已不属出产西施的诸暨境了。我们那个弯一转过来，眼前便见烧野火般的一阵红，——满山满坞的红，满坑满谷的红。这不是枫叶的红，乃是柏子叶的红。柏子叶的隙中又有荞麦的连篇红秆弥补着，于是一切都被一袭红锦制成的无缝天衣罩着了。

但若这幅红锦是四方形的，长方形的，菱形的，等边三角形的，不等边三角形的，圆形的，椭圆形的，或任何其他几何图形的，那就不算奇，也就不能这般有趣。因为既有定形，就有尽处，有尽处就单调了。即使你的活动的视角可使那幅红锦忽而方，忽而圆，忽而三角，忽而菱形，那也总不过那么几套，变尽也就尽了。不；这地方的奇不在这样的变，而在你觉得它变，却又不知它怎样变。这叫我怎么形容呢？总之，你站在这个地方，你是要对几何家的本身也发生怀疑的。你如果尝试说：在某一瞬间，我前面有一条路。左手有一座山，右手有一条水。不，不对；决没有这样整齐。事实上，你前面是没有路的，最多也不过几码的路，就又被山挡住，然而你的火车仍可开过去，路自然出来了。你说山在左手，也许它实在在你的背后；你说水在右手，也许它实在在你的面前。因为一切几何学的图形都被打破了。你这一瞬间是在这样畸形的一个圈子里，过了一瞬间就换了一个圈子，仍旧是畸形的，却已完全不同了。这样，你的火车不知直线呢或是曲线地走了数十分钟，你的意识里面始终不会抓住那些山、水、溪滩的部位，就只觉红，红，红，无间断的红，不成形的红，使得你离迷惝恍，连自己立脚的地点也要发生疑惑。

寻常，风景是由山水两种要素构成的，平畴不是风景的因素。所以山水画者大都由水畔起山，山脚带水，断没有把一片平畴画入山水之间的。在这一带，有山，有水，有溪滩，却也有平畴，但都布置得那么错落，支配得那么调和，并不因有平畴而破坏了山水自然的结构，这就又是这最精彩部分的风景的一个特色。

此后将近义乌县城一带，自然的美就不得不让步给人类更平凡的需要了，山水退为田畴了，红叶也渐稀疏了。再下去就可以“自郐无讥”。不过，我们这部小说现在尚未完成，其余三分之一的回目不知究竟怎样②，将来的大团圆只好听下回分解了。

真所谓“文章本天成，妙手自得之”。自古造铁路的计划何曾有把风景作参考的呢？然而杭江路居然成了风景的杰作！

不过以上所记只是我个人一时得的印象。如果不是细雨蒙蒙红叶遍山的时节，当然你所得的印象不会相同。你将来如果“查与事实不符”，千万莫怪我有心夸饰！

注 ① Climax：英语，高潮。 ② 其余三分之一的回目不知究竟怎样：杭江铁路全长三百多公里，其中兰溪至江山一百多公里当时尚未完成。

谢灵运式的“伐木取径”、“策杖独步”漫游山川，固然有野趣、有韵味，然而，现代人坐在火车上看风景，却也独创一格，别有风味。本文描述的正是作者乘坐在疾驶的列车上所见到的杭江铁路沿线的自然风光。

计划从浙江杭州建造到江西玉山的杭江铁路，当时虽然才修筑到浙江兰溪，却因“养在深闺人未识”，第一次向世人展露出她的迷人的风姿而声名鹊起，赢得了文坛的一片赞美声。作者也于通车后第二年秋天慕名而来，乘兴游览，写下了这篇优美的游记。

在火车上看风景，作者与自然景观之间构成了一种新的关系：首先，风景是静的，火车是动的。火车上看风景，视野开阔，视角多变，移步换形，瞬息万变，数小时内，便能饱览数百里景观，这绝不是“策杖独步”所能达到的境界。其次，飞驰的列车使得窗外各自独立、各具特色、不断变化的景观，连接成了一个有机的艺术整体。这种动静结合所构成的连绵风景画，恰似一部以自然美做题材的“活动影片”或小说和戏剧。它提供了一般游记作者所不曾提供的观感和审美体验。其三，一般游记总要描山绘水，写景抒情。作者也写山、水、平畴。但是此文作者凭借他的博学多才和深厚的文学底蕴，使他始终以艺术家的眼光，欣赏和描摹眼前掠过的景物。在制作这部以自然美为题材的“活动影片”或小说和戏剧的过程中，他既是摄影师，更是小说家、戏剧家和画家。

古人云：“仁者乐山，智者乐水。”杭江路沿线多山，而作者也特别钟情于山。因此，本文几乎花了二分之一的篇幅描写这里的山峦风光，而且角度多变，手法不同。到了尖山站，“我们夹进了山的行列，山做我们前面的仪仗了。那是重叠的山，‘自然’号里加料特制的山。……那一块山都和它的同伴们或者并肩，或者交臂，或者搂抱，或者叠股。有的从她伙伴们的肩膊缝里露出半个罩着面幕的容颜，有的从她姊妹行的云鬓边透出一弯轻扫淡妆的眉黛。浓妆的居于前列，随着你行程的弯曲献媚呈妍；淡妆的躲在后边，目送你忍心奔驰而前，有若依依不舍的态度”。这里，奔驰的火车把静态的山变为动态的山，通过作者的心灵感应，群山化为俏丽的少女，幻化为姿态各异、形神兼备、具有生命力的形象。

“过了湄池，便又换了一幕。”在细雨蒙蒙中，在光影的作用下，山体倏忽交替着“暧昧和分明”，变幻莫测，给人以神秘感和朦胧美，作者称之为“神秘剧”。及至过了诸暨牌头站之后，镜头忽然转向了瘦骨嶙峋的峭壁，怒挺的铁色岩，似刀戟横撑的骇人的峰尖，沉重压顶的悬崖……刹那间，冷峻取代了柔美，刚劲替换了媚妍。兀突的山势，以其奇，以其险，以其狰狞，引人“进入幽人绝域”。

作者情满于山，意蕴于山，此时此地，他的生命与山峦交融，他的情感随群山律动，因而才有以上这些对于山景的动人的描绘。

作者又是一位对于色彩特别敏感、极富鉴赏力的画家。且看他为我们描绘的大自然的彩色图画：车“到直埠了。从此神秘剧就告结束，而浓艳的中古浪漫剧开幕了”。构成“中古浪漫剧”的是浓艳的色彩和由它们涂抹而成的浪漫情调。疾驶的列车把平畴上的黄色的缓稻，红色的荞麦，绿色的菜蔬织成千变万化、色彩斑斓的“波斯毯、荷兰毯、纬成绸、云霞缎……上一切人类所能想象的花样”。这里，平畴被描画成犹如文艺复兴时期的荷兰画图，或《天方夜谭》里的苏丹的宫殿。浓艳华美，像梦幻中的童话世界。

作者不但善于描写多种色彩的交织，而且，单一的色彩也被他描绘得灿烂炫目，令人心醉。当列车驶近苏溪，这部有情节、有布局、有开场、有高潮的活动的影片，终于推向了顶点：“我们那个弯一转过来，眼前便见烧野火般的一阵红……满山满坞的红，满坑满谷的红……一切都被一袭红锦制成的无缝天衣罩着了。”更令人惊奇的是，这幅变化无穷的红锦，“你觉得它变，却又不知它怎样变。……你的意识里面始终不会抓住那些山、水、溪滩的部位，就只觉红，红，红，无间断的红，不成形的红，使得你离迷惝恍，连自己立脚的地点也要发生疑惑”。红、红、红，烧野火般的红，变幻莫测的红，画出了浓浓的秋意！未见过杭江路秋景的人固然写不出这样的美景；即使到此游历过的人，也未必能写出这样神奇的色彩来。“杭江之秋”的题意在这里获得了充分的表现。

作者的情感随着列车的行进而起伏激荡，由欣喜、惊诧，到振奋、折服，心旷神怡，令未曾目睹这一带秋景的读者心驰神往，如临其境，如见其貌；也使游览过该处的人的审美情趣获得了理性的升华。作者把欣赏自然风光，比作是读一部小说，可谓解味之言。游记并不是对山、水、草、木、地貌的冷漠的记述，而是作者对自然美的新发现和解读。只有发现美，才能欣赏美，才能“读”出他人所没有领略到的境界。

杭江路还未最后建成，浙江兰溪到江西玉山这一带自然风光尚未为人所知。所以作者篇末留言：“我们这部小说现在尚未完成，其余三分之一的回目不知究竟怎样，将来的大团圆只好听下回分解了。”《杭江之秋》最后留给读者无穷的遐思和热切的期盼。人们期盼着铁路工人用汗水开创出新的更加壮丽的美的境界。（邓逸群）

藕与莼菜　　叶圣陶

同朋友喝酒，嚼着薄片的雪藕，忽然怀念起故乡来了。若在故乡，每当新秋的早晨，门前经过许多乡人：男的紫赤的胳膊和小腿肌肉突起，躯干高大且挺直，使人起健康的感觉；女的往往裹着白地青花的头巾，虽然赤脚，却穿短短的夏布裙，躯干固然不及男的那样高，但是别有一种健康的美的风致；他们各挑着一副担子，盛着鲜嫩的玉色的长节的藕。在产藕的池塘里，在城外曲曲弯弯的小河边，他们把这些藕一再洗濯，所以这样洁白。仿佛他们以为这是供人品味的珍品，这是清晨的画境里的重要题材，倘若涂满污泥，就把人家欣赏的浑凝之感打破了；这是一件罪过的事，他们不愿意担在身上，故而先把它们洗濯得这样洁白，才挑进城里来。他们要稍稍休息的时候，就把竹扁横在地上，自己坐在上面，随便拣择担里过嫩的“藕枪”或是较老的“藕朴”，大口地嚼着解渴。过路的人就站住了，红衣衫的小姑娘拣一节，白头发的老公公买两支。清淡的甘美的滋味于是普遍于家家户户了。这样情形差不多是平常的日课，直到叶落秋深的时候。

在这里上海，藕这东西几乎是珍品了。大概也是从我们故乡运来的。但是数量不多，自有那些伺候豪华公子硕腹巨贾的帮闲茶房们把大部分抢去了；其余的就要供在较大的水果铺里，位置在金山苹果吕宋香芒之间，专待善价而沽。至于挑着担子在街上叫卖的，也并不是没有，但不是瘦得像乞丐的臂和腿，就是涩得像未熟的柿子，实在无从欣羡。因此，除了仅有的一回，我们今年竟不曾吃过藕。

这仅有的一回不是买来吃的，是邻舍送给我们吃的。他们也不是自己买的，是从故乡来的亲戚带来的。这藕离开它的家乡大约有好些时候了，所以不复呈玉样的颜色，却满被着许多锈斑。削去皮的时候，刀锋过处，很不爽利。切成片送进嘴里嚼着，有些儿甘味，但是没有那种鲜嫩的感觉，而且似乎含了满口的渣，第二片就不想吃了。只有孩子很高兴，他把这许多片嚼完，居然有半点钟工夫不再作别的要求。

想起了藕就联想到莼菜。在故乡的春天，几乎天天吃莼菜。莼菜本身没有味道，味道全在于好的汤。但是嫩绿的颜色与丰富的诗意，无味之味真足令人心醉。在每条街旁的小河里，石埠头总歇着一两条没篷的船，满舱盛着莼菜，是从太湖里捞来的。取得这样方便，当然能日餐一碗了。

而在这里上海又不然；非上馆子就难以吃到这东西。我们当然不上馆子，偶然有一两回去叨扰朋友的酒席，恰又不是莼菜上市的时候，所以今年竟不曾吃过。直到最近，伯祥的杭州亲戚来了，送他瓶装的西湖莼菜，他送给我一瓶，我才算也尝了新。

向来不恋故乡的我，想到这里，觉得故乡可爱极了。我自己也不明白，为什么会起这么深浓的情绪？再一思索，实在很浅显：因为在故乡有所恋，而所恋又只在故乡有，就萦系着不能割舍了。譬如亲密的家人在那里，知心的朋友在那里，怎得不恋恋？怎得不怀念？但是仅仅为了爱故乡么？不是的，不过在故乡的几个人把我们牵系着罢了。若无所牵系，更何所恋念？像我现在，偶然被藕与莼菜所牵系，所以就怀念起故乡来了。

所恋在那里，那里就是我们的故乡了。

一九二三年九月七日作

“怀旧”是人类的一种基本情感，是人的天性之一。叶圣陶的这篇散文主题就是“怀旧”。由于身在他乡上海，这种时间上的“怀旧”又与空间上的游子“思乡”交织在一起。“怀旧”与“思乡”是古今中外文学作品中反复出现的两种“母题”。由此可见，这是不同时代、不同民族普遍具有的人之常情。而且，思乡之情与怀旧之感往往互相激荡，演化出流传的文学精品，呼唤着读者的“共鸣”。

这篇散文是从故乡的两种“食品”入手的。怀旧可以有许多内容，故乡也有种种特色与回忆。从吃藕而怀念起故乡，由藕而联想起莼菜，却显得日常生活化，容易贴近读者，唤起读者相似相通的感情和联想。作者一贯的自然平实的文学风格，由此可见一斑。

藕是一种普通食品，与藕相连的是人。作者由藕而赞叹起故乡人了：男人“使人起健康的感觉”，女人“别有一种健康的美的风致”。对男人女人都用了“健康”这个评语，这意味着什么呢？从故乡与上海的对比性叙述中，我们可以体会到两点：一是上海的男人女人不甚健康，甚至是健康的反面；二是故乡人健康的原因在于他们从事体力活，“他们各挑着一副担子”。我们从中隐隐感受到作者赞美乡村、批判城市的意味。还有一个对比性主题是“美”。乡村的妇女有一种“健康的美的风致”，即便是藕，也是鲜嫩的玉色的“洁白”，“这是清晨的画境里的重要题材”，能给人美的欣赏的感受。但藕到了大都市的上海，到了平民能享用的时候，却“不是瘦得像乞丐的臂和腿，就是涩得像未熟的柿子”，完全是一副丑的形象了，它唤不起欣羡，也激不起食欲。正是在这样的日常生活细节的叙述中，作者流露出返归自然与乡村的情感，令人联想起卢梭对“高尚的野蛮人”的赞叹与对现代文明病的批判。

当然，作者并不是借藕与莼菜作哲学的思索，或者由此生发出对乡村与都市文明整体性的评判。他是一个普通人，是以平实的心态来看待生活的。因此，当他反思自我的这种怀旧与思乡之情时，结论是异乎寻常的简单。这一切都是以人为中心的，因为故乡有他亲密的家人和知心的朋友，有他的所恋。（朱晓琳）

我的母亲　　邹韬奋

说起我的母亲，我只知道她是“浙江海宁查氏”，至今不知道她有什么名字！这件小事也可表示今昔时代的不同。现在的女子未出嫁的固然很“勇敢”地公开着她的名字，就是出了嫁的，也一样地公开着她的名字。不久以前，出嫁后的女子还大多数要在自己的姓上面加上丈夫的姓；通常人们的姓名只有三个字，嫁后女子的姓名往往有四个字。在我年幼的时候，知道担任商务印书馆出版的“妇女杂志”笔政的朱胡彬夏，在当时算是有革命性的“前进的”女子了，她反抗了家里替她订的旧式婚姻，以至她的顽固的叔父宣言要用手枪打死她，但是她却仍在“胡”字上面加着一个“朱”字！近来的女子就有很多在嫁后仍只用自己的姓名，不加不减。这意义表示女子渐渐地有着她们自己的独立的地位，不是属于任何人所有的了。但是在我的母亲的时代，不但不能学“朱胡彬夏”的用法，简直根本就好像没有名字！我说“好像”，因为那时的女子也未尝没有名字，但在实际上似乎就用不着。像我的母亲，我听见她的娘家的人们叫她做“十六小姐”，男家大家族里的人们叫她做“十四少奶”，后来我的父亲做了官，人们便叫她做“太太”，她始终没有用她自己名字的机会！我觉得这种情形也可以暗示妇女在封建社会里所处的地位。

我的母亲在我十三岁的时候就去世了。我生的那一年是在九月里生的，她死的那一年是在五月里死的，所以我们母子两人在实际上相聚的时候只有十一年零九个月。我在这篇文里对于母亲的零星追忆，只是这十一年里的前尘影事。

我现在所能记得的最初对于母亲的印象，大约在两三岁的时候。我记得有一天夜里，我独自一人睡在床上，由梦里醒来，朦胧中睁开眼睛，模糊中看见由垂着的帐门射进来的微微的灯光，在这微微的灯光里我瞥见一个青年妇人拉开帐门，微笑着把我抱起来。她嘴里叫我什么，并对我说了什么，现在都记不清了，只记得她把我负在她的背上，跑到一个灯光灿烂人影憧憧往来的大客厅里，走来走去“巡阅”着。大概是元宵吧，这大客厅里除有不少成人谈笑着外，有二三十个孩童提着各色各样的纸灯，里面燃着蜡烛，三五成群的跑着玩。我此时伏在母亲的背上，半醒半睡似的微张着眼看这个，望那个。那时我的父亲还在和祖父同住，过着“少爷”的生活；父亲有十来个弟兄，有好几个都结了婚，所以这大家族里有着这么多的孩子。母亲也做了这大家族里的一分子。她十五岁就出嫁，十六岁那年养我，这个时候才十七八岁。我由现在追想当时伏在她的背上睡眼惺忪所见着她的容态，还感觉到她的活泼的、欢悦的、柔和的、青春的美。我生平所见过的女子中，我的母亲是最美的一个，就是当时伏在母亲背上的我，也能觉到在那个大客厅里许多妇女里面，没有一个及得到母亲的可爱。我现在想来，大概在我睡在房里的时候，母亲看见许多孩子玩灯热闹，便想起了我，也许蹑手蹑脚到我床前看了好几次，见我醒了，便负我出去一饱眼福。这是我对母爱最初的感觉，虽则在当时的幼稚脑袋里当然不知道什么叫做母爱。

后来祖父年老告退，父亲自己带着家眷在福州做候补官。我当时大概有了五六岁，比我小两岁的二弟已生了。家里除父亲、母亲和这个小弟弟外，只有母亲由娘家带来的一个青年女仆，名叫妹仔。“做官”似乎怪好听，但是当时父亲赤手空拳出来做官，家里一贫如洗。我还记得，父亲一天到晚不在家里，大概是到“官场”里“应酬”去了，家里没有米下锅；妹仔替我们到附近施米给穷人的一个大庙里去领“仓米”，要先在庙前人山人海里面拥挤着领到竹签，然后拿着竹签再从挤得水泄不通的人群中，带着粗布袋挤到里面去领米；母亲在家里横抱着哭涕着的二弟踱来踱去，我在旁坐在一只小椅上呆呆地望着母亲，当时不知道这就是穷的景象，只诧异着母亲的脸何以那样苍白，她那样静寂无语地好像有着满腔无处诉的心事。妹仔和母亲非常亲热，她们竟好像母女，共患难，直到母亲病得将死的时候，她还是不肯离开她，以孝女自居，寝食俱废地照顾着母亲。

母亲喜欢看小说，那些旧小说，她常常把所看的内容讲给妹仔听。她讲得娓娓动听，妹仔听着忽而笑容满面，忽而愁眉双锁。章回的长篇小说一下讲不完，妹仔就很不耐地等着母亲再看下去，看后再讲给她听。往往讲到孤女患难，或义妇含冤的凄惨的情形，她两人便都热泪盈眶，泪珠尽往颊上涌流着。那时我立在旁边瞧着，莫名其妙，心里不明白她们为什么那样无缘无故地挥泪痛哭一顿，和在上面看到穷的景象一样地不明白其所以然。现在想来，才感觉到母亲的情感的丰富，并觉得她的讲故事能那样地感动着妹仔，如果母亲生在现在，有机会把自己造成一个教员，必可成为一个循循善诱的良师。

我六岁的时候，由父亲自己为我“发蒙”，读的是三字经，第一天上的课是：“人之初，性本善；性相近，习相远。”一点儿莫名其妙！一个人坐在一个小客厅炕床上“朗诵”了半天，苦不堪言！母亲觉得非请一位“西席”老夫子总教不好，所以家里虽一贫如洗，情愿节衣缩食，把省下来的钱请一位老夫子。说来可笑，第一个请来的这位老夫子，每月束脩只须四块大洋（当然供膳宿），虽则这四块大洋，在母亲已是一件很费筹措的事情。我到十岁的时候，读的是“孟子见梁惠王”，教师的每月束脩已加到十二元，算增加了三倍。到年底的时候，父亲要“清算”我平日的功课。在夜里亲自听我背书，很严厉，桌上放着一根两指阔的竹板。我的背向着他立着背书，背不出的时候，他提一个字，就叫我回转身来把手掌展放在桌上，他拿起这根竹板很重地打下来。我吃了这一下苦头，痛是血肉的身体所无法避免的感觉，当然失声地哭了，但是还要忍住哭，回过身去再背。不幸又有一处中断，背不下去；经他再提一字，再打一下。呜呜咽咽地背着那位前世冤家的“见梁惠王”的“孟子”！我自己呜咽着背，同时听得见坐在旁边缝纫着的母亲也唏唏嘘嘘地泪如泉涌地哭着。我心里知道她见我被打，她也觉得好像刺心的痛苦，和我表着十二分的同情，但她却时时从呜咽着的、断断续续的声音里勉强说着“打得好”！她的饮泣吞声，为的是爱她的儿子；勉强硬着头皮说声“打得好”，为的是希望她的儿子上进。由现在看来，这样的教育方法真是野蛮之至！但是我不敢怪我的母亲，因为那个时候就只有这样野蛮的教育法；如今想起母亲见我被打，陪着我一同哭，那样的母爱，仍然使我感念着我的慈爱的母亲。背完了半本“梁惠王”，右手掌打得发肿有半寸高，偷向灯光中一照，通亮，好像满肚子装着已成熟的丝的蚕身一样。母亲含着泪抱我上床，轻轻把被窝盖上，向我额上吻了几吻。

当我八岁的时候，二弟六岁，还有一个妹妹三岁。三个人的衣服鞋袜，没有一件不是母亲自己做的。她还时常收到一些外面的女红来做，所以很忙。我在七八岁时，看见母亲那样辛苦，心里已知道感觉不安。记得有一个夏天的深夜，我忽然从睡梦中醒了起来，因为我的床背就紧接着母亲的床背，所以从帐里望得见母亲独自一人在灯下做鞋底，我心里又想起母亲的劳苦，辗转反侧睡不着，很想起来陪陪母亲。但是小孩子深夜不好好的睡，是要受到大人的责备的，就说是要起来陪陪母亲，一定也要被申斥几句，万不会被准许的（这至少是当时我的心理），于是想出一个借口来试试看，便叫声母亲，说太热睡不着，要起来坐一会儿。出乎我意料之外的，母亲居然许我起来坐在她的身边。我眼巴巴地望着她额上的汗珠往下流，手上一针不停地做着布鞋——做给我穿的。这时万籁俱寂，只听到滴答的钟声和可以微闻得到的母亲的呼吸。我心里暗自想念着，为着我要穿鞋，累母亲深夜工作不休，心上感到说不出的歉疚，又感到坐着陪陪母亲，似乎可以减轻些心里的不安成分。当时一肚子里充满着这些心事，却不敢对母亲说出一句。才坐了一会儿，又被母亲赶上床去睡觉，她说小孩子不好好的睡，起来干什么！现在我的母亲不在了，她始终不知道她这个小儿子心里有过这样的一段不敢说出的心理状态。

母亲死的时候才二十九岁，留下了三男三女。在临终的那一夜，她神志非常清楚，忍泪叫着一个一个子女嘱咐一番。她临去最舍不得的就是她这一群的子女。

我的母亲只是一个平凡的母亲，但是我觉得她的可爱的性格，她的努力的精神，她的能干的才具，都埋没在封建社会的一个家族里，都葬送在没有什么意义的事务上，否则她一定可以成为社会上一个更有贡献的分子。我也觉得，像我的母亲这样的被埋没葬送掉的女子不知有多少！

1936，1，10 日深夜

邹韬奋是著名的编辑、记者、政论家，他所作的大量通讯报道活泼流畅，深受广大读者的欢迎。《我的母亲》是一篇抒情散文，情况略有不同，但其感人的程度却也并不在那些专写抒情散文的作家之下。

有人说得好：怀旧思亲的文章最忌浮夸做作，言不由衷，最可贵的是朴实无华，恰如其分。《我的母亲》正是这样。作者深爱他的母亲，但并不因此而任意拔高，他始终把她看作是“一个平凡的母亲”，所惋惜的也无非是她未能生在现在，未能充分发挥讲故事的才能，成为“一个循循善诱的良师”。作者以自己成长的时间为顺序，从记忆深处挑出了有关母亲的几个镜头，这些镜头全是普通的生活琐事，但一经作者蘸着激动的泪水依次写出，便显得感人至深，过目难忘。

第一个镜头是元宵节晚上母亲背着我去大客厅观灯，这是作者所能记得的对母亲的最初印象，似朦胧而又清晰，似肤浅而却深刻，形象生动地再现了两三岁幼儿的特殊感受，歌颂了天地间至高至纯的母子情。第二个镜头表现了母亲和妹仔互相关心和照顾的情形。妹仔是母亲“由娘家带来的一个青年女仆”，旧社会亦称“陪嫁丫头”，作者的母亲不以主妇自居，相反主动讲故事给妹仔听，以至两人常常“热泪盈眶”，这表明母亲具有热情宽厚的胸怀和惩恶扬善的品质。第三个镜头写父亲考查“我”的功课，这部分文字最富戏剧性，父亲的严厉、“我”的委屈以及母亲的痛心都被刻画得栩栩如生。镜头的正中虽为父亲的身影所占据，其实心头最复杂、感情最丰富的还是退坐一旁“陪审”的母亲。第四个镜头写“我”深夜陪坐。母亲疼爱儿子，儿子关心母亲，遗憾的是直到母亲逝世还不知道她儿子当年心中的“秘密”。这一段的心理描写相当细腻，读来令人感叹不已。这四个镜头在内容上各有侧重，在手法上也互有差异，或以画面刻画取胜（第一个镜头），或以戏剧性的人物对比见长（第三个镜头），或以浓郁的心理描写吸引读者，合在一起，便突出了一位既平凡又崇高的女性形象。

《我的母亲》通篇没有绮丽的词藻和充分的渲染，一切都显得那样朴实、平易、从容。不过，仔细阅读，便会发现朴中有奇，平中见巧：

第一，作者写的是母亲，但又不限于母亲一人，为此，他在文章开头围绕母亲的名字发了一大通议论，由此及彼，从历史到现实，体现了政论家开阔的视野和见识。这样写，既是母亲不幸早逝的预兆，替底下的叙述作好了铺垫，也为旧中国的弱女子倾诉了不平。

第二，作者所记叙的全是儿时对母亲的印象，这样写固然保持了生活的原汁原味，让人感到亲切有趣，但儿时印象又难免肤浅和表面，因此作者在追叙以后，常常用“现在想来”、“现在看来”等语句加以补充。如此两者结合，加深了体验，强化了感情，文章就显得丰满多了。

第三，作者在从容平实的叙述之中，也安排了一些动人的细节和俏皮的语句，如作者挨打以后，“右手掌打得发肿有半寸高，偷向灯光中一照，通亮，好像满肚子装着已成熟的丝的蚕身一样。母亲含着泪抱我上床，轻轻把被窝盖上，向我额上吻了几吻”。这一“照”一“吻”，包含了多少凄楚！又如作者背不出《孟子》，就偷偷地在心里骂那位要去见梁惠王的“前世冤家”，读后令人忍俊不禁。（孙光萱）

读书的艺术　　林语堂

诸位，兄弟今日重游旧地，以前学生生活苦乐酸甜的滋味，都一一涌上心头。

不但诸位所享弦诵的快乐，我能了解，就是诸位有时所受教员的委曲磨折，注册部的挑剔为难，我也能表同情。兄弟今日仍在读书时期，所不同者，不怕教员的考试，无虑分数之高低，更无注册部来定我的及格不及格，升级不升级而已。现就个人所认为理想的方法，与诸位学生通常的读书方法比较研究一下。

余积二十年读书治学的经验，深知大半的学生对于读书一事，已经走入错路，失了读书的本意。读书本来是至乐的事，杜威说，读书是一种探险，如探新大陆，如征新土壤；法郎士也已说过，读书是“灵魂的壮游”，随时可发见名山巨川、古迹名胜、深林幽谷、奇花异卉。到了现在，读书已变成仅求幸免扣分数、留班级的一种苦役而已。而且读书本来是个人自由的事，与任何人不相干，现你们读书，已经不是你们的私事，而处处要受一些不相干的人的干涉，如注册部及你们的父母妻室之类。有人手里拿一本书，心里想我将何以赡养父母，俯给妻子，这实在是一桩罪过。试想你们看《红楼》、《水浒》、《三国志》、《镜花缘》，是否你们一己的私事，何尝受人的干涉，何尝想到何以赡养父母，俯给妻子的问题？但是学问之事，是与《红楼》、《水浒》相同，完全是个人享乐的一件事。你们若不能用看《红楼》、《水浒》的方法去看哲学、史学、经济学大纲，你们就是不懂得读书之乐，不配读书，失了读书之本意，而终读不成书。你们能用真用看《红楼》、《水浒》的方法去看哲学、史学、科学的书，读书才能“成名”；若徒以注册部的方法读书，你们最多成了一个“秀士”、“博士”，成了吴稚晖先生所谓“洋绅士”、“洋八股”。

我认为最理想的读书方法，最懂得读书之乐者，莫如中国第一女诗人李清照及其夫赵明诚。我们想象到他们夫妇典当衣服，买碑文水果，回来夫妻相对展玩咀嚼的情景，真使我们向往不已。你想他们两人一面剥水果，一面赏碑帖，或者一面品佳茗，一面校经籍，这是如何的清雅，如何得了读书的真味？易安居士于《金石录后序》自叙他们夫妇的读书生活，有一段极逼真极活跃的写照。她说：“余性偶强记，每饭罢坐归来堂，烹茶指堆积书史，言某事在某书卷第几页第几行，以中否角胜负，为食茶先后。中即举杯大笑，至茶倾覆怀中，反不得饮而起。甘心老是乡矣！故虽处忧患困穷，而志不屈。……收藏既富，于是几案罗列，枕席狼藉，意会心谋，目往神授，乐在声色狗马之上。……”你们能用李清照读书的方法来读书，能感到李清照读书的快乐，你们大概也就可以读书成名，可以感觉读书一事，比巴黎跳舞场的“声色”，逸园的赛“狗”，江湾的赛“马”有趣。不然，还是看逸园赛狗、江湾赛马比读书开心。

什么才叫做真正读书呢？这个问题很简单。一句话说兴味到时，拿起书本就读，这才叫做真正的读书，这才不失读书之本意。这就是李清照的读书法。你们读书时，须放开心胸，仰视浮云，无酒且过，有烟更佳，现在课堂上读书连烟都不许你抽，这还能算为读书的正轨吗？或在暮春之夕，与你们的爱人，携手同行，共到野外读《离骚经》；或在风雪之夜，靠炉围坐，佳茗一壶，淡巴菇一盒，哲学、经济、诗文、史籍十数本狼藉横陈于沙发之上，然后随意所之，取而读之，这才得了读书的兴味。现在你们手里拿一书本，心里计算及格不及格、升级不升级，注册部对你的态度如何，如何靠这本书骗一只较好的饭碗，娶一位较漂亮的老婆——这还能算为读书，还配称为“读书种子”吗？还不是沦为“读书谬种”吗？

有人说，如林先生这样读书方法，简单固然简单，但是读不懂如何，而且不知成效如何？须知世上决无看不懂的书，有之便是作者文笔艰涩，字句不通，不然便是读者的程度不合，见识未到。各人如能就兴味与程度相近的书选读，未有不可无师自通，或者偶有疑难，未能遽然了解，涉猎既久，自可融会贯通。试问诸位少时看《红楼》、《水浒》何尝有人教，何尝翻字典，你们的侄儿少辈现在看《红楼》、《西厢》，又何尝须要你们去教？许多人今日中文很好，都是由看小说《史记》得来的，而且都是背着师长，偷偷摸摸硬看下去。那些书中不懂的字，不懂的句，看惯了就自然明白。学问的书也是一样，常看下去，自然会明白，遇有专门名词，一次不懂，二次不懂，三次就懂了。只怕诸位不得读书之乐，没有耐心看下去。

所以我的假定是学生会看书，肯看书，现在教育制度是假定学生不会看书，不肯看书。说学生书看不懂，在小学时可以说，在中学还可以说，但是在聪明学生，已经是一种诬蔑了。至于已进大学还要说书看不懂，这真有点不好意思吧！大约一人的脸面要紧，年纪一大，即使不能自己喂饭，也得两手拿一只饭碗硬塞到口里去，似乎不便把你们的奶妈干娘，一齐都带到学校来给你们喂饭，又不便把大学教授看做你们的奶妈干娘。

至于“成效”，我的方法可以包管比现在大学的方法强。现在大学教育的成效如何，大家是很明了的。一人从六岁一直读到二十六岁大学毕业，通共读过几本书？老实说，有限得很。普通大约总不会超过四五十本以上。这还不是跟以前的秀才举人相等？从前有一位中了举人，还没听见过《公羊传》的书名，传为笑话。现在大学毕业生就有许多近代名著未曾听过名字，即中国几种重要丛书也未曾见过。这是学堂的不是，假定你们不会看书，不要看书，因此也不让你们有自由看书的机会。一天到晚，总是摇铃上课，摇铃吃饭，摇铃运动，摇铃睡觉。你想一人的精神是有限的，从八点上课一直到下午四五点，还要运动、拍球，那里还有闲工夫自由看书呢；而且凡是摇铃，都是讨厌，即使摇铃游戏，我们也有不愿意之时，何况是摇铃上课？因为学堂假定你们不会读书，不肯读书，所以把你们关在课堂，请你们静坐，用“注射”“贯输”的形式，由教员将知识注射入你们的脑壳里。无如常人头颅都是不透水的，所以知识注射普通不大成功。但是比如依我方法，假定你们是会看书，要看书，由被动式改为自动式的，给你们充分自由看书的机会，这个成效如何呢？间尝计算一下，假定上海光华、大夏或任何大学有一千名学生，每人每期交学费一百元，这一千名学费已经合共有十万元。将此十万元拿去买书，由学校预备一间空屋置备书架，扣了五千元做办公费（再多便是罪过），把这九万五千元的书籍放在那间空屋，由你们随便胡闹去翻看，年底拈阄分配，各人拿回去九十五元的书，只要所用的工夫与你们上课的时间相等，一年之中，你们学问的进步，必非一年上课的成绩所可比。现在这十万元用到那里去？大概一成买书，而九成去养教授，及教授的妻子，教授的奶妈，奶妈又拿又买奶妈的马桶，这还可以说是把你们的“读书”看做一件正经事吗？

假定你们进了这十万元书籍的图书馆，依我的方法，随兴所之去看书，成效如何呢？有人要疑心，没有教员的指导，必定是不得要领，乱杂无章，涉猎不精，不求甚解。这自然是一种极端的假定，但是成绩还是比现在大学教育好。关于指导，自可编成指导书及种种书目。如此读了两年可以抵过在大学上课四年。第一样，我们须知道读书的方法，一方面要几种精读，一方面也要尽量涉猎翻览。两年之中能大概把二十万元的书籍，随意翻览。知其书名、作者、内容大概，也就不愧为一读书人了。第二样，我们要明白，学问的事，决不是如此呆板。读书必求深入，而欲求深入，非由兴趣相近者入手不可。学问是每每互相关连的，一人找到一种有趣味的书，必定由一问题而引起其他问题，由看一本书而不能不去找关系的十几种书，如此循序渐进，自然可以升堂入室，研磨既久，门径自熟；或是发见问题，发明新义，更可触类旁通，广求博引，以证己说，如此一步一步的深入，自可成名。这是自动的读书方法。较之现在上课听讲被动的方法，如东风过耳，这里听一点，那里听一点，结果不得其门而入，一无所获，强似多多了。第三，我们要明白，大学教育的宗旨，对于毕业生的期望，不过要他博览群籍而已（Be a well-read man），并不是如课程中所规定，一定非逻辑八十分，心理七十五分不可，也不是说心理看了一百八十三页讲义，逻辑看了二百零三页讲义，便算完事。这种的读书，便是犯了孔子所谓“今汝昼”的毛病。所谓博览群籍，无从定义，最多不过说某人“书看得不少”，某人“差一点”而已，那里去定什么限制？说某人“学问不错”，也不过这么一句话而已，那里可以说某书一定非读不可，某种科目是“必修科目”。一人在两年中泛览这二十万元的书籍，大概他对于学问的内容途径，什么名著、杰作、版本、笺注，总多少有一点把握了。

现在的大学教育方法如何呢？你们读书是极端不自由，极端不负责，你们的学问不但有注册部定标准，简直可以称斤两的。这斤两制，就是学校的所谓“七十八分”“八十六分”之类，及所谓多少“单位”。试问学问之事，何得称量斤两？所谓英国史七十八分，逻辑八十六分，如何解释？一人的逻辑，什么叫做八十六分？且若谓世界上关于英国史的知识你们百分已知道了七十八分，世上岂有那样容易的事？但依现行制度，每周三小时的科目算三单位，每周二小时的科目算二单位，像由一方块一方块的单位，慢慢堆叠而来，叠成多少立方尺的学问，于是某人“毕业”，某人是“秀士”了。你想这笑话不笑话？须知我们何以有此大学制呢？是因为各人要拿文凭，因为要拿文凭，故不得不由注册部定一标准，评衡一下，就不得不让注册部来把你们“称一称”。你们如果不要文凭，便无称之必要。但是你们为什么要文凭呢？说来话长。有人因为要行孝道，拿了父母的钱，心里难过，于是下决心，要规规矩矩，安心定志读几年书，才不辜负父母一番好意及期望。这个是不对的，与遵父母之命，媒妁之言恋爱女子一样的违背道德。这是你们私人读书享乐的事，横被家庭义务的干涉，是想把真理学问献给你们的父亲、母亲做敬礼。只因真理学问，似太渺茫，所以还是拿一张文凭具体一点为是。有人因为想要得文凭学位,每月可以多得几十块钱,使你们的亲卿爱卿宁馨儿舒服一点。社会对你们的父母说:你们儿子中学毕业读了三十本书,我可给他每月四五十元,如果再下二千元本钱再读了三十本书,大学毕业,我可给他每月八九十元。你们的父母算盘一打,说"好",于是议成,而送你们进大学,于是你们被称,拿文凭,果然每月八九十元到手,成交易。这还不是你们被出卖吗?与读书之本旨何关,与我所说读书之乐又何关?但是你们不能怪学校给你们称斤两,因为你们要向他拿文凭,学堂为保持招牌信用起见,不能不如此。且必如此,然后公平交易,童叟无欺。处于今日大规模制造法(Mass Production)之时期,不能不划定商货之品类(Standardization of Products)。学问既然成为公然交易的商品,秀士、硕士、博士,既为大规模制造品之一,自然也不能不"划定"一下。其实这种以学问为交易之事,自古已然。子张学干禄;子曰:"三年学,不至于谷,未易得也。"(关于往时"生员"在社会所作的孽,可参观《亭林文集》《生员论》上中下三篇。)

到了这个地步,读书与入学,完全是两件事了,去原意远矣。我所希望者,是诸位早日觉悟,在明知被卖之下,仍旧不忘其初,不背读书之本意,不失读书之快乐,不昧于真正读书的艺术。并希望诸位趁火打劫,虽然被卖,钱也要拿,书也要读,如此就两得其便了。

《读书的艺术》主旨明确,按作者的说法,即谈一下"理想的""读书方法"。乍一看,这似乎是论说文的题目,如何用感性化的散文来表现如此理性化的话题呢?然而读完全文,你就会逐渐明白此文之美妙正在于此。

本文的鲜明特点,在于用谈心和说理的叙事方法,层层推进地表现"读书的艺术"。首先,作者以一名教师与学生谈心的口吻开头,"就个人所认为理想的方法,与诸位学生通常的读书方法比较研究一下"。口气轻松亲切,直奔主题。"教师"以自己的治学读书经验,指出大半学生"已经走入错路"。因为,他们现在的读书方法,"失了读书的本意"。"已变成仅求幸免扣分数、留班级的一种苦役而已"。"现在你们手里拿一书本,心里计算及格不及格、升级不升级,注册部对你的态度如何,如何靠这本书骗一只较好的饭碗,娶一位较漂亮的老婆"。这已经沦为"读书谬种"了。其次"教师"告诫学生,读书要讲究"成效"。一是要多读书,"各人如能就兴味与程度相近的书选读,未有不可无师自通,或者偶有疑难,未能遽然了解,涉猎既久,自可融会贯通"。二是要精读。"读书必求深入","学问是每每互相关连的","由一问题而引起其他问题,由看一本书而不能不去找关系的十几种书,如此循序渐进,自然可以升堂入室,研磨既久,门径自熟;或是发见问题,发明新义,更可触类旁通,广求博引,以证己说,如此一步一步的深入,自可成名"。作者的散文富于幽默意味,此番议论却质朴无华,切中肯綮,道出了无数学者专家的经验体会。再往下,作者借"教师"之口,对现行的大学教育进行了严厉的批评,就语带讥讽,不乏巧妙的比喻和俏皮的形容了。

不难发现,全文的说理抓住了问题的要害,即抨击传统的死读书的学习方法,大力提倡主动的、自觉的科学的新型读书观。逻辑性既强,加以入情入理的叙述与分析,便表现得侃侃而论,娓娓道来,具有亲切感人的渗透力。

其实,作者也深知单纯的说理与谈心是很难打动人心的。因此,作者在细致说理的过程中,融入了一些富有艺术情趣的因素,例如,在讲述读书的本意与读书之乐趣时,引用一些名人名言:"杜威说,读书是一种探险,如探新大陆,如征新土壤;法郎士也已说过,读书是'灵魂的壮游',随时可发现名山巨川、古迹名胜、深林幽谷、奇花异卉。"读书是何等快意之事呵。同时,还引用中国历史上第一女诗人李清照与其丈夫赵明诚的读书故事，摘引李清照于《金石录自序》中的记述："余性偶强记，每饭罢坐归来堂，烹茶指堆积书史，言某事在某书卷第几页第几行，以中否角胜负，为食茶先后。中即举杯大笑，……故虽处忧患困穷，而志不屈。……收藏既富，于是几案罗列，枕席狼藉，意会心谋，目往神授，乐在声色狗马之上。"真是一幅情趣兼备的读书图。如此引经据典与艺术性描绘，可谓点石成金，也具有松动与快意的审美元素。

此外，作者还适时、适量地加入一些幽默的语言，使作品在严肃之中不乏轻松，缜密之中时有笑语。比如，刚说完"学问之事，是与《红楼》、《水浒》相同，完全是个人享乐的一件事"，立即笔锋一转，"幽默"一下，"你们若不能用看《红楼》、《水浒》的方法去看哲学、史学、经济学大纲，你们就是不懂得读书之乐，不配读书，失了读书之本意，而终读不成书"。作者提倡快乐地阅读，强调兴趣对读书的重要性。又比如，作者把学习的教育戏称为"称斤两"。"依现行制度，每周三小时的科目算三单位，每周二小时的科目算二单位，像由一方块一方块的单位，慢慢堆叠而来，叠成多少立方尺的学问，于是某人'毕业'，某人是'秀士'了。你想这笑话不笑话?"在逻辑严密的行文中，作者随时拈来一些幽默的佐料，使读者不禁哑然一笑，顿觉快意。

准确一点说，《读书的艺术》是介于散文与杂感之间，似散文又非散文的作品——一种风格独特、个性鲜明的论说性散文。这篇散文大力提倡的新型科学的读书观，对落后的、被动的读书方法作了抨击，对我们今日如何读书、怎样读好书，仍有较大的启迪意义。（徐霖恩）

泰山日出　　徐志摩

振铎来信要我在《小说月报》的泰戈尔号上说几句话。我也曾答应了，但这一时游济南游泰山游孔陵，太乐了，一时竟拉不拢心思来做整篇的文字，一直挨到现在期限快到，只得勉强坐下来，把我想得到的话不整齐的写出。

我们在泰山顶上看出太阳。在航过海的人，看太阳从地平线下爬上来，本不是奇事；而且我个人是曾饱饫过江海与印度洋无比的日彩的。但在高山顶上看日出，尤其在泰山顶上，我们无餍的好奇心，当然盼望一种特异的境界，与平原或海上不同的。果然，我们初起时，天还暗沉沉的，西方是一片的铁青，东方些微有些白意，宇宙只是——如用旧词形容——一体莽莽苍苍的。但这是我一面感觉劲烈的晓寒，一面睡眼不曾十分醒豁时约略的印象。等到留心回览时，我不由得大声的狂叫——因为眼前只是一个见所未见的境界。原来昨夜整夜暴风的工程，却砌成一座普遍的云海。除了日观峰与我们所在的玉皇顶以外，东西南北只是平铺着弥漫的云气，在朝旭未露前，宛似无量数厚毳长绒的绵羊，交颈接背的眠着，卷耳与弯角都依稀辨认得出。那时候在这茫茫的云海中，我独自站在雾霭溟蒙的小岛上，发生了奇异的幻想——

我躯体无限的长大，脚下的山峦比例我的身量，只是一块拳石；这巨人披着散发，长发在风里像一面墨色的大旗，飒飒的在飘荡。这巨人竖立在大地的顶尖上，仰面向着东方，平拓着一双长臂，在盼望，在迎接，在催促，在默默的叫唤；在崇拜，在祈祷，在流泪——在流久慕未见而将见悲喜交互的热泪……

这泪不是空流的，这默祷不是不生显应的。

巨人的手，指向着东方——

东方有的，在展露的，是什么？

东方有的是瑰丽荣华的色彩，东方有的是伟大普照的光明——出现了，到了，在这里了……

玫瑰汁、葡萄浆、紫荆液、玛瑙精、霜枫叶——大量的染工，在层累的云底工作；无数蜿蜒的鱼龙，爬进了苍白色的云堆。

一方的异彩，揭去了满天的睡意，唤醒了四隅的明霞——光明的神驹，在热奋地驰骋……

云海也活了；眠熟了兽形的涛澜，又回复了伟大的呼啸，昂头摇尾的向着我们朝露染青馒形的小岛冲洗，激起了四岸的水沫浪花，震荡着这生命的浮礁，似在报告光明与欢欣之临莅……

再看东方——海句力士已经扫荡了他的阻碍，雀屏似的金霞，从无垠的肩上产生，展开在大地的边沿。起……起……用力，用力。纯焰的圆颅，一探再探的跃出了地平，翻登了云背，临照在天空……

歌唱呀，赞美呀，这是东方之复活，这是光明的胜利……

散发祷祝的巨人，他的身彩横亘在无边的云海上，已经渐渐的消翳在普遍的欢欣里；现在他雄浑的颂美的歌声，也已在霞彩变幻中，普彻了四方八隅……

听呀，这普彻的欢声；看呀，这普照的光明！

这是我此时回忆泰山日出时的幻想，亦是我想望泰戈尔来华的颂词。

这是作者在印度大诗人泰戈尔来华前夕应郑振铎之约在《小说月报》泰戈尔号上发表的散文。作者之所以选择泰山日出作为祝贺文章，是带有象征的寓意在内的。作者把泰戈尔的来华访问，比喻作一次泰山日出，说它将给混乱、落后的中国带来光明，带来希望，指出一条新生的路。因此，在本文的最后，当作者对泰山日出的景象加以赞美，加以歌颂之后，就直白地写道："这是我此时回忆泰山日出时的幻想，亦是我想望泰戈尔来华的颂词。"由此可见，作者对大哲学家、大诗人泰戈尔的崇拜几乎达到了五体投地的地步。后来的事实也证明确实如此。当次年 1924 年 4 月泰戈尔来华后，徐志摩几乎全程陪同，而且担任泰戈尔的翻译，其间为了给泰戈尔祝寿（在华期间恰逢他六十四岁寿辰），徐志摩还特地在北京排演了泰戈尔的短剧《契忒拉》，并在剧中担任主角；此外，他还陪同泰戈尔一起去日本访问。总之，在泰戈尔访华期间，徐志摩不仅关注他的生活起居，而且还作为他的助手和翻译，处处执弟子之礼。

了解了这些背景之后，再来读读这篇饱含寓意的散文，就会明白文中许多虚幻的抽象，都是有所实指的，例如："这巨人披着散发，长发在风里像一面墨色的大旗，飒飒的在飘荡。这巨人竖立在大地的顶尖上，仰面向着东方，平拓着一双长臂，在盼望，在迎接，在催促，在默默的叫唤；在崇拜，在祈祷，在流泪——在流久慕未见而将见悲喜交互的热泪……这泪不是空流的，这默祷不是不生显应的。巨人的手，指向着东方——东方有的，在展露的，是什么？东方有的是瑰丽荣华的色彩，东方有的是伟大普照的光明。”这里的披发巨人就是指的大哲学家、大诗人泰戈尔，这里的东方，指的就是中国，这里的“在崇拜，在祈祷，在流泪——在流久慕未见而将见悲喜交互的热泪”，既指泰戈尔即将到来时的预想景况，也指泰戈尔久已对中国的向往与崇拜，后来泰戈尔在华演讲时就曾说道：“我此番到中国来，并非是旅行家的态度，为瞻仰风景而来，也并非是一个传教者，带些什么福音，只不过是为求道而来罢了，好像是一种进香人，来对中国文化行敬礼，所持的态度只是敬爱。”又如文中将近结尾时写道：“散发祷祝的巨人，他的身彩横亘在无边的云海上，已经渐渐的消翳在普遍的欢欣里；现在他雄浑的颂美的歌声，也已在霞彩变幻中，普彻了四方八隅……”，这里描绘的就是泰戈尔来华后将会受到的热烈地欢迎的情景，只不过使用的是徐志摩特有的热情洋溢的充满诗情的语言而已。

因此，出现在本文中的热情的赞美、尽兴的歌颂，除去一部分描写实际日出的情景之外，其余的都可以看作是双关的，实际上是在借此来赞美泰戈尔人格的伟大，是在借此来歌颂泰戈尔访华的重大意义。

泰戈尔是二十世纪印度最伟大的诗人，同时也是一位杰出的社会活动家。他主张人性自由，提倡爱全人类，宣扬以非暴力来改良社会，同时在艺术上又强调接近自然，倡导清新自然的诗风。他的这些主张和气质都和徐志摩的一贯强调尊重个性自由、认为爱能解决一切社会问题，并在艺术上也力主要回归自然等的观点是一致的，因此，徐志摩对泰戈尔的敬仰与崇拜，是很自然的，对他的这次来访，自然更是认为意义不同一般，应该予以大力宣扬了。

除此而外，作者在描绘泰山日出时的具体情景，也是值得称道的：他把日出前的云海，比喻成“宛似无量数厚毳长绒的绵羊，交颈接背的眠着，卷耳与弯角都依稀辨认得出”。就显得非常的生动形象；又如在描绘日出前云的色彩时，写道：“玫瑰汁、葡萄浆、紫荆液、玛瑙精、霜枫叶——大量的染工，在层累的云底工作”，把云表现得如此色彩斑斓，简直令人有些眼花缭乱。凡此种种，都体现着作者的非凡的艺术表现力和惊人的描绘才能。（王聿祥）

翡冷翠山居闲话　　徐志摩

在这里出门散步去，上山或是下山，在一个晴好的五月的向晚，正像是去赴一个美的宴会，像是去一果子园，那边每株树上都是满挂着诗情最秀逸的果实，假如你单是站着看还不满意时，只要你一伸手就可以采取，可以恣尝鲜味，足够你性灵的迷醉。阳光正好暖和，决不过暖，风息是温驯的，而且往往因为他是从繁花的山林里吹度过来他带来一股出远的澹香，连着一息滋润的水气，摩挲着你的颜面，轻绕着你的肩腰，就这单纯的呼吸已是无穷的愉快；空气总是明净的，近谷内不生烟，远山上不起霭，那美秀风景的全部正像画片似的展露在你的眼前，供你闲暇的鉴赏。作客山中的妙处，尤在你永不须踌躇你的服色与体态；你不妨摇曳着一头的蓬草，不妨纵容你满腮的苔藓；你爱穿什么就穿什么；扮一个牧童，扮一个渔翁；装一个农夫，装一个走江湖的桀卜闪，装一个猎户；你再不必提心去整理你的领结，你尽可以不用领结，给你的颈根与胸膛一半日的自由，你可以拿一条这边艳色的长巾包在你的头上，学一个太平军的头目，或许拜伦那埃及装的姿态；但最要紧的是穿上你最旧的旧鞋，别管他模样不佳，他们是顶可爱的好友，他们承着你的体重却不叫你记起你还有一双脚在你的底下。

这样的玩顶好是不要约伴，我竟想严格的取缔，只许你独身；因为有了伴多少总得叫你分心，尤其是年轻的女伴，那是最危险最专制不过的旅伴，你应得躲避她像你躲避青草里一条美丽的花蛇！平常我们从自己家里走到朋友的家里，或是我们执事的地方，那无非是在同一个大牢里从一间狱室移到另一狱室去，拘束永远跟着我们，自己永远寻不到我们；但在这春夏间美秀的山中或乡间你要是有机会独身闲逛时，那才是你福星高照的时候，那才是你实际领受，亲口尝味，自由与自在的时候，那才是你肉体与灵魂行动一致的时候；朋友们，我们多长一岁年纪往往只是加重我们头上的枷，加紧我们脚胫上的链，我们见小孩子在草里在沙堆里在浅水里打滚作乐，或者看见小猫追他自己的尾巴，何尝没有羡慕的时候，但我们的枷，我们的链永远是制定我们行动的上司！所以只有你单身奔赴大自然的怀抱时，像一个裸体的小孩扑入他母亲的怀抱时，你才知道灵魂的愉快是怎样的，单是活着的快乐是怎样的，单就呼吸单就走道单就张眼看耸耳听的幸福是怎样的。因此你得严格的为己，极端的自私，只许你，体魄与性灵，与自然同在一个脉搏里跳动，同在一个音波起伏，同在一个神奇的宇宙里自得。我们浑朴的天真是像含羞草似的，一经同伴的抵触，他就卷了起来，但在澄静的日光下，和风中，他的姿态是自然的，他的生活是无阻碍的。

你一个人漫游的时候，你就会在青草里坐地、仰卧，甚至有时打滚，因为草的和暖的颜色自然的唤起你童稚的活泼；在静僻的道上你就会不自主的狂舞，看着你自己的身影幻出种种诡异的变相，因为道旁树木的阴影在他们于徐的婆娑里暗示你舞蹈的快乐；你也会得信口的歌唱，偶尔记起断片的音调，与你自己随口的小曲，因为树林中的莺燕告诉你春光是应得赞美的；更不必说你的胸襟自然会跟着漫长的山径开拓，你的心地会看着澄蓝的天空静定，你的思想和着山壑间的水声，山罅里的明泉响，有时一澄到底的清澈，有时激起成章的波动，流，流，流入凉爽的橄榄林中，流入妩媚的阿诺河去……

并且你不但不须邀伴，每逢这样的游行，你也不必带书。书是理想的伴侣，但你应得带书，是在火车上，在你住处的客室里，不是在你独身漫步的时候。什么伟大的深沉的鼓舞的清明的优美的思想的根源不是可以在风籁中，云彩里，山势与地形的起伏里，花草的颜色与香息里寻得？自然是最伟大的一部书。葛德说，在他每一页的字句里我们读得最深奥的消息。并且这书上的文字是人人懂得的；阿尔帕斯与五老峰，雪西里与普陀山，莱因河与扬子江，梨梦湖与西子湖，建兰与琼花，杭州西溪的芦雪与威尼市夕照的红潮，百灵与夜莺，更不提一般黄的黄麦，一般紫的藤花，一般青的青草同在大地上生长，同在和风中波动——他们应用的符号是永远一致的，他们的意义是永远明显的，只要你自己性灵上不长疮瘢，眼不盲，耳不塞，这无形迹的最高等教育便永远是你的名分，这不取费的最珍贵的补剂便永远供你的受用；只要你认识了这一部书，你在这世界上寂寞时便不寂寞，穷困时不穷困，苦恼时有安慰，挫折时有鼓励，软弱时有笃责，迷失时有南针。

徐志摩于1925年3月10日第二次出国，经苏联西伯利亚抵达德国，开始了他长达五个月的欧洲漫游，其间他曾到达莫斯科、巴黎、柏林、罗马、翡冷翠(佛罗伦萨)、日内瓦等地，并在漫游的同时，先后发表了长诗《翡冷翠的一夜》、散文《欧游漫录》，并于同年7月4日发表本文。

在徐志摩短促的一生(他只活了三十五岁)里，自由一直是他终生追求的理想。他的做人做学问做诗文，无一不贯彻着他的这种理想。早年他在美国，为了想追随大哲学家罗素研读哲学，毫不犹豫地抛弃了美国哥伦比亚大学博士头衔的引诱，毅然地坐船横渡大西洋，直奔英国剑桥大学研究院去寻找罗素；又如他为了追求个人婚姻的自由幸福，不惜与温柔善良的妻子张幼仪离婚，而去与曾经结过婚的陆小曼结合；再如在当时文言文还占相当统治地位的时候，他就提倡白话文白话诗，还以方言入诗，开辟了诗文中运用新语汇的先河。凡此种种，无不证明着他的为人做事都是任凭感情，追求自由，丝毫没有虚伪与做作。正如胡适在他死后的纪念文章《追悼志摩》中所说的："他的人生观真是一种'单纯信仰'，这里面只有三个大字：一个是爱，一个是自由，一个是美。他梦想这三个理想的条件能够会合在一个人生里，这是他的'单纯信仰'。他的一生的历史，只是他追求这个单纯信仰的实现的历史。"而贯穿着本文的中心思想，正是作者朝夕不忘，时刻强调着的自由。

本文虽然题目只是有关翡冷翠山居的一种闲话，一种漫谈式的随笔，实际上却是一篇关于自由的颂歌。

在文章的一开头作者就写道：在一个晴好的五月的向晚，你从山居出外去散步，途经树上"满挂着诗情最秀逸的果实，假如你单是站着看还不满意时，只要你一伸手就可以采取，可以恣尝鲜味"。这还不算，"作客山中的妙处，尤在你永不须踌躇你的服色与体态；你不妨摇着一头的蓬草，不妨纵容你满腮的苔藓；你爱穿什么就穿什么；扮一个牧童，扮一个渔翁；装一个农夫，装一个走江湖的桀卜闪，装一个猎户；你再不必提心去整理你的领结，你尽可以不用领结，给你的颈根与胸膛一半日的自由"。这还只是指体态与服饰方面的随意，文章接着便强调这时的山中漫步绝对不能有伴，尤其不能有年轻的女伴，这样才能保证你行动与心灵的绝对自由，认为"在这春夏间美秀的山中或乡间你要是有机会独身闲逛时，那才是你福星高照的时候，那才是你实际领受，亲口尝味，自由与自在的时候，那才是你肉体与灵魂行动一致的时候"。同时指出，只有当你一个人漫游时，草的和暖的颜色会使得你在草地上仰卧甚至打滚，在静僻的山道上你会不自主地狂舞，也会信口的歌唱你随口编出的小曲，"你的胸襟自然会跟着漫长的山径开拓，你的心地会看着澄蓝的天空静定，你的思想和着山壑间的水声，山罅里的明泉响，有时一澄到底的清澈，有时激起成章的波动"。这里作者用满腔的热情和诗般的语言，极力赞美独身闲逛时的自由自在，同时也没有忘记诅咒社会加在人们头上的枷与脚上的链。最后，作者还强调"自然是最伟大的一部书"，人们应该去亲近它，认为只要自己性灵上不长疮瘢，这不收费的最珍贵的补剂便永远供你受用，而且会使你"寂寞时便不寂寞，穷困时不穷困，苦恼时有安慰，挫折时有鼓励，软弱时有笃责，迷失时有南针"。这里作者几乎始终都在赞美自由，歌颂自由，提倡自由自在的生活！

总之，本文可以看作是用优美的文字、饱满的热情，谱写成的一曲关于自由的赞歌。由于作者使用了不少的形象比喻、准确生动的描绘，以及一气呵成的众多的排比，给读者留下了难忘的印象，深深地打动了读者。(王聿祥)

我所知道的康桥　　徐志摩

一

我这一生的周折，大都寻得出感情的线索。不论别的，单说求学。我到英国是为要从罗素。罗素来中国时，我已经在美国。他那不确的死耗传到的时候，我真的出眼泪不够，还做悼诗来了。他没有死，我自然高兴。我摆脱了哥伦比亚大博士衔的引诱，买船票过大西洋，想跟这位二十世纪的福禄泰尔认真念一点书去。谁知一到英国才知道事情变样了：一为他在战时主张和平，二为他离婚，罗素叫康桥给除名了，他原来是 Trinity College 的 Fellow，这来他的 Fellowship 也给取销了。他回英国后就在伦敦住下，夫妻两人卖文章过日子。因此我也不曾遂我从学的始愿。我在伦敦政治经济学院里混了半年，正感着闷想换路走的时候，我认识了狄更生先生。狄更生—Galsworthy Lowes Dickinson—是一个有名的作者，他的《一个中国人通信》(Letters From John Chinaman)与《一个现代聚餐谈话》(A Modern Symposium)两本小册子早得了我的景仰。我第一次会着他是在伦敦国际联盟协会席上，那天林宗孟先生演说，他做主席；第二次是宗孟寓里吃茶，有他。以后我常到他家里去。他看出我的烦闷，劝我到康桥去，他自己是王家学院(King's College)的 Fellow。我就写信去问两个学院，回信都说学额早满了，随后还是狄更生先生替我去在他的学院里说好了，给我一个特别生的资格，随意选科听讲。从此黑方巾黑披袍的风光也被我占着了。初起我在离康桥六英里的乡下叫沙士顿地方租了几间小屋住下，同居的有我从前的夫人张幼仪女士与郭虞裳君。每天一早我坐街车(有时骑自行车)上学，到晚回家。这样的生活过了一个春，但我在康桥还只是个陌生人，谁都不认识，康桥的生活，可以说完全不曾尝着，我知道的只是一个图书馆，几个课室，和三两个吃便宜饭的茶食铺子。狄更生常在伦敦或是大陆上，所以也不常见他。那年的秋季我一个人回到康桥，整整有一学年，那时我才有机会接近真正的康桥生活，同时我也慢慢的"发见"了康桥。我不曾知道过更大的愉快。

二

"单独"是一个耐寻味的现象。我有时想它是任何发见的第一个条件。你要发见你的朋友的"真"，你得有与他单独的机会。你要发见你自己的真，你得给你自己一个单独的机会。你要发见一个地方(地方一样有灵性)，你也得有单独玩的机会。我们这一辈子，认真说，能认识几个人？能认识几个地方？我们都是太匆忙，太没有单独的机会。说实话，我连我的本乡都没有什么了解。康桥我要算是有相当交情的，再次许只有新认识的翡冷翠了。啊，那些清晨，那些黄昏，我一个人发痴似的在康桥！绝对的单独。

但一个人要写他最心爱的对象，不论是人是地，是多么使他为难的一个工作？你怕，你怕描坏了它，你怕说过分了恼了它，你怕说太谨慎了辜负了它。我现在想写康桥，也正是这样的心理，我不曾写，我就知道这回是写不好的——况且又是临时逼出来的事情。但我却不能不写，上期预告已经出去了。我想勉强分两节写，一是我所知道的康桥的天然景色，一是我所知道的康桥的学生生活。我今晚只能极简的写些，等以后有兴会时再补。

三

康桥的灵性全在一条河上；康河，我敢说，是全世界最秀丽的一条水。河的名字是葛兰大(Granta)，也有叫康河(River Cam)的，许有上下流的区别，我不甚清楚。河身多的是曲折，上游是有名的拜伦潭——“Byron’s Pool”——当年拜伦常在那里玩的；有一个老村子叫格兰骞斯德，有一个果子园，你可以躺在累累的桃李树荫下吃茶，花果会掉入你的茶杯，小雀子会到你桌上来啄食，那真是别有一番天地。这是上游；下游是从骞斯德顿下去，河面展开，那是春夏间竞舟的场所。上下河分界处有一个坝筑，水流急得很，在星光下听水声，听近村晚钟声，听河畔倦牛刍草声，是我康桥经验中最神秘的一种：大自然的优美，宁静，调谐在这星光与波光的默契中不期然的淹入了你的性灵。

但康河的精华是在它的中权，著名的“Backs”，这两岸是几个最蜚声的学院的建筑。从上面下来是Pembsoke，St. Katharine’s，King’s，Clare，Trinity，St. John’s。最令人留连的一节是克莱亚与王家学院的毗连处，克莱亚的秀丽紧邻着王家教学(King’s Chapel)的闳伟。别的地方尽有更美更庄严的建筑，例如巴黎赛因河的罗浮宫一带，威尼斯的利阿尔多大桥的两岸，翡冷翠维基乌大桥的周遭；但康桥的“Backs”自有它的特长，这不容易用一二个状词来概括，它那脱尽尘埃气的一种清澈秀逸的意境可说是超出了画图而化生了音乐的神味。再没有比这一群建筑更调谐更匀称的了！论画，可比的许只有柯罗(Corot)的田野；论音乐，可比的许只有萧班(Chopin)的夜曲。就这也不能给你依稀的印象，它给你的美感简直是神灵性的一种。

假如你站在王家学院桥边的那棵大菊树荫下眺望，右侧面隔着一大方浅草坪，是我们的校友居(Fellows Building)，那年代并不早，但它的妩媚也是不可掩的，它那苍白的石壁上春夏间满缀着艳色的蔷薇在和风中摇颤，更移左是那教堂，森林似的尖阁不可浼的永远直指着天空；更左是克莱亚，啊！那不可信的玲珑的方庭，谁说这不是圣克莱亚(St. Clare)的化身，那一块石上不闪耀着她当年圣洁的精神？在克莱亚后背隐约可辨的是康桥最潢贵最骄纵的三清学院(Trinity)，它那临河的图书楼上坐镇着拜伦神采惊人的雕像。

但这时你的注意早已叫克莱亚的三环洞桥魔术似的摄住。你见过西湖白堤上的西泠断桥不是(可怜它们早已叫代表近代丑恶精神的汽车公司给踩平了，现在它们跟着苍凉的雷峰永远辞别了人间。)？你忘不了那桥上斑驳的苍苔，木栅的古色，与那桥拱下泄露的湖光与山色不是？克莱亚并没有那样体面的衬托，它也不比庐山栖贤寺旁的观音桥，上瞰五老的奇峰，下临深潭与飞瀑；它只是怯怜怜的一座三环洞的小桥，它那桥洞间也只掩映着细纹的波鳞与婆娑的树影，它那桥上栉比的小穿阑与阑节顶上双双的白石球，也只是村姑子头上不夸张的香草与野花一类的装饰；但你凝神的看着，更凝神的看着，你再反省你的心境，看还有一丝屑的俗念沾滞不？只要你审美的本能不曾汩灭时，这是你的机会实现纯粹美感的神奇！

但你还得选你赏鉴的时辰。英国的天时与气候是走极端的。冬天是荒谬的坏，逢着连绵的雾盲天你一定不迟疑的甘愿进地狱本身去试试；春天（英国是几乎没有夏天的）是更荒谬的可爱，尤其是它那四五月间最渐缓最艳丽的黄昏，那才真是寸寸黄金。在康河边上过一个黄昏是一服灵魂的补剂。啊！我那时蜜甜的单独，那时蜜甜的闲暇。一晚又一晚的，只见我出神似的倚在桥阑上向西天凝望：

看一回凝静的桥影，
数一数螺细的波纹：
我倚暖了石阑的青苔，
青苔凉透了我的心坎；……
还有几句更笨重的怎能仿佛那游丝似轻妙的情景：
难忘七月的黄昏，远树凝寂，
像墨泼的山形，衬出轻柔暝色，
密稠稠，七分鹅黄，三分桔绿，
那妙意只可去秋梦边缘捕捉；……

四

这河身的两岸都是四季常青最葱翠的草坪。从校友居的楼上望去，对岸草场上，不论早晚，永远有十数匹黄牛与白马，胫蹄没在恣蔓的草丛中，从容的在咬嚼，星星的黄花在风中动荡，应和着它们尾鬃的扫拂。桥的两端有斜倚的垂柳与掬荫护住。水是彻底的清澄，深不足四尺，匀匀的长着长条的水草。这岸边的草坪又是我的爱宠，在清朝，在傍晚，我常去这天然的织锦上坐地，有时读书，有时看水；有时仰卧着看天空的行云，有时反仆着搂抱大地的温软。

但河上的风流还不止两岸的秀丽。你得买船去玩。船不止一种：有普通的双桨划船，有轻快的薄皮舟（Canoe），有最别致的长形撑篙船（Punr）。最末的一种是别处不常有的：约莫有二丈长，三尺宽，你站直在船稍上用长竿撑着走的。这撑是一种技术。我手脚太蠢，始终不曾学会。你初起手尝试时，容易把船身横住在河中，东颠西撞的狼狈。英国人是不轻易开口笑人的，但是小心他们不出声的皱眉！也不知有多少次河中本来优闲的秩序叫我这莽撞的外行给捣乱了。我真的始终不曾学会；每回我不服输跑去租船再试的时候，有一个白胡子的船家往往带讥讽的对我说："先生，这撑船费劲，天热累人，还是拿个薄皮舟溜溜吧！"我那里肯听话，长篙子一点就把船撑了开去，结果还是把河身一段段的腰斩了去！

你站在桥上去看人家撑，那多不费劲，多美！尤其在礼拜天有几个专家的女郎，穿一身缟素衣服，裙裾在风前悠悠的飘着，戴一顶宽边的薄纱帽，帽影在水草间颤动，你看她们出桥洞时的姿态，捻起一根竟像没分量的长竿，只轻轻的，不经心的往波心里一点，身子微微的一蹲，这船身便波的转出了桥影，翠条鱼似的向前滑了去。她们那敏捷，那闲暇，那轻盈，真是值得歌咏的。

在初夏阳光渐暖时你去买一只小船，划至桥边荫下躺着念你的书或是做你的梦，槐花香在水面飘浮，鱼群的唼喋声在你的耳边挑逗。或是在初秋的黄昏，迎着新月的寒光，望上流僻静处远去。爱热闹的少年们携着他们的女友，在船沿上支着双双的东洋彩纸灯，带着话匣子，船心里用软垫铺着，也开向无人迹处去享他们的野福——谁不爱听那水底翻的音乐在静定的河上描写梦意与春光！

住惯城市的人不易知道季候的变迁。看见叶子掉知道是秋，看见叶子绿知道是春；天冷了装炉子，天热了拆炉子；脱下棉袍，换上夹袍，脱下夹袍，穿上单袍；不过如此罢了。天上星斗的消息，地下泥土里的消息，空中风吹的消息，都不关我们的事。忙着哪，这样那样事情多着，谁耐烦管星星的移转，花草的消长，风云的变幻？同时我们抱怨我们的生活，苦痛，烦闷，拘束，枯燥，谁肯承认做人是快乐？谁不多少间咒诅人生？

但不满意的生活大都是由于自取的。我是一个生命的信仰者，我信生活决不是我们大多数人仅仅从自身经验推得的那样暗惨。我们的病根是在“忘本”。人是自然的产儿，就比枝头的花与鸟是自然的产儿；但我们不幸是文明人，入世深似一天，离自然远似一天。离开了泥土的花草，离开了水的鱼，能快活吗？能生存吗？从大自然，我们取得我们的生命；从大自然，我们应分取得我们继续的资养。那一株婆娑的大木没有盘错的根底深入在无尽藏的地里？我们是永远不能独立的。有幸福是永远不离母亲抚育的孩子，有健康是永远接近自然的人们。不必一定与鹿豕游，不必一定回“洞府”去；为医治我们当前生活的枯窘，只要“不完全遗忘自然”一张轻淡的药方，我们的病象就有缓和的希望。在青草里打几个滚，到海水里洗几次浴，到高处去看几次朝霞与晚照——你肩背上的负担就会轻松了去的。

这是极肤浅的道理，当然。但我要没有过过康桥的日子，我就不会有这样的自信。我这一辈子就只那一春，说也可怜，算是不曾虚度。就只那一春，我的生活是自然的，是真愉快的！(虽则碰巧那也是我最感受人生痛苦的时期。)我那时有的是闲暇，有的是自由，有的是绝对单独的机会。说也奇怪，竟像是第一次，我辨认了星月的光明，草的青，花的香，流水的殷勤。我能忘记那初春的睥睨吗？曾经有多少个清晨我独自冒着冷薄霜铺地的林子里闲步——为听鸟语，为盼朝阳，为寻泥土里渐次苏醒的花草，为体会最微细最神妙的春信。啊，那是新来的画眉在那边凋不尽的青枝上试它的新声！啊，这是第一朵小雪球花挣出了半冻的地面！啊，这不是新来的潮润沾上了寂寞的柳条？

静极了，这朝来水溶溶的大道，只远处牛奶车的铃声，点缀这周遭的沉默。顺着这大道走去，走到尽头，再转入林子里的小径，往烟雾浓密处走去，头顶是交枝的榆荫，透露着模楞楞的曙色。再往前走去，走尽这林子，当前是平坦的原野，望见了村舍，初青的麦田，更远三两个馒形的小山掩住了一条通道。天边是雾茫茫的，尖尖的黑影是近村的教寺，听，那晓钟和缓的清音。这一带是此邦中部的平原，地形像是海里的轻波，默沉沉的起伏；山岭是望不见的，有的是常青的草原与沃腴的田壤。登那土阜上望云，康桥只是一带茂林，拥戴着几处娉婷的尖阁。妩媚的康河也望不见踪迹，你只能循着那锦带似的林木想象那一流清浅。村舍与树林是这地盘上的棋子，有村舍处有佳荫，有佳荫处有村舍。这早起是看炊烟的时辰：朝雾渐渐的升起，揭开了这灰苍苍的天幕，(最好是微霰后的光景)远近的炊烟，成丝的，成缕的，成卷的，轻快的，迟重的，浓灰的，淡青的，惨白的，在静定的朝气里渐渐的上腾，渐渐的不见，仿佛是朝来人们的祈祷，参差的翳入了天听。朝阳是难得见的，这初春的天气。但它来时是起早人莫大的愉快。顷刻间这田野添深了颜色，一层轻纱似的金粉糁上了这草，这树，这通道，这庄舍。顷刻间这周遭弥漫了清晨富丽的温柔。顷刻间你的心怀也分润了白天诞生的光荣。“春”！这胜利的晴空仿佛在你的耳边私语。“春”！你那快活的灵魂也仿佛在那里回响。

……

伺候着河上的风光，这春来一天有一天的消息。关心石上的苔痕，关心败草里的花鲜，关心这水流的缓急，关心水草的滋长，关心天上的云霞，关心新来的鸟语。怯怜怜的小雪球是探春信的小使。铃兰与香草是欢喜的初声。窈窕的莲馨，玲珑的石水仙，爱热闹的克罗克斯，耐辛苦的蒲公英与雏菊——这时候春光已是缦烂在人间，更不须殷勤问讯。

瑰丽的春放。这是你野游的时期。可爱的路政，这里不比中国，那一处不是坦荡的大道？徒步是一个愉快，但骑自转车是一个更大的愉快。在康桥骑车是普遍的技术；妇人，稚子，老翁，一致享受这双轮舞的快乐。(在康桥听说自转车是不怕人偷的，就为人人都自己有车，没人要偷。)任你选一个方向，任你上一条通道，顺着这带草味的和风，放轮远去，保管你这半天的逍遥是你性灵的补剂。这道上有的是清荫与美草，随地都可以供你休憩。你如爱花，这里多的是锦绣似的草原。你如爱鸟，这里多的是巧啭的鸣禽。你如爱儿童，这乡间到处是可亲的稚子。你如爱人情，这里多的不嫌远客的乡人，你到处可以“挂单”借宿，有酪浆与嫩薯供你饱餐，有夺目的果鲜恣你尝新。你如爱酒，这乡间每“望”都为你储有上好的新酿，黑啤如太浓，苹果酒姜酒都是供你解渴润肺的。……带一卷书，走十里路，选一块清静地，看天、听鸟、读书，倦了时，和身在草绵绵处寻梦去——你能想象更怡情更适性的消遣吗？

陆放翁有一联诗句：“传呼快马迎新月，却上轻舆趁晚凉；”这是做地方官的风流。我在康桥时虽没有马骑，没轿子坐，却也有我的风流：我常常在夕阳西晒时骑了车迎着天边扁大的日头直追。日头是追不到的，我没有夸父的荒诞，但晚景的温存却被我这样偷尝了不少。有三两幅画图似的经验至今还是栩栩的留着。只说看夕阳，我们平常只知道登山或是临海，但只须辽阔的天际，平地上的晚霞有时也是一样的神奇。有一次我赶到一个地方，手把着一家村庄的篱笆，隔着一大田的麦浪，看西天的变幻。有一次是正冲着一条宽广的大道，过来一大群羊，放草归来的，偌大的太阳在它们后背放射着万缕的金辉，天上却是乌青青的，只剩这不可逼视的威光中的一条大路，一群生物！我心头顿时感着神异性的压迫，我真的跪下了，对着这冉冉渐翳的金光。再有一次是更不可忘的奇景，那是临着一大片望不到头的草原，开着艳红的罂粟，在青草里亭亭的像是万盏的金灯，阳光从褐色云里斜着过来，幻成一种异样的紫色，透明似的不可逼视，霎那间在我迷眩了的视觉中，这草田变成了……不说也罢，说来你们也是不信的！

一别二年多了，康桥，谁知我这异乡的隐忧？也不想别的，我只要那晚钟撼动的黄昏，没遮拦的田野，独自斜倚在软草里，看第一个大星在天边出现。

康桥（今译“剑桥”）对于徐志摩来说，有着终生难忘、决定他今后生活道路的非凡意义。他于1918年夏天乘船至美国入克拉克大学，攻读的是社会学系。他之所以要选择社会学系，是因为他目睹当时军阀统治时期中国的政治腐败、社会黑暗，乃决心出国，向先进的欧美等国寻求救国救民之道。这从他在出国途中，在太平洋船上所写的《启行赴美分致亲友文》的长信中可以得到证明。在这封长达数千言的信中，一开始就说明“国难方兴，忧心如捣，室如悬磬，野无青草，嗟尔青年，维国之宝，慎尔所习，以骈我脑。诚哉，是志摩之所以引惕而自励也。传曰：父母在，不远游。今弃祖国五万里，违父母之养，入异俗之域，舍安乐而耽劳苦，固未尝不痛心欲泣，而卒不得已者，将以忍小剧而克大绪也”。接着就表示自己要发奋读书，以便将来学成报国，最后他还申明要归国后结社来贯彻自己的主张：“方今沧海横流之际，固非一二人之力可以排忧而砥柱，必也集同志，严誓约，明气节，革弊俗，积之深，而后发之大，众志成城，而后可有为于天下”。但等到他于1920年秋天到达伦敦，1921年经大作家狄更生介绍入英国剑桥大学研究院得以住在康桥，自“那年的秋季我一个人回到康桥，整整有一学年”，从此以后他的思想感情就起了变化，甚至改变了他原来的学术道路。

到了康桥之后，由于那里的美妙的自然风光，引发了徐志摩潜在的诗人气质，他开始写诗了。由于诗作的成功，使他更坚定了做诗人的信念。同时，从这时起他也开始和作家交往，除去和狄更生交往自不必说，他开始拜访哈代，结交曼殊斐儿，这又更加激发了他对文学的兴趣，转移了他原来的爱好。正如他在后来的第三本诗集《猛虎集》的序言中所说的那样：“说到我自己的写诗，那是再没有更意外的事了。我查过我的家谱，从永乐以来我们家里没有写过一行可供传诵的诗句。在二十四岁以前我对于诗的兴味远不如我对于相对论或民约论的兴味。我父亲送我出洋留学是要我将来进‘金融界’的，我自己最高的野心是想做一个中国的 Hamilton！……但生命的把戏是不可思议的！我们都是受支配的善良的生灵，哪件事我们作得了主？整十年前我吹着了一阵奇异的风，也许照着了什么奇异的月色，从此起我的思想就倾向于分行的抒写。一份深刻的忧郁占定了我；这忧郁，我信，竟于渐渐的潜化了我的气质。”这一切的一切，决定他今后成为一个诗人的文学道路的，就是从康桥开始的；因此，他对于康桥有着特殊的感情，有着一种难忘的眷恋，甚至达到魂牵梦萦的地步，因而在他的诗文中曾经多次提到康桥，例如在诗中就有《康桥西野暮色》、《康桥再会吧》、《康河晚照即景》，以及最为著名的写于1928年再访康桥之后的《再别康桥》。

明白了这样的背景，再来阅读这篇写于初别康桥之后二年多的回忆性文章，首先感到的是作者对康桥的一草一木，都倾注着无比的深情，例如他在描写康河“上下河分界处有一个坝筑，水流急得很，在星光下听水声，听近村晚钟声，听河畔倦牛刍草声，是我康桥经验中最神秘的一种：大自然的优美，宁静，调谐在这星光与波光的默契中不期然的淹入了你的性灵。”又如在描绘康河上靠近克莱亚学院旁边的三环洞桥的超凡脱俗的境界，描写在河上驾舟的少女的优美的风姿，叙述自己在康河岸旁的小径中漫游时的怡然自得……所有这一切，都仿佛充满灵性似地令人神往。尤其是最后写康河春来的景况，更是浓笔艳抹，令人叫绝："伺候着河上的风光，这春来一天有一天的消息。关心石上的苔痕，关心败草里的花鲜，关心这水流的缓急，关心水草的滋长，关心天上的云霞，关心新来的鸟语。怯怜怜的小雪球是探春信的小使。铃兰与香草是欢喜的初声。窈窕的莲馨，玲珑的石水仙，爱热闹的克罗克斯，耐辛苦的蒲公英与雏菊——这时候春光已是缦烂在人间，更不须殷勤问讯。"这里一连串用了六个"关心"排比的句式，把春天到来的讯息活生生地表现出来，也把作者对康桥的无比关爱、尽情赞美表现得淋漓尽致。

总之，这是一首满怀柔情，用诗一般的语言所谱写的关于康桥的回忆梦幻曲，里面还带着几分思念，几分惆怅，读后不能不令人掩卷叹息，为作者的柔情深深地感动。（王聿祥）

钓台的春昼　　郁达夫

因为近在咫尺，以为什么时候要去就可以去，我们对于本乡本土的名区胜景，反而往往没有机会去玩，或不容易下一个决心去玩的。正唯其是如此，我对于富春江上的严陵，二十年来，心里虽每在记着，但脚却没有向这一方面走过。一九三一，岁在辛未，暮春三月，春服未成，而中央党帝，似乎又想玩一个秦始皇所玩过的把戏了，我接到了警告，就仓皇离去了寓居。先在江浙附近的穷乡里，游息了几天，偶而看见了一家扫墓的行舟，乡愁一动，就定下了归计。绕了一个大弯，赶到故乡，却正好还在清明寒食的节前。和家人等去上了几处坟，与许久不曾见过面的亲戚朋友，来往热闹了几天，一种乡居的倦怠，忽而袭上心来了，于是乎我就决心上钓台访一访严子陵的幽居。

钓台去桐庐县城二十余里，桐庐去富阳县治九十里不足，自富阳溯江而上，坐小火轮三小时可达桐庐，再上则须坐帆船了。

我去的那一天，记得是阴晴欲雨的养花天，并且系坐晚班轮去的，船到桐庐，已经是灯火微明的黄昏时候了，不得已就只得在码头近边的一家旅馆的楼上借了一宵宿。

桐庐县城，大约有三里路长，三千多烟灶，一二万居民，地在富春江西北岸，从前是皖浙交通的要道，现在杭江铁路一开，似乎没有一二十年前的繁华热闹了。尤其要使旅客感到萧条的，却是桐君山脚下的那一队花船的失去了踪影。说起桐君山，却是桐庐县的一个接近城市的灵山胜地，山虽不高，但因有仙，自然是灵了。以形势来论，这桐君山，也的确是可以产生出许多口音生硬，别具风韵的桐严嫂来的生龙活脉。地处在桐溪东岸，正当桐溪和富春江合流之所，依依一水，西岸便瞰视着桐庐县市的人家烟树。南面对江，便是十里长洲；唐诗人方干的故居，就在这十里桐洲九里花的花田深处。向西越过桐庐县城，更遥遥对着一排高低不定的青峦，这就是富春山的山子山孙了。东北面山下，是一片桑麻沃地，有一条长蛇似的官道，隐而复现，出没盘曲在桃花杨柳洋槐榆树的中间，绕过一支小岭，便是富阳县的境界，大约去程明道的墓地程坟，总也不过一二十里地的间隔。我的去拜谒桐君，瞻仰道观，就在那一天到桐庐的晚上，是淡云微月，正在作雨的时候。

鱼梁渡头，因为夜渡无人，渡船停在东岸的桐君山下。我从旅馆踱了出来，先在离轮埠不远的渡口停立了几分钟。后来向一位来渡口洗夜饭米的年轻少妇，弓身请问了一回，才得到了渡江的秘诀。她说："你只须高喊两三声，船自会来的。"先谢了她教我的好意，然后以两手围成了播音的喇叭，"喂，喂，渡船请摇过来！"地纵声一喊，果然在半江的黑影当中，船身摇动了。渐摇渐近，五分钟后，我在渡口，却终于听出了咿呀柔橹的声音。时间似乎已经入了酉时的下刻，小市里的群动，这时候都已经静息，自从渡口的那位少妇，在微茫的夜色里，藏去了她那张白团团的面影之后，我独立在江边，不知不觉心里头却兀自感到了一种他乡日暮的悲哀。渡船到岸，船头上起了几声微微的水浪清音，又铜东的一响，我早已跳上了船，渡船也已经掉过头来了。坐在黑影沉沉的舱里，我起先只在静听着柔橹划水的声音，然后却在黑影里看出了一星船家在吸着的长烟管头上的烟火，最后因为被沉默压迫不过，我只好开口说话了："船家！你这样的渡我过去，该给你几个船钱？"我问。"随你先生把几个就是。"船家的说话冗慢幽长，似乎已经带着些睡意了，我就向袋里摸出了两角钱来。"这两角钱，就算是我的渡船钱，请你候我一会，上山去烧一次夜香，我是依旧要渡过江来的。"船家的回答，只是恩恩乌乌，幽幽同牛叫似的一种鼻音，然而从继这鼻音而起的两三声轻快的咳声听来，他却似已经在感到满足了，因为我也知道，乡间的义渡，船钱最多也不过是两三枚铜子而已。

到了桐君山下，在山影和树影交掩着的崎岖道上，我上岸走不上几步，就被一块乱石绊倒，滑跌了一次。船家似乎也动了恻隐之心了，一句话也不发，跑将上来，他却突然交给了我一盒火柴。我于感谢了一番他的盛意之后，重整步伐，再摸上山去，先是必须点一枝火柴走三五步路的，但到得半山，路既就了规律，而微云堆里的半规月色，也朦胧地现出一痕银线来了，所以手里还存着的半盒火柴，就被我藏入了袋里。路是从山的西北，盘曲而上，渐走渐高，半山一到，天也开朗了一点。桐庐县市上的灯火，也星星可数了。更纵目向江心望去，富春江西岸的船上和桐溪合流口停泊着的船尾船头，也看得出一点一点的火来。走过半山，桐君观里的晚祷钟鼓，似乎还没有息尽，耳朵里仿佛听见了几丝木鱼钲钹的残声。走上山顶，先在半途遇着了一道道观外围的女墙，这女墙的栅门，却已经掩上了。在栅门外徘徊了一刻，觉得已经到了此门而不进去，终于是不能满足我这一次暗夜冒险的好奇怪僻的。所以细想了几次，还是决心进去，非进去不可，轻轻用手往里面一推，栅门却呀的一声，早已退向了后方开开了，这门原来是虚掩在那里的。进了栅门，踏着为淡月所映照的石砌平路，向东向南的前走了五六十步，居然走到了道观的大门之外，这两扇朱红漆的大门，不消说是紧闭在那里的。到了此地，我却不想再破门进去了，因为这大门是朝南向着大江开的，门外头是一条一丈来宽的石砌步道，步道的一旁是道观的墙，一旁便是山坡，靠山坡的一面，并且还有一道二尺来高的石墙筑在那里，大约是代替栏杆，防人倾跌下山去的用意，石墙之上，铺的是二三尺宽的青石，在这似石栏又似石凳的墙上，尽可以坐卧游息，饱看桐江和对岸的风景，就是在这里坐它一晚，也很可以，我又何必去打开门来，惊起那些老道的恶梦呢！

空旷的天空里，流涨着的只是些灰白的云，云层缺处，原也看得出半角的天，和一点两点的星，但看起来最饶风趣的，却仍是欲藏还露，将见仍无的那半规月影。这时候江面上似乎起了风，云脚的迁移，更来得迅速了，而低头向江心一看，几多散乱着的船里的灯光，也忽明忽灭地变换了一变换位置。

这道观大门外的景色，真神奇极了。我当十几年前，在放浪的游程里，曾向瓜洲京口一带，消磨过不少的时日。那时觉得果然名不虚传的，确是甘露寺外的江山，而现在到了桐庐，昏夜上这桐君山来一看，又觉得这江山之秀而且静，风景的整而不散，却非那天下第一江山的北固山所可与比拟的了。真也难怪得严子陵，难怪得戴征士，倘使我若能在这样的地方结屋读书，以养天年，那还要什么的高官厚禄，还要什么的浮名虚誉哩？一个人在这桐君观前的石凳上，看看山，看看水，看看城中的灯火和天上的星云，更做做浩无边际的无聊的幻梦，我竟忘记了时刻，忘记了自身，直等到隔江的击柝声传来，向西一看，忽而觉得城中的灯影微茫地减了，才跑也似地走下了山来，渡江奔回了客舍。

第二日清晨，觉得昨天在桐君观前做过的残梦正还没有续完的时候，窗外面忽而传来了一阵吹角的声音。好梦虽被打破，但因这同吹筚篥似的商音哀咽，却很含着些荒凉的古意，并且晓风残月，杨柳岸边，也正好候船待发，上严陵去；所以心里虽怀着了些儿怨恨，但脸上却只现出了一痕微笑，起来梳洗更衣，叫茶房去雇船去。雇好了一只双桨的渔舟，买就了些酒菜鱼米，就在旅馆前面的码头上上了船，轻轻向江心摇出去的时候，东方的云幕中间，已现出了几丝红晕，有八点多钟了。舟师急得利害，只在埋怨旅馆的茶房，为什么昨晚上不预先告诉，好早一点出发。因为此去就是七里滩头，无风七里，有风七十里，上钓台去玩一趟回来，路程虽则有限，但这几日风雨无常，说不定要走夜路，才回来得了的。

过了桐庐，江心狭窄，浅滩果然多起来了。路上遇着的来往的行舟，数目也是很少，因为早晨吹的角，就是往建德去的快班船的信号，快班船一开，来往于两岸之间的船就不十分多了。两岸全是青青的山，中间是一条清浅的水，有时候过一个沙洲，洲上的桃花菜花，还有许多不晓得名字的白色的花，正在喧闹着春暮，吸引着蜂蝶。我在船头上一口一口的喝着严东关的药酒，指东话西地问着船家，这是什么山，那是什么港，惊叹了半天，称颂了半天，人也觉得倦了，不晓得什么时候，身子却走上了一家水边的酒楼，在和数年不见的几位已经做了党官的朋友高谈阔论。谈论之余，还背诵了一首两三年前曾在同一的情形之下做成的歪诗：

不是尊前爱惜身，
佯狂难免假成真。
曾因酒醉鞭名马，
生怕情多累美人。
劫数东南天作孽，

鸡鸣风雨海扬尘。
悲歌痛哭终何补，
义士纷纷说帝秦。

直到盛筵将散，我酒也不想再喝了，和几位朋友闹得心里各自难堪，连对旁边坐着的两位陪酒的名花都不愿意开口。正在这上下不得的苦闷关头，船家却大声的叫了起来说：

“先生，罗芷过了，钓台就在前面，你醒醒罢，好上山去烧饭吃去。”

擦擦眼睛，整了一整衣服，抬起头来一看，四面的水光山色又忽而变了样子了。清清的一条浅水，比前又窄了几分，四围的山包得格外的紧了，仿佛是前无去路的样子。并且山容峻削，看去觉得格外的瘦格外的高。向天上地下四围看看，只寂寂的看不见一个人类。双桨的摇响，到此似乎也不敢放肆了，钩的一声过后，要好半天才来一个幽幽的回响，静，静，静，身边水上，山下岩头，只沉浸着太古的静，死灭的静，山峡里连飞鸟的影子也看不见半只。前面的所谓钓台山上，只看得见两大个石垒，一间歪斜的亭子，许多纵横芜杂的草木。山腰里的那座祠堂，也只露着些废垣残瓦，屋上面连炊烟都没有一丝半缕，像是好久好久没有人住了的样子。并且天气又来得阴森，早晨曾经露一露脸过的太阳，这时候早已深藏在云堆里了，余下来的只是时有时无从侧面吹来的阴飕飕的半箭儿山风。船靠了山脚，跟着前面背着酒菜鱼米的船夫走上严先生祠堂的时候，我心里真有点害怕，怕在这荒山里要遇见一个干枯苍老得同丝瓜筋似的严先生的鬼魂。

在祠堂西院的客厅里坐定，和严先生的不知第几代的裔孙谈了几句关于年岁水旱的话后，我的心跳也渐渐的镇静下去了，嘱托了他以煮饭烧菜的杂务，我和船家就从断碑乱石中间爬上了钓台。

东西两石垒，高各有二三百尺，离江面约两里来远，东西台相去只有一二百步，但其间却夹着一条深谷。立在东台，可以看得出罗芷的人家，回头展望来路，风景似乎散漫一点，而一上谢氏的西台，向西望去，则幽谷里的清景，却绝对的不像是在人间了。我虽则没有到过瑞士，但到了西台，朝西一看，立时就想起了曾在照片上看见过的威廉退儿的祠堂。这四山的幽静，这江水的青蓝，简直同在画片上的珂罗版色彩，一色也没有两样，所不同的就是在这儿的变化更多一点，周围的环境更芜杂不整齐一点而已，但这却是好处，这正是足以代表东方民族性的颓废荒凉的美。

从钓台下来，回到严先生的祠堂——记得这是洪杨以后严州知府戴槃重建的祠堂——西院里饱啖了一顿酒肉，我觉得有点酩酊微醉了。手拿着以火柴柄制成的牙签，走到东面供着严先生神像的龛前，向四面的破壁上一看，翠墨淋漓，题在那里的，竟多是些俗而不雅的过路高官的手笔。最后到了南面的一块白墙头上，在离屋檐不远的一角高处，却看到了我们的一位新近去世的同乡夏灵峰先生的四句似邵尧夫而又略带感慨的诗句。夏灵峰先生虽则只知崇古，不善处今，但是五十年来，像他那样的顽固自尊的亡清遗老，也的确是没有第二个人。比较起现在的那些官迷的南满尚书和东洋宦婢来,他的经术言行,姑且不必去论它,就是以骨头来称称,我想也要比什么罗三郎郑太郎辈,重到好几百倍。慕贤的心一动,熏人臭技自然是难熬了,堆起了几张桌椅,借得了一枝破笔,我也向高墙上在夏灵峰先生的脚后放上了一个陈屁,就是在船舱的梦里,也曾微吟过的那一首歪诗。

从墙头上跳将下来,又向龛前天井去走了一圈,觉得酒后的干喉,有点渴痒了,所以就又走回到了西院,静坐着喝了两碗清茶。在这四大无声,只听见我自己的啾啾喝水的舌音冲击到那座破院的败壁上去的寂静中间,同惊雷似地一响,院后的竹园里却忽而飞出了一声闲长而又有节奏似的鸡啼的声来。同时在门外面歇着的船家,也走进了院门,高声的对我说:

"先生,我们回去罢,已经是吃点心的时候了,你不听见那只鸡在后山啼么?我们回去罢!"

1932年8月在上海写

这是郁达夫的一篇散文名作,表面上该文是记叙他于1931年暮春游览富春江上严子陵钓台的经过,实质上是借此发泄他对当时国民党反动统治的不满。当时郁达夫的心情很不好,一直处于悲愤之中,这是因为他个人几年来遭遇到一连串的不如意事件:先是1927年8月,因人事纠纷无法解决,他终于退出了曾参与首创的创造社;1930年1月,由于他发起组织自由运动大同盟,被国民党浙江省党部呈请国民党中央以"堕落文人"的名义被通缉,以致被迫居家数月,未敢外出;1930年11月,又因他曾致函左联负责人,表示今后不能经常参加"左联"的会议和活动,被11月16日举行的"左联"第四次全体大会,以"肃清一切投机和反动分子"的名义,当场被表决开除出"左联";到了1931年春天,更因为他曾积极奔走营救于1月17日被国民党反动当局逮捕的左联五烈士李求实、柔石、胡也频、冯铿与殷夫,受到国民党当局的威胁,不得不离沪去杭州、富阳等地避难,这就是本文开头所说的:"一九三一,岁在辛未,暮春三月,春服未成,而中央党帝,似乎又想玩一个秦始皇所玩过的把戏了,我接到了警告,就仓皇离去了寓居。"在作者回到故乡后,就自然想起了汉代大儒严子陵来,于是决心去钓台寻访严子陵的遗迹。之所以要寻访严子陵的钓台而不到别处去游山玩水,这和郁达夫当时憎恨社会投机、逢迎拍马,向往高风亮节人物的心理是相联系的,是想借凭吊古人来消除心中的块垒。

正是由于有着这样个人遭遇的背景,笼罩着本文的始终是一种悲愤而又无奈的复杂情绪。这种情绪往往在触及有关景物时就会自然地流露出来,例如在鱼梁渡头,"时间似乎已经入了酉时的下刻,小市里的群动,这时候都已经静息,自从渡口的那位少妇,在微茫的夜色里,藏去了她那张白团团的面影之后,我独立在江边,不知不觉心里头却兀自感到了一种他乡日暮的悲哀"。这种"他乡日暮"的情怀,正是作者当时悲凉心境的写照。又如在叙述桐君山上桐君观前的秀美风景时,作者不禁感慨道:"真也难怪得严子陵,难怪得戴征士,倘使我若能在这样的地方结屋读书,以养天年,那还要什么的高官厚禄,还要什么的浮名虚誉哩?"其实,这时的郁达夫才三十六岁,正是所谓风华正茂的壮年,竟然发出了"结屋读书,以养天年"的感叹,可见其胸中的郁闷是何等的深沉了。这种情绪,在到达严子陵祠堂,见到壁上题有许多过路高官的俗而不雅的诗句以后,可以说是达到了高潮,竟然面对着满清遗老,只知崇古、不善处今的乡贤夏灵峰先生的遗墨,称赞起他的风骨来了:"比较起现在的那些官迷的南满尚书和东洋宦婢来,他的经术言行,姑且不必去论它,就是以骨头来称称,我想也要比什么罗三郎郑太郎辈,重到好几百倍。"这种激愤的心情,对"九一八"事变后投敌附逆的无耻文人,如罗三郎(罗振玉)、郑太郎(郑孝胥)等人的抨击,简直到了如见其人、如闻其声的地步了。至此他还意犹未尽，为了进一步发泄他的不满，他“堆起了几张桌椅，借得了一枝破笔”，于是在“高墙上在夏灵峰先生的脚后放上了一个陈屁，就是在船舱的梦里，也曾微吟过的那一首歪诗”。

这首七律是本文的点睛之作，也是作者对当时现状不满的集中表现，同时也是一首留传至今的脍炙人口的名作。

这首诗原作于1931年1月25日，本来的题目较长，是《旧友二三，相逢海上，席间偶谈时事，嗒然若失，为之衔杯不饮者久之。或问昔年走马章台，痛饮狂歌意气今安在耶，因而有作》，单从这个题目就可以看出作者对国民党反动统治所造成的现状的不满了。从诗的内容来看，可以说是悲愤之情，溢于言表。诗的前四句，主要是写拒绝友人的邀请为官和个人的遭遇，尤其是颈联“曾因酒醉鞭名马，生怕情多累美人”，因为涉及与王映霞的新婚，作者踌躇满志，曾经手书此联赠人，因而广为流传。至于诗的后四句，则是对时事对人事，都有非常明白的指责：“劫数东南天作孽，鸡鸣风雨海扬尘。”指的是蒋介石在东南上海发动了“四一二”政变，攫取了政权，而以共产党人为代表的革命志士仍在不懈地与之斗争；最后两句则是无比的沉痛与悲愤，“悲歌痛哭终何补，义士纷纷说帝秦”，说的是面对丑恶的现实，忧国忧民之士徒然悲歌痛哭，于事又无补，而当年那些所谓的“义士”，现在则纷纷向反动统治者献计献策，卖身投靠，以求得一官半职。这真是欲哭无泪的沉痛！（王　孙）

故都的秋　　郁达夫

秋天，无论在什么地方的秋天，总是好的；可是啊，北国的秋，却特别地来得清，来得静，来得悲凉。我的不远千里，要从杭州赶上青岛，更要从青岛赶上北平来的理由，也不过想饱尝一尝这“秋”，这故都的秋味。

江南，秋当然也是有的；但草木凋得慢，空气来得润，天的颜色显得淡，并且又时常多雨而少风；一个人夹在苏州上海杭州，或厦门香港广州的市民中间，浑浑沌沌地过去，只能感到一点点清凉，秋的味，秋的色，秋的意境与姿态，总看不饱，尝不透，赏玩不到十足。秋并不是名花，也并不是美酒，那一种半开，半醉的状态，在领略秋的过程上，是不合式的。

不逢北国之秋，已将近十余年了。在南方每年到了秋天，总要想起陶然亭的芦花，钓鱼台的柳影，西山的虫唱，玉泉的夜月，潭柘寺的钟声。在北平即使不出门去罢，就是在皇城人海之中，租人家一椽破屋来住着，早晨起来，泡一碗浓茶，向院子一坐，你也能看得到很高很高的碧绿的天色，听得到青天下驯鸽的飞声。从槐树叶底，朝东细数着一丝一丝漏下来的日光，或在破壁腰中，静对着像喇叭似的牵牛花（朝荣）的蓝朵，自然而然地也能够感觉到十分的秋意。说到了牵牛花，我以为以蓝色或白色者为佳，紫黑色次之，淡红者最下。最好，还要在牵牛花底，教长着几根疏疏落落的尖细且长的秋草，使作陪衬。

北国的槐树，也是一种能使人联想起秋来的点缀。像花而又不是花的那一种落蕊，早晨起来，会铺得满地。脚踏上去，声音也没有，气味也没有，只能感出一点点极微细极柔软的触觉。扫街的在树影下一阵扫后，灰土上留下来的一条条扫帚的丝纹，看起来既觉得细腻，又觉得清闲，潜意识下并且还觉得有点儿落寞，古人所说的梧桐一叶而天下知秋的遥想，大约也就在这些深沉的地方。

秋蝉的衰弱的残声，更是北国的特产；因为北平处处全长着树，屋子又低，所以无论在什么地方，都听得见它们的啼唱。在南方是非要上郊外或山上去才听得到的。这秋蝉的嘶叫，在北平可和蟋蟀耗子一样，简直像是家家户户都养在家里的家虫。

还有秋雨哩，北方的秋雨，也似乎比南方的下得奇，下得有味，下得更像样。

在灰沉沉的天底下，忽而来一阵凉风，便息列索落地下起雨来了。一层雨过，云渐渐地卷向了西去，天又青了，太阳又露出脸来了；着着很厚的青布单衣或夹袄的都市闲人，咬着烟管，在雨后的斜桥影里，上桥头树底去一立，遇见熟人，便会用了缓慢悠闲的声调，微叹着互答着的说：

"唉，天可真凉了——"（这个字念得很高，拖得很长。）

"可不是么？一层秋雨一层凉啦！"

北方人念阵字，总老像是层字，平平仄仄起来，这念错的歧韵，倒来得正好。

北方的果树，到秋来，也是一种奇景。第一是枣子树；屋角，墙头，茅房边上，灶房门口，它都会一株株的长大起来。像橄榄又像鸽蛋似的这枣子颗儿，在小椭圆形的细叶中间，显出淡绿微黄的颜色的时候，正是秋的全盛时期；等枣树叶落，枣子红完，西北风就要起来了，北方便是尘沙灰土的世界，只有这枣子，柿子，葡萄，成熟到八九分的七八月之交，是北国的清秋的佳日，是一年之中最好也没有的 Golden Days。

有些批评家说，中国的文人学士，尤其是诗人，都带着很浓厚的颓废色彩，所以中国的诗文里，颂赞秋的文字特别的多。但外国的诗人，又何尝不然？我虽则外国诗文念得不多，也不想开出账来，做一篇秋的诗歌散文钞，但你若去一翻英德法意等诗人的集子，或各国的诗文的 Anthology 来，总能够看到许多关于秋的歌颂与悲啼。各著名的大诗人的长篇田园诗或四季诗里，也总以关于秋的部分，写得最出色而最有味。足见有感觉的动物，有情趣的人类，对于秋，总是一样的能特别引起深沉，幽远，严厉，萧索的感触来的。不单是诗人，就是被关闭在牢狱里的囚犯，到了秋天，我想也一定会感到一种不能自已的深情；秋之于人，何尝有国别，更何尝有人种阶级的区别呢？不过在中国，文字里有一个"秋士"的成语，读本里又有着很普遍的欧阳子的《秋声》与苏东坡的《赤壁赋》等，就觉得中国的文人，与秋的关系特别深了。可是这秋的深味，尤其是中国的秋的深味，非要在北方，才感觉得到底。

南国之秋，当然是也有它的特异的地方的，譬如廿四桥的明月，钱塘江的秋潮，普陀山的凉雾，荔枝湾的残荷等等，可是色彩不浓，回味不永。比起北国的秋来，正像是黄酒之与白干，稀饭之与馍馍，鲈鱼之与大蟹，黄犬之与骆驼。

秋天，这北国的秋天，若留得住的话，我愿意把寿命的三分之二折去，换得一个三分之一的零头。

1934 年 8 月，在北平

以秋为题目来写的文章,古往今来,多得是不可胜数,真可算得上车载斗量,但是能以短短二千来字把秋的意境写得这样引人入胜,把秋的情调写得如此入木三分,并且还能写出鲜明的时代特征与浓郁的地方色彩,令人感到回味无穷、引起人们无限的遐想的,只怕并不多见,而郁达夫的这篇《故都的秋》就是这为数不多的文章中的佼佼者。

首先,作者就提出什么是秋的况味。本来秋就是个抽象的东西,很难给它下个什么定义,有时候它又是只可以意会而很难言传的东西,于是作者就从秋在南北两方的比较来着手加以阐述。他认为,在南方的苏州、上海、杭州,以及更南一点的厦门、香港、广州,秋的到来,只能使人感到一点点清凉,而真正秋的味,秋的色,秋的意境与姿态,总看不饱,尝不透,赏玩不到十足,而只有北国的秋,它来得清,来得静,还有点儿悲凉,才能使人充分领略秋的况味,正因为这个原因,作者才匆匆从青岛赶来北平,其目的就是要饱尝一下这故都的秋味。

这故都的秋味,表现在哪里?作者除了列举了陶然亭的芦花、钓鱼台的柳影、西山的虫唱、玉泉的夜月和潭柘寺的钟声这些景物之外,还举了个小小的例子:清晨起来,在院中一坐,泡一碗浓茶,你能看见很高很高的碧绿的天色,听得到青天下驯鸽的飞声,还能从槐树叶底下一丝一丝漏下来的日光里,从生长在破壁腰中的像喇叭似的牵牛花的蓝色的花朵里,自然而然地感觉到十分的秋意。

接着作者又提到了槐树,这本是北方最常见的树木。从它那落下的似花非花的落蕊上,当人们踩着它的时候,既没有声音,也没有气味,但却感觉到浓浓的秋意,而且还能从扫地者所遗留下的丝纹里,感觉到一种秋的细腻、秋的清闲,还有点儿落寞,领略到古人所说的桐叶一落,天下知秋的韵味。

然后作者又举出了秋蝉的残声,在北平是几乎到处可以听到的,不比南方是非要上郊外或者山上才能听到的,这也是北国的秋韵之一。接着作者特别谈到了北国的秋雨,这也是比南方下得奇,下得有味的。灰沉沉的天底下,忽而来一阵凉风,马上便息列索落地下起雨来了。但这雨来得快,去得也快。一会儿,云便渐渐地向西卷去,天又青了,太阳又露出脸来了,而这时穿着夹袄的闲人,咬着烟管,在雨后的斜桥影里,上桥头树底一立,遇见熟人,便会用一种缓慢悠闲的声调,微叹地说道:“唉,天可真凉了!”而对方也用同一声调答道:“可不是么?一层秋雨一层凉啦。”这里,北方人特有的往往把“阵”字念成“层”字的歧音,则更是平添几分北国的秋趣,令人感到回味无穷。

最后作者说到了北方的果树,认为这也是北国的奇景。首先提到的是枣树,这是北方最普遍的树木,屋角、墙头、茅房边上、灶房门口几乎都有它的身影,当它的像橄榄似的果实,在椭圆形的细叶中间显出淡绿微黄的时候,正是秋的全盛时期,其次如柿子、葡萄,当它们成熟到八九分时,正是北国清秋的佳日,会使人有无穷的有关秋的遐想。

作者在结尾处,则特别强调秋对人感情作用,并不因国别和阶级的区别而异。可能因为中国文人中有欧阳修的《秋声赋》和苏东坡的《赤壁赋》,而认为中国文人与秋的关系特别的深,但这秋的深味,作者又再次强调,非要在北方,才能感觉到底。最后,作者甚至表示愿意以折去寿命的三分之二,来留住这北国的秋天。

作者在本文中,正是选取了若干既有时代特征,又合地方色彩的景物,如陶然亭的芦花、钓鱼台的柳影,以及牵牛花、槐树落叶、秋雨后闲人的对话等等,闲闲写来,极富情趣,把故都的秋的意境表现得淋漓尽致,使人浮想联翩,享受到无限的秋的乐趣。(王　孙)

桐君山的再到　　郁达夫

杭州建德的公共汽车路开后,自富阳至桐庐的一段,我还没有坐过。每听人说，钓台在修理了，报上也登着说，某某等名公已经发出募捐启事，预备为严先生重建祠宇了；但问问自桐庐来的朋友，却大家都说，严先生祠宇的倾颓，钓台山路的芜窄，还是同从前一样。祠宇的修不修，倒也没有多大的问题，回头把严先生的神像供入了红墙铁骨的洋楼，使烧香者多添些摩登的红绿士女，倒也许不是严先生的本意。但那一条路，那一条停船上山去的路，我想总还得略为开辟一下才好；虽不必使着高跟鞋者，亦得拾级而登，不过至少至少总也该使谢翱的泪眼，也辨得出路径来。这是当我没有重到桐庐去之先的个人的愿望，大约在三年以前去过一次钓台的人，总都是这么在那里想的无疑。

大热的暑期过后，浙江内地的旱苗，虽则依旧不能够复活，但神经衰弱，长年像在患肺病似的我们这些小都会的寄生虫，一交秋节，居然也恢复了些元气，如得了再生的中暑病者。秋潮看了，满家巷的桂花盛时也过了，无风无雨，连晴直到了重阳。秋高蟹壮，气候虽略嫌不定，但出去旅行，倒也还合适，正在打算背起包裹雨伞，上那里去走走，恰巧来了一位一年多不见的老友，于是乎就定下了半月间闲游过去的计划。

头两天，不消说是在湖上消磨了的，尤其是以从云栖穿竹径上五云山，过郎当岭而出灵隐的那一天，内容最为充实。若要在杭州附近，而看些重岚叠嶂，想像想像浙西的山水者，这一条路不可不走。现成的证据，我就可以举出这位老友来。他的交游满天下，欧美日本，历国四十余，身产在白山黑水间；中国本部，十八省经过十三四，五岳匡庐，或登或望，早收在胸臆之中；可是一上了这条路，朝西看看夕阳下的群山，朝南朝东看看明镜似的大江与西湖，也忘记了疲倦，忘记了世界，唱出了一句"谁说杭州没有山！"的打油腔。

好书不厌百回读，好山好水，自然是难得仔细看的。在五云山上，初尝了一点点富春江的散文味的这位老友，更定了再溯上去，去寻出黄子久的粉本来的雄图。

天气依然还是晴着，脚力亦尚可以对付，汽车也居然借到了，十月二十的早晨九点多钟，我们就从万松岭下驶过，经梵村，历转塘，从两岸的青山巷里，飞驰而到了富阳县的西门。富阳本来是我的故里，一县的山光水色，早在我的许多短篇里描写过了；我自然并不觉得怎么，可是我们那位老友，饭后上了我们的那间松筠别墅的厅房，开窗南望，竟对了定山，对了江帆，对了溶化在阳光里的远山簇簇，发了十五六分钟的呆。

从杭州到富阳，四十二公里，从旧制的驿里来计算，约一九内外；汽车走走，一个钟头就可以到，一顿饭倒费去了我们百余分钟，我问老友，黄子久看到了这一块中段，也已经够了罢？他说："也还够，也还不够。"我的意思，是好花看到半开时，预备劝他回杭州去了，但我们的那位年轻气锐的汽车夫，却屈着指头算给我们听说："此去再行百里，两点半可到桐庐，在桐庐玩一个钟头，三点半开车，直驶杭州，六点准可以到。"本来是同野鹤一样的我们，多看点山水，当然也不会得患食丧之病；汽车只教能行，自然是去的，去的，去去也有何妨。

一出富阳，向西偏南，六十里地的旱程中间，山色又不同了。峰岭并不成重，而包围在汽车四周的一带，却呈露着千层万层的波浪。小小的新登县，本名新城，烟户不满千家，城墙像是土堡，而县城外的小山，小山上的小塔，却来得特别的多，一条松溪，本来也是很小的，但在这小人国似的山川城廓之中流过，看起来倒觉得很大了。像这样的一个小县里，居然也出了许远，出了杜建徽，出了罗隐那么的大人物，可见得山水人物，是不能以比例来算的。文弱的浙西，出个把罗隐，倒也算不得什么，但那堂堂的两位武将，自唐历宋以至吴越，仅隔百年，居然出了这两位武将，可真有点儿厉害。

车过新登，沿鼍江的一段，风景又变了一变；因路线折向了南，钱塘江隔岸的青山，万笏朝天，渐渐露起头角来了。鼍江就是江上常有二气，因杜建徽罗隐生而不见的传说的产地；隔岸的高山，就是孙伯符的祖墓所在，地属富阳、满江交界处的天子岗头。

从此经岘口，过窄溪，沿桐溪大江，曲折回旋，凡二三十里，直到桐君山的脚下。三面是山，一面是水，风景的清幽，林木的茂盛，石岩的奇妙，自然要比仙霞关、山阳坑更增数倍；不过曲折不如，雄大稍逊，这一点或者不好向公路到过安徽到过福建的人夸一句大口。

桐君山上的清景，我已于三四年前来过之后速写过一篇《钓台的春昼》，由爱山爱水的人看来，或者对此真山真水会百看也不至生厌恶之情，但由我这枝破笔写来，怕重写不上两句，就要使人讨厌了，因为我决没有这样的本领，这样的富于变化而生动的笔力。不过有一件事，却得声明，前次是月夜来看，这次是夕阳下来看的；我想风雨的中宵，或晴明的早午，来登此处，总也有一番异景，与前次这次我所看见的，完全不同。

桐君山下，桐溪与富春江合流之处，是渡头了。汽车渡江，更向西南直上，可以抄过富春山的背后，从西面而登钓台。我这次虽则不曾渡江，但在桐君山的殿阁的窗里，向西望去，只看见有一线的黄蛇，曲折缭绕在夕阳山翠之中；有了这条公路，钓台前面的那个泊船之处以及上山的道路，自然是可以不必修了，因为从富春山后面攀登上去，据高临下，远望望钓台，远望望钓台上下的山峡清溪，这飞鹰的下瞰，可以使严陵来得更加幽美，更加卓越。这一天晚上，六点多钟，在回到杭州的时候，我还在痴想，想几时去弄一笔整款来，把我的全家，我的破书和酒壶等都搬上这桐庐县的东西乡，或是桐君山，或是钓台山的附近去。

浙西富春江一带的山水，因了南朝梁代文学家吴均的一篇散文《与宋元思书》而驰名于世。其中描写“自富阳至桐庐，一百许里，奇山异水，天下独绝”，正与本文所记叙的行程相同。郁达夫在这里同样以清丽的笔调对这一段奇山异水作了真切的描绘，给人留下了深刻的印象。本文作于《钓台的春昼》之后约三年时间，可以看作是它的姊妹篇；不过，本文除去记叙在秋高蟹壮的重阳佳节偕老友从杭州往访桐君山的沿途风光，还着重在指点江山，品评人物，给读者指出不少人文景观，留给读者颇多的历史遐想，更加深了这篇游记的意蕴。

在写法上，作者并不是平铺直叙，一开始就切入正题，而是先从别处的闲话说起。文章一开始先说到富阳到桐庐的汽车路的开通，继而说到报载某名公发出募捐启事，要为严子陵祠宇重修，钓台山路的拓宽筹款，接着作者就不无幽默地对此加以批评，认为“祠宇的修不修，倒也没有多大的问题，回头把严先生的神像供入了红墙铁骨的洋楼，使烧香者多添些摩登的红绿士女，倒也许不是严先生的本意。但那一条路，那一条停船上山去的路，我想总还得略为开辟一下才好；虽不必使着高跟鞋者，亦得拾级而登，不过至少至少总也该使谢翱的泪眼，也辨得出路径来”。这里作者对南宋义士谢翱不免有些调侃，但对他的在钓台山上哭祭文天祥的义举，还是肯定的，至于对高风亮节、不慕名利的严子陵，仰慕之情，同样也是感觉得到的。

接着，笔锋一转，写蛰居城市已久，又苦于暑热的自己，因如今秋高气爽，人仿佛恢复了元气，正打算背起包裹雨伞，上哪里去走走，恰巧来了一位老友，于是就定下了半月闲游的计划：于是，先在湖上消磨了两天，接着又从云栖穿竹径而直上五云山，不料此举却激起了老友的游兴，竟要溯富春江而上，去领略元末大画家黄公望所作的《富春山居》的意境，于是就驱车从万松岭下驶过，经梵村，历转塘，从两岸的青山巷里到了作者的故里富阳。对于富阳的山水，作者不正面描绘，只以侧笔写老友在他家“开窗南望，竟对了定山，对了江帆，对了溶化在阳光里的远山簇簇，发了十五六分钟的呆”，来烘托富阳山水之美。至此，本以为老友已经游览了黄公望画卷的一半，也许已经尽兴够了，不料，那老友却意犹未尽，于是这才有了桐君山之游。

从车出富阳，向西偏南，六十里的旱程中间，山色又不同了，这才切入了正题，以闲闲的笔调开始了正面的叙述。先是描写那里的峰岭并不成重，而包围在汽车周围，却呈露着千层万层的波浪。接着叙述经过的小县新登，那里烟户不满千家，城墙像是土堡，而县城外的小山，小山上的小塔，却来得特别的多，一条松溪，本来也是很小的，但在这小人国似的山川城廓中流过，看起来倒觉得很大了。眼看着在如此小的县里，历史上居然出现过唐代安禄山叛乱时领兵死守睢阳的大将许远、唐代名将杜建徽，还有大名鼎鼎的唐诗人罗隐，作者不禁叹道：“可见得山水人物，是不能以比例来算的。”然后，车过新登，沿鼍江南行，风景又变化了，钱塘江隔岸的青天，万笏朝天，渐渐露出头角来了，而那隔岸的高山，就是三国时期东吴霸主孙权的祖墓所在。再由此经岘口，过窄溪，沿桐溪大江，曲折回旋，凡二三十里，直到桐君山的脚下，文章至此，才真正地点题：桐君山已到。

由于作者此前曾写过一篇《钓台的春昼》，对桐君山有过较细致的描绘，因此为避免文字上的重复，就不再作正面的描写，但却又巧妙地指出，上次是月夜来此，这次是在夕阳中看景，感受当然不同，同时，作者最后又写道：在回杭州的途中，“我还在痴想，想几时去弄一笔整款来，把我的全家，我的破书和酒壶等都搬上这桐庐县的东西乡，或是桐君山，或者钓台山的附近去”，以此来烘托桐君山的风景幽美，表达自己的留恋之情，也是用有力的最后一笔，来反衬、侧写桐君山的动人之处。

总之，本文确是文人写的游记，其中不只有风光的描写，还有对人物的品评，更多的是抚今思昔的感触，读来令人感到回味无穷，遐想联翩。（王　孙）

超山的梅花　　郁达夫

凡到杭州来游的人，因为交通的便利，和时间的经济的关系，总只在西湖一带，登山望水，漫游两三日，便买些土产，如竹篮纸伞之类，匆匆回去；以为雅兴已尽，尘土已经涤去，杭州的山水佳处，都曾享受过了。所以古往今来，一般人只知道三竺六桥，九溪十八涧，或西湖十景，苏小岳王；而离杭城三五十里稍东偏北的一带山水，现在简直是很少有人去玩，并且也不大有人提起的样子。

在古代可不同；至少至少，在清朝的乾嘉道光，去今百余年前，杭州人的好游的，总没有一个不留恋西溪，也没有一个不披蓑戴笠去看半山（即皋亭山）的桃花，超山的香雪的。原因是因为那时候杭州和外埠的交通，所取的路径都是水道；从嘉兴上海等处来往杭州，运河是必经之路。舟入塘栖，两岸就看得到山影；到这里，自杭州去他处的人，渐有离乡去国之感，自外埠到杭州来的人，方看得到山明水秀的一个外廓；因而塘栖镇，和超山，独山等处，便成了一般旅游之人对杭州的记忆的中心。

超山是在塘栖镇南，旧日仁和县（现在并入杭县了）东北六十里的永和乡的，据说高有五十余丈，周二十里（咸淳《临安志》作三十七丈），因其山超然出于皋亭黄鹤之外，故名。

从前去游超山，是要从湖墅或拱宸桥下船，向东向北向西向南，曲折回环，冲破菱荇水藻而去的；现在汽车路已经开通，自清泰门向东直驶，至乔司站落北更向西，抄过临平镇，由临平山西北，再驰十余里，就可以到了："小红唱曲我吹箫"的船行雅处；现在虽则要被汽车的机器油破坏得丝缕无余，但坐船和坐汽车的时间的比例，却有五与一的大差。

汽车走过的临平镇，是以释道潜的一首"风蒲猎猎弄轻柔，欲立蜻蜓不自由，五月临平山下路，藕花无数满汀洲"的绝句出名；而超山北面的塘栖镇，又以南宋的隐士，明末清初的田园别墅出名；介于塘栖与超山之间的丁山湖，更以水光山色，鱼虾果木出名；也无怪乎从前的文人骚客，都要向杭州的东面跑，而超山皋亭山的名字每散见于诸名士的歌咏里了。

超山脚下，塘栖附近的居民，因为住近水乡，阡陌不广之故，所靠以谋生的完全是果木的栽培。自春历夏，以及秋冬，梅子，樱桃，枇杷，杏子，甘蔗之类的出产，一年总有百万元内外。所以超山一带的梅林，成千成万；由我们过路的外乡人看来，只以为是乡民趣味的高尚，个个都在学林和靖的终身不娶，殊不知实际上他们却是正在靠此而养活妻孥的哩！

超山的梅花，向来是开在立春前后的；梅干极粗极大，枝叉离披四散，五步一丛，十步一坂，每个梅林，总有千株内外，一株的花朵，又有万颗左右；故而开的时候，香气远传到十里之外的临平山麓，登高而远望下来，自然自成一个雪海；近年来虽说梅株减少了一点，但我想比到罗浮的仙境，总也只有过之，不会不及。

从杭州到超山去的汽车路上，过临平山后，两旁已经有一处一处的梅林在迎送了，而汇聚得最多，游人所必到的看梅胜地，大抵总在汽车站西南，超山东北麓，报慈寺大明堂（亦称大明寺）前头，梅花丛里有一个周梦坡筑的宋梅亭在那里的周围五六里地的一圈地方。

报慈寺里的大殿（大约就是大明堂了罢?），前几年被寺的仇人毁坏了，当时还烧死了一位当家和尚在殿东一块石碑之下。但殿后的一块刻有吴道子画的大士像的石碑，还好好地镶在壁里，丝毫也没有动。去年我去的时候，寺僧刚在募化重修大殿；殿外面的东头，并且已经盖好了三间厢房在作客室。后面高一段的三间后殿，火烧时也不曾烧去，和尚手指着立在殿后壁里的那一块石刻大士像碑说，“这都是这位大慈大悲救苦救难广大灵感观世音菩萨的福佑！”

在何春渚删成的《塘栖志略》里，说大明寺前有一口井，井水甘冽！旁树石碣，刻有“一人堂堂，二曜重光，泉深尺一，点去冰旁；二人相连，不欠一边，三梁四柱烈火然，添却双钩两日全”之碑铭，不识何意等语。但我去大明堂(寺)的时候，却既不见井，也不见碑；而这条碑铭，我从前是曾在一部笔记叫作《桂苑丛谈》的书里看到过一次的。这书记载着：“令狐相公出镇淮海日，支使班蒙，与从事诸人，俱游大明寺之西廊，忽睹前壁，题有此铭，诸宾皆莫能辨，独班支使曰：‘得非大明寺水，天下无比八字乎？’众皆怃然。”从此看来，《塘栖志略》里所说的大明寺井碑，应是抄来的文章，而编者所谓不识何意者，还是他在故弄玄虚。当然，寺在山麓，地又近水，寺前寺后，井是当然有一口的：井里的泉，也当然是清冽的；不过此碑此铭，却总有点儿可疑。

大明寺前的所谓宋梅，是一棵曲屈苍老，根脚边只剩了两条树皮围拱，中间空心，上面枝干四叉的梅树。因为怕有人折，树外面全部是用一铁丝网罩住的。树当然是一株老树，起码也要比我的年纪大一两倍，但究竟是不是宋梅，我却不敢断定。去年秋天，曾在天台山国清寺的伽蓝殿前，看见过一株所谓隋梅；前年冬天，也曾在临平山下安隐寺里看见过一枝所谓唐梅；但所谓隋，所谓唐，所谓宋等等，我想也不过“所谓”而已，究竟如何，还得去问问植物考古的专家才行。

出大明堂，从梅花林里穿过，西面从吴昌硕的坟旁一条石砌路上攀登上去，是上超山顶去的大路了。一路上有许多同梦也似的疏林，一株两株如被遗忘了似的红白梅花，不少的坟园，在招你上山，到了半山的竹林边的真武殿(俗称中圣殿)外，超山之所以为超，就有点感觉得到了；从这里向东西北的三面望去，是汪洋的湖水，曲折的河身，无数的果树，不断的低岗，还有塘的两面的点点的人家；这便算是塘栖一带的水乡全景的鸟瞰。

从中圣殿再沿石级上去，走过黑龙潭，更走二里，就可以到山顶，第一要使你骇一跳的，是没有到上圣殿之先的那一座天然石筑的天门。到了这里，你才晓得超山的奇特，才晓得志上所说的“山有石鱼石笋等，他石多异形，如人兽状”。诸记载的不虚。实实在在，超山的好处，是在山头一堆石，山下万梅花，至若东瞻大海，南眺钱江，田畴如井，河道如肠，桑麻遍地，云树连天等形容词，则凡在杭州东面的高处，如临平山黄鹤峰上都用得着的，并非是超山独一无二的绝景。

你若到了超山之后，则北去超山七里地外的塘栖镇上，不可不去一到。在那些河流里坐坐船，果树下跑跑路，趣味实在是好不过。两岸人家，中夹一水；走过丁山湖时，向西面看看独山，向东首看看马鞍龟背，想像想像南宋垂亡，福王在庄(至今其地还叫作福王庄)上所过的醉生梦死脂香粉腻的生涯，以及明清之际，诸大老的园亭别墅，台榭楼堂，或康熙乾隆等数度的临幸，包管你会起一种像读《芜城赋》似的感慨。

又说到了南宋，关于塘栖，还有好几宗故事，值得一提。第一，卓氏家乘《唐栖考》里说："唐栖者，唐隐士所栖也；隐士名珏，字玉潜，宋末会稽人。少孤，以明经教授乡里子弟而养其母，至元戊寅，浮图总统杨连真伽，利宋攒宫金玉，故为妖言惑主听，发掘之。珏怀愤，乃货家具，召诸恶少，收他骨易遗骸，瘗兰亭山后，而树冬青树识焉。珏后隐居唐栖，人义之，遂名其地为唐栖。"这镇名的来历说，原是人各不同的，但这也岂不是一件极有趣的故实么？还有塘栖西龙河圩，相传有宋宫人墓；昔有士子，秋夜凭栏对月，忽闻有环珮之声，不寐听之，歌一绝云："淡淡春山抹未浓，偶然还记旧行踪，自从一入朱门去，便隔人间几万重。"闻之酸鼻。这当然也是一篇绝哀艳的鬼国文章。

塘栖镇跨在一条水的两岸，水南属杭州，水北属德清；商市的繁盛，酒家的众多，虽说只是一个小小的镇集，但比起有些县城来，怕还要闹热几分。所以游过超山，不愿在山上吃冷豆腐黄米饭的人，尽可以上塘栖镇上去痛饮大嚼；从山脚下走回汽车路去坐汽车上塘栖，原也很便，但这一段路，总以走走路坐坐船更为合适。

郁达夫是个不仅多才而且博学的作家，在他的游记散文中，不只笔触清丽，饱含情感，叙事状物，又往往一语中的，令人掩卷难忘，有着很强的艺术感染力，而且由于他的博览群书，历史知识极其丰富，因此每到一处，往往能将有关当地的人物、典故、诗文、逸事等等，随手拈来，自成一格，这不仅使文章生色不少，而且又使读者获得了许多历史知识，增添了些许情趣。这篇游记《超山的梅花》就是例证。

超山是在杭州东北、塘栖古镇南面的一座小山，因了山上有怪石，山下有大片的梅林而曾闻名于世。超山地处大运河的旁边，在沪杭铁路未通之前，商贾游客，多半取道大运河而来杭，因此超山的梅花更大大地提高了它的知名度，古人的诗文中常有提及的。后来因沪杭铁路的开通，来杭的游客大多取车舍舟，因而超山的梅花逐渐地不为人知。文章的开头，作者先从超山的今昔的不同地位来加以阐述，使读者对超山的历史有个全面的了解。

接着作者仍是从今昔两方面去说明去超山的路线：从前乘船，如今乘车，虽然时间上乘车要比乘船快得多，但当年那种冲破菱荇水藻曲折前行的雅趣已经"丝缕无余"了。由于如今汽车要经过临平镇，至此作者不禁想起了宋代诗僧道潜的那首有名的绝句："风蒲猎猎弄轻柔，欲立蜻蜓不自由，五月临平山下路，藕花无数满汀洲。"这不能不引起人们无尽遐想。

车过临平，超山在望了，而且也已见到大片的梅林了，至此，文章才正面说到"超山的梅花，向来是开在立春前后的；梅干极粗极大，枝叉离披四散，五步一丛，十步一坂，每个梅林，总有千株内外，一株的花朵，又有万颗左右；故而开的时候，香气远传到十里之外的临平山麓，登高而远望下来，自然自成一个雪海"，而为什么会有如此众多的梅林，是因为该地处于水乡，耕地不多，因而乡民多种果树以谋生，故而才会有这么多的梅林，并非是乡民趣味高尚，个个都在学北宋隐士林和靖的梅妻鹤子的出凡脱俗的格调的缘故。

说到超山的梅林，就不能不提到它的最佳处，即在报慈寺前面，超山东北麓周梦坡筑了一个宋梅亭所在周围五六里一圈的地方，这里往往是游人必到的看梅胜地。由于提到报慈寺，作者就想起了《塘栖志略》里记载的有关它的水井石碣的典故，而据作者考证，它的那座水井石碣上的碑文是从一部叫作《桂苑丛谈》的书中抄来的，因而揭露了一个小小的故弄玄虚的故事，这又拓宽了读者的视野，也因此而增添了不少的情趣。

接下来就要登临超山的山顶了。于是先从吴昌硕坟旁一条石砌的路上行，经过真武殿，走过黑龙潭,再行二里就可以到达山顶了。在到达山顶之前要经过一座天然石筑的天门,到了那里才领略到超山的奇特,才知道志书上所说的“山有石鱼石笋等,他石多异形,如人兽状”不假,而据作者的概括,“超山的好处,是在山头一堆石,山下万梅花”。

最后作者特别提到到了超山之后,不能不去北面七里的塘栖古镇一游。当你途经福王庄时,不由地会想起南宋垂亡,而末代皇帝福王仍在此醉生梦死寻欢作乐的情景,不由得你会兴起读南朝刘宋鲍照《芜城赋》似的感慨。说到塘栖,作者又提到了《唐栖考》里所记载的关于塘栖地名的由来,而在谈到塘栖西龙河圩的宋宫人墓时,作者随口吟出了一首传说中的七绝:“淡淡春山抹未浓,偶然还记旧行踪。自从一入朱门去,便隔人间几万重。”令人不禁有无限低徊之感。

作者就是用这种清丽的笔触,悠闲的语调,把超山的梅花,超山的地理,还有超山附近的景物如临平、塘栖的有关典故、沿革,为你一一道来,夹叙夹议,或虚或实,唤起了你的遐想,引起了你的共鸣,使你也想去超山作一次探梅访古的游览。(王　孙)

西溪的晴雨　　郁达夫

西北风未起,蟹也不曾肥,我原晓得芦花总还没有白,前两星期,源宁来看了西湖,说他倒觉得有点失望,因为湖光山色,太整齐,太小巧,不够味儿,他开来的一张节目上,原有西溪的一项;恰巧第二天又下了微雨,秋原和我就主张微雨里下西溪,好教源宁去尝一尝这西湖近旁的野趣。

天色是阴阴漠漠的一层,湿风吹来,有点儿冷,也有点儿香,香的是野草花的气息。车过方井旁边,自然又下车来,去看了一下那座天主圣教修士们的古墓。从墓门望进去,只是黑沈沈,冷冰冰的一个大洞,什么也看不见,鼻子里却闻吸到了一种霉灰的阴气。

把鼻子掀了两掀,耸了一耸肩膀,大家都说,可惜忘记带了电筒,但在下意识里,自然也有一种恐怖,不安,和畏缩的心意,在那里作恶,直到了花坞的溪旁,走进窗明几净的静莲庵(?)堂去坐下,喝了两碗清茶,这一些鬼胎,方才洗涤了个空空脱脱。

游西溪,本来是以松木场下船,带了酒盒行厨,慢慢儿地向西摇去为正宗。像我们那么高坐了汽车,飞鸣而过古荡,东岳,一个钟头要走百来里路的旅客,终于是难度的俗物,但是俗物也有俗益,你若坐在汽车座里,引颈而向西向北一望,直到湖州,只见一派空明,遥盖在淡绿成阴的斜平海上;这中间不见水,不见山,当然也不见人,只是渺渺茫茫,青青绿绿,远无岸,近亦无田园村落的一个大斜坡,过秦亭山后,一直到留下为止的那一条沿山大道上的景色,好处就在这里,尤其是当微雨朦胧,江南草长的春或秋的半中间。

从留下下船,回环曲折,一路向西向北,只在芦花浅水里打圈圈;圆桥茅舍,桑树蓼花,是本地的风光,还不足道;最古怪的,是剩在背后的一带湖上的青山,不知不觉,忽而又会得移上你的面前来,和你点一点头,又匆匆的别了。

摇船的少女,也总好算是西溪的一景;一个站在船尾把摇橹,一个坐在船头上使桨,身体一伸一俯,一往一来,和橹声的咿呀,水波的起落,凑合成一大又圆又曲的进行软调；游人到此，自然会想起瘦西湖边，竹西歌吹的闲情，而源宁昨天在漪园月下老人祠里求得的那枝灵签，仿佛是完全的应了，签诗的语文，是《鄘风·桑中》章末后的三句，叫作“期我乎桑中，要我乎上宫，送我乎淇之上矣”。

此后便到了交芦庵，上了弹指楼，因为是在雨里，带水拖泥，终于也感不到什么的大趣，但这一天向晚回来，在湖滨酒楼上放谈之下，源宁却一本正经地说：“今天的西溪，却比昨日的西湖，要好三倍。”

前天星期假日，日暖风和，并且在报上也曾看到了芦花怒放的消息；午后日斜，老龙夫妇，又来约去西溪，去的时候，太晚了一点，所以只在秋雪庵的弹指楼上，消磨了半日之半。一片斜阳，反照在芦花浅渚的高头，花也并未怒放，树叶也不曾凋落，原不见秋，更不见雪，只是一味的晴明浩荡，飘飘然，浑浑然，洞贯了我们的肠腑，老僧无相，烧了面，泡了茶，更送来了酒，末后还拿出了纸和墨，我们看看日影下的北高峰，看看庵旁边的芦花荡，就问无相，花要几时才能全白？老僧操着缓慢的楚国口音，微笑着说：“总要到阴历十月的中间；若有月亮，更为出色。”说后，还提出了一个交换的条件，要我们到那时候，再去一玩，他当预备些精馔相待，聊当作润笔，可是今天的字，却非写不可，老龙写了“一剑横飞破六合，万家憔悴哭三吴”的十四个字，我也附和着抄了一副不知在那里见过的联语：“春梦有时来枕畔，夕阳依旧上帘钩。”

喝得酒醉醺醺，走下楼来，小河里起了晚烟，船中间满载了黑暗，龙妇又逸兴遄飞，不知上那里去摸出了一枝洞箫来吹着。“其声呜呜然，如怨如慕，如泣如诉，余音袅袅，不绝如缕”，倒真有点像是七月既望，和东坡在赤壁的夜游。

西溪是杭州西北面的一处景点，以深秋在溪中看芦花怒放而闻名。本文即是记叙作者偕友人两次游览西溪的经历：一次是在雨中，一次是在晴日。由于两次所偕的友人都是文人雅士，因而途中所见所为，无不充满着文人的雅兴，洋溢着诗人的气质，因而使本文读来感到一种美的享受，体会到一种悠然的诗情。

文章的前半部分是记叙雨中游览西溪的情景，缘起是因为作者的友人源宁来杭州游了西湖而“觉得有点失望”，原因是他觉得“湖光山色，太整齐，太小巧，不够味儿”，由此可见，他的审美情趣是倾向于曲折、博大的，这正是一种文人的情趣。由于他的游览计划中原有西溪的一项，恰巧第二天又下了微雨，于是“秋原和我就主张微雨里下西溪，好教源宁去尝一尝这西湖近旁的野趣”。这就有了雨中游西溪的经过。

当时的“天色是阴阴漠漠的一层，湿风吹来，有点儿冷，也有点儿香，香的是野草花的气息”。他们的行程是先坐汽车到留下，然后从留下上船去西溪。按照一般的行程，游人都是以从松木场上船，带了酒盒行厨，慢慢儿地向西摇去为正宗，而他们这次却是坐了汽车，经古荡过东岳而至留下，因而自嘲为“是难度的俗物”，但这么走也有它的好处，即坐在汽车里向西向北望去，只见一派空明，“这中间不见水，不见山，当然也不见人，只是渺渺茫茫，青青绿绿，远无岸，近亦无田园村落的一个大斜坡”，尤其是当微雨朦胧时，就更有诗意。

从留下上船去往西溪，回环曲折地向西向北，只在芦花浅水里打圈圈，最令人称奇的是，“背后一带湖上的青山，不知不觉，忽而又会得移上你的面前来，和你点一点头，又匆匆的别了”。如此地描绘曲折回环的行程，简直让读者身临其境。

文章的后半部分却是记载着晴日游览西溪的经历。起因也是老友老龙夫妇来约而促成的，只是这次因为时间较晚，只在秋雪庵的弹指楼上，消磨了半日之半。时届午后，一片斜阳，反照在芦花浅渚之上，“花也并未怒放，树叶也不曾凋落，原不见秋，更不见雪，只是一味的晴明浩荡，飘飘然，浑浑然”。应老僧所请，老龙写了歌颂越王勾践复国雪耻的“一剑横飞破六合，万家憔悴哭三吴”的对联，而作者也写了应对着夕阳即景的“春梦有时来枕畔，夕阳依旧上帘钩”。最后，喝得酒醉醺醺地下楼来，上了庵旁的小舟，这时河上已是夜雾初起，晚烟袅袅，而这时的老龙夫人不知从哪里摸出了一支洞箫来吹着，使人不禁地想起苏东坡在《前赤壁赋》里所描写的景象：“其声呜呜然，如怨如慕，如泣如诉，余音袅袅，不绝如缕。”文章就在如此充满着诗情画意中结束。

本文虽说题为西溪的晴雨，但正面描绘西溪晴雨时的景色并不多，相反地倒是围绕着这两次游览时的人物写得较为生动，这些人都有着浓厚的文人气息，如友人源宁的对风景的审美观点，秋雪庵的老僧无相的审美情趣：认为芦花全白时，“若有月亮，更为出色”，自是高人一等，同时，他又是一位富有雅趣的僧人，他央求郁达夫等人的墨宝，可见他是一位懂得诗书富于文学情趣的雅僧。此外，作者友人老龙的文情风雅，从他为寺僧所写的对联中可以看出他诗书的功力底蕴非同一般，还有从龙夫人的在黑夜中登舟吹箫的行动来看，也可以看出她是个颇解风情，富于文学修养的女子。凡此种种，都在本文中构成了浓重的诗的氛围，增添了文章的文学底蕴，更增强了文章的艺术感染力，使人读来感受到一种美的享受。（王　孙）

风景谈　　茅　盾

前夜看了《塞上风云》[1]的预告片，便又回忆起猩猩峡[2]外的沙漠来了。那还不能被称为“戈壁”，那在普通地图上，还不过是无名的小点，但是人类的肉眼已经不能望到它的边际，如果在中午阳光正射的时候，那单纯而强烈的反光会使你的眼睛不舒服，没有隆起的沙丘，也不见有半间泥房，四顾只是茫茫一片，那样的平坦，连一个“坎儿井”[3]也找不到，那样的纯然一色，就使偶尔有些驼马的枯骨，它那微小的白光，也早融入了周围的苍茫，又是那样的寂静，似乎只有热空气在作哄哄的火响。然而，你不能说，这里就没有“风景”。当地平线上出现了第一个黑点，当更多的黑点成为线，成为队，而且当微风把铃铛的柔声，丁当，丁当，送到你的耳鼓，而最后，当那些昂然高步的骆驼，排成整齐的方阵，安详然而坚定地愈行愈近，当骆驼队中领队驼所掌的那一杆长方形猩红大旗耀入你眼帘，而且大小丁当的谐和的合奏充满了你耳管，——这时间，也许你不出声，但是你的心里会涌上了这样的感想的：多么庄严，多么妩媚呀！这里是大自然的最单调最平板的一面，然而加上了人的活动，就完全改观，难道这不是“风景”吗？自然是伟大的，然而人类更伟大。

于是我又回忆起另一个画面，这就在所谓“黄土高原”！那边的山多数是秃顶的，然而层层的梯田，将秃顶装扮成稀稀落落有些黄毛的癞头，特别是那些高秆植物颀长而整齐，等待检阅的队伍似的，在晚风中摇曳，别有一种惹人怜爱的姿态。可是更妙的是三五月明之夜，天是那样的蓝，几乎透明似的，月亮离山顶，似乎不过几尺，远看山顶的谷子丛密挺立，宛如人头上的怒发，这时候忽然从山脊上长出两支牛角来，随即牛的全身也出现，掮着犁的人形也出现，并不多，只有三两个，也许还跟着个小孩，他们姗姗而下，在蓝的天，黑的山，银色的月光的背景上，成就了一幅剪影，如果给田园诗人见了，必将赞叹为绝妙的题材。可是没有完。这几位晚归的种地人，还把他们那粗朴的短歌，用愉快的旋律，从山顶上飘下来，直到他们没入了山坳，依旧只有蓝天明月黑的山，歌声可是缭绕不散。

另一个时间。另一个场面。夕阳在山，干坼的黄土正吐出它在一天内所吸收的热，河水汤汤急流，似乎能把浅浅河床中的鹅卵石都冲走了似的。这时候，沿河的山坳里有一队人，从“生产”归来，兴奋的谈话中，至少有七八种不同的方音。忽然间，他们又用同一的音调，唱起雄壮的歌曲来了，他们的爽朗的笑声，落到水上，使得河水也似在笑。看他们的手，这是惯拿调色板的，那是昨天还拉着提琴的弓子伴奏着《生产曲》的，这是经常不离木刻刀的，那又是洋洋洒洒下笔如有神的，但现在，一律都被锄锹的木柄磨起了老茧了。他们在山坡下，被另一群所迎住。这里正燃起熊熊的野火，多少曾调朱弄粉的手儿，已经将金黄的小米饭，翠绿的油菜，准备齐全。这时候，太阳已经下山，却将它的余辉幻成了满天的彩霞，河水喧哗得更响了，跌在石上的便喷出了雪白的泡沫，人们把沾着黄土的脚伸在水里，任它冲刷，或者掬起水来，洗一把脸。在背山面水这样一个所在，静穆的自然和弥满着生命力的人，就织成了美妙的图画。

在这里，蓝天明月，秃顶的川，单调的黄土，浅濑的水，似乎都是最恰当不过的背景，无可更换。自然是伟大的，人类是伟大的，然而充满了崇高精神的人类的活动，乃是伟大中之尤其伟大者！

我们都曾见过西装革履烫发旗袍高跟鞋的一对儿，在公园的角落，绿阴下长椅上，悄悄儿说话，但是试想一想，如果在一个下雨天，你经过一边是黄褐色的浊水，一边是怪石峭壁的崖岸，马蹄很小心地探入泥浆里，有时还不免打了一下跌撞，四面是静寂灰黄，没有一般所谓的生动鲜艳，然而，你忽然抬头看见高高的山壁上有几个天然的石洞，三层楼的亭子间似的，一对人儿促膝而坐，只凭剪发式样的不同，你方能辨认出一个是女的，他们被雨赶到了那里，大概聊天也聊够了，现在是摊开着一本札记簿，头凑在一处，同一在看，——试想一想，这样一个场面到了你眼前时，总该和在什么公园里看见了长椅上有一对儿在偎倚低语，颇有点味儿不同罢？如果在公园时你一眼瞥见，首先第一会是“这里有一对恋人”，那么，此时此际，倒是先感到那样一个沉闷的雨天，寂寞的荒山，原始的石洞，安上这么两个人，是一个“奇迹”，使大自然顿时生色！他们之是否恋人，落在问题之外。你所见的，是两个生命力旺盛的人，是两个清楚明白生活意义的人，在任何情形之下，他们不倦怠，也不会百无聊赖，更不至于从胡闹中求刺激，他们能够在任何情况之下，拿出他们那一套来，怡然自得。但是什么能使他们这样呢？

不过仍旧回到“风景”罢；在这里，人依然是“风景”的构成者，没有了人，还有什么可以称道的？再者，如果不是内生活极其充满的人作为这里的主宰，那又有什么值得怀念？

再有一个例子：如果你同意，二三十棵桃树可以称为林，那么这里要说的，正是这样一个桃林。花时已过，现在绿叶满株，却没有一个桃子。半盘旧石磨，是最漂亮的圆桌面，几尺断碑，或是一截旧阶石，那又是难得的几案。现成的大小石块作为凳子，——而这样的石凳也还是以奢侈品的姿态出现。这些怪样的家具之所以成为必要，是因为这里有一个茶社。桃林前面，有老百姓种的荞麦，也有大麻和玉米这一类高秆植物。荞麦正当开花，远望去就像一张粉红色的地毯，大麻和玉米就像是屏风，靠着地毯的边缘。太阳光从树叶的空隙落下来，在泥地上，石家具上，一抹一抹的金黄色。偶尔也听得有草虫在叫，带住在林边树上的马儿伸长了脖子就树干搔痒，也许是乐了，便长嘶起来。"这就不坏！"你也许要这样说。可不是，这里是有一般所谓"风景"的一些条件的！然而，未必尽然。在高原的强烈阳光下，人们喜欢把这一片树荫作为户外的休息地点，因而添上了什么茶社，这是这个"风景区"成立的因缘，但如果把那二三十棵桃树，半盘磨石，几尺断碣，还有荞麦和大麻玉米，这些其实到处可遇的东西，看成了此所谓风景区的主要条件，那或者是会贻笑大方的。中国之大，比这美得多的所谓风景区，数也数不完，这个值得什么？所以应当从另一方面去看。现在请你坐下，来一杯清茶，两毛钱的枣子，也作一次桃园的茶客罢。如果你愿意先看女的，好，那边就有三四个，大概其中有一位刚接到家里寄给她的一点钱，今天来请请同伴。那边又有几位，也围着一个石桌子，但只把随身带来的书籍代替了枣子和茶了。更有两位虎头虎脑的青年，他们走过"天下最难走的路"④，现在却静静地坐着，温雅得和闺女一般。男女混合的一群，有坐的，也有蹲的，争论着一个哲学上的问题，时时哗然大笑，就在他们近边，长石条上躺着一位，一本书掩住了脸。这就够了，不用再多看。总之，这里有特别的氛围，但并不古怪。人们来这里，只为恢复工作后的疲劳，随便喝点，要是袋里有钱；或不喝，随便谈谈天；在有闲的只想找一点什么来消磨时间的人们看来，这里坐的不舒服，吃的喝的也太粗糙简单，也没有什么可以供赏玩，至多来一次，第二次保管厌倦。但是不知道消磨时间为何物的人们却把这一片简陋的绿阴看得很可爱，因此，这桃林就很出名了。

因此，这里的"风景"也就值得留恋，人类的高贵精神的辐射，填补了自然界的贫乏，增添了景色，形式的和内容的。人创造了第二自然！

最后一段回忆是五月的北国。清晨，窗纸微微透白，万籁俱静，嘹亮的喇叭声，破空而来。我忽然想起了白天在一本贴照簿上所见的第一张，银白色的背景前一个淡黑的侧影，一个号兵举起了喇叭在吹，严肃，坚决，勇敢和高度的警觉，都表现在小号兵的挺直的胸膛和高高的眉棱上边。我赞美这摄影家的艺术，我回味着，我从当前的喇叭声中也听出了严肃、坚决、勇敢和高度的警觉来，于是我披衣出去，打算看一看。空气非常清冽，朝霞笼住了左面的山，我看见山峰上的小号兵了。霞光射住他，只觉得他的额角异常发亮，然而，使我惊叹叫出声来的，是离他不远有一位荷枪的战士，面向着东方，严肃地站在那里，犹如雕像一般。晨风吹着喇叭的红绸子，只这是动的，战士枪尖的刺刀闪着寒光，在粉红的霞色中，只这是刚性的。我看得呆了，我仿佛看见了民族的精神化身而为他们两个。

如果你也当它是“风景”，那便是真的风景，是伟大中之最伟大者！

1940年12月，于枣子岚垭

注 ①《塞上风云》：一部反映团结抗日的进步影片。 ②猩猩峡：现通称星星峡，位于新疆维吾尔自治区东部，同甘肃省交界。 ③坎儿井：新疆地区一种利用地下水的灌溉工程，用横贯地下的暗沟作为输水道。 ④天下最难走的路：指当时的进步青年冲破封锁，从国统区奔赴延安参加革命。

《风景谈》设题新颖，寄托深远，在结构的安排、画面的组接以及叙述与议论相结合等方面颇费匠心，不愧为茅盾写于抗战时期的一篇散文佳作。

茅盾1938年赴迪化（今乌鲁木齐市）主持“新疆各族文协联合会”工作，并在新疆学院任教。1940年5月，他赴延安参观讲学，同年年底，遵照党的指示到重庆从事国统区的文学运动。茅盾到重庆后自然急于把自己在延安的见闻和感想告诉国统区读者。几经斟酌，作者舍弃了在“鲁艺”讲课、和中共领导人晤谈等场面，而改谈“风景”，他知道如果绘出了延安那些不同于四川盆地的“风景”，一定会使国统区读者耳目一新，再说黄土高原那种辽阔、粗犷的自然风光，也正和悲壮雄浑的抗日气氛相吻合。

《风景谈》一开头便不同凡响。作者从一部抗日进步影片《塞外风云》写起，一下子就把读者带入了抗日战争的氛围，然后运用对比手法，先是勾勒和渲染了猩猩峡外沙漠的“苍茫”、“寂静”、“纯然一色”，接着用富于动态的笔墨由远而近地推出了一幅驼队行进图，图中的色彩由淡而浓，形象由小而大，声音由弱而强，直到最后亮出了“领队驼所掌的那一杆长方形猩红大旗”，不禁令人刮目相看。当然，作者的目的不光是使读者“夺目”，还得“惊心”，于是作者顺流而下地抒发了自己的感叹：

> 这时间，也许你不出声，但是你的心里会涌上了这样的感想的：多么庄严，多么妩媚呀！这里是大自然的最单调最平板的一面，然而加上了人的活动，就完全改观，难道这不是“风景”吗？自然是伟大的，然而人类更伟大。

这番感叹既照应了题目，又为以后的文字作好了铺垫，定下了基调，发挥了巧妙的提示效果。

作者在延安时间不短，活动很多，有足够的“风景”素材可供自己采撷和运用。当然，有无丰富的素材是一回事，能否创造性地挑选和运用这些素材又是一回事，作者正是在这上头显出了自己的高超功力，他运用类似电影的“蒙太奇”手法，不断转换角度，接连推出了以下这些蕴含着诗情画意，充满色彩、光影、动作的镜头与画面：先是黄土高原的“月夜下山”与“生产归来”两幅晚归图，接着是延安“石洞避雨”和“桃园小憩”两幅风情画，最后是照片中“号兵吹号”和亲眼所见的“哨兵放哨”两个镜头的交替和叠加。尤其令人赞叹的是作者还由景而情，从实到虚，用一系列富于哲理的抒情句发掘了这些不为国统区读者所知的“风景”的内涵，就像电影镜头的画外音一样响彻读者耳畔。不妨把全文作如下简略的表述：

第一组风景（大漠风光）：沙漠、沙漠中的骆驼队、领头驼。

议论：“自然是伟大的，然而人类更伟大。”

第二组风景（劳动生产）：黄土高原“月夜下山”、沿河的山坳里人们“生产归来”。

议论：“充满了崇高精神的人类活动，乃是伟大中之尤其伟大者！”

第三组风景（学习休息）：石洞里学习的一对青年、桃园茶社的一群茶客。

议论：“人类的高贵精神的辐射，填补了自然界的贫乏……人创造了第二自然！”

第四组风景（守卫战斗）：北国晨光中的号兵、哨兵。

议论：“是真的风景，是伟大中之最伟大者！”

正是这些精到的议论和抒发，犹如画龙点睛一般，加深了读者对这些镜头和画面的理解，同时又使文中所有的“风景”断而相续，互相映衬，构成了一个有机的和谐的整体，奏响了贯穿全文的主旋律。

谈到《风景谈》的语言风格，既不能归入浓丽细腻一派，又有别于一般的质朴简练，而是平实而又新奇，明快亦复遒劲，不论是绘景还是写人，常常稍作点染和勾勒，便立刻神完意足，启人遐想。让我们紧随作者，一起远望黄土高原山顶时的情景：“这时候忽然从山脊上长出两支牛角来，随即牛的全身也出现”（引用时对某些词语加了着重号，下同），近看延河边劳动者唱歌时的神态：“他们的爽朗的笑声，落到水上，使得河水也似在笑。”再请听“晚归的种地人”“从山顶上飘下来”的民歌，太阳下山后，“河水喧哗得更响了，跌在石上的便喷出了雪白的泡沫”。其中加上着重号的词语虽然极为普通，毫无奇异之处，但一经作者拈来用在这里，不是有力地作用于人们的视觉和听觉，生动地突出了黄土高原的广漠和陡峭吗？

不管怎么含蓄深沉，一篇全面反映延安生活的作品，不去表现人民战士，终究是一大遗憾。有鉴于此，作者精心设计，把这方面的内容放在最后，并以格外明快遒劲的笔墨给了读者无限遐想。作者选择的是一个五月的清晨，窗纸泛白，万籁俱寂，这是人们头脑最为清醒，最易凝神观照和谛听的时刻，果不其然，一阵“嘹亮的喇叭声，破空而来”。正当读者精神为之一振，亟欲窥个究竟之际，作者偏又宕开一笔，深情地补叙了白天在贴照簿上看到的一个号兵吹号的英姿。经过这么一番视听转换，文章蓄足了势，感情积累到一个新的高度，于是作者“披衣出去”，终于看到了一位迎着霞光、“额角异常发亮”的小号兵，一位荷枪实弹的“雕像一般”的哨兵。号兵手中喇叭的红绸子随风飘动，显得活泼而轻柔，而那柄致敌于死命的刺刀却“闪着寒光”，格外富于“刚性”，两相对照，色调和动态的差异极大，因此给读者的感官刺激也极深。有人也许会问：延安那么多的部队和战士，为什么单单挑出号兵和哨兵来写？这是因为号兵象征着军令和指挥，哨兵是边区军民的“眼睛”，是保卫边区的第一道屏障。作者写了他们，能收以少胜多之效，也正因为这样，作者在作了充满诗意的描述之后，先是直抒胸臆：“我仿佛看见了民族的精神化身而为他们两个。”接着便直接向读者发出了急切的呼唤：

如果你也当它是“风景”，那便是真的风景，是伟大中之最伟大者！

两个“风景”，两个“伟大”，这并非故弄玄虚，呆板重复，而是作者满怀激情的自然流露，是对延安军民生活的深刻概括，不用说，作品也因此“定格”，达到了高潮。（孙光萱）

青纱帐 王统照

稍稍熟悉北方情形的人，当然知道这三个字——青纱帐，帐子上加青纱二字，很容易令人想到那幽幽地，沉沉地，如烟如雾的趣味。其中大约是小簟轻衾吧？有个诗人在帐中低吟着“手倦抛书午梦凉”的句子，或者更宜于有个雪肤花貌的“玉人”，从淡淡地灯光下透露出横陈的丰腴的肉体美来。可是煞风景得很！现在在北方一提起青纱帐这个暗喻格的字眼，汗喘气力，光着身子的农夫，横飞的子弹，枪，杀，劫掳，火光，这一大串的人物与光景，便即刻联想得出来。

北方有的是遍野的高粱，亦即所谓秫秫，每到夏季，正是它们茂生的时季。身个儿高，叶子长大，不到晒米的日子，早已在其中可以藏住人，不比麦子豆类隐蔽不住东西。这些年来北方，凡是有乡村的地方，这个严重的青纱帐季，便是一年中顶难过而要戒严的时候。

当初给遍野的高粱赠予这个美妙的别号的，够得上是位“幽雅”的诗人吧？本来如刀的长叶，连接起来恰像一个大的帐幔，微风过处，秆，叶摇拂，用青纱的色彩作比，谁能说是不对？然而高粱在北方的农产植物中是具有雄伟壮丽的姿态的。它不像黄云般的麦穗那么轻袅，也不是谷子穗垂头委琐的神气，高高独立，昂首在毒日的灼热之下，周身碧绿，满布着新鲜的生机。高粱米在东北几省中是一般家庭的普通食物，东北人在别的地方住久了，仍然还很欢喜吃高粱米煮饭。除那几省之外，在北方也是农民的主要食物，可以糊成饼子，摊作煎饼，而最大的用处是制造白干酒的原料，所以白干酒也叫做高粱酒。中国的酒类性烈易醉的莫过于高粱酒。可见这类农产物中所含精液之纯，与北方的土壤气候都有关系。但高粱的特性也由此可以看出。

为什么北方农家有地不全种能产小米的谷类，非种高粱不可？据农人讲起来自有他们的理由。不错，高粱的价值不要说不及麦，豆，连小米也不如。然而每亩的产量多，而尤其需要的是燃料。我们的都会地方现在是用煤，也有用电与瓦斯的，可是在北方的乡间因为交通不便与价值高贵的关系，主要的燃料是高粱秸。如果一年地里不种高粱，那末农民的燃料便自然发生恐慌。除去为作粗糙的食品外，这便是在北方夏季到处能看见一片高秆红穗的高粱地的缘故。

高粱的收获期约在夏末秋初。从前有我的一位族侄，——他死去十几年了，一位旧典型的诗人，——他曾有过一首旧诗，是极好的一段高粱赞：

“高粱高似竹，遍野参差绿。粒粒珊瑚珠，节节琅玕玉。”

农人对于高粱的红米与长秆子的爱惜，的确也与珊瑚琅玕相等。或者因为这等农产物品格过于低下的缘故，自来少见诸诗人的歌咏，不如稻，麦，豆类常在中国的田园诗人的句子中读得到。

但这若干年来，高粱地是特别的为人所憎恶畏惧！常常可以听见说：“青纱帐起来，如何，如何……”“今年的青纱帐季怎么过法？”因为每年的这个时季，乡村中到处遍布着恐怖，隐藏着杀机。通常在黄河以北的土匪头目，叫做“秆子头”，望文思义，便可知道与青纱帐是有关系的。高粱秆子在热天中既遍地皆是，容易藏身，比起“占山为王”还要便利。

青纱帐，现今不复是诗人，色情狂者所想像的清幽与挑拨肉感的所在，而变成乡村间所恐怖的“魔帐”了！

多少年来帝国主义的压迫，与连年内战，捐税重重，官吏，地主的剥削，现在的农村已经成了一个待爆发的空壳。许多人想着回到纯洁的乡村，以及想尽方法要改造乡村，不能不说他们的“用心良苦”，然而事实告诉我们，这样枝枝节节，一手一足的办法，何时才有成效！

青纱帐季的恐怖不过是一点表面上的情形，其所以有散布恐惶的原因多得很呢。

“青纱帐”这三个字徒然留下了极淡漠的，如烟如雾的一个表象在人人的心中，而内里面却藏着炸药的引子！

1933年7月4日

散文创作，大都喜欢“小题目”，通过对“小题目”的抒写，反映社会现实、宇宙人生等“大题目”的内涵。这就要求散文作者所选的材料，看似细小，却暗示深刻，小中见大。王统照的《青纱帐》，正体现了散文的这一特点。

文章开头运用对比手法，引导读者产生联想，并加以思考，看到青纱帐所暗喻的意义。作者说，平常提起青纱帐，令人想起如烟如雾的趣味，想起小簟轻衾和雪肤花貌的玉人，而“现在在北方一提起青纱帐这个暗喻格的字眼”，就会联想到枪、杀、劫掳等等。这就为全篇暗示深刻、小中见大奠定了基础。

接着作者抓住形成青纱帐的农作物高粱生长的季节特点和形状特色，并结合当时的社会特点点出“这些年来北方，凡是有乡村的地方，这个严重的青纱帐季，便是一年中顶难过而要戒严的时候”，引领读者逐步理解青纱帐的暗喻意义。

散文讲究开、阖、抑、扬，起、承、转、合，如同我国江南园林的布局，在有限中求无限，在统一中求变化，在人工中求自然。《青纱帐》不平铺直叙，而是峰回路转，曲径通幽。作者接着通过将高粱与麦穗、谷穗的对比，描绘高粱雄伟壮丽的姿态。作者还写了高粱的用处，高粱酒性烈易醉的特点以及北方农家大多种高粱的原因，并引作者一位族侄的一首五言绝句，集中赞美高粱。这些描写和议论，并非闲笔，都围绕着对高粱的感受和思索展开，形成了一种“辐射式”的结构形态。

文章至此，读者已经对高粱有了全面的了解。作者于是笔锋一转，写道：“但这若干年来，高粱地是特别的为人所憎恶畏惧！”照应开头，围绕开头所提出的青纱帐令人联想起种种恐怖的光景和青纱帐季是“一年中顶难过而要戒严的时候”展开议论。

为什么高粱地特别的为人所憎恶畏惧？“因为每年的这个时季，乡村中到处遍布着恐怖，隐藏着杀机”。作者又一次照应开头：“青纱帐，现今不复是诗人，色情狂者所想像的清幽与挑拨肉感的所在，而变成乡村间所恐怖的‘魔帐’了！”除照应开头外，又使文章的主旨更加深化。

卒章显志。文章写作上暗示深刻，小中见大的特色在文章的结尾鲜明地显示出来：“多少年来帝国主义的压迫，与连年内战，捐税重重，官吏，地主的剥削，现在的农村已经成了一个待爆发的空壳。”作者由小见大，由青纱帐谈起，至此直接揭露三座大山压迫下的20世纪30年代农村破产的社会现实。在揭露农村破产现实的同时，作者其实也在告诉读者，30年代改良主义的乡村改造运动此路不通。（潘颂德）

芦沟晓月　　王统照

“苍凉自是长安日，呜咽原非陇头水。”

这是清代诗人咏芦沟桥的佳句，也许，长安日与陇头水六字有过分的古典气息，读去有点碍口？但，如果你们明了这六个字的来源，用联想与想象的力量凑合起，提示起这地方的环境，风物，以及历代的变化，你自然感到像这样“古典”的应用确能增加芦沟桥的伟大与美丽。

打开一本详明的地图，从现在的河北省、清代的京兆区域里你可找得那条历史上著名的桑干河。在往古的战史上，有多少吊古伤今的诗人的笔下，桑干河三字并不生疏。但，说到治水，㶟水，漯水这三个专名，似乎就不是一般人所知了。

还有，凡到过北平的人，谁不记得北平城外的永定河，——即不记得永定河，而外城的正南门，永定门，大概可说是“无人不晓”罢。我虽不来与大家谈考证，讲水经，因为要叙叙芦沟桥，却不能不谈到桥下的水流。

治水，㶟水，灅水，以及俗名的永定河，其实都是那一道河流，——桑干。

还有，河名不甚生疏，而在普通地理书上不大注意的是另外一道大流，——浑河。浑河源出浑源，距离著名的恒山不远，水色浑浊，所以又有小黄河之称。在山西境内已经混入桑干河，经怀仁，大同，委弯曲折，至河北的怀来县。向东南流入长城，在昌平县境的大山中如黄龙似地转入宛平县境，二百多里，才到这条巨大雄壮的古桥下。

原非陇头水，是不错的，这桥下的汤汤流水，原是桑干与浑河的合流；也就是所谓治水，㶟水，灅水，永定河与浑河，小黄河，黑水河（浑河的俗名）的合流。

桥工的建造既不在北宋的时代，也不开始于蒙古人的占据北平。金人与南宋南北相争时，于大定二十九年六月方将这河上的木桥换了，用石料造成。这是见之于金代的诏书，据说：“明昌二年三月桥成，敕命名广利，并建东西廊以便旅客。”

马哥波罗来游中国，服官于元代的初年时，他已看见这雄伟的工程，曾在他的游记里赞美过。

经过元明两代都有重修，但以正统九年的加工比较伟大，桥上的石栏，石狮，大约都是这一次重修的成绩。清代对此桥的大工役也有数次，乾隆十七年与五十年两次的动工，确为此桥增色不少。

“东西长六十六丈，南北宽二丈四尺，两栏宽二尺四寸，石栏一百四十，桥孔十有一，第六孔适当河之中流。”

按清乾隆五十年重修的统计，对此桥的长短大小有此说明，使人（没有到过的）可以想象它的雄壮。

从前以北平左近的县分属顺天府，也就是所谓京兆区。经过名人题咏的，京兆区内有八种胜景：例如西山霁雪，居庸叠翠，玉泉垂虹等，都是很幽美的山川风物。芦沟不过有一道大桥，却居然也与西山居庸关一样列入八景之一，便是极富诗意的“芦沟晓月”。本来，“杨柳岸晓风残月”是最易引动从前旅人的感喟与欣赏的凌晨早发的光景，何况在远来的巨流上有这一道雄伟壮丽的石桥，又是出入京都的孔道，多少官吏，士人，商贾，农，工，为了事业，为了生活，为了游览，他们不能不到这名利所萃的京城，也不能不在夕阳返照，或东方未明时打从这古代的桥上经过。你想：在交通工具还没有如今迅速便利的时候，车马，担簦，来往奔驰，再加上每个行人谁没有忧、喜、欣、戚的真感横在心头，谁不为“生之活动”在精神上负一份重担？盛景当前，把一片壮美的感觉移入渗化于自己的忧喜欣戚之中，无论他是有怎样的观照，由于时间与空间的变化错综，面对着这个具有崇高美的压迫力的建筑物，行人如非白痴，自然以其鉴赏力的差别，与环境的相异，生发出种种的触感。于是留在他们的心中，或留在藉文字绘画表达出的作品中，对于芦沟桥三字真有很多的酬报。

不过，单以“晓月”形容芦沟桥之美，据传说是另有原因：每当旧历的月尽头（晦日）天快晓时，下弦的钩月在别处还看不分明，如有人到此桥上，他偏先得清光。这俗传的道理是否可靠，不能不令人疑惑，其实，芦沟桥也不过高起一些，难道同一时间在西山山顶，或北平城内的白塔（北海山上）上，看那晦晓的月亮，会比芦沟桥上不如？不过，话还是不这么拘板说为妙，用“晓月”陪衬芦沟桥的实是一位善于想象而又身经的艺术家的妙语，本来不预备后人去作科学的测验。你想：“一日之计在于晨”，何况是行人的早发。朝气清蒙，烘托出那钩人思感的月亮，——上浮青天，下嵌白石的巨桥。京城的雉堞若隐若现，西山的云翳似近似远，大野无边，黄流激奔，……这样光，这样色彩，这样地点与建筑，不管是料峭的春晨，凄冷的秋晓，景物虽然随时有变，但若无雨雪的降临，每月末五更头的月亮，白石桥，大野，黄流，总可凑成一幅佳画，渲染飘浮于行旅者的心灵深处，发生出多少样反射的美感。

你说：偏以“晓月”陪衬这“碧草芦沟”（清刘履芬的《鸥梦词》中有《长亭怨》一阕，起语是：叹销春间关轮铁，碧草芦沟，短长程接），不是最相称的“妙境”么？

无论你是否身经其地，现在，你对于这名标历史的胜迹，大约不止于“发思古之幽情”罢？其实，即以思古而论也尽够你深思，咏叹，有无穷的兴感！何况血痕染过那些石狮的鬈鬣，白骨在桥上的轮迹里腐化，漠漠风沙，呜咽河流，自然会造成一篇悲壮的史诗。就是万古长存的“晓月”也必定对你惨笑，对你冷觑，不是昔日的温柔，幽丽，只引动你的“清念”。

桥下的黄流，日夜呜咽，泛挹着青空的灏气，伴守着沉默的郊源。……

他们都等待着有明光大来与洪涛冲荡的一日，——那一日的清晓。

（上文为《少年读物》作。文中有二三处引用傅增湘先生的考证，并志于此）

这是一篇向少年读者介绍芦沟桥的散文名篇。

文章开头，作者以清代诗人咏芦沟桥的两句诗为引子，让读者对芦沟桥产生伟大与美丽的印象。

作者由桥而水，以缜密的文字详细说明芦沟桥下的永定河的几个别名以及它的发源地与流向，富于知识性，给人不少启发。

讲了桥下的水，再叙桥的建造和历次重修，自然顺理成章。作者更引用清乾隆五十年重修时关于芦沟桥长短大小的统计数字，“使人可以想象它的雄壮”。行文至此，自然照应开头，可见作者缜针密线，收结构紧凑之效。

在介绍芦沟桥下的水流——永定河以及芦沟桥之后，作者笔锋一转，文章紧扣题目《芦沟晓月》来展开。

作者由古代北京八种胜景，引出“芦沟晓月”。作者在散文艺术表现上以丰富缜密见长。芦沟桥之所以引人入胜的原因：一是“‘杨柳岸晓风残月’是最易引动从前旅人的感喟与欣赏的凌晨早发的光景”，二是各色人等在芦沟桥上来往奔驰触景生情，“生发出种种的触感”。分析既鞭辟入里，联想又逼真多彩，古人为生活奔忙，在夕阳返照、或东方未明时在桥上经过，忧、喜、欣、戚横在心头的情景尽在其中。

作者以缜密的文笔、丰富的想象描写芦沟晓月的引人入胜，然后以一句反诘句“偏以‘晓月’陪衬这‘碧草芦沟’不是最相称的‘妙境’么”作结，既照应开头，又有力地赞美了“芦沟晓月”。

王统照早期散文都偏重于内心感受的抒写和哲理性的思索。本文写于上海“孤岛”时期，作者以缜密的文字抒写自己冷静的思考。但与作者早期散文着眼于表现“爱”与“美”理想幻灭时迷惘情绪不同，作者时时反顾现实，在看似平静的文字里汹涌着激情。从文章结尾这样的句子：“何况血痕染过那些石狮的鬈鬣，白骨在桥上的轮迹里腐化，漠漠风沙，呜咽河流，自然会造成一篇悲壮的史诗。”可见作者对日本帝国主义挑起芦沟桥事变、侵略我国的无比愤怒。在愤懑中，作者在结尾写道：“他们都等待着有明光大来与洪涛冲荡的一日，——那一日的清晓。”这含蓄蕴藉、诗一般的句子，充分表现了作者对抗战胜利的热切期待。（潘颂德）

雷峰塔下　　庐　隐

——寄到碧落

涵！记得吧！我们徘徊在雷峰塔下，地上芊芊碧草，间杂着几朵黄花，我们并肩坐在那软绵的草上。那时正是四月间的天气，我穿的一件浅紫麻沙的夹衣，你采了一朵黄花插在我的衣襟上，你仿佛怕我拒绝，你羞涩而微怯地望着我。那时我真不敢对你逼视，也许我的脸色变了，我只觉心脏急速地跳动，额际仿佛有些汗湿。

黄昏的落照，正射在塔尖，红霞漾射于湖心，轻舟兰桨，又有一双双情侣，在我们面前泛过。涵！你放大胆子，悄悄地握住我的手，——这是我们头一次的接触，可是我心里仿佛被利剑所穿，不知不觉落下泪来，你也似乎有些抖颤，涵！那时节我似乎已料到我们命运的多磨多难！

山脚上忽涌起一朵黑云，远远地送过雷声，——湖上的天气，晴雨最是无凭，但我们凄恋着，忘记风雨无情的吹淋，顷刻间豆子般大的雨点，淋到我们的头上身上，我们来时原带着伞，但是后来看见天色晴朗，就放在船上了。

雨点夹着风沙，一直吹淋。我们拼命地跑到船上，彼此的衣裳都湿透了，我顿感到冷意，伏作一堆，还不禁抖颤，你将那垫的毡子，替我盖上，又紧紧地靠着我，涵！那时你还不敢对我表示什么！

晚上依然是好天气，我们在湖边的椅子上坐着，看月。你悄悄对我说：“雷峰塔下，是我们生命史上一个大痕迹！”我低头不能说什么，涵！真的！我永远觉得我们没有幸福的可能！

唉！涵！就在那夜，你对我表明白你的心曲，我本是怯弱的人，我虽然恐惧着可怕的命运，但我无力拒绝你的爱意！

从雷峰塔下归来，一直四年间，我们是度着悲惨的恋念的生活。四年后，我们胜利了！一切的障碍，都在我们手里粉碎了。我们又在四月间来到这里，而且我们还是住在那所旅馆，还是在黄昏的时候，到雷峰塔下，涵！我们那时是毫无所拘束了。我们任情的拥抱,任意的握手,我们多么骄傲……

但是涵!又过了一年,雷峰塔倒了,我们不是很凄然地惋惜吗?不过我绝不曾想到,就在这一年十月里你抛下一切走了,永远的走了!再不想回来了!呵!涵!我从前惋惜雷峰塔的倒塌,现在,呵!现在,我感谢雷峰塔的倒塌,因为它的倒塌,可以扑灭我们的残痕!

涵!今年十月就到了。你离开人间已经三年了!人间渐渐使你淡忘了吗?唉!父亲年纪老了!每次来信都提起你,你们到底是什么因果?而我和你确是前生的冤孽呢!

涵!去年你的二周年纪念时,我本想为你设祭,但是我住在学校里,什么都不完全,我记得我只作了一篇祭文,向空焚化了。你到底有灵感没有?我总痴望你,给我托一个清清楚楚的梦,但是那有?!

只有一次,我是梦见你来了,但是你为甚那么冷淡?果然是缘尽了吗?涵!你抛得下走了,大约也再不恋着什么!不过你总忘不了雷峰塔下的痕迹吧!

涵!人间是更悲惨了!你走后一切都变更了。家里呢:也是树倒猢狲散,父亲的生意失败了!两个兄弟都在外洋飘荡,家里只剩母亲和小弟弟,也都搬到乡下去住,父亲忍着伤悲,仍在洋口奔忙,筹还拖欠的债,涵!这都是你临死而不放心的事情,但是现在我都告诉了你,你也有点眷恋吗?

我!大约你是放心的,一直扎挣着呢,涵!雷峰塔已经倒塌了,我们的离合也都应验了。——今年是你死后的三周年——我就把这断藕的残丝,敬献你在天之灵吧!

这篇悼念亡夫的散文采用书信体形式,格外缠绵悱恻,哀婉怅惘。这是生者向死者的诉说和呼唤,是灵魂深处的绝唱。

庐隐于五四运动那年秋天,进入北京女子高等师范学校读书。时逢日本驻福州居留民团开枪打死打伤数名抵制日货的中国学生的"闽案"事件发生,旅京闽籍学生为声援福建学生成立联合会。庐隐是女高师代表,被大会推举为副主席。这是庐隐第一次与男人合作共事,她狭窄的视野豁然开朗。面对着这阳刚世界,庐隐自惭形秽。她羡慕英雄,服膺思想家。在这群风华正茂的男大学生中,庐隐最喜爱的是北大代表、《闽潮》主编郭梦良。在庐隐眼里,他明敏聪颖,他勤慎敦笃,他深沉稳重,他学业精深,品格清华。起先,他们商磋会务;后来,书信往还频繁;后来,形影不离,情投意合。《雷峰塔下》追忆的是第二年四月春天,庐隐和郭梦良双双结伴游玩杭州时相亲相爱的情景。当郭梦良壮着胆,悄悄握住庐隐的手时,庐隐的心却被利剑所刺穿似的,眼泪潸然而下。虽然这是两人头一次肌肤的接触,但是留给庐隐的并非是欢悦愉快的感觉。因为庐隐"似乎已料到我们命运的多磨多难"。所谓命运多磨多难,指的是郭梦良早有妻室。然而郭梦良在爱的抉择面前,一反常态,畏葸不前,他挚爱庐隐又不忍心与妻子分离。庐隐劝慰他:"只要我们有爱情,你有妻子也不要紧。"

婚姻并没有给庐隐带来幸福与欢愉。丈夫任教于吴淞中国公学,后又去政治学院任教务长,每日早出晚归,爱的功课渐渐荒芜。庐隐扮演着"妻主内"的传统角色,她的骛外天性受到强烈的压制,孤独、寂寞;失落、幻灭。她哀叹着:"理想的爱情只有天上有。"不久,疾病夺走了郭梦良短暂的生命,庐隐青春之梦也随之而破碎。她携带女儿四处漂泊,饱经世态炎凉。后来回到北京,经友人荐绍出任女一中校长。学校倾轧相挤的恶浊环境使她心寒意懒。稍有闲暇就约女高师校友石评梅出去散步谈心。有时跑到陶然亭对着累累荒坟，号啕痛哭。有时站在中央公园最高处，酣歌狂舞。更多的时候，两人关在"白屋"、"梅窠"里拼命酗酒抽烟。醉倒了大声狂笑，醒来又大声啼哭。在《雷峰塔下》，庐隐忍耐不住，向亡夫诉说孤身一人时的凄凉与悲惨。

庐隐的散文风格清婉幽邃，洋溢着强烈浓郁的主观抒情色彩。大喜大悲，如歌似泣；情感跌宕起伏，像汹涌波涛，也如和风细雨。然而，这篇散文没有庐隐往常行文不讲究结构布局之疏漏，文章短小精悍，一气呵成。全文以雷峰塔作为切入点并以此为贯穿始终的中心线索，有条不紊地描写了庐隐与郭梦良在塔下喜结良缘时的羞涩、惊喜与忧虑，四年后故地重游时的胜利感与恣意忘形的狂放，以及塔倒夫亡后的孤寂、凄凉与失落，清晰地展露出庐隐从女生——亡妇的心路历程。

雷峰塔在结构中起到枢纽作用，同时又具深刻的象征意味。它既是庐隐与郭梦良爱情的见证，又是两人爱情的终结。文中多处提到雷峰塔在两人爱情中的位置与作用。"雷峰塔下，是我们生命史上一个大痕迹！"暗喻庐郭两人冲破重重障碍相聚在塔下私订终身。四年后第二次欢聚在塔下，雷峰塔则成为他们终成眷属的胜利象征，塔下两人"任情的拥抱，任意的握手"，感到"多么骄傲"。又一年，雷峰塔倒塌不幸应验了他俩的悲欢离合，扑灭了他俩婚姻的残痕。塔倒了，人走了，然而庐隐思念亡夫的迫切心情却逐年倍增，她焚化祭文、梦见亡夫，终难忘怀雷峰塔下的痕迹，因而终于有了这篇夫亡三年后写的寄往碧落的信函，把这相思的"断藕的残丝"献给亡夫在天之灵。

读《雷峰塔下》，仿佛浮现出庐隐憔悴、愁苦的面容，和"寻寻觅觅、冷冷清清、凄凄惨惨"的身影，感人肺腑，催人泪下。（糜若焉）

异国秋思　　庐　隐

自从我们搬到郊外以来，天气渐渐清凉了。那短篱边牵延着的毛豆叶子，已露出枯黄的颜色来，白色的小野菊，一丛丛由草堆里攒出头来，还有小朵的黄花在凉劲的秋风中抖颤，这一些景象，最容易勾起人们的秋思，况且身在异国呢！低声吟着"帘卷西风，人比黄花瘦"之句，这个小小的灵宫，是弥漫了怅惘的情绪。

书房里格外显得清寂，那窗外蔚蓝如碧海似的青天，和淡金色的阳光，还有夹着桂花香的阵风，都含了极强烈的，挑拨人类心弦的力量。在这种刺激之下，我们不能继续那死板的读书工作了。在那一天午饭后，波便提议到附近吉祥寺去看秋景，三点多钟我们乘了市外电车前去，——这路程太近了，我们的身体刚刚坐稳便到了。走出长甬道的车站，绕过火车轨道，就看见一座高耸的木牌坊，在横额上有几个汉字写着"井之头恩赐公园"。我们走进牌坊，便见马路两旁树木葱茏，绿阴匝地，一种幽妙的意趣，萦缭脑际，我们怔怔地站在树影下，好像身入深山古林了。在那枝柯掩映中，一道金黄色的柔光正荡漾着。使我想象到一个披着金绿柔发的仙女，正赤着足，踏着白云，从这里经过的情景。再向西方看，一抹彩霞，正横在那叠翠的峰峦上，如黑点的飞鸦，穿林翩翻，我一缕的愁心真不知如何安派，我要吩咐征鸿它带回故国吧！无奈它是那样不着迹地去了。

我们徘徊在这浓绿深翠的帷幔下，竟忘记前进了。一个身穿和服的中年男人，脚上穿着木屐，提塔提塔的来了。他向我们打量着，我们为避免他的觑视，只好加快脚步走向前去。经过这一带森林，前面有一条鹅卵石堆成的斜坡路，两旁种着整齐的冬青树，只有肩膀高，一阵阵的青草香，从微风里荡过来。我们慢步地走着，陡觉神气清爽，一尘不染。下了斜坡，面前立着一所小巧的东洋式的茶馆，里面设了几张小矮几和坐褥，两旁列着柜台，红的蜜橘，青的苹果，五色的杂糖，错杂地罗列着。

“呀！好眼熟的地方！”我不禁失声地喊了出来。于是潜藏在心底的印象，陡然一幕幕地重映出来，唉！我的心有些抖颤了，我是被一种感怀已往的情绪所激动，我的双眼怔住，胸膈间充塞着悲凉，心弦凄紧地搏动着。自然是回忆到那些曾被流年蹂躏过的往事：

“唉！往事，只是不堪回首的往事呢！”我悄悄地独自叹息着。但是我目前仍然有一幅逼真的图画再现出来……

一群骄傲于幸福的少女们，她们孕育着玫瑰色的希望，当她们将由学校毕业的那一年，曾随了她们德高望重的教师，带着欢乐的心情，渡过日本海来访蓬莱的名胜。在她们登岸的时候，正是暮春三月樱花乱飞的天气，那些缀锦点翠的花树，都是使她们乐游忘倦。她们从天色才黎明，便由东京的旅舍出发；先到上野公园看过樱花的残妆后，又换车到井之头公园来。这时疲倦袭击着她们，非立刻找个地点休息不可。最后她们发现了这个位置清幽的茶馆，便立刻决定进去吃些东西。大家团团围着矮凳坐下，点了两壶龙井茶，和一些奇甜的东洋点心，她们吃着喝着，高声谈笑着，她们真像是才出谷的雏莺；只觉眼前的东西，件件新鲜，处处都富有生趣。当然她们是被搂在幸福之神的怀抱里了。青春的爱娇，活泼快乐的心情，她们是多么可艳羡的人生呢？

但是流年把一切都毁坏了！谁能相信今天在这里低徊追怀往事的我，也正是当年幸福者之一呢！哦！流年，残酷的流年呵！它带走了人间的爱娇，它蹂躏了英雄的壮志，使我站在这似曾相识的树下，只有咽泪，我有什么方法，使年光倒流呢！

唉！这仅仅是九年后的今天。呀，这短短的九年中，我走的是崎岖的世路，我攀缘过陡峭的崖壁，我由死的绝谷里逃命，使我尝着忍受由心头淌血的痛苦，命运要我喝干自己的血汗。如同喝玫瑰酒一般……

唉！这一切的刺心回忆，我忍不住流下辛酸的泪滴，连忙离开这容易激动感情的地方吧！我们便向前面野草漫径的小路上走去。忽然听见一阵悲恻的唏嘘声，我仿佛看见张着灰色翅翼的秋神，正躲在那厚密的枝叶背后。立时那些枝叶都窸窸窣窣地颤抖起来。草底下的秋虫，发出连续的唧唧声，我的心感到一阵阵的凄冷，不敢向前去，找到路旁一张长木凳子坐下。我用滞呆的眼光，向那一片阴阴森森的丛林里睁视，当微风分开枝柯时，我望见那小河里的潺湲碧水了。水上皱起一层波纹，一只小划子，从波纹上溜过。两个少女摇着桨，低声唱着歌儿。我看到这里，又无端感触起来。觉到喉头梗塞，不知不觉叹道：“故国不堪回首呵！”同时那北海的红漪清波浮现眼前，那些手携情侣的男男女女，恐怕也正摇着画桨，指点着眼前清丽秋景，低语款款吧！况且又是菊茂蟹肥时候，料想长安市上，车水马龙，正不少欢乐的宴聚，这飘泊异国，秋思凄凉的我们当然是无人想起的。不过，我们却深深的眷怀着祖国，渴望得些好消息呢！况且我们又是神经过敏的，揣想到树叶凋落的北平，凄风吹着，冷雨洒着的那些穷苦的同胞，也许正向茫茫的苍天悲诉呢！唉，破碎紊乱的祖国呵！北海的风光不能粉饰你的寒伧！来今雨轩的灯红酒绿，不能安慰忧患的人生，深深眷念着祖国的我们，这一颗因热望而颤抖的心，最后是被秋风吹冷了。

庐隐性格豪放活泼，喜欢山水，酷爱旅游。1928年春，她在北平结识了清华大学西洋文学系学生李唯建，不久两人便陷入热恋之中。两年以后，庐隐辞去北平女一中教职，与比她小许多岁的情人李唯建去日本东京度蜜月。起先两人居住在神田区闹市，十月搬到幽静清爽的郊外阿谷。《异国秋思》写的是搬迁到郊外后日常生活的一个片断。

庐隐是一个性情中人，她的笔端常露多愁善感的情思。一草一木、一山一水，在她笔下无不带上自己个人的自我色彩。秋来了，天凉了，篱边枯黄的毛豆叶、草丛中攒出头来的野菊花和秋风中抖颤的小黄花，都会情不自禁地勾引起她的秋思愁情。

庐隐的散文不拘规矩章法，信笔写来，自由随便。虽说，《异国秋思》写她和李唯建忍耐不得书房的清寂，在秋风秋色中游玩近处的“井之头恩赐公园”，但她不拘泥于游记散文的套路有板有眼来写，而是漫不经心，随手拈来。文章上半部分写的是公园的秋景：绿阴葱茏的树林、彩霞中叠翠的峰峦、鹅卵石堆成的斜坡路、修建整齐的冬青树，微风中送来的沁人肺腑的青草香。下半部分写的是故地重游中的作者之愁绪。看上去，前后有点脱节，不太整齐划一；然而从情绪的流向而言，却首尾连贯，自然流畅。作者写景的目的就在于抒情，着重渲染她的思乡忧国的情绪。文章开首，写她秋景中的怅惘。中间，写她游园中被美丽的园中景色所吸引，暂时忘却心中的愁绪。接着，写她无意之中故地重游。一幕幕熟悉的景致像电影似的急速地重映在她的眼前。这时，庐隐的思绪却像打开的闸门倾泻而出，同时也把全文引向情绪的高潮，并且巧妙地呼应开首，点化题意。

《异国秋思》，顾名思义，抒写的是作者置身于异国他乡的愁绪。东京郊外居家周围的秋色幽清秀美，翠微的山峰，森森的松柏，一流涧水环绕着作者的茅庐，院中的桂花吐出醉人的芳馨（李唯建：《忆庐隐》），但是终难抹去庐隐内心的惆怅。出外游玩本为解忧，未曾料到却是勾引往事，愁绪倍增。望着小巧玲珑的茶馆，庐隐回想起1922年大学毕业前夕，和同学们横渡东瀛游玩井之头公园的欢乐情景，赞叹“她们真像是才出谷的雏莺，只觉眼前的东西，件件新鲜，处处都富有生趣”。“她们是被搂在幸福之神的怀抱”，充满着“青春的爱娇、活泼快乐的心情”。触景生情，庐隐无限惆怅，往事不堪回想，一方面她羡慕大学生年代的青春年华，另一方面又感叹时光流逝，青春不再，她哀叹道：“谁能相信今天在这里低徊追怀往事的我，也正是当年幸福者之一呢！哦，流年，残酷的流年呵！它带走了人间的爱娇，它蹂躏了英雄的壮志。”这短暂的八九年中，庐隐先后失夫丧母、背井离乡，走的是“崎岖的世路”，攀缘过“陡峭的崖壁”，她含辛茹苦、忍辱负重，方“由死的绝谷里逃命”。

文中庐隐浮想联翩，情绪也随着景点的变化而逐渐深化。当她满怀凄冷，睁视丛林深处碧水细流上两个少女摇桨轻吟的情景，无端感触涌起，梗塞喉咙，其情绪由个人往事不堪回首转到“故国不堪回首”。她的眼前浮现一幅“朱门酒肉臭，路有冻死骨”的画面：北海红漪清波上男女情侣摇桨泛舟、长安宴聚菊茂蟹肥；而穷苦的同胞顶着凄风淋着冷雨，正向苍天悲诉。此时此刻，庐隐的秋思更加悲切更加惆怅，她再也按捺不住内心的激愤失望，遥望故国，仰天长叹：“唉，破碎紊乱的祖国呵！北海的风光不能粉饰你的寒伧！来今雨轩的灯红酒绿，不能安慰忧患的人生！”

《异国秋思》描绘的是异国他乡的景，抒发的却是炎黄子孙的思乡忧国之情，不失为一篇情景交融、情文并茂的散文佳作。（糜若焉）

匆　匆　　朱自清

燕子去了，有再来的时候；杨柳枯了，有再青的时候；桃花谢了，有再开的时候。但是，聪明的，你告诉我，我们的日子为什么一去不复返呢？——是有人偷了他们罢：那是谁？又藏在何处呢？是他们自己逃走了罢：现在又到了哪里呢？

我不知道他们给了我多少日子；但我的手确乎是渐渐空虚了。在默默里算着，八千多日子已经从我手中溜去；像针尖上一滴水滴在大海里，我的日子滴在时间的流里，没有声音，也没有影子。我不禁头涔涔而泪潸潸了。

去的尽管去了，来的尽管来着；去来的中间，又怎样地匆匆呢？早上我起来的时候，小屋里射进两三方斜斜的太阳。太阳他有脚啊，轻轻悄悄地挪移了；我也茫茫然跟着旋转。于是——洗手的时候，日子从水盆里过去；吃饭的时候，日子从饭碗里过去；默默时，便从凝然的双眼前过去。我觉察他去的匆匆了，伸出手遮挽时，他又从遮挽着的手边过去，天黑时，我躺在床上，他便伶伶俐俐地从我身上跨过，从我脚边飞去了。等我睁开眼和太阳再见，这算又溜走了一日。我掩着面叹息。但是新来的日子的影儿又开始在叹息里闪过了。

在逃去如飞的日子里，在千门万户的世界里的我能做些什么呢？只有徘徊罢了，只有匆匆罢了；在八千多日的匆匆里，除徘徊外，又剩些什么呢？过去的日子如轻烟，被微风吹散了，如薄雾，被初阳蒸融了；我留着些什么痕迹呢？我何曾留着像游丝样的痕迹呢？我赤裸裸来到这世界，转眼间也将赤裸裸的回去罢？但不能平的，为什么偏要白白走这一遭啊？

你聪明的，告诉我，我们的日子为什么一去不复返呢？

一九二二.三.二八

《匆匆》是一首文情并茂，寓意深邃的散文诗。作者以绵密细致的笔触，系情于物，尽情地抒发着内心的感受，创造了独特的意境，令人感奋，启人深思。

《匆匆》作于1922年3月，正是五四运动处于低潮，作者思想十分苦闷的时期。这时他由于“看不清现在，摸不着将来”（《转眼》），徘徊于人生十字路口，感到无限空虚与惆怅。但朱自清正如叶圣陶所说的，他“并非玩世，是认真处世”的人（叶圣陶：《与佩弦》）。他不愿虚度年华，在风尘中老去，在给俞平伯的信中说，“日来时时念旧，殊低徊不能自已。明知无聊，但难排遣。‘回想上的婉惜’，正是不能自克的事。因了这惋惜的情怀，引起时日不可留之感。我想将这宗心绪写成一诗，名曰《匆匆》”（《信札》）。不愿蹉跎青春，浪费时日，虽彷徨而仍思有所作为，《匆匆》抒写的就是这种心境。

朱自清是个擅于从客观事物中捕捉形象，以抒发自己主观情愫的诗人。燕子来而复去，杨柳枯了又青，桃花谢了再开，这本是人所习见的自然现象，但诗人触景生情，从中联想到自己年青的生命，默算二十四年八千多个日子的行踪，追索着生命的价值，发出了惋惜的喟叹。韶华易逝，青春难再，年青人必须珍惜光阴，万勿使其错过，《匆匆》的主旨，便在于倾吐自己对时日匆匆这一瞬息间的感受。但作者在抒发这一感受时，并不作枯燥无味的大道理讲述，也不发空洞的呼喊，而是把自己在特定处境里的感兴，依托于大自然多种可感的景象之中，使抽象转为具体，思绪化为形象,一开篇就以独特的诗意创造,产生动人的效果,使人不由得不随着作者的思路去对人生问题作深入的思考。《匆匆》的艺术特色,首先便体现在作者这种对感情、形象的奇妙构思之中。

作品开端寄兴于燕子、杨柳、桃花的抒写,还只是点题。为了使内心情意表现得更集中、更丰富、更强烈,在《匆匆》里,作者充分发挥自己艺术想象力,去捕捉那“匆匆”的影子,以拟人手法,把光阴的象征——太阳,写得活灵活现。那太阳简直就像是一个性格活泼、步履轻捷的青春少年,他来去是这样地轻悄匆忙,在你稍一转动之间就过去了,日出日落,来去匆匆,光阴本是无情无踪的。但“太阳他有脚”,诗人正是扣住这“脚”,把时间这个空灵对象写得新鲜活脱,使无情之物显得充满人情。那人格化了的太阳,实际上是直接沟通诗人心灵深处的动人形象,诗人借助它抒发了自己在特定环境里特殊的思想感受,将篇端开拓的意境予以深化。

在《匆匆》里,鲜明的比喻和对照,起了有力烘托内在潜思的作用。作品开头便以花木新陈代谢和人类生命对照。冬去春来,花木有谢而再开的时候,而人的青春呢?却是一去而不复返。相对于万古长存的宇宙,人的生命是十分渺小的,“针尖上一滴水”和“大海”,这两个鲜明的喻语,确是把两者的差距形容透了。但唯其渺小更应珍惜,因为稍一轻忽,便要消失在无垠的时间长流里渺无踪影,作者“不禁头涔涔而泪潸潸”者,正由于此。接着作者进一步把自己生命的流和大自然时间的流作更具体的对比,以“被微风吹散了”的“轻烟”和“被初阳蒸融了”的“薄雾”,来譬喻自己“过去的日子”。“轻烟”与“薄雾”言其空虚飘忽,不务实际,把“徘徊”与“匆匆”形象化了,从而表露了不愿虚度此生的心愿,《匆匆》的题旨,就是在大自然的时序匆匆和一己生命的匆匆对比之中展现开来的。

《匆匆》篇幅短小,构思新巧,作者匠心独运地以发问句式为纽带联结全篇,一步紧似一步地展露内心的思绪。作品大体上有三个层次,起头作者就透过自然现象,不断追问。设问灵巧,一句一锤,扣人心弦,逼着你去思索人生严肃的问题。在第二层次里,又以来去日子“又怎样地匆匆”这一发问句别开生面,引出太阳这一具体形象。那作为诗人感情附丽物的太阳,既是诗人主观抒情的渊薮,又是通篇结构的纽扣,它既把前面提出的问题形象化了,又为以下的情感抒发别辟蹊径。在最后一个层次里,作者又以“我能做些什么”?这一反问句式,把情结进一步挥发,以一连串发问句,追踪自己生命的痕迹,反省着“过去的日子”,最后又以“我们的日子为什么一去不复返”呼应开端。通篇只有六百来字,居然用了十一个发问句,在一连串看似不求回答的设问中,表现了一个微妙的内心世界。这些发问句在整个结构中,实际上是巧妙地起了牵引情感的线头作用,通过它一层紧扣一层地点显了主题,深化了主题。

《匆匆》显然是流露出一种由于倥偬时日,而勾起的如“游丝”般怅惘的情绪,但综观全篇情调却是健康向上的,诗人绝不是观花溅泪,望柳伤春,而是触景生情,抒发自己对时代的感受,作品似乎没有回答“日子为什么一去不复返”的问题,也没有解决如何去结束“徘徊”,但在作者不断追问、反问、责问中,可以看出他是深深不满于自己尽在“徘徊”的思想状态,不甘虚掷光阴“匆匆”而过。(陈孝全)

桨声灯影里的秦淮河　　朱自清

一九二三年八月的一晚,我和平伯同游秦淮河;平伯是初泛,我是重来了。我们雇了一只“七板子”,在夕阳已去,皎月方来的时候,便下了船。于是桨声汩——汩,我们开始领略那晃荡着蔷薇色的历史的秦淮河的滋味了。

秦淮河里的船,比北京万生园、颐和园的船好,比西湖的船好,比扬州瘦西湖的船也好。这几处的船不是觉着笨,就是觉着简陋,局促;都不能引起乘客们的情韵，如秦淮河的船一样。秦淮河的船约略可分为两种：一是大船；一是小船，就是所谓“七板子”。大船舱口阔大，可容二三十人。里面陈设着字画和光洁的红木家具，桌上一律嵌着冰冷的大理石面。窗格雕镂颇细，使人起柔腻之感。窗格里映着红色蓝色的玻璃；玻璃上有精致的花纹，也颇悦人目。“七板子”规模虽不及大船，但那淡蓝色的栏杆，空敞的舱，也足系人情思。而最出色处却在它的舱前。舱前是甲板上的一部，上面有弧形的顶，两边用疏疏的栏杆支着。里面通常放着两张藤的躺椅。躺下，可以谈天，可以望远，可以顾盼两岸的河房。大船上也有这个，但在小船上更觉清隽罢了。舱前的顶下，一律悬着灯彩；灯的多少，明暗，彩苏的精粗，艳晦，是不一的，但好歹总还你一个灯彩。这灯彩实在是最能勾人的东西。夜幕垂垂地下来时，大小船上都点起灯火。从两重玻璃里映出那辐射着的黄黄的散光，反晕出一片朦胧的烟霭；透过这烟霭，在黯黯的水波里，又逗起缕缕的明漪。在这薄霭和微漪里，听着那悠然的间歇的桨声，谁能不被引入他的美梦去呢？只愁梦太多了，这些大小船儿如何载得起呀？我们这时模模糊糊的谈着明末的秦淮河的艳迹，如《桃花扇》及《板桥杂记》里所载的。我们真神往了。我们仿佛亲见那时华灯映水，画舫凌波的光景了。于是我们的船便成了历史的重载了。我们终于恍然秦淮河的船所以雅丽过于他处，而又有奇异的吸引力。实在是许多历史的影象使然了。

秦淮河的水是碧阴阴的；看起来厚而不腻，或者是六朝金粉所凝么？我们初上船的时候，天色还未断黑，那漾漾的柔波是这样恬静、委婉，使我们一面有水阔天空之想，一面又憧憬着纸醉金迷之境了。等到灯火明时，阴阴的变为沉沉了；黯淡的水光，像梦一般；那偶然闪烁着的光芒，就是梦的眼睛了。我们坐在舱前，因了那隆起的顶棚，仿佛总是昂着首向前走着似的；于是飘飘然如御风而行的我们，看着那些自在的湾泊着的船，船里走马灯般的人物，便像是下界一般，迢迢的远了，又像在雾里看花，尽朦朦胧胧的。这时我们已过了利涉桥，望见东关头了。沿路听见断续的歌声：有从沿河的妓楼飘来的，有从河上船里度来的。我们明知那些歌声，只是些因袭的言词，从生涩的歌喉里机械的发出来的；但它们经了夏夜的微风的吹漾和水波的摇拂，袅娜着到我们耳边的时候，已经不单是她们的歌声，而混着微风和河水的密语了。于是我们不得不被牵惹着，震撼着，相与浮沉于这歌声里了。从东关头转弯，不久就到大中桥。大中桥共有三个桥拱，都很阔大，俨然是三座门儿；使我们觉得我们的船和船里的我们，在桥下过去时，真是太无颜色了。桥砖是深褐色，表明它的历史的长久；但都完好无缺，令人叹息于古昔工程的坚美。桥上两旁都是木壁的房子，中间应该有街路？这些房子都破旧了，多年烟熏的迹，遮没了当年的美丽。我想像秦淮河的极盛时，在这样宏阔的桥上，特地盖了房子，必然是髹漆得富富丽丽的；晚间必然是灯火通明的，现在却只剩下一片黑沉沉！但是桥上造着房子，毕竟使我们多少可以想见往日的繁华；这也慰情聊胜无了。过了大中桥，便到了灯月交辉，笙歌彻夜的秦淮河，这才是秦淮河的真面目哩。

大中桥外，顿然空阔，和桥内两岸排着密密的人家的景象大异了。一眼望去，疏疏的林，淡淡的月，衬着蔚蓝的天，颇像荒江野渡光景；那边呢，郁丛丛的，阴森森的，又似乎藏着无边的黑暗；令人几乎不信那是繁华的秦淮河了。但是河中眩晕着的灯光，纵横着的画舫，悠扬着的笛韵，夹着那吱吱的胡琴声，终于使我们认识绿如茵陈酒的秦淮水了。此地天裸露着的多些，故觉夜来的独迟些；从清清的水影里，我们感到的只是薄薄的夜——这正是秦淮河的夜。大中桥外，本来还有一座复成桥，是船夫口中的我们的游踪尽处，或也是秦淮河繁华的尽处了。我的脚曾踏过复成桥的脊，在十三四岁的时候。但是两次游秦淮河，却都不曾见着复成桥的面；明知总在前途的，却常觉得有些虚无缥渺似的。我想，不见倒也好。这时正是盛夏。我们下船后，藉着新生的晚凉和河上的微风，暑气已渐渐消散；到了此地，豁然开朗，身子顿然轻了——习习的清风荏苒在面上，手上，衣上，这便又感到一缕新凉了。南京的日光，大概没有杭州猛烈；西湖的夏夜老是热蓬蓬的，水像沸着一般，秦淮河的水却尽是这样冷冷地绿着。任你人影的憧憧，歌声的扰扰，总像隔着一层薄薄的绿纱面幂似的；它尽是这样静静的，冷冷的绿着。我们出了大中桥，走不上半里路，船夫便将船划到一旁，停了桨由它荡着。他以为那里正是繁华的极点，再过去就是荒凉了；所以让我们多多赏鉴一会儿。他自己却静静的蹲着。他是看惯这光景的了，大约只是一个无可无不可。这无可无不可，无论是升的沉的，总之，都比我们高了。

那时河里闹热极了；船大半泊着，小半在水上穿梭似的来往，停泊着的都在近市的那一边，我们的船自然也夹在其中。因为这边略略的挤，便觉得那边十分的疏了。在每一只船从那边过去时，我们能画出它的轻轻的影和曲曲的波，在我们的心上；这显着是空，且显着是静了，那时处处都是歌声和凄厉的胡琴声，圆润的喉咙，确乎是很少的。但那生涩的，尖脆的调子能使人有少年的、粗率不拘的感觉，也正可快我们的意。况且多少隔开些儿听着，因为想像与渴慕的做美，总觉更有滋味；而竞发的喧嚣，抑扬的不齐，远远的杂沓，和乐器的嘈嘈切切，合成另一意味的谐音，也使我们无所适从，如随着大风而走。这实在因为我们的心枯涩久了，变为脆弱；故偶然润泽一下，便疯狂似的不能自主了。但秦淮河确也腻人。即如船里的人面，无论是和我们一堆儿泊着的，无论是从我们眼前过去的，总是模模糊糊的，甚至渺渺茫茫的；任你张圆了眼睛，揩净了眦垢，也是枉然。这真够人想呢。在我们停泊的地方，灯光原是纷然的；不过这些灯光都是黄而有晕的。黄已经不能明了，再加上了晕，便更不成了。灯愈多，晕就愈甚；在繁星般的黄的交错里，秦淮河仿佛笼上了一团光雾。光芒与雾气腾腾的晕着，什么都只剩下了轮廓了；所以人面的详细的曲线，便消失于我们的眼底了。但灯光究竟夺不了那边的月色；灯光是浑的，月色是清的。在浑沌的灯光里，渗入一派清辉，却真是奇迹！那晚月儿已瘦削了两三分。她晚妆才罢，盈盈的上了柳梢头。天是蓝得可爱，仿佛一汪水似的；月儿便更出落得精神了。岸上原有三株两株的垂杨柳，淡淡的影子，在水里摇曳着。它们那柔细的枝条浴着月光，就像一支支美人的臂膊，交互的缠着，挽着；又像是月儿披着的发。而月儿偶尔也从它们的交叉处偷偷窥看我们，大有小姑娘怕羞的样子。岸上另有几株不知名的老树，光光的立着；在月光里照起来，却又俨然是精神矍铄的老人。远处——快到天际线了，才有一两片白云，亮得现出异彩，像是美丽的贝壳一般。白云下便是黑黑的一带轮廓；是一条随意画的不规则的曲线。这一段光景，和河中的风味大异了。但灯与月竟能并存着、交融着，使月成了缠绵的月，灯射着渺渺的灵辉，这正是天之所以厚秦淮河，也正是天之所以厚我们了。

这时却遇着了难解的纠纷。秦淮河上原有一种歌妓，是以歌为业的。从前都在茶坊上，唱些大曲之类。每日午后一时起，什么时候止，却忘记了。晚上照样也有一回，也在黄晕的灯光里。我从前过南京时，曾随着朋友去听过两次。因为茶舫里的人脸太多了，觉得不大适意，终于听不出所以然。前年听说歌妓被取缔了，不知怎的，颇涉想了几次——却想不出什么。这次到南京，先到茶舫上去看看，觉得颇是寂寥，令我无端的怅怅了。不料她们却仍在秦淮河里挣扎着，不料她竟会纠缠到我们，我于是很张皇了，她们也乘着“七板子”，她们总是坐在舱前的。舱前点着石油汽灯，光亮眩人眼目；坐在下面的，自然是纤毫毕见了——引诱客人们的力量，也便在此了。舱里躲着乐工等人，映着汽灯的余辉蠕动着；他们是永远不被注意的。每船的歌妓大约都是二人；天色一黑，她们的船就在大中桥外往来不息的兜生意。无论行着的船，泊着的船，都要来兜揽的。这都是我后来推想出来的。那晚不知怎样，忽然轮着我们的船了。我们的船好好的停着，一只歌舫划向我们来了；渐渐和我们的船并着了。烁烁的灯光逼得我们皱起了眉头；我们的风尘色全给它托出来了，这使我踧踖不安了。那时一个伙计跨过船来，拿着摊开的歌折，就近塞向我的手里，说：“点几出吧！”他跨过来的时候，我们船上似乎有许多眼光跟着。同时相近的别的船上也似乎有许多眼睛炯炯的向我们船上看着。我真窘了！我也装出大方的样子，向歌妓们瞥了一眼，但究竟是不成的！我勉强将那歌折翻了一翻，却不曾看清了几个字；便赶紧递还那伙计，一面不好意思地说：“不要。我们……不要。”他便塞给平伯，平伯掉转头去，摇手说：“不要！”那人还腻着不走。平伯又回过脸来，摇着头道：“不要！”于是那人重到我处，我窘着再拒绝了他。他这才有所不屑似的走了。我的心立刻放下，如释了重负一般。我们就开始自白了。

我说我受了道德律的压迫，拒绝了她们；心里似乎很抱歉的。这所谓抱歉，一面对于她们，一面对于我自己。她们于我们虽然没有很奢的希望；但总有些希望的。我们拒绝了她们，无论理由如何充足，却使她们的希望受了伤；这总有几分不做美了。这是我觉得很怅怅的。至于我自己，更有一种不足之感。我这时被四面的歌声诱惑了，降伏了；但是远远的，远远的歌声总仿佛隔着重衣搔痒似的，越搔越搔不着痒处。我于是憧憬着贴耳的妙音了。在歌舫划来时，我的憧憬，变为盼望；我固执的盼望着，有如饥渴，虽然从浅薄的经验里，也能够推知，那贴耳的歌声，将剥去了一切的美妙；但一个平常的人像我的，谁愿凭了理性之力去丑化未来呢？我宁愿自己骗着了。不过我的社会感性是很敏锐的；我的思力能拆穿道德律的西洋镜，而我的感情却终于被它压服着。我于是有所顾忌了，尤其是在众目昭彰的时候。道德律的力，本来是民众赋予的；在民众的面前，自然更显出它的威严了。我这时一面盼望，一面却感到了两重的禁制：一，在通俗的意义上，接近妓者总算一种不正当的行为；二，妓是一种不健全的职业，我们对于她们，应有哀矜勿喜之心，不应赏玩的去听她们的歌。在众目睽睽之下，这两种思想在我心里最为旺盛。她们暂时压倒了我的听歌的盼望，这便成就了我的灰色的拒绝。那时的心实在异常状态中，觉得颇是昏乱。歌舫去了，暂时宁静之后，我的思绪又如潮涌了。两个相反的意思在我心头往复；卖歌和卖淫不同，听歌和狎妓不同，又干道德甚事？——但是，但是，她们既被逼得以歌为业，她们的歌必无艺术味的；况她们的身世，我们究竟该同情的。所以拒绝倒也是正办。但这些意思终于不曾撇开我的听歌的盼望，它力量异常坚强；它总想将别的思绪踏在脚下。从这重重的争斗里，我感到了浓厚的不足之感。这不足之感使我的心盘旋不安，起坐都不安宁了。唉！我承认我是一个自私的人！平伯呢，却与我不同，他引周启明先生的诗，"因为我有妻子，所以我爱一切的女人；因为我有子女，所以我爱一切的孩子。"他的意思可以见了。他因为推及的同情，爱着那些歌妓，并且尊重着她们，所以拒绝了她们。在这种情形下，他自然以为听是对于她们的一种侮辱。但他也是想听歌的，虽然不和我一样。所以在他的心中，当然也有一番小小的争斗；争斗的结果，是同情胜了。至于道德律，在他是没有什么的；因为他很有蔑视一切的倾向，民众的力量在他是不大觉着的，这时他的心意的活动比较简单，又比较松弱，故事后还怡然自若；我却不能了。这里平伯又比我高了。

在我们谈话中间，又来了两只歌舫。伙计照前一样的请我们点戏，我们照前一样的拒绝了。我受了三次窘，心里的不安更甚了。清艳的夜景也为之减色。船夫大约因为要赶第二趟生意，催着我们回去；我们无可无不可的答应了。我们渐渐和那些晕黄的灯光远了，只有些月色冷清清的随着我们的归舟。我们的船竟没伴儿，秦淮河的夜正长哩！到大中桥近处，才遇着一只来船，这是一只载妓的板船，黑漆漆的没有一点光。船头上坐着一个妓女，暗里看出，白地小花的衫子，黑的下衣。她手里拉着胡琴，口里唱着青衫的调子。她唱得响亮而圆转；当她的船箭一般驶过去时，余音还袅袅的在我们耳际，使我们倾听而向往。想不到在弩末的游踪里，还能领略到这样的清歌！这时船过大中桥了，森森的水影，如黑暗张着巨口，要将我们的船吞了下去。我们回顾那渺渺的黄光，不胜依恋之情；我们感到了寂寞了！这一段地方夜色甚浓，又有两头的灯火招邀着；桥外的灯火不用说了，过了桥另有东关头疏疏的灯火。我们忽然仰头看见依人的素月，不觉深悔归来之早了！走过东关头，有一两只大船湾泊着，又有几只船向我们来着。嚣嚣的一阵歌声人语，仿佛笑我们无伴的孤舟哩。东关头转弯，河上的夜色更浓了；临水的妓楼上，时时从帘缝里射出一线一线的灯光；仿佛黑暗从酣睡里眨了一眨眼。我们默然的对着，静听那汩——汩的桨声，几乎要入睡了；朦胧里却温寻着适才的繁华的余味。我那不安的心在静里愈显活跃了！这时我们都有了不足之感，而我的更其浓厚。我们却又不愿回去，于是只能由懊悔而怅惘了。船里便满载着怅惘了。直到利涉桥下，微微嘈杂的人声，才使我豁然一惊；那光景却又不同。右岸的河房里，都大开了窗户，里面亮着晃晃的电灯，电灯的光射到水上，蜿蜒曲折，闪闪不息，正如跳舞着的仙女的臂膊。我们的船已在她的臂膊里了；如睡在摇篮里一样，倦了的我们便又入梦了。那电灯下的人物，只觉得像蚂蚁一般，更不去萦念。这是最后的梦；可惜的是最短的梦！黑暗重复落在我们面前，我们看见傍岸的空船上一星两星的，枯燥无力又摇摇不定的灯光。我们的梦醒了，我们知道就要上岸了；我们心里充满了幻灭的情思。

一九二三年十月十一日作完，于温州

1923年8月，朱自清、俞平伯同游秦淮河，后都以《桨声灯影里的秦淮河》为题，各撰文一篇。朱自清在这篇散文里，着意描绘了秦淮河的夜景，并且融情于景，情景交融，把自己的感情和思绪，融注进他所创造的形象里。

20年代初，正是“五四”落潮期，和当时的不少文人、作家、年轻的知识分子一样，朱自清也深感苦闷、寂寞，同时又很想填补空虚，排解烦恼，或躲进书斋，或寄情山水，追求一时的宁静和一切均皆适度的生活情趣。但另一方面，朱自清又渴望光明，富有正义感，怅惘而不妥协，始终严肃地对待生活、对待自己。这种思想感情被融注于《桨声灯影里的秦淮河》里，以至于作品中关于月色、灯光、河水的描写，都无不隐含着作者的感情色彩。

夜游一开始，朱自清就神往于秦淮河的历史陈迹，那“华灯映水”、“灯月交辉”的光景，使作者“枯涩久了”的心，被“润泽”得“不能自主”，简直有迷离恍惚之感。在他眼里，船上的灯火“反晕出”“朦胧的烟霭”，又“逗起缕缕明漪”，“碧阴阴的”水，荡漾起的“柔波是这样恬静、委婉”，而大中桥外，“淡淡的月，衬着蔚蓝的天”，水面被映照得“总像隔着一层薄薄的绿纱面幂”，在清的月色和浑的灯光的交融中，秦淮河竟“仿佛笼上了一团光雾”。在桨声灯影里的秦淮河中，作者的烦闷、惆怅似乎都被暂时忘却，只感觉到月光、灯光、水色的交互辉映，构成一派不浓不淡、若明若暗、朦朦胧胧，调和、适中、安逸的境界，这正是朱自清当时追求的安宁和一切均皆适度的意趣的流露。

然而作者毕竟不能真正超然，泛舟途中出现的妓船，把他拉回到现实中，情感为之骤然一变。一来作者没有想到她们“仍在秦淮河里挣扎”，为现实的黑暗而愤然；二来作者又苦于既同情她们的遭遇，又迫于道德律而不能点歌，为此“觉得很怅怅的”。丑恶的现实打破了作者恬静的心境，由于“心里的不安”，作者眼里“清艳的夜景也为之减色”，“森森的水影，如黑暗张着巨口”，仿佛“要将我们的船吞了下去”，傍岸的空船上一星两星的灯光，也“枯燥无力”；连电灯下的人物，都“像蚂蚁一般”。显然，作者的情感由陶醉于秦淮河的夜景，一变而为“心里充满了幻灭的情思”，并且这种心境的变化，也抹染在月光、灯光、水色等景致的描绘中。

《桨声灯影里的秦淮河》是一篇纪游性写景抒情散文。文章从作者与友人一起雇“七板子”游秦淮河写起，自然地以完整的游踪为行文线索，在“夕阳已去”时，由利涉桥上船，直至皎月中天，绕大中桥外回归，具有明显的时空顺序。同时，其中又贯穿着作者的情感线索。在刚开始的游程中，作者的心境是平静的，从容品味，赏心悦目，陶醉于秦淮河入夜的景色。并且在描绘灯光、水色和月光时，将自己深沉的感情灌注了进去。而后至大中桥外，适遇秦淮河中的妓船，使朱自清“遇着了难解的纠纷”，作者的心绪起了变化，由对美景的沉醉转为落入现实的怅惘，游船也便走上归程，文章就此出现了一个大转折，而文章的后半部分，就在作者表现自己“幻灭的情思”中，为读者营造一个想象的空间。

这篇散文结构的又一个突出之处在于作者紧扣秦淮河夏夜的特点，将月光、灯光、水色等景致作为描写对象，其中又以灯光为重点，不仅细致地描写了不同时间、不同水域的灯光、河水、月亮三者的变化，而且还表现了华灯映水、灯月交融的独特意境，使读者也能品出“天之所以厚秦淮河”，“天之所以厚我们”的许多新异的滋味。（漆　瑗）

冬　天　　朱自清

说起冬天，忽然想到豆腐。是“小洋锅”（铝锅）白煮豆腐，热腾腾的。水滚着，像好些鱼眼睛，一小块一小块豆腐养在里面，嫩而滑，仿佛反穿的白狐大衣。锅在“洋炉子”（煤油不打气炉）上，和炉子都熏得乌黑乌黑，越显出豆腐的白。这是晚上，屋子老了，虽点着“洋灯”，也还是阴暗。围着桌子坐的是父亲跟我们哥儿三个。“洋炉子”太高了，父亲得常常站起来，微微地仰着脸，觑着眼睛，从氤氲的热气里伸进筷子，夹起豆腐，一一地放在我们的酱油碟里。我们有时也自己动手，但炉子实在太高了，总还是坐享其成的多。这并不是吃饭，只是玩儿。父亲说晚上冷，吃了大家暖和些。我们都喜欢这种白水豆腐；一上桌就眼巴巴望着那锅，等着那热气，等着热气里从父亲筷子上掉下来的豆腐。

又是冬天，记得是阴历十一月十六晚上，跟S君P君在西湖里坐小划子。S君刚到杭州教书，事先来信说：“我们要游西湖，不管它是冬天。”那晚月色真好，现在想起来还像照在身上。本来前一晚是“月当头”；也许十一月的月亮真有些特别吧。那时九点多了，湖上似乎只有我们一只划子。有点风，月光照着软软的水波；当间那一溜儿反光，像新砑的银子。湖上的山只剩了淡淡的影子。山下偶尔有一两星灯火。S君口占两句诗道：“数星灯火认渔村，淡墨轻描远黛痕。”我们都不大说话，只有均匀的桨声。我渐渐地快睡着了。P君“喂”了一下，才抬起眼皮，看见他在微笑。船夫问要不要上净慈寺去；是阿弥陀佛生日，那边蛮热闹的。到了寺里，殿上灯烛辉煌，满是佛婆念佛的声音，好像醒了一场梦。这已是十多年前的事了，S君还常常通着信，P君听说转变了好几次，前年是在一个特税局里收特税了，以后便没有消息。

在台州过了一个冬天，一家四口子。台州是个山城，可以说在一个大谷里。只有一条二里长的大街。别的路上白天简直不大见人；晚上一片漆黑。偶尔人家窗户里透出一点灯光，还有走路的拿着的火把；但那是少极了。我们住在山脚下。有的是山上松林里的风声，跟天上一只两只的鸟影。夏末到那里，春初便走，却好像老在过着冬天似的；可是即便真冬天也并不冷。我们住在楼上，书房临着大路；路上有人说话，可以清清楚楚地听见。但因为走路的人太少了，间或有点说话的声音，听起来还只当远风送来的，想不到就在窗外。我们是外路人，除上学校去之外，常只在家里坐着。妻也惯了那寂寞，只和我们爷儿们守着。外边虽老是冬天，家里却老是春天。有一回我上街去，回来的时候，楼下厨房的大方窗开着，并排地挨着她们母子三个；三张脸都带着天真微笑地向着我。似乎台州空空的，只有我们四人；天地空空的，也只有我们四人。那时是民国十年，妻刚从家里出来，满自在。现在她死了快四年了，我却还老记着她那微笑的影子。

无论怎么冷，大风大雪，想到这些，我心上总是温暖的。

朱自清是一位怎样的作家？他的生前好友朱光潜用了六个字作了最精当的概括："富于至性深情。"（《敬悼朱佩弦先生》）

事实正是如此。朱自清那些抒发亲情（如《背影》、《儿女》）、爱情（如《给亡妇》）、友情（如《我所见的叶圣陶》）等篇什，无不渗透着一片"至性深情"，感动过无数读者。《冬天》也是一篇抒发真情的散文，不过和那些详尽地叙事写人的文章不同，作者组织了三个看似互不相关的片断，然后断而相续，互相映照，曲折有姿地揭示了文章的主题：冬天里的春天。

第一个片断写父子之爱。父子数人围坐一桌吃豆腐的情节固然简单，但其中包含的对比却多样而鲜明：一是昏暗的灯光、乌黑的锅炉和雪白的豆腐对比；二是普通的食物（豆腐）和深厚的父爱对比；三是主要的即室外天寒地冻和室内温暖如春对比。第二个片断写朋友之谊。作者和叶圣陶（即文中所说的S君）以及另外一个友人在冬天的晚上坐小划子游西湖，显得与众不同，别有风味。值得注意的是，从表面上看，这个片断仍然突出了西湖的清冷和温暖的友情的反差，其实出现在作者笔下的西湖景色，如软软的水波、像银子一样闪光的湖水、淡淡的山影，无一不和纯洁朴实的友情相表里相映衬，常言道："君子之交淡如水。"朱自清和叶圣陶等人的友情至纯至真，迥异于那些唯钱财权势是图的苟合之徒，确实也只有优美清雅的西湖山水才能为作者等人的友情写照传神，作者以后在《别圣陶》一诗中有这样的诗句："论交略形迹，语默见君真。"朋友之交，不拘"形迹"，话不在多，心心相印，正可以移来作此文的注解。这个片断所包含的深刻意蕴容易为今天的青年读者所忽略，我们在这里特地多说了几句。第三个片断写夫妻之情。这个片断的时间跨度较大，不像吃豆腐和游西湖只经历了一个晚上，值得称道的是作者不用"纵"的即按时间顺序的写法，把自己为何来台州、怎样把妻子接来同住、如何赁屋购物等一一写来，详加交代，而是巧妙地采取"横"的即不断展示空间的写法：由大而小——从山城、大街到自己的住所；层层递进——从火把、松涛、鸟影到母子三人。这样写，既省掉了不少交代性的笔墨，又和前两个片断在风格上保持了一致。面对纷繁的材料而能举重若轻，动笔前苦心经营而成文后却不露痕迹，像朱自清这样高度的艺术技巧很值得我们细细咀嚼和琢磨。

作者擅长景物（场景）描写。和多方形容、尽态极妍的描写不同，《冬天》的景物描写采用了白描手法，更为难能可贵的是，作者宁可把"至性深情"蕴藏于逼真的场景之中，教读者自己去品味去体会，而不作架空的抒发和宣泄。第一个片断明明抒发了父子之爱，但作者吝啬到连一句赞颂父爱的话也不说，只是对铝锅煮豆腐作了细致的描述，然后用"等着热气里从父亲筷子上掉下来的豆腐"这句带着孩子气的俏皮话作了余味不尽的概括。第三个片断用鸟影、火把等极写台州的冷清寂寞，自然是意在铺垫，以便最终突出母子三人并排而立的特写镜头，作为本段和全文的高潮长留于读者的视线之中。有些急性子的读者以为随着这一高潮的出现，作者必定会对这幅视觉效果极佳的特写镜头配上许多画外音——大抒特抒对亡妻的思念之情了，没有料到作者只作了一番如实的毫不夸张的补叙："那时是民国十年，妻刚从家里出来，满自在。现在她死了快四年了，我却还老记着她那微笑的影子。"其中"满自在"三个字，真可谓言简意赅，音容宛然。讲究节制，注重含蓄，力求把真情自然地包蕴于逼真的日常场景之中，这正是朱自清散文不同于浪漫派作家的重要艺术特色，也是"五四"以来不少散文佳作的一个共同的宝贵传统。读着这样的散文，你只会有真挚、自然、亲切之感，而毫无夸张、做作之嫌。（孙光萱）

背　影　　朱自清

我与父亲不相见已二年余了，我最不能忘记的是他的背影。那年冬天，祖母死了，父亲的差使也交卸了，正是祸不单行的日子，我从北京到徐州，打算跟着父亲奔丧回家。到徐州见着父亲，看见满院狼藉的东西，又想起祖母，不禁簌簌地流下眼泪。父亲说，"事已如此，不必难过，好在天无绝人之路！"

回家变卖典质，父亲还了亏空；又借钱办了丧事。这些日子，家中光景很是惨淡，一半为了丧事，一半为了父亲赋闲。丧事完毕，父亲要到南京谋事，我也要回北京念书，我们便同行。

到南京时，有朋友约去游逛，勾留了一日；第二日上午便须渡江到浦口，下午上车北去。父亲因为事忙，本已说定不送我，叫旅馆里一个熟识的茶房陪我同去。他再三嘱咐茶房，甚是仔细。但他终于不放心，怕茶房不妥帖；颇踌躇了一会。其实我那年已二十岁，北京已来往过两三次，是没有甚么要紧的了。他踌躇了一会，终于决定还是自己送我去。我两三回劝他不必去；他只说，"不要紧，他们去不好！"

我们过了江，进了车站。我买票，他忙着照看行李。行李太多了，得向脚夫行些小费，才可过去。他便又忙着和他们讲价钱。我那时真是聪明过分，总觉他说话不大漂亮，非自己插嘴不可。但他终于讲定了价钱；就送我上车。他给我拣定了靠车门的一张椅子；我将他给我做的紫毛大衣铺好座位。他嘱我路上小心，夜里要警醒些，不要受凉。又嘱托茶房好好照应我。我心里暗笑他的迂；他们只认得钱，托他们真是白托！而且我这样大年纪的人，难道还不能料理自己么？唉，我现在想想，那时真是太聪明了！

我说道，"爸爸，你走吧。"他望车外看了看，说，"我买几个橘子去。你就在此地，不要走动。"我看那边月台的栅栏外有几个卖东西的等着顾客。走到那边月台，须穿过铁道，须跳下去又爬上去。父亲是一个胖子，走过去自然要费事些。我本来要去的，他不肯，只好让他去。我看见他戴着黑布小帽，穿着黑布大马褂，深青布棉袍，蹒跚地走到铁道边，慢慢探身下去，尚不大难。可是他穿过铁道，要爬上那边月台，就不容易了。他用两手攀着上面，两脚再向上缩；他肥胖的身子向左微倾，显出努力的样子。这时我看见他的背影，我的泪很快地流下来了。我赶紧拭干了泪，怕他看见，也怕别人看见。我再向外看时，他已抱了朱红的橘子往回走了。过铁道时，他先将橘子散放在地上，自己慢慢爬下，再抱起橘子走。到这边时，我赶紧去搀他。他和我走到车上，将橘子一股脑儿放在我的皮大衣上。于是拍拍衣上的泥土，心里很轻松似的，过一会说，"我走了；到那边来信！"我望着他走出去。他走了几步，回过头看见我，说，"进去吧，里边没人。"等他的背影混入来来往往的人里，再找不着了，我便进来坐下，我的眼泪又来了。

近几年来，父亲和我都是东奔西走，家中光景是一日不如一日。他少年出外谋生，独立支持，做了许多大事。那知老境却如此颓唐！他触目伤怀，自然情不能自已。情郁于中，自然要发之于外；家庭琐屑便往往触他之怒。他待我渐渐不同往日。但最近两年的不见，他终于忘却我的不好，只是惦记着我，惦记着我的儿子。我北来后，他写了一信给我，信中说道，“我身体平安，惟膀子疼痛利害，举箸提笔，诸多不便，大约大去之期不远矣。”我读到此处，在晶莹的泪光中，又看见那肥胖的，青布棉袍，黑布马褂的背影。唉！我不知何时再能与他相见！

一九二五年十月在北京

《背影》是一篇回忆性抒情散文，全文可分三个部分。开头简述了作者八年前跟着父亲奔丧回家的经过。按理说，祖母去世，受打击最深的是父亲，他既要“独力支持”全家生计，又恰逢交卸了“差使”，可谓“祸不单行”，但他却一心惦记着孩子，倒过来安慰作者：“事已如此，不必难过，好在天无绝人之路！”寥寥数语，情深意切，一位慈父的心肠已经跃然纸上了。作品中间部分详写父亲在车站送别作者，再三叮嘱作者的情形。作品最后则又简洁地抒发了自己在异地思念和同情老父的思想活动。没有疑问，像《背影》这样父亲关心儿子、儿子思念老父的感情，和当时不少面临社会动荡、家道中落的知识分子有某些相通之处，因此很容易引起他们的共鸣。

此文的一个重要特色是不去正面描写父亲的容貌，而是紧紧扣住“背影”落笔。文中共有四次提到“背影”，开头一句是总提，是为了开门见山，点出题旨。第二次是写父亲过铁道买橘子时的“背影”，用笔最多，寓意极深，作者以高超的白描手法把父亲肥胖的体态，蹒跚的步子，“两手攀着上面，两脚再向上缩”的多少有些笨拙的模样刻画得逼真传神。第三次虽只一句：“他的背影混入来来往往的人里”，但离别时的惆怅难舍之情已经尽在其中。篇末重提“背影”，寄托了作者对衰老的父亲的强烈思念，显得余意不尽。总观这四次描述背影，第二、三次是亲眼实地所见，是实写；第一、四次是浮现于作者的脑海之中，是虚写。作品就是以虚实结合的办法，不断调动读者的联想，加深读者的印象，使父亲的形象逐渐丰满起来。那么，作者写父亲为什么不从“正面”展开，偏要从“侧面”落笔？难道这是作者无意为之，或是仅仅出于写法和技巧之类的考虑？

一种常见的解释是这样写有助于创新，可以避免落套。这种说法诚然也有一定道理，但人们还是会问：作者写过《冬天》、《儿女》等不少怀念家庭成员的抒情散文，为什么那些文章常从正面落笔，唯独《背影》不然？再说作者是散文名家，断言他不写“背影”就会落套，似乎也于情理不合。看来，要找出正确的答案，不能光在“文章作法”、“写作技巧”、“正面描写”、“侧面描写”中间兜圈子，而是应该联系社会心理、习俗和作家本人的修养、性格等多方面的因素进行探讨。尽人皆知，在旧社会，“父权”的地位是不容动摇的，这不仅决定于父亲——家长的经济地位，也和儒家长期以来宣传的伦理道德有关。朱自清的父亲对此恐怕也未能免俗。与这有关的是，父子分手和母子离别也多半具有不同的表现形式，母亲为儿子整理行装，“临行密密缝，意恐迟迟归”，常常情见乎辞，愁形于色。父亲就不同了，尽管爱子心切，也未必会在表情上完全流露出来，有时说不定还维系着一层“尊严”的外衣，像《背影》中“父亲”明明对儿子照顾备至，但说话时总限于“进去吧，里边没人”（潜台词其实是：“当心行李被人拿走”）等短短几句，不那么热烈和外露。再从作者这方面来观察，当年他是一个有着高度文化教养、性格比较内向的青年，父亲有父亲的尊严，他有他的考虑，父亲当时处境不利，他不愿过多流露自己的感情，唯恐因此增加父亲的伤感，他所以在父亲买橘子回来以前“赶紧拭干了泪”，就是“怕他看见”，可见作者在“正面”和父亲交谈时，是有意抑制自己感情的。

不过，作者毕竟深爱着父亲，等到父亲离去，留给作者一个真切的“背影”时，刚才“正面”相处时的那份矜持立刻消失，再也没有什么东西可以约束作者的激情，于是，读者此时读到的是这样的句子：“我的眼泪又来了。”由此可见，写“背影”也就是写离别，文章多次写到“背影”，也就是一而再再而三地抒发自己目送父亲远去时的真情实感，这在作者来说，是最激动最难以忘怀的时刻。

文中还写到了自己的悔恨之情,用笔不多,却也一样感人。当年在车站分手时,作者不但不体察父亲对自己的爱护和照顾,反而觉得父亲有些“迂”,不及自己“聪明”。这说明作者毕竟是二十世纪初期的新青年,具有独立的人格和理性的判断,不再像封建社会中的儿子那样对父亲一味盲从。当然,作者为了不扫父亲的兴,避免出现尴尬的局面,他宁可隐而不发,决不形之于色。再换一个角度看,这恰恰又说明了作者涉世不深,年轻无知,不理解做父亲的艰难和世道的坎坷。如今时光流逝,年龄渐长,自己也做了父亲,开始对生活的酸甜苦辣有了实际的体会。一旦回忆起过去车站分手时的情景,想到近年来父亲对自己态度的变化(作者并不讳言父子之间的矛盾),他写到父亲容易发怒,“待我渐渐不同往日”,直到最近两年,“终于忘却我的不好,只是惦记着我,惦记着我的儿子”。这番文字也同样体现了朱自清做人和为文极其“真切”的特性,值得细细咀嚼,进而又想到父亲“颓唐”的老境,自然会后悔莫及了。不用说,这种心情是不少过来人和中年人都能体会的。(孙光萱)

荷塘月色　　朱自清

这几天心里颇不宁静。今晚在院子里坐着乘凉,忽然想起日日走过的荷塘,在这满月的光里,总该另有一番样子吧。月亮渐渐地升高了,墙外马路上孩子们的欢笑,已经听不见了;妻在房里拍着闰儿,迷迷糊糊地哼着眠歌。我悄悄地披了大衫,带上门出去。

沿着荷塘,是一条曲折的小煤屑路,这是一条幽僻的路;白天也少人走,夜晚更加寂寞。荷塘四面,长着许多树,蓊蓊郁郁的。路的一旁,是些杨柳,和一些不知道名字的树。没有月光的晚上,这路上阴森森的,有些怕人。今晚却很好,虽然月光也还是淡淡的。

路上只我一个人,背着手踱着。这一片天地好像是我的;我也像超出了平常的自己,到了另一世界里。我爱热闹,也爱冷静;爱群居,也爱独处。像今晚上,一个人在这苍茫的月下,什么都可以想,什么都可以不想,便觉是个自由的人。白天里一定要做的事,一定要说的话,现在都可不理。是独处的妙处;我且受用这无边的荷香月色好了。

曲曲折折的荷塘上面,弥望的是田田的叶子。叶子出水很高,像亭亭的舞女的裙。层层的叶子中间,零星地点缀着些白花,有袅娜地开着的,有羞涩地打着朵儿的;正如一粒粒的明珠,又如碧天里的星星,又如刚出浴的美人。微风过处,送来缕缕清香,仿佛远处高楼上渺茫的歌声似的。这时候叶子与花也有一丝的颤动,像闪电般,霎时传过荷塘的那边去了。叶子本是肩并肩密密地挨着,这便宛然有了一道凝碧的波痕。叶子底下是脉脉的流水,遮住了,不能见一些颜色;而叶子却更见风致了。

月光如流水一般,静静地泻在这一片叶子和花上。薄薄的青雾浮起在荷塘里。叶子和花仿佛在牛乳中洗过一样;又像笼着轻纱的梦。虽然是满月,天上却有一层淡淡的云,所以不能朗照;但我以为这恰是到了好处——酣眠固不可少,小睡也别有风味的。月光是隔了树照过来的,高处丛生的灌木,落下参差的斑驳的黑影，峭楞楞如鬼一般；弯弯的杨柳的稀疏的倩影，却又像是画在荷叶上。塘中的月色并不均匀；但光与影有着和谐的旋律，如梵婀玲上奏着的名曲。

荷塘的四面，远远近近，高高低低都是树，而杨柳最多。这些树将一片荷塘重重围住；只在小路一旁，漏着几段空隙，像是特为月光留下的。树色一例是阴阴的，乍看像一团烟雾；但杨柳的丰姿，便在烟雾里也辨得出，树梢上隐隐约约的是一带远山，只有些大意罢了。树缝里也漏着一两点路灯光，没精打采的，是渴睡人的眼。这时候最热闹的，要数树上的蝉声与水里的蛙声；但热闹是它们的，我什么也没有。

忽然想起采莲的事情来了。采莲是江南的旧俗，似乎很早就有，而六朝时为盛；从诗歌里可以约略知道。采莲的是少年的女子，她们是荡着小船，唱着艳歌去的。采莲人不用说很多，还有看采莲的人。那是一个热闹的季节，也是一个风流的季节。梁元帝《采莲赋》里说得好：

于是妖童媛女，荡舟心许；鹢首徐回，兼传羽杯；棹将移而藻挂，船欲动而萍开。尔其纤腰束素，迁延顾步，夏始春余，叶嫩花初，恐沾裳而浅笑，畏倾船而敛裾。

可见当时嬉游的光景了。这真是有趣的事，可惜我们现在早已无福消受了。

于是又记起《西洲曲》里的句子：

采莲南塘秋，莲花过人头；低头弄莲子，莲子清如水。

今晚若有采莲人，这儿的莲花也算得"过人头"了；只不见一些流水的影子，是不行的。这令我到底惦着江南了。——这样想着，猛一抬头，不觉已是自己的门前；轻轻地推门进去，什么声息也没有，妻已睡熟好久了。

1927年7月，北京清华园

《荷塘月色》是现代文学脍炙人口的佳作。读着这篇散文，一幅清新、美丽的景象立即映现眼前，但是，在那诗情画意里，却是蕴涵着作者艺术上的孤诣与苦心。荷塘就在清华园里，是作者"日日走过"的，可谓"平常身历之境"了，但他却以诗人灵敏的触觉去感受它，不但游目骋怀地观摩，而且严辨淄渑地品味，从而细致地描绘了令人"惊异"的"无边的荷香月色"。

在全篇结构中，作者首先着力写荷塘，先写田田的荷叶，后写绿叶中缀开着的荷花和花苞，以及微风吹来的花香。这是静的画面。紧接着他就捕捉那微风过处叶动花颤的情状："像闪电般，霎时传过荷塘的那边去了。叶子本是肩并肩密密地挨着，这便宛然有了一道凝碧的波痕"。这是动的画面。动静结合，形象地传达出了荷塘富有生意的风姿。在这一段落里，作者一句没有提及月光，但不管是静止画面还是动态景象，处处都存在着淡淡的月光，这月色就融化在作者通过观察之后的具体描写之中。接下去着力写月色，先写如流水般倾泻在花叶上的情景："薄薄的青雾浮起在荷塘里"，这是实写；"叶子和花仿佛在牛乳中洗过一样，又像笼着轻纱的梦"，则又是虚拟，但虚中见实，贴切地表现了朦胧月色下荷花飘忽的姿态。虚实为用，拧摅出一种勾人心魄的意境。单写月色比较单调，因此又着力摹写月的投影，而这些"影"又像是"画在荷叶上"。光影交错，把岸边树、塘中荷联结在一起，构成了美丽而繁杂的图案，由是荷塘在其映衬下更显得风姿绰约了。这里着意写月色，但处处又不忘荷塘。最后写荷塘四面，凝聚点在柳树，写月下的树景，因为远近高低尽是柳树，把“一片荷塘围住”了。杨柳的丰姿就在一团迷蒙雾气中显露出来。这里着墨较浓。继之，则写树梢的远山，树缝里的灯光，树上的蝉声，树下水里的蛙鼓。这只是随意点染。浓淡相间地勾勒了整个荷塘的月夜风采。

十分清楚，作者是从平观到俯视，从细察到鸟瞰，由远及近、从上到下、从里到外地描绘了荷塘月色的无边风光。作者写月色是荷塘里的月色，写荷塘是月光下的荷塘，层次里复有层次，使整个画面有立体感、渗透感；其中动静、虚实、浓淡、疏密，是画意的设置，也是诗情的安排，这就不仅使画面色彩均匀悦目，而且透出一股神韵，氤氲着一重浓郁的诗意。

《荷塘月色》运用手法是多种的。其中有鲜明的比喻，有强烈的衬托，有生动的拟人，但更令人赞赏的是，由于作者对描写对象有极其深刻的体会，因此突破一般经验的感受而产生一种奇特而新颖的手法，花香本是嗅觉，但作者把它写成有旋律的歌声，给人以嗅觉兼听觉的感受。又如流动的光波，本是无声的姿态，忽被描成动听的音乐，给人以视觉兼听觉的感受。照理说，香味、光影和歌声、琴声没有什么相通之处，但作者却运用了古典诗歌中常有的“感觉借移”的艺术手法，把嗅觉和视觉的形象，转化为听觉的形象，摹拟了香和光时断时续，似有若无的形态，使难以描摹的感觉，通过另一种可感形象而具体化了。这种出神入化的艺术处理手段，在现代散文创作中是不多见的。

《荷塘月色》描写的细，系来自作家对客观物象观察得细，体味得细。仅以对蝉声这一细节的描写就足以说明问题。整篇《荷塘月色》均体现了作者这种缜密审察的创作精神，他不但对荷塘作整体的揣摩，而且作局部的审视，时而以荷塘为主景，月色为背景，时而以月色为主景，荷塘为背景，时而摹写花叶，时而描绘岸柳，时而淡勾云彩，时而轻描树影，层层铺陈，步步开拓，细腻地展现了荷塘月色之令人“惊异”之美。

《荷塘月色》的艺术成就，除了描写技巧有独到之处外，语言也有显明的特色。朱自清语言最大特点是自然新颖，如他自己所主张的，“新而不失自然”，自然流畅，丝毫没有雕琢的痕迹，读着令人感到分外亲切。优美的艺术境界是要通过高度的语言质量来实现的，所以凡杰出作家无不重视语言的锻炼，朱自清是十分注意遣词用字的准确和贴切，如“月光如流水一般，静静地泻在这一片叶子和花上。薄薄的青雾浮起在荷塘里”。这“泻”字和“浮”字，把月光和雾气点活了。又如写微风过处“叶子与花也有一丝的颤动”，“叶子本是肩并肩密密地挨着，这便宛然有了一道凝碧的波痕”；“树梢上隐隐约约的是一带远山”，“树缝里也漏着一两点路灯光”。“一丝”、“一道”、“一带”、“一两点”，都是量词当形容词用，生动地起了丰富、润色、强化形象，以及渲染和加强诗情画意的作用。在《荷塘月色》里，作者还运用了许多叠字叠词来深化物态情貌的形象感，如用“田田”来形容荷叶的密度，以“层层”来表明它的深度，用“曲曲折折”来表示荷塘的广度。这种例子很多，简直俯拾即是，这些多样形态的叠字叠词不仅富有艺术表现力，而且节奏明朗，韵律协调，富有音乐美。总之，《荷塘月色》的语言艺术确是达到了如作者所追求的“顺口”、“顺耳”、“顺眼”的境地(《诵读教学与“文学的国语”》)。

《荷塘月色》之无限动人，还在作者融情入景，即景抒情，那轻纱般掩映下的荷塘景色，反映的恰是作者当时微妙的心思。这篇作品写于 1927 年 7 月，正是“四一二”反革命政变时期，这时朱自清思想十分苦闷，他不满现实又看不到出路，在中和主义思想影响下，他感到“还是暂时超然的好”，“乐得暂时忘记，做些自己爱做的事业”(《那里走》)。所以作品开头第一句话便是“这几天心里颇不宁静”，语虽平常，却是含蓄地道出了全篇的“文眼”。为了获得心里暂时的宁静，他独自沿着荷塘小径背着手踱着，忽然觉得“像超出了平常的自己，到了另一世界里”。这种无牵无挂独自受用无边荷香月色的自由境地，就是他要摆脱由现实扰乱“心里颇不宁静”，而追求刹那安宁的景象：花是零星的，香是缕缕的，风是微微的，月是淡淡的，从而产生了“小睡也别有风味”的所谓“恰是到了好处”的意境。这种不浓不淡，不明不暗，一切都是那么调和、适中、安逸的境界，不就是作者从中和主义思想出发追求一切均皆适度的生活情趣的流露？但是作者毕竟是不能真正超然，一听到“树上的蝉声与水里的蛙声”，一股愁思猛地袭上心头。接着他又想起采莲的事，从六朝的风流季节，忆起梁朝的《采莲赋》。作者思绪一直驰骋在历史记忆中，宁静复又不宁静，深切而又微妙地反映了他“乐得暂时忘记”而又不能“忘记”的万分苦恼的心情。很明显，为作者思绪所决定，这篇作品是以“背着手踱着”尽情观赏无边荷香月色为行文线索，从出门经小径到荷塘复又归来，从空间顺序中来表露内在的情思。作者一路写景，也一路抒情，随着景象描写的展开，构成了宁静与不宁静交替出现的感情层次，流贯在无边荷香月色里的，正是作者感触甚重的脉脉情思。（陈孝全）

春　　朱自清

盼望着，盼望着，春风来了，春天的脚步近了。

一切都像刚睡醒的样子，欣欣然张开了眼。山朗润起来了，水涨起来了，太阳的脸红起来了。

小草偷偷地从土里钻出来，嫩嫩的，绿绿的。园子里，田野里，瞧去，一大片一大片满是的。坐着，躺着，打两个滚，踢几脚球，赛几趟跑，捉几回迷藏。风轻悄悄的，草软绵绵的。

桃树、杏树、梨树，你不让我，我不让你，都开满了花赶趟儿。红的像火，粉的像霞，白的像雪。花里带着甜味儿；闭了眼，树上仿佛已经满是桃儿、杏儿、梨儿。花下成千成百的蜜蜂嗡嗡地闹着，大小的蝴蝶飞来飞去。野花遍地是：杂样儿，有名字的，没名字的，散在草丛里像眼睛，像星星，还眨呀眨的。

“吹面不寒杨柳风”，不错的，像母亲的手抚摸着你。风里带来些新翻的泥土的气息，混着青草味儿，还有各种花的香，都在微微润湿的空气里酝酿。鸟儿将巢安在繁花嫩叶当中，高兴起来了，呼朋引伴地卖弄清脆的喉咙，唱出宛转的曲子，跟轻风流水应和着。牛背上牧童的短笛，这时候也成天嘹亮地响着。

雨是最寻常的，一下就是三两天。可别恼。看，像牛毛、像花针、像细丝，密密地斜织着，人家屋顶上全笼着一层薄烟。树叶绿得发亮，小草儿也青得逼你的眼。傍晚时候，上灯了，一点点黄晕的光，烘托出一片安静而和平的夜。在乡下，小路上，石桥边，有撑起伞慢慢走着的人，地里还有工作的农民，披着蓑戴着笠。他们的房屋，稀稀疏疏的，在雨里静默着。

天上风筝渐渐多了，地上孩子也多了。城里乡下，家家户户，老老小小，也赶趟儿似的，一个个都出来了。舒活舒活筋骨，抖擞抖擞精神，各做各的一份事去。“一年之计在于春”，刚起头儿，有的是工夫，有的是希望。

春天像刚落地的娃娃，从头到脚都是新的，它生长着。

春天像小姑娘，花枝招展的，笑着，走着。

春天像健壮的青年，有铁一般的胳膊和腰脚，领着我们上前去。

《春》是一篇写景散文佳作。春本是季节的抽象概念，但《春》的作者却能灵巧地把握住春的千差万殊的个性特征，从而生动地描绘了情意绵绵，生机勃勃的春天美景，令人无限神往。

作品基本上是采用了先总后分的手法，细致入微而又井然有序地展现了绚丽多彩的春天美丽景色，歌颂了生意盎然的青春活力。结构大体上由盼春、描春、颂春三个层次组成。

作品开头先用叠句显示出盼春已久的急切心情，后以拟人手法把风写活，以示春已来到，一开始便点出主题，极力渲染了由于春终来临而无限欣喜的情绪。接着，就以生花妙笔，点染大地回春万物复苏的情景："一切都像刚睡醒的样子，欣欣然张开了眼"。春山、春水、春日，是最能代表春天生命力的象征，作者以"朗润起来"、"涨起来"、"脸红起来"这些富有个性特征的语言，分别写出了它们的欣欣然"醒"来的样子。这里是总写春景，一方面把开头的"春天的脚步"具体化，一方面为下面的描春起铺垫作用。

描春是本篇结构的重点，因此作者以大量笔墨，着力描绘具有典型个性特征的春天景象，真是画面叠出，叫人应接不暇。

首写春草。先写春草色彩绿得可爱，后写春草带给人们的欢乐。"嫩嫩的"、"绿绿的"，两个叠词极力形容了刚刚破土而出的春草的鲜嫩清新的姿态；偷偷地"钻出"，则表现出春草生命力之旺盛。"园子里，田野里，瞧去，一大片一大片满是的。"又可见其蔓延得何等迅速。这是直接描写百草竞发的场景。"坐着，躺着"，随你自由；"打滚"、"踢球"、"赛跑"、"捉迷藏"，任你玩去；"风轻悄悄的，草软软绵的"，多舒服，多惬意呵！这又是从人的感受角度，抒说春草如何点缀了人间的幸福。这样，春草沾上了人情，更是出落得生意洋洋了。

次写春花。随视觉所及，先写树花，后写野花。写树花先写种类繁多，用拟人化手法写百花争艳的情景；再写花色，红的桃花像火，粉红的杏花像彩霞，白的梨花像雪，这又是以新颖喻语，摹划众花容貌；接着由闻到花香而萌发联想，展出一幅硕果满树的图景，无限诱人，可谓神来之笔；最后写春虫，蝶舞蜂歌，把花香具体化形象化了。对野花则着重写它繁杂，说明不仅长得多，而且品种也多，真是万紫千红。野花和上面春草呼应，花草羼杂，红绿相映，又增添了春的情趣。树上群芳吐艳，树下野花争春，其间蝶醉蜂狂，一片春意闹闹的景色，尽收眼底了。

三写春风。主要从三个角度展开描写：一写春风拂面，是触觉的感受；二写风送芳香，"都在微微润湿的空气里酝酿"，这是嗅觉的感受；三写风传乐声，鸟语、水声、笛韵交相应和，这是听觉的感受。大自然的风本是无形、无色、无味的，而作者通过自己的感官，把它写得形神兼备捉摸得住了。

四写春雨。春雨绵绵，"一下就是三两天"，先看春雨的迷人风致，"像牛毛、像花针、像细丝，密密地斜织着，人家屋顶上全笼着一层薄烟"，树叶"绿得发亮"，小草"青得逼你的眼"。这是一幅多美的烟雨图！接着又让你看雨夜图：点点黄晕的灯光"烘托出一片安静而和平的夜"。春雨知时节，人勤耕种早，农民把春雨称为春霖，春雨贵如油，他们抓住这大好时机，努力耕耘。请看，在一片蒙蒙细雨中，他们"披着蓑戴着笠"，在地里辛勤地工作着。这又俨然是一幅雨耕图了。

五写迎春。春光明媚，风景宜人，春在树上，春在花间，春更在人的心上。所以作者最后集中描绘春回大地，人们无限喜悦的心情。从天上到地下，从城里到乡下，到处荡漾着春的气息，深刻表现了春天给所有的人带来了青春活力。结尾，简朴短语，实是全篇点题之笔，作者之所以写春，其意也就在此。

最后是颂春。应该说，作品所有一切都归结在"颂"字上，因为作者正是有感于怀，心中充满了对春的赞美之情，才勾起他创作激情的。文章紧扣上一层次，以三个排比句式，进一步总括春天风貌，进一步显示题旨。又以三个比喻的连用，构成递进关系，既表达了时间(孟春、仲春、季春)的推移，显现了具有无限生机的春境，又抒发了自己要紧跟春的脚步，努力"上前去"的心境。

朱自清绘态状物就常在"活"字上下功夫。要写"活"，就要对描写对象进行细致的体察，品味其"细端末节的千差万殊"，咀嚼出其中独特的风味。譬如同是写春草，晴天的春草是"嫩嫩的，绿绿的"，"软绵绵的"，这是被初阳蒸融的缘故；雨天里的春草则是"青得逼你的眼"，这是细雨滋润的结果。再如写春雨，以"像牛毛"形容它的细密，"像花针"形容它的纤洁，"像细丝"形容它的绵长，而“密密地斜织着”，更把微风吹动细雨的景状写得惟妙惟肖了。这种雨景确是不同一般，只有春天才有的。要写“活”，还需要融情入景，可以说，在《春》里，句句是景语，句句也是情语，通篇绘景，也通篇抒情，那花草、树木、风雨，无不渗透着作者对春天到来而勾起的无限喜悦的情绪，而显得“气韵生动”。《春》作于1933年2月21日，当时朱自清刚和陈竹隐重组新家庭，心情十分愉悦，在这篇散文里，心境和意境是相符的。（陈孝全）

黄昏的观前街　　郑振铎

我刚从某一个大都市归来。那一个大都市，说得漂亮些，是乡村的气息较多于城市的。它比城市多了些乡野的荒凉况味，比乡村却又少了些质朴自然的风趣，疏疏的几簇住宅，到处是绿油油的菜圃，是蓬蒿没膝的废园，是池塘半绕的空场，是已生了荒草的瓦砾堆，晚间更是凄凉，太阳刚刚西下，街上的行人便已“寥若晨星”。在街灯如豆的黄光之下，踽踽的独行着，瘦影显得更长了，足音也格外的寂寥。远处野犬，如豹的狂吠着。黑衣的警察，幽灵似的扶枪立着。在前面的重要区域里，仿佛有“站住！”“口号！”的呼叱声，我假如是喜欢都市生活的话，我真不会喜欢到这个地方；我假如是喜欢乡间生活的话，我也不会喜欢到这个所在。我的天！还是趁早走了吧。（不仅是“浩然”，简直是“凛然有归志”了！）

归程经过苏州，想要下去，终于因为舍不得抛弃了车票上的未用尽一段路资，蹉跎的被火车带过去了，归后不到三天，长个子的樊与矮而美髯的孙，却又拖了我逛苏州去。早知道有这一趟走，还不中途而下，来得便利么？

我的太太是最厌恶苏州的，她说舒舒服服的坐在车上，走不了几步，却又要下车过桥了。我也未见得十分喜欢苏州；一来是，走了几趟都买不到什么好书，二来是，住在阊门外，太像上海，而又没有上海的繁华，但这一次，我因为要换换花样，却拖他们住到城里去，不料竟因此而得到了一次永远不曾领略到的苏州景色。

我们跑了几家书铺，天色已经渐渐的黑下来了，樊说，“我们找一个地方吃饭吧。”饭馆里是那末样的拥挤，走了两三家，才得到了一张空桌，街上已上了灯，楼窗的外面，行人也是那末样的拥挤。没有一盏灯光不照到几堆子人的，影子也不落在地上，而落在人的身上。我不禁想起了某一个大城市的荒凉情景，说道，“这才可算是一个都市！”

这条街是苏州城繁华的中心的观前街。玄妙观是到过苏州的人没有一个不熟悉的；那末粗俗的一个所在，未必有胜于北平的隆福寺，南京的夫子庙，扬州的教场。观前街也是一条到过苏州的人没有一个不曾经过的；那末狭小的一道街，三个人并列走着，便可以不让旁的人走，再加之以没头苍蝇似的乱攒而前的人力车，或箩或桶的一担担的水与蔬菜，混合成了一个道地的中国式的小城市的拥挤与纷乱无秩序的情形。

然而，这一个黄昏时候的观前街，却与白昼大殊。我们在这条街上舒适的散着步，男人，女人，小孩子，老年人，摩肩接踵而过，却不喧哗，也不推拥。我所得的苏州印象，这一次可说是最好。——从前不曾于黄昏时候在观前街散步过。半里多长的一条古式的石板街道，半部车子也没有，你可以安安稳稳的在街心踱方步。灯光耀耀煌煌的，铜的，布的，黑漆金字的市招，密簇簇的排列在你的头上，一举手便可触到了几块。茶食店里的玻璃匣，亮晶晶的在繁灯之下发光，照得匣内的茶食通明的映入行人眼里，似欲伸手招致他们去买几色苏制的糖食带回去。野味店的山鸡野兔，已烹制的，或尚带着皮毛的都是一串一挂的悬在你的眼前——就在你的眼前，那香味直扑到你的鼻上，你在那里，走着，走着。你如走在一所游艺园中。你如在暮春三月，迎神赛会的当儿，挤在人群里，跟着他们跑，兴奋而感到浓趣。你如在你的少小时，大人们在做寿，或娶亲，地上铺着花毯，天上张着锦幔，长随打杂老妈丫头，客人的孩子们，全都穿戴着崭新的衣帽，穿梭似的进进出出，而你在其间，随意的玩耍，随意的奔跑。你白天觉得这条街狭小，在这时，你，才觉这条街狭小得妙。她将你紧压住了，如夜间将自己的手放在心头，做了很刺激的梦；他将你紧紧地拥抱住了，如一个爱人身体的热情的拥抱；她将所有的宝藏，所有的繁华，所有的可引动人的东西，都陈列在你的面前，即在你的眼下，相去不到三尺左右，而别用一种黄昏的灯纱笼罩了起来，使他们更显得隐约而动情，如一位对窗里面的美人，如一位躲于绿帘后的少女。她假如也像别的都市巷道那样的开朗阔大，那末，便将永远感不到这种亲切的繁华的况味，你便将永远受不到这种紧紧的箍压于你的全身，你的全心的燠暖而温馥的情趣了。你平常觉得这条街闲人太多，过于拥挤，在这时却正显得人多的好处。你看人，人也看你；你的左边是一位时装的小姐，你的右边是几位随了丈夫父亲上城的乡姑，你的前面是一二位步履维艰的道地的苏州佬，一二位尖帽薄履的苏式少年，你偶然回过头来，你的眼光却正碰在一位容光射人，衣饰过丽的少奶奶的身上。你的团团转转都是人，都是无关系的无关心的最驯良的人；你可以舒舒适适的踱着方步，一点也不用担心什么。这里没有乘机的偷盗，没有诱人入魔窟的“指导者”，也没有什么电掣风驰，左冲右撞的一切车子。每一个人都是那末安闲的散步着；川流不息的在走，肩摩踵接的在走，他们永不会猛撞你身上而过。他们是走得那末安闲，那末小心。你假如偶然过于大意的撞了人，或踏了人的足——那是极不经见的事！他们抬眼望了你，你对他们点点头，表示歉意，也就算了。大家都感到一种的亲切，一种的无损害，一种的无忧无虑的生活；大家都似躲在一个乐园中，在明月之下，绿林之间，悠闲的微步着，忘记了园外的一切。

那末鳞鳞比比的店房，那末密密接接的市招，那末耀耀煌煌的灯光，那末狭狭小小的街道，竟使你抬起头来，看不见明月，看不见星光，看不见一丝一毫的黑暗的夜天。她使你不知道黑暗，她使你忘记了这是夜间。啊，这样的一个“不夜之城”！

“不夜之城”的巴黎，“不夜之城”的伦敦，你如果要看，你且去歌剧院左近走着，你且去辟加德莱圈散步，准保你不会有一刻半秒的安逸；你得时时刻刻的担心,时时刻刻的提防着,大都市的灾害,是那末多。每个人都是匆匆的走灯似的向前走,你也得匆匆的走;每个人都是紧张着矜持着,你也自然得会紧张着,矜持着。你假如走惯了黄昏时候的观前街,你在那里准得是吃大苦头,除非你已将老脾气改得一干二净。你假如为店铺的窗中的陈列品所迷住了,譬如说,你要站住了仔仔细细的看一下,你准得要和后面的人猛碰一下,他必定要诧异的望了望你,虽然嘴里说的是“对不起”。你也得说“对不起”,然而你也饱受了他,以至他们的眼光的奚落。你如走到了歌剧院的阶前,你如走到了那尔逊的像下,你将见斗大的一个个市招或广告牌,闪闪在放光;一片的灯光,映射得半个天空红红的。然而那里却是如此的开朗敞阔,建筑物又是那末的宏伟,人虽拥挤,却是那样的藐小可怜,Taxi 和 Bus 也如小甲虫似的在一连串的走着。大半个天空是黑漆漆的,几颗星在冷冷的映着眼看人。大都市的繁华终敌不住黑夜的侵袭。你在那里,立了一会,只要一会,你便将完全的领受到夜的凄凉了。像观前街那样的燠暖温馥之感,你是永远得不到的。你在那里是孤零的,是寂寞的,算不定会有什么飞灾横祸光临到你身上,假如你要一个不小心。像在观前街的那末舒适无虑的亲切的感觉,你也是永远不会得到的。

有观前街的燠暖温馥与亲切之感的大都市,我只见到了一个委尼司[①];即在委尼司的 St.Mark 广场的左近。那里也是充满了闲人,充满了紧压在你身上的燠暖的情趣的;街道也是那末狭小,也许更要狭,行人也是那末拥挤,也许更要拥挤,灯光也是那末辉辉煌煌的,也许更要辉煌。有人口口声声的称呼苏州为东方的委尼斯;别的地方,我看不出,别的时候,我看不出,在黄昏时候的观前街,我却深切的感到了。——虽然观前街少了那末弘丽的 Piazza of St.Mark[②],少了那末轻妙的此奏彼息的乐队。

注 ① 委尼司:今译“威尼斯”。 ② Piazza of St.Mark:英语,圣马可广场。

《黄昏的观前街》主要笔墨是描写景物。作者采用印象的抒写方法,并融合着浓厚的感情,也就是人们通常所说的情景交融的描写。当然,在情景交融的描写中,作者又不时恰到好处地夹杂议论,即采用夹叙夹议的手法。

文章开头,叙写某一大都市乡村的气息多于城市,又缺少乡村的质朴自然,为下文浓墨重彩抒写苏州观前街作铺垫,与黄昏时观前街的景色形成反衬。有趣的是,作者并不立即抒写黄昏时观前街的景色,而是先写途经苏州而未下车、归家未及三天而被友人拖去逛苏州;再写夫人厌恶苏州和自己也未见得十分喜欢苏州。文章开、阖、抑、扬,真与苏州园林一样,峰回路转,曲径通幽,引人入胜。

文中反衬手法的运用随处可见,例如抒写观前街的景色,先写饭馆和街上行人的拥挤,与文章开头写的某一大都市的荒凉情景形成反衬。又如,抒写黄昏时观前街,先写白天观前街的狭小、拥挤与纷乱无秩序的情形,更突出黄昏时观前街的热闹、繁华与游人的悠闲。

在正式抒写黄昏时观前街的景色时,作者先渲染各色游人在街上散步的舒适、安稳,灯光的耀眼,市招的密集,商品物品的诱人。在印象抒写时,作者尤其注意表现游人与景物的动感。诸如抒写游人的散步、发光的茶食、香味的扑鼻,以造成美的动感。同时,作者又不断变换人称。先将第一人称变为第二人称,直接与读者对话,设想读者走在观前街的游艺园中徜徉,在观前街上随意玩要，生动形象地抒写了设想中的读者畅游观前街时激动、热烈的心情。进而又运用第三人称，设想观前街如果也像别的都市一样开朗阔大，将失去她的繁华的况味、温馥的情趣。然后又回到第二人称。人称的变换，既使笔调生动、活泼，也收到亲切、自然、感人的艺术效果。

夹叙夹议是《黄昏的观前街》的又一显著特色。作者在生动展示观前街的狭小、拥挤情形之后，议论道：这一切“混合成了一个道地的中国式的小城市的拥挤与纷乱无秩序的情形”，这一概括，饱满着作者的主观评价。文章抒写黄昏时观前街虽然拥挤，但游人驯良、亲切、安闲，进而议论说：“大家都感到一种的亲切，一种的无损害，一种的无忧无虑的生活；大家都似躲在一个乐园中，在明月之下，绿林之间，悠闲的微步着，忘记了园外的一切。”这里的议论，浸透了作者对于观前街的深切而独特的感受，因此有很强的抒情色彩。

还应该指出，文章末段，以同样有燠暖温馥与亲切之感的大都市——意大利的威尼斯（旧译委尼司）作为正面衬托黄昏时的观前街，更突出了黄昏时观前街的舒适、悠闲，从而给人以不尽的回味。（潘颂德）

给我的孩子们　　丰子恺

我的孩子们！我憧憬于你们的生活，每天不止一次！我想委曲地说出来，使你们自己晓得。可惜到你们懂得我的话的意思的时候，你们将不复是可以使我憧憬的人了。这是何等可悲哀的事啊！

瞻瞻！你尤其可佩服。你是身心全部公开的真人。你什么事体都像拼命地用全副精力去对付。小小的失意，像花生米翻落地了，自己嚼了舌头了，小猫不肯吃糕了，你都要哭得嘴唇翻白，昏去一两分钟。外婆普陀去烧香买回来给你的泥人，你何等鞠躬尽瘁地抱他，喂他；有一天你自己失手把他打破了，你的号哭的悲哀，比大人们的破产，失恋，broken heart，丧考妣，全军覆没的悲哀都要真切。两把芭蕉扇做的脚踏车，麻雀牌堆成的火车，汽车，你何等认真地看待，挺直了嗓子叫“汪——”，“咕咕咕……”，来代替汽笛。宝姐姐讲故事给你听，说到“月亮姐姐挂下一只篮来，宝姐姐坐在篮里吊了上去，瞻瞻在下面看”的时候，你何等激昂地同她争，说“瞻瞻要上去，宝姐姐在下面看！”甚至哭到漫姑[①]面前去求审判。我每次剃了头，你真心地疑我变了和尚，好几时不要我抱。最是今年夏天，你坐在我膝上发见了我腋下的长毛，当作黄鼠狼的时候，你何等伤心，你立刻从我身上爬下去，起初眼瞪瞪地对我端相，继而大失所望地号哭，看看，哭哭，如同对被判定了死罪的亲友一样。你要我抱你到车站里去，多多益善地要买香蕉，满满地擒了两手回来，回到门口时你已经熟睡在我的肩上，手里的香蕉不知落在那里去了。这是何等可佩服的真率，自然，与热情！大人间的所谓“沉默”，“含蓄”，“深刻”的美德，比起你来，全是不自然的，病的，伪的！

你们每天做火车，做汽车，办酒，请菩萨，堆六面画，唱歌，全是自动的，创造创作的生活。大人们的呼号“归自然！”“生活的艺术化！”“劳动的艺术化！”在你们面前真是出丑得很了！依样画几笔画，写几篇文的人称为艺术家，创作家，对你们更要愧死！

你们的创作力，比大人真是强盛得多哩：瞻瞻！你的身体不及椅子的一半，却常常要搬动它，与它一同翻倒在地上；你又要把一杯茶横转来藏在抽斗里，要皮球停在壁上，要拉住火车的尾巴，要月亮出来，要天停止下雨。在这等小小的事件中，明明表示着你们的小弱的体力与智力不足以应付强盛的创作欲，表现欲的驱使，因而遭逢失败。然而你们是不受大自然的支配，不受人类社会的束缚的创造者，所以你的遭逢失败，例如火车尾巴拉不住，月亮呼不出来的时候，你们决不承认是事实的不可能，总以为是爹爹妈妈不肯帮你们办到，同不许你们弄自鸣钟同例，所以愤愤地哭了，你们的世界何等广大！

你们一定想：终天无聊地伏在案上弄笔的爸爸，终天闷闷地坐在窗下弄引线的妈妈，是何等无气性的奇怪的动物！你们所视为奇怪动物的我与你们的母亲，有时确实难为了你们，摧残了你们，回想起来，真是不安心得很！

阿宝！有一晚你拿软软的新鞋子，和自己脚上脱下来的鞋子，给凳子的脚穿了，光袜立在地上，得意地叫"阿宝两只脚，凳子四只脚"的时候，你母亲喊着"龌龊了袜子！"立刻擒你到藤榻上，动手毁坏你的创作。当你蹲在榻上注视你母亲动手毁坏的时候，你的小心里一定感到"母亲这种人，何等杀风景而野蛮"吧！

瞻瞻！有一天开明书店送了几册新出版的毛边的《音乐入门》来。我用小刀把书页一张一张地裁开来，你侧着头，站在桌边默默地看。后来我从学校回来，你已经在我的书架上拿了一本连史纸印的中国装的《楚辞》，把它裁破了十几页，得意地对我说："爸爸！瞻瞻也会裁了！"瞻瞻！这在你原是何等成功的欢喜，何等得意的作品！却被我一个惊骇的"哼！"字喊得你哭了。那时候你也一定抱怨"爸爸何等不明"吧！

软软！你常常要弄我的长锋羊毫，我看见了总是无情地夺脱你。现在你一定轻视我，想道："你终于要我画你的画集的封面！"②

最不安心的，是有时我还要拉一个你们所最怕的陆露沙医生来，教他用他的大手来摸你们的肚子，甚至用刀来在你们臂上割几下，还要教妈妈和漫姑擒住了你们的手脚，捏住了你们的鼻子，把很苦的水灌到你们的嘴里去。这在你们一定认为太无人道的野蛮举动吧！

孩子们！你们真果抱怨我，我倒欢喜；到你们的抱怨变为感谢的时候，我的悲哀来了！

我在世间，永没有逢到像你们样出肺肝相示的人。世间的人群结合，永没有像你们样的彻底地真实而纯洁。最是我到上海去干了无聊的所谓"事"回来，或者去同不相干的人们做了叫做"上课"的一种把戏回来，你们在门口或车站旁等我的时候，我心中何等惭愧又欢喜！惭愧我为什么去做这等无聊的事，欢喜我又得暂时放怀一切地加入你们的真生活的团体。

但是，你们的黄金时代有限，现实终于要暴露的。这是我经验过来的情形，也是大人们谁也经验过的情形。我眼看见儿时的伴侣中的英雄，好汉，一个个退缩,顺从,妥协,屈服起来,到像绵羊的地步。我自己也是如此。“后之视今,亦犹今之视昔”,你们不久也要走这条路呢!

我的孩子们!憧憬于你们的生活的我,痴心要为你们永远挽留这黄金时代在这册子里。然这真不过像“蜘蛛网落花”略微保留一点春的痕迹而已。且到你们懂得我这片心情的时候,你们早已不是这样的人,我的画在世间已无可印证了!这是何等可悲哀的事啊!

《子恺画集》代序,1926 年圣诞节作

注 ① 漫姑即作者的三姐丰满。 ② 本篇是《子恺画集》代序,其封面画是软软所作。

用当下世界范围内最流行的词来说,这篇散文是一次父亲与自己儿女的“对话”,有着受话的具体对象,即作者的孩子们——瞻瞻、阿宝、软软。然而,这又是一次推延至未来的“对话”。由于孩子们年龄太小,不仅无法读懂文字,更谈不上理解对话的内容。当他们能做到“受话者”的要求时,他们受话者的身份却已经部分改变了,他们已不复是当初的童蒙无知的“自我”了。想想这需要十来年才能实现其情感交流功能的预设的“对话”,真很有意思!但作者既然拿家庭的“私话”公开发表了,可见他还是对“私话”内蕴的社会“意思”更感兴趣。

我们感兴趣的不是怎样的儿童,而是怎样的父亲。儿童的情貌是通过父亲叙述的。一经叙述,则样样皆着叙述者的色彩,件件灌注叙述人的情感,是父亲眼中的儿童。那么,这个“父亲”有何特点呢?有什么吸引我们与之共鸣的东西呢?

首先是观察的仔细。这个父亲原是画家,职业的训练养成他善于观察形象细节的能力与习惯。源于人类天性的父爱更使他对特殊的对象悉心细察,详知纤毫。于是有了一个个孩子世界的故事,有了一幅幅童趣盎然的画面。“你的身体不及椅子的一半,却常常要搬动它,与它一同翻倒在地上;你又要把一杯茶横转来藏在抽斗里,要皮球停在壁上,要拉住火车的尾巴,要月亮出来,要天停止下雨”。在这些叙述话语的背后,是怎样的一双慈祥、耐心与有趣地观察着的眼睛。我们知道,这些材料大都已转化为视觉画面,收在丰子恺的画集里。如果字画并读,则意味更浓。

其次是作者时时揣摸儿童的心理。父亲爱子女,但并不一定看重与关心子女些微的感受和内心活动。丰子恺却不然,他喜欢把自己置于孩子的地位,去发现并体验他们所思所感。在这篇散文中,“你们一定想”、“你的小心里一定感到”、“那时候你也一定抱怨”、“现在你一定轻视我”、“这在你们一定认为”等,都是猜测、揣摸之词。重要的不是这种想象的真实性如何(事实上它也无法证实),而是想象孩子内心活动这件事本身体现了对儿童人格的尊重,以及父亲与子女的平等意识。尊重人的个性的真实含义是尊重他的内心世界,理解一个人与爱一个人也同样如此。

最后是这个父亲对孩子的态度有些特别,有些矛盾与困惑,但却非常真实。他是那么地羡慕与肯定孩子的童心,不惜用人间最美好的语词加以赞颂,如“你是身心全部公开的真人”,“这是何等可佩服的真率,自然,与热情!”不仅如此,这位父亲还将儿童、儿童世界与成人、成人世界加以对照,以褒扬前者来批判后者。在他心目中,成人世界“全是不自然的,病的,伪的”,“在你们面前真是出丑得很了”,“对你们更要愧死”。他在批判成人世界失却童心,其实也是在实行自我批判。他憧憬儿童生活,想返归儿童的原始天真与自然人性,这与“童心说”是一路的。明代思想家李贽说:“童心者,真心也。……若失却童心,便失却真心;失却真心,便失却真人。”

但是,这位父亲又悲哀起来:“你们的黄金时代有限,现实终于要暴露的”,“且到你们懂得我这片心情的时候,你们早已不是这样的人”。这时候,作者已从憧憬回到了现实。童心虽好,但人毕竟要长大，要成年，要适应成人世界的法则；成人世界虽有种种缺陷，不那么美妙、完善，但却是唯一的现实生存的世界。这就是人生的悖论，也是这位父亲困惑之所在。（朱晓琳）

一种云　　　瞿秋白

天总是皱着眉头。太阳光如果还射得到地面上，那也总是稀微的淡薄的。至于月亮，那更不必说，他只是偶然露出半面，用他那惨淡的眼光看一看这罪孽的人间，这是寡妇孤儿的眼光，眼睛里含着总算还没有流干的眼泪。受过不只一次封禅大典的山岳，至少有大半截是上了天，只留一点山脚给人看。黄河，长江……据说是中国文明的母亲，也不知道怎么变了心，对于他们的亲骨肉，都摆出一副冷酷的面孔。从春天到夏天，从秋天到冬天，这样一年年的过去，淫虐的雨，凄厉的风和肃杀的霜雪更番的来去，一点儿光明也没有。那云是从什么地方来的？这是太平洋上的大风暴吹过来的，这是大西洋上的狂飙吹过来的。还有那模糊的血肉——榨床底下淌着的模糊的血肉蒸发出来的。那些会画符的人——会写借据，会写当票的人，就用这些符箓在呼召。那些吃泥土的土蜘蛛——虽然死了也不过只要六尺土地藏他的贵体，可是活着总要吃这么一二百亩三四百亩的土地，——这些土蜘蛛就用屁股在吐着。那些肚里装着铁心肝钢肚肠的怪物，又竖起了一根根的烟囱在那里喷着。狂飙风暴吹来的，血肉蒸发的，呼召来的，吐出来的，喷出来的，都是这种云。这是战云。

难怪总是漫漫的长夜了！

什么时候才黎明呢？

看那刚刚发现的虹。祈祷是没有用的了。只有自己去做雷公公电闪娘娘。那虹发现的地方，已经有了小小的雷电，打开了层层的乌云，让太阳重新照到紫铜色的脸。如果是惊天动地的霹雳，这可只有自己做了雷公公闪电娘娘才办得到。要使小小的雷电变成惊天动地的霹雳！那才拨得开这些愁云惨雾。

这篇文章，主要运用象征手法，描画了一个奇谲怪异的世界。这里，“天总是皱着眉头”，阳光稀微，月亮惨淡，山岳河流都是一副冷酷的面孔。春夏秋冬，年复一年，总只有淫虐的雨、凄厉的风和肃杀的霜雪，总只在漫漫长夜中度过，仿佛没有尽头。这，都因为一种云在作祟。这是奇怪的云。它来自太平洋、大西洋的风暴、狂飙，来自榨床底下模糊的血肉的蒸发，来自一些看不懂的符箓的呼召，来自特大的吃田地的土蜘蛛屁股里吐出来的毒气，来自铁心钢肠的怪物喷出来的浓烟。这是多么可怕的景象啊！这种鬼怪般的物事，遍布地面，生生不息。因此，“难怪总是漫漫的长夜了！”但是，黑暗难道真是永无尽头的吗？作者到此笔锋一转，呼唤光明。他让人注意：天边出现虹了，小小的雷电，响起来了，闪起来了，照亮了地上的一角，在与黑暗交战，预示着普天阳光的照临。但是，这还得要有震天动地的霹雳，响彻云霄，才能拨开满天的愁云惨雾；而能拨开愁云惨雾的雷公公闪电娘娘，只能由我们自己来做。

这奇谲怪异甚至有点荒诞的世界，是什么地方呢？作者没有明说，但读者不难明白。他在用浓重的笔触描画这些怪异景象的时候，并非没有一点写实的文字。他说到“黄河，长江”，写到“这样的漫漫长夜,已经二十年了”(本文作于1931年)。这不就是中国吗?这不就是从1912年辛亥革命失败以后,日益在半殖民地半封建境地中沉沦的黑暗中国吗?这愁云惨雾笼罩的地方,就是当时中国的象征。不仅皱着眉头的阴惨天色象征三十年代的时代气氛,乌云象征反动势力的凝聚,雷电象征人民群众的斗争,而且凝成乌云的东西,即太平洋、大西洋的风暴狂飙,淌着模糊血肉的榨床上发出的蒸汽,古怪的符箓的呼召,田地上土蜘蛛的排泄,铁怪物冒出的浓烟,都各各象征着帝国主义、封建军阀、高利贷者、地主豪绅和资产阶级,以及它们造成的罪孽,从而揭示了中国黑暗的根源。至于文章后半部分出现的“虹”,则是建立了红色政权的苏区,“霹雳”是革命的爆发和胜利。总之,无论是那些怪异的事物,还是后半部分令人振奋的天象,无一不是当时中国或一社会力量的象征。

通篇采用象征的手法,而又具有强烈的现实主义精神,这是《一种云》的最大的特点。

象征是一种概括性的比喻,作为隐喻的喻体又有具体的可感性。这篇文章采用了象征手法,因而仅仅六百个字,就既具有高度的概括性和深刻的哲理性,又构成了一幅完整的形象的图画。文中用的一连串的五个喻体,把帝国主义和国内的剥削阶级的冷酷和丑恶本质深刻地揭示出来,再用“一种云”(“乌云”)来象征它们的结集,它们对人的压迫,概括而形象鲜明。如果用通常的写实手法,一篇短小的杂文,如何能显示三十年代中国的黑暗、人民的苦难、革命的形势?最多只能写成一篇笼统、枯燥的政论。

运用象征,借助于喻体的形象,也便于表达作者难以明说的见解和感情。瞿秋白对反动势力的憎恶,急欲推翻它的愿望,和对革命人民的热烈期待和召唤,由此得以充分表达出来。在那一幅怪异又神妙的图画中,无处不透露出他的这种愿望、无处不燃烧着他的这种感情。例如,第一部分中这样描写月亮:“他只是偶然露出半面,用他那惨淡的眼光看一看这罪孽的人间,这是寡妇孤儿的眼光,眼睛里含着总算还没有流干的眼泪。”这里,对月亮的描写,首先是客观具体的,因为月亮确实常常是不圆满的,月光确实常常是暗淡的,给人以真实的感觉。但同时,它又是渗透着作者主观感情的月亮:月光惨淡如孤儿寡妇的眼光,眼睛里含着还没有流干的眼泪,说明它的“痛苦”已非一朝一夕了。这月亮,既是自然界的月亮,又是作者想象中的月亮,深沉地传达出作者对时代悲惨气氛的感受,对人民的无边痛苦的体验。又如结尾处,写虹和雷电:“那虹发现的地方,已经有了小小的雷电,打开了层层的乌云,让太阳重新照到紫铜色的脸。”这番描绘又多么强烈地传达出作者对苏区人民的祝颂,流露出多么欣喜的感情!

瞿秋白是一位对旧中国有着真知的、热情洋溢的革命家,又富于文学的才能。因此,他才能成功地运用象征手法,以极为短小的篇幅,提供出旧中国社会的完整图画。它寓意深远,耐人寻味,又令人振奋,强于当时一些泛泛地反映中国社会某一侧面的小说和戏剧。最后,还要指出,不少用象征手法写成的作品,往往显得扑朔迷离,晦涩难懂,而这篇《一种云》还是明白易懂的;就此而言,它与瞿秋白其他许多散文,在风格上是一致的。(王铁仙)

五四断想　　闻一多

旧的悠悠死去,新的悠悠生出,不慌不忙,一个跟一个,——这是演化。

新的已经来到,旧的还不肯去,新的急了,把旧的挤掉,——这是革命。

挤是发展受到阻碍时必然的现象,而新的必然是发展的,能发展的必然是新的,所以青年永远是革命的,革命永远是青年的。

新的日日壮健着(量的增长),旧的日日衰老着(量的减耗),壮健的挤着衰老的，没有挤不掉的。所以革命永远是成功的。

革命成功了，新的变成旧的，又一批新的上来了。旧的停下来拦住去路，说：“我是赶过路程来的，我的血汗不能白流，我该歇下来舒服舒服”。新的说：“你的舒服就是我的痛苦，你耽误了我的路程。”又把他挤掉，……如此，武戏接二连三的演下去，于是革命似乎永远“尚未成功”。

让曾经新过来的旧的，不要只珍惜自己的过去，多多体念别人的将来，自己腰酸腿痛，拖不动了，就赶紧让。“功成身退”不正是光荣吗？“后生可畏，焉知来者之不如今也！”这也是古训啊！

其实青年并非永远是革命的，“青年永远是革命的”这定理，只在“老年永远是不肯让路的”这前提下才能成立。

革命也不能永远“尚未成功”。几时旧的知趣了，到时就功成身退，不致阻碍了新的发展，革命便成功了。

旧的悠悠退去，新的悠悠上来，一个跟一个，不慌不忙，那天历史走上了演化的常轨，就不再需要变态的革命了。

但目前，我们还要用“挤”来争取“悠悠”，用革命来争取演化。“悠悠”是目的，“挤”是达到目的的手段。

于是又想到变与乱的问题。变是悠悠的演化，乱是挤来挤去的革命。若要不乱挤，就只得悠悠的变。若是该变而不变，那只有挤得你变了。

子在川上曰：“逝者如斯夫，不舍昼夜！”古训也发挥了变的原理。

作为诗人与学者的闻一多先生，在文学上的主要成就并不在杂文，但他的杂文恰恰记录了一个民主战士思想转变的过程。这篇《五四断想》就很有代表性。

1919年爆发了五四运动，北京的学生高举反帝、反封建、要科学、要民主的大旗，率先走上大街。当时，闻一多正在美国人控制的清华园就读，在一些同学因受学校威吓，怕影响留美而徘徊不前时，他和许多热血青年则毫不犹豫地投入了这场划时代的爱国运动。闻一多在校负责宣传工作，他以极大的热情和胜人一筹的骨气感染并激发了周围学生的爱国热情。

26年后，中年的闻一多已从书斋中走出，不断接触和阅读进步的报刊、著作。1945年在“五四”二十六周年纪念大会后，在国统区的昆明西南联大的教工宿舍里，闻一多写下了这篇《五四断想》。这篇文章虽短，也不像他的讲演和其他杂文那样激情浩荡、震撼人心，却是试图用新的理论来诠释新旧之冲突，探索革命与演化之间的关系。这时的闻一多已清楚地意识到目前“我们还要用‘挤’来争取‘悠悠’，用革命来争取演化。‘悠悠’是目的，‘挤’是达到目的的手段”。他坚信革命必胜，因为新的日日壮健着，旧的日日衰老着，壮健的挤着衰老的，没有挤不掉的。所以革命可能会遭受挫折，但最后一定会成功。除了“挤”，文中另一个突出思想就是“后生可畏”，闻一多一直认为，青年永远是革命的，老人必须支持他们的革命行动，不要阻碍新的发展。然而现实却是“老年永远是不肯让路的”，对此，他曾在《可怕的冷静》一文中真情地呼唤过，“……时机太危急了，这不是冷静的时候，希望老年人中年人的步调与青年齐一，早些促成革命的来临！”

总之，此文虽为“断想”，但言简意赅，条分缕析，具有很大的说服力。值得一提的是，作者始终怀着赤子之心，希望早日看到祖国的光明，并投身民主革命，不顾危险与青年们一起挤着那“旧的”，最后终于杀身成仁，以自己的生命促进“新”的发展。（沈　俊）

最后一次的讲演　　闻一多

——在云大至公堂李公朴夫人报告
李先生死难经过大会上的讲演

这几天,大家晓得,在昆明出现了历史上最卑污,最无耻的事情!李先生究竟犯了什么罪?竟遭此毒手,他只不过用笔,用嘴,写出了说出了千万人民心中压着的话,大家有笔有嘴有理由讲啊,为什么要打,要杀,而且偷偷摸摸的杀!

今天,这里有没有特务?你站出来,你出来讲,凭什么要杀死李先生?暗杀了人,还要诬蔑人,说什么“桃色案件”,说什么共产党杀共产党,无耻啊!无耻啊!这是某集团的无耻,是李先生的光荣;李先生在昆明被暗杀,是李先生的光荣,也是昆明人的光荣!

去年“一二·一”昆明的青年学生,为了反对内战遭受屠杀,现在李先生为了争取民主和平,也遭遇了反动派的暗杀,这是昆明无限的光荣!

反动派暗杀李先生的消息传出后,大家听了都摇头,这些无耻的东西,不知他们是怎么想法,他们的心是怎样长的,其实也很简单,他们这样疯狂害怕,正是他们自己在慌呵!在恐怖呵!特务们,你们想想,你们还有几天,真理是一定胜利的。反动派的无耻,就是李先生的光荣。反动派的末日,就是我们的光明!

现在,有人要打内战,只是利用美苏的矛盾,但是美苏不一定打呀!现在四外长会议,已经圆满闭幕了。美苏间不是没有矛盾,但是可以妥协,事情是曲折的,不是直线的,我们的新闻被封锁着,不知道英美的开明舆论如何抬头,但是事实的反映,我们可以看出:

第一,现在司徒雷登出任美驻华大使,司徒雷登是中国人民的朋友,也是教育家,他生长在中国,受的美国教育。他住在中国的时间比住在美国的时间长,他就如一个中国的留美学生一样,从前在北平时也常见面,他是真正知道中国人民的要求的,不是说司徒雷登有三头六臂,而是说,美国人民的舆论抬头,美国才有这改变。

其次,反动派干得太不像样了,在四外长会议上不要中国做二十一国和平会议的召集人,这说明人民的忍耐有限度,国际的忍耐也是有限度。

李先生赔上了一条性命,我们要换来一个代价,“一二·一”四烈士倒下了,年青的战士们的血,换来了政治协商会议的开会,李先生倒下了,也要换来一个政协会议的召开,我们有这信心!

“一二·一”昆明的光荣,是云南人民的光荣,云南光荣的历史,远的如护国,近的如“一二·一”,这些都是属于云南人民的,我们要发扬!

反动派挑拨离间,卑鄙无耻,他们以为联大走了,学生放暑假了,我们便就没有人了吗?特务们,你们看,今天到会的一千多青年又握起手来了,我们昆明青年决不让你们这样横干下去!

历史赋予昆明的任务，民主和平，我们昆明的青年必须完成这任务！

我们要准备像李先生一样，前足跨出大门，后脚就不准备再跨进大门。

抗战胜利以后，全国人民都希望有一个和平、民主、自由的新中国，反内战、反独裁，要民主、要自由的呼声在各民主党派和知识分子中空前强烈，但国民党反动当局却竭力加以压制。1946年7月11日晚上，著名民主人士李公朴因积极参加反内战、反独裁的政治斗争，被国民党特务暗杀。当时在西南联大执教的著名诗人和学者闻一多也因反内战、要民主而被国民党反动当局列入黑名单。对于李公朴的惨死，闻一多悲愤交加，当他闻知7月16日西南联大学生自治会将在至公堂主持召开李公朴夫人报告李公朴死难经过的大会，便不顾亲友的劝阻，毅然不顾生命危险来到了会场。在大会上，李夫人作报告时因过度悲愤而泣不成声，而混在会场中的特务却在说笑、打闹，破坏会场秩序。闻一多本不打算说话，见此情景，忍无可忍，怒火中烧，立刻拍案而起，即席演讲。他的凌然正气顿时赢得了全场听众的阵阵热烈掌声。由于他在演讲完毕的当天傍晚，就被国民党特务枪杀于昆明街头，所以人们便把他的这次演讲称之为《最后一次的讲演》。这是他一生中最后一篇文章，一篇以生命与鲜血浇铸而成的灿烂篇章。

这篇讲演虽然是即兴的，并没有草稿，但由于具有充沛的正义感和铿锵有力的言辞，却成了闻一多散文中的名篇。通读全篇，可以看出以下几个鲜明的特点：

一是充满昂扬激烈的情绪。该文虽然自始至终都洋溢着一股赤炽的正义爱国之情，但语调中却有顿挫，有起伏，在陈述事实时稍显平实；而在怒斥时，却往往声调高昂，特别像每节的结束语，如“这是昆明无限的光荣！”“反动派的末日，就是我们的光明！”“我们有这信心！”等，斩钉截铁，不容置疑。难怪在演讲中，常常会引来一阵阵热烈的鼓掌。

二是采用了较多的责问和反诘的语句。如第一节中便有“竟遭此毒手？”第二节中又有“这里有没有特务？”、“凭什么要杀死李先生？”等等，这些语句很有打击力量，揭露了敌人卑鄙无耻的手段，使在场的特务胆战心惊。

三是穿插了不少简练而精彩的警句。闻一多学贯中西，既是著名的学者，又是著名的诗人。他讲到激动时，就会情不自禁地说出：“这是某集团的无耻，是李先生的光荣。”“你们还有几天，真理是一定胜利的。”“前足跨出大门，后脚就不准备再跨进大门！”这些警句大气磅礴，正义凛然，读之深受感染。人们可能会忘记整篇演讲辞，但这些警句一定还会长留在心中。

闻一多在《一句话》的诗中写道：“有一句话说出就是祸，有一句话能点得着火。”把这两句诗移用在这篇讲演中，可谓十分确切。他最后的命运不幸也正应验了他的诗句；但也正因此突出地显示了闻一多的人格魅力。可以肯定，这篇演讲辞肯定会彪炳千古，万世留芳！（孙琴安）

书房的窗子　　杨振声

说也可怜，八年抗战归来，卧房都租不到一间，何言书房，既无书房，又何从说到书房的窗子！

唉，先生，你别见笑，叫化子连作梦都在想吃肉，正为没得，才想得厉害，我不但想到书房，连书房里每一角落，我都布置好。今天又想到了我那书房的窗子。

说起窗子，那真是人类穴居之后一点灵机的闪耀才发明了它。它给你清风与明月，它给你晴日与碧空，它给你山光与水色，它给你安安静静的坐窗前，欣赏着宇宙的一切，一句话，它打通你与天然的界限。

但窗子的功用，虽是到处一样，而窗子的方向，却有各人的嗜好不同。陆放翁的“一窗晴日写黄庭”，大概指的是南窗，我不反对南窗的光朗与健康，特别在北方的冬天，南窗放进满屋的晴日，你随便拿一本书坐在窗下取暖，书页上的诗句全浸润在金色的光浪中，你书桌旁若有一盆腊梅那就更好——以前在北平只值几毛钱一盆，高三四尺者亦不过一两元，腊梅比红梅色雅而秀清，价钱并不比红梅贵多少。那么，就算有一盆腊梅罢。腊梅在阳光的照耀下荡漾着芬芳，把几枝疏脱的影子漫画在新洒扫的蓝砖地上，如漆墨画。天知道，那是一种清居的享受。

东窗的初红里迎着朝暾，你起来开了格扇，放进一屋的清新。朝气洗涤了昨宵一梦的荒唐，使人精神清振，与宇宙万物一体更新。假使你窗外有一株古梅或是海棠，你可以看“朝日红妆”；有海，你可以看“海日生残夜”；一无所有，看朝霞的艳红，再不然，看想象中的郿宫，“晓日靓装千骑女，白樱桃下紫纶巾”。

“挂起西窗浪按天”这样的西窗，不独坡翁喜欢，我们谁都喜欢。然而西窗的风趣，正不止此，压山的红日徘徊于西窗之际，照出书房里一种透明的宁静。苍蝇的搓脚，微尘的轻游，都带些倦意了。人在一日的劳动后，带着微疲放下工作，舒适的坐下来吃一杯热茶，开窗西望，太阳已隐到山后了。田间小径上疏落的走着荷锄归来的农夫，隐约听到母牛哞哞的在唤着小犊同归。山色此时已由微红而深紫，而黝蓝。苍然暮色也渐渐笼上山脚的树林。西天上独有一缕镶着黄边的白云冉冉而行。

然而我独喜欢北窗。那就全是光的问题了。

说到光，我有一致偏向，就是不喜欢强烈的光而喜欢清淡的光，不喜欢敞开的光而喜欢隐约的光，不喜欢直接的光而喜欢返射的光，就拿日光来说罢，我不爱中午的骄阳，而爱“晨光之熹微”与落日的古红。纵使光度一样，也觉得一片平原的光海，总不及山阴水曲间光线的隐翳，或枝叶扶疏的树荫下光波的流动，至于返光更比直光来得委婉。“残夜水明楼”，是那般的清虚可爱；而“明清照积雪”使你感到满目清晖。

不错，特别是雪的返光。在太阳下是那样霸道，而在月光下却又这般温柔。其实，雪光在阴阴天宇下，也满有风趣。特别是新雪的早晨，你一醒来全不知道昨宵降了一夜的雪，只看从纸窗透进满室的虚白，便与平时不同，那白中透出银色的清晖，温润而匀净，使屋子里平添一番恬静的滋味，披衣起床且不看雪，先掏开那尚未睡醒的炉子，那屋里顿然煦暖。然后再从容揭开窗帘一看，满目皓洁，庭前的枝枝都压垂到地角上了，望望天，还是阴阴的，那就准知道这一天你的屋子会比平常更幽静。

至于拿月光与日光比，我当然更喜欢月光，在月光下，人是那般隐藏，天宇是那般的素净。现实的世界退缩了，想象的世界放大了。我们想像的放大，不也就是我们人格的放大？放大到感染一切时，整个的世界也因而富有情思了。“疏影横斜水清浅，暗香浮动月黄昏”比之“晴雪梅花”更为空灵，更为生动，“无情有恨何人见，月晓风清欲坠时”比之“枝头春意”更富深情与幽思；而“宿妆残粉未明天，每立昭阳花树边”也比“水晶帘下看梳头”更动人怜惜之情。

这里不止是光度的问题，而是光度影响了态度。强烈的光使我们一切看得清楚，却不必使我们想得明透，使我们有行动的愉悦，却不必使我们有沉思的因缘；使我们像春草一般的向外发展，却不能使我们像夜合一般的向内收敛。强光太使我们与外物接近了，留不得一分想象的距离。而一切文艺的创造，决不是一些外界事物的推扰，而是事物经过个性的熔冶，范铸出来的作物。强烈的光与一切强有力的东西一样，它压迫我们的个性。

以此，我便爱上了北窗，南窗的光强，固不必说；说是东窗和西窗也不如北窗。北窗放进的光是那般清淡而隐约，反射而不直接，说到返光，当然便到了“窗子以外”了，我不敢想像窗外有什么明湖或青山的返光，那太奢望了。我只希望北窗外有一带古老的粉墙。你说古老的粉墙？一点不错。最低限度地要老到透出点微黄的颜色；假如可能，古墙上生几片清翠的石斑。这墙不要去窗太近，太近则逼窄，使人心狭；也不要太远，太远便不成为窗子屏风；去窗一丈五尺左右便好。如此古墙上的光辉返射在窗下的桌上，润泽而淡白，不带一分逼人的霸气。这种清光绝不会侵凌你的幽静。也不会扰乱你的运思。它与清晨太阳未出以前的天光，及太阳初下，夕露未滋，湖面上的水光同是一样的清幽。

假如，你嫌这样的光太朴素了些，那你就在墙边种上一行疏竹。有风，你可以欣赏它婆娑的舞容；有月，窗上迷离的竹影；有雨，它给你平添一番清凄；有雪，那素洁，有清劲，确是你清寂中的佳友。即使无月无风，无雨无雪，红日半墙，竹荫微动，掩映于你书桌上的清晖，泛出一片清翠，几纹波痕，那般的生动而空灵，你书桌上满写着清新的诗句，你坐在那儿。纵使不读书也“要得”。

在各类文体中，散文是题材最广泛，行文最自由的文体，它给作者提供了最广阔的思维空间和表现天地。本文作者长期在大学任教，过着书斋生活，可是这次经八年抗战归来，既无卧室，更无书房，实在遗憾。不过，“正为没得，才想得厉害”，这反而使作者摆脱了现实的束缚，信马由缰，根据以往的体察和经验，展开了自由自在的想象和联想，写下了一曲关于书房窗子的畅想曲。

散文写作最忌平铺直叙，布局宜如在山重水复之中，突见柳暗花明。本文结构就采用了曲折迂回法。文章重在写北窗的光影，但开篇并不直奔主题，而是先写南窗、北窗和西窗的审美效应：南窗可以“放进满屋的晴日”；东窗可以在“初红里迎接朝暾”；西窗可以收入“苍然暮色”。在经过这一番铺垫后，作者笔锋一转，又诉说起喜爱北窗的理由，将读者引入了一个更美妙的境界。

本文选材颇具特色。窗户是建筑物中沟通内外空间的重要部件，也是审美的绝佳视角。中国古代诗文中有许多写窗景的妙句：“画栋朝飞南浦云，珠帘暮卷西山雪”（王勃）、“山月临窗近，天河入户低”（沈佺期）、“窗含西岭千秋雪，门泊东吴万里船”（杜甫）、“向来万里急，今在一窗间”（陈简斋）。中国古典造园理论中，也有通过窗户进行“框景”一说。作者从窗户入笔，看来是深得其中三昧的。更值得关注的是，作者写北窗之妙，不是泛泛写从北窗所见的景观，而是将笔墨聚焦于一个特殊的视点——北窗的光影效应。作者对光影的感觉十分敏锐、细腻。他历来喜欢清淡的光、隐约的光、返射的光，喜欢“阴阴天宇下”的雪光，或者疏影横斜、暗香浮动之中的月光，由此爱屋及乌，也就分外喜欢北窗的光影。因为，“北窗放进的光是那般清淡而隐约，反射而不直接”。作者通过对北窗光影效应的描写，营造了一种朦胧、清淡、素雅、隽永的诗境，令欣赏者如品香茗，回味无穷。更重要的是，作者透过对光影的描述，表现了自己的审美态度和审美追求。作者认为，“光度”会影响着人们对万事万物的“态度”，“强烈的光与一切强有力的东西一样，它压迫我们的个性”。而弱光使人们与外物之间拉开了距离，带来想象的天地，也带来了“沉思的因缘”。

本文体现了作者中国传统审美文化的深厚修养。这种修养不仅体现在文章的选材上，体现在名句典故信手拈来上，更渗透、浸润于文章每一个角落，处处显现出一种东方式的审美情趣、审美格调。在日益喧嚣的当今时代，读读这样的作品，也许能使人沉静下来，如作者所言，“像夜合一般的向内收敛”，收到调节身心、修身养性的效果。（刘鸿模）

我的母亲　　老　舍

母亲的娘家是在北平德胜门外，土城儿外漫，通大钟寺的大路上的一个小村里。村里一共有四五家人家，都姓马。大家都种点不十分肥美的地，但是与我同辈的兄弟们，也有当兵的，作木匠的，和当巡查的。他们虽然是农家，却养不起牛马，人手不够的时候，妇女便也需下地作活。

对于姥姥家，我只知道上述的一点。外公外婆是什么样子，我就不知道了，因为他们早已去世。至于更远的族系与家史，就更不晓得了；穷人只能顾眼前的衣食，没有功夫谈论什么过去的光荣；“家谱”这字眼，我在幼年就根本没有听说过。

母亲生在农家，所以勤俭诚实，身体也好。这一点事实却极重要，因为假若我没有这样的一位母亲，我之为我恐怕也就要大大的打个折扣了。

母亲出嫁大概是很早，因为我的大姐现在已是六十多岁的老太婆，而我的大甥女还长我一岁啊。我有三个哥哥，四个姐姐，但是长大成人的，只有大姐，二姐，三姐，三哥与我。我是“老”儿子。生我的时候，母亲已有四十一岁，大姐二姐已都出了阁。

由大姐与二姐所嫁人的家庭来推断，在我生下之前，我的家里，大概还马马虎虎的过得去。那时候定婚讲究门当户对，而大姐丈是作小官的，二姐丈也开过一间酒馆，他们都是相当体面的人。

可是，我，我给家庭带来了不幸；我生下来，母亲晕过去半夜，才睁眼看见她的老儿子——感谢大姐，把我揣在怀中，致未冻死。

一岁半，我把父亲“克”死了。

兄不到十岁，三姐十二、三岁，我才一岁半，全仗母亲独力抚养了。父亲的寡姐跟我们一块儿住，她吸鸦片，她喜摸纸牌，她的脾气极坏。为我们的衣食，母亲要给人家洗衣服，缝补或裁缝衣裳。在我的记忆中，她的手终年是鲜红微肿的。白天，她洗衣服，洗一两大绿瓦盆。她作事永远丝毫也不敷衍，就是屠户们送来的黑如铁的布袜，她也给洗得雪白。晚间，她与三姐抱着一盏油灯，还要缝补衣服，一直到半夜。她终年没有休息，可是在忙碌中她还把院子屋中收拾得清清爽爽。桌椅都是旧的，柜门的铜活已残缺不全，可是她的手老使破桌面上没有尘土，残破的铜活发着光。院中，父亲遗留下的几盆石榴与夹竹桃，永远会得到应有的浇灌与爱护，年年夏天开许多花。

哥哥似乎没有同我玩耍过。有时候，他去读书；有时候，他去学徒，有时候，他也去卖花生或樱桃之类的小东西。母亲含着泪把他送走，不到两天，又含着泪接他回来。我不明白这都是什么事，而只觉得与他很生疏。与母亲相依为命的是我与三姐。因此，她们作事，我老在后面跟着。她们浇花，我也张罗着取水；她们扫地，我就撮土……从这里，我学得了爱花，爱清洁，守秩序。这些习惯至今还被我保存着。有客人来，无论手中怎么窘，母亲也要设法弄一点东西去款待。舅父与表哥们往往是自己掏钱买酒肉食，这使她脸上羞得绯红，可是殷勤的给他们温酒作面，又给她一些喜悦。遇上亲友家中有喜丧事，母亲必把大褂洗得干干净净，亲自去贺吊——份礼也许只是两吊小钱。到如今，我的好客的习性，还未全改，尽管生活是这么清苦，因为自幼儿看惯了的事情是不易改掉的。

姑母时常闹脾气。她单在鸡蛋里找骨头。她是我家中的阎王。直到我入了中学，她才死去，我可是没有看见母亲反抗过。“没受过婆婆的气，还不受大姑子的吗？命当如此！”母亲在非解释一下不足以平服别人的时候，才这样说。是的，命当如此。母亲活到老，穷到老，辛苦到老，全是命当如此。她最会吃亏。给亲友邻居帮忙，她总跑在前面：她会给婴儿洗三（穷朋友们可以少花一笔“请姥姥”钱），她会刮痧，她会给孩子们剃头，她会给少妇们绞脸……凡是她能作的，都有求必应。但是，吵嘴打架，永远没有她。她常吃亏，不逗气。当姑母死去的时候，母亲似乎把一世的委屈都哭了出来，一直哭到坟地。不知道哪里来的一位侄子，声称有承继权，母亲便一声不响，教他搬走那些破桌子烂板凳，而且把姑母一只肥母鸡也送给他。

可是，母亲并不软弱。父亲死在庚子闹“拳”的那一年。联军入城，挨家搜索财物鸡鸭，我们被搜两次。母亲拉着哥哥与三姐坐在墙根，等着“鬼子”进来，街门是开着的。“鬼子”进门，一刺刀先把老黄狗刺死，而后入室搜索。他们走后，母亲把破衣箱搬起，才发现了我。假若箱子不空，我早就被压死了。皇上跑了，丈夫死了，鬼子来了，满城是血光火焰，可是母亲不怕，她要在刺刀下，饥荒中，保护着儿女。北平有多少变乱啊，有时候兵变了，街市整条的烧起，火团落在我们院中。有时候内战了，城门紧闭，铺店关门，昼夜响着枪炮。这惊恐，这紧张，再加上一家饮食的筹划，儿女安全的顾虑，岂是一个软弱的老寡妇所能受得起的？可是，在这种时候，母亲的心横起来，她不慌不哭，要从无办法中想出办法来。她的泪会往心中落！这点软而硬的性格，也传给了我。我对一切人与事，都取和平的态度，把吃亏看作当然的。但是，在作人上，我有一定的宗旨与基本的法则，什么事都可将就，而不能超过自己画好的界限。我怕见生人，怕办杂事，怕出头露面；但是到了非我去不可的时候，我便不敢不去，正像我的母亲。从私塾到小学，到中学，我经历过起码有几十位教师吧，其中有给我很大影响的，也有毫无影响的，但是我的真正的教师，把性格传给我的，是我的母亲。母亲并不识字，她给我的是生命的教育。

当我在小学毕了业的时候，亲友一致的愿意我去学手艺，好帮助母亲。我晓得我应当去找饭吃，以减轻母亲的劳动困苦。可是，我也愿意升学。我偷偷的考入了师范学校——制服，饭食，书籍，宿处，都由学校供给。只有这样，我才敢对母亲说升学的话。入学，要交十元的保证金。这是一笔巨款！母亲作了半个月的难，把这巨款筹到，而后含泪把我送出门去。她不辞劳苦，只要儿子有出息。当我由师范毕业，而被派为小学校校长，母亲与我都一夜不曾合眼。我只说了句："以后，您可以歇一歇了！"她的回答只有一串串的眼泪。我入学之后，三姐结了婚。母亲对儿女是都一样疼爱的，但是假若她也有点偏爱的话，她应当偏爱三姐，因为自父亲死后，家中一切的事情都是母亲和三姐共同撑持的。三姐是母亲的右手，但是母亲知道这右手必须割去，她不能为自己的便利而耽误了女儿的青春。当花轿来到我们的破门外的时候，母亲的手就和冰一样的凉，脸上没有血色——那是阴历四月，天气很暖。大家都怕她晕过去。可是，她挣扎着，咬着嘴唇，手扶着门框，看花轿徐徐的走去。不久，姑母死了。三姐已出嫁，哥哥不在家，我又住学校，家中只剩母亲自己。她还须自晓至晚的操作，可是终日没人和她说一句话。新年到了，正赶上政府倡用阳历，不许过旧年。除夕，我请了两小时的假。由拥挤不堪的街市回到清锅冰灶的家中。母亲笑了。及至听说我还须回校，她愣住了。半天，她才叹出一口气来。到我该走的时候，她递给我一些花生，"去吧，小子！"街上是那么热闹，我却什么也没看见，泪遮迷了我的眼。今天，泪又遮住了我的眼，又想起当日孤独的过那凄惨的除夕的慈母。可是，慈母不会再候盼着我了，她已入了土！

儿女的生命是不依顺着父母所设下的轨道一直前进的，所以老人总免不了伤心。

去年一年，我在家信中找不到关于老母的起居情况。我疑虑，害怕。我想象得到，没有不幸，家中念我流亡孤苦，或不忍相告。母亲的生日是在九月，我在八月半写去祝寿的信，算计着会在寿日之前到达。信中嘱咐千万把寿日的详情写来，使我不再疑虑。十二月二十六日，由文化劳军的大会上回来，我接到家信。我不敢拆读。就寝前，我拆开信，母亲已去世一年了！

生命是母亲给我的。我之能长大成人，是母亲的血汗灌养的。我之能成为一个不十分坏的人，是母亲感化的。我的性格、习惯，是母亲传给的。她一世未曾享过一天福，临死还吃的是粗粮。唉！还说什么呢？心痛！心痛！

老舍母亲病逝于1942年夏季，在北平，当时老舍孤身一人在大后方从事抗战文艺创作和组织工作。最初，家人没敢把母亲病亡的消息立即告诉他，害怕加重他的孤独痛苦。拖了半年，才在家信里透露。在很长一段时期里，老舍每次接到家信都不敢立即打开，怕有不幸的消息。这次也是一样。12月26日收到家信，仍不敢拆读。临睡之前，才拆开，这时，母亲去世已一年了。本文便是为纪念母亲而写的。

老舍出身贫苦。穷人家没有族谱家史一类的记载。加上老舍自己没写过严格意义上的自传，关于老舍生平的原始资料就显得格外不足，这对他的传记的写作极为不利，妨碍了读者对他本人身世的了解。

老舍自幼丧父，跟着寡母长大，母亲的一生对老舍来说也就显得格外重要。这一篇散文是老舍自己记述母亲的文字，而且是篇幅最长记述最详的一篇，它的史料价值便不言而喻了。

比这个特点更为重要的是，在《我的母亲》一文中，老舍通过对母亲性格的描述，相当准确而精练地描述了自己的性格，这是这篇文章的灵魂。

老舍有这样的话：

“从私塾到小学，到中学，我经历过起码有几十位教师吧，其中有给我很大影响的，也有毫无影响的，但是我的真正的教师，把性格传给我的，是我的母亲。母亲并不识字，她给我的是生命的教育。”母亲给老舍的是“生命的教育”。这句话是《我的母亲》的最重要的思想。

根据老舍的描写，母亲的性格里最突出的一点是“软中硬”。

什么叫“软中硬”？

表面上看，母亲好客，为亲友邻居帮忙永远跑在最前面，有求必应，从不吵嘴打架，从不逗气，把吃亏当成自然的事。

表面上看，母亲活到老，穷到老，辛苦到老，一世没享过福，到死吃的是比粗粮还不如的“混合面”，很认命，以为命当如此。

在骨子里，母亲的性格里有着另一面。她刚强，豪爽，她能在危难之时挺身而出，在无路可走时闯出一条路来，暗暗把泪往肚里咽。她很穷，衣服上有很多补丁，但是永远干干净净。屋里的家具缺胳膊短腿，但是老被擦拭得极清洁，上面的铜活零件也总是锃亮的。小院子不成格局，但是一年四季不缺花草，都不值钱然而好看，诸如指甲草、死不了、草茉莉等等。

这种“软中硬”的性格在老舍身上表现得同样充分。“我对一切人与事”，老舍说：“都取和平的态度，把吃亏看作当然的。但是，在作人上，我有一定的宗旨与基本的法则，什么事都可将就，而不能超过自己画好的界限。”

老舍本人的生与死都和母亲遗留给他的个性有关。他的一生有过好几次重大的转折，都是他自己单独做出了决策，而且与常人不同，选择了非同一般的方向，像 1912 年瞒着母亲去报考一所免费的北京师范学校，终于为自己争得了继续念书的机会，而最终成为一名知识分子，摆脱了去当学徒的命运；像 1922 年主动辞去待遇优厚的北郊劝学员职务，而甘当清贫的教员——宁肯整天和天真无邪的孩子在一起，也不走仕途，与官场的污泥浊水混在一块；像 1937 年底只身逃出济南，舍妻弃子投入抗战洪流，以一个文弱之躯扛起全国文协的大旗，忍辱负重，为救国救民做出了贡献；像 1949 年底毅然由美国归国，为推动新中国的文学事业发展竭尽全力……做这些决策，是需要一股“钢强劲儿”的，是很难的事情，换了别人完全可能做出截然相反的选择。在人生的关坎处，母亲的“软中硬”性格在老舍身上都起了潜移默化的作用。最后，老舍的死也是如此。许多人得知老舍先生在“文革”初起时自沉于太平湖后，都重重地被震惊了：这么一个热爱生活的人，选择了这样的方式结束自己的生命，一定是碰上了“什么事都可将就，而不能超过自己画好的界限”的大事，表现了“宁为玉碎，不为瓦全”的“硬”，表现了坚持自己的人生哲学的一贯性和原则性，实现了他曾经说过的话：“及至社会上真有了祸患，他会以身谏，他投水，他殉难！”

平时他幽默，他诙谐，他嘻嘻哈哈，他随和，他谦让，他热情，似乎什么都可以将就；但只要一过他自己画好的界限，决不退让，直到舍去自己的性命。

这就是他的“软中硬”。

《我的母亲》的文字朴实无华，却是一篇字字有泪的好文章。老舍先生自己写这篇文章的时候几乎是处处落泪的。它非常感人。其中有好几处是他多次写过的情节，这些情节使他终生难忘，不论他走到哪里，只要一闭眼，一个孤独的盼子归来的老母亲的形象立刻出现在他眼前。他爱他的母亲，他可怜他的母亲。这些浓浓的亲情，不管多么平凡，不起眼，只因为它们亲切而深厚，变成了不朽的文字篇章。

这也是老舍的一种文学主张，他说过儿时的回忆，往往因为它亲切，落在笔下，会成为伟大的文字。《我的母亲》便是一例。

古人说“言之无文，行而不远”。其实，只要出于真情至情，即使没有多少词藻，何尝不能感动读者，流传久远？《我的母亲》同样是个有力的例证。（舒　乙）

济南的冬天　　老　舍

对于一个在北平住惯的人，像我，冬天要是不刮大风，便是奇迹；济南的冬天是没有风声的。对于一个刚由伦敦回来的人，像我，冬天要能看得见日光，便是怪事；济南的冬天是响晴的。自然，在热带的地方，日光是永远那么毒，响亮的天气反有点叫人害怕。可是，在北中国的冬天，而能有温晴的天气，济南真得算个宝地。

设若单单是有阳光，那也算不了出奇。请闭上眼睛想：一个老城，有山有水，全在蓝天底下，很暖和安适的睡着，只等春风来把它们唤醒，这是不是个理想的境界？

小山整把济南围了个圈儿，只有北边缺着点口儿。这一圈小山在冬天特别可爱，好像是把济南放在一个小摇篮里，它们全安静不动的低声的说：“你们放心吧，这儿准保暖和。”真的，济南的人们在冬天是面上含笑的。他们一看那些小山，心中便觉得有了着落，有了依靠。他们由天上看到山上便不觉的想起：“明天也许就是春天了罢？这样的温暖，今天夜里山草也许就绿起来了罢？”就是这点幻想不能一时实现，他们也并不着急，因为有这样慈善的冬天，干啥还希望别的呢！

最妙的是下点小雪呀。看罢，山上的矮松越发的青黑，树尖上顶着一髻儿白花，好像小日本看护妇。山尖全白了，给蓝天镶上一道银边。山坡上，有的地方雪厚点，有的地方草色还露着；这样，一道儿白，一道儿暗黄，给山们穿上一件带水纹的花衣；看着看着，这件花衣好像被风儿吹动，叫你希望看见一点更美的山的肌肤。等到快日落的时候，微黄的阳光斜射在山腰上，那点薄雪好像忽然害了羞，微微露出点粉色。就是下小雪罢，济南是受不住大雪的，那些小山太秀气！

古老的济南，城内那么狭窄，城外又那么宽敞，山坡上卧着些小村庄，小村庄的房顶上卧着点雪，对，这是张小水墨画，或者是唐代的名手画的罢。

那水呢，不但不结冰，倒反在绿藻上冒着点热气。水藻真绿，把终年贮蓄的绿色全拿出来了。天儿越晴，水藻越绿，就凭这些绿的精神，水也不忍得冻上；况且那长枝的垂柳还要在水里照个影儿呢！看罢，由澄清的河水慢慢往上看罢，空中、半空中、天上，自上而下全是那么清亮，那么蓝汪汪的，整个是块空灵的蓝水晶。这块水晶里，包着红屋顶、黄草山，像地毯上的小团花的小灰色树影；这就是冬天的济南。

这是一篇极其精致的短小散文，文章不足千字，由于作者用辞遣句和构思立意的深厚功力，它既像是一首声情并茂的抒情诗，又像一幅清新淡雅的水墨画，读后让人赏心悦目、回味无穷。

冬天，尤其是北中国的冬天，在一般人——特别是像我们这些生活在南中国的人想来，似乎无一不是一种清冷、肃杀的景象。然而，老舍笔下济南的冬天，却不能不让我们改变这种想法。他让我们看到了北中国冬天的一块“宝地”。这块“宝地”究竟有什么有别于其他城市的特色呢？作者特地将北京和伦敦来作比较。在北京，冬天要是不刮大风，便是奇迹，而济南的冬天是没有风声的；在伦敦，冬天能看得到日光，便是怪事，而济南的冬天是响晴的。短短数语，就凸现出冬天济南风和日丽的特点。

仅是天气好，自然不够，因此紧接着描写了济南冬天的山和水。

整把济南围了个圈儿的小山，在冬天特别可爱。它们好像是把济南放在一个小摇篮里，全安静不动地低声地说：“你们放心吧，这儿准保暖和。”我们真为作家这样的描写叫绝。这哪里是说山哪，这不正是慈母在呵护自己的子女吗？难怪“济南的人们在冬天是面上含笑的”。小雪过后的小山，别具一番风景。山尖上的小雪，像是“给蓝天镶上一道银边”；山坡上的雪和那若隐若现的草色，像是给山们“穿上一件带水纹的花衣；看着看着，这件花衣好像被风儿吹动，叫你希望看见一点更美的山的肌肤。等到快日落的时候，微黄的阳光斜射在山腰上，那点薄雪好像忽然害了羞，微微露出点粉色”。

山美，水亦美。这里的水是澄清的，并冒着点热气，因为水藻“把终年贮蓄的绿色全拿出来了”，故不忍得冻上，况且那长枝的垂柳还要在水里照个影儿呢，真是脉脉含情，一心一意妆扮着大地，等待着游人！

这山，这水，这情，这景，在作家笔下，构成了一幅幅精致美妙的画图，仅此，足以让读者体会到济南冬天的柔美。但是，作家并未就此打住，而是再将读者的目光从澄清的河水引向空中、半空中、天上，让他们一起来欣赏那块“空灵的蓝水晶”。如此妩媚动人的画面，给人一种仿佛进入蓬莱仙境的感觉，美不胜收，妙不可言。

此文在艺术表现上，自始至终采用了拟人化的手法。比如，他写山“睡着”、“等”春风来把它们“唤醒”、“穿”、“花衣”以及“山的肌肤”；写雪害“羞”、“卧着”；写水藻“拿出”绿色，水“不忍得”冻上，等等，赋予山、水以人性化，极其形象、生动地刻画出山水的情态，使作品增添了许多感人的美的色彩。

在语言的运用上，本文很少出现直接赞美冬天的济南的词语。由于形象的比喻，娓娓道来的妥帖语句的渲染，又让我们看出作家的赞美之情溢于言表。在用词方面，本文真可谓字字珠玑。像文中的“睡”、“等”、“唤”、“卧”等动词的运用真是精妙绝伦，起到了画龙点睛的作用。读这样的美文，真是一种享受。（胡荣祉）

想北平　　老　舍

设若让我写一本小说，以北平作背景，我不至于害怕，因为我可以捡着我知道的写，而躲开我所不知道的。让我单摆浮搁的讲一套北平，我没办法。北平的地方那么大，事情那么多，我知道的真觉太少了，虽然我生在那里，一直到二十七岁才离开。以名胜说，我没到过陶然亭，这多可笑！以此类推，我所知道的那点只是“我的北平”，而我的北平大概等于牛的一毛。

可是，我真爱北平。这个爱几乎是要说而说不出的。我爱我的母亲。怎样爱？我说不出。在我想作一件讨她老人家喜欢的事的时候，我独自微微笑着；在我想到她的健康而不放心的时候，我欲落泪。言语是不够表现我的心情的，只有独自微笑或落泪才足以把内心揭露在外面一些来。我之爱北平也近乎这个。夸奖这个古城的某一点是容易的，可是那就把北平看得太小了。我所爱的北平不是枝枝节节的一些什么，而是整个儿与我的心灵相粘合的一段历史，一大块地方，多少风景名胜，从雨后什刹海的蜻蜓一直到我梦里的玉泉山的塔影，都积凑到一块，每一小的事件中有个我，我的每一思念中有个北平，这只有说不出而已。

真愿成为诗人，把一切好听好看的字都浸在自己的心血里，像杜鹃似的啼出北平的俊伟。啊，我不是诗人！我将永远道不出我的爱，一种像由音乐与图画所引起的爱。这不但辜负了北平，也对不住我自己，因为我的最初的知识与印象都得自北平，它是在我的血里，我的性格与脾气里有许多地方是这古城所赐给的。我不能爱上海与天津，因为我心中有个北平。可是我说不出来！

伦敦，巴黎，罗马与堪司坦丁堡，曾被称为欧洲的四大“历史的都城”。我知道一些伦敦的情形；巴黎与罗马只是到过而已；堪司坦丁堡根本没有去过。就伦敦，巴黎，罗马来说，巴黎更近似北平——虽然“近似”两字要拉扯得很远——不过，假使让我“家住巴黎”，我一定会和没有家一样的感到寂苦。巴黎，据我看，还太热闹。自然，那里也有空旷静寂的地方，可是又未免太旷；不像北平那样既复杂又有个边际，使我能摸着——那长着红酸枣的老城墙！面向着积水滩，背后是城墙，坐在石上看水中的小蝌蚪或苇叶上的嫩蜻蜓，我可以快乐的坐一天，心中完全安适，无所求也无可怕，像小儿安睡在摇篮里。是的，北平也有热闹的地方，但是它和太极拳相似，动中有静。巴黎有许多地方使人疲乏，所以咖啡与酒是必要的，以便刺激；在北平，有温和的香片茶就够了。

论说巴黎的布置已比伦敦罗马匀调的多了，可是比上北平还差点事儿。北平在人为之中显出自然，几乎是什么地方既不挤得慌，又不太僻静：最小的胡同里的房子也有院子与树；最空旷的地方也离买卖街与住宅区不远。这种分配法可以算——在我的经验中——天下第一了。北平的好处不在处处设备得完全，而在它处处有空儿，可以使人自由的喘气；不在有好些美丽的建筑，而在建筑的四围都有空闲的地方，使它们成为美景。每一个城楼，每一个牌楼，都可以从老远就看见。况且在街上还可以看见北山与西山呢！

好学的，爱古物的，人们自然喜欢北平，因为这里书多古物多。我不好学，也没钱买古物。对于物质上，我却喜爱北平的花多菜多果子多。花草是种费钱的玩艺，可是此地的“草花儿”很便宜，而且家家有院子，可以花不多的钱而种一院子花，即使算不了什么，可是到底可爱呀。墙上的牵牛，墙根的靠山竹与草茉莉，是多么省钱省事而也足以招来蝴蝶呀！至于青菜，白菜，扁豆，毛豆角，黄瓜，菠菜等等，大多数是直接由城外担来而送到家门口的。雨后，韭菜叶上往往还带着雨时溅起的泥点。青菜摊子上的红红绿绿几乎有诗似的美丽。果子有不少是由西山与北山来的，西山的沙果，海棠，北山的黑枣，柿子，进了城还带着一层白霜儿呀！哼，美国的橘子包着纸；遇到北平的带霜儿的玉李，还不愧杀！

是的，北平是个都城，而能有好多自己产生的花，菜，水果，这就使人更接近了自然。从它里面说，它没有像伦敦的那些成天冒烟的工厂；从外面说，它紧连着园林，菜圃与农村。采菊东篱下，在这里，确是可以悠然见南山的；大概把"南"字变个"西"或"北"，也没有多少了不得的吧。像我这样的一个贫寒的人，或者只有在北平能享受一点清福了。

好，不再说了吧；要落泪了，真想念北平呀！

《想北平》虽是抒情文，但又处处说理，都是实词，是篇外美内实的文章。

作者写这篇散文的时候不在北京，而远在青岛，情绪上有一股淡淡的忧伤的乡情，写着写着，自己几乎落泪。这差不多成了一个规律：离别反而比天天在那个地方更珍惜，更器重，更热爱。下面这段文字常常为人们所提及："面向着积水滩，背后是城墙，坐在石上看水中的小蝌蚪或苇叶上的嫩蜻蜓，我可以快乐的坐一天，心中完全安适，无所求也无可怕，像小儿安睡在摇篮里。"写出了故都宁静的美，也唱出了作者对于故土无限的情思。

老舍在这篇文章中第一次公开声明："我的最初的知识与印象都得自北平，它是在我的血里，我的性格与脾气里有许多地方是这古城所赐给的。"

老舍以写北京而闻名。写北京是他的特长。他的所有的代表作，像《离婚》、《骆驼祥子》、《四世同堂》、《正红旗下》、《微神》、《月牙儿》、《我这一辈子》、《龙须沟》、《茶馆》，无一不是写北京的。

就因为北京在他的血里。

《想北平》在内容上看是严格意义上的比较学。它能从比较的角度，准确地说出北京比伦敦、巴黎、罗马强在哪里、美在哪里。从这个意义上看，《想北平》不仅立论高明，观点独特，而且极富现代性和科学性，直至今日，它对城市建设依然有极大的现实意义和指导作用。这或许是老舍本人当时完全没有想到的。

六十多年过去了，人们惊奇地发现，老舍在《想北平》中表达的思想不仅没有过时，而且简直就是科学的预言，带有很大的超前意识。世界各大名城的发展轨迹几乎都在《想北平》中得到了印证。他说："北平在人为之中显出自然，几乎是什么地方既不挤得慌，又不太僻静：最小的胡同里的房子也有院子与树；最空旷的地方也离买卖街与住宅区不远。这种分配法可以算——在我的经验中——天下第一了。北平的好处不在处处设备得完全，而在它处处有空儿……"

"处处有空儿"是个了不起的发现。这几乎成了现代大都市必须遵循的定律了。凡是违背了这个定律的，到头来，都必须返转头重来，直至真正实现"处处有空儿"。

古城北京的城市现代化建设将来能否成功，也完全在于能否保住这个优良的"处处有空儿"的传统。

有了"处处有空儿"，才能实现"使人更接近自然"。而"使人更接近自然"已成为建设现代城市首要的指导思想了。

有一个好思想，是写出一篇好文章的前提；相反，文字再美，言之无物，也只能是文字游戏和文字堆砌。《想北平》是一篇成功的散文，首先它有一种独特的想法，而情绪又很饱满，文字也漂亮，这些是它成功的秘诀。（舒　乙）

相　片　　　老　舍

在今日的文化里，相片的重要几乎胜过了音乐、图画与雕刻等等。在一个摩登的家庭里,没有留声机,没有名人字画,没有石的或铜的刻像,似乎还可以下得去;设若没几张相片,或一二相片本子;简直没法活下去!不用说是一个家庭,就是铺户、旅馆、火车站、学生宿舍,没有相片就都不像一回事。电车上"谨防扒手"的下面要是没有几片四寸的半身照相,就一定显着空洞。水手们身上要是不带着几张最写实不过的妖精打架二寸艺术照相,恐怕海上的生活就要加倍难堪了。想想看,一个设备很完全的学校,而没有年刊或同学录,一个政府机关里而没有些张窄长的这个全体与那个周年的相片!至于报纸与杂志,哼,就是把高尔基的相误注为托尔斯泰的,也比空空如也强!投考、领护照、定婚、结婚、拜盟兄弟,哪一样可以没有相片?即使你天生来的反对照相,你也得去照;不然,你就连学校也不要入,连太太也不用娶,你乘早儿不用犯这个牛脖子——"请笑一点",你笑就是了。儿童、妇女、国货、航空,都有"年"。年,究竟是年,今年甲子,明年乙丑,过去就完事;至于照相,这个世纪整个的是"照相世纪";想想,你逃得出去吗?

还是先说家庭吧。比如你的屋中挂着名家的字画,还有些古玩,雅是雅了,可是第一你就得防贼,门上加双锁,窗上加铁栅,连这样,夜间有个风声草动,你还得咳嗽几声;设若是明火,进来十几位蒙面的好汉,大概你连咳嗽也不敢了。这何苦呢?相片就没这种危险,谁也不会把你父亲的相偷去当他的爸爸,这不是实话么?

就满打没这个危险,艺术作品或古玩也远不及相片的亲切与雅俗共赏。一张名画,在普通的人眼中还不如理发馆壁上所悬的"五福临门",而你的朋友亲戚不见得没有普通人。你夸奖你的名画,他说看不上眼,岂不就得打吵子?相片人人能看得懂,而且就是照得不见佳也会有人夸好。比如令尊的相片加了漆金框悬在墙上,多么笨的人也不会当着你的面儿说:"令尊这个相还不如五福临门好看!"绝对不会。即使那个相真不好看,人家也得说:"老爷子福相,福相!"至不济,也会夸奖句:"框子配得真好!"

以此类推,尊家自己,尊夫人,令郎令嫒,都有相片,都能得到好评,这够多么快活呢?!况且相片遮丑,尊家面上的麻子,与尊夫人脸上的小沙漠似的雀斑,都不至于照上;你自己看着起劲,朋友们也不必会问:"照片上怎么忘掉你的麻子?"站在一张图画前面,不管懂与否,谁都想批评批评,为表示自己高明,当着一个人,谁也不愿对他的面貌发表意见;看相片也是如此。

有相片就有话说,不至于宾主对愣着。

"这是大少爷吧?"

"可不是!上美国读书去了。"

"近来有信吧?"

打这儿,就由大少爷谈到美国,又由美国谈回来,碰巧了就二反投唐再谈回美国去,话是越说越多,而且可以指点着相片而谈,有诗为证:句句是真,交情乃厚。

最好是有一二相片本子。提到大少爷,马上拿出本子来:

“这是他满月时候照的，他生在福州，那时先严正在福州做官。”话又远去了，足够写三四本书的。假若没有这可宝贵的本子，你怎好意思突乎其来地说：先严在福州作过官？而使朋友吓一跳，当是你的脑子有毛病。

遇上两位话不投缘，而屡有冲突起来的危险的客人，相片本子——顶好是有两本——真是无价之宝。一看两位的眼神不对，你应当很自然的一人递给一本。他们正在，比如说，为袁世凯是否伟人而要瞪眼的时候，你把大少爷生在福州，和二小姐已经定婚的照片翻开，指示给他们。他们一个看福州生的胖小子，一个看将要成为新娘子的二小姐，自然思想换了地方，一个问你一套话，而袁世凯或者不成为问题了。要不然，这个有很大的危险。假若你没有相片本子，而二位抓住袁世凯不撒手，你要往折中里一说，说二位各有各的理，他们一定都冲着你来了；寡不敌众，你没调停好，还弄一鼻子灰。你要是向着一边说话，不用说，那就非得罪一边不可，也许因此而飞起茶碗——在你家里，茶碗自然是你的。你要是一声不出，听着他们吵，赶到彼此已说无可说而又不想打架的时候，他们就会都抱怨你不像个朋友。你若是不分青红皂白而把客人一齐逐出去，那就更糟，他们也许在你的门口吵嚷一阵，而同声的骂你不懂交情。总之，你非预备两个本子不可！

赶到朋友多的时候，你只有一张嘴，无论如何也应酬不过来，相片本子可以替你招待客人。找那不爱说话的，和那顶爱说话的，把本子送过去；那位一声不出的可以不至死板板地坐在那里，那位包办说话的也不好再转着弯儿接四面八方的话。把这两极端安置好，你便可以从容对付那些中庸的客人了。这比茶点果子都更有效。爱说话的人，宁可牺牲了点心，也不放弃说话。至于茶，就更不挡事；爱说话的人会一劲儿的说，直等茶凉了，一口灌下去，赶紧接着再说。果子也不行，有人不喜欢吃凉的，让到了他，他还许摆出些谱儿来：“一向不大动凉的，不过偶尔的吃一个半个的，假如有玫瑰香葡萄之类！”你听，他是挖苦你没预备好果子。相片本子既比茶点省钱，又不至被人拒绝，大概谁也不会说，“一向讨厌看相片！”

相片里有许多人生的姿体，打开一本照相，你可以有许多带着感情的话。假若你现在的事由不如从前了，看看相片，你可以对友人说：“这是前十年的了，那时候还不像这么狼狈！”这种牢骚是哀而不伤的，因为现在狼狈，并不能抹杀过去的光荣，回忆永是甜美的，对于兄弟儿女，都能起这种柔善的感情：“看，这是当年的老六，多么体面，谁能想到他会……”你虽然依旧恨着老六，可是看着当年的照片，你到底想要原谅他。看着相片说些富有感情的话，你自己痛快，别人听着也够味儿。设若你会作诗的话，顶好在相片边题上些小诗，就更见出人生的味道。

不过，有些相片是不好摆进本子去的，你应当留神。歪戴帽或弄鬼脸的，甚至于扮成十三妹的相片，都可以贴上，因为这足以表示你颇天真，虽然你在平日是个完全的君子人，可是心田活泼泼的，也能像孩子般的淘气，这更见英雄的本色。至于背着尊夫人所接到的女友小照，似乎就不必公开的展览。爽直是可贵的，可是也得有个分寸。这个，你自然晓得；不过，我更嘱咐你一句：这类的相片就是藏起来也得要十分的严密，太太们对这种玩艺是特别注意的。

你想欣赏老舍特有的幽默吗？那就请读读这篇文章。就凭“相片”这么个题目，居然说出这么一大堆趣话。先是以夸张的语言强调相片的重要性。留声机、名人字画、石或铜的刻像，诸如此类几乎和相片扯不上边的东西，都拼到一块，结论是：一个家没有这类东西可以过得去，没有了相片“简直没法活下去！”这种夸张近乎荒诞了。细想一下却十分合理。你想嘛，谁家会没有一两张照片呐。合理的东西出之于近乎荒诞的笔墨，这正是老舍的幽默！

接下去是一连串的排比铺张：铺户、旅馆、火车站、电车上、学校、政府机关、报纸杂志、投考、领护照、结婚、拜盟兄弟……哎呀，当你看到这“整个世纪”就是“照相世纪”时，你就会从心底里发出会心一笑！

说到相片的好处和作用，每个人都会说上一大堆。可老舍说的，你绝对想不到。例如照片不怕人偷，“谁也不会把你父亲的相偷去当他的爸爸”，这样的大“实话”你想得到吗？家里来客，为袁世凯是否伟人而争得要瞪眼的时候，相册一翻，思想就换了地方。这样的好处你想得到吗？老舍就是老舍，他说的每一句话都让你意料不到，他永远会在你怎么也想不到的地方幽上一默，在你捧腹之余还得点头称是。

如果你以为作者纯粹是搞笑而已，那就错了。你笑过以后不免要深思，你会体会到幽默的背后有多么严肃的内容。在作者的笔下，相片、相册犹如一面镜子，照见人生百态，透视世故人情。“比如令尊的相片加了漆金框悬在墙上，多么笨的人也不会当着你的面儿说：‘令尊这个相还不如五福临门好看！’”即使真不好看，人家也得说：“老爷子福相，福相！”至不济也会夸“框子配得真好！”再如提到“大少爷”，主人马上拿出相册来，“这是他满月时候照的，他生在福州，那时先严正在福州做官”。要不是相册，这后一句话还真没机会说。这就是老舍笔下的众生相。

当然，老舍任何时候都不会忘记对现实的嘲讽。说到照片之不可少，就捎带一句：“哼，就是把高尔基的相误注为托尔斯泰的，也比空空如也强！”这是反话正说，绝妙的反讽！矛头直指当时国民党那些空空如也、不学无术的报纸杂志。又如“儿童、妇女、国货、航空，都有‘年’。年，究竟是年，今年甲子，明年乙丑，过去就完事；……”这也是对现实的辛辣讽刺。

也许为了使文意文笔富于变化，文章写到照相也可以体会人生的味道，说出许多带着感情的话时，作者似乎“放弃”了讽刺和幽默，进入普通人的情感世界。犹如一路浪花急流，忽来平静小溪。“回忆永是甜美的”，这纯属正话正说了。不是要引你发笑，而是激起你的共鸣了。

不过，文章最后，作者还是回到了他的轻松的幽默，提醒你别把女友的照相背着尊夫人放入相册。还特意夹带一句：“爽直是可贵的，可是也得有个分寸。”这也许可以叫作正话反用吧。

幽默、机智、处处闪耀着智慧的光芒，是读此文得到的突出感受。（徐缉熙）

大明湖之春　　老　舍

北方的春本来就不长，还往往被狂风给七手八脚的刮了走。济南的桃李丁香与海棠什么的，差不多年年被黄风吹得一干二净，地暗天昏，落花与黄沙卷在一处，再睁眼时，春已过去了！记得有一回，正是丁香乍开的时候，也就是下午两三点钟吧，屋中就非点灯不可了；风是一阵比一阵大，天色由灰而黄，而深黄，而黑黄，而漆黑，黑得可怕。第二天去看院中的两株紫丁香，花已像煮过一回，嫩叶几乎全破了！济南的秋冬，风倒很少，大概都留在春天刮呢。

有这样的风在这儿等着，济南简直可以说没有春天；那么，大明湖之春更无从说起。

济南的三大名胜，名字都起得好：千佛山，趵突泉，大明湖，都多么响亮好听！一听到“大明湖”这三个字，便联想到春光明媚和湖光山色等等，而心中浮现出一幅美景来。事实上，可是，它既不大，又不明，也不湖。

湖中现在已不是一片清水，而是用坝划开的多少块“地”。“地”外留着几条沟，游艇沿沟而行，即是逛湖。水田不需要多么深的水，所以水黑而不清；也不要急流，所以水定而无波。东一块莲，西一块蒲，土坝挡住了水，蒲苇又遮住了莲，一望无景，只见高高低低的“庄稼”。艇行沟内，如穿高粱地然，热气腾腾，碰巧了还臭气烘烘。夏天总算还好，假若水不太臭，多少总能闻到一些荷香，而且必能看到些绿叶儿。春天，则下有黑汤，旁有破烂的土坝；风又那么野，绿柳新蒲东倒西歪，恰似挣命。所以，它既不大，又不明，也不湖。

话虽如此，这个湖到底得算个名胜。湖之不大与不明，都因为湖已不湖。假若能把“地”都收回，拆开土坝，挖深了湖身，它当然可以马上既大且明起来：湖面原本不小，而济南又有的是清凉的泉水呀。这个，也许一时作不到。不过，即使作不到这一步，就现状而言，它还应当算作名胜。北方的城市，要找有这么一片水的，真是好不容易了。千佛山满可以不算数儿，配作个名胜与否简直没多大关系。因为山在北方不是什么难找的东西呀。水，可太难找了。济南城内据说有七十二泉，城外有河，可是还非有个湖不可。泉，池，河，湖，四者俱备，这才显出济南的特色与可贵。它是北方唯一的“水城”，这个湖是少不得的。设若我们游湖时，只见沟而不见湖，请到高处去看看吧，比如在千佛山上往北眺望，则见城北灰绿的一片——大明湖；城外，华鹊二山夹着弯弯的一道灰亮光儿——黄河。这才明白了济南的不凡，不但有水，而且是这样多呀。

况且，湖景若无可观，湖中的出产可是很名贵呀。懂得什么叫作美的人或者不如懂得什么好吃的人多吧，游过苏州的往往只记得此地的点心，逛过西湖的提起来便念道那里的龙井茶，藕粉与莼菜什么的，吃到肚子里的也许比一过眼的美景更容易记住，那么大明湖的蒲菜，茭白，白花藕，还真许是它驰名天下的重要原因呢。不论怎么说吧，这些东西既都是水产，多少总带着些南国风味；在夏天，青菜挑子上带着一束束的大白莲花菁葖出卖，在北方大概只有济南能这么“阔气”。

我写过一本小说——《大明湖》——在一二八与商务印书馆一同被火烧掉了。记得我描写过一段大明湖的秋景，词句全想不起来了，只记得是什么什么秋。桑子中先生给我画过一张油画，也画的是大明湖之秋，现在还在我的屋中挂着。我写的，他画的，都是大明湖，而且都是大明湖之秋，这里大概有点意思。对了，只是在秋天，大明湖才有些美呀。济南的四季，唯有秋天最好，晴暖无风，处处明朗。这时候，请到城墙上走走，俯视秋湖，败柳残荷，水平如镜；唯其是秋色，所以连那些残破的土坝也似乎正与一切景物配合：土坝上偶尔有一两截断藕，或一些黄叶的野蔓，配着三五枝芦花，确是有些画意。“庄稼”已都收了，湖显着大了许多，大了当然也就显着明。不仅是湖宽水净，显着明美，抬头向南看，半黄的千佛山就在面前，开元寺那边的“橛子”——大概是个塔吧——静静的立在山头上。往北看，城外的河水很清，菜畦中还生着短短的绿叶。往南往北，往东往西，看吧，处处空阔明朗，有山有湖，有城有河，到这时候，我们真得到个“明”字了。桑先生那张画便是在北城墙上画的，湖边只有几株秋柳，湖中只有一只游艇，水作灰蓝色，柳叶儿半黄。湖外，他画上了千佛山；湖光山色，联成一幅秋图，明朗，素净，柳梢上似乎吹着点不大能觉出来的微风。

对不起，题目是大明湖之春，我却说了大明湖之秋，可谁教亢德先生出错了题呢！

老舍曾在山东济南住过四年，他将山东视作自己的“第二故乡”。在济南期间，老舍在齐鲁大学任教，和新婚妻子胡絜清住在离趵突泉不远的一所小平房院里。就在这所小院里，老舍完成了《猫城记》、《离婚》、《牛天赐传》、《赶集》(短篇集)、《文学概论讲义》等小说和理论著作，此外还有一些散文和诗歌作品。由此看来，老舍对济南的感情不可谓不深。

本文是作者应朋友之约而写的一篇散文。也许是因为老舍曾写过一部题为《大明湖》的小说，所以朋友给他出了《大明湖之春》这么一个题目。

春天，是万物苏醒、欣欣向荣的季节。读者凭老舍对济南的感情，凭从刘鹗《老残游记》中所得的印象，推想老舍笔下的大明湖也应该别有一番明媚动人的春色。

然而，事实并非如此。文章从济南的春天往往刮起黄风入笔，劈头盖脑地就说：“有这样的风在这儿等着，济南简直可以说没有春天；那么，大明湖之春更无从说起。”接着，又说大明湖只是名字起得好，实际名不副实，“它既不大，又不明，也不湖”。

也许，读者以为作者用的是“欲扬先抑”的手法，先将大明湖之春贬抑一通，然后再予以褒奖。但是，又错了。读下去，就可以发现，作者的确是实话实说，用大段笔墨将大明湖之春不堪入目的景象呈现于读者的眼前。

这里已经没有宽阔的湖面、清澈的湖水。湖内已淤积成坝子划开的“地”，“地”外沟壑纵横，游艇只能“沿沟而行”。这里，已经“一望无景”，举目只见高高低低的“庄稼”；穿行其间，往往“臭气烘烘”。这里的春天，“下有黑汤，旁有破烂的土坝；风又那么野，绿柳新蒲东倒西歪，恰似挣命”。这段描写实在大煞风景，也着实让读者大惑不解。

其实，这就是大明湖当时的实际情形，作者非贬非抑，只是如实写来而已。作者写作本文之时，中国正逢多事之秋，抗日的烽火即将熊熊燃起，华北平原上已经失去了往昔的宁静，“没有春天”的大明湖正是整个中国大地的表征。透过这段描写，读者可以感受到作者对大明湖深深的惋惜，对未来惴惴不安的隐忧。当然，正由于作者爱之深，所以才惜之甚、忧之切。在“没有春天”的景物描写之下，正潜流着作者对大明湖之春的殷殷期盼。

作者毕竟对济南、对大明湖有着深厚的情感，因此随即又将笔锋拉回说：“话虽如此，这个湖到底得算个名胜。”作者憧憬，若能拆开土坝，深挖湖身，湖面“可以马上既大又明起来”。作者明言，济南是北方难得的“水城”，“这个湖是少不得的”。作者还历数大明湖驰名天下的特产——蒲菜、茭白和白花藕，透露出对大明湖割舍不断的眷恋。

这份眷恋还可以从文末一段见出。作者提及自己所写的那本《大明湖》已经烧毁于一·二八的战火，书中曾描写过大明湖的秋景，作者的屋里还一直挂着大明湖之秋的油画。本文写作之时，作者已经离开济南，因此只能从这画上，想见大明湖的湖光山色，聊补对大明湖的眷恋之情。然而，画毕竟是画，虚幻的画境难以取代真实的景观，那份掩饰不住的伤感还是溢出了字里行间。

文章题目曰“大明湖之春”，而行文偏偏以“大明湖之秋”作结，貌似离题，实际非是。因为，文章虽然一波三折，意脉却一以贯之，那就是作者对第二故乡的济南、对大明湖的拳拳之心与眷眷之情。

不过，这里不妨作一点补充，今日的大明湖已经旧貌换新颜，《老残游记》中描摹过的景色已经重现于泉城的千佛山山麓。（刘鸿模）

北京的春节　　老　舍

按照北京的老规矩，过农历的新年（春节），差不多在腊月的初旬就开头了。“腊七腊八，冻死寒鸦”，这是一年里最冷的时候。可是，到了严冬，不久便是春天，所以人们并不因为寒冷而减少过年与迎春的热情。在腊八那天，人家里，寺观里，都熬腊八粥。这种特制的粥是为祭祖祭神的。可是细一想，它倒是农业社会的一种自傲的表现——这种粥是用所有的各种的米，各种的豆，与各种的干果（杏仁，核桃仁，瓜子，荔枝肉，桂圆肉，莲子，花生米，葡萄干，菱角米……）熬成的。这不是粥，而是小型的农产展览会！

腊八这天还要泡腊八蒜。把蒜瓣在这天放到高醋里，封起来，为过年吃饺子用的。到年底，蒜泡得色如翡翠，而醋也有了些辣味，色味双美，使人要多吃几个饺子。在北京，过年时，家家吃饺子。

从腊八起，铺户中就加紧的上年货，街上加多了货摊子——卖春联的，卖年画的，卖蜜供的，卖水仙花的等等都是只在这一季节才会出现的。这些赶年的摊子都教儿童们的心跳得特别快一些。在胡同里，吆喝的声音也比平时更多更复杂起来，其中也有仅在腊月才出现的，像卖宪书的，松枝的，薏仁米的，年糕的等等。

在有皇帝的时候，学童们到腊月十九日就不上学了，放年假一月。儿童们准备过年，差不多第一件事是买杂拌儿。这是用各种干果（花生，胶枣，榛子，栗子等）与蜜饯搀合成的，普通的带皮，高级的没有皮——例如：普通的用带皮的榛子，高级的就用榛仁儿。儿童们喜吃这些零七八碎儿，即使没有饺子吃，也必须买杂拌儿。他们的第二件大事是买爆竹，特别是男孩子们。恐怕第三件事才是买玩艺儿——风筝，空竹，口琴等——和年画儿。

儿童们忙乱，大人们也紧张。他们须预备过年吃的使的喝的一切。他们也必须给儿童赶做新鞋新衣，好在新年时显出万象更新的气象。

二十三日过小年，差不多就是过新年的“彩排”。在旧社会里，这天晚上家家祭灶王，从一擦黑儿鞭炮就响起来，随着炮声把灶王的纸像焚化，美其名叫送灶王上天。在前几天，街上就有多少多少卖麦芽糖与江米糖的，糖形或为长方块或为大小瓜形。按旧日的说法：用糖粘住灶王的嘴，他到了天上就不会向玉皇报告家庭中的坏事了。现在，还有卖糖的，但是只由大家享用，并不再粘灶王的嘴了。

过了二十三，大家就更忙起来，新年眨眼就到了啊。在除夕以前，家家必须把春联贴好，必须大扫除一次，名曰扫房，必须把肉，鸡，鱼，青菜，年糕什么的都预备充足，至少足够吃用一个星期的——按老习惯，铺户多数关五天门，到正月初六才开张。假若不预备下几天的吃食，临时不容易补充。还有，旧社会里的老妈妈论，讲究在除夕把一切该切出来的东西都切出来，省得在正月初一到初五再动刀，动刀剪是不吉利的。这含有迷信的意思，不过它也表现了我们确是爱和平的人，在一岁之首连切菜刀都不愿动一动。

除夕真热闹。家家赶做年菜，到处是酒肉的香味。老少男女都穿起新衣，门外贴好红红的对联，屋里贴好各色的年画，哪一家都灯火通宵，不许间断，炮声日夜不绝。在外边作事的人，除非万不得已，必定赶回家来，吃团圆饭，祭祖。这一夜，除了很小的孩子，没有什么人睡觉，而都要守岁。

元旦的光景与除夕截然不同：除夕，街上挤满了人；元旦，铺户都上着板子，门前堆着昨夜燃放的爆竹纸皮；全城都在休息。

男人们在午前就出动，到亲戚家，朋友家去拜年。女人们在家中接待客人。同时，城内城外有许多寺院开放，任人游览，小贩们在庙外摆摊，卖茶，食品，和各种玩具。北城外的大钟寺，西城外的白云观，南城的火神庙（厂甸）是最有名的。可是，开庙最初的两三天，并不十分热闹，因为人们还正忙着彼此贺年，无暇及此。到了初五六，庙会开始风光起来，小孩们特别热心去逛，为的是到城外看看野景，可以骑毛驴，还能买到那些新年特有的玩具。白云观外的广场上有赛轿车赛马的；在老年间，据说还有赛骆驼的。这些比赛并不争取谁第一谁第二，而是在观众面前表演骡马与骑者的美好姿态与技能。

多数的铺户在初六开张，又放鞭炮，从天亮到清早，全城的炮声不绝。虽然开了张，可是除了卖吃食与其他重要日用品的铺子，大家并不很忙，铺中的伙计们还可以轮流着去逛庙，逛天桥，和听戏。

元宵（汤圆）上市，新年的高潮到了——元宵节（从正月十三到十七）。除夕是热闹的，可是没有月光；元宵节呢，恰好是明月当空。元旦是体面的，家家门前贴着鲜红的春联，人人穿着新衣裳，可是它还不够美。元宵节，处处悬灯结彩，整条的大街像是办喜事，火炽而美丽。有名的老铺都要挂出几百盏灯来，有的一律是玻璃的，有的清一色是牛角的，有的都是纱灯；有的各形各色，有的通通彩绘全部红楼梦或水浒传故事。这，在当年，也就是一种广告：灯一悬起，任何人都可以进到铺中参观；晚间灯中都点上烛，观者就更多。这广告可不庸俗。干果店在灯节还要作一批杂拌儿生意，所以每每独出心裁的，制成各样的冰灯，或用麦苗作成一两条碧绿的长龙，把顾客招来。

除了悬灯，广场上还放花盒。在城隍庙里并且燃起火判，火舌由判官的泥像的口，耳，鼻，眼中伸吐出来。公园里放起天灯，像巨星似的飞到天空。

男男女女都出来踏月，看灯，看焰火；街上的人拥挤不动。在旧社会里，女人们轻易不出门，她们可以在灯节里得到些自由。

小孩子们买各种花炮燃放，即使不跑到街上去淘气，在家中也照样能有声有光的玩耍。家中也有灯：走马灯——原始的电影——宫灯，各形各色的纸灯，还有纱灯，里边有小铃，到时候就叮叮的响。大家还必须吃汤圆呀。这的确是美好快乐的日子。

眨眼，到了残灯末庙，学生该去上学，大人又去照常作事，新年在正月十九结束了。腊月和正月，在农村社会里正是大家最闲在的时候，而猪牛羊等也正长成，所以大家要杀猪宰羊，酬慰一年的辛苦。过了灯节，天气转暖，大家就又去忙着干活了。北京虽是城市，可是它也跟着农村社会一齐过年，而且过得分外热闹。

在旧社会里，过年是与迷信分不开的。腊八粥，关东糖，除夕的饺子，都须先去供佛，而后人们再享用。除夕要接神；大年初二要祭财神，吃元宝汤(馄饨)，而且有的人要到财神庙去借纸元宝，抢烧头股香。正月初八要给老人们顺星，祈寿。因此，那时候最大的一笔浪费是买香蜡纸马的钱。现在，大家都不迷信了，也就省下这笔开销，用到有用的地方去。特别值得提到的是现在的儿童只快活的过年，而不受那迷信的熏染，他们只有快乐，而没有恐惧——怕神怕鬼。也许，现在过年没有以前那么热闹了，可是多么清醒健康呢。以前，人们过年是托神鬼的庇佑；现在是大家劳动终岁，大家也应当快乐的过年。

《北京的春节》用优美的文笔描绘了北京春节的民俗，包括前后不同的日程，节目，玩艺，吃食，礼仪，景观等等。可以说，是关于北京春节的小百科全书。

值得注意的是，在文章的最后，老舍写了这样的话：“也许，现在过年没有以前那么热闹了，可是多么清醒健康呢。以前，人们过年是托神鬼的庇佑，现在是大家劳动终岁，大家也应当快乐的过年。”

这是一种赞叹之余的委婉的惋惜。

这是一种肯定发展进步的同时对于付出的代价所表示的无奈。

这是一种对优秀的民间文化传统所表达的趋同、向往，保留和发扬的善良愿望。

总之，文章传递了一种深刻的矛盾。这个矛盾，很值得玩味。

在老舍作品中时常出现这个矛盾。必须把它指出来。不如此，不足以理解老舍作品的深厚。

在他的小说中，反映这类矛盾的作品比比皆是，短篇小说《老字号》、《断魂枪》便是其中最有代表性的。可以说，有此种矛盾思绪是老舍的一大特点。实际上，这是老舍的一种文化观。

仅仅从进化论的角度，一定会把“新的”理解为“好的”和“先进的”，以为不如此社会便不会有进步，所以，主张否定“旧的”和“老的”，实行新老交替。但是，如果，换一个角度，从文化角度上去考虑问题，便不会如此简单和机械了。

文化是需要积累的，不是一茬一茬更替的，而是由小到大，由少到多，由简单到复杂，由粗糙到精致，靠一个连续不断的长长的过程来完善。一座老而破的房子，其价值也许会比一栋新式洋楼要大得多，后者过不了多少年会被更新的大厦所取代；而前者，因为它有某些人文价值，比如，在这所房子里发生过重大的历史事件，或者，生活过著名的文学家、艺术家，而无法被别的建筑所代替，它会因此而不朽。这所老而破的房子，一旦成了特定的历史文化的载体，它便会成为永恒的财富。

每当社会变革，取得某种进步，但又以无情地摧毁一些文化为代价时，老舍便会发出这个矛盾的叹息。这个叹息，便导致他在《北京的春节》结尾中说“也许，现在过年没有以前那么热闹了”。

于是，他忍不住要发出现在“大家也应当快乐的过年”，这在当时那个明确地宣布要同传统的观念实行最彻底的决裂的时代，该是怎样石破天惊的呼吁呵！

本文的内在意义大大超出了对于北京春节习俗的描述。这是我读这篇散文所感悟到的。(舒　乙)

往事(二)　　冰　心

今夜林中月下的青山,无可比拟!仿佛万一,只能说是似娟娟的静女,虽是照人的明艳,却不飞扬妖冶;是低眉垂袖,璎珞矜严。

流动的光辉之中,一切都失了正色:松林是一片浓黑的,天空是莹白的,无边的雪地,竟是浅蓝色的了。这三色衬成的宇宙,充满了凝静,超逸与壮严;中间流溢着满空幽哀的神意,一切言词文字都丧失了。几乎不容凝视,不容把握!

今夜的林中,决不宜于将军夜猎——那从骑杂沓,传叫风生,会踏毁了这平整匀纤的雪地;朵朵的火燎,和生寒的铁甲,会缭乱了静冷的月光。

今夜的林中,也不宜于燃枝野餐——火光中的喧哗欢笑,杯盘狼藉,会惊起树上稳栖的禽鸟;踏月归去,数里相和的歌声,会叫破了这如怨如慕的诗的世界。

今夜的林中,也不宜于爱友话别,叮咛细语——凄意已足,语音已微,而抑郁缠绵,作茧自缚的情绪,总是太"人间的"了,对不上这晶莹的雪月,空阔的山林。

今夜的林中,也不宜于高士徘徊,美人掩映——纵使林中月下,有佳句可寻,有佳音可赏,而一片光雾凄迷之中,只容意念回旋,不容人物点缀。

我倚枕百般回肠凝想,忽然一念回转,黯然神伤……

今夜的青山只宜于这些女孩子,这些病中倚枕看月的女孩子!

假如我能飞身月中下视,依山上下曲折的长廊,雪色侵围阑外,月光浸着雪净的衾绸,逼着玲珑的眉宇。这一带长廊之中:万籁俱寂,万缘俱断,有如水的客愁,有如丝的乡梦,有幽感,有澈悟,有祈祷,有忏悔,有万千种话……

山中的千百日,山光松影重叠到千百回,世事从头减去,感悟逐渐侵来,已滤就了水晶般清澈的襟怀。这时纵是顽石钝根,也要思量万事,何况这些思深善怀的女子?

往者如观流水——月下的乡魂旅思:或在罗马故宫,颓垣废柱之旁;或在万里长城,缺堞断阶之上;或在约旦河边,或在麦加城里;或超渡莱因河,或飞越落玑山;有多少魂销目断,是耶非耶?只她知道!

来者如仰高山,——久久的徘徊在困弱道途之上,也许明日,也许今年,就揭卸病的细网,轻轻的试叩死的铁门!

天国泥犁,任她幻拟:是泛入七宝莲池?是参谒白玉帝座?是欢悦?是惊怯?有天上的重逢,有人间的留恋,有未成而可成的事功,有将实而仍虚的愿望;岂但为我?牵及众生,大哉生命!

这一切,融合着无限之生一刹那顷,此时此地的,宇宙中流动的光辉,是幽忧,是澈悟,都已宛宛氤氲,超凡入圣——

万能的上帝,我诚何福?我又何辜?……

我们看过无数的山,峰峦叠嶂的巍峨的山,螺髻临水的娟丽的山。我们也有过花朝月夕的种种观山的经历,或朋辈啸傲于林间,或女友倚肩于水湄,我们目有所染,心有所感,想传神地写出那一切的微妙与真切,却往往把笔踌躇,常恨言语难尽人意。

冰心这篇《往事》,写的是月下的青山,一开始便有奇文字。她先说今夜月下的青山"无可比拟"。但若真的不可比,那这篇记载月下山间情景的"往事",我们今天也就读不到了。冰心的文章就是从这几乎不可比拟的"万中之一"的险仄中,展开她当年病中居留青山的那一段情感经历。这不可比中之比,这欲进故退而写成的一篇美文,体现青年冰心的婉转聪慧。

她在似乎无可言说之时,传神地写出此时此刻月下山中的感受:"只能说是似娟娟的静女,虽是照人的明艳,却不飞扬妖冶;是低眉垂袖,璎珞矜严。"一旦有了这种月下静女的审美发现,以后的文章就有了无限展开的可能性。虽说这月下的山是一位"静女",她却拥有一种流动之美:"流动的光辉之中,一切都失了正色:松林是一片浓黑的,天空是莹白的,无边的雪地,竟是浅蓝色的了。"作者此刻面对的是月夜雪中山间的三种颜色:黑的松林,白的天空,而雪地竟是通常我们难以发现的浅蓝色!

这是一幅"凝静"、"超逸"、"壮严"的天然画图,其间还流溢着满空的"幽哀"。此刻写这文字的冰心,让人感到她不仅是一位善于发现色彩的画家,还是一位情感丰富的诗人。但她似乎并不满意自己的这些精彩独到的描述,她认为她所面对的依然是一切言辞文字所不可表达的,这里只是一种不可把握的把握。然而,就是这样的言说,却依然展示了当年这位青年女性的惊人才华。冰心写这些文字的时候,中国新文学诞生才几年,白话文学还在试验的阶段,冰心的文字却显示出深厚的文化积蕴中的清新娟丽的风格。我们如今读这篇文字,从文学的质素来看,很难想象是出自这位当年二十几岁的女性之手。

文章开头两段对于月下雪中的青山作了定位定性的描写之后,紧接着是四个排比的段落,是从否定的方向继续写这一段"往事"中难忘的印象:今夜的林中,不宜于将军夜猎,因为那会缭乱了静冷的月光;不宜于燃枝野餐,因为那会破了这如怨如慕的诗的世界;甚至也不宜于高士徘徊、爱友话别,因为那"太人间"的一切与这里的空灵超逸的情调不和谐……这些否定性的议论过后,文章这才进入主题。病中的冰心倚枕凝眸,一念回转,不觉神伤,原来眼前这一切"只宜于病中倚枕看月的女孩子"——其实也就是只宜于此刻的作者自己的。这就与文章开头的"娟娟静女"有了照应,可见冰心的文字是很缜密的。

但看这雪色浸漫着的曲折的长廊,这月光照射着的雪般洁净的一袭衾绸,万籁俱寂,万缘俱断,乡梦如水,客愁如丝。她以一个远离故国亲人的柔弱女儿身,面对这寂静空漠的雪和月,回首往昔的行踪,幽思来日的遭际,那一切的怀想与追恋,如今都涌上了心头。也许欢悦,也许惊怯,也许是未成而可成的事功,也许是将实而仍虚的愿望,她推己及人,万念纷陈,正是此时此地的幽忧与澈悟。

文章的结句是:"万能的上帝,我诚何福? 我又何辜?"这很像是一句祈祷,却又余音缭绕。因为有一种心灵的感悟,因此是幸运;因为有一种新的承担,因此是负载。这一篇"往事"的记叙,为文至简,写景至清,抒情至深,是一篇至今读来依然醇香满纸,余韵悠远的好散文。(谢　冕)

雪　　鲁　彦

美丽的雪花飞舞起来了。我已经有三年不曾见着它。

去年在福建,仿佛比现在更迟一点,也曾见过雪。但那是远处山顶的积雪,可不是飞舞着的雪花。在平原上,它只是偶然的随着雨点洒下来几颗。没有落到地面的时候,它的颜色是灰的,不是白色;它的重量像是雨点,并不会飞舞。一到地面,它立刻融成了水,没有痕迹,也未尝跳跃,也未尝发出悉率的声音,像江浙一带下雪子时的模样。这样的雪,在四十年来第一次看见它的老年的福建人,诚然能感到特别的意味,谈得津津有味,但在我,却总觉得索然。“福建下过雪”,我可没有这样想过。

我喜欢眼前飞舞着的上海的雪花。这才是“雪白”的白色,也才是花一样的美丽。它好像比空气还轻,并不从半空里落下来,而是被空气从地面卷起来的。然而它又像是活的生物,像夏天黄昏时候的成群的蚊蚋,像春天流蜜时期的蜜蜂,它的忙碌的飞翔,或上或下,或快或慢,或粘着人身,或拥入窗隙,仿佛自有它自己的意志和目的。它静默无声。但在它飞舞的时候,我们似乎听见了千百万人马的呼号和脚步声,大海的汹涌的波涛声,森林的狂吼声,有时又似乎听见了情人的切切的蜜语声,礼拜堂的平静的晚祷声,花园里的欢乐和鸟歌声……它所带来的是阴沉与严寒。但在它的飞舞的姿态中,我们看见了慈善的母亲,柔和的情人,活泼的孩子,微笑的花,温暖的太阳,静默的晚霞……它没有气息。但当它扑到我们面上的时候,我们似乎闻到了旷野间鲜洁的气息,山谷中幽雅的兰花的气息,花园里浓郁的玫瑰的气息,清淡的茉莉花的气息……在白天,它做出千百种婀娜的姿态;夜间,它发出银色的光辉,照耀着我们行路的人,又在我们的玻璃窗上札札地绘就了各式各样的花卉和树木,斜的,直的,弯的,倒的。还有那河流,那天上的云……

现在,美丽的雪花飞舞了。我喜欢,我已经有三年不曾见着它。我的喜欢有如四十年来第一次看见它的老年的福建人。但是,和老年的福建人一样,我回想着过去下雪时候的生活,现在的喜悦就像这钻进窗隙落到我桌上的雪花似的,渐渐融化,而且立刻消失了。

记得某年在北京,一个朋友的寓所里,围着火炉,煮着全中国最好的白菜和面,喝着酒,剥着花生,谈笑得几乎忘记了身在异乡;吃得满面通红,两个人一路唱着,一路踏着吱吱地叫着的雪,踉跄地从东长安街的起头踱到西长安街的尽头,又忘记了正是异乡最寒冷的时候。这样的生活,和今天一比,不禁使我感到惘然。上海的朋友都像是工厂里的机器,忙碌得一刻没有休息;而在下雪的今天,他们又叫我一个人看守着永不会有人或电话来访问的房子。这是多么孤单、寂寞、乏味的生活。

“没有意思!”我听见过去的我对今天的我这样说了。正像我在福建的时候,对四十年来第一次看见雪的老年的福建人所说的一样。

但是,另一个我出现了。他是足以对着过去的北京的我射出骄傲的眼光来的我。这个我,某年在南京下雪的时候,曾经有过更快活的生活:雪落得很厚,盖住了一切的田野和道路。我和我的爱人在一片荒野中走着。我们辨别不出路径来,也并没有终止的目的。我们只让我们的脚欢喜怎样就怎样。我们的脚常常欢喜踏在最深的沟里。我们未尝感到这是旷野，这是下雪的时节。我们仿佛是在花园里，路是平坦的，而且是柔软的。我们未尝觉得一点寒冷，因为我们的心是热的。

"没有意思！"我听见在南京的我对在北京的我这样说了。正像在北京的我对着今天的我所说的一样，也正像在福建的我对着四十年来第一次看见雪的老年的福建人所说的一样。

然而，我还有一个更可骄傲的我在呢。这个我，是有过更快乐的生活，在故乡：冬天的早晨，当我从被窝里伸出头来，感觉到特别的寒冷，隔着蚊帐望见天窗特别的阴暗，我就首先知道外面下了雪了。"雪落啦白洋洋，老虎拖娘娘……"这是我躺在被窝里反复地唱着的欢迎雪的歌。别的早晨，照例是母亲和姊姊先起床，等她们煮熟了饭，拿了火炉来，代我烘暖了衣裤鞋袜，才肯钻出被窝，但是在下雪天，我就有了最大的勇气。我不需要火炉，雪就是我的火炉。我把它捻成了团，捧着，丢着。我把它堆成了一个和尚，在它的口袋里，插上一支香烟。我把它当作糖，放在口里。地上的厚的积雪，是我的地毯，我在它上面打着滚，翻着筋斗。它在我的底下发出嗤嗤的笑声，我在它上面哈哈地回答着。我的心是和它合一的。我和它一样地柔和，和它一样地洁白。我同它到处跳跃，我同它到处飞跑着。我站在屋外，我愿意它把我造成一个雪和尚。我躺在地上愿意它像母亲似的在我身上盖下柔软的美丽的被窝。我愿意随着它在空中飞舞。我愿意随着它落在人的肩上。我愿意雪就是我，我就是雪。我年轻，我有勇气。我有最宝贵的生命的力。我不知道忧虑，不知道苦恼和悲哀……

"没有意思！你这老年人！"我听见幼年的我对着过去的那些我这样说了。正如过去的那些我骄傲地对别个所说的一样。

不错，一切的雪天的生活和幼年的雪天的生活一比，过去的和现在的喜悦是像这钻进窗隙落到我桌上的雪花一样，渐渐融化，而且立刻消失了。

然而对着这时穿着一袭单衣，站在屋角里发抖或竟至于僵死在雪地上的穷人，则我的幼年时候快乐的雪天生活的意义，又如何呢？这个他对着我，不也在说着"没有意思"的话吗？

而这个死有完肤的他，对着这时零度以下的长城下，捧着冻结了的机关枪，即将被炮弹打成雪片似的兵士，则其意义又将怎样呢？"没有意思！"这句话，该是谁说呢？

天呵，我不能再想了。人间的欢乐无平衡，人间的苦恼亦无边限。世界无终极之点，人类亦无末日之时。我既生为今日的我，为什么要追求或留恋今日的我以外的我呢？今日的我虽说是寂寞地孤单地看守着永没有人或电话来访问的房子，但既可以安逸地躲在房里烤火，避免风雪的寒冷；又可以隔着玻璃，诗人一般的静默地鉴赏着雪花飞舞的美的世界，不也是足以自满的我吗？

抓住现实。只有现实是最宝贵的。

眼前雪花飞舞着的世界，就是最现实的现实。

看呵！美丽的雪花飞舞着呢。这就是我三年来相思着而不能见到的雪花。

层层转折、卒章显志是《雪》写作上的显著特点。

作者从眼前飞舞的雪花写起，采取倒叙手法，先简略地叙写上年在福建所见到的雪的特征，再对照着具体地描绘眼前在上海所见的下雪的情形、雪花的特征。作者运用夸张、排比手法生动地描绘了上海所见的雪花的声势，运用隐喻、拟人、排比手法抒写了雪花留给人的慈善、柔和、温暖等种种美好的感受与气息，淋漓尽致地抒发了作者喜爱在上海所见的飞舞的雪花的感情，具有打动人心的艺术魅力。

文似看山不喜平。作者接着叙写了某年在北京与朋友围炉畅饮，纵情谈笑，然后踏雪夜归的豪兴。以此与上海刻板、孤单、寂寞、乏味的生活对比，从而否定眼下在上海见到飞舞的雪花的喜悦。这是文章的第一次转折。

接着，又有第二、第三两个转折。第二个转折是叙写某年在南京下雪时曾经有过更快活的生活：和爱人满怀热情在雪天忘情地在荒野漫无目的地跋涉。这一个转折写得较为简略。第三个转折是，叙写童年时代，冬日的雪天早晨在故乡尽情地玩雪，充满青春活力，以致“我愿意雪就是我，我就是雪”，无忧无虑。以此否定长大后几次见到雪花时的欢乐。这一个转折写得比较详细。

以上三个转折都由自身经历构成。文章接着以他人的经历否定作者自身童年玩雪的意义。以雪地上的穷人因衣衫单薄而发抖甚至僵死，否定“我”童年时代欢乐的雪天生活的意义。这是第四个转折。以冒着寒冬，坚守在长城下的兵士的有意义的生活，否定童年玩雪的欢乐。这是第五次转折。如此层层转折，真可谓曲尽其妙，引人入胜。

作者一次次否定原来自以为有意义、欢乐的雪天生活，层层逼进，卒章显志：“人间的欢乐无平衡，人间的苦恼亦无边限。世界无终极之点，人类亦无末日之时。”因此，“我既生为今日的我，为什么要追求或留恋今日的我以外的我呢？”作者由此觉得，“我”看守着永远没有人或电话来访问的房子，虽然感到寂寞和孤单，“但既可以安逸地躲在房里烤火，避免风雪的寒冷；又可以隔着玻璃，诗人一般的静静地鉴赏着雪花飞舞的美的世界。”于是，“我”感到满足。没有疑问，这种安于现状、自我陶醉的思想是20世纪30年代尚未投身于群众运动的知识分子世界观的反映。

但不管怎样，本篇对雪景的生动描绘将会鲜明地留在读者的脑海之中。（潘颂德）

故乡的杨梅　　鲁　彦

过完了长期的蛰伏生活，眼看着新黄嫩绿的春天爬上了枯枝，正欣喜着想跑到大自然的怀中，发泄胸中的郁抑，却忽然病了。

唉，忽然病了。

我这粗壮的躯壳，不知道经过了多少炎夏和严冬，被轮船和火车抛掷过多少次海角与天涯，尝受过多少辛劳与艰苦，从来不知道颤栗或疲倦的呵，现在却呆木地躺在床上，不能随意的转侧了。

尤其是这躯壳内的这一颗心。它历年可是铁一样的。对着眼前的艰苦，它不会畏缩；对着未来的憧憬，它不肯绝望；对着过去的痛苦，它不愿回忆的呵，然而现在，它却尽管凄凉地往复的想了。

唉，唉，可悲呵，这病着的躯壳的病着的心。

尤其是对着这细雨连绵的春天。

这雨，落在西北，可不全像江南的故乡的雨吗？细细的，丝一样，若断若续的。

故乡的雨，故乡的天，故乡的山河和田野……，还有那蔚蓝中衬着整齐的金黄的菜花的春天，藤黄的稻穗带着可爱的气息的夏天，蟋蟀和纺织娘们在濡湿的草中唱着诗的秋天，小船吱吱地触着沉默的薄冰的冬天……还有那熟识的道路，还有那亲密的故居……

不，不，我不想这些，我现在不能回去，而且是病着，我得让我的心平静；恢复我过去的铁一般的坚硬，告诉自己：这雨是落在西北，不是故乡的雨——而且不像春天的雨，却像夏天的雨。

不要那样想吧，我的可怜的心呵，我的头正像夏天的烈日下的汽油缸，将要炸裂了，我的嘴唇正干燥得将要迸出火花来了呢。让这夏天的雨来压下我头部的炎热，让……让……

唉，唉，就说是故乡的杨梅吧……它正是在类似这样的雨天成熟的呵。

故乡的食物，我没有比这更喜欢的了。倘若我爱故乡，不如就说我完全是爱的这叫做杨梅的果子吧。

呵，相思的杨梅！它有着多么惊异的形状，多么可爱的颜色，多么甜美的滋味呀。

它是圆的，和大的龙眼一样大小，远看并不稀奇，拿到手里，原来它是遍身生着刺的哩。这并非是它的壳，这就是它的肉。不知道的人，一定以为这满身生着刺的果子是不能进口的了，否则也须用什么刀子削去那刺的尖端的吧？然而这是过虑。它原来是希望人家爱它吃它的。只要等它渐渐长熟，它的刺也渐渐软了，平了。那时放到嘴里，软滑之外还带着什么感觉呢？没有人能想得到，它还保存着它的特点，每一根刺平滑地在舌尖上触了过去，细腻柔软而且亲切——这好比最甜蜜的吻，使人迷醉呵。

颜色更可爱呢。它最先是淡红的，像娇嫩的婴儿的面颊，随后变成了深红，像是处女的害羞，最后黑红了——不，我们说它是黑的。然而它并不是黑，也不是黑红，原来是红的。太红了，所以像是黑。轻轻的啄开它，我们就看见了那新鲜红嫩的内部，同时我们已染上了一嘴的红水。说他新鲜红嫩，有的人也许以为一定像贵妃的肉色似的荔枝吧？嗳，那就错了。荔枝的光色是呆板的，像玻璃，像鱼目；杨梅的光色却是生动的，像映着朝霞的露水呢。

滋味吗？没有十分成熟是酸带甜，成熟了便单是甜。这甜味可决不使人讨厌，不但爱吃甜味的人尝了一下舍不得丢掉，就连不爱吃甜味的人也会完全给它吸引住，越吃越爱吃。它是甜的，然而又依然是酸的。而这酸味，我们须待吃饱了杨梅以后，再吃别的东西的时候，才能领会得到。那时我们才知道自己的牙齿酸了，软了，连豆腐也咬不下了，于是我们才恍然悟到刚才吃多了酸的杨梅。我们知道这个，然而我们仍然爱它，我们仍须吃一个大饱。它真是世上最迷人的东西。

唉，唉，故乡的杨梅呵。

细雨如丝的时节，人家把它一船一船的载来，一担一担的挑来，我们一篮一篮的买了进来，挂一篮在檐口下，放一篮在水缸盖上，倒上一脸盆，用冷水一洗，一颗一颗的放进嘴里，一面还没有吃了，一面又早已从脸盆里拿起了一颗，一口气吃了一二十颗，有时来不及把它的核一一吐出来，便一直吞进了肚里。

"生了虫呢……蛇吃过了呢……"母亲看见我们吃得快，吃得多，便这样的说了起来，要我们仔细的看一看，多多的洗一番。

但我们并不管这些，它成了我们的生命，我们越吃越快了。

"好吃，好吃，"我们心里这样想着，嘴里却没有余暇说话，待肚子胀上加胀，胀上加胀，眼看着一脸盆的杨梅吃得一颗也不留，这才呆笨地挺着肚子，走了开去，叹气似的嘘出一声"咳"来……

唉，可爱的故乡的杨梅呵。

一年，二年……我已有十六七年不曾尝到它的滋味了。偶而回到故乡，不是在严寒的冬天，便是在酷热的夏天，或者杨梅还未成熟，或者杨梅已经落完了。这中间，曾经有两次，在异地见到过杨梅，比故乡的小，比故乡的酸，颜色又不及故乡的红。我想回味过去，把它买了许多来。

"长在树上，有虫爬过，有蛇吃过呢……"

我现在成了大人，有了知识，爱惜自己的生命甚于杨梅了。我用沸滚的开水去细细的洗杨梅，觉得还不够消除那上面的微菌似的。

于是它不但更不像故乡的，简直不是杨梅了。我只尝了一二颗，便不再吃下去。

最后一次我终于在离故乡不远的地方见到了可爱的故乡的杨梅。

然而又因为我成了大人，有了知识，爱惜自己的生命甚于杨梅，偶然发现一条小虫，也就拒绝了回味的欢愉。

现在我的味觉也显然改变了，即使回到故乡，遇到细雨如丝的杨梅时节，即使并不害怕从前的那种吃法，我的舌头应该感觉不出从前的那种美味了，我的牙齿应该不能像从前似的能够容忍那酸性了。

唉，故乡离开我愈远了。

我们中间横着许多鸿沟。那不是千万里的山河的阻隔，那是……

唉，唉，我到底病了。我为什么要想到这些呢？

看呵，这眼前的如丝的细雨，不是若断若续的落在西北的春天里吗？

这是一篇怀念故乡的真挚散文。

远在西北异地的作者，经过长期的蛰伏生活，正想在春光明媚的时光亲近大自然，但因病而不能如愿。于是，作者拖着有病的躯体和病着的心，不禁回忆起故乡江南的春雨、江南的山水风光，还有那撩人乡思的杨梅。

作者抒写思乡情怀与描绘故乡杨梅，感情真挚细腻，文笔朴素生动，活泼多姿。文章这样写故乡："故乡的雨，故乡的天，故乡的山河和田野……，还有那蔚蓝中衬着整齐的金黄的菜花的春天，藤黄的稻穗带着可爱的气息的夏天，蟋蟀和纺织娘们在濡湿的草中唱着诗的秋天，小船吱吱地触着沉默的薄冰的冬天……还有那熟识的道路，还有那亲密的故居……”作者抓住春、夏、秋、冬一年四季故乡景物的特点，采用排比句式，细腻地展示了故乡景物的可爱和诱人，抒发了深沉的思乡情怀。

作者描绘故乡杨梅，先用一句统领：“它有着多么惊异的形状，多么可爱的颜色，多么甜美的滋味呀。”然后分三个自然段，具体地描绘杨梅的形状、颜色与滋味，文笔细腻极了。

在描绘故乡杨梅的形状、颜色、滋味之后，作者又全力抒写儿时贪吃杨梅以至于“迷醉”的乐趣。儿时美好的回忆与现实生活中自己的颠沛流离、长期蛰居异地，形成了鲜明的反衬与对比。作品开头，作者以感伤的语调写道：“过完了长期的蛰伏生活，眼看着新黄嫩绿的春天爬上了枯枝，正欣喜着想跑到大自然的怀中，发泄胸中的郁抑，却忽然病了。”结尾照应开头“唉，唉，我到底病了。我为什么要想到这些呢？”尽情地抒发了长期的颠沛生活带来的凄凉、感伤情怀。

作者真挚细腻的感情，是通过富有流动美的语句来表达的。作品长短语句相间，形成节奏感与流动美。诸如这样的语句：“细雨如丝的时节，人家把它一船一船的载来，一担一担的挑来，我们一篮一篮的买了进来，挂一篮在檐口下，放一篮在水缸盖上……”短句排比，给人以快速的流动感，恰到好处地抒写了儿时吃杨梅的乐趣。作者也运用长而散的语句，给人缓慢的流动感。如结尾这样写道：“现在我的味觉也显然改变了，即使回到故乡，遇到细雨如丝的杨梅时节，即使并不害怕从前的那种吃法，我的舌头应该感觉不出从前的那种美味了，我的牙齿应该不能像从前似的能够容忍那酸性了。”这种造成缓慢流动感的长句，适合于娓娓叙事和绵绵抒情。这些长而散的语句，正好表现了作者长期颠沛流离之后的感伤情绪。还有，反复句式的运用，使文章形成了强烈的节奏感。如：“唉，忽然病了。”“唉，唉，可悲呵，这病着的躯壳的病着的心。”这是反复感叹疾病的侵袭。还有多次反复礼赞故乡的杨梅。如：“唉，唉，就说是故乡的杨梅吧……”、“唉，可爱的故乡的杨梅呵。”这些反复句独立成段，不但有力地抒发了颠沛生活中的感伤情绪与怀念故乡的深情，也增强了文章的节奏感与旋律美。（潘颂德）

五祖寺　　废　名

现在我住的地方离五祖寺不过五里路，在我来到这里的第二天我已经约了两位朋友到五祖寺游玩过了。大人们做事真容易，高兴到哪里去就到哪里去！我说这话是同情于一个小孩子，便是我自己做小孩子的时候。真的，我以一个大人来游五祖寺，大约有三次，每回在我一步登高之际，不觉而回首望远，总很有一个骄傲，仿佛是自主做事的快乐，小孩子所欣羡不来的了。这个快乐的情形，在我做教师的时候也相似感到，比如有时告假便告假，只要自己开口说一句话，记得做小学生的时候总觉得告假是一件很不容易的事了。总之我以一个大人总常常同情于小孩子，尤其是我自己做小孩子的时候，——因之也常常觉得成人的不幸，凡事应该知道临深履薄的戒惧了，自己作主是很不容易的。因之我又常常羡慕我自己做小孩时的心境，那真是可以赞美的，在一般的世界里，自己那么的繁荣自己那么的廉贞了。五祖寺是我小时候所想去的地方，在大人从四祖，五祖带了喇叭，木鱼给我们的时候，幼稚的心灵，四祖寺，五祖寺真是心向往之，五祖寺又更是那么的有名，天气晴朗站在城上可以望得见那个庙那个山了。从县城到五祖山脚下有二十五里，从山脚下到庙里有五里。这么远的距离，那时我，一个小孩子,自己知道到五祖寺去玩是不可能的了。然而有一回做梦一般的真个走到五祖寺的山脚下来了,大人们带我到五祖寺来进香,而五祖寺在我竟是过门不入。这个,也不使我觉得奇怪,为什么不带我到山上去呢?也不觉得怅惘。只是我一个小孩子在一天门的茶铺里等候着,尚被系坐在车子上未解放下来,心里确是有点孤寂了。最后望见外祖母,母亲,姊姊从那个山路上下来了,又回到我们这个茶铺所在的人间街上来了(我真仿佛他们好容易是从天上下来),甚是喜悦。我,一个小孩子,似乎记得始终没有说一句话。到现在那件过门不入的事情,似乎还是没有话可说,即是说没有质问大人们为什么不带我上山去的意思,过门不入也是一个圆满,其圆满真仿佛是一个人间的圆满,就在这里为止也一点没有缺欠。所以我先前说我在茶铺里坐在车上望着大人们从山上下来好像从天上下来,是一个实在的感觉。那时我满了六岁,已经上学了,所以寄放在一天门的原故,大约是到五祖寺来进香小孩子们普遍的情形,因为山上的路车子不能上去,只好在山脚下茶铺里等着。或者是我个人特别的情形亦未可知,因为我记得那时我是大病初愈,还不能好好的走路,外祖母之来五祖寺进香乃是为我求福了,不能好好走路的小孩子便不能跟大人一路到山上去,故寄放在一天门。不论为什么原故,其实没有关系,因为我已经说明了,那时我一个小孩子便没有质问的意思,叫我在这里等着就在这里等着了。这个忍耐之德,是我的好处。最可赞美的,他忍耐着他不觉苦恼,忍耐又给了他许多涵养,因为我,一个小孩子,每每在这里自己游戏了,到长大之后也就在这里生了许多记忆。现在我总觉得到五祖寺进香是一个奇迹,仿佛昼与夜似的完全,一天门以上乃是我的夜之神秘了。这个夜真是给了我一个很好的记忆。后来我在济南千佛山游玩,走到一个小庙之前白墙上横写着一天门三个字,我很觉得新鲜,"一天门?"真的,我这时乃看见一天门三个字这么个写法,儿时听惯了这个名字,没想到这个名字应该怎么写了。原来这里也有一天门,我以为一天门只在我们家乡五祖寺了。然而一天门总还在五祖寺,以后我总仿佛"一天门"三个字写在一个悬空的地方,这个地方便是我记忆里的一天门了。我记忆里的一天门其实什么也不记得,真仿佛是一个夜了。今年我自从来到亭前之后,打一天门经过了好几回,一天门的街道是个什么样子我曾留心看过,但这个一天门也还是与我那个一天门全不相干,我自己好笑了。写到这里,我想起了二天门。今年四月里,我在多云山一个亲戚家里住,一天约了几个人到五祖寺游玩,走进一天门,觉得不像,也就算了,但由一天门上山的那个路我仿佛记得是如此,因此我很喜欢的上着这个路,一直走到二天门,石径之间一个小白屋,上面写"二天门",大约因为一天门没有写着一天门的原故,故我,一个大人,对于这个二天门很表示着友爱了,见了这个数目字很感着有趣,仿佛是第一回明白一个"一"字又一个"二"字那么好玩。我记得小时读"一去二三里,烟村四五家,楼台六七座,八九十枝花",起初只是唱着和着罢了,有一天忽然觉着这里头有一二三四五六七八九十,十个字,乃拾得一个很大的喜悦,不过那个喜悦甚是繁华,虽然只是喜欢那几个数目字,实在是仿佛喜欢一天的星,一春的花；这回喜欢“二天门”，乃是喜欢数目字而已，至多不过旧雨重逢的样子，没有另外的儿童世界了。后来我在二天门休息了不小的工夫，那里等于一个凉亭，半山之上，对于上山的人好像简单一把扇子那么可爱。

那么儿时的五祖寺其实乃与五祖寺毫不相干，然而我喜欢写五祖寺这个题目。我喜欢这个题目的原故，恐怕还因为五祖寺的归途。到现在我也总是记得五祖寺的归途，其实并没有记住什么，仿佛记得天气，记得路上有许多桥，记得沙子的路。一个小孩子，坐在车上，我记得他同大人们没有说话，他那么沉默着，喜欢过着木桥，这个木桥后来乃像一个影子的桥，它那么的没有缺点，永远在一个路上。稍大读《西厢记》，喜欢“四围山色中，一鞭残照里”两句，也便是唤起了五祖寺归途的记忆，不过小孩子的“残照”乃是朝阳的憧憬罢了。因此那时也懂得读书的快乐。我真要写当时的情景其实写不出，我的这个好题目乃等于交一份白卷了。

附　记

民国二十八年秋季我在黄梅县小学教国语，那时交通隔绝，没有教科书，深感教材困难，同时社会上还是《古文观止》有势力，我个人简直奈他不何。于是我想自己写些文章给小孩们看，总题目为《父亲做小孩子的时候》，这是我的诚意，也是我的战略，因为这些文章我是叫我自己的小孩子看的，你能禁止我不写白话文给我自己的小孩子看吗？孰知小学国语教师只做了一个学期，功课又太忙，写了一篇文章就没写了，而且我知道这篇文章是失败的，因为小学生看不懂。后来我在县初中教英语，有许多学生又另外从我学国文，这时旧的初中教科书渐渐发现了，我乃注意到中学教科书里头有好些文章可以给学生读，比我自己来写要事半功倍得多，于是我这里借一种，那里借一种，差不多终日为他们找教科书选文章。我选文章时的心情，当得起大公无私，觉得自己的文章当初不该那样写，除了《桥》里头有数篇可取外，没有一篇敢保荐给自己的小孩子看，这不是自己的一个大失败吗？做了这么的一个文学家能不惶恐吗？而别人的文章确是有好的，我只可惜他们都太写少了，如今这些少数的文章应该是怎样的可贵呵，从我一个做教师与做父亲的眼光看来。现在我还想将《父亲做小孩子的时候》继续写下去，文章未必能如自己所理想的，我理想的是要小孩子喜欢读，容易读，内容则一定不差，有当作家训的意思。《五祖寺》这一篇是二十八年写的，希望以后写得好些，不要显得“庄严”相。

民国三十五年十一月八日废名记于北平

据禅宗典籍《六祖坛经》介绍，五祖寺原名东山寺，坐落于废名的故乡湖北黄梅县双峰山，为禅宗五祖弘忍传法之地。

照常理，既以“五祖寺”为题，免不了要对五祖寺的来龙去脉和趣闻轶事有所涉及，而废名在写作本文之际，他的栖息之地“离五祖寺不过五里路”，还“以一个大人来游五祖寺，大约有三次”，对五祖寺的建筑、氛围、风景等，也可以说如数家珍，但他对这一切，愣是不着丝毫笔墨。所为何故？

从附记可以看出，废名1939年创作本文，是鉴于故乡小学“没有教科书”，“社会上还是《古文观止》有势力”，为此，他便企图以给自己的孩子写作的名义，把白话文的种子播入学生们幼小的心灵，其理想依他后来所说是“小孩子喜欢读，容易读，内容则一定不差，有当作家训的意思”。正因如此，他才特意避开正面去写五祖寺，而把全部文字用于细细述说自己童年对五祖寺的一连串心灵体验。也正因要写给孩子看，他在行文过程中，便力求采用孩子能够接受的语气和表达方式。具体来说，如全文一起笔以推心置腹的口吻，先对成人能自主做事的快乐表示肯定：“大人们做事真容易，高兴到哪里去就到哪里去！”而且举“告假”一事为例，这是孩子们普遍拥有的一种感觉，是很有可能博得孩子们情感共鸣的；但接下来，他便以过来人的身份指出，成人的不幸恰在于，“凡事应该知道临深履薄的戒惧了，自己作主是很不容易的”，反不如孩子无忧无虑，自在自足，因此常常羡慕孩提时代“在一般的世界里，自己那么的繁荣自己那么的廉贞了”，其目的是提醒孩子们珍惜童年世界特有的快乐。这段文字寓说理于日常生活现象的辩证分析之中，视孩子们为平等的思想交流对象，既为全文奠定了情感基调，也为全文确立了话语中心。文章就是由此出发，通过循循善诱、细致入微的讲述，把自己童年游五祖寺而不得的感受，以及这感受对自己长时期的影响，一丝一缕地抽将出来，从而启发孩子们，童年时代的一切，包括那些极其淡薄和琐碎的印象，都会深深植根在记忆里，日子一长，还会开放出温馨而迷人的花朵。作者当时随大人们去五祖寺进香，却由于“山上的路车子不能上去”抑或是“大病初愈”的缘故，而被留在一天门，于是，这次进香便成为“一个奇迹”，既让他感到“一天门以上乃是我的夜之神秘”，把五祖寺看作一个可望而不可即的“天上”的世界，又让他对“一天门”三个字（而不是它周边的风景）生发出深刻的印象，以致后来总误认为只五祖寺才有“一天门”。在废名看来，这些孩子特有的感觉虽然稚气十足，却又极其纯真、美好，比起外在世界的一切，都值得珍视。因此，尽管他自知“儿时的五祖寺其实乃与五祖寺毫不相干”，但还是要冒着“交一份白卷”的风险，不厌其烦地写下这篇类似闲话的散文。至于他写后来对二天门的“友爱”，以及引用宋代邵雍的“一去二三里，烟村四五家，楼台六七座，八九十枝花”几句诗，则是为了进一步强调这种有如“一天的星，一春的花”，有如“一把扇子”那么“简单”而“可爱”的事物的价值。

但是，此时的废名，骨子里已经渗入了佛家的精神。“早在北京大学任教时期，他已经走上近于弘一法师的路，由文学而趋向道学；所不同者，弘一法师是单一的佛，他是儒释道混合。他先是住在地安门内的民居，有妻有子，却忽然把妻子打发回去，自己搬到雍和宫去住。”（引自张中行《负暄琐话·废名》）1937年12月，废名以母丧回到故乡黄梅，后避兵乡间，教学为生，其间完成了生平最得意之《阿赖耶识论》，与其同乡国学大师熊十力的佛学著作《新唯识论》较真儿，在给其师周作人及师兄俞平伯的一封长信中，也大谈特谈佛道，令周作人不由感叹他“转入神秘不可解的一路去了”。凡此种种，决定了他的佛学思想，这在《五祖寺》里也有所反映。最明显的例子是，他写童年去五祖寺而被大人留在一天门时，认为“到现在那件过门不入的事情，似乎还是没有话可说，即是说没有质问大人们为什么不带我上山去的意思，过门不入也是一个圆满，其圆满真仿佛是一个人间的圆满，就在这里为止也一点没有缺欠”；又说“那时我一个小孩子便没有质问的意思，叫我在这里等着就在这里等着了。这个忍耐之德，是我的好处。最可赞美的，他忍耐着他不觉苦恼，忍耐又给了他许多涵养，因为我，一个小孩子，每每在这里自己游戏了，到长大之后也就在这里生了许多记忆”。“圆满”、“忍耐”等都属佛家惯用语。如此现身说法，教孩子们从不圆满里探求圆满，在忍耐中提升自己的涵养，颇有几分参禅论道的味道。废名的这番苦心，以委婉、曲折的笔法表现出来，孩子们当然是很难体会出来的，于是他只好在附记里承认“这篇文章是失败的，因为小学生看不懂”。尽管如此，废名的《五祖寺》较之他的其他散文随笔作品，还是要平易晓畅得多，在他的创作生涯中，应该算作罕见的个例。（任彦钧）

雅　舍　　梁实秋

到四川来，觉得此地人建造房屋最是经济。火烧过的砖，常常用来做柱子，孤零零的砌起四根砖柱，上面盖上一个木头架子，看上去瘦骨嶙嶙，单薄得可怜；但是顶上铺了瓦，四面编了竹篦墙，墙上敷了泥灰，远远的看过去，没有人能说不像是座房子。我现在住的“雅舍”正是这样一座典型的房子。不消说，这房子有砖柱，有竹篦墙，一切特点都应有尽有。讲到住房，我的经验不算少，什么“上支下摘”，“前廊后厦”，“一楼一底”，“三上三下”，“亭子间”，“茆草棚”，“琼楼玉宇”和“摩天大厦”，各式各样，我都尝试过。我不论住在那里，只要住得稍久，对那房子便发生感情，非不得已我还舍不得搬。这“雅舍”，我初来时仅求其能蔽风雨，并不敢存奢望，现在住了两个多月，我的好感油然而生。虽然我已渐渐感觉它是并不能蔽风雨，因为有窗而无玻璃，风来则洞若凉亭，有瓦而空隙不少，雨来则渗如滴漏。纵然不能蔽风雨，“雅舍”还是自有它的个性。有个性就可爱。

“雅舍”的位置在半山腰，下距马路约有七八十层的土阶。前面是阡陌螺旋的稻田。再远望过去是几抹葱翠的远山，旁边有高粱地，有竹林，有水池，有粪坑，后面是荒僻的榛莽未除的土山坡。若说地点荒凉，则月明之夕，或风雨之日，亦常有客到，大抵好友不嫌路远，路远乃见情谊。客来则先爬几十级的土阶，进得屋来仍须上坡，因为屋内地板乃依山势而铺，一面高，一面低，坡度甚大，客来无不惊叹，我则久而安之，每日由书房走到饭厅是上坡，饭后鼓腹而出是下坡，亦不觉有大不便处。

“雅舍”共是六间，我居其二。篦墙不固，门窗不严，故我与邻人彼此均可互通声息。邻人轰饮作乐，咿唔诗章，喁喁细语，以及鼾声，喷嚏声，吮汤声，撕纸声，脱皮鞋声，均随时由门窗户壁的隙处荡漾而来，破我岑寂。入夜则鼠子瞰灯，才一合眼，鼠子便自由行动，或搬核桃在地板上顺坡而下，或吸灯油而推翻烛台，或攀援而上帐顶，或在门框桌脚上磨牙，使得人不得安枕。但是对于鼠子，我很惭愧的承认，我“没有法子”。“没有法子”一语是被外国人常常引用着的，以为这话最足代表中国人的懒惰隐忍的态度。其实我的对付鼠子并不懒惰。窗上糊纸，纸一戳就破；门户关紧，而相鼠有牙，一阵咬便是一个洞洞。试问还有什么法子？洋鬼子住到“雅舍”里，不也是“没有法子”？比鼠子更骚扰的是蚊子。“雅舍”的蚊风之盛，是我前所未见的。“聚蚊成雷”真有其事！每当黄昏时候，满屋里磕头碰脑的全是蚊子，又黑又大，骨骼都像是硬的。在别处蚊子早已肃清的时候，在“雅舍”则格外猖獗，来客偶不留心，则两腿伤处累累隆起如玉蜀黍，但是我仍安之。冬天一到，蚊子自然绝迹，明年夏天——谁知道我还是住在“雅舍”！

“雅舍”最宜月夜——地势较高，得月较先。看山头吐月，红盘乍涌，一霎间，清光四射，天空皎洁，四野无声，微闻犬吠，坐客无不悄然！舍前有两株梨树，等到月升中天，清光从树间筛洒而下，地上阴影斑斓，此时尤为幽绝。直到兴阑人散，归房就寝，月光仍然逼进窗来，助我凄凉。细雨濛濛之际，“雅舍”亦复有趣。

推窗展望，俨然米氏章法，若云若雾，一片弥漫。但若大雨滂沱，我就又惶悚不安了，屋顶湿印到处都有，起初如碗大，俄而扩大如盆，继则滴水乃不绝，终乃屋顶灰泥突然崩裂，如奇葩初绽，砉然一声而泥水下注，此刻满室狼藉，抢救无及。此种经验，已数见不鲜。

"雅舍"之陈设，只当得简朴二字，但洒扫拂拭，不使有纤尘。我非显要，故名公巨卿之照片不得入我室；我非牙医，故无博士文凭张挂壁间；我不业理发，故丝织西湖十景以及电影明星之照片亦均不能张我四壁。我有一几一椅一榻，酣睡写读，均已有着，我亦不复他求。但是陈设虽简，我却喜欢翻新布置。西人常常讥笑妇人喜欢变更桌椅位置，以为这是妇人天性喜变之一征。诬否且不论，我是喜欢改变的。中国旧式家庭，陈设千篇一律，正厅上是一条案，前面一张八仙桌，一边一把靠椅，两旁是两把靠椅夹一只茶几。我以为陈设宜求疏落参差之致，最忌排偶。"雅舍"所有，毫无新奇，但一物一事之安排布置俱不从俗。人入我室，即知此是我室。笠翁《闲情偶寄》之所论，正合我意。

"雅舍"非我所有，我仅是房客之一。但思"天地者万物之逆旅"，人生本来如寄，我住"雅舍"一日，"雅舍"即一日为我所有。即使此一日亦不能算是我有，至少此一日"雅舍"所能给予之苦辣酸甜，我实躬受亲尝。刘克庄词："客里似家家似寄。"我此时此刻卜居"雅舍"，"雅舍"即似我家。其实似家似寄，我亦分辨不清。

长日无俚，写作自遣，随想随写，不拘篇章，冠以"雅舍小品"四字，以示写作所在，且志因缘。

体验是赏析的基础。为了赏析，我们必须首先进入到作者此时此地、此情此景的具体感受中去。

抗日战争爆发之后，国民党政府成立国民参政会，梁实秋被聘为参政员。北京落入日本侵略者的虎口之后，他离别一家老小，以国民参政会参政员的身份由香港到汉口又由汉口到重庆。与此同时，他被国民党政府教育次长张道藩聘为教育部教科书编辑委员会中小学教科书组主任，此后入国立编译馆，开始抗战八年在重庆的生活。这里，我认为应当注意两点：一、梁实秋是爱国的。抗日战争爆发，他结束了相对平静的优裕生活，离开了北平的亲人过客居在外的清冷、孤寒的生活；二、对于这时期自己清冷、孤寒的生活，他主要是从日本侵略者的入侵、国家与民族的共同苦难来感受的。国民参政会虽然是国民党专制统治下的一个民主花瓶，虽然是一个有名无实的虚设性的机构，但在一向受统治者冷落、歧视乃至迫害的中国知识分子中，尤其对于像梁实秋这样的"重人情"的知识分子来说，参政员这一身份不能不是一种殊荣。国民党政府及其下属官僚对他的"重视"和"关心"，使他在本民族内部感到了温暖。显而易见，这种心理因素与当时的中下层知识分子，特别是左翼知识分子是不同的。但正是这种从民族内部"人情关系"中获得的温暖感受，对他的清寒乃至困难的客观物质生活起了一种化解、一种消融、一种稀释作用。在《雅舍》一文中，我们处处感到这种化解、消融和稀释的痕迹。也可以说，这是《雅舍》一文的最显著的思想特色和艺术特色。

"雅舍"是梁实秋在重庆北碚时的居所。关于它，梁实秋自己曾有过一个简要的介绍："因为要在北碚定居，我和业雅（龚业雅——引者）、景超（吴景超——引者）便在江苏省立医院斜对面的山坡上合买了一栋新建的房子。六间房,可以分为三个单位,各有房门对外出入,是标准的四川乡下的低级茅舍。窗户要糊纸,墙是竹篾糊泥刷灰,地板颤悠悠的吱吱作响。烽火连天之时有此亦可栖迟。没有门牌,邮递不便,因此我们商量,要给房屋起个名字。我建议用业雅的名字,名之为'雅舍'。……雅舍命名之由来不过如此,后来我写的《雅舍小品》颇有一些读者,或以为我是自命风雅,那就不是事实了。"(《白猫王子及其它·北碚旧游》)在这里,我们必须体验到的有下列一点:正是在抗战时期的颠沛流离中,正是在风雨飘摇的苦难日子里,梁实秋才与这座"四川乡下的低级茅舍"紧紧地联系在一起。是它,在烽火连天之日给了作者以栖迟之地;是它,使作者得以在他乡躲避风雨,阻挡严寒。不论它是何等的寒陋、何等的破败,但作者在漫长的日子里所获得的安适和温暖却是它给予的。它不但是作者全部物质生活的主要依靠,也是作者整个心灵的主要安慰。在日日夜夜的相处中,作者在实际的生活和内在的心灵上都与"雅舍"有了千丝万缕的联系,成了作者朝夕与共的朋友和伴侣。它给了作者以心灵的安慰,作者也对它怀有温暖的情意。在这时,社会的情意与物质对象的情意融为一体了,主观感情对象化为客观物质条件自身的特征。"雅舍"俨然成了作者的一个朋友和情人,虽然寒伧和简陋,但不令人感到畏惧或烦厌。作者对它的温暖的情意,化解了它的弱点和不足。

从以上两个方面我们知道,《雅舍》一文的核心不在"舍"之"雅",而在作者"意"之"暖"、"情"之"切"。统观全文,我们首先感到的是该文的这样一个特点,即:作者写"舍"之"雅"、之"美"、之"惬意"者实未着几语,通篇写的几乎尽是它的"敝"、它的"陋"和它的不适于居住的特点。但在这全部的描写里,我们感到的却是雅舍的可爱、可亲,并绝不生一丝憎恶它、厌烦它、疏远它的感觉。在这里,包含的是艺术的辩证法,是作者的艺术匠心,而这种艺术匠心只能产生在作者真实的情绪和情感中。我们说《雅舍》的主要思想特征和艺术特征是用主观感情的温暖化解、消融、稀释了客观物质生活的清寒乃至困难,其具体表现就在这种艺术描写的特点上。

人们通常有一种错觉,认为一谈到某物的缺点和不足便是对它的厌恶和否定。这实际是一种过于粗疏的感受,并且往往是心胸狭窄、有过分的自恋倾向的人的错觉。实际情况远非如此。一个年轻的母亲是多么喜欢向邻人告白她的几岁的儿子所犯的一系列错误呵!一个要好的朋友是多么经常地向人转述他的朋友的特点,包括他的弱点和不足呵!但他们的述说一点也不会让人们感到他们是厌恶自己的儿子或朋友,相反,人们感到的是他们之间的亲密关系。倒是从歌功颂德中人们会感到他对对象的冷漠,从唯唯诺诺中会感到他对对象的畏惧。一般说来,当人们与某些弱点和不足保持着相对大的心理距离而仅仅把它们当作某事物的客观特征加以叙述的时候,他对这种缺点和不足就不具有包括厌烦和憎恶在内的任何情感态度了,而一旦如此,他对事物缺点和不足的讲述也便仅仅表现着对事物自身的熟悉和了解,这是在他与事物的亲切关系中取得的,是他关心爱护该事物的表现。在这时,他越是不厌其详地叙说该事物的缺点和不足,越是将它的缺点和不足讲述得确切、具体、鲜明和生动,便越是表现着他对该事物的关心和爱护,越是表现着他对该事物的真挚情意和温暖感情。"虽然我已渐渐感觉它是并不能蔽风雨,因为有窗而无玻璃,风来则洞若凉亭,有瓦而空隙不少,雨来则渗如滴漏。纵然不能蔽风雨,'雅舍'还是自有它的个性。有个性就可爱。"前面形式上概述的是雅舍之陋劣,但却是纯客观的叙述,其中没有表露出作者的失望情绪和憎厌感觉,只有最后两句话讲雅舍的优点,但表明的却是作者的明确主观态度,说它有"个性"、"可爱"。实质上这里说的"有个性",仍然是上面讲的那些特征,陋劣就是它的个性,就是作者感到它可爱的原因,因而在整体上说的仍是雅舍的可爱。作者像谈着自己的一个顽皮的孩子一样谈着雅舍的缺点,但对它的爱却已充溢其间。

对事物的缺点和不足保持相对的心理距离而仅仅把它们当作某事物的客观特征加以叙述,绝不意味着这种缺点和不足在实际上不曾给人带来不便和麻烦,但当人们为了它的整体的作用而能够忍耐或克服它所带来的不便和麻烦并在感情上能够容纳它们的时候,他仍然能够与它们保持相对大的心理距离并仅仅把它们当作事物的客观特征来对待。在这时，他的有关叙述仍然主要表现着对该事物自身的爱，而并不具有烦厌和憎恶的否定情绪。全文第三自然段叙述的内容都是居住在雅舍的不便，但整个自然段却写得情趣盎然，全然不见作者愁苦的面容和悲哀的情绪。作者常常是重重举起，轻轻落下，使人感到他对这些在一般人觉得难以忍受的缺点并不以为意，而是安然对待。“篦墙不固，门窗不严”原本是一件极不便当的事情，但他却说“我与邻人彼此均可互通声息”，将缺点说为优点，在淡然一笑中拂去了它在人们心中可能留下的阴影，“邻人轰饮作乐，咿唔诗章，喁喁细语，以及鼾声，喷嚏声，吮汤声，撕纸声，脱皮鞋声”，原本扰人清听，惹人烦厌，但他却说“均随时由门窗户壁的隙处荡漾而来，破我岑寂”，将噪音叙为乐音，将干扰视为慰藉，用自我心理的调整将客观存在的不利因素淡化之，消解之，稀释之，从而使自己保持着心灵的安宁，抵御着愁苦情绪的袭来。老鼠的来袭，蚊子的猖獗，也用诙谐的语言出之，虽然无可奈何，但也不叫苦连天。总之，雅舍的这诸种不便，在作者都感到颇为有趣，而对雅舍自身，仍然怀着爱意和亲近感。

作者不但可以把事物的缺点和不足客观化，同时还可以把自我曾有过的惶恐、惊惧、烦恼客观化，使其与作者现在的心情保持一定的心理距离，从而将之由主观体验的情景变为现在能够欣赏的对象。这正像一个曾落过水并死里逃生的人可以怀着轻松快乐的心情讲述当时的危险情境一样，不再有畏惧和痛苦的感觉，而有了轻松愉快的情趣。“但若大雨滂沱，我就又惶悚不安了，屋顶湿印到处都有，起初如碗大，俄而扩大如盆，继则滴水乃不绝，终乃屋顶灰泥突然崩裂，如奇葩初绽，砉然一声而泥水下注，此刻满室狼藉，抢救无及。”这里的描写不觉凄惨，也不像作者当时的慌乱惊惧，反觉壮观奇美，情趣横生，充满生命的活力，就是因为作者不仅将当时的情景客观化了，把当时惶悚不安的“我”也客观化了，这些都成了现在的作者和读者的观赏对象。

通过作者的这些描写，我们感到的是作者的这样一种人生态度：在人生的经历中，对于那些与自己相依为命，不可须臾相离的伙伴和朋友，不论它是一种无生命的物体还是一个有生命的人，我们都必须能够容纳它（或他）的缺点和不足。假若这种缺点和不足已经不是立即得到改正的，我们就应当将之视为该事物、该人的整体的一部分，视作它（他）的整个个性的一种表现，并由对它或他的整体的爱而以宽容的态度承受这些缺点和不足给自己带来的不便乃至损害。表面看来，这似乎是一种消极妥协的人生观，实际上它却是有积极意义的，因为唯有能够宽容地对待某事物或某人的缺点和不足，我们才能够更加充分地感受它（他）的优长并与之和谐相处，相扶相助。“‘雅舍’最宜月夜——地势较高，得月较先。看山头吐月，红盘乍涌，一霎间，清光四射，天空皎洁，四野无声，微闻犬吠，坐客无不悄然！舍前有两株梨树，等到月升中天，清光从树间筛洒而下，地上阴影斑斓，此时尤为幽绝。直到兴阑人散，归房就寝，月光仍然逼进窗来，助我凄凉。细雨濛濛之际，‘雅舍’亦复有趣。推窗展望，俨然米氏章法，若云若雾，一片弥漫。”显而易见，假若仅仅于雅舍的简陋和破败，仅仅为它的不便而终日愁苦，你又怎能像作者这样享受它的良辰美景、月夜风光呢！

只有能够宽容地、冷静地对待与自己相依为命、朝夕相处的事物或人的缺点和不足，你才能在现有基础上对之进行有效的改造，使之更适宜于自己的生存和发展。《雅舍》第五自然段表达的便是这样一个意思。“我非显要，故名公巨卿之照片不得入我室；我非牙医，故无博士文凭张挂壁间；我不业理发，故丝织西湖十景以及电影明星之照片亦均不能张我四壁。”对环境的改造是求其适于自我生活之需要，不必炫耀身份，故弄玄虚；不必东施效颦，追逐时髦。以己为准，以需为度，因陋就简，安素求朴，适于用而合其意。不雅而雅，雅意自见。由此可见，梁实秋《雅舍》一文所表现的人生态度并不是消极的。它之为人爱读喜读，固然也由于它的文笔的优美，但更因为它的这种人生态度。

中国的散文艺术讲究平淡自然，《雅舍》也是这样。第一自然段由远而近，引入本题，概述雅舍的总体特征。主要用客观介绍的方式，声色微露，意平情淡。第二自然段始述雅舍的优劣，但优劣均属一般。作者叙优不见喜色，叙劣不见愁容。平平叙来，淡淡谈去，似乎与个人利害并无多大妨碍。但这时优劣已见分野，叙述渐趋具体，已与第一自然段略有不同。第三自然段句式有了更大变化，读来情趣盎然，活泼泼的如鱼跃于池，鸟翔于天。文章生气始见，读者也恍入佳境，陶然于中。第四自然段始叙月夜美景，后述暴雨侵凌，但叙优叙劣皆成奇景壮观。如果说第三自然段充满谐趣，活泼可爱，这一自然段则充满生气，才华四溢。传统古文句法使文句如珠玑滚动、飞瀑下注，使人有情动意悚之感。但它仍然流利而不至急迫，情溢而不至热烈，立于全文，不感突兀。第五自然段又趋于平实，虽间有谐趣但不如第三自然段妙趣连珠。情绪渐趋平缓，意味又入清淡。如旅人近村，下马缓步而行，思渐平而情渐弛。第六自然段用议论做结，简洁扼要。第七自然段一句交代，全文收束。如袅袅炊烟，散入天际，若有若无，终归平寂。综观全文，自然中有起伏，平淡中有变化。起处缓，落时轻，中间如春芽攒动，妙趣横生，但亦不激昂热烈，织入全文，和谐自然。其中描写，有浓有淡，但浓不至涩，淡不至空，浓淡相间，整体上仍属淡雅的一派。（王富仁）

鸭窠围的夜　　沈从文

天快黄昏时落了一阵雪子，不久就停了。天气真冷，在寒气中一切都仿佛结了冰。便是空气，也像快要冻结的样子。我包定的那一只小船，在天空大把撒着雪子时已泊了岸，从桃源县沿河而上这已是第五个夜晚。看情形晚上还会有风有雪，故船泊岸边时便从各处挑选好地方。沿岸除了某一处有片沙岨宜于泊船以外，其余地方全是黛色如屋的大岩石。石头既然那么大，船又那么小，我们都希望寻觅得到一个能作小船风雪屏障，同时要上岸又还方便的处所。凡是可以泊船的地方早已被当地渔船占去了。小船上的水手，把船上下各处撑去，钢钻头敲打着沿岸大石头，发出好听的声音，结果这只小船，还是不能不同许多大小船只一样，在正当泊船处插了篙子，把当作锚头用的石碇抛到沙上去，尽那行将来到的风雪，摊派到这只船上。

这地方是个长潭的转折处，两岸是高大壁立千丈的山，山头上长着小小竹子，长年翠色逼人。这时节两山只剩余一抹深黑，赖天空微明为画出一个轮廓。但在黄昏里看来如一种奇迹的，却是两岸高处去水已三十丈上下的吊脚楼。这些房子莫不俨然悬挂在半空中，借着黄昏的余光，还可以把这些稀奇的楼房形体，看得出个大略。这些房子同沿河一切房子有个共通相似处，便是从结构上说来，处处显出对于木材的浪费。房屋既在半山上，不用那么多木料，便不能成为房子吗？半山上也用吊脚楼形式，这形式是必须的吗？然而这条河水的大宗出口是木料，木材比石块还不值价。因此，即或是河水永远涨不到处，吊脚楼房子依然存在，似乎也不应当有何惹眼惊奇了。但沿河因为有了这些楼房，长年与流水斗争的水手，寄身船中枯闷成疾的旅行者，以及其他过路人，却有了落脚处了。这些人的疲劳与寂寞是从这些房子中可以一律解除的。地方既好看，也好玩。

河面大小船只泊定后，莫不点了小小的油灯，拉了篷。各个船上皆在后舱烧了火，用铁鼎罐煮红米饭。饭焖熟后，又换锅子熬油，哗地把菜蔬倒进热锅里去。一切齐全了，各人蹲在舱板上三碗五碗把腹中填满后，天已夜了。水手们怕冷怕冻的，收拾碗盏后，就莫不在舱板上摊开了被盖，把身体钻进那个预先卷成一筒又冷又湿的硬棉被里去休息。至于那些想喝一杯的,发了烟瘾得靠靠灯,船上烟灰又翻尽了的,或一无所为,只是不甘寂寞,好事好玩想到岸上去烤烤火谈谈天的,便莫不提了桅灯,或燃一段废缆子,摇晃着从船头跳上了岸,从一堆石头间的小路径,爬到半山上吊脚楼房子那边去,找寻自己的熟人,找寻自己的熟地。陌生人自然也有来到这条河中来到这种吊脚楼房子里的时节,但一到地,在火堆旁小板凳上一坐,便是陌生人,即刻也就可以称为熟人乡亲了。

这河边两岸除了停泊有上下行的大小船只三十左右以外,还有无数在日前趁融雪涨水放下形体大小不一的木筏。较小的木筏,上面供给人住宿过夜的棚子也不见,一到了码头,便各自上岸找住处去了。大一些的木筏呢,则有房屋,有船只,有小小菜园与养猪养鸡栅栏,还有女眷和小孩子。

黑夜占领了全个河面时,还可以看到木筏上的火光,吊脚楼窗口的灯光,以及上岸下船在河岸大石间飘忽动人的火炬红光。这时节岸上船上都有人说话,吊脚楼上且有妇人在黯淡灯光下唱小曲的声音,每次唱完一支小曲时,就有人笑嚷。什么人家吊脚楼下有匹小羊叫,固执而且柔和的声音,使人听来觉得忧郁。我心中想着,"这一定是从别一处牵来的,另外一个地方,那小畜生的母亲,一定也那么固执地鸣着吧。"算算日子,再过十一天便过年了。"小畜生明不明白只能在这个世界上活过十天八天?"明白也罢,不明白也罢,这小畜生是为了过年而赶来,应在这个地方死去的。此后固执而又柔和的声音,将在我耳边永远不会消失。我觉得忧郁起来了。我仿佛触着了这世界上一点东西,看明白了这世界上一点东西,心里软和得很。

但我不能这样子打发这个长夜。我把我的想象,追随了一个唱曲时清中夹沙的妇女声音,到她的身边去了。于是仿佛看到了一个床铺,下面是草荐,上面摊了一床用旧帆布或别的旧货做成脏而又硬的棉被,搁在床正中被单上面的是一个长方木托盘,盘中有一把小茶盏、一个小烟盒、一支烟枪、一块小石头、一盏灯。盘边躺着一个人在烧烟。唱曲子的妇人,或是袖了手捏着自己的膀子站在吃烟者的面前,或是靠在男子对面的床头,为客人烧烟。房子分两进,前面临街,地是土地,后面临河,便是所谓吊脚楼了。这些人房子窗口既一面临河,可以凭了窗口呼喊河下船中人,当船上人过了瘾,胡闹已够,下船时,或者尚有些事情嘱托,或有其他原因,一个晃着火炬停顿在大石间,一个便凭立在窗口,"大老你记着,船下行时又来。""好,我来的,我记着的。""你见了顺顺就说:会呢,完了;孩子大牛呢,脚膝骨好了。细粉带三斤,冰糖或片糖带三斤。""记得到,记得到,大娘你放心,我见了顺顺大爷就说:会呢,完了。大牛呢,好了。细粉来三斤,冰糖来三斤。""杨氏,杨氏,一共四吊七,莫错帐!""是的,放心呵,你说四吊七就四吊七,年三十夜莫会要你多的!你自己记着就是了!"这样那样地说着,我一一都可听到,而且一面还可以听着在黑暗中某一处咩咩的羊鸣。我明白这些回船的人是上岸吃过"荤烟"了的。

我还估计得出,这些人不吃"荤烟",上岸时只去烤烤火的,到了那些屋子里时,便多数只在临街那一面铺子里。这时节天气太冷,大门必已上好了,屋里一隅或点了小小油灯,屋中土地上必就地掘了浅凹火炉膛,烧了些树根柴块。火光煜煜,且时时刻刻爆炸着一种难于形容的声音。火旁矮板凳上坐有船上人、木筏上人、有对河住家的熟人。且有虽为天所厌弃还不自弃年过七十的老妇人,闭着眼睛蜷成一团蹲在火边,悄悄地从大袖筒里取出一片薯干或一枚红枣,塞到嘴里去咀嚼。有穿着肮脏身体瘦弱的孩子,手擦着眼睛傍着火旁的母亲打盹。屋主人有为退伍的老军人,有翻船背运的老水手,有单身寡妇。藉着火光灯光,可以看得出这屋中的大略情形,三堵木板壁上,一面必有个供奉祖宗的神龛,神龛下空处或另一面,必贴了一些大小不一的红白名片。这些名片倘若有那些好事者加以注意,用小油灯照着,去仔细检查检查,便可以发现许多动人的名衔,军队上的连副、上士、一等兵,商号中的管事,当地的团总、保正、催租吏,以及照例姓滕的船主,洪江的木簰商人,与其他各行各业人物,无所不有。这是近一二十年来经过此地若干人中一小部分的题名录。这些人各用一种不同的生活,来到这个地方,且同样的来到这些屋子里,坐在火边或靠近床边,逗留过若干时间,这些人离开了此地后,在另一世界里还是继续活下去,但除了同自己的生活圈子中人发生关系以外,与一同在这个世界上其他的人,却仿佛便毫无关系可言了。他们如今也许早已死掉了;水淹死的、枪打死的、被外妻用砒霜谋杀的,然而这些名片却依然将好好地保留下去。也许有些人已成了富人名人,成了当地的小军阀,这些名片却仍然与着催租人、上士等等的衔头。……除了这些名片,那屋子里是不是还有比它更引人注意的东西呢?锯子、小捞兜、香烟大画片、装干栗子的口袋……

提起这些问题时使人心中很激动。我到船头上去眺望了一阵,河面静静的,木筏上火光小了,船上的灯光已很少了,远近一切只能借着水面微光看出个大略情形。另外一处的吊脚楼上,又有了妇人唱小曲的声音,灯光摇摇不定,且有猜拳声音。我估计那些灯光同声音所在处,不是木筏上的簰头在取乐,就是水手们、小商人在喝酒。妇人手指上说不定还戴了水手特别为从常德府捎带来的镀金戒指,一面唱曲一面把那只手理着鬓角,多动人的一幅画图!我认识他们的哀乐,这一切我也有份。看他们在那里把每个日子打发下去,也是眼泪也是笑,离我虽那么远,同时又与我那么相近。这正同读一篇描写西伯利亚的农人生活动人作品一样,使人掩卷引起无言的哀戚。我如今只用想象去领味这些人生活的表面姿态,却用过去一分经验,接触着了这种人的灵魂。

羊还固执地鸣着。远处不知什么地方有锣鼓声音,那一定是某个人家禳土酬神还愿巫师的锣鼓。声音所在处必有火燎与九品蜡照耀争辉。炫目火光下必有头包红布的老巫师独立作旋风舞,门上架上有黄钱,平地有装满了谷米的平斗。有新宰的猪羊伏在木架上,头上插着小小五色纸旗。有行将为巫师用口把头咬下的活生公鸡,缚了双脚与翼翅,在土坛边无可奈何地躺卧。主人锅灶边则热了满锅猪血稀粥,灶中正火光熊熊。

邻近一只大船上，水手们已静静地睡下了，只剩余一个人吸着烟，且时时刻刻把烟管敲着船舷。也像听着吊脚楼的声音，为那点声音所激动，引起种种联想，忽然按捺自己不住了，只听到他轻轻地骂着野话，擦了支自来火，点上一段废缆，跳上岸往吊脚楼那里去了。他在岸上大石间走动时，火光便从船篷空处漏进我的船中。也是同样的情形吧，在一只装载棉军服向上行驶的船上，泊到同样的岸边，躺在成束成捆的军服上面，夜既太长，水手们爱玩牌的各蹲坐在舱板上小油灯光下玩天九，睡既不成，便胡乱穿了两套棉军服，空手上岸，借着石块间还未融尽残雪返照的微光，一直向高岸上有灯光处走去。到了街上，除了从人家门罅里露出的灯光成一条长线横卧着，此外一无所有。在计算中以为应可见到的小摊上成堆的花生，用哈德门长烟盒装着干瘪瘪的小橘子，切成小方块的片糖，以及在灯光下看守摊子把眉毛扯得极细的妇人(这些妇人无事可作时还会在灯光下做点针线的)，如今什么也没有。既不敢冒昧闯进一个人家里面去，便只好又回转河边船上了。但上山时向灯光凝聚处走去，方向不会错误。下河时可糟了。糊糊涂涂在大石小石间走了许久，且大声喊着，才走近自己所坐的一只船。上船时，两脚全是泥，刚攀上船舷还不及脱鞋落舱，就有人在棉被中大喊："伙计哥子们，脱鞋呀！"把鞋脱了还不即睡，便镶到水手身旁去看牌，一直看到半夜，——十五年前自己的事，在这样的地方温习起来，使人对于命运感到十分惊异。我懂得那个忽然独自跑上岸去的人，为什么上去的理由！

等了一会儿，邻船上那个还不回到他自己的船上来，我明白他所得的必比我多了一些。我想听听他回来时，是不是也像别的船上人，有一个妇人在吊脚楼窗口喊叫他。许多人都陆续回到船上了，这人却没有下船。我记起"柏子"。但是，同样是水上人，一个那么快乐地赶到岸上去，一个却是那么寂寞地跟着别人后面走上岸去，到了那些地方，情形不会同柏子一样，也是很显然的事了。

为了我想听听那个人上船时那点推篷声音，我打算着，在一切声音全已安静时，我仍然不能睡觉。我等待那点声音。大约到午夜十二点，水面上却起了另外一种声音。仿佛鼓声，也仿佛汽油船马达转动声，声音慢慢地近了，可是慢慢地又远了。像是一个有魔力的歌唱，单纯到不可比方，也便是那种固执的单调，以及单调的延长，使一个身临其境的人，想用一组文字去捕捉那点声音，以及捕捉在那长潭深夜一个人为那声音所迷惑时节的心情，实近于一种徒劳无功的努力。那点声音使我不得不再从那个业已用被单塞好空罅的舱门，到船头去搜索它的来源。河面一片红光，古怪声音也就从红光一面掠水面来。原来日里隐藏在大岩下的一些小渔船，在半夜前早已静悄悄地下了拦江网。到了半夜，把一个从船头伸在水面的铁兜，盛上燃着熊熊烈火的油柴，一面用木棒槌有节奏地敲着船舷各处漂去。身在水中见了火光而来与受了柝声吃惊四窜的鱼类，便在这种情形中触了网，成了渔人的俘虏。当地人把这种捕鱼方法叫"赶白"。

一切光，一切声音，到这时节已为黑夜所抚慰而安静了，只有水面上那一分红光与那一派声音。那种声音与光明，正为着水中的鱼和水面的渔人生存的搏战，已在这河面上存在了若干年，且将在接连而来的每个夜晚依然继续存在。我弄明白了，回到舱中以后，依然默听着那个单调的声音。我所看到的仿佛是一种原始人与自然战争的情景。那声音，那火光，都近于原始人类的战争，把我带回到四五千年那个"过去"时间里去。

不知在什么时候开始落了很大的雪，听船上人细语着，我心想，第二天我一定可以看到邻船上那个人上船时节，在岸边雪地上留下那一行足迹。那寂寞的足迹，事实上我却不曾见到，因为第二天到我醒来时，小船已离开那个泊船处很远了。

"……这正同读一篇描写西伯利亚的农人生活动人作品一样，使人掩卷引起无言的哀戚。"在沈从文含蓄深情的散文叙述中，只要你细心留意，不难发现往往是一句看似平实的感言，有意无意间表露了他为文的全部心思。

《鸭窠围的夜》，正是这样一篇描写湘西民众生活的动人作品。它以细致的笔触，描摹了一幅充满"眼泪与欢笑"的画图，寄寓了作者对湘西历史及命运的深深哀戚。

那么，作者是如何展开他的描述与想象，并由此抒发忧思的呢？散文有着一条极为明显的"黄昏—入夜—天明"的时间线索，它虽然为解读《鸭窠围的夜》提供了一条便捷之路，但潜行贯穿于作品的另一线索，无疑为欣赏这篇散文另辟一条饶有趣味的蹊径。因为，引导着这篇散文叙述展开的，恰是贯穿始终的奇妙"声音"。

且让我们沉浸到作品营造的氛围中，来静静倾听——先是泊船时钢钻头敲打着沿岸的大石头，发出好听的声音，船泊定后，烧火煮饭的声音便弥漫于夜色笼罩之中；待黑夜占领了全河面时，声音变得更丰富了：船上岸上的说话声，吊脚楼里妇人唱小曲的声音，笑嚷声，小羊"固执而且柔和的声音"，"一个唱曲时清中夹沙的妇女声音"，吊脚楼里的女人与水手分别时琐碎的嘱托声，猜拳声，远处不知什么地方的锣鼓声……总之，是声音以及由此而展开的想象，构成了这篇散文的主体。

当然，沈从文不是在百无聊赖地记录这些声音。这种对声音的捕捉与描述中，隐含着他过去的"一分经验"，沈从文正是凭借着这过去的"一分经验"，去接触湘西子民的灵魂。这在他笔下有反复的表述："我如今只用想象去领味这些人生活的表面姿态，却用过去一分经验，接触着了这种人的灵魂。""我认识他们的哀乐，这一切我也有份。"正因为如此，他笔下的"水手"、吊脚楼里的女人那种也是眼泪也是欢笑的生活才显得那样真切。

对"声音"更集中的描写还出现在散文的最后第三节。"大约到午夜十二点，水面上却起了另外一种声音。仿佛鼓声，也仿佛汽油船马达转动声，……像是一个有魔力的歌唱，单纯到不可比方……"沈从文笔下这段固执、单调、单纯，却充满魔力的声音的描写，或许可算是现代散文中描写声音的最复杂而动人的片断。追随着这种声音展开的思绪，至此也陡然明晰起来：那种声音与光明，"已在这河面上存在了若干年，且将在接连而来的每个夜晚依然继续存在。我弄明白了……那声音，那火光，都近于原始人类的战争，把我带回到四五千年那个'过去'时间里去"。对于湘西历史"停滞"的感伤，对于湘西未来命运的担忧至此表露无遗。这也是沈从文《湘行散记》中一再出现的主题，"过去"、"温习"、"历史"之类的字样，在这一阶段的散文中频频出现，这些散文也由此而增添了历史的凝重感。《鸭窠围的夜》可说是十分典型地体现了这一特征的。

"不知在什么时候开始落了很大的雪，听船上人细语着，……"这是锣鼓喧天之后的寂静的声音，结束这篇散文的，依然是"声音"——船上人的细语。

从篇首一节中的泊船声到末节中的细语声，整篇散文以声音始，又以声音终，这些声音不仅催生了作者的想象，激活了作者的过去的经验，更引发了作者对湘西历史与现状的忧思。时急时缓，时而单调时而复杂的声音节奏与作者的心绪变化也十分吻合。尽管，在文中沈从文曾说："……想用一组文字去捕捉那点声音，以及捕捉在那长潭深夜一个人为那声音所迷惑时节的心情，实近于一种徒劳无功的努力。"但恰是这种用文字捕捉声音及心情的努力，使《鸭窠围的夜》成了现代散文中极为独特的佳构。

值得一提的是，在这篇不长的散文中重复出现的小羊"固执而且柔和"的叫声，这小畜生为了过年而赶来，应在这个地方不明不白地死去，这种浑浑噩噩的"牺牲"，或既定的宿命，让"我觉得忧郁起来了"。这种既写实又有着某种象征意味的描写，几乎奠定了整篇散文的基调，成为这篇散文中令人极其难忘的声音意象。（周伯军）

书　　朱　湘

拿起一本书来，先不必研究它的内容，只是它的外形，就已经很够我们的赏鉴了。

那眼睛看来最舒服的黄色毛边纸，单是纸色已经在我们的心目中引起一种幻觉，令我们以为这书是一个逃免了时间之摧残的遗民。他所以能幸免而来与我们相见的这段历史的本身，就已经是一本书，值得我们的思索、感叹，更不须提起它的内含的真或美了。

还有那一个个正方的形状，美丽的单字，每个字的构成，都是一首诗；每个字的沿革，都是一部历史。飙是三条狗的风：在秋高草枯的旷野上，天上是一片青，地上是一片赭，中疾的猎犬风一般快的驰过，嗅着受伤之兽在草中滴下的血腥，顺了方向追去，听到枯草飒索的响，有如秋风卷过去一般。昏是婚的古字：在太阳下了山，对面不见人的时候，有一群人骑着马，擎着红光闪闪的火把，悄悄向一个人家走近。等着到了竹篱柴门之旁的时候，在狗吠声中，趁着门还未闭，一声喊齐拥而入，让新郎从打麦场上挟起惊呼的新娘打马而回。同来的人则抵挡着新娘的父兄，作个不打不成交的亲家。

印书的字体有许多种：宋体挺秀有如柳字，麻沙体夭矫有如欧字，书法体娟秀有如褚字，楷体端方有如颜字。楷体是最常见的了。这里面又分出许多不同的种类来：一种是通行的正方体；还有一种是窄长的楷体，棱角最显；一种是扁短的楷体，浑厚颇有古风。还有写的书：或全体楷体，或半楷体，它们不单看来有一种密切的感觉，并且有时有古代的写本，很足以考证今本的印误，以及文字的假借。

如果在你面前的是一本旧书，则开章第一篇你便将看见许多硃色的印章，有的是雅号，有的是姓名。在这些姓名别号之中，你说不定可以发见古代的收藏家或是名倾一世的文人，那时候你便可以让幻想驰骋于这硃红的方场之中，构成许多缥缈的空中楼阁来。还有那些硃圈，有的圈得豪放，有的圈得森严，你可以就它们的姿态，以及它们的位置，悬想出读这本书的人是一个少年，还是老人；是一个放荡不羁的才子，还是老成持重的儒者。你也能借此揣摩出这主人翁的命运：他的书何以流散到了人间？是子孙不肖，将他舍弃了？是遭兵逃反，被一班庸奴偷窃出了他的藏书楼？还是运气不好，家道中衰，自己将它售卖了，来填偿债务，或是支持家庭？书的旧主人是这样。我呢？我这书的今主人呢？他当时对着雕花的端砚，拿起新发的硃笔，在清淡的炉香气息中，圈点这本他心爱的书，那时候，他是决想不到这本书的未来命运。他自己的未来命运，是个怎样结局的；正如这现在读着这本书的我，不能知道我未来的命运将要如何一般。

更进一层，让我们来想像那作书人的命运：他的悲哀，他的失望，无一不自然的流露在这本书的字里行间。让我们读的时候，时而跟着他啼，时而为他扼腕太息。要是，不幸上再加上不幸，遇到秦始皇或是董卓，将他一生心血呕成的文章，一把火烧为乌有；或是像《金瓶梅》、《红楼梦》、《水浒》一般命运，被浅见者标作禁书，那更是多么可惜的事情呵！

天下事真是不如意的多。不讲别的，只说书这件东西，它是再与世无争也没有的了，也都要受这种厄运的摧残。至于那琉璃一般脆弱的美人，白鹤一般兀傲的文士，他们的遭忌更是不言可喻了。试想含意未伸的文人，他们在不得意时，有的樵采，有的放牛，不仅无异于庸人，并且备受家人或主子的轻蔑与凌辱；然而他们天生得性格倔强，世俗越对他白眼，他却越有精神。他们有的把柴挑在背后，拿书在手里读；有的骑在牛背上，将书挂在牛角上读；有的在蚊声如雷的夏夜，囊了萤照着书读；有的在寒风冻指的冬夜，拿了书映着雪读。然而时光是不等人的，等到他们学问已成的时候，眼光是早已花了，头发是早已白了，只是在他们的头额上新添加了一些深而长的皱纹。

咳！不如趁着眼睛还清朗，鬓发尚未成霜，多读一读“人生”这本书罢！

朱湘散文，数量不多，但每有佳篇可读。它们不仅文字给人以自然潇洒的美感，且往往有人生哲理的妙趣，令读者得到一种无穷的回味。这篇《书》即是如此。

散文选择“书”为题，看去空疏而无边际，写出来，很难；写得好，更难。作者采取了由近及远的“收网”法，谋篇布局，结构情思，娓娓动听地道来，确实创造了一种引人入胜的境界。散文一开头，先讲黄色毛边书给你的历史感，引起你的思索感叹；再用对于几个字的丰富想象，写出方块汉字的美丽，如诗，如画，给你广阔想象的天地和历史的沧桑感。继续再谈到印书字体的多种多样，给你错综的感觉，特别是手写的书，不但会由此有难得密切的感觉，而且可能因古代的写本，时有发现。到这里，似乎已经接近“书”的诸多好处了。作者却没有打住，而是别开生面，又大谈起书与人的关系来，在这里，你将看出的许多朱色印章和红色的圈点，由此引起了读书人自己对于藏书者无法猜测命运的无边的想象。再下去，又想象作书的人悲哀与失望的不幸命运，与世无争的书如何受到厄运的摧残，想象到历史上一些含意未伸的文人如何含辛茹苦读书的情景，结尾处对此发出感叹：“然而时光是不等人的，等到他们学问已成的时候，眼光是早已花了，头发是早已白了，只是他们的头额上新添加了一些深而长的皱纹。”到此，作者似乎在感慨读书人的人生苦短，读书艰难，学问既成则已白发斑斑了。文章也可以就此结尾了。可是，谁也没有想到，文章却笔锋突转，爆出了一个读者意料不到的思想：“咳！不如趁着眼睛还清朗，鬓发尚未成霜，多读一读‘人生’这本书罢！”这样，就像相声的“抖包袱”一样，将自己的人生体验和哲理思考，出人意外地传达给读者。《书》的主旨，因此也就有新意，不落套。作者很精于构思，讲究谋篇叙述的“策略”，如何撒得开，收得拢，如何漫不经心，却戛然而止，在意外的“点题”中，留给你一种悠长的余香与回味。朱湘散文写得有神，其神即在于这种独特的构思。

《书》的文字不枯燥，说理不生硬，写的多是平常琐碎的事，读起来却情趣盎然，很大的原因，得力于作者丰富而活跃的想象力。散文里细到一个文字，一块印章，大到人书遭际，书生命运，从书页到人生，从现实到历史，作者都遨游在创造的天地，驰骋于想象的空间，硬把一个可能是索然无味的话题，演绎得有声有色，娓娓动听。讲书里方块汉字的美丽，作者随便拈出“飙”、“昏”两个字，通过想象绘出了这样的故事：“飙是三条狗的风：在秋高草枯的旷野上，天上是一片青，地上是一片赭，中疾的猎犬风一般快的驰过，嗅着受伤之兽在草中滴下的血腥，顺了方向追去，听到枯草飒索的响，有如秋风卷过去一般。昏是婚的古字：在太阳下了山，对面不见人的时候，有一群人骑着马，擎着红光闪闪的火把，悄悄向一户人家走近。等着到了竹篱柴门之旁的时候，在狗吠声中，趁着门还未闭，一声喊齐拥而入，让新郎从打麦场上挟起惊呼的新娘打马而回。同来的人则抵挡着新娘的父兄，作个不打不成交的亲家。”其他如篇中关于印章与圈点主人的想象，关于作书人或悲哀，或失望命运的想象，关于备受轻蔑凌辱而性格倔强的古代读书人的想象，都避免了抽象叙述的枯燥，给人一种具体的生活实感。就像作者自己说的，“那时候你便可以让幻想驰骋于这硃红的方场之中，构成许多缥缈的空中楼阁来”。文学创作，包括一些美丽的散文在内，就是要“无中生有”，靠驰骋想象，构成虚无缥缈的“空中楼阁”。朱湘深谙此道，充分利用自己的想象，创造出一个个“书”和读书人的虚幻世界来，这篇散文，因此也具有了无限的生机和魅力。

这篇散文，作者立足现实，出入古今，能围绕“书”这个中心，将古典与现代的读书人生活境遇与坎坷命运，融合在一起，涉猎历史而不累赘，运用典故而不拘泥，钟爱历史文化而不固执沉溺，既饱含现代青年人的思绪，又洋溢古代读书人的情怀，全篇充满了深厚的文化底蕴。“还有那些硃圈，有的圈得豪放，有的圈得森严，你可以就它们的姿态，以及它们的位置，悬想出读这本书的人是一个少年，还是老人；是一个放荡不羁的才子，还是老成持重的儒者”。你也能借此揣出这主人翁的命运：“他的书何以流散到了人间？是子孙不肖，将他舍弃了？是遭兵逃反，被一班庸奴偷窃出了他的藏书楼？还是运气不好，家道中衰，自己将它售卖了，来填偿债务，或是支持家庭？书的旧主人是这样。我呢？我这书的今主人呢？”这一段慨叹，古今一气，阅尽沧桑，给人以厚重的历史感。结尾时写的古代读书人的故事：“然而他们天生的性格倔强，世俗越对他白眼，他却越有精神。他们有的把柴挑在背后，拿书在手里读；有的骑在牛背上，将书挂在牛角上读；有的在蚊声如雷的夏夜，囊了萤照着书读；有的在寒风冻指的冬夜，拿了书映着雪读。”隐含的是《三字经》的一段文字：“如囊萤，如映雪，家虽贫，学不辍。如负薪，如挂角，身虽劳，犹苦卓。”这里讲几个古人读书的故事：晋代车胤好学，家贫夜读无油，乃取萤火囊之，藉其光以照读书；孙康寒夜读书无油，乃出庭前，映雪光而读；汉代朱买臣贫而采樵，不废读书，方砍柴时，置书于林下而读，负薪而归，悬书于担头，诵而步行；隋代李密好学，乘牛而读《汉书》，将余本挂两角之上，杨越公见而奇之。二十年代时，人们对于这些文句和故事，都还很熟稔，朱湘故意不引用原文，化用于此，既不生硬滞着，又能融古入今，不露痕迹，引人联想，达到了言简意丰的抒情与说理效果。全篇运用生动的现代口语，行文自然，叙述洒脱，凝练而不拘谨，情旨单纯而摇曳多姿，堪称抒情与议论结合的现代“美文”。（孙玉石）

胡同　　朱湘

我曾经向子惠说过，词不仅本身有高度的美，就是它的牌名，都精巧之至。即如《渡江云》、《荷叶杯》、《摸鱼儿》、《真珠帘》、《眼儿媚》、《好事近》这些词牌名，一个就是一首好词。我常时翻开词集，并不读它，只是拿着这些词牌名慢慢的咀嚼。那时我所得的乐趣，真不下似读绝句或是嚼橄榄。京中胡同的名称，与词牌名一样，也常时在寥寥的两三字里面，充满了色彩与暗示，好像龙头井、骑河楼等等名字，它们的美是毫不差似《夜行船》、《恋绣衾》等等词牌名的。

胡同是衚衕的省写。据文字学者说，是与上海的弄一同源自巷字。元人李好古作的《张生煮海》一曲之内，曾经提到羊市角头砖塔儿衚衕，这两个字入文，恐怕要算此曲最早了。各胡同中，最为国人所知的，要算八大胡同；这与唐代长安的北里，清末上海的四马路的出名，是一个道理。

京中的胡同有一点最引人注意，这便是名称的重复：口袋胡同、苏州胡同、梯子胡同、马神庙、弓弦胡同，到处都是，与王麻子、乐家老铺之多一样，令初来京中的人，极其感到不便，然而等我们知道了口袋胡同是此路不通的死胡同，与“闷葫芦瓜儿”“蒙福禄馆”是一件东西；苏州胡同是京人替住有南方人不管他们的籍贯是杭州或是无锡的街巷取的名字；弓弦胡同是与弓背胡同相对而定的象形的名称；以后我们便会觉得这些名字是多么有色彩，是多么胜似纽约的那些单调的什么 Fifth Avenue[①]，Fourteenth Street[②]，以及上海的侮辱我国的按通商五口取名的什么南京路、九江路。那时候就是被全国中最稳最快的京中人力车夫说一句：“先儿，你多给两子儿”，也是得偿所失的。尤其是苏州胡同一名，它的暗示力极大。因为在当初，交通不便的时候，南方人很少来京，除去举子；并且很少住京，除去京官。南边话同京白又相差的那般远，也难怪那些生于斯、卒于斯、眼里只有北京、耳里只有北京的居民，将他们聚居的胡同，定名为苏州胡同了。（苏州的土白，是南边话中最特彩的；女子是全国中最柔媚的。）梯了胡同之多，可以看出当初有许多房屋是因山而筑，那街道看去有如梯子似的。京中有很多的马神庙，也可令我们深思，何以龙王庙不多，偏多马神庙呢？何以北京有这么多马神庙，南京却一个也不见呢？南人乘舟，北人乘马，我们记得北京是元代的都城，那铁蹄直踏进中欧的鞑靼，正是修建这些庙宇的人呢！燕昭王为骏骨筑黄金台，那可以说是京中的第一座马神庙了。

京中的胡同有许多以井得名。如上文提及的龙头井以及甜水井、苦水井、二眼井、三眼井、四眼井、井儿胡同、南井胡同、北井胡同、高井胡同、王府井等等，这是因为北方水分稀少，煮饭、烹茶、洗衣、沐面，水的用途又极大，所以当时的人，用了很笨缓的方法，凿出了一口井之后，他们的快乐是不可言状的，于是以井名街，纪念成功。

胡同的名称，不特暗示出京人的生活与想象，还有取灯胡同、妞妞房等类的胡同。不懂京话的人，是不知何所取意的。并且指点出京城的沿革与区分：羊市、猪市、骡马市、驴市、礼士胡同、菜市、缸瓦市，这些街名之内，除去猪市尚存旧意之外，其余的都已改头换面，只能让后来者凭了一些虚名来悬拟当初这几处地方的情形了。户部街、太仆寺街、兵马司、缎司、銮舆卫、织机卫、细砖厂、箭厂，谁看到了这些名字，能不联想起那辉煌的过去，而感觉一种超现实的兴趣？

黄龙瓦、朱垩墙的皇城，如今已将拆毁尽了。将来的人，只好凭了皇城根这一类的街名，来揣想那内城之内、禁城之外的一圈皇城的位置罢？那丹青照耀的两座单牌楼呢？那形影深嵌在我童年想象中的壮伟的牌楼呢？它们那里去了？

看看那驼背龟皮的四牌楼，它们手拄着拐杖，身躯不支的，不久也要追随早夭的兄弟于地下了！

破坏的风沙，卷过这全个古都，甚至不与人争、韬声匿影如街名的物件，都不能免于此厄。那富于暗示力的劈柴胡同，被改作辟才胡同了；那有传说作背景的烂面胡同，被改作斓缦胡同了；那地方色彩浓厚的蝎子庙，被改作协资庙了。没有一个不是由新奇降为平庸，由优美流为劣下。狗尾巴胡同改作高义伯胡同，鬼门关改作贵人关，勾阑胡同改作钩帘胡同，大脚胡同改作达教胡同：这些说不定都是巷内居者要改的，然而他们也未免太不达教了。阮大铖住南京的裤裆巷，伦敦的 Botten Row[3] 为贵族所居之街，都不曾听说他们要改街名，难道能达观的只有古人与西人吗？内丰的人，外啬一点，并无轻重。司马相如是一代的文人，他的小名却叫犬子。《子不语》书中说，当时有狗氏兄弟中举。庄子自己愿意为龟。颐和园中慈禧后居住的乐寿堂前立有龟石。古人的达观，真是值得深思的。

注 ① Fifth Avenue：英文，第五大道，在纽约曼哈顿区。 ② Fourteenth Street：英文，第十四大街，在纽约曼哈顿区。 ③ Botten Row：英文，包滕街，义译为马蝇幼虫街。

本文写胡同，却先从“词”写起。“词”起源于民间，是配合音乐的一种文学体裁，唐代以后逐渐演变为文人雅士抒写性情的一种艺术载体，两宋三百年，词更成了诗人骚客文学创作的重要艺术形式。今天所能看到的标示词的音调格律的数百种“词牌”名称，可以说已被纳入雅文化的范畴了。事实上，如本文中提到的《眼儿媚》（又名《秋波媚》），即是南宋大诗人陆游始作。难怪照朱湘看来，许多词牌“一个就是一首好词”，单是品味词牌名，那乐趣就“真不下似读绝句或是嚼橄榄”了。

朱湘所体会的那种乐趣，相信会引起不少词的爱好者的共鸣。但在《胡同》一文中，他笔锋一转，将文学性的词牌名同世俗性的北京胡同的名称联系起来了。他写道：“京中胡同的名称，与词牌名一样，也常时在寥寥的两三字里面，充满了色彩与暗示，好像龙头井、骑河楼等等名字，它们的美是毫不差似《夜行船》、《恋绣衾》等等词牌名的。”朱湘的社会文化观念和审美意识很是值得我们体味。

文章在展开之前先提一笔八大胡同，并以之与唐代长安的北里、上海四马路相提并论。北里，即长安平康里，是妓院麇集之地，因在城北而称北里；后北里更成了妓院的代称。四马路正式名称叫福州路，位于上海市中心，其西段自清末直到民国前期也属今之所谓“红灯区”。八大胡同是旧北京躯体上的癌肿，然而却也因此而“最为国人所知”。作者对之自不能不提上一笔，但只是随手带过，接着就以主要篇幅探究北京胡同名称的文化内涵，并就一些胡同名称所遭受的厄运发表了议论。

作者深感北京胡同的名称“充满了色彩与暗示”。的确，以口袋胡同来称“此路不通的死胡同”，“那街道看去有如梯子似的”则称梯子胡同，可说都是贴切形象的比喻。而从弓弦胡同、弓背胡同这些名目，我们又可以想象那些或直或曲的窄窄小巷如何穿插于一座座四合院之间。至于苏州胡同一名，作者更认为“它的暗示力极大”。是的，这暗示着北京作为有六百多年历史的都城，曾接纳了众多南方省籍的官僚以及相关的人员。还有马神庙的名称，同样可以追溯到十三四世纪的元代。作者这样开掘出北京胡同名称的文化含义，对读者是颇有启发的。

文中还列举了许多以井得名的胡同以及羊市、猪市和户部街、太仆寺街等一系列街名。从这些名称，你可以想象北京人缺水的烦恼和凿井成功的快乐，可以想见当年不同街道贩羊卖菜的集市的热闹景况，可以联想到官员往来车马喧的辉煌的过去。诚如作者所说，胡同名称那“寥寥的两三字里面，充满了色彩与暗示”。也因此，对于人们专注于字面的雅俗美丑而窜改历史上流传下来的胡同名，令“那富于暗示力的”、“有传说作背景的”或“地方色彩浓厚的”各种特色名称趋于湮灭，作者深感遗憾。他对纽约单调的“第五大道”、“第十四大街”之类名称表示不屑，但又赞扬伦敦的贵族所居之“马蝇路”名称依旧。如此对比足见作者对北京“地名文化”的珍惜之情了。今天我国城乡建设突飞猛进，众多城镇、街道如何更名、命名，使之延续、发扬我国地名文化的优良传统，正是今人应予重视的一项课题！（谈彦廷）

江行的晨暮　　朱　湘

美在任何的地方，即使是古老的城外，一个轮船码头的上面。

等船，在划子上，在暮秋夜里九点钟的时候。有一点冷的风。天，与江，都暗了；不过，仔细的看去，江水还浮着黄色。中间所横着的一条深黑，那是江的南岸。

在众星的点缀里，长庚星闪耀得像一盏较远的电灯。一条水银色的光带晃动在江水之上。看得见一盏红色的渔灯。

岸上的房屋是一排黑的轮廓。

一条趸船在四五丈以外的地点。模糊的电灯，平时令人不快的，在这时候，在这条趸船上，反而，不仅是悦目，简直是美了。在它的光围下面，聚集着一些人形的轮廓。不过，并听不见人声，像这条划子上这样。

忽然间，在前面江心里，有一些黝黯的帆船顺流而下，没有声音，像一些巨大的鸟。

一个商埠旁边的清晨。

太阳升上了有二十度；覆碗的月亮与地平线还有四十度的距离。几大片鳞云粘在浅碧的天空里；看来，云好像是在太阳的后面，并且远了不少。

山岭披着古铜色的衣，褶痕是大有画意的。

水汽腾上有两尺多高。有几只肥大的鸥鸟，它们，在阳光之内，暂时的闪白。

月亮是在左舷的这边。

水汽腾上有一尺多高；在这边，它是时隐时显的。在船影之内，它简直是看不见了。

颜色十分清润的，是远洲上的列树，水平线上的帆船。

江水由船边的黄到中心的铁青到岸边的银灰色。有几只小轮在喷吐着煤烟：在烟囱的端际，它是黑色；在船影里来，淡青，米色，苍白；在斜映着的阳光里，棕黄。

清晨时候的江行是色彩的。

大凡以诗人的感悟与细心去切入散文世界，往往能创作出不同凡响的作品。朱湘的《江行的晨暮》正是印证了这一点。遥远的星辰，浩淼的江水，渡船，江火；刚刚浮出地平线的太阳，山岭，跃动的鸥鸟……所有的景观都显得司空见惯，甚至还可能因为太多浮现于古人的意境中而很容易让我们感到疲倦，然而，这一切在朱湘的笔下却获得了新的生命力。

应该说，朱湘对有关景物的精确把握以及由此对意境的富有感染力的营造，是这篇散文成功的最大秘诀所在。在《江行的晨暮》中，这一点主要体现在两个方面，其一，是作者对审美距离的有效把握；其二，是作者对色彩的成功渲染。从而，“晨”与“暮”的不同特点得以清楚地表现出来。

深秋的暮色是浓重的，浮现于这样的情境中的景物必然会以晦暗的形象出现，果然，无论是风、天、江、星星之类的自然景物，还是渔船、房屋、电灯等人工景观，给人的感觉都是模糊不清的。妙就妙在作者并没有因此故意调近观察距离，也没有刻意去描绘这些景物的细节部分，只是尊重自然晦暗的光线，就事论事的将苍茫的暮色中景观粗糙的轮廓如实描绘出来而已。在这里，作者所取的审美立足点与景物自身的审美质感之间，取得了协调。不仅如此，作者还营造出一种秋天特有的凄凉效果。由于这种有意识的距离的存在，在暮色中，所有的景观都是缄默不语的，作者甚至还要强调说在渔船上，“并听不见人声”，“有一些黝黯的帆船顺流而下，没有声音”；由于这种距离的存在，所有的景观也就无法以动态的形象出现，而是静止的，肃然的；也正是由于这种距离的存在，所有的景物都只能以黑暗的方式出现。这样，一系列没有声音没有动作的晦暗景物连缀的结果，一种令人伤感的肃杀的秋天情调就跃然纸上了。景与情之间就和谐地融合在一起。

描写“晨”的时候，作者明显将其与“暮”区别了开来，他将自己的审美立足点定位在对光的刻画上。太阳、月亮、水鸟等一系列明亮而生机勃勃的意象出现在作者的视野中，赋予了秋天的早晨完全不同于夜晚的情调。尽管传递给人的意境仍然是带着寒气的，但是，由于有光的存在，这些景物逐渐清晰起来，从轮廓到色泽，从单色调到多色彩，半隐半现于晨光中：浅碧的天空，古铜色的山岭，黄青灰间杂的江水，色彩缤纷的烟雾。透过这样的景物，作者相当准确地将夜与昼的交替过程描写了出来，在半隐半现之间，属于白天的温暖与生机也一点一点地流露了出来——秋天的早晨是有声有色的，是活跃着的，是蛰伏的秋夜逐渐苏醒的过程，也是人与自然逐渐接近的过程。有生命的秋晨与同样有生命的审美者就这样走到了一起。

与这种诗人的感受相适应，作者在句式与结构上也做了有益的探索。可以说，《江行的晨暮》一文完全是按照诗歌的结构方式创作出来的。首先，朱湘采取了与通常的散文句式不同的诗歌句式，这种句式的特点是不一定有完整的主谓宾结构，作者所着意的是一些修饰性的定语或状语，而且为了强调这一部分，作者还常常打破正常的句式规范，采取插入或置后的方式来加以突出，如“等船，在划子上，在暮秋夜里九点钟的时候”。这句句式省略掉了“我”这一主语，显得简洁了不少，同时，又把相对冗长的时间和地点状语放到了句子后面，相同的“在……”句式的使用不仅给人整齐的美感，而且突出了“暮”这一文章的题眼。这种具有多重意蕴的句式在文中比比皆是。

其次，作者还尽可能多地采取了跳跃式的写法。《江行的晨暮》大都是由一些短句构成的，这些短句大都是修饰性短句，很少承担连缀功能，因而给人的感觉就是跳跃性很强，典型的句子就是“有几只小轮在喷吐着煤烟：在烟囱的端际，它是黑色；在船影里来，淡青，米色，苍白；在斜映着的阳光里，棕黄。”在这句句子里，作者基本上省略掉了一切可以省略的内容，仅仅用“黑色、淡青、棕黄”这样的词作为结构句子的要素，从常规的句式来分析，显然有难度；按照诗歌的句式来切入，却能在简洁之中，得到相当强烈的色彩冲击力，这大概就是朱湘想要追求的效果吧。（董丽敏）

鸟的天堂　　巴　金

在N的小学校里我们吃过了晚饭。热气已经退了。太阳落下了山坡，只留了一段灿烂的红霞在天边，在山头，在树梢。

“我们划船去！”N提议说，那时候我们大家站在校前的池畔，看那山景。

“好，”别的朋友很高兴的接口说，我也跟着赞同了。

我们走过一条石子路，很快地就到了河边。那里有一个茅草的水阁，穿过它，在河边大树下我们发见了几只小船。

我们陆续跳在一只船上，一个朋友解开了绳，拿起竹竿一拨，于是船缓缓地动了，向着河中间流去。

三个朋友划着船，我袖手坐在船中望四周的景致。

远远地一座塔耸立在山坡上面，许多绿树拥抱着它，在这附近很少有那样的塔，那里是朋友Y的家乡，我明天就要到那里去，登那山，上那塔。

河面是很宽的，白茫茫的水上没有一点波浪。船平静地在水面流动。三只桨有规律地在水里拨动，那声音送进耳朵去就像一曲音乐。

在一个地方河面变窄了。一簇簇的绿叶突出到水面来。那树叶真绿得可爱。是许多株茂盛的榕树，但我却看不出它们的树干在什么地方。

当我说许多株榕树的时候，我的错误马上就给朋友们纠正了，一个朋友说那里只有一株榕树，另一个朋友说那里的榕树是两株。我看见过不少的大榕树，但像这样大的榕树我却是第一次看见。

我们的船渐渐逼近那榕树了。我便有了机会看见它的真面，真是一株大树，枝干的数目是不可计数的。枝上又生根，有许多根直垂到地上，进入了土里。一部分的树枝垂到水面，从远处看，就像一株大树躺卧在水面一般。

这时候正是榕树茂盛的时期。（树上已经结了小小的果实，而且许多落下来了。）它现在好像在把它的全部生命力展示给我们看。那么多的绿叶，一簇堆在另一簇上面，不留一点缝隙。那翠绿的颜色明亮地照耀着我们的眼睛，似乎每一片树叶上都有一个新的生命在颤动。这美丽的南国的树。

船在树下泊了片刻，岸上很湿，我们没有上去。朋友说这里是“鸟的天堂”，有许多鸟在这树上做窠，农民不许人去捉它们。我仿佛听见几只鸟扑翅的声音，但等我的眼睛注意地去看那里时，我却看不见一只鸟的影儿。只有无数的树根立在地上，像许多根木桩。土地是湿的，大概潮涨时河水时常会冲上岸去。鸟的天堂里没有一只鸟儿，我不禁这样想。于是船开了。一个朋友拨着船，缓缓地流到河中间去。

在河边田畔的小径上有几株荔枝树。绿叶丛中垂着累累的红色果实，映到我们的眼帘来就带了大的引诱性。我们的船就往那里流。一个朋友拿起桨把船拨进一条小沟。在那小径旁边，船停住了，我们都跳了上岸。

两个朋友很快地爬到树上去。从树上抛了几枝带叶的荔枝下来，我们接着，我和N和Y三个人站在树下，就剥开几个来吃。等他们下地来时，我们大家一面吃着荔枝，一面回到船上去。这荔枝还没有成熟，大家后来都不想吃了。

第二天我们划着船到Y的家乡去，就是那个有山有塔的地方。从N的小学校出发，我们又经过那“鸟的天堂”。

这一次是在早晨，阳光照耀在水面上，在树梢，一切都显得更加光明了。我们也把船在树下泊了片刻。

起初周围是静寂的。后来忽然起了一声鸟叫。朋友N把手一拍，我们便看见一只大鸟飞了起来。接着又看见第二只，第三只。我们继续在拍掌。很快地这树林就变得热闹了。到处都是鸟声，到处都是鸟影。大的，小的，花的，黑的，有的站在树枝上叫，有的飞起来，有的在扑翅膀。

我注意地看着。我的眼睛真是应接不暇，看清楚了这只，又看落了那只，看见了那只，第三只又飞起了。一只画眉鸟飞了出来。给我们的拍掌声惊吓着，又飞进了树林，站在一根小枝上兴奋地叫着，那歌声真好听。

"走罢，"Y催促说。

当小船向着高塔下面的乡村流去的时候，我还回头去看那被抛在后面的茂盛的榕树。我感到一点儿的留恋的心情。昨天是我的眼睛骗了我。那"鸟的天堂"的确是鸟的天堂啊！

六月十七日在广州

《鸟的天堂》选自《旅途随笔》。1933年5月，巴金从上海南游到广州，在广东新会县游览了"鸟的天堂"。被当地人称作"鸟的天堂"的，其实是生长在西马河河心的一棵特大的榕树，它的气根繁衍成了一片小树林，树林里栖满了鹤、鹳等禽鸟。由于农民禁止人们捕杀，雀鸟能在林中自由自在地生活，于是这棵大榕树成了"鸟的天堂"。年青的巴金游览"天堂"后，写下这篇美文，使"鸟的天堂"美名流传。至今，说起广东新会，人们便会想起"鸟的天堂"，西马河畔的这棵大榕树成了著名的风景点。

《鸟的天堂》笼罩着美的意境。你读着文章，恍若随同作者一起荡舟，漫游在落日的余晖中、黎明的曙光下，全身心都融入了自然风光里。你读完文章，或许久久才能回过神来，心里还依恋着这诗情画意般的美景。

为什么《鸟的天堂》能给人这样强烈的美的感受？

因为作者用轻松的笔调记叙了一次愉快的游览。更因为作者用优美的语言描写了一个奇特而美丽的景观——一株有"鸟的天堂"美誉的大榕树。作者从不同的距离上，在不同的时间里来描写这株大榕树，给了读者愉悦的美的享受。

先看看作者怎样在远望——近看——细看的不同距离上描写大榕树。

初见大榕树，是坐在船上远望，一簇簇绿得可爱的树叶突到水面，使河面都变窄了，作者因而认定，那"是许多株茂盛的榕树"，但又留下一个悬念："看不出它们的树干在什么地方"。在大家边争论究竟有多少榕树，边划船靠近它后，终于证实它只是一株榕树。在近看榕树时，作者仔细描写它的枝干和根，回答了为什么远望时，会有"许多株茂盛的榕树"的感觉，会"看不出它们的树干在什么地方"。原来，它的枝干多得不可计数，枝干又会生根，无数根从枝干上垂直到地面，再进入土里，一株榕树就成了一片树林。在细看大榕树时，作者描写的是它的树叶。树叶多极了，"一簇堆在另一簇上面，不留一点缝隙"，从"堆"字，读者已可想象到叶子又多又密，"不留一点缝隙"，更增强了直观感受。树叶又绿得可爱，它"那翠绿的颜色明亮地照耀着我们的眼睛，似乎每一片树叶上面都有一个新的生命在颤动"，这样的描写，把树叶可爱的程度渲染到了极点。通过远望——近看——细看这样不同距离上的描写，作者尽显了大榕树——"这美丽的南国的树"的奇特和壮美。

再看，作者怎样在不同的时间里，描写大榕树下不同的景象。

黄昏时分，林中不见一只鸟儿，为了衬托出林中无边的静谧，作者描写"无数的树根立在地上，像许多根木桩"，"土地是湿的"。这些语句中含有不见鸟儿的失望，也给读者留着悬念："鸟的天堂里没有一只鸟儿"，能说是鸟的天堂吗？然而，在黎明的曙光里，景象竟全然不同。作者描写了"鸟的天堂"渐渐拉开帷幕的过程：鸟儿由一只而二只、三只……林中由寂静而闹腾；在鸟声盈耳、鸟影扑腾中，鸟儿的大小、颜色、神态都显现得清清楚楚。在描写百鸟飞腾的群像时，作者还别具匠心地勾勒生动的细节：一只受惊吓的画眉鸟从树林里飞出又飞进，而它"站在一根小枝上兴奋地叫着"这一笔，更为这生气勃勃的百鸟飞腾的群像添上亮色。

《鸟的天堂》能给人美的享受，是因为作者记叙了一次赏心悦目的游览，结伴同游的年轻人投入幽静的自然风光中，身心是这样的放松，气氛是这样的和谐。他们在大榕树下，欣赏奇景，感受徜徉在“鸟的天堂”里的乐趣。这一份假日里的闲情逸致多么诱人。

《鸟的天堂》能给人美的享受，是因为对大榕树的细腻而饱含感情的描写，是因为在闲闲的叙述中，忽而会出现一个小小的悬念，促人深思，还因为全文诗一般的语言，“太阳落下了山坡，只留了一段灿烂的红霞在天边，在山头，在树梢”，“那里是朋友 Y 的家乡，我明天就要到那里去，登那山，上那塔”，这些读起来那么平和的语句，却自有一股含蓄的吸引力。（邹兆玲）

“失掉了悲哀”的悲哀　梁遇春

那是三年前的春天，我正在上海一个公园里散步，忽然听到有个很熟的声音向我招呼。我看见一位神采飘逸的青年站在我的面前，微笑着叫我的名字问道：“你记得青吗？”我真不认得他就是我从前大学预科时候的好友，因为我绝不会想到过了十年青还是这么年青样子，时间对于他会这样地不留痕迹。在这十年里我同他一面也没有会过，起先通过几封信，后来各人有各人的生活，彼此的环境又不能十分互相明了，来往的信里渐渐多谈时局天气，少说别话了，我那几句无谓的牢骚，接连写了几遍，自己觉得太无谓，不好意思再重复，却又找不出别的新鲜话来，因此信一天一天地稀少，以至于完全断绝音问已经有七年了。青的眼睛还是那么不停地动着，他颊上依旧泛着红霞，他脸上毫无风霜的颜色，还脱不了从前那种没有成熟的小孩神气。他却有一点却是新添的，他那渺茫的微笑是从前所没有的，而且是故意装出放在面上的，我对着这个微笑感到一些不快。

“青，”我说，“真奇怪！我们别离时候，你才十八岁，由十八到二十八，那是人们老得最快的时期，因为那是他由黄金的幻梦觉醒起来，碰到倔强的现实的时期。你却是丝毫没有受环境的影响，还是这样充满着青春的光荣，同十年前的你真是一点差别也找不出。我想这十年里你过的日子一定是很快乐的。对不对？”他对着我还是保持着那渺茫的微笑，过了一会，漠然地问我道：“你这几年怎么样呢？”我叹口气道：“别说了。许多的志愿，无数的心期全在这几年里消磨尽了。为着要维持生活，延长生命，整天忙着，因此却反失掉了生命的意义，多少想干的事情始终不能实行，有时自己想到这种无聊赖的生活，这样暗送去绝好的时光，心里的确万分难过。我这几年里接二连三遇到不幸的事情，我是已经挣扎得累了。我近来的生活真是满布着悲剧的情绪。”青忽然兴奋地插着说：“一个人能够有悲剧的情绪，感到各种的悲哀，他就不能够算做一个可怜人了。”他正要往下说，眼皮稍稍一抬，迟疑样子，就停住不讲，又鼓着嘴唇现出笑容了。青从前是最直爽痛快不过的人，尤其和我，是什么话都谈的，我们常常谈到天亮，有时稍稍一睡，第二天课也不上，又唧唧哝哝谈起来。谈的是什么，现在也记不清了，哪个人能够记得他睡在母亲怀中时节所做的甜梦。所以我当时很不高兴他这吞吞吐吐的神情，我说：“青，十年里你到底学会些世故，所以对着我也是柳暗花明地只说半截话。小孩子的确有些长进。”青平常是最性急的人，现在对于我这句激他的话，却毫不在怀地一句不答，仿佛渺茫地一笑之后就完事了。过了好久，他慢腾腾地说道："讲些给你听听玩，也不要紧，不讲固然也是可以的。我们分手后，我不是转到南方大学去吗？大学毕业后，我同人们一样，做些事情，吃吃饭，我过去的生活是很普通的，用不着细说。实在讲起来，哪个人生活不是很普通的呢？人们总是有时狂笑，有时流些清泪，有时得意，有时失望，此外无非工作，娱乐，有家眷的回家看看小孩，独自的空时找朋友谈天。此外今天喜欢这个，明日或者还喜欢他，或者高兴别人，今年有一两人爱我们，明年他们也许仍然爱我们，也许爱了别人，或者他们死了，那就是不能再爱谁，再受谁的爱了。一代一代递演下去，当时自己都觉得是宇宙的中心，后来他忘却了宇宙，宇宙也忘却他了。人们生活脱不了这些东西，在这些东西以外也没有别的什么。这些东西的纷纭错杂就演出喜剧同悲剧，给人们快乐同悲哀。但是不幸得很(或者是侥幸得很)，我是个对于喜剧同悲剧全失掉了感觉性的人。这并不是因为我麻木不仁了，不，我懂得人们一切的快乐同悲哀，但是我自己却失掉了快乐，也失掉了悲哀，因为我是个失掉了价值观念的人，人们一定要对于人生有个肯定以后，才能够有悲欢哀乐。不觉得活着有什么好处的人，死对于他当然不是件哀伤的事；若使他对于死也没有什么爱慕，那么死也不是什么赏心的乐事，一个人活在世上总须有些目的，然后生活才会有趣味，或者是甜味，或者是苦味；他的目的是终身的志愿也好，是目前的享福也好，所谓高尚的或者所谓卑下的，总之他无论如何，他非是有些希冀，他的生活是不能够有什么色彩的。人们的目的是靠人们的价值观念而定的。倘若他看不出什么是好，什么是坏，他什么肯定也不能够说了，他当然不能够有任何目的，任何希冀了。"

他说到这里，向我凄然冷笑一声，我忽然觉得他那笑是有些像我理想中恶鬼的狞笑。他又接着说："你记得吗？当我们在大学预科时候，有一天晚上你在一本文学批评书上面碰到一句 Spenser①的诗——

He could not rest but did his stout heart eat.

你不晓得怎么解释，跑来问我什么叫做 to eat one's heart，我当时模糊地答道，就是吃自己的心。现在我可能告诉你什么叫做'吃自己的心'了。把自己心里各种爱好和厌恶的情感，一个一个用理智去怀疑，将无数的价值观念，一条一条打破，这就等于把自己的心一口一口地咬烂嚼化，等到最后对于这个当刽子手的理智也起怀疑，那就是他整个心吃完了的时候，剩下来的只是一个玲珑的空洞。他的心既然吃进去，变作大便同小便，他怎地能够感到人世的喜怒同哀乐呢？这就是 to eat one's heart。把自己心吃进去和心死是不同的。心死了，心还在胸内，不过不动就是了，然而人们还会觉得有重压在身内，所以一切穷凶极恶的人对于生活还是有苦乐的反应。只有那班吃自己心的人是失掉了悲哀的。我听说悲哀是最可爱的东西，只有对于生活有极强烈的胃口的人才会坠涕泣血，一滴滴的眼泪都是人生的甘露。若使生活不是可留恋的，值得我们一顾的，我们也用不着这么哀悼生活的失败了。所以在悲哀时候，我们暗暗地是赞美生活；惋惜生活，就是肯定生活的价值。有人说人生是梦，莎士比亚说世界是个舞台，人生像一幕戏。

但是梦同戏都是人生中的一部分;他们只在人生中去寻一种东西来象征人生,可见他们对于人生是多么感到趣味,无法跳出圈外,在人生以外,找一个东西来做比喻,所以他们都是肯定人生的人。我却是不知道应该去肯定或者去否定,也不知道世界里有什么‘应该’没有。我怀疑一切价值的存在,我又不敢说价值观念绝对是错的。总之我失掉了一切行动的指南针,我当然忘记了什么叫做希望,我不会有遂意的事,也不会有失意的事,我早已没有主意了。所以我总是这么年青,我的心已经同我躯壳脱离关系,不至于来捣乱了。我失掉我的心,可是没有地方去找,因为是自己吃进去的。我记得在四年前我才把我的心吃得干净,开始吃的时候很可口,去掉一个价值观念,觉得人轻一点,后来心一部一部蚕食去,胸里常觉空虚的难受,但是胃口又一天一天增强,吃得越快,弄得全吃掉了,最后一口是顶有味的。莎士比亚不是说过:Last taste is the sweetest[②]。现在却没有心吃了。哈!哈!哈!哈!”

他简直放下那渺茫微笑的面具,老实地狰狞笑着。他的脸色青白,他的目光发亮。我脸上现出惊慌的颜色,他看见了立刻镇静下去,低声地说:“王尔德在他那《牢狱歌》里说过:‘从来没有流泪的人现在流泪了。’我却是从来爱流泪的人现在不流泪了。你还是好好保存你的悲哀,常常洒些愉快的泪,我实在不愿意你也像我这样失掉了悲哀,狼吞虎咽地把自己的心吃得精光。哈!哈!我们今天会到很好,我能够明白地回答你十年前的一个英文疑句。我们吃饭去罢!”

我们同到一个馆子,我似醉如痴地吃了一顿饭,青是不大说话,只讲几句很无聊的套语。我们走出馆子时候,他给我他旅馆的地址。我整夜没有睡好,第二天清早就去找他,可是旅馆里账房说并没有这么一个人。我以为他或者用的不是真姓名,我偷偷地到各间房间门口看一看,也找不出他的影子,我坐在旅馆门口等了整天,注视来往的客人,也没有见到青。我怅惘地慢步回家,从此以后就没有再遇到青了。他还是那么年青吗?我常有这么一个疑问。我有时想,他或者是不会死的,老是活着,狞笑地活着,渺茫微笑地活着。

注 ① Spenser:斯宾塞(1552?—1599),英国诗人。 ② Last taste is the sweetest:英文,意为:最后的品尝是最甜的。也可译为:笑在最后,笑得最好。

这篇散文不能算是梁遇春最好的作品,但分量适中,用来了解作者的思想和文章,还有一定的代表性。

梁遇春是中国写英国式絮语小品的好手。他1906年生于福建闽侯(今福州),1928年在北京大学英文系毕业。1932年才26岁即不幸染上急症去世。人生舞台的大幕还没来得及拉开,就骤然落下了。好像与梁遇春的早逝冥冥中有点关联似的,这位人呼为“少年教授”的散文家,字里行间除了幽默,总不禁要流露出某种历经沧桑般的伤感来,同他的年龄似不相称。这伤感的情绪连他自己也觉察得到,所以他要剖析悲哀的积极面和极度空虚面,而且进一步还想回答什么是人生的悲哀,以及怎样认识人生悲哀这样的“大题目”。我揣想,这大概是本篇写作的主旨。

絮语小品是一种从个人身边谈起的,玲珑多姿的,温暖亲切的文字。结构上是拉闲扯散,如促膝谈心。中国明人小品中讲究“性灵”的一派,或许与絮语有相近点,但不会像梁遇春写的这样:让文明批评渗入了“私语”的性质,喜欢引用前辈作家学者的语言,惯从旧材料翻出新意,提供的是一篇篇议论性的美文。这几点，程度不同地在本篇中都有体现。甚至拿题目来说，梁遇春好做“反题”，什么“人死观”（不说人生观），“春朝一刻值千金”（赞睡懒觉），“论智识贩卖所的伙计”（批评教授）等等，不一而足。这篇叫“‘失掉了悲哀’的悲哀”，看题目也很新奇别致，说别人所不能说。“失掉了悲哀”就是没有悲哀了，怎么也是一种“悲哀”呢？能吸引人看下去。梁遇春逝世后，他的同辈朋友纪念他，作家废名说他“酝酿了一个好气势”，“将有一树好花开”（《泪与笑》序一），惋惜和赞美之情跃然。

关于“悲哀”，梁遇春是借“我”在上海的一个公园与分别十年的大学同学“青”不期而遇，两人谈起毕业后的人生体会，引入了话题。这是篇“对话体”的散文。写对话，不为写人物和故事，仍然是属于议论性的散文。这在英国絮语小品中是常见的形式，如梁遇春最心仪的兰姆代表作《伊利亚随笔》里，就不乏“自白”体和“对白”体的文字。此篇的两位人物“我”和“青”，实际都是作者的化身。或说是作者的自我，一身而分裂为二，然后相遇，然后对话，也无不可。因为“青”的虚拟性，在文章的结尾表达得很清楚：“我”循着“青”给的旅馆地址去找他，账房说“没有这么一个人”。是在故意暗示这人物的子虚乌有。另外看作者对人物的交代，“青”大学毕业后便去了南方的一个大学，几乎和梁遇春的履历一样，也是旁证。从全文分析，“青”虽然在不断说自己是已经“失掉”了悲哀，而“我”尚保存着“悲哀”，但两种情况的区别均是他一人在作分析，这也只有作者能够做到。这个严肃的人生问题，一般出在文中说的“由黄金的幻梦觉醒起来，碰到倔强的现实的时期”，这也正是梁遇春身处的时期。他本人在上海真如暨南大学的教书时代，到底发生了什么挫折，我们不完全清楚，但知道他在一年多后就舍弃了教职，宁肯回到北京母校的图书馆任个普通管理员，不久便死了。他在其他的文章如《观火》里，就一再地说想念北方和北方的友人，可证明他最初走上社会便不愉快。这篇小品是他最初的人生总结，可惜也是最后的总结。

作者告诉我们，“青”从一个直爽的、性急的人变成一个发出“渺茫的微笑”的人，是因为他与“我”确实不同了。“我”为失掉生命意义的维持生活，终日感到悲哀，“青”并不认为可怜。“青”认为，只要还能体味悲哀，就是肯定人生；能惋惜生活，即是能赞美生活。这个道理等于说，能恨，就是还能爱；能破坏、批判、摧枯拉朽，即是心里还有要建树的目标在。如果是否定一切价值，就是连悲哀都没有了，那才是最可悲哀的事。这时他引用了 Spenser（斯宾塞，英国诗人）的诗：He could not rest, but did his stout heart eat.（可译为：他不能安息，他的勇敢的心被啃噬着）。他说，“吃自己的心”才是最可怕的。“把自己心里各种爱好和厌恶的情感，一个一个用理智去怀疑，将无数的价值观念，一条一条打破，这就等于把自己的心一口一口地咬烂嚼化，等到最后对于这个当刽子手的理智也起怀疑，那就是他整个心吃完了的时候，剩下来的只是一个玲珑的空洞”。这几句，是全文的要害了。作者还提出，“心死”和“吃心”是完全不同的两个概念，来加强我们对“吃心”内涵的深切认识：心死，心究竟还是在胸内的；而吃心，那就空空荡荡，绝然无存了。这里表明，梁遇春是个纯粹的“理想主义者”，“情感主义者”。他要求生活有目标，并去实现这个目标。他不是，也不可能是今日的“消解一切”的后现代主义者。否则他将写出另一类的文章，而不会是这一种。

这是从“黄金梦”跌落的人，才会考虑的问题。是从觉得自己是宇宙中心的年纪，走入我忘宇宙、宇宙忘我的年纪的人才会思索的问题。在这个意义上，梁遇春此文能给一切陷入青春期思想危机和心理危机的青年人提个醒儿。抽象的议论，化为如此娓娓动听的谈话，变得容易接受多了。（吴福辉）

KISSING THE FIRE（吻火）　梁遇春

回想起志摩先生，我记得最清楚的是他那双银灰色的眸子。其实他的眸子当然不是银灰色的，可是我每次看见他那种惊奇的眼神，好像正在猜人生的谜，又好像正在一叶一叶揭开宇宙的神秘，我就觉得他的眼睛真带了一些银灰色。他的眼睛又有点像希腊雕像那两片光滑的，仿佛含有无穷情调的眼睛，我所说银灰色的感觉也就是这个意思罢。

他好像时时刻刻都在惊奇着。人世的悲欢，自然的美景，以及日常的琐事，他都觉得是很古怪的，从来没有看见过的，全出乎意料之外的。所以他天天都是那么有兴致(Gusto)，就是说出悲哀的话时候，也不是垂头丧气，厌倦于一切了，却是发现了一朵“恶之华”，在那儿惊奇着。

三年前，在上海的时候，有一天晚上，他拿着一根纸烟向一位朋友点燃的纸烟取火，他说道：“Kissing the fire”，这句话真可以代表他对于人生的态度。人世的经验好比是一团火，许多人都是敬鬼神而远之，隔江观火，拿出冷酷的心境去估量一切，不敢投身到轰轰烈烈的火焰里去，因此过个暗淡的生活，简直没有一点的光辉，数十年的光阴就在计算怎么样才会不上当里面消逝去了，结果上了个大当。他却肯亲自吻着这团生龙活虎般的烈火，火光一照，化腐臭为神奇，遍地开满了春花，难怪他天天惊异着，难怪他的眼睛跟希腊雕像的眼睛相似，希腊人的生活就是像他这样吻着人生的火，歌唱出人生的神奇。

这一回在半空中他对于人世的火焰作最后的一吻了。

本篇在梁遇春所有的散文中是最短的，而且不属于纯议论性的散文，它是为追悼一个朋友，追悼一个作家，所写的特殊的记人的文字。

为此，我们必须了解一点作者与被记写人之间的关系。梁遇春同徐志摩好像并无很深的来往。从年纪上看，两人相差有十岁光景。梁遇春还在念书的时候，徐志摩已经是声名显赫的诗人。这本身就决定了当全国的文人圈子，或者具体地说是文学界、新闻界、教育界被 1931 年 11 月 19 日徐志摩搭乘的飞机在济南郊外党家庄附近的开山失事的消息所震惊，后来，胡适、梁实秋甚至沈从文都写有较长的回忆文时，梁遇春却只能写如此短短的悼文。梁遇春散文的发表刊物主要是《语丝》、《骆驼草》和《新月》三家。单是为《新月》，他在 1928 年到 1929 年间就写了 20 篇左右的东西，关系不能说不密。徐志摩在上海担任《新月》的第一任主编也正是 1928 年 3 月至 1929 年 7 月期间。本文提到“三年前，在上海的时候”，他们两人的见面即是《新月》在中间扯的线，并且能说明写《吻火》时梁遇春已经离开上海回到北平了。回忆往往因“距离”而增添色彩，这是一个证明。梁遇春病故是在 1932 年 6 月 25 日，两人只有半年的暌隔，之后，梁的灵魂也飞升去吻天了。

但是在所有悼念徐志摩的文章里，梁遇春此篇永远为人注目。文章一共只四个自然段。上来就写“回想起志摩先生，我记得最清楚的是他那双银灰色的眸子”。明明中国人是没有银灰色眼珠的，作者紧接着也否定了，但偏偏这么说，使你不能不注意到徐志摩给人的第一印象：他对人生保持的那份“惊奇”和“探索”的目光。他总是充满天真，要揭开宇宙间的一切“神秘”。“银灰色”似乎是一种迷茫的、幻想的颜色，正带有诗意。作者再加上一个比喻来强化这一印象，说徐志摩的眼睛像希腊雕像眼睛，“两片光滑”，这真是空灵的、含无穷情调的味道。第二段是进一步延伸，既然“时时刻刻都在惊奇着”，他就天天有“兴致”。这是徐志摩的生活风格，开朗，明丽，富生气。悲哀的时候就是悲哀，也不会垂头丧气，不会表示厌倦。就是面对丑恶，也不缺少探索的、要弄清究竟的精神。“恶之华”，即“恶之花”，由于我们曾将波特莱尔的著名诗集翻译成《恶之华》，这里也是一种借喻。丑的、恶的、悲的、哀的，都用勃勃的朝气去对待，让人想起鲁迅说的即便是“颓唐”也是“活人的颓唐”那句名言来。到第三段，点出“吻火”的题目。从眼神到处事，再到人生的态度，一层层推进。“吻火”的词语，得之于作者的亲历，他听到徐志摩向人借火的时候说出来的。说者无心，听者有意，现在拿来作徐志摩“人生态度”的一个代表。把人生比作是“火”，看似平常，实在包含了深意。因为“火”不仅象征了人世的明亮、温暖、热烈、轰轰烈烈的一面，还有烧灼、破坏、毁灭的一面。所以，作者说有两种对待“火”（人生）的态度：一种是害怕它灼伤自己，于是“敬鬼神而远之”，“隔江观火”，结果过的是“暗淡的生活”；一种是投身于火，“肯亲自吻着这团生龙活虎般的烈火”，结果是生活中哪怕是遇到“腐臭”，烈火也会化它为神奇，人生就会“开满了春花”。徐志摩是肯“吻”人生之火的人，所以他天天“惊奇”，眼睛像希腊雕像的眼睛，同前面的两段意思作了总的照应。这里赞美的显然已经超出了徐志摩，而是包括一切达到如此人生境界的人。

文章写到这里，虽然漂亮，究竟许多人也是可以写得出的。惟最后一段别人想不到，而且只一句：“这一回在半空中他对于人世的火焰作最后的一吻了”。突然作结，仿佛留下了绕梁的余音，久久不息。这确实是一种奇想，借火抽烟是与火亲近，用嘴用舌，现在是轰隆一声巨响，徐志摩全身在烈火中腾空而起，是与火融为一体了！这种壮烈的场面，如果作者不是一样具有“吻火”精神的人，那就单见火葬的酷烈，哪里能联想出人生的神奇，铺陈出这样一篇火热的文字呢。

全文建筑在“吻火”这一比喻之上。借纪念徐志摩，赞颂一种人生精神。梁遇春对徐志摩的印象和感觉，纯是他个人的。是别人心里能感应到的徐志摩，却不是人人能写出的徐志摩。而且，这里的徐志摩，并不是他的完整的人格。现实生活里的徐志摩，我们现在根据有关的传记材料，可以描绘出比本文复杂得多的一个诗人的面目来。比如徐志摩的自由主义的立场，他的重友情和广交朋友的性格，富同情心，随和，对女性的浪漫主义和想象力等等。但梁遇春这篇纪念文字取其一点，不及其余，单写他与“火”的关系，单写他的积极的人生态度（应当说，徐志摩的人生态度也不是那么单纯、单一的），构成一篇美丽的足够传世的散文。在散文的运思方面，表层上似乎是记写人物，实际也没有使用多少叙述，如同梁遇春大部分的议论性美文，本文作为非议论文，内在的脉络依然是埋藏着一个庄严的理念，即人应当如何生活，对人生应当抱何态度，表明作者对人的很高的期望。不过，题旨尽管严肃得一塌糊涂，写起来，梁遇春仍然是真正的小品文好手，可以潇洒自如，能够想象飞腾。特别是本篇又做到了干净、简练，逗人遐想，所谓笑谈真理，是他文字的绝大好处。（吴福辉）

春　雨　　梁遇春

整天的春雨，接着是整天的春阴，这真是世上最愉快的事情了。我向来厌恶晴朗的日子，尤其是骄阳的春天；在这个悲惨的地球上忽然来了这么一个欣欢的气象，简直像无聊赖的主人宴饮生客时拿出来的那副古怪笑脸，完全显出宇宙里的白痴成分。在所谓大好的春光之下，人们都到公园大街或者名胜地方去招摇过市，像猩猩那样嘻嘻笑着，真是得意忘形，弄到变成为四不像了。可是阴霾四布或者急雨滂沱的时候，就是最沾沾自喜的财主也会感到苦闷，因此也略带了一些人的气味，不像好天气时候那样望着阳光，盛气凌人地大踏步走着，颇有上帝在上，我得其所的意思。至于懂得人世哀怨的人们，黯淡的日子可说是他们惟一光荣的时光。苍穹替他们流泪，乌云替他们皱眉，他们觉到四围都是同情的空气，仿佛一个堕落的女子躺在母亲怀中，看见慈母一滴滴的热泪溅到自己的泪痕，真是润遍了枯萎的心田。斗室中默坐着，忆念十载相违的密友，已经走去的情人，想起生平种种的坎坷，一身经历的苦楚，倾听窗外檐前凄清的滴沥，仰观波涛浪涌，似无止期的雨云，这时一切的荆棘都化做洁净的白莲花了，好比中古时代那班圣者被残杀后所显的神迹。“最难风雨故人来”，阴森森的天气使我们更感到人世温情的可爱，替从苦雨凄风中来的朋友倒上一杯热茶时候，我们很有放下屠刀，立地成佛子的心境。“风雨如晦，鸡鸣不已”，人类真是只有从悲哀里滚出来才能得到解脱，千锤百炼，腰间才有这一把明晃晃的钢刀，“今日把似君，谁为不平事”。“山雨欲来风满楼”，这很可以象征我们孑立人间，尝尽辛酸，远望来日大难的气概，真好像思乡的客子拍着阑干，看到郭外的牛羊，想起故里的田园，怀念着宿草新坟里当年的竹马之交，泪眼里仿佛模糊辨出龙钟的父老蹒跚走着，或者只瞧见几根靠在破壁上的拐杖的影子。所谓生活术恐怕就在于怎么样当这么一个临风的征人罢。无论是风雨横来，无论是澄江一练，始终好像惦记着一个花一般的家乡，那可说就是生平理想的结晶，蕴在心头的诗情，也就是明哲保身的最后壁垒了；可是同时还能够认清眼底的江山，把住自己的步骤，不管这个异地的人们是多么残酷，不管这个他乡的水土是多么不惯，却能够清瘦地站着，戛戛然好似狂风中的老树。能够忍受，却没有麻木，能够多情，却不流于感伤，仿佛楼前的春雨，悄悄下着，遮住耀目的阳光，却滋润了百草同千花。檐前的燕子躲在巢中，对着如丝如梦的细雨呢喃，真有点像也向我道出此中的消息。

可是春雨有时也凶猛得可以，风驰电掣，从高山倾泻下来也似的，万紫千红，都付诸流水，看起来好像是煞风景的，也许是别有怀抱罢。生平性急，一二知交常常焦急万分地苦口劝我，可是暗室扪心，自信绝不是追逐事功的人，不过对于纷纷扰扰的劳生却常感到厌倦，所谓性急无非是疲累的反响罢。有时我却极有耐心，好像废殿上的玻璃瓦，一任他风吹雨打，霜蚀日晒，总是那样子痴痴地望着空旷的青天。我又好像能够在没字碑面前坐下，慢慢地去冥想这块石板的深意，简直是个蒲团已碎，呆然趺坐着的老僧。想赶快将世事了结，可以抽身到紫竹林中去逍遥，跟把世事撇在一边，大隐隐于市，就站在热闹场中来仰观天上的白云，这两种心境原来是不相矛盾的。我虽然还没有，而且绝不会跳出人海的波澜，但是拳拳之意自己也略知一二，大概摆动于焦躁与倦怠之间，总以无可奈何天为中心罢。所以我虽然爱濛濛茸茸的细雨，我也爱大刀阔斧的急雨，纷至沓来，洗去阳光，同时也洗去云雾，使我们想起也许此后永无风恬日美的光阴了，也许老是一阵一阵的暴雨，将人世哀乐的踪迹都漂到大海里去，白浪一翻，什么渣滓也看不出了。焦躁同倦怠的心境在此都得到涅槃的妙悟，整个世界就像客走后，撇下筵席洗得顶干净，排在厨房架子上的杯盘。当个主妇的创造主看着大概也会微笑罢，觉得一天的工作总算告终了。最少我常常臆想这个还了本来面目的大地。

可是最妙的境界恐怕是尺牍里面那句滥调，所谓“春雨缠绵”罢。一连下了十几天的霉雨，好像再也不会晴了，可是时时刻刻都有晴朗的可能。有时天上现出一大片的澄蓝，雨脚也慢慢收束了，忽然间又重新点滴凄清起来，那种捉摸不到，万分别扭的神情真可以做这个哑谜一般的人生的象征。记得十几年前每当连朝春雨的时候，常常剪纸作和尚形状，把他倒贴在水缸旁边，意思是叫老天不要再下雨了，虽然看到院子里雨脚下一粒一粒新生的水泡我总觉到无限的欣欢，尤其当急急走过檐前，脖子上溅几滴雨水的时候。可是那时我对于春雨的情趣是不知不觉之间领略到的，并没有凝神去寻找，等到知道怎么样去欣赏恬适的雨声时候，我却老在干燥的此地做客，单是夏天回去，看看无聊的骤雨，过一过雨瘾罢了。因此"小楼一夜听春雨"的快乐当面错过，从我指尖上滑走了。盛年时候好梦无多，到现在彩云已散，一片白茫茫，生活不着边际，如坠五里雾中，对于春雨的怅惘只好算做内中的一小节罢，可是仿佛这一点很可以代表我整个的悲哀情绪。但是我始终喜欢冥想春雨，也许因为我对于自己的愁绪很有顾惜爱抚的意思；我常常把陶诗改过来，向自己说道："衣沾不足惜，但愿恨无违"，我会爱凝恨也似的缠绵春雨，大概也因为自己有这种的心境罢。

《春雨》一篇有两点是能代表梁遇春小品的特征的。一是知识的密集，谈春天的雨用了许多的诗词典故，引用时随意牵来，妙手天成。二是个人情感的融入，在此篇里有时达到对自己深入解剖的程度。按照梁遇春的写作年表，此文是作为遗稿发表在《新月》第4卷第5号上，极可能是他生命遽然离世前发出的最后一声叹息。借了春雨绵绵的时刻，梁遇春在做步入社会几年来的一个小结，心情显得有些像"春雨"样的晦暗不明。但这是梁遇春的典型的心情。他的人生态度的执着，从来不是表现为廉价的"乐观"的。

全文共三段，分别表达春雨的三种不同的境界。能把春雨如此细细地加以辨析，同时也就把自己的感情鞭辟入里地详加分析，这样的文字古往今来也不多见。

一开头就提出了梁遇春式的反题：不喜欢春天晴朗的日子，不喜欢"骄阳"，却说"整天的春雨，接着是整天的春阴，这真是世上最愉快的事情了"。为什么？理由是，春天的太阳与我们悲惨的地球处处不协调，反而"显出宇宙的白痴成分"。而阴霾四布或急雨滂沱的时候，对于平时盛气凌人的有钱有势的人来说，能令其苦闷，稍稍带了人气；对于懂得人世哀怨的人来说，更能通过苍穹流泪、乌云皱眉的自然现象，感受到同情和抚慰，于是一切的荆棘仿佛化作了朵朵白莲。春雨和春阴就这样反衬出人间的温暖，你看梁遇春的论证有没有道理？这里的几个比喻都运用得别致，如形容春阳的欢欣在这世界上的不和谐，"简直像无聊赖的主人宴饮生客时拿出来的那副古怪笑脸"。下面类似的漂亮比喻句是很多的。接着，梁遇春重新读解了"最难风雨故人来"、"风雨如晦，鸡鸣不已"、"山雨欲来风满楼"这三个带"雨"字的古典诗句：第一句解成人间温情，第二句解成悲哀能使人解脱，第三句解成真正的生活术就是能当个临风的征人。春雨春阴经过作者这样一番净滤，它的功能是使异地的人和他乡之人能戛戛然站立，达到"能够忍受，却没有麻木，能够多情，却不流于感伤"的境地。这即是春雨、春阴的境界。

第二种境界，是凶猛的春雨造成的。这种雨，看似大煞风景，其实别有怀抱，能对摇摆于焦躁和倦怠之间的人生疲软症，来一个猛烈的冲刷。作者至此，开始解剖自己。表面上自己的"性急"，不过是"疲累的反响"而已。所谓"疲累"，作者连用两个意象来描绘：一如痴望空旷青天的废殿的玻璃瓦（琉璃瓦）；二像无字碑前蒲团已碎、趺坐冥想的老僧。但自己并未跳出人海，倦怠又会转化为焦躁。这时，自然界大刀阔斧的急雨就有它心理治疗的功用了。它能洗去阳光，也能洗去云雾，洗得大地赤条条真干净，洗得哀乐之心、倦怠焦躁之心都得到"妙悟"。急雨过后的世界，让充当人间主妇的上帝看了，就像看到客走宴散厨房架子上的杯盘洗得干干净净而发出微笑。这是初步尝到了人生的不如意，而又力图超脱，才会产生的对春雨倾泻的向往。

第三种境界是江南春雨的常态，应了一句熟语：春雨缠绵。特别是梅雨季节，忽晴忽雨，捉摸不定，万分别扭的情景，直是哑谜一般的人生的“象征”。作者童年领略过的檐雨溅入脖领的情趣，也久违了。“小楼一夜听春雨”的快乐，在干燥的北方是不可遇的了。写到这里，梁遇春自称已经进入“盛年”(其实是刚刚出校工作的年轻人)，他是早熟的，面对淅淅沥沥的春雨，他能感受怅惘。一个像梁遇春这样的知识者，比常人更多领悟到人生的悲剧性，忍受悲哀的时间太久，赋予悲哀以高度的文学价值及人生寓意，是完全可以理解的。这是一种人文心境，年事略高，人人都体会得到。

本文用春雨的骤然停歇、迅疾泻下、淅沥不止这三种形态，创造出三类各自独立而又相互联系的人生境地。雨息造成的冷湿，激起人们对温馨的一往情深；雨的冲刷和迸射，有不管不顾的畅快，以及扫荡一切后的空朗、失落感；最终达到的，是静谧、凄清地面对世界，不免含有几分忧郁的状态。“春雨”的包孕性和丰富的意味，就这样展示出来。全篇运用“象征”，是十分成功的。

梁遇春擅长写英国式的絮语小品，如本篇连绵地谈论“春雨”的写法，即是一种。但我们不要把梁遇春散文的民族根底忘却了。像本文从字句的采纳到意境的借鉴，均得力于中国古代文学里毫不缺乏的有关“雨”的诗词遗产。就以结尾处活用陶(渊明)诗来说，原诗《归园田居》的句子“衣沾不足惜，但使愿无违”，被移了一个字，改了一个字，成“衣沾不足惜，但愿恨无违”，立时像湿润衣物的每一粒雨珠都凝结着无限的“恨意”一样，作者偏爱“凝恨也似的缠绵春雨”的心境，也就呼之欲出了。我们应当仔细地领会梁遇春学习外国文学，又不被拘泥的写作姿态。(吴福辉)

野　店　　李广田

太阳下山了，又是一日之程，步行人，也觉得有点疲劳了。

你走进一个荒僻的小村落——这村落对你很生疏，然而又好像很熟悉，因为你走过许多这样的小村落了。看看有些人家的大门已经闭起，有些也许还在半掩，有几个人正迈着沉重的脚步回家，后面跟随着狗或牛羊，有的女人正站在门口张望，或用了柔缓的声音在招呼谁来晚餐，也许，又听到几处闭门声响了，“如果能到哪家的门里去息下呀”，这时候你会这样想吧。但走不多远，你便会发现一座小店待在路旁，或十字路口，虽然明早还须赶路，而当晚你总能作得好梦了。“荒村雨露眠宜早，野店风霜起要迟”，这样的对联，会发现在一座宽大而破陋的店门上，有意无意地，总会叫旅人感到心暖吧。在这儿你会受到殷勤的招待，你会遇到一对很朴野，很温良的店主夫妇，他们的颜色和语气，会使你发生回到了老家的感觉。但有时，你也会遇着一个刁狡的村少，他会告诉你到前面的村镇还有多远，而实在并不那么远；他也会向你讨多少脚驴钱，而实在也并不值那么多。然而，他的刁狡，你也许并未看出刁狡得讨厌，他们也只是有点拙笨罢了。什么又不是拙笨的呢。一个青生铁的洗脸盆，像一口锅，那会是用过几世的了；一把黑泥的宜兴茶壶，尽够一个人喝半天，也许有人会说是非常古雅呢。饭菜呢，则只在分量上打算，“总得够吃，千里有缘的，无论如何，总不能亏心哪。”店主人会对了每个客人这样说。

在这样地方，你是很少感到寂寞的。因为既已疲劳了，你需要休息，不然，也总有些伙伴谈天儿。“四海之内皆兄弟呀。”你会听到有人这样大声笑着，喊：“啊，你不是从山北的下洼来的吗？那也就算是邻舍人了。”常听到这样的招呼。从山里来卖山果的，渡了河来卖鱼的，推车的、挑担子的、卖皮鞭的、卖泥人的、拿破绳子换洋火的……也许还有一个老学究先生，现在却做着走方郎中了，这些人，都会偶然地成为一家了。他们总能说慷慨义气话，总是那样亲切而温厚地相照应。他们都很重视这些机缘，总以为这也有神的意思，说不定是为了将来的什么大患难，或什么大前程，而才先有了这样一夕呢。如果是在冬天，便会有大方的店主人抱了松枝或干柴来给煨火，这只算主人的款待，并不另取火钱。在和平与温暖中，于是一伙陌路人都来烘火而话家常了。

直到现在，虽然交通是比较便利了，但像这样的僻野地方，依然少有人知道所谓报纸新闻之类的东西。但这些地方也并非全无新闻，那就专靠这些挑担推车的人们了。他们走过了多少地方，他们同许多异地人相遇，一到了这样场合，便都争先恐后地倾吐他们所见所闻的一切。某个村子里出了什么人命盗案了，或是某个县城里正在哄传着一件什么阴谋的谣言，以及各地的货物行情等，他们都很熟悉。这类新闻，一经在这小店里谈论之后，一到天明，也就会传遍了全村，也许又有许多街头人在那里议论纷纭，借题发挥起来呢。说是新闻，其实也并不全新，也许已是多少年前的故事了，传说过多少次，忘了，又提起来了，鬼怪的、狐仙的、吊颈女人的，马贩子的艳遇、尼姑的犯规……都重在这里开演了。有的人又要唱一支山歌，唱一阵南腔北调了。他们有时也谈些国家大事，譬如战争灾异之类，然而这也只是些故事，像讲《封神演义》那样子讲讲罢了。火熄了，店主东早已去了，有些人也已经打了合铺，睡了，也许还有两个人正谈得很密切。譬如有两个比较年轻的人，这时候他们之中的一个也许会告诉，说是因为在故乡曾犯了什么不可饶恕的大罪过，他逃出来了，逃了这么远，几百里，几千里还不知道，而且也逃出了这许多年了。“我呢……”另一个也许说，“——我是为了要追寻一个潜逃了的老婆，为了她，我便作了这小小生意了。”他们也许会谈了很久，谈了整夜，而且竟订下了很好的交情。“鸡声茅店月，人迹板桥霜”，窗上发白，街上已经有人在走动着了，水筒的声音，辘轳的声音，仿佛是很远，很远，已经又到了赶路的时候了。

呼唤声、呵欠声、马蹄声……这时候忙乱的又是店主人。他又要向每个客人打招呼，问每个客人：盘费可还足吗？不曾丢掉了什么东西吗？如不是急于赶路，真应当用了早餐再走呢，等等。于是一伙路人，又各自拾起了各人的路，各向不同的方向跋涉去了。“几时再见呢？”“谁知道？一切都没准呢！”有人这样说。也许还有人多谈几句，也许还听到几声叹息，也许说：我们这些浪荡货，一夕相聚又散了。散了，永不再见了，话谈得真投心，真投心呢！

真是的，在这些场合中，纵然一个老江湖，也不能不有些惘然之情吧。更有趣的是在这样野店的土墙上，偶尔你也会读到用小刀或瓦砾写下来的句子，如某县某村某人在此一宿之类。有时，也会读到些诗样的韵语，虽然都鄙俚不堪，而这些陌路人在一个偶然的机遇里，陌路的相遇又相知，他们一时高兴了，忘情一切了，或是想起一切了，便会毫不计较地把真情流露了出来，于是你就会感到一种特别的人间味。就如古人所歌咏的：

君乘车，我戴笠，
他日相逢下车揖；
君担簦，我跨马，
他日相逢为君下。

——这样的歌子，大概也是在这样的情形下产生的吧。

民俗风情是特定的时代、社会和地域的缩影，折射着我国特有的民族心理和习惯，一旦以文学形式表现出来，便会在人们面前"定格"——散发出长期的艺术魅力。李广田的《野店》便是这方面的一篇佳作。

李广田是山东人，他多次在文章中称自己是"农家子"、"乡下人"。他的不少散文都透露出"山东老乡"特有的质朴和浑厚。当然，这不是说作者写作时不运用艺术技巧，相反，他很注意构思和锤炼语言，只不过这一切表现得相当自然，正好和"质朴浑厚"的艺术本色互为表里，粗心的读者不容易发觉罢了。

《野店》的构思和取材相当巧妙。它没有专写某个旅客在某地投宿某个旅店的过程，出现在文中的人物，不管是店主夫妇，还是众多旅客，都无姓无名，无以查考。文章有没有因此而显得粗疏和笼统呢？没有，《野店》有血有肉，处处散发出粗犷、豪爽、憨厚的气息，谁读了都会有一种浓浓的暖意浮上心头。此中关键在于作者凭借丰富的生活积累，从大量相关的事物中选取了最有代表性的东西，加以突出的表现。野店门上贴着一副对联："荒村雨露眠宜早，野店风霜起要迟。"(按：这两句脱胎于《西厢记》中莺莺的唱词："荒村雨露宜眠早，野店风霜要起迟。")既是"荒村"、"野店"，自然有别于繁花绿草、小桥流水的江南；点明了"雨露"、"风霜"，又和北方的大中城市沾不上边，只能是开在北方农村的一个小旅店(也有人称为鸡毛店)。"一个青生铁的洗脸盆"，禁得起粗手粗脚的摔打，"一把黑泥的宜兴茶壶"，足以对付得了那些短衣帮的客人；店主人抱了松枝或干柴来生火取暖，却并不斤斤计较，另取火钱，这从又一个侧面表明了"野店"豪爽、朴实的性格……凡此种种，都给了我们一个深刻的启示：强调散文的真实性，并不是非写"某日某人某事"不可，它同样可以目光四射，广泛取材，然后加以适当的归纳和加工，收到良好的艺术效果。

李广田在《谈散文》中说："散文的语言，以清楚、明畅、自然有致为其本来面目。"这是一个精辟的见解。回顾"五四"以来的散文创作，有的从旧文学脱胎而来，文言气息较浓；有的过于强调地域和乡土特色，常常夹有生涩的方言土话；还有的盲目崇尚欧化，这就更不可取了。李广田的散文没有这些弊病，全用朴素纯净的白话写成，实在难得。《野店》开头便是这样的句子："太阳下山了，又是一日之程，步行人，也觉得有点疲劳了。"真是干净明快，无可挑剔。又如文中写到旅客喜欢谈论新闻："说是新闻，其实也并不全新，也许已是多少年前的故事了，传说过多少次，忘了，又提起来了。"这番叙述转折很多，但和那种冗长的"欧化"句式毫不相干，充分体现了汉民族语言灵活自由的特色。不用多说，《野店》的语言正说明作者在以自己的创作，实践着他的创作主张。(孙光萱)

少女的赞颂　朱大枬

对着那冷艳的脸，那脸上仿佛敷着一层洁光泛滥的晴雪，我恍惚漫游在雪后的荒山中，遗忘掉枯寂的心情，领悟到凄寥的静趣。这潜静的心，也恰好比喻做积雪的原野，不论受什么情绪和意念的践踏，只一度践踏过去，便留下深深的印迹。

爱慕跨上了心头，羞怯跟在他的后面。爱慕迂缓的爬着而羞怯飞似的奔驰。一会儿，羞怯追越过爱慕的脚踪，仍自单人独骑的在我心里驰骤，爱慕便悄悄的遁去了。

后边还有一行列，影影向我心头进行。仔细辨认得出：是希望的马驾着苦恼的车，猜疑飘飘的摇动着走，决断显露出铁青的脸色，妒忌携着怨恨，忿怒直冲上前，忍耐则病恹恹的挣扎着。

于是他们都蜂拥上心头，遍心深深的刻着纵横的辙迹，蜂窝似的穴孔。再偷看那冷艳的脸，脸上还铺着坦荡荡的雪层，没经过丝毫的凌践似的。我可不知道她内心的情状，我极想知道的，她的心是和她的面孔一样光鲜呢，是像我的心一样凌乱呢？也许竟是一包泥浆了，啊，那可难说！你瞧，那脸上堆积的雪层够多厚，我眼光又没有太阳般的热力，怎能够探索她心里的秘蕴。

但是你仔细看去，她的嘴唇边不还有一点融化的痕迹？那不是曾经过情爱的嘴唇的烙压？看罢，她满脸的冰雪就要从这一点热情的烙印化起！那烙印像从绽破的石榴里挤出来的一颗鲜红的米粒。

但是我抽身走了。

爱慕悄悄的遁去，羞怯飞越过爱慕的前面，便也缓了下去，却还有脚爬手搔的乱动；希望脱掉缰绳跑去，剩下苦恼停在心里；妒忌怂恿起怨恨咆哮，忿怒更在一旁呐喊着助威：忍耐跌倒地上；决断毅然赶走了猜疑，而冷淡趁这扰乱之间便瑟瑟的跨上心头。

于是泞泥的雪野渐渐变作坎坷的冰地。虽然我没有回头窥望，但是我猜想，我也希望，那冷艳的面孔将要渐渐晴霁了，满脸绚烂的红旭比那寒冽的洁光更美，那完全绽破了的石榴啊！

《少女的赞颂》是朱大枏散文中脍炙人口的名篇，在艺术表现手法上很有特色。它通过“我”对一个少女爱恋的抒写，表现了五四时期部分青年在爱情道路上所表现出来的曲折矛盾的心态。

文章着重揭示了主人公内心所表现出来的一种极为复杂的形态：既爱慕又羞怯，欲追求又退缩，既希望又失望，有妒忌又有忍耐等等。“爱慕跨上了心头，羞怯跟在他的后面。爱慕迂缓的爬着而羞怯飞似的奔驰”，爱慕才刚刚显露，羞怯的心情就接踵而来，而且飞似的奔驰过迂缓的爱慕的脚踪。不仅如此，后边还紧跟着苦恼、猜疑、妒忌、怨恨、忿怒，而“忍耐则病恹恹的挣扎着”。真可谓烦恼至极，痛苦至极。再看看心爱的人的那张“冷艳的脸”，上面还“铺着坦荡荡的雪层，没经过丝毫的凌践似的”。她爱“我”吗？她能接受“我”的爱吗？她的心是怎么想的呢？或许她什么都不曾去想，她的心就像她的面孔一样光鲜；或许她的心也和“我”一样凌乱，甚至成为一包泥浆了，等等。从她的表情中很难看出。而“我”又没有太阳般热力的眼光，去融化那堆积在她脸上的雪层，去探索她心里的秘蕴。总之，“我”无法得到来自于她的爱。究其原因，“我”终于发现她是曾经过情爱的。于是“我”决定“抽身”而去。主意一经打定，心情倒也平和了许多，但心间的冷淡还是免不了“瑟瑟的跨上”。尽管如此，“我”还是从个人情感的烦恼中跳出，转而对自己所怨恨的人作美好的祝福。希望她能获得属于自己的那份爱。至此,作家将“我”的内心情感的变化尽情地展现了出来,而最后那一思想的升华,真可谓神来之笔。

本篇散文一个显著艺术特点是语言表达的形象性。一般说来,要准确细腻地表现一个人的心理活动、情感的变化,是一件很不容易的事。本文在这方面却做得不留斧凿之痕。它将人物的心理活动、情感变化剖析得很是细微、具体,且具相当的形象性。“爱慕跨上了心头,羞怯跟在他的后面。爱慕迂缓的爬着而羞怯飞似的奔驰。”在这里,“爱慕”和“羞怯”这些心理活动,作家用了“跨”“跟”“爬”以及“飞”这些表示人物动作的词,这就形象地表现出爱慕的急不可待由于羞怯的跟随而转为迟缓,而羞怯的心情,则正好相反,由慢慢地跟着转为飞速地前行。这些心情的变化,通过这几个词被描绘得惟妙惟肖。这种拟人化的手法,被作家使用得得心应手。其他如“希望的马驾着苦恼的车,猜疑飘飘的摇动着走,决断显露出铁青的脸色,……”等等,无不显示出作家的匠心。(胡荣祉)

叶　笛　　缪崇群

我没有听过芦笙是一种什么音调,却曾读过关于吹芦笙的故事;不过内容也不大记得清楚了,好像与纤纤玉手打钢琴,或是大珠小珠落玉盘的那般雅乐无关,而是一种充满了田野气,落落大方的原始的呼号。我想属于所谓“天籁”范畴之内的,应该包括着芦笙和吹芦笙这一类的故事。自然,更好的如山歌,打夯,拉纤,力伕们那种吭唷曲……

这里的牛,在颈上所系的那种铁铃铛的丁冬声响,也似乎是自然在奏着牧歌,叙说着牧歌里的故事。我爱好牧歌,所以我也爱好石屏如同是在牧歌里的一个地方。这里没有芦笙,我却常常听到吹叶子的——我叫它叶笛,我想大致和芦笙也很相近罢。

《云南通志》里有一段关于石屏的记载说:

“少年子弟,暮夜游行巷闾间,吹芦笙或吹树叶子,声韵之中,皆寄情言,用相呼召。”

引证本可到此为止,为使我的牧歌故事生根,那下面原有的两句,也应该补足:

“嫁娶之夕,私夫悉来相送;既嫁有犯,男子格杀勿论。”

照原文上看来,原始的爱,似乎已经钉上私占的铁记了,不,谁能说爱不也是从一种血淋淋的斗争中得来的?男子杀掉一个要求爱的妻子,或是自己被遗嫉而杀于他人之手,这是罪过吗?牧歌也是饱含着悲剧的成分的。

来在这么一个地方我竟不会吹叶子——并不是希冀着杀谁或被谁杀死,或寄什么情言——甚至于怎样把叶子吹响,我也不甚体会,真是抱憾极了!仿佛把一片绿绿的树叶子夹在手缝和唇间边吹边唱着,于是呜呜地似鸣似诉地道出一只歌,一首诗,不,传出他的情言。

这种声音会把人带进芦笙的故事里去,所以我才把它叫做叶笛。

每次听见年青的人们吹起树叶子，我便知道不是课毕便是假日了。那声响给我带来了松闲和愉快。我探首窗外，望见树叶和树叶间隙的蓝天，睁着无数无数的蓝色的眼。我好像已经把心身整个安顿在一个歌谣的世界里。原始的呼号，在招徕着原始的爱抚。

为爱情被杀的，谁敢断定他的心灵已经死亡？爱，不是已经渗透了每一片树叶子，使它们绿油油的发着生，生，生的微光吗？它不说话，它却贴紧着无数个男子们的嘴唇，悠悠地吟诵了它的欲求和失望的历程。

有一次在一个热闹的集会里，“吹叶子”也占了一个精彩的节目。当演讲，唱歌，舞蹈……之后，那两个平时我看着极沉默的学生，起来表演吹叶子了。不像吹，不像唱，也不像歌和诉……那颤颤的音调，正好像微波轻轻击着寂寂无人迹的花香草长的岸缘似的。也好像为我打开了一重门，我又望见了门外的青春了。

在这里我本是“先生”，可是我不曾即兴地对他们说教着一堂人生的课程：

青春时代的一切，不管是欢愉还是苦闷，那都是生命中的一种绝响，不再重复也不能重复了。男性的爱，可以使每一片树叶子发着响声，女人们——花么？一阵风间，一眨眼时，已经飘零满地了。

缪崇群的散文创作以质朴明快取胜，他的作品具有真情实感而不作过分的抒发，注重风土景物的描述而不作过细的雕琢渲染，读来可亲可信，令人生发一种“厚实”之感，《叶笛》就是其中的一篇代表作。

作者是江苏泰县人，抗战期间辗转到云南省玉屏县教书。玉屏位于祖国西南边陲，在昆明正南方150公里左右。不难设想，作为一个生长于东部沿海的汉族作者，初来乍到一个有着不少少数民族的边陲小城，自然会有不少新奇之感，《叶笛》从根本上来说也不例外，但和一般作品不同的是，《叶笛》并没有专注于叶笛、芦笙之类而不及其他，它少了一分猎奇的情调，却多了一分人文历史的内涵和深沉的感喟，因此也就格外经得起细细的咀嚼和回味。

作品一上来就把“吹芦笙”区别于或洋（“纤纤玉手打钢琴”）或中（“大珠小珠落玉盘”即弹琵琶）的“雅乐”，突出了作者对充满原始生命力的“天籁”的向往。接着作者把目光集中到系于牛颈上的“铁铃铛”，自然而然地增添了一分田野的气息和牧歌的情调。正当读者聚精会神地关注“吹叶子”的具体情景时，作者却旁逸斜出，引用了《云南通志》的一段记载，极大地开阔了读者的视野：“皆寄情言，用相呼召”——原来“叶笛”如此深切地关系到当地青年男女的爱情故事；“嫁娶之夕，私夫悉来相送”——当地人豁达大度，毫不以此为耻，颇有“原始的爱”的遗风余绪；“既嫁有犯，男子格杀勿论”——这既充满了血腥气，又是维护了家庭婚姻，体现了社会进步的需要。作者对这些多方面的涵义并未详加剖析，而仍然一以贯之地把“叶笛”和纯真的爱情紧紧联系在一起，突出了自己的“抱憾”之情。不用说，这正曲折地反映了作者远离家乡亲人，置身于物质匮乏的抗战时期的国统区，格外热切地追求和向往着难得的人间真情。

有了以上坚实的描述引用，作品转入后半部分时笔墨开始活泼流转，感情也渐趋丰满深沉。作者先是听见年青人吹叶子，探首窗外，“望见树叶和树叶间隙的蓝天，睁着无数无数的蓝色的眼”。由含在年青人唇间的一片叶子升华为无数树叶，由年青人充满期待的眼睛幻化为无数“蓝色的眼”，过渡自然，设想奇丽。接着，作者又赋予这许多树叶以深挚的爱和活泼的生命，让它们不断地吟诵出谁也杀不死的爱情之歌。尔后，作者由外而内，实写了一次热闹的集会和两个学生表演

“吹叶子”的节目，随即又由内而外，热情地写道：“（吹叶子）好像为我打开了一重门，我又望见了门外的青春了。”可见，作者的向往始终放在野外，放在那充满泥土气息，足以使柔弱萎靡的人振作起来的原始的充沛的精神活力。

《叶笛》结尾的分量很重，它惋惜青春不再，“绝响”难续，又以“落花”比喻女人的身世，渗透着感伤惆怅之情。作者写《叶笛》时才三十余岁，正处于从青年到中年的转折期，对青春、情谊保存着特殊的敏感。由此可见，《叶笛》并非单纯描写异地风情之作，而是一篇把自己的襟怀和感慨寓于其中的散文佳作。（孙光萱）

竹刀　陆蠡

谁要是看惯了平畴万顷的田野，无穷尽地延伸着棋格子般的纵横阡陌，四周的地平线形成一个整齐的圆圈，只有疏疏的竹树在这圆周上划上一些缺刻。这地平的背后没有淡淡的远山，没有点点的帆影，这幅极单调极平凡的画面乃似出诸毫无构思的拙劣画家的手笔，令远瞩者的眼光得不到休止，而感到微微的疲倦。

假如在这平野中有一座遮断视线的孤山，不，一片高冈，一撮小丘，这对于永久囿于地的平面上的人们是多么奋兴啊。方朝日初上或夕阳西坠，有巨大的山影横过田野，替没有陪衬没有光影的画面上添上一笔淡墨，一笔浓渖；多雾或微雨的天，山顶上浮起一缕白烟，一抹烟霭，间或有一道彩色的长虹，从地平尽处一脚跨到山后，于是这山便成了居民憧憬的景物。遂有平野的诗人，望见这山影移上短墙，风从门口吹进来，微有一丝凉意，哦然脱口高吟“天风入罗帏，山影排户闼”，意将古陋的旧门户喻作镶了兽环的朱门，从朱门里隐隐窥见微风拂动的绣帘，而他自己成了高车骏马的公子，偶然去那里伫盼。一会儿门掩了，他才醒过来，原来只有一片山影；也有好事的名流，乘了短轿来这山脚底下，买了一杯黄酒，索笔题词道：“湖山第一峰”，遗钞而去，吩咐匠人鸠工勒石；这小山经过了许多品题，如受封禅，乃成为名山。附近的村庄亦改名为某山村。于是，在清明，在重九，远地和近地的，大家像蚂蚁上树般地跑上这小山，“登高”啊，“览胜”啊。把山上的青草踏得一株不留。

有从远僻的山乡来的人望见了这名胜的小山，便呵呵大笑道：“这也算是‘山’么？这，我们只叫作‘鸡头山’，因为只有鸡头大小，或者这因为山上长着很多野生的俗名叫作‘鸡头’的草实。说得体面点，便叫作‘馒头山’，‘纱帽山’，‘马鞍山’，这也算得‘山’么？”双手叉住腰笑弯到地。

好奇的听客便会从他夸张的口里听到他所见的是如何绵亘数百里的大山。摩天的高岭终年住宿着白云，深谷中连飞鸟都会惊坠！那是因为在清潭里照见了它自己的影。嶙峋的怪石像巨灵起卧。野桃自生。不然则出山来的涧水何来这落英的一片？倘使溯流穹源而上，说不定有石扉砉然为你开启呢。但是如果俗虑未清，中途想着妻母，那回首便会迷途了。

“我不欢喜这揣测的臆谈，谁能够相信这桃源的故事？”

于是他描说那跨悬在山腰间的羊肠路。那是只有两尺多宽，是细密的整齐的梯级。一边靠山，一边靠削壁千仞的深壑。望下去黑魆魆的，迷眩的，这深涧底下隐伏着为蛟，为龙，或其他神怪的水族，不得而知。总之万一踹了下去，则会跌得像一个烂柿子，有渣无骨头。但是居住山里的人挑了一二百斤的干柴，往来这山道，耳朵沿搁着一朵兰花，一朵山茶，百人中之一二会放上半截纸烟。他们挑着走着谈笑着，如履平地，如行坦途，有时还开个玩笑，在别人的腰边拧一把。

还有人攀援下依附岩上的薜萝，腰间带了一把短刀，去采取名贵的山药，其中有一种叫作“吊兰”的。风从峡谷吹来，身子一荡一荡啊像个钟锤，在厚密的绿叶底下，有时吐出两条火红的蛇的细舌头，或蹿出一个灰褐色的蜥蜴。……

听者忘了适才的责备，恍惚身临危岩，岩下是碧澄澄的潭水。仿佛脚下的小径在足底沉陷，他不敢俯凭，不敢仰视，一手搭住说故事的人的肩膊，如觅得一种扶持，一时找不出话由，道：

“你的家乡便在这深山里么?”

怎的不是。那是榛榛莽莽的山，林叶的荫翳，掩蔽了阳光，倘使在山径的转弯处不用斧头削去一片木皮作个记认，便会迷路。羊齿类高过你一身。绿藤缠绕在幼木上，如同蛇缠了幼儿。藤有右缠的左缠的，若是右缠的，则是百事无忧的征号，很容易找到路，碰到熟人，得好好儿受款待。迷路人倘若遇见左缠的藤，那是碰到鬼了，将寻不到要去的地方。但是你可以把它砍下，拿回家来，便会得了一根极神秘的驱邪的杖。

“关于山间神秘的话我听得许多，我知道妇人用左手打人会使人临到不幸的。则这左缠藤也正是这意义的扩张罢了。但是我想知道别的东西。”

故事又展开了。那是用“近山靠山，近水靠水”的老话开头。山民的取喻每嫌不恰切，故事中拉出枝枝节节来，有如一篇没有结构的文章。他最先说到山间头上簪花的少女，在日出的时候负了竹筐到松林里去扫夜间被山风摇落的松针，积满一筐了，用“篾耙”的柄穿着背了回来。沿途采些“鸡头”，“毛楂”和不知名的果实，一面在涧水洗净，一面嚼，倘有同伴在她的身旁投下一块小石，溅了她一脸的水，便会挨一顿着实的骂或揪扭起来；在雨天，她们躲在家里，把山里掘来的一种柴根，和水捣成浆，沉淀出略带红色的粉，那是比藕粉还细净的，或是把从棕榈树上剥下来的棕榈，一丝丝地抽出来，打成粗粗细细的绳线。

却说这山中少女，她在每天早晨携了竹筐到松林里去扫夜风摇落的松针，装满一筐便背了回来，沿途采些草实，在溪边洗洗手，一天也不曾间断。她有一天正背了满筐的松针回来的时候，觉得竹筐异常的沉重，便想道：是谁放了石块在里面么？暂时憩憩罢，便靠着竹筐坐下，却永久地坐在那儿了。山间人都说是因为她生得太美丽，被什么山灵或河伯娶去了，她的父母还替她预备了纸制的嫁装，焚化给她……

“这又是我听到过不只一遍的故事……我颇想知道别的东西。”

你不是轻视幻想的编织么？那么让我选一个实际的故事说给你，只可惜有一个悲惨的收场。你愿意知道山居的人是如何获得每天的粮食和日用品么？狩猎是不行的，鸟兽乐生，不可杀尽；农稼也不行的，高高低低梯级似的田陇，于他们很少兴趣，况且这团团簇簇的高山遮住了阳光，只在中午的时候才晒进来，他们虽则种些番薯，山芋，玉蜀黍，大麦和小麦，但是他们大都靠打柴锯木为生。他在高山上砍得松柯，搁在露天底下一个月两个月，待干黄的时候挑到附近数十里外的村镇，换取一把盐，几枚针，一些细纱布，有时带回一片鲞，一包白糖……

冬天，他们砍下合抱的大树，截成栋梁楹柱的尺寸，大概不会超过一丈六尺或一丈八尺，或则锯成七八分对开的木板，等到明春山洪暴发的时候，顺水流到港口，结成木筏，首尾衔接像一条长蛇，用竹篙撑着，撑到城市的近郊，售给木商运销外埠。

山势陡峻的所在，巨大的木材无法输运，那只好任它自己折断自己腐烂了。但是他们砍取寸许大小的坚木，放在泥土筑成的窑里烧成木炭，这样重量便减轻了四分之三，容易挑到外面来，木炭的销场是很好的。

“你说得又远了。没有指示给我故事的连索。”

是哟！事情便是这样：他们是靠打柴烧炭为生。但是你知道城市里的商人的阴恶和狠心么？他们想尽种种方法，把炭和木板的买价压低，卖价抬高。他们都成了巨富了，还要想出更好的方法，各行家连合起来，霸住板炭的行市。他们不买，让木筏和装炭的竹排搁在水里，不准他们上岸，说销场坏了，除非你们完全让步。

但是谁都知道这鬼花样啊！

有的让步了。因为他们垫不起伙食费，有的呼号奔走了，但得不到公正的声援，因为吏警官厅都和他们连在一起。山民空着手在城里徜来徜去，望着橱窗里诱惑的东西，一袭夏季妇人穿的拷绸衣，红红绿绿的糖果，若能化了几个子儿带回去给孩子们，那他们多高兴啊。

并且他知道家里缺少一把盐，几升米，那是要用钱去换的。

他们忧郁了。口里也不哼短歌，妒忌地望着大腹便便的木行老板，竟想不出办法。

交易是自由的，不卖由你，不买由他，真是没有话说了。

这里由山村各户凑合成的木筏是系着许多家庭的幸福，纵然他们不致挨饿，他们的幸福的幻梦是被打碎了。……

“我希望这木行老板有点良心，他们是够肥了。”

若将怜悯希望在他们的身上，抱那希望的人才是可悯的。可是事情的解决却非常简单，你愿意听我说下去罢。

一天，一位年轻的人随着大家撑着木筏到城里去，正在禁止上岸的当儿。大家议论纷纷想不出主意。这位年轻的人一声不响地在一只角落里用竹片削成一把尺来长的小刀，揣在怀里，跑上岸去，揪住一位大肚皮的木行老板，毫不费力的用竹刀刺进他的肚皮里，听说像刺豆腐一样的爽利，刺进去的时候一点也没有血溅出来，抽回来的时候，满手都是黏腻的了。他跑出城来，在溪边洗手的时候被警吏捉去。

“你说了可怕的故事了。我没有想到你会说出这样吓人的语句，在你说到松林中簪花的少女……那一片美丽和平……你驱走了刚才引起的高山流水的奇观，说桃花瓣从淙淙涧底流出来呢……我懊悔听这故事，但是请你说完。”

官厅在检验凶器的时候颇怀疑竹刀的能力。传犯人来问：

你是持这凶器杀人么？

是的。

这怎么成？

他拿了这竹刀，捏在右手里，伸出左臂，用力向臂上刺去。入肉有两寸深了，差一点不曾透过对面。复抽出这竹刀，掷在地上，鄙夷地望着臂上涔涔的血，说：

便是这样。

大家脸都发青了。当时便没有继续讯问。各木板行老板也似乎怵于竹刀的威力，自动派人和他们商订条件，见了他们也不如先前的骄傲。

厚钝的竹刀割断了这难解的结。“便是这样”的斩钉截铁的四个字胜于一切的控诉。你说这青年是笨货么？

“这位青年结果如何呢！”

听说刺断动脉后流血过多死了。……否则，他将在暗黑肮脏的牢房里过他壮健的一生。

《竹刀》是陆蠡的代表作之一。这篇散文讲述了一个山乡青年用竹刀刺死木行老板，迫使各木行老板怵于竹刀的威力而和乡民们和解，从而解决乡民出售炭、木板问题的故事。故事本身很简单，作者的叙述方式却匠心独运，别具一格。他没有开门见山地直接叙述这个故事，而是让笔触大幅度宕开去，从平野景色的单调平凡写起，写到一座小山丘在这平野中受到了特殊待遇：“成了居民憧憬的景物”和诗人吟咏的对象，甚至成为了一处风景名胜。进而写到一个山乡来客见到这座小山丘，忍不住哈哈大笑，将之讥为“鸡头山”、“馒头山”，然后告诉那些好奇的听客，他的家乡才有真正的山景——那绵亘数百里的大山，摩天的高岭，惊坠的飞鸟；那跨悬的羊肠路，名贵的山药，和让人迷路的左缠藤。山乡里还流传着动人的传说，采松针的美丽少女靠着竹筐永远憩息在山地上了，据说她是被山灵或者河伯娶走了……最后才转入“正题”——讲述一个“实际”点的故事。不过在年轻山民出现以前，作者还是先叙述了乡民们的生活，他们主要靠打柴锯木为生，然而黑心的木行老板为了压低买价，竟不让运送炭和木板的竹排上岸。行文至此，全文差不多五分之四的篇幅已经完了，只占最后五分之一的故事主干部分却让全文的叙述进入高潮：年轻的山民毫不费力地将竹刀刺进木行老板的肚皮里。在警吏怀疑竹刀的威力时，这个山民将竹刀用力向自己臂上刺去，冷冷地对他们说：“便是这样。”年轻的山民因失血过多牺牲了，他的乡民们却得到了挽救。全文至此便戛然而止。

这篇散文的结构方式是很特别、很少见的，前面部分都是在为竹刀故事作陪衬和铺垫，交代故事发生的背景，烘托社会氛围，使竹刀的故事如众星捧月般地突出，犹如渔夫先撒网后收网，大开大合，先放后收。这种结构使全文前后在内容上形成巨大的反差：如此美丽动人、世外桃源般的山乡里竟然隐藏着这么一个惨烈的故事，这个“桃花源”里山民们的生活实际上是这么贫困和痛苦，这种前后反差给读者带来强烈的“视觉”效果，极易激起读者感情上的波澜，引发读者的深思。

陆蠡的散文在表现情感方面一般比较蕴藉含蓄，总是尽量避免情感的直接流露，这篇散文也是如此。这么一件惊心动魄的事情，作者的描写却显得十分客观、平实和冷峻，没有任何冲动的话语，仿佛不着一丝感情的痕迹。但读者却能感受到在作者冷静的叙述中蕴涵着强烈的爱憎情感。

较之作者1936年的第一本散文集《海星》，《竹刀》的内容和主题在一定程度上有所改变。《海星》时期的散文较多注重个人，注重自身内心的苦闷、追求和幻灭，特别是对童年时光的刻骨怀念，而在《竹刀》这一阶段，作者已从个人的狭小世界中走了出来，关注现实生活，关心民生疾苦。《竹刀》就是描写了走向反抗的农民，它是作者写得最美丽和最有思想意义的一篇散文。（蒋向艳）

囚绿记　　陆　蠡

这是去年夏间的事情。

我住在北平的一家公寓里。我占据着高广不过一丈的小房间，砖铺的潮湿的地面，纸糊的墙壁和天花板，两扇木格子嵌玻璃的窗，窗上有很灵巧的纸卷帘，这在南方是少见的。

窗是朝东的。北方的夏季天亮得快，早晨五点钟左右太阳便照进我的小屋，把可畏的光线射个满室，直到十一点半才退出，令人感到炎热。这公寓里还有几间空房子，我原有选择的自由的，但我终于选定了这朝东房间，我怀着喜悦而满足的心情占有它，那是有一个小小理由。

这房间靠南的墙壁上，有一个小圆窗，直径一尺左右。窗是圆的，却嵌着一块六角形的玻璃，并且左下角是打碎了，留下一个大孔隙，手可以随意伸进伸出。圆窗外面长着常春藤。当太阳照过它繁密的枝叶，透到我房里来的时候，便有一片绿影。我便是欢喜这片绿影才选定这房间的。当公寓里的伙计替我提了随身小提箱，领我到这房间来的时候，我瞥见这绿影，感觉到一种喜悦，便毫不犹疑地决定下来，这样了截爽直使公寓里伙计都惊奇了。

绿色是多宝贵的啊！它是生命，它是希望，它是慰安，它是快乐。我怀念着绿色把我的心等焦了。我欢喜看水白，我欢喜看草绿。我疲累于灰暗的都市的天空，和黄漠的平原，我怀念着绿色，如同涸辙的鱼盼等着雨水！我急不暇择的心情即使一枝之绿也视同至宝。当我在这小房中安顿下来，我移徙小台子到圆窗下，让我的面朝墙壁和小窗。门虽是常开着，可没人来打扰我，因为在这古城中我是孤独而陌生。但我并不感到孤独。我忘记了困倦的旅程和已往的许多不快的记忆。我望着这小圆洞，绿叶和我对语。我了解自然无声的语言，正如它了解我的语言一样。

我快活地坐在我的窗前。度过了一个月，两个月，我留恋于这片绿色。我开始了解渡越沙漠者望见绿洲的欢喜，我开始了解航海的冒险家望见海面飘来花草的茎叶的欢喜。人是在自然中生长的，绿是自然的颜色。

我天天望着窗口常春藤的生长。看它怎样伸开柔软的卷须，攀住一根缘引它的绳索，或一茎枯枝；看它怎样舒开折叠着的嫩叶，渐渐变青，渐渐变老，我细细观赏它纤细的脉络，嫩芽，我以揠苗助长的心情，巴不得它长得快，长得茂绿。

下雨的时候,我爱它淅沥的声音,婆娑的摆舞。

忽然有一种自私的念头触动了我。我从破碎的窗口伸出手去,把两枝浆液丰富的柔条牵进我的屋子里来,教它伸长到我的书案上,让绿色和我更接近,更亲密。我拿绿色来装饰我这简陋的房间,装饰我过于抑郁的心情。我要借绿色来比喻葱茏的爱和幸福,我要借绿色来比喻猗郁的年华。我囚住这绿色如同幽囚一只小鸟,要它为我作无声的歌唱。

绿的枝条悬垂在我的案前了,它依旧伸长,依旧攀缘,依旧舒放,并且比在外边长得更快。我好像发现了一种"生的欢喜",超过了任何种的喜悦。从前我有个时候,住在乡间的一所草屋里,地面是新铺的泥土,未除净的草根在我的床下茁出嫩绿的芽苗,蕈菌在地角上生长,我不忍加以剪除。后来一个友人一边说一边笑,替我拔去这些野草,我心里还引为可惜,倒怪他多事似的。

可是每天在早晨,我起来观看这被幽囚的"绿友"时,它的尖端总朝着窗外的方向。甚至于一枚细叶,一茎卷须,都朝原来的方向。植物是多固执啊!它不了解我对它的爱抚,我对它的善意。我为了这永远向着阳光生长的植物不快,因为它损害了我的自尊心。可是我囚系住它,仍旧让柔弱的枝叶垂在我的案前。

它渐渐失去了青苍的颜色,变成柔绿,变成嫩黄,枝条变成细瘦,变成娇弱,好像病了的孩子。我渐渐不能原谅我自己的过失,把天空底下的植物移锁到暗黑的室内;我渐渐为这病损的枝叶可怜,虽则我恼怒它的固执,无亲热,我仍旧不放走它。魔念在我心中生长了。

我原是打算七月尾就回南去的。我计算着我的归期,计算这"绿囚"出牢的日子。在我离开的时候,便是它恢复自由的时候。

芦沟桥事件发生了。担心我的朋友电催我赶速南归。我不得不变更我的计划,在七月中旬,不能再留连于烽烟四逼中的旧都,火车已经断了数天,我每日须得留心开车的消息。终于在一天早晨候到了。临行时我珍重地开释了这永不屈服于黑暗的囚人。我把瘦黄的枝叶放在原来的位置上,向它致诚意的祝福,愿它繁茂苍绿。

离开北平一年了。我怀念着我的圆窗和绿友。有一天,得重和它们见面的时候,会和我面生么?

这篇抒情散文从头至尾抒发了作者本人对绿色的深沉感情。文章以叙事带动抒情,第一部分写了恋绿的产生,由于作者喜欢一片常春藤的绿影才选定他的房间,经常快活地坐在窗前,留恋于这片绿色,看它伸开柔软的卷须,舒开折叠着的嫩叶,便感到不再孤独,因为他感到:绿色是宝贵的,"它是生命,它是希望,它是慰安,它是快乐",于是他恋绿,恋得"如同涸辙的鱼盼等着雨水","急不暇择的心情即使一枝之绿也视同至宝"。对于绿色的偏爱,使他"忽然有一种自私的念头",在这种念头的驱动下,他将常春藤的柔条牵进了自己的屋子,想囚住绿色,由此展开了文章的第二部分——从"赏绿"变为"囚绿"。遗憾的是作者尽管想借绿色来慰藉自己抑郁的心情,并因此而发现了一种"生的欢喜",一种"葱茏的爱和幸福",但同时,他又发现"绿友"总向着窗外,"甚至于一枚细叶,一茎卷须",都固执地朝着窗外的阳光,"永不屈服于黑暗"。此时作者对绿色恋得更为深沉,虽然作者已发现"绿友"被囚后,渐渐失去了青苍的颜色,并且渐渐不能原谅自己的过失,然而仍旧不放走它，囚绿的作者正像绿之永远向阳那般执着，两者之间有着共同的性格，这也正是作者对绿色情有独钟的一大原因。芦沟桥事变的发生，使作者“赶速南归”，也正是由于这一事件，使得作者感悟到常春藤是“永不屈服于黑暗的囚人”，应该恢复它的自由，“释绿”便是文章第三部分的重要内容。作者临行时珍重地开释了他的“绿友”，并向它致“诚意的祝福，愿它繁茂苍绿”。一年后，当作者写这篇《囚绿记》时，仍然在“怀念着我的圆窗和绿友”，期待与绿色重逢的日子。可见，本文的行文线索是恋绿、囚绿、释绿、念绿，其中的重点是“囚绿”，在这一部分中，作者发现了绿色的特性，从中得到了启示，并且悟到了自己的心灵与常春藤的秉性相似相通，由于作者抓住这点来抒情写意，使得短文富有强烈的象征意味。

事实上，作者本人向往光明、坚忍不拔的斗争精神和高尚品格，正像那常春藤一样。抗战中，他作为留守文化生活出版社的负责人，被日本敌特机关逮捕，在狱中英勇不屈，最后牺牲了年轻的生命，为了正义与真理，他在日寇的刀枪面前，舍生取义，表现出崇高的爱国主义精神和民族气节。他的英勇壮烈，不难使我们意识到，作者在《囚绿记》中倾诉自己对绿色的爱恋与怀念，实在是旨在抒发其本人对生活的热爱和对光明的追求，在常春藤上寄寓着一个正直的爱国者的情感和愿望。而他本人也像常春藤一样，永不屈服于黑暗，永远向着阳光。（漆　瑗）

光　阴　　陆　蠡

我曾经想过，如若人们开始爱惜光阴，那末他的生命的积储是有一部分耗蚀的了。年青人往往不知珍惜光阴。犹如拥资巨万的富家子，他可以任意挥霍他的钱财，等到黄金垂尽便吝啬起来，而懊悔从前的浪费了。

我平素不大喜爱表和钟这一类东西。它金属的利齿窸窸窣窣地将光阴啮食，而金属的手表的的答答地将时间一分一秒地数给我。当我还有丰余的生命留在后面，在时光的账页上我还有可观的储存，我会像一个守财奴，斤斤计较寸金和寸阴的市价么？偶然我抬头望到壁上的日历，那种红字和黑字相间的纸页把光阴划分成今天和明天。谁说动物中人是最聪明的？他们把连续的时间分成均匀的章节，费许多精神去较量它们的短长。最初他们用粗拙的工具刻划在树皮上代表昼夜，现在的人们则将日子印在没有重量的纸条上，每逢揭下一张来，便不禁想“啊！又过了一天！”

怎样我会起了这些古怪的念头呢？是最近的一个秋日的傍晚，我在近郊散步，我迎着苍黄的落日走过去，复背着它的光辉走回来，足踩着自己的影子。“我是牵着我的思想在散步，”我对自己说。“我是蹑踪着我的影子，看我赶不赶得过它？”我一面走一面自语。“我在看我自己影子的生长，看它愈长愈快，愈快愈长，”我独语。总之，我是在散步罢了。我携着我的思想一同散步。它是羞怯得畏见阳光，老躲在我的影子里。使得我和它谈话，不得不偏过头去，伛偻着身子，正如一个高大的男子低头和身边的女子说话，是那么轻声地，絮絮地。

我们走着走着，不知从哪里来的一枚树叶，飘坠在我们的脚前。那样轻，怕跌碎的样子。要不是四周是那么静寂，我准不会注意。但我注意到了，我捡了起来我试想分辨它是什么树叶？梧桐的，枫槭的，还是樗栎的？但我恍若看到这不是一张树叶，分明是一张日历，一张被不可见的手扯下来的日历。这上面写着的是一个无形的字："秋。"

"秋"，我微喟一声。

"秋，秋"，我的思想躲在我的影子里和答我。

我感到有点迟暮了。好像这个字代表一段逝去的光阴。

"逝去的光阴"，我的思想如刁钻的精灵，摸着了我的心思。

"光……阴，"这两个平声的没有低昂的字眼，在我的耳边震响。

光阴要逝去么？却藉落叶通知我。我岂不曾拥有过大量的光阴，这年青人唯一的财产，一如富贾之子拥有巨资。我曾是光阴富有者。同时我也想起了两个惜阴的人。

正是这样秋暖的日子，在很早很早以前。家门前的禾场上排列着一行行的谷簟，在阳光下曝晒着田里新收割来的谷粒。芙蓉花盛开着。我坐在它的荫下，坐在一只竹箩里面，——我的身子还装不满一竹箩——我玩着谷堆里捉来的蚱蜢螳螂和甲虫，我玩着玩着，无意识地玩去我的光阴。祖父是爱惜光阴的。他匆匆出去，匆匆回来，复匆匆出去，不肯有一刻休息。但是他珍惜也没有用，他仅有不多的光阴。等到他在一个悄然的夜晚，撇下我们而去时，我还不懂他为什么要离开我们，原来他把光阴用尽了。

还是在不多年以前，父亲写信给我说："你现在长大了，应该知道光阴的可贵。听说你在学校里专爱玩，功课也不用功……"父亲也珍惜起光阴来了。大概他开始忧光阴之穷匮，遂于无意之中把忧心吐露给我。在当时我是不能领会的。我仍是嫌光阴过得太慢。"今天是星期一呢！"便要发愁。"什么时候是圣诞节呢？"虽则我并不喜欢这异邦的节日。"怎样还不放假呢？"我在打算怎样过那些佳美的日子。光阴是推移得太慢了，像跛脚的鸭子。于是我用欢笑去噪逐它，把它赶得快些。正如执箠的孩子驱着鸭群，吆哨起快活的声音促紧不善于行的水禽的脚步，我曾用欢笑驱赶我的光阴。

"你曾用欢笑驱赶你的光阴。"我的思想像"回声"的化身，复述我的话。

但是很久不那么做了。竟有一次我坐在房里整半天不出去。我伏在案前，目视着阳光从桌面的一端移到另一端。我用一根尺，一只表，来计算阳光的足在我的桌面移动的速度，我观察了计算了好久。蓦然有一种感触浮起在我的胸际，我为什么干这玩意儿呢？我看见了多少次阳光从我的桌面爬过？我有多少次看见阳光从我的窗口探入，复悄悄地退出。我惯用双手交握成各种样式，遮断它的光线，把影子投在粉壁上，做出种种动物的形状，如一头羊，一只螃蟹，一只兔；或则喝一口水，朝阳光喷去，令微细的水滴把光线散成彩虹的颜色。何时使我的心变成沉重，像吝啬的老人计数他的金钱，我也在计算光阴的速度呢？我曾讥笑惜阴人之不智，终也让别人来讥笑自身么？

"你也在计算光阴的速度了。"我的思想像喜灾乐祸似的，揶揄我。

真的，我在计算光阴的速度了。我想到光阴速度的相对性，得到这样的结论：感觉上的光阴的速度是年龄的函数。我试在一张白纸上列出如下的方程式："光阴的速度等于年龄的正切的微分。"当年龄从零岁开始，进入无知的童年，感觉上的光阴速度是极微渺的。等到年龄的角度随岁月转过了半个象限[①]（我暂将不满百的人生比作一个象限，半个象限是四十五岁了），正切线的变化便非常迅速。光阴流逝的感觉便有似白驹，似飞矢，瞬息千里了。我想了又想，渐渐陷入了一个不能自拔的思索的阱里。想到我自己在人生的象限上转过了几度呢？犹如作茧自缚，我自己衍出方程式而复把自己嵌在这式子里面，我悲哀了。

"你自己衍出方程式而复把自己嵌在里面。"思想嘤然回答，已无尖酸的口吻。

但是我无法改正这方程式，这差不多是正确的。在我的知识范围内不能发现它的错误。啊，悲哀的来源，我想把这公式从我的脑筋中擦去，已是不可能。正如我刚才捡起来的树叶，无法把它装回原来的枝上。我重新谛视这片叶，上面仍依稀显现着无形的字："秋。"

另一天，从另一枝柯上，会有不可见的手扯下另一片树叶——是一张日历——那上面写的应该是另一个字，"冬！"

"冬"，我的思想似乎失去了回答的气力。

"秋，……冬，"又是两个没有低昂的平声的字眼，像一滴凉水滴进我的心胸，使我有点寒意。我不能再散步了，我携着我的思想走回家，正如那西洋妇人携着她的狗，施施归去。此后我就想起：如若人们开始爱惜光阴，那末他的生命的积储是有一部分耗蚀的了。

注 ① 平面上直角坐标系的两坐标轴分平面为四个部分Ⅰ、Ⅱ、Ⅲ、Ⅳ，分别称为第一、第二、第三、第四象限。

古往今来，描写光阴的散文、诗歌很多，如朱自清的《匆匆》描写光阴的易逝，教导人们不要把光阴虚度，向为人们所熟知。陆蠡的《光阴》，主题与《匆匆》一样，但在表现手法上又独辟蹊径，令人耳目一新。

光阴意味着生命，而青年人往往没有这种认识，"如若人们开始爱惜光阴，那末他的生命的积储是有一部分耗蚀的了"。这篇文章的开头初读有些费解，细细品味却显得十分深刻尖锐。浪费时间，就是浪费生命，当一个人意识到这一点时，往往已浪费了许多宝贵的生命，为时已晚，能无叹乎！

接着，作者别出心裁地记述了一次散步的经过，把散步时的所见所闻转化为极其细腻的心理活动，一张树叶飘下来，作者看到上面写着一个无形的"秋"字，感觉的锐敏，心底的波澜，刻画得淋漓尽致。往后，作者又把视线转移到童年时的场院，从祖父的背影和稚嫩的"我"的对照中散发出浓郁的乡土气息和人情味。再后来，"我"上学了，想到的是："今天是星期一呢！""什么时候是圣诞节呢？""怎样还不放假呢？"有时，"我"闲得无聊，"用一根尺，一只表，来计算阳光的足在我的桌面移动的速度"，或者在房间里，借阳光，"用双手交握成各种样式"，"做出种种动物的形状，如一头羊，一只螃蟹，一只兔"等等，"或则喝一口水，朝阳光喷去，令微细的水滴把光线散成彩虹的颜色"。这样任意浪费光阴，这样具体描绘，让读者充分感知虚掷岁月，虚耗生命的可惜。而最后作者也感悟到，"光阴流逝的感觉便有似白驹，似飞矢，瞬息千里了"，"我悲哀了"。"此后我就想起：如若人们开始爱惜光阴，那末他的生命的积储是有一部分耗蚀的了"。这一认识，与开头相呼应，具有振聋发聩的艺术效果。

陆蠡的《光阴》是一篇很有特色的散文，它写了自己对“光阴”认识的全过程，从不爱惜、不认识到爱惜光阴、认识光阴的珍贵，“少壮不努力，老大徒伤悲”。人生有限，天地无穷，每一个人，在有限的光阴里，应当去追求、去奋斗。每一个有志于事业的人，必须在年轻的时候，就珍惜光阴，抓住分分秒秒，有所作为，而“莫等闲、白了少年头，空悲切”。这就是《光阴》给读者的告诫。全文以“我”的切身感受和生活态度为线索，议论与叙事相融无间，认识深切，记叙具体，读后颇有启迪。（乐秀拔　包雅萍）

傅雷家书(选录)　　傅　雷

1954年1月9日

昨夜一上床，又把你的童年温了一遍。可怜的孩子，怎么你的童年会跟我的那么相似呢？我也知道你从小受的挫折对于你今日的成就并非没有帮助；但我做爸爸的总是犯了很多很重大的错误。自问一生对朋友对社会没有做什么对不起的事，就是在家里，对你和你妈作了不少有亏良心的事。——这些都是近一年中常常想到的，不过这几天特别在脑海中盘旋不去，像恶梦一般。可怜过了四十五岁，父性才真正觉醒！

今儿一天精神仍未恢复。人生的关是过不完的，等到过得差不多的时候，又要离开世界了。分析这两天来精神的波动，大半是因为：我从来没爱你像现在这样爱得深切，而正在这爱得最深切的关头，偏偏来了离别！这一关对我，对你妈妈都是从未有过的考验。别忘了妈妈之于你不仅仅是一般的母爱，而尤其因为她为了你花的心血最多，为你受的委屈——当然是我的过失——最多而且最深最痛苦。园丁以血泪灌溉出来的花果迟早得送到人间去让别人享受，可是在离别的关头怎么免得了割舍不得的情绪呢？

跟着你痛苦的童年一齐过去的，是我不懂做爸爸的艺术的壮年。幸亏你得天独厚，任凭如何打击都摧毁不了你，因而减少了我一部分罪过。可是结果是一回事，当年的事实又是一回事：尽管我埋葬了自己的过去，却始终埋葬不了自己的错误。孩子，孩子！孩子！我要怎样的拥抱你才能表示我的悔恨与热爱呢！

1954年1月30日

亲爱的孩子，你走后第二天，就想写信，怕你嫌烦，也就罢了。可是没一天不想着你，每天清早六七点就醒，翻来覆去的睡不着，也说不出为什么，好像克利斯朵夫的母亲独自守在家里，想起孩子童年一幕幕的形象一样，我和你妈妈老是想着你二三岁到六七岁间的小故事。——这一类的话我们不知有多少可以和你说，可是不敢说，你这个年纪是一切向前往的，不愿意回顾的，我们噜哩噜哧的抖出你尿布时代的往事，会引起你的憎厌。孩子，这些我都很懂得，妈妈也懂得。只是你的一切终身会印在我们脑海中，随时随地会浮起来，像一幅幅的小品图画，使我们又快乐又惆怅。

真的，你这次在家一个半月，是我们一生最愉快的时期；这幸福不知应当向谁感谢,即使我没宗教信仰,至此也不由得要谢谢上帝了！我高兴的是我又多了一个朋友;儿子变了朋友,世界上有什么事可以和这种幸福相比的！尽管将来你我之间离多别少,但我精神上至少是温暖的,不孤独的。我相信我一定会做到不太落伍,不太冬烘,不至于惹你厌烦。也希望你不要以为我在高峰的顶尖上所想的,所见到的,比你们的不真实。年纪大的人终是往更远的前途看,许多事你们一时觉得我看得不对,日子久了,现实却给你证明我并没大错。

孩子,我从你身上得到的教训,恐怕不比你从我得到的少。尤其是近三年来,你不知使我对人生多增了几许深刻的体验,我从与你相处的过程中学得了忍耐,学到了说话的技巧,学到了把感情升华！

你走后第二天,妈妈哭了,眼睛肿了两天:这叫做悲喜交集的眼泪。我们可以不用怕羞的这样告诉你,也可以不担心你憎厌而这样告诉你。人毕竟是感情的动物,偶然流露也不是可耻的事。何况母亲的眼泪永远是圣洁的,慈爱的！

1956年10月3日晨

亲爱的孩子,你回来了,又走了:许多新的工作,新的忙碌,新的变化等着你,你是不会感到寂寞的;我们却是静下来,慢慢的回复我们单调的生活,和才过去的欢会与忙乱对比之下,不免一片空虚,——昨儿整整一天若有所失。孩子,你一天天的在进步,在发展:这两年来你对人生和艺术的理解又跨了一大步,我愈来愈爱你了,除了因为你是我们身上的血肉所化出来的而爱你以外,还因为你有如此焕发的才华而爱你:正因为我爱一切的才华,爱一切的艺术品,所以我也把你当作一般的才华(离开骨肉关系),当作一件珍贵的艺术品而爱你。你得千万爱护自己,爱护我们所珍视的艺术品！遇到任何一件出入重大的事,你得想到我们——连你自己在内——对艺术的爱！不是说你应当时时刻刻想到自己了不起,而是说你应当从客观的角度重视自己:你的将来对中国音乐的前途有那么重大的关系,你每走一步,无形中都对整个民族艺术的发展有影响,所以你更应当战战兢兢,郑重将事！随时随地要准备牺牲目前的感情,为了更大的感情——对艺术对祖国的感情。你用在理解乐曲方面的理智,希望能普遍的应用到一切方面,特别是用在个人的感情方面。我的园丁工作已经做了一大半,还有一大半要你自己来做的了。爸爸已经进入人生的秋季,许多地方都要逐渐落在你们年轻人的后面,能够帮你的忙将要越来越减少;一切要靠你自己努力,靠你自己警惕,自己鞭策。你说到技巧要理论与实践结合,但愿你能把这句话用在人生的实践上去;那么你这朵花一定能开得更美,更丰满,更有力,更长久！

谈了一个多月的话,好像只跟你谈了一个开场白。我跟你是永远谈不完的,正如一个人对自己的独白是终身不会完的。你跟我两人的思想和感情,不正是我自己的思想和感情吗？清清楚楚的,我跟你的讨论与争辩,常常就是我跟自己的讨论与争辩。父子之间能有这种境界,也是人生莫大的幸福。除了外界的原因没有能使你把假期过得像个假期以外,连我也给你一些小小的不愉快,破坏了你回家前的对家庭的期望。我心中始终对你抱着歉意。但愿你这次给我的教育

(就是说从和你相处而反映出我的缺点)能对我今后发生作用,把我自己继续改造。尽管人生那么无情,我们本人还是应当把自己尽量改好,少给人一些痛苦,多给人一些快乐。说来说去,我仍抱着"宁天下人负我,毋我负天下人"的心愿。我相信你也是这样的。

这里选录的是傅雷写给儿子傅聪的三封信。

傅雷是一位严肃的人,他对待艺术和人生都很严格,既严格要求别人,更严格要求自己。他的严格并不使人厌恶,因为他真诚,他坦白。他用真诚坦白的心地、严格的态度,完成了他的翻译事业,使他成了国内最杰出的翻译家之一。但是,他用这种严格的态度对待家庭和子女,就会出现矛盾和痛苦,因为"亲子之爱"需要一种温情,需要更多的关怀和爱护。

一般说来,父母能培养出一个有杰出成就的子女来,是很不容易的。但是,父母要理解自己的子女更不容易。只有理解自己子女的父母,才有可能成为子女的朋友,甚至是好朋友,子女才会把自己心底的一切包括欢乐和烦恼,幸福和不幸,全部告诉给父母,与父母共享和商讨。而要让子女深深地了解父母,那就更难了,这就需要坦诚,把自己的一颗心向子女坦露,包括自己的不幸、坎坷和错误。这样,两代人之间非但在感情上沟通,在理智上也是互相契合的。《傅雷家书》为我们提供了一个典范:坦诚使父子成为真挚的朋友。

作为子女来说:父母的坦诚可以换来子女的坦诚;反过来,子女也可以用自己的坦诚换来父母的坦诚。你对父母无话不谈,渐渐地父母也会对你无话不谈,尤其当父母渐入老境时更需要和子女在感情上和理智上进行交流。在一个家庭中,父母把子女当作好朋友,子女也把父母当作好朋友,这样的家庭即使遇到狂风巨浪也不会拆散,即使彼此远隔千山万水,也如同在一个屋檐下愉快地生活。

书信中所写的,往往是一个人与另一个人的心灵交流,所以多读一点古今名人的书信,对于知人论世大有益处,从中可以学到他们的修养与品格、节操。本书所选的傅雷书信中,作者把胸中的一股深情或捉摸透了的道理用"家常话"说出来,如第一封信一上来检查自己对儿子要求过高过严,"有亏良心",是"父性"没有"真正觉醒"的表现。第二封信中郑重道出:"儿子变了朋友,世界上有什么事可以和这种幸福相比的!"都显得十分精彩。(商友敬)

鹰之歌　　丽　尼

黄昏是美丽的。我忆念着那南方的黄昏。

晚霞如同一片赤红的落叶坠到铺着黄尘的地上,斜阳之下的山冈变成了暗紫,好像是云海之中的礁石。

南方是遥远的;南方的黄昏是美丽的。

有一轮红日沐浴着在大海之彼岸;有欢笑着的海水送着夕归的渔船。

南方,遥远而美丽的!

南方是有着榕树的地方,榕树永远是垂着长须,如同一个老人安静地站立,在夕暮之中作着冗长的低语,而将千百年的过去都埋在幻想里了。

晚天是赤红的。公园如同一个废墟。鹰在赤红的天空之中盘旋,作出短促而悠远的歌唱,嘹唳地,清脆地。

鹰是我所爱的。它有着两个强健的翅膀。

鹰的歌声是嘹唳而清脆的,如同一个巨人的口在远天吹出了口哨。而当这口哨一响着的时候,我就忘却我的忧愁而感觉奋兴了。

我有过一个忧愁的故事。每一个年青的人都会有一个忧愁的故事。

南方是有着太阳和热和火焰的地方。而且,那时,我比现在年青。

那些年头!啊,那是热情的年头!我们之中,像我们这样大的年纪的人,在那样的年代,谁不曾有过热情的如同火焰一般的生活?谁不曾愿意把生命当作一把柴薪,来加强这正在燃烧的火焰?有一团火焰给人们点燃了,那么美丽地发着光辉,吸引着我们,使我们抛弃了一切其他的希望与幻想,而专一地投身到这火焰中来。

然而,希望,它有时比火星还容易熄灭。对于一个年青人,只须一个刹那,一整个世界就会从光明变成了黑暗。

我们曾经说过:"在火焰之中锻炼着自己";我们曾经感觉过一切旧的渣滓都会被铲除,而由废墟之中会生长出新的生命,而且相信这一切都是不久就会成就的。

然而,当火焰苦闷地窒息于潮湿的柴草,只有浓烟可以见到的时候,一刹那间,一整个世界就变成黑暗了。

我坐在已经成了废墟的公园看着赤红的晚霞,听着嘹唳而清脆的鹰歌,然而我却如同一个没有路走的孩子,凄然地流下眼泪来了。

"一整个世界变成了黑暗;新的希望是一个艰难的生产。"

鹰在天空之中飞翔着了,伸展着两个翅膀,倾侧着,回旋着,作出了短促而悠远的歌声,如同一个信号。我凝望着鹰,想从它的歌声里听出一个珍贵的消息。

"你凝望着鹰么?"她问。

"是的,我望着鹰。"我回答。

她是我的同伴,是我三年来的一个伴侣。

"鹰真好,"她沉思地说了,"你可爱鹰?"

"我爱鹰的。"

"鹰是可爱的。鹰有两个强健的翅膀,会飞,飞得高,飞得远,能在黎明里飞,也能在黑夜里飞。你知道鹰是怎样在黑夜里飞的么?是像这样飞的,你瞧,"说着,她展开了两只修长的手臂,旋舞一般地飞着了,是飞得那么天真,飞得那么热情,使她的脸面也现出了夕阳一般的霞彩。

我欢乐的笑了,而感觉了奋兴。

然而,有一次夜晚,这年青的鹰飞了出去,就没有再看见她飞了回来。一个月以后,在一个黎明,我在那已经成了废墟的公园之中发现了她的被六个枪弹贯穿了的身体,如同一只被猎人从赤红的天空击落了下来的鹰雏,披散了毛发在那里躺着了。那正是她为我展开了手臂而热情地飞过的一块地方。

我忘却了忧愁，而变得在黑暗里感觉奋兴了。

南方是遥远的，但我忆念着那南方的黄昏。

南方是有着鹰歌唱的地方，那嘹唳而清脆的歌声是会使我忘却忧愁而感觉奋兴的。

一九三四年，十二月。

《鹰之歌》这篇抒情散文，倾吐了一个感伤而沉重的故事，那是作者对其女友——一个牺牲了的战士的描述与怀念。作者首先以散文诗式的抒情笔调，展示的是这样一幅画面：南方黄昏美丽的晚霞、欢笑的海水、夕归的渔船、古老静立的榕树和赤红的天空中盘旋的鹰。画面可谓泼墨重彩，景物的色调有如油画般的浓烈："晚天是赤红的"、"山冈变成了暗紫"，不禁使人感受到"南方是有着太阳和热和火焰的地方"，作者刻意描绘了这样一种高远开阔而又明丽的背景，在此画面上再进一步凸现那赤红的晚霞中鹰的翱翔和歌唱，富于象征意蕴。这一段对南方黄昏景象的描写，奠定了全文的情感基调，散射出一种生命的光焰。值得玩味的是，这一段景物描写的语言，富有节奏、韵律与美感，一连几句"南方是遥远的……"；"晚天是赤红的……"；"鹰是我所爱的……"分行排列的句式，强化了画面的层次感，也增强了散文的诗的韵味。

在南方黄昏的特定时空环境中，作者点出自己当年曾经"有过一个忧愁的故事"。至于这个故事的起因、发生和过程，作者并未一一展开，而是以含蓄的手法，首先点明事情发生在南方是有着太阳的热和火焰的地方，那时自己比现在年轻。在诗样地表现了时间地点后，作者便抒发起"我"在那个希望变为失望，光明变为黑暗的动荡年代里的忧愁凄伤之情，那时的年轻人（包括作者），决心"在火焰之中锻炼着自己"，可是无数青年又为追求"火焰"而丧生，"一刹那间，一整个世界就变成黑暗了"。在这样的回想与直抒胸臆式的抒情中，作者才开始将心灵深处中的女友形象呈现给读者。不过作者一再避免实写式的介绍，对于其女友的容貌、身世、生活行迹，并不从正面展开具体的描述，而只是抒写了自己曾与女友一起凝望翱翔高飞的雄鹰时的一段对话，并且突出女友对鹰所表示的赞叹，而这一部分正是全文重心之所在。作者选取了南方黄昏中最突出，也是最令作者震撼的一个意象——鹰：它有着"两个强健的翅膀"，"会飞，飞得高，飞得远，能在黎明里飞，也能在黑夜里飞"，尤其是无畏地向黑夜搏击，"飞得那么天真，飞得那么热情"，并且，鹰有"嘹唳而清脆的歌声"，"如同一个信号"，会使"我"忘却忧愁而感觉奋兴。这一番赞美词，虽然是通过女友的口加以表达，但实在也是作者对鹰的特征的概括和评价。此外，作者还进一步描写了女友伸出双臂学鹰展翅奋飞的身姿，更是把鹰与女友的精神风貌联系起来，使女友的性格与鹰的特点相契合，由鹰飞得高、远来显示这一女性向往光明、追求理想的激情与奋进；由"能在黑夜里飞"，表现出女友与黑暗抗争，向黑暗开战的勇气和斗志；还由鹰飞得"天真"、"热情"来应和女友的纯真与热切。这一部分，由于在作者已描绘的黄昏的背景上，突出了鹰的形象，再配以女友的一段富有内涵与韵味的画外音，使得文章更富有象征性和抒情性。然而在一个夜晚，"她的被六个枪弹贯穿了的身体，如同一只被猎人从赤红的天空击落了下来的鹰雏"，她终于在与黑夜搏斗中，牺牲了年轻的生命。她的英勇、壮烈，使作者痛惜而又崇敬，文章中，作者多次诚挚地表示："我爱鹰"，"鹰是可爱的"。由于作者洗练、生动地展现了鹰的形象，并融入自己对鹰的一腔深情，从而使得这一短文的主体形象获得了持久的生命力。

《鹰之歌》正是一曲旧世界的反叛者的赞歌，是对于敢于向黑暗进击的革命者的赞歌，而作者在直抒胸臆的同时，又注意把内心情思转化为形象画面，通过比喻或象征表白自己的心境，使得全文充满诗情画意，凝练蕴藉。（漆　瑗）

路 亭　　柯 灵

行路难，昔人常指边鄙僻远之区，而不知现代的通都大邑，行路更难。除非你是有车阶级，出门只靠步行，那么不但行人如鲫，市虎可畏，会增加紧张和疲劳，如果走得乏力，双腿酸痛，寸步难移，你绝对找不到一个立锥之地，让你歇一歇腿，缓一口气。——大都市中有的是交通利器，却大抵和路人无关。公共交通之拥挤，令人望而却步。满眼摩天大楼，马路宽广整洁，但你休想找个“民亦劳止，汔可小休”的机会。你不惜破费悭囊，走进咖啡馆去，买个片刻安闲，那却又是另一回事了。

我不幸拙于行路，又和冯驩同病，既有无车之叹，却无由弹铗而歌。遇到这种时候，就常常不由得想起乡间的路亭。

在故乡，村庄市镇之间，只要相隔三五里，中途大概有一两个路亭，专供行人憩坐。——路亭建筑简陋，地位常据着往来的通路，大小才如斗室。也许是四根石柱，四角顶，四面通风，犹如在中国画里常见的茅亭，雅有古意，不过顶上盖的是灰色的瓦片。也许和农家近似，长方形，但三面砌墙，一面临空，当路的两壁开着无门的门框。设备却大体一样，靠壁架石作凳：不嫌简慢，请君稍息。

别看它破陋寒伧，貌不惊人，在长途跋涉的劳人心里，这却是沙漠中的一掬清泉，人生道上的一个站驿。

江南泽国，交通多靠船舶。乡村与城镇之间，大抵有专供乘客载货的白篷“埠船”，花几个铜板，便可以依靠双桨一叶，平安到岸。可是“埠船”早出晚归，一天只一度往返；时间呆板，无法伸缩，而且虽然所费戋戋，毕竟未免不够经济。有钱人出门，可以专雇乌篷小船，舒适迅速；一般庄稼汉，为了惜时省钱，却大抵连“埠船”也免坐了，委屈一双脚，来去都是跑路。

赶市的村夫农妇，或者担着辛苦经营的菜豆瓜果、鱼米柴草到街上求售；或者提篮挑筐，到街上去买办日用杂物、农事工具；或者因为借贷无门，挟些不值钱的衣物破烂上当铺去质钱……每天清早，朝阳初窥田野，便沐晨风，带晓雾，从村里出发，哼哼唧唧，形成行列，快步赶上镇去，直要到事毕功成，事倍功半，或者事败功亏，才循原路赶回村里。

奔波忙碌了半天，人是倦了；而“不如意事常八九”，乘兴而去，常常败兴而归。心情懊丧，双脚沉重，生理和心理的倦怠形成双倍的压力。幸而半路有个路亭，排闼迎人，容他们且住为佳，使身心暂时有个着落。吹一阵凉风，扯一阵闲话；再闲闲地抽一筒旱烟，让生命获得片时的苏息，好再鼓起勇气，继续上路。不巧遇上意外的天气变幻，更可以在路亭里求得荫庇，聊避风雨。试想这对疲倦的旅人，是何等温煦的抚慰！

路亭所处的位置，不但富于实用价值，又多似高明的画师布局，引人入胜。有的点缀田畴广野中间，“前不把村，后不着店”，亭亭玉立，不但使无垠的平原减少单调之感，还便于旅途修长的过客及时小驻；更可以接待天涯沦落的流浪人，无处投宿时借此歇夜；对田头劳作的农民，这又是天然的耕余休息之地，日中时刻，可以静坐进餐，冬避朔风，夏避炎阳。有的高踞岭背，峰回路转、两村交界之处，翼然一亭，挺秀如画。山行较平地费力，行人跑到岭上，大都气息咻咻，汗流浃背，在路亭的石条凳上坐憩片刻，听山风苏苏从树梢掠过，投下一身清凉。有的筑在河滨，面临盈盈的流水，傍着霭霭的绿荫，便利行人随意歇脚，等待摆渡或过往的船只。……

离我老家不远，有两个路亭，是我幼年踪迹最频之处，年齿渐长，得闲还常去盘桓。大江沿有个过渡亭，好像建筑得特别讲究，地位大，墙壁石凳，整齐可观，临河还有宽广的双面“埠道”；一到夏季，晚霞掩映中，那里差不多成了公共浴场。亭前石柱上，刻着两副对联，记得其中的一副是：

山色湖光，四时佳兴；
早南晚北，廿里官塘。

对联虽然并不高明，但山色湖光，并非虚语。普通路亭，虽也有对联点缀，却无非是“稍安毋躁”、“小坐何妨”之类，这样“风雅”的对联是例外。不过疲倦的行人，谁也不计较这些。

“修桥铺路造凉亭”，在乡间是标准的善举。出钱的也许未必全出于体贴行人的苦辛；但对倦乏的旅人，这可真算得是一种值得感谢的功德。物质文明突飞猛进，日新月异，路亭可能早晚要进历史博物馆，但我却深望世界建筑史上，将为它特辟一章，用最美的笔墨，描述它特殊的风貌和品质。

一九三五年

《路亭》是一篇侧重于写物又托物寄情的作品。

作品对“路亭”这一建筑物的描述，主要围绕两方面展开。一方面是介绍路亭的外形，从它通常处于乡镇间远道长途的区段并临路而建写起，再谈它简陋而多种多样的外貌，而无论何种外貌，亭内则多置石凳等等。另一方面是介绍路亭专供行人旅途避雨歇憩的实用价值，特别强调它给劳苦大众提供的温煦抚慰。这两方面的描述，有用写实性的白描速写，也有寄托于想象性的景象迭现，两者的相互映衬，使作品具备了丰富而生动的形象展示，再加上明丽而变化的色彩渲染，灵动朴质的野趣雅意的点缀，也就为平凡普通的乡野路亭，绘就了极富诗情画意的浪漫风貌。

读者从作品的字里行间又不难看出，作者对路亭的喜爱，实在是基于路亭对劳苦大众的造福；而作品对路亭的赞美，也透露出作者关注民生，苦乐与民众系于一体的情怀，这才是文章真正的主旨所在。

柯灵的散文，以独特的语言艺术风格称誉当代中国文坛。《路亭》是柯灵的早期作品，然而其中已显露出柯灵散文语言特色的一些端倪。比如对文言词语的活用便是其中之一。“打倒文言，使用白话”是“五四”新文化运动的主要口号和主要成绩之一，对推动中国文化的革新与发展，产生过重要的历史作用，同时囿于历史的制约，又带有见解上的明显偏误和一定的文化虚无主义意识。柯灵接受“五四精神”的熏陶，也继承中国传统文化的精华。他说过，他不认为中国古代文言在现代社会生活中已完全丧失生命力。他的文学写作，就不排除对至今仍有生命活力的文言的大胆使用，而且总是用得那么贴切，那么得体，那么生趣盎然，使旁人很难从现行白话中再找出更恰切、更简洁的文词加以取代。《路亭》中的“所费戋戋”、“排闼迎人”等，便是活用、巧用文言的实例。再如对韵律、节奏的讲究。柯灵喜爱并擅长使用对偶、排比等修辞手法，通过对词句、字节、音韵的选择、组织、调度，构成文章韵律的起伏回旋，节奏的抑扬顿挫，使作品具有既耐看而尤耐吟诵的艺术效果。像写路亭"在长途跋涉的劳人心里，这却是沙漠中的一掬清泉，人生道上的一个站驿"；写村夫农妇一早出门赶市，"每天清早，朝阳初窥田野，便沐晨风，带晓雾，从村里出发，哼哼唧唧，形成行列，快步赶上镇去……"；写行人赶路疲倦在路亭歇憩，"吹一阵凉风，扯一阵闲话；再闲闲地抽一筒旱烟，让生命获得片时的苏息，好再鼓起勇气，继续上路"等等，不仅形象灵活生动，语音、语气也富有节奏感和韵律美。这两个特点，在柯灵晚年的散文中，都有更明显、更纯熟、更精美的表现。（陈青生）

吃　饭　　钱锺书

吃饭有时很像结婚，名义上最主要的东西，其实往往是附属品。吃讲究的饭事实上只是吃菜，正如讨阔佬的小姐，宗旨倒并不在女人。这种主权旁移，包含着一个转了弯的、不甚素朴的人生观。辨味而不是充饥，变成了我们吃饭的目的。舌头代替了肠胃，作为最后或最高的裁判。不过，我们仍然把享受掩饰为需要，不说吃菜，只说吃饭，好比我们研究哲学或艺术，总说为了真和美可以利用一样。有用的东西只能给人利用，所以存在；偏是无用的东西会利用人，替它遮盖和辩护，也能免于抛弃。柏拉图《理想国》里把国家分成三等人，相当于灵魂的三个成分；饥渴吃喝等嗜欲是灵魂里最低贱的成分，等于政治组织里的平民或民众。最巧妙的政治家知道怎样来敷衍民众，把自己的野心装点成民众的意志和福利；请客上馆子去吃菜，还顶着吃饭的名义，这正是舌头对肚子的借口，仿佛说："你别抱怨，这有你的分！你享着名，我替你出力去干，还亏了你什么?"其实呢，天知道——更有饿瘪的肚子知道——若专为充肠填腹起见，树皮草根跟鸡鸭鱼肉差不了多少！真想不到，在区区消化排泄的生理过程里还需要那么多的政治作用。

古罗马诗人波西蔼斯曾慨叹说，肚子发展了人的天才，传授人以技术。这个意思经拉柏莱发挥得淋漓尽致，《巨人世家》卷三有赞美肚子的一章，尊为人类的真主宰、各种学问和职业的创始和提倡者，鸟飞，兽走，鱼游，虫爬，以及一切有生之类的一切活动，也都是为了肠胃。人类所有的创造和活动（包括写文章在内），不仅表示头脑的充实，并且证明肠胃的空虚。饱满的肚子最没用，那时候的头脑，迷迷糊糊，只配做痴梦；咱们有一条不成文的法律：吃了午饭睡中觉，就是有力的证据。我们通常把饥饿看得太低了，只说它产生了乞丐、盗贼、娼妓一类的东西，忘记了它也启发过思想、技巧，还有"有饭大家吃"的政治和经济理论。德国古诗人白洛柯斯（B.H.Brockes）做赞美诗，把上帝比作"一个伟大的厨师父"（der gross Speisemeister），做饭给全人类吃，还不免带些宗教的稚气。弄饭给我们吃的人，决不是我们真正的主人翁。这样的上帝，不做也罢。只有为他弄了饭来给他吃的人，才支配着我们的行动。譬如一家之主，并不是赚钱养家的父亲，倒是那些乳臭未干、安坐着吃饭的孩子；这一点当然做孩子时不会悟到，而父亲们也决不甘承认的。拉柏莱的话较有道理。试想，肚子一天到晚要我们把茶饭来向它祭献，它还不是上帝是什么？但是它毕竟是个下流不上台面的东西，一味容纳吸收，不懂得享受和欣赏。人生就因此复杂起来。一方面是有了肠胃而要饭去充实的人，另一方面是有饭而要胃口来吃的人。第一种人生观可以说是吃饭的；第二种不妨唤作吃菜的。第一种人工作、生产、创造，来换饭吃。第二种人利用第一种人活动的结果，来健脾开胃，帮助吃饭而增进食量。所以吃饭时要有音乐，还不够，就有“佳人”、“丽人”之类来劝酒；文雅点就开什么销寒会、销夏会，在席上传观法书名画；甚至赏花游山，把自然名胜来下饭。吃的菜不用说尽量讲究。有这样优裕的物质环境，舌头像身体一般，本来是极随便的，此时也会有贞操和气节了；许多从前惯吃的东西，现在吃了仿佛玷污清白，决不肯再进口。精细到这种田地，似乎应当少吃，实则反而多吃。假使让肚子作主，吃饭就完事，还不失分寸。舌头拣精拣肥，贪嘴不顾性命，结果是肚子倒楣受累，只好忌嘴，舌头也像李逵所说“淡出鸟来”。这诚然是它馋得忘了本的报应！如此看来，吃菜的人生观似乎欠妥。

不过，可口好吃的菜还是值得赞美的。这个世界给人弄得混乱颠倒，到处是磨擦冲突，只有两件最和谐的事物总算是人造的：音乐和烹调。一碗好菜仿佛一支乐曲，也是一种一贯的多元，调和滋味，使相反的分子相成相济，变作可分而不可离的综合。最粗浅的例像白煮蟹和醋、烤鸭和甜酱，或如西菜里烤猪肉和苹果泥、渗鳘鱼和柠檬片，原来是天涯地角、全不相干的东西，而偏偏有注定的缘分，像佳人和才子、母猪和癞象，结成了天造地设的配偶、相得益彰的眷属。到现在，他们亲热得拆也拆不开。在调味里，也有来伯尼支(Leibniz)的哲学所谓“前定的调和”，同时也有前定的不可妥协，譬如胡椒和煮虾蟹、糖醋和炒牛羊肉，正如古音乐里，商角不相协，徵羽不相配。音乐的道理可通于烹饪，孔子早已明白，《论语》记他在齐闻韶，“三月不知肉味”。可惜他老先生虽然在《乡党》一章里颇讲究烧菜，还未得吃道三昧，在两种和谐里，偏向音乐。譬如《中庸》讲身心修养，只说“发而中节谓之和”，养成音乐化的人格，真是听乐而不知肉味人的话。照我们的意见，完美的人格，“一以贯之”的“吾道”，统治尽善的国家，不仅要和谐得像音乐，也该把烹饪的调和悬为理想。在这一点上，我们不追随孔子，而愿意推崇被人忘掉的伊尹。伊尹是中国第一个哲学家厨师，在他眼里，整个人世间好比是做菜的厨房。《吕氏春秋·本味篇》记伊尹以至味说汤，把最伟大的统治哲学讲成惹人垂涎的食谱。这个观念渗透了中国古代的政治意识，所以自从《尚书·顾命》起，做宰相总比为“和羹调鼎”，老子也说“治国如烹小鲜”。孟子曾赞伊尹为“圣之任者”，柳下惠为“圣之和者”；这里的文字也许有些错简。其实呢，允许人赤条条相对的柳下惠该算是个放“任”主义者；而伊尹倒当得起“和”字——这个“和”字，当然还带些下厨上灶、调和五味的涵意。

吃饭还有许多社交的功用，譬如联络感情、谈生意经等等，那就是“请吃饭”了。社交的吃饭种类虽然复杂，性质极为简单。把饭给有饭吃的人吃，那是请饭；自己有饭可吃而去吃人家的饭，那是赏面子。交际的微妙不外乎此。反过来说，把饭给与没饭吃的人吃，那是施食；自己无饭可吃而去吃人家的饭，赏面子就一变而为丢脸。这便是慈善救济，算不上交际了。至于请饭时客人数目的多少、男女性别的配比，我们改天再谈。但是趣味洋溢的《老饕年鉴》(*Almanach des Gourmands*)里有一节妙文，不可不在此处一提。这八小本名贵希罕的奇书在研究吃饭之外，也曾讨论到请饭的问题。大意说：我们吃了人家的饭该有多少天不在背后说主人的坏话，时间的长短按照饭菜的质量而定；所以做人应当多多请客吃饭，并且吃好饭，以增进朋友的感情，减少仇敌的毁谤。这一番议论，我诚恳地介绍给一切不愿彼此成为冤家的朋友，以及愿意彼此变为朋友的冤家。至于我本人呢，恭候诸君的邀请，努力奉行猪八戒对南山大王手下小妖说的话："不要拉扯，待我一家家吃将来。"

钱锺书的散文字里行间有一种独到的老辣，在不动声色的语句背后每每透出幽默诙谐，而在幽默诙谐背后常常又闪烁出智慧的光芒。《吃饭》就是这样一篇随笔式的散文，作者似乎是娓娓道来，侃侃而谈，语气是调侃而随意的，但目光却是冷峻而深邃的。

吃在中国历来是件值得津津乐道的好事，从凡夫俗子见面时关切的问候，到文人墨客笔下不厌其烦的描述，都可以得到证明。那么，以"吃饭"为题，文章到底怎么写呢？大略有三种情况：第一种情况就吃论吃，题为"吃"其意趣亦在于吃，如李渔《闲情偶寄·饮馔部》分别对蔬食、谷食、肉食作了详尽的记述，还升华出一套吃的理论："吾谓饮食之道，脍不如肉，肉不如蔬，亦以其渐近自然也。草衣木食，上古之风，人能疏远肥腻，食蔬蕨而甘之，腹中菜园，不使羊来踏破，是犹作羲皇之风，鼓唐虞之腹，与崇尚古玩同一致也。"第二种情况是论吃而意趣不限于吃，如林语堂《中国人》有"饮食"篇，专论中西饮食观的不同，以见出民族性格的差异："我们有'东坡肉'，又有'江公豆腐'，而在英国'华兹华斯牛排'或'高尔斯华绥炸肉片'则是不可思议的"，"中国的诗人们具有较多功利主义的哲学思想。它们曾经坦率地歌咏本乡的'鲈脍莼菜'。这种思想被视为富有诗情画意，所以在官吏上表告老还乡之时常说他们'思吴中莼羹'，这是最为优雅的辞令"。第三种情况是论吃而意趣不在于吃，《吃饭》便是这样"醉翁之意不在酒"的文章。全文神侃吃饭，居然在闲聊之中，将那些本来装点得美好，甚至有点神圣的东西，诸如政治家的主张、婚姻择偶的动机、人际交往的准则、风流雅士的宴集等等尽情揶揄了一通。

文章一开头便说："吃饭有时很像结婚，名义上最主要的东西，其实往往是附属品。吃讲究的饭事实上只是吃菜，正如讨阔佬的小姐，宗旨倒并不在女人。"读来真令人喷饭。接下去作者又继续生发开去，说我们通常总是"把享受掩饰为需要，不说吃菜，只说吃饭"，正如"最巧妙的政治家知道怎样来敷衍民众，把自己的野心装点成民众的意志和福利"。"我们通常把饥饿看得太低了，只说它产生了乞丐、盗贼、娼妓一类的东西，忘记了它也启发过思想、技巧，还有'有饭大家吃'的政治和经济理论。"与政治家不同的是，吃饭对于文人雅士虽然产生不了安邦治国的理论，却可以孕育出很多的"情趣"，有音乐助兴、佳人劝酒，还要赋诗作画，赏花游山，把自然名胜来下饭。甚至，人的等级也可以根据吃饭来衡量，"一方面是有了肠胃而要饭去充实的人，另一方面是有饭而要胃口来吃的人。第一种人生观可以说是吃饭的；第二种不妨唤作吃菜的。第一种人工作、生产、创造，来换饭吃。第二种人利用第一种人活动的结果，来健脾开胃，帮助吃饭而增进食量"。"把饭给有饭吃的人吃，那是请饭；自己有饭可吃而去吃人家的饭，那是赏面子。交际的微妙不外乎此。反过来说，把饭给与没饭吃的人吃，那是施食；自己无饭可吃而去吃人家的饭，赏面子就一变而为丢脸。

这便是慈善救济，算不上交际了。”吃饭在中国文化中是如此被看重，以至在古人的心目中简直成了理想的象征，直至“把最伟大的统治哲学讲成令人垂涎的食谱。这个观念渗透了中国古代的政治意识，所以自从《尚书·顾命》起，做宰相总比为‘和羹调鼎’，老子也说‘治国如烹小鲜’”。如此，作者信笔写来，擒纵自如，心之所想，随意拈来，颇有行云流水之妙，使得日常生活最普遍、最寻常的“吃饭”成了一个三棱镜折射出光怪陆离的人生百态。钱文构思新颖，不落俗套，出于灵窍，吐于慧舌，任性而发，洒脱自然，涉笔成趣，倍觉隽永。（陈菡蓉）

蹲在洋车上　萧　红

看到了乡巴佬坐洋车，忽然想起一个童年的故事。

当我还是小孩的时候，祖母常常进街。我们并不住在城外，只是离市镇较偏的地方罢了！有一天，祖母又要进街，她命令我：

“叫你妈妈把斗风给我拿来！”

那时因为我过于娇惯，把舌头故意缩短一些，叫斗篷作斗风，所以祖母学着我，把风字拖得很长。

她知道我最爱惜皮球，每次进街的时候，她问我：

“你要些什么呢？”

“我要皮球。”

“你要多大的呢？”

“我要这样大的。”

我赶快把手臂拱向两面，好像张着的鹰的翅膀。大家都笑了！祖父轻动着嘴唇，好像要骂我一些什么话，因我的小小的姿式感动了他。

祖母的斗篷消失在高烟囱的背后。

等她回来的时候，什么皮球也没带给我，可是我也不追问一声：

“我的皮球呢？”

因为每次她也不带给我，下次祖母再上街的时候，我仍说是要皮球，我是说惯了！我是熟练而惯于作那种姿式。

祖母上街尽是坐马车回来。今天却不是，她睡在仿佛是小槽子里，大概是槽子装置了两个大车轮。非常轻快，雁似的从大门口飞来，一直到房门。在前面挽着的那个人，把祖母停下，我站在玻璃窗里，小小的心灵上，有无限的奇秘冲击着。我以为祖母不会从那里头走出来，我想祖母为什么要被装进槽子里呢？我渐渐惊怕起来，我完全成个呆气的孩子，把头盖顶住玻璃，想尽方法理解我所不能理解的那个从来没有见过的槽子。

很快我领会了！看见祖母从口袋里拿钱给那个人，并且祖母非常兴奋，她说叫着，斗篷几乎从她的肩上脱溜下去！

“呵！今天我坐的东洋驴子回来的，那是过于安稳呀！还是头一次呢，我坐过安稳的车了！”

祖父在街上也看见过人们所呼叫的东洋驴子，妈妈也没有奇怪。只是我，仍旧头皮顶撞在玻璃那儿，我眼看那个驴子从门口飘飘地不见了！我的心魂被引了去。

等我离开窗子，祖母的斗篷已是脱在炕的中央，她嘴里叨叨地讲着她街上所见的新闻。可是我没有留心听，就是给我吃什么糖果之类，我也不会留心吃，只是那样的车子太吸引我了！太捉住我小小的心灵了！

夜晚在灯光里，我们的邻居，刘三奶奶摇闪着走来，我知道又是找祖母来谈天的。所以我稳当当地占了一个位置在桌边。于是我咬起嘴唇来，仿佛大人样能了解一切话语。祖母又讲关于街上所见的新闻，我用心听，我十分费力！

"……那是可笑，真好笑呢！一切人站下瞧，可是那个乡下佬还是不知道笑自己。拉车的回头才知道乡巴佬是蹲在车子前放脚的地方，拉车的问：'你为什么蹲在这地方？'"

"他说怕拉车的过于吃力，蹲着不是比坐着强吗？比坐在那里不是轻吗？所以没敢坐下。……"

邻居的三奶奶，笑得几个残齿完全摆在外面。我也笑了！祖母还说，她感到这个乡巴佬难以形容，她的态度，她用所有的一切字眼，都是引人发笑。

"后来那个乡巴佬，你说怎么样！他从车上跳下来，拉车的问他为什么跳？他说：'若是蹲着吗！那还行。坐着！我实在没有那样的钱。'拉车的说：'坐着，我不多要钱。'那个乡巴佬到底不信这话，从车上搬下他的零碎东西，走了。他走了！"

我听得懂，我觉得费力，我问祖母：

"你说的，那是什么驴子？"

她不懂我的半句话，拍了我的头一下，当时我真是不能记住那样繁复的名词。

过了几天祖母又上街，又是坐驴子回来的，我的心里渐渐羡慕那驴子，也想要坐驴子。

过了两年，六岁了！我的聪明，也许是我的年岁吧！支持着我使我愈见讨厌我那个皮球，那真是太小，而又太旧了；我不能喜欢黑脸皮球，我爱上邻家孩子手里那个大的；买皮球，好像我的志愿，一天比一天坚决起来。

向祖母说，她答："过几天买吧，你先玩这个吧！"

又向祖父请求，他答："这个还不是很好吗？不是没有出气吗？"

我得知他们的意思是说旧皮球还没有破，不能买新的。于是把皮球在脚下用力捣毁它，任是怎样捣毁，皮球仍是很圆，很鼓，后来到祖父面前让他替我踏破！祖父变了脸色，像是要打我，我跑开了！

从此，我每天表示不满意的样子。

终于一天晴朗的夏日，戴起小草帽来，自己出街去买皮球了！朝向母亲曾领我到过的那家铺子走去。离家不远的时候，我的心志非常光明，能够分辨方向,我知道自己是向北走。过了一会,不然了!太阳我也找不着了!一些些的招牌,依我看来都是一个样,街上的行人好像每个要撞倒我似的,就连马车也好像是旋转着。我不晓得自己走了多远,但我实在疲劳。不能再寻找那家商店;我急切地想回家,可是家也被寻觅不到。我是从哪一条路来的?究竟家是在什么方向?

我忘记一切危险,在街心停住,我没有哭,把头向天,愿看见太阳。因为平常爸爸不是拿着指南针看看太阳就知道或南或北吗?我既然看了,只见太阳在街路中央,别的什么都不能知道,我无心留意街道,跌倒了在阴沟板上面。

"小孩!小心点!"

身边的马车夫驱着车子过去,我想问他我的家在什么地方,他走过了!我昏沉极了!忙问一个路旁的人:

"你知道我的家吗?"

他好像知道我是被丢的孩子,或许那时候我的脸上有什么急慌的神色,那人跑向路的那边去。把车子拉过来,我知道他是洋车夫,他和我开玩笑一般:

"走吧!坐车回家吧!"

我坐上了车,他问我,总是玩笑一般地:

"小姑娘!家在哪里呀?"

我说:"我们离南河沿不远,我也不知道哪面是南,反正我们南边有河。"

走了一会,我的心渐渐平稳,好像被动荡的一盆水,渐渐静止下来,可是不多一会,我忽然忧愁了!抱怨自己皮球仍是没有买成!从皮球连想到祖母骗我给买皮球的故事,很快又连想到祖母讲的关于乡巴佬坐东洋车的故事。于是我想试一试,怎样可以像个乡巴佬。该怎样蹲法呢?轻轻地从座位滑下来,当我还没有蹲稳当的时节,拉车的回过头来:

"你要做什么呀?"

我说:"我要蹲一蹲试试,你答应我蹲吗?"

他看我已经偎在车前放脚的那个地方,于是他向我深深地做了一个鬼脸,嘴里哼着:

"倒好哩!你这样孩子,很会淘气!"

车子跑得不很快,我忘记街上有没有人笑我。车跑到红色的大门楼,我知道家了!我应该起来呀!应该下车呀!不,目的想给祖母一个意外的发笑,等车拉到院心,我仍蹲在那里,像耍猴人的猴样,一动不动。祖母笑着跑出来了!祖父也是笑!我怕他们不晓得我的意义,我用尖音喊:

"看我!乡巴佬蹲东洋驴子!乡巴佬蹲东洋驴子呀!"

只有妈妈大声骂着我,忽然我怕她要打我,我是偷着上街。

洋车忽然放停,从上面我倒滚下来,不记得被跌伤没有。祖父猛力打了拉车的,说他欺侮小孩,说他不让小孩坐车让蹲在那里。没有给他钱,从院子把他轰出去。

所以后来，无论祖父对我怎样疼爱，心里总是生着隔膜，我不同意他打洋车夫，我问：

“你为什么打他呢？那是我自己愿意蹲着。”

祖父把眼睛斜视一下：“有钱的孩子是不受什么气的。”

现在我是廿多岁了！我的祖父死去多年了！在这样的年代中，我没发现一个有钱的人蹲在洋车上；他有钱，他不怕车夫吃力，他自己没拉过车，自己所尝到的，只是被拉着舒服滋味。假若偶尔有钱家的小孩子要蹲在车厢中玩一玩，那么孩子的祖父出来，拉洋车的便要被打。

可是我呢？现在变成个没有钱的孩子了！

1934，3，16。

这是一篇回忆童年时代生活片断的记事散文。

萧红年纪轻轻，为什么爱写家庭与身世一类题材？或许，与她的性别有关。凡女作家创作起步往往就近取材，写她的身世、家庭和周围身边琐事，既轻车熟路，又亲切生动。但，更主要的恐怕是她的孤寂。萧红从小缺乏父母之爱和亲情，连慈祥的老祖母都嫌弃她，家中唯一爱她的人，是老祖父，这使萧红孤苦寂寞的童年稍微有了些欢乐与温馨。长大以后，她又被迫离开了家庭，依然过着孤寂的生活。

在这篇《蹲在洋车上》散文中，流淌着即是作者淡淡的苦涩味。一个生活在富贵人家的小女孩，本来的生活可以过得有滋有味、无忧无虑。可以淘气，可以撒娇，可以尽情玩耍。然而她却始终无法讨家人的喜爱。老祖母在萧红笔下是那么慈祥关爱，每次进街，她总要问小孙女要些什么，可是每次回来她总是两手空空，即使孙女喜欢的皮球也不买。作者愤然不平，写道：“因为每次她也不带给我，下次祖母再上街的时候，我仍说是要皮球，我是说惯了！我是熟练而惯于作那种姿式。”萧红的失望是沉重的。

皮球情结，是萧红童年的梦，也是陪伴她从幼年步入童年的玩伴。六岁的作者执拗地仍想得到一个新的大皮球，而祖母推延、祖父不许，她就肆意摧毁旧皮球以示抗议。

这是一个无爱的家，即使是最疼爱萧红的祖父也吝啬他的关爱——甚至变了脸色，像要打她。这无疑给她饱尝创伤的心灵又抹上一小把盐。萧红说，“从此，我每天表示不满意的样子。”

从结构布局角度来看，皮球情结是故事的一个铺垫，是连带出下一个“蹲洋车”故事的联结点。但是，苦涩伤感的情绪却是一脉相承的。作者四岁时曾懵懂地听到祖母讲的乡巴佬坐洋车的笑话。乡巴佬坐洋车，不是坐在座位上，而是蹲在车前放脚处，原因是怕拉车的过于吃力，又怕坐着比蹲着花钱多。当然，年幼的作者不知道这位乡巴佬的滑稽举动出自他的愚昧无知，出自他的为人淳朴憨厚和善于体贴人。独自上街买皮球而迷路的“我”尝试了蹲一回洋车的经验。故事的结尾，好心的洋车夫遭祖父打，且拒付车钱，却引发“我”的极力不满，无论祖父怎样疼爱，心里总与他有着隔膜。事过二十多年，祖父早已过世，萧红依然记住这件往事，其愤懑心情难以平静，文章最后以议论结束。长大后的萧红终于明白：有钱人是不会体恤受苦人的。童年的这一桩桩、一件件不愉快的事情使置身于商市街贫困窘境的萧红情感世界里多了一份对劳苦民众的爱。

这篇散文以儿童的视角来观察世界，写得自然真实拙朴；同时又用儿童的口吻来讲述故事，充满童趣天真好奇。儿童的思维是发散的、跳跃的，既符合结构特点，买皮球蹲洋车两条情节线索交替并进；又体现儿童的心理特征，爱憎分明，容不得半点掺假与做作，把一个天真无瑕的儿童心灵世界坦露于世，以暗喻世态人情的冷漠隔绝。（糜若焉）

回忆鲁迅先生(节选)　　萧　红

鲁迅先生的笑声是明朗的，是从心里的欢喜。若有人说了什么可笑的话，鲁迅先生笑的连烟卷都拿不住了，常常是笑的咳嗽起来。

鲁迅先生走路很轻捷，尤其使人记得清楚的，是他刚抓起帽子来往头上一扣，同时左腿就伸出去了，仿佛不顾一切地走去。

鲁迅先生不大注意人的衣裳，他说："谁穿什么衣裳我看不见的……"

鲁迅先生生的病，刚好了一点，他坐在躺椅上，抽着烟，那天我穿着新奇的大红的上衣，很宽的袖子。

鲁迅先生说："这天气闷热起来，这就是梅雨天。"他把他装在象牙烟嘴上的香烟，又用手装得紧一点，往下又说了别的。

许先生忙着家务，跑来跑去，也没有对我的衣裳加以鉴赏。

于是我说："周先生，我的衣裳漂亮不漂亮?"

鲁迅先生从上往下看了一眼："不大漂亮。"

过了一会又接着说："你的裙子配的颜色不对，并不是红上衣不好看，各种颜色都是好看的，红上衣要配红裙子，不然就是黑裙子，咖啡色的就不行了；这两种颜色放在一起很浑浊……你没看到外国人在街上走的吗？绝没有下边穿一件绿裙子，上边穿一件紫上衣，也没有穿一件红裙子而后穿一件白上衣的……"

鲁迅先生就在躺椅上看着我："你这裙子是咖啡色的，还带格子，颜色浑浊得很，所以把红衣裳也弄得不漂亮了。"

"……人瘦不要穿黑衣裳，人胖不要穿白衣裳；脚长的女人一定要穿黑鞋子，脚短就一定要穿白鞋子；方格子的衣裳胖人不能穿，但比横格子的还好；横格子的胖人穿上，就把胖子更往两边裂着，更横宽了，胖子要穿竖条子的，竖的把人显得长，横的把人显的宽……"

那天鲁迅先生很有兴致，把我一双短统靴子也略略批评一下，说我的短靴是军人穿的，因为靴子的前后都有一条线织的拉手，这拉手据鲁迅先生说是放在裤子下边的……

我说："周先生，为什么那靴子我穿了多久了而不告诉我，怎么现在才想起来呢？现在我不是不穿了吗？我穿的这不是另外的鞋吗?"

"你不穿我才说的，你穿的时候，我一说你该不穿了。"

那天下午要赴一个筵会去，我要许先生给我找一点布条或绸条束一束头发。许先生拿了来米色的绿色的还有桃红色的。经我和许先生共同选定的是米色的。为着取美，把那桃红色的，许先生举起来放在我的头发上，并且许先生很开心地说着：

"好看吧！多漂亮!"

我也非常得意,很规矩又顽皮地在等着鲁迅先生往这边看我们。

鲁迅先生这一看,脸是严肃的,他的眼皮往下一放向着我们这边看着:

“不要那样装饰她……”

许先生有点窘了。

我也安静下来。

鲁迅先生在北平教书时,从不发脾气,但常常好用这种眼光看人,许先生常跟我讲。她在女师大读书时,周先生在课堂上,一生气就用眼睛往下一掠,看着他们,这种眼光鲁迅先生在记范爱农先生的文字曾自己述说过,而谁曾接触过这种眼光的人就会感到一个旷代的全智者的催逼。

我开始问:“周先生怎么也晓得女人穿衣裳的这些事情呢?”

“看过书的,关于美学的。”

“什么时候看的……”

“大概是在日本读书的时候……”

“买的书吗?”

“不一定是买的,也许是从什么地方抓到就看的……”

“看了有趣味吗?”

“随便看看……”

“周先生看这书做什么?”

“……”没有回答,好像很难回答。

许先生在旁说:“周先生什么书都看的。”

在鲁迅先生家里作客人,刚开始是从法租界来到虹口,搭电车也要差不多一个钟头的工夫,所以那时候来的次数比较少。记得有一次谈到半夜了,一过十二点电车就没有的,但那天不知讲了些什么,讲到一个段落就看看旁边小长桌上的圆钟,十一点半了,十一点四十五分了,电车没有了。

“反正已十二点,电车也没有,那么再坐一会。”许先生如此劝着。

鲁迅先生好像听了所讲的什么引起了幻想,安顿地举着象牙烟嘴在沉思着。

一点钟以后,送我(还有别的朋友)出来的是许先生,外边下着濛濛的小雨,弄堂里灯光全然灭掉了,鲁迅先生嘱咐许先生一定让坐小汽车回去,并且一定嘱咐许先生付钱。

以后也住到北四川路来,就每夜饭后必到大陆新村来了,刮风的天,下雨的天,几乎没有间断的时候。

……

有一天下午鲁迅先生正在校对着瞿秋白的《海上述林》,我一走进卧室去,从那圆转椅上鲁迅先生转过来了,向着我,还微微站起了一点。

“好久不见,好久不见。”一边说着一边向我点头。

刚刚我不是来过了吗?怎么会好久不见?就是上午我来的那次周先生忘记

了，可是我也每天来呀……怎么都忘记了吗？

周先生转身坐在躺椅上才自己笑起来，他是在开着玩笑。

鲁迅先生家里生客人很少，几乎没有，尤其是住在他家里的人更没有。一个礼拜六的晚上，在二楼上鲁迅先生的卧室里摆好了晚饭，围着桌子坐满了人。每逢礼拜六晚上都是这样的，周建人先生带着全家来拜访的。在桌子边坐着一个很瘦的很高的穿着中国小背心的人，鲁迅先生介绍说："这是一位同乡，是商人。"

初看似乎对的，穿着中国裤子，头发剃的很短。当吃饭时，他还让别人酒，也给我倒一盅，态度很活泼，不大像个商人；等吃完了饭，又谈到《伪自由书》及《二心集》。这个商人，开明得很，在中国不常见。没有见过的，就总不大放心。

下一次是在楼下客厅后的方桌上吃晚饭，那天很晴，一阵阵的刮着热风，虽然黄昏了，客厅后还不昏黑。鲁迅先生是新剪的头发，还能记得桌上有一盘黄花鱼，大概是顺着鲁迅先生的口味，是用油煎的。鲁迅先生前面摆着一碗酒，酒碗是扁扁的，好像用做吃饭的饭碗。那位商人先生也能喝酒，酒瓶手就站在他的旁边。他说蒙古人什么样，苗人什么样，从西藏经过时，那西藏女人见了男人追她，她就如何如何。

这商人可真怪，怎么专门走地方，而不做买卖？并且鲁迅先生的书他也全读过，一开口这个，一开口那个。并且海婴叫他×先生，[①]我一听那×字就明白他是谁了。×先生常常回来得很迟，从鲁迅先生家里出来，在弄堂里遇到了几次。

有一天晚上×先生从三楼下来，手里提着小箱子，身上穿着长袍子，站在鲁迅先生的面前，他说他要搬了。他告了辞，许先生送他下楼去了。这时候周先生在地板上绕了两个圈子，问我说：

"你看他到底是商人吗？"

"是的。"我说。

鲁迅先生很有意思的在地板上走几步，而后向我说："他是贩卖私货的商人，是贩卖精神上的……"

×先生走过二万五千里回来的。

鲁迅先生家里，从楼上到楼下，没有一个沙发。鲁迅先生工作时坐的椅子是硬的，休息时的藤椅是硬的，到楼下陪客人时坐的椅子又是硬的。

鲁迅先生的写字台面向着窗子，上海弄堂房子的窗子差不多满一面墙那么大，鲁迅先生把它关起来，因为鲁迅先生工作起来有一个习惯，怕吹风，风一吹，纸就动，时时防备着纸跑，文章就写不好。所以屋子里热得和蒸笼似的，请鲁迅先生到楼下去，他又不肯，鲁迅先生的习惯是不换地方。有时太阳照进来，许先生劝他把书桌移开一点都不肯。只有满身流汗。

鲁迅先生的习惯与别人不同，写文章用的材料和来信都压在桌子上，把桌子都压得满满的，几乎只有写字的地方可以伸开手，其余桌子的一半被书或纸张占有着。

左手边的桌角上有一个带绿灯罩的台灯,那灯泡是横着装的,在上海那是极普通的台灯。

鲁迅先生的文章,多半是在这台灯下写的。因为鲁迅先生的工作时间,多半是下半夜一两点起,天将明了休息。

一九三六年三月里鲁迅先生病了,靠在二楼的躺椅上,心脏跳动得比平日厉害,脸色略微灰了一点。

海婴在玩着一大堆黄色的小药瓶,用一个纸盒子盛着,端起来楼上楼下地跑。向着阳光照是金色的,平放着是咖啡色的,他招集了小朋友来,他向他们展览,向他们夸耀,这种玩艺只有他有而别人不能有。他说:

"这是爸爸打药针的药瓶,你们有吗?"

别人不能有,于是他拍着手骄傲地呼叫起来。

许先生一边招呼着他,不叫他喊,一边下楼来了。

……

海婴每晚临睡时必向爸爸妈妈说"明朝会!"

有一天他站在上三楼去的楼梯口上喊着:

"爸爸,明朝会!"

鲁迅先生那时正病的沉重,喉咙里边似乎有痰,那回答的声音很小,海婴没有听到,于是他又喊:

"爸爸,明朝会!"他等一等,听不到回答的声音,他就大声地连串地喊起来:

"爸爸,明朝会,爸爸,明朝会,……爸爸,明朝会……"

他的保姆在前边往楼上拖他,说是爸爸睡下了,不要喊了。可是他怎么能够听呢,仍旧喊。

这时鲁迅先生说"明朝会",还没有说出来喉咙里边就像有东西在那里堵塞着,声音无论如何放不大。到后来,鲁迅先生挣扎着把头抬起来才很大声地说出:

"明朝会,明朝会。"

说完了就咳嗽起来。

许先生被惊动得从楼下跑来了,不住地训斥着海婴。

海婴一边笑着一边上楼去了,嘴里唠叨着:

"爸爸是个聋人哪!"

鲁迅先生没有听到海婴的话,还在那里咳嗽着。

1936 年 10 月 17 日,鲁迅先生病又发了,又是气喘。

17 日,一夜未眠。

18日，终日喘着。

19日的下半夜，人衰弱到极点了。天将发白时，鲁迅先生就像他平日一样，工作完了，他休息了。

1939年，10月。

注 ① 即冯雪峰。

鲁迅逝世于1936年10月19日，至今已经七十年了。

近十余年来，出现了许多关于鲁迅的回忆录和印象记，这些文章从不同的角度和侧面展现了鲁迅的言行举止和神采风貌，同时也由此触及了二十世纪以来中华民族的跃动脉搏和风雨历程。

在众多的回忆录中，萧红的《回忆鲁迅先生》是其中杰出的篇章之一，它不仅具有可贵的史料价值，也具有很高的文学价值，长久地感动着后人。

萧红是黑龙江省呼兰县人，九一八事变以后，长期在关内辗转流浪，她在文学创作中得到过鲁迅无微不至的帮助。鲁迅当时生活在白色恐怖统治下的上海，在危急时刻曾几次离家避难，但他的家对萧红这位青年女作家却是从来不上锁不设防的，从某种意义上说，他的家就是萧红的家。

对于萧红来说，再也没有比鲁迅的家更为温暖的了，同样，在大量有关鲁迅的回忆录中，再也没有比萧红这篇文章更能深入鲁迅的家庭生活，从近距离来观察鲁迅的了。

鲁迅是“人”不是“神”，是伟人也是凡人。本文写到了鲁迅的衣食住行和他的喜怒哀乐，既令人敬佩，又感到可亲，并无什么不可思议之处。文中还写了鲁迅的夫人许广平和儿子海婴，也同样有血有肉，可亲可信。

《回忆鲁迅先生》在写作上有如下几个显著特点——

一、生动的细节描写。文章一上来写鲁迅大笑和走路的样子，就极为生动有趣。文中如此生动的细节，可说俯拾即是。

二、别致的结构安排。作者侧重写鲁迅的生活琐事，对于鲁迅的创作经历和重大事件涉及不多，所以本文在结构上并未遵照严格的时间线索，而是把相关的事项和细节集合起来，组成一连串闪光的片断。这样安排，可谓量体裁衣，恰到好处。

三、把感情蕴含于朴实无华的叙述之中。萧红本是感情细腻、擅长抒情的女作家，但这篇回忆录却显得极其克制，一切让事实说话，作者不作过多的抒发。试看文中写海婴笑爸爸是聋子那一段，海婴的幼稚天真，鲁迅的苦恼无奈，许广平的训斥、不安，被刻画得细致入微，作者对此虽未作一言半语的评析，但辛酸之情已尽在不言中了。

回忆录是当今广为流行的一种散文样式，它的生命在于真实。遗憾的是在有些回忆录中，有意无意地拔高和夸张、掩饰和辩护等现象还时常可见，对此，著名文艺评论家孙绍振曾深刻指出：“特别是对于一些在历史上有些声名的人，许多回忆录作者都在不知不觉之间造神。”(《孙绍振如是说》)在这方面，萧红这篇回忆录至今仍能给人深刻的启迪。(孙光萱)

雨　前　　何其芳

最后的鸽群带着低弱的笛声在微风里划一个圈子后，也消失了。也许是误认这灰暗的凄冷的天空为夜色的来袭，或是也预感到风雨的将至，遂过早地飞回它们温暖的木舍。

几天的阳光在柳条上撒下的一抹嫩绿，被尘土埋掩得有憔悴色了，是需要一次洗涤。还有干裂的大地和树根也早已期待着雨。雨却迟疑着。

我怀想着故乡的雷声和雨声。那隆隆的有力的搏击，从山谷返响到山谷，仿佛春之芽就从冻土里震动，惊醒，而怒茁出来。细草样柔的雨声又以温存之手抚摩它，使它簇生油绿的枝叶而开出红色的花。这些怀想如乡愁一样萦绕得使我忧郁了。我心里的气候也和这北方大陆一样缺少雨量，一滴温柔的泪在我枯涩的眼里，如迟疑在这阴沉的天空里的雨点，久不落下。

白色的鸭也似有一点烦躁了，有不洁的颜色的都市的河沟里传出它们焦急的叫声。有的还未厌倦那船一样的徐徐的划行。有的却倒插它们的长颈在水里，红色的蹼趾伸在尾后，不停地扑击着水以支持身体的平衡。不知是在寻找沟底的细微的食物，还是贪那深深的水里的寒冷。

有几个已上岸了。在柳树下来回地作绅士的散步，舒息划行的疲劳。然后参差地站着，用嘴细细的抚理它们遍体白色的羽毛，间或又摇动身子或扑展着阔翅，使那缀在羽毛间的水珠坠落。一个已修饰完毕的，弯曲它的颈到背上，长长的红嘴藏没在翅膀里，静静合上它白色的茸毛间的小黑睛，仿佛准备睡眠。可怜的小动物，你就是这样做你的梦吗？

我想起故乡放雏鸭的人了。一大群鹅黄色的雏鸭游牧在溪流间。清浅的水，两岸青青的草，一根长长的竹竿在牧人的手里。他的小队伍是多么欢欣地发出啁啾声，又多么驯服地随着他的竿头越过一个田野又一个山坡！夜来了，帐幕似的竹篷撑在地上，就是他的家。但这是怎样辽远的想象呵！在这多尘土的国土里，我仅只希望听见一点树叶上的雨声。一点雨声的幽凉滴到我憔悴的梦，也许会长成一树圆圆的绿阴来覆荫我自己。

我仰起头。天空低垂如灰色的雾幕，落下一些寒冷的碎屑到我脸上。一只远来的鹰隼仿佛带着怒愤，对这沉重的天色的怒愤，平张的双翅不动地从天空斜插下，几乎触到河沟对岸的土阜，而又鼓扑着双翅，作出猛烈的声响腾上了。那样巨大的翅使我惊异。我看见了它两肋间斑白的羽毛。

接着听见了它有力的鸣声，如同一个巨大的心的呼号，或是在黑暗里寻找伴侣的叫唤。

然而雨还是没有来。

1933 年春，北京

何其芳二十世纪三十年代初在北京大学读书，在致力于诗歌创作的同时，也开始了抒情散文的写作。《雨前》是他这个时期散文的代表作，写得深邃而明丽，委婉又浓郁，以不多的篇幅拓展了读者丰富的想象空间，生动地表明了作者对散文这种特殊文体的自觉追求。

《雨前》写了三组动物：惊惶的鸽子、烦躁的鸭群、愤怒的鹰隼，穿插了两组故乡风景画：草木迎春和雏鸭嬉水，而渗透于这些景物描写中的则是作者寂寞的情怀和热切的企盼。说得简单直截一点，《雨前》的构思离不开两条线索的巧妙安排，一条是憔悴的北国和秀丽的故乡景物的对比，另一条是作者热切的企盼和灰暗的现实世界的对比。前一条线索被作者刻画得极其细腻逼真，谁读了都如同亲眼目睹一般，后一条线索则出之以象征手法，显得时隐时现，若明若暗，处于一种宽泛浮动的微妙状态。《雨前》的成功正得益于这两条线索的相互渗透和衬托，如果光有前者，它也许不失为一幅成功的景物画，一首缠绵的怀乡曲，但不会给人以如此低回不尽、难以言说的韵味。如果只顾后者而削弱了前者，又会变得晦涩难解，激发不了读者的审美情趣。

作品一开始，在“灰暗”、“凄冷”的天空前，匆匆飞过了一群惊惶不安的鸽子，作者特地把“最后的鸽群”置于篇首，接着用“也消失了”加以强调，陡然使读者产生了一种突兀失望之感。第二段作者的目光自上而下，由远而近，转而写人见人爱的“绿色”，可惜“嫩绿”仅只“一抹”，而“尘土”却在无情“埋掩”，此时此地要是下一场透雨该多好啊，可是现实情况是：“雨却迟疑着。”此处用形容人物表情的“迟疑”来形容“雨”，只能说明作者的期望之切和失望之深。

《雨前》第三段转入对故乡雨景的回忆与描绘，笔墨也随着作者感情的起伏而不断变化。隆隆的雷声过后，那“春之芽”（不具体限于树木花草的“芽”，而升华概括为“春之芽”，显得灵活宽泛，极妙）便“从冻土里震动，惊醒，而怒茁出来”。请看，原本极其普通的植物生长过程被作者写成始而“震动”，继而“惊醒”，终则“怒茁出来”，真可谓步步推进，欢快之至。这之后从雷声写到雨声，作者的行文也一变而为委婉妩媚，先是用“细草”一样的温柔形容雨声，再用“温存之手”的“抚摩”刻画喜雨滋润万物的情景，谁读到这里能不感到清新和喜悦？谁知作者并未在故乡盘桓过久，很快又把目光移向眼前灰暗的北国，写下了如此缠绵凄恻的文字：“我心里的气候也和这北方大陆一样缺少雨量，一滴温柔的泪在我枯涩的眼里，如迟疑在这阴沉的天空里的雨点，久不落下。”用“泪珠”比喻“雨点”，把“温柔”和“枯涩”并提，形象奇特，对比强烈，既含有浓郁的诗意，又具有很强的表现力。人们常说杰出的散文家应该具备几副笔墨，证之以这段文字，此话确实不假。

底下写鸭子和放鸭图的三小节，绘声绘色，曲尽其态，堪称现代散文创作中写鸭子的绝妙文字。写完故乡的放鸭图以后，又该回到眼前缺雨水多尘土的现实中来了，妙在作者并不另起炉灶，而是承接前头家乡放鸭人夜宿的“帐幕”，展示了一幅“绿树覆荫”图：“在这多尘土的国土里，我仅只希望听见一点树叶上的雨声。一点雨声的幽凉滴到我憔悴的梦，也许会长成一树圆圆的绿阴来覆荫我自己。”“一点”极言其少，“一树”倍觉其多，透过如此精致优美的文字和奇特超凡的意象组合，人们不难看到富于诗人气质的作者那苦苦寻觅的眼神。

作者并未停止自己的寻觅和追求，于是文章最后犹如异军突起，迎面飞来了一只巨大而愤怒的鹰隼，文中着意刻画了鹰隼急骤的动作和有力的鸣声，这显然和作者动荡不定的心旌互为表里。遗憾的是鹰隼向“沉重的天色”表示愤怒并未奏效，作者用极其冷峻的一句话结束了全篇：“然而雨还是没有来。”这句话独立成段，毫不拖泥带水，可见其分量之重和寄寓之深。

那么，《雨前》究竟寄托着作者怎样的情怀？作品中“雨”等物象究竟意味着什么？这需要联系作者的实际处境和思想状态进行分析。作者当时是一个性格内向、入世不深、耽于幻想的青年大学生，他热爱文学，爱从“芬芳的书籍”（何其芳：《刻意集·序》）中寻觅美好的人性和天地，而在面对驳杂灰暗的现实生活时则免不了种种困惑、犹豫、寂寞、苦闷……这类主客观的矛盾久蓄于心，一旦遇到适当的时机和条件便会触景生情，喷薄而出。《雨前》所以向往纯朴清新的故乡景物，说到底正是曲折地反映了作者心中的矛盾和追求。总之，我们没有必要把作品机械地割裂开来，分别寻找各类物象的象征意蕴，如把“雨”理解为革命暴风雨，把鹰隼看作旧世界的反抗者，等等，那样做，只能任意拔高作品，而无助于理解象征艺术的精髓。（孙光萱）

图书在版编目(CIP)数据

文学经典鉴赏.现代散文名篇/上海辞书出版社文学鉴赏辞典编纂中心编. — 上海：上海辞书出版社，2021

ISBN 978-7-5326-5753-7

Ⅰ.①文… Ⅱ.①上… Ⅲ.①散文—文学欣赏—中国—现代 Ⅳ.①I206

中国版本图书馆 CIP 数据核字(2021)第 049635 号

WENXUE JINGDIAN JIANSHANG · XIANDAI SANWEN MINGPIAN

文学经典鉴赏 · 现代散文名篇

上海辞书出版社文学鉴赏辞典编纂中心　编

责任编辑　吴艳萍
装帧设计　姜　明
责任校对　左钟亮
责任印制　楼微雯

出版发行　上海世纪出版集团
上海辞书出版社(www.cishu.com.cn)
地　　址　上海市陕西北路 457 号(邮政编码　200040)
印　　刷　上海中华印刷有限公司
开　　本　720×1000 毫米　1/16
印　　张　15.875
字　　数　437 000
版　　次　2021 年 5 月第 1 版　2021 年 5 月第 1 次印刷
书　　号　ISBN 978-7-5326-5753-7/I·486
定　　价　58.00 元